Abschiednehmen ist alles,
was wir vom Himmel wissen
und was wir von der Hölle brauchen.
Emily Dickson (1830–1886)

1. Teil

Auf Urlaub, 1937

1

»O Geoff, mit diesem Regenmantel und der schwarzen Kappe siehst du aus wie einer dieser komischen Spione in den Kinofilmen. Dein Vater wirkt in diesen Sachen ganz anders.«

»Das tut er nicht, aber bei ihm hast du dich daran gewöhnt.«

»Wie auch immer – warum ziehst du das überhaupt an? Es ist doch dunkle Nacht, und es regnet auch nicht.«

Der große junge Mann beugte sich zu seiner Mutter hinab, die ihm gerade bis zur Schulter reichte, und flüsterte ihr verschwörerisch ins Ohr: »Zu Ihrer Information, Mrs. Fulton, wie Sie wissen, bin ich nun seit vier Jahren bei der Armee, wo ein liebenswürdiger Korporal mir schon in den ersten Wochen eintrichterte, daß jedes Messingteilchen meiner Uniform glänzen müsse, um sozusagen wie ein Licht vor mir herzustrahlen. Und das sogar am hellichten Tag! Aber was glauben Sie, sagte der alberne Kerl einige Zeit später? Er behauptete: ›Was immer eure vertrottelten Lehrer euch beigebracht haben, eines ist gewiß: Gewehrkugeln prallen nicht an Messing ab. Also, ihr Idioten, schwärzt eure Messingknöpfe oder verdeckt sie, wenn der Mond scheint!«

»Ach du!« Seine Mutter hängte ihren Gehstock an die Rückenlehne eines Stuhls. Dann packte sie ihren Sohn am Kragen des Regenmantels und versuchte, ihn zu schütteln. »Du wirst dich wohl nie ändern«, meinte sie vorwurfsvoll. »Immer nur Witzeleien! Und außerdem, da du nun selbst Sergeant bist, was bringst du deinen Jungs bei?«

Geoff ergriff ihre Hände und antwortete in gespieltem Ernst: »Ich würde nicht im Traum daran denken, den Jungs etwas vorzuschreiben. Heutzutage fragt man sie höflich, zum Beispiel so: ›Soldat Reginald Johnson Smith, würde es Ihnen etwas ausmachen, Ihre Ausrüstung etwas ordentlicher zu halten; sozusagen als Vorbild für Ihre Kameraden?‹«

»Ach du!« sagte sie noch einmal und entzog ihm ihre Hände. »Manchmal wäre ich dankbar, wenn du ein wenig ernsthafter sein und mir erzählen würdest, was wirklich vor sich geht.« Sie griff nach ihrem Stock und humpelte zum Klavier.

Er starrte ihr nach. Von hinten wirkte sie so rank und schlank wie ein junges Mädchen. Er erinnerte sich daran, wie sie ausgesehen hatte, als er zwölf war. Wenn er sie mit den Müttern seiner Mitschüler verglichen hatte, war er immer stolz auf sie gewesen. Manchmal war sie auf einem ihrer Ausritte an der Schule vorbeigekommen; dann hatte sie ihn zu sich aufs Pferd gehoben, und er hatte sich dadurch stets in ein Zeitalter versetzt gefühlt, in dem Ritter in schimmernder Rüstung junge Damen erretteten, indem sie sie zu sich in den Sattel zogen und mit ihnen davongaloppierten. Es hatte ihm nichts ausgemacht, daß seine Mutter die Dame war und er der Hinaufgehobene; er hatte sich dabei immer wundervoll gefühlt. Doch eines Tages war sie zu schnell geritten und zu hoch gesprungen. Es war glimpflich ausgegangen: Sie hätte ihr Leben lang gelähmt bleiben können. Doch ihre Hüfte war irreparabel verletzt, und mit der Zeit war eine Arthritis dazugekommen. Trotzdem schien sie, zumindest nach außen hin, immer munter. Wie es wirklich in ihr aussah, konnte er nur ahnen. Er tröstete sich jedoch damit, daß sie außer ihrem Ehemann, der sie liebte, noch ihre Musik hatte.

Während sie sich nun auf den Klavierstuhl setzte, sagte sie lachend: »Du glaubst doch nicht, daß du Ted Honeysett erwischst, oder?«

»Weshalb sollte ich sonst rausgehen?« Geoff ging auf sie zu. »Ich sage dir, ich habe ihn gestern gesehen, wie er mit undurchdringlicher Miene einen großen Aktenkoffer vom Gepäckträger seines Fahrrads hob und damit im Hintereingang des Hotels in Durham verschwand. Und als er dann wieder herauskam, sah er so selbstgefällig aus wie eine Katze, die heimlich Sahne geschleckt hat.«

»Ich kann mir nicht vorstellen, wie Ted Honeysett jemals selbstgefällig aussehen könnte. Und was würdest du überhaupt mit ihm anstellen, wenn du ihn schnappst?«

»Ich würde ihn Gottesfurcht lehren!«

»Ich bitte dich«, Bertha verdrehte die Augen, während ihre geschürzten Lippen Spott verrieten, »du kennst Ted schon dein ganzes Leben; kannst du dir vorstellen, daß irgend jemand ihm Gottesfurcht beibringen kann?«

»Allerdings! Da gibt es verschiedene Möglichkeiten. Ich könnte ihm zum Beispiel androhen, ihn nach Low Tarn Hall zu schleifen.«

»Ach«, lachte sie, »ich kann mir das richtig vorstellen. Aber wie ich dich kenne, wäre es dir noch lieber, wenn du Mr. Ernest Badford-Brown zum Fluß schleifen und seinen Kopf unter Wasser tauchen könntest.«

»Vergiß nicht, Mam, ich bin vier Jahre weggewesen. Da kann viel passieren. Ich könnte meine Meinung über diesen Herrn geändert haben.«

Lächelnd sagte seine Mutter: »Du nicht. Weißt du noch, wie du aus seinem Hof gegangen bist und ihm gesagt hast, wohin er sich seinen Job stecken soll? Du warst damals erst achtzehn. Und weißt du was?« Ihr Gesicht wurde ernst, als sie fortfuhr: »Er hätte deinen Vater rausgeschmissen, wenn er nicht immer so zuverlässig für ihn gearbeitet hätte. Ja, es stand auf Messers Schneide! Und ich sage dir noch etwas: Es ist ein Glück, daß dieses Haus nicht zum Gut gehört, sonst hätte er uns gekündigt wie der Familie Rice. Er kann sich nicht damit abfinden, daß es unser Eigentum ist. Ständig versucht er deinen Vater zum Verkauf zu überreden. Das ist ein weiterer Grund, warum er ihn behält. Denn nachdem du damals diesen Aufruhr verursacht hast – und es war ein Aufruhr! –, haben alle Männer mehr Lohn verlangt. Sie haben nicht alles bekommen, was sie wollten, aber ein bißchen mehr war es doch; und Mr. Bradford-Brown hat nur nachgegeben, damit sein Name nicht noch schlechter dastünde, als es ohnehin schon der Fall war. Und denk dran, was er mit den Rices gemacht hat! Wenn sie nicht freiwillig – oder besser gesagt ohne Aufhebens – gegangen wären, hätte er sie alle gekündigt: Peter, den jungen Michael, Sally und alle anderen. Du weißt, wie schwer es ist, Arbeit zu finden, und dann Bella, die so kränklich ist – was blieb ihnen übrig, als auszuziehen? Und das alles, weil Wochenendhäuser viel Geld einbringen. Er hat jahrelang keinen Penny in die Rice-Kate gesteckt, aber kaum waren sie weg, ließ er eine Wasserleitung legen, Strom, und wer weiß was noch. Und weißt du, wieviel er dafür bekommen hat, samt einem Morgen Land und den Fischereirechten?«

»Nein.«

»Viertausend Pfund! Ein Mann namens Kidderly hat es gekauft. Er taucht nur an den Wochenenden auf und scheint ein wenig merkwürdig zu sein. Jedenfalls«, sie lächelte wieder, »wenn du Ted erwischen willst, solltest du dich beeilen, sonst kommst du vor Mitternacht nicht zurück.«

Geoff hob ein Notenheft auf und blätterte darin. »Das macht nichts«, meinte er. »Vielleicht ändere ich meine Meinung.« Bertha antwortete nicht sofort, sondern sah ihn einige Sekunden lang unverwandt an. Dann fragte sie ruhig: »Was ist los? Langweilst du dich?«

Er blickte von dem Heft auf. »Ja, ich glaube, ein wenig schon.«

»Warum gehst du nicht runter zum Gasthof und unterhältst dich mit den Männern?«

Geoffrey schob sein Kinn vor. »O Mam, ich war in den letzten fünf Tagen zweimal dort; und was mußte ich mir anhören? Ronald Coleman, der versuchte, seinem Namensvetter nachzueifern und mit seinen Eroberungen prahlte. Es scheint, daß seine Affären um so aufregender werden, je weiter er sich von zu Hause entfernt. Und Peter Campbell, der damit angibt, daß er in einer Stunde mehr Ziegel legen kann, als in der Mauer von Jericho verbaut waren. Ach ja, und May«, – sein Ton veränderte sich – »die gute May hinter der Bar, die die Bierkrüge mit ihren Brüsten auf dem Tresen herumschiebt. Puh!« Er schüttelte den Kopf und fuhr in gespielt nachdenklichem Ton fort: »Ich weiß nicht, wie sie es macht. Sie muß sie ausgestopft haben. Sie können sich unmöglich von selbst zu einer solchen Größe ausgewachsen haben. Schade, daß meine Jungs sie nicht sehen können; für einen Blick darauf würden sie gerne in den Bau gehen. Und dann ihr Harry, der versucht, den Tropfen an seiner Nase zu bremsen, wenn er ein Bier zapft …«

»Hör auf, hör auf!« Bertha Fulton hielt sich die Seiten, während ihr vor Lachen die Tränen über die Wangen rollten. »So siehst du sie also?«

»So sind sie, Mam; nichts hat sich verändert. Und dann gibt es die, die nur mal vorbeischauen, um ihre Klagelieder zu singen. Am schlimmsten sind Hobson und Ryebank. Sie stöhnen über die Mühsal des Farmerlebens und die Hungerpreise, die sie für ihre Produkte erhalten. Und doch stelle ich fest, daß Hobson eine riesige Scheune gebaut hat, und daß Ryebank irgendeinen neumodischen Apparat zum Melken in seinem Kuhstall installieren will. Arme, hungrige Mittelklassestrolche.«

Bertha hörte auf zu lachen, wischte sich die Tränen aus dem Gesicht und stellte fest: »Du wärst froh, wenn dein Urlaub vorüber wäre und du wieder wegfahren könntest, nicht wahr?«

»O nein, Mam, so ist es nicht.« Geoff ging zu seiner Mutter und kniete vor ihr nieder. Dann ergriff er ihre Hände und sagte: »Du und Dad seid das einzige in meinem Leben, was sich nie verändert. Bei jedem Urlaub hoffe ich, daß alles gleichgeblieben ist. Aber ich stelle jedesmal fest, daß es nicht so ist, außerhalb dieses Hauses jedenfalls, und das macht mich oft so wütend, daß ich um mich schlagen möchte. Ich vermute, daß das von den Erfahrungen kommt, die ich draußen mache. Das Leben ist dort ganz anders. Dieses Fleckchen Erde könnte ebensogut auf einem anderen Planeten liegen. Weißt du das, Mam?«

Bertha blickte auf ihre Hände und fragte still: »Wäre es anders, wenn du nicht erfahren hättest, daß Janis Bradford-Brown sich verlobt hat?«

Langsam ließ er ihre Hände los und richtete sich auf. Er knöpfte das Revers des Regenmantels unter dem Kragen fest. »O Mam, wovon sprichst du? Das war nur ein Traum.«

»Ich glaube, vor zwei Jahren war es kein Traum für dich.«

»Natürlich war es das.« Geoff runzelte die Brauen über seinen tiefliegenden braunen Augen. »Welche Chance hatten wir denn? Es war für uns beide nur eine Art Zeitvertreib, eine heimliche Erregung, um gegen die Langeweile anzugehen. Es begann, als ich sechzehn war, das weißt du. Es war die heimliche Freude, ihren Vater zu hintergehen, die uns zusammenhielt; denn sie liebte ihn sicher ebensowenig wie ich, da bin ich sicher. Und stell dir vor, was geschehen wäre, wenn er es bemerkt hätte. Daher waren wir so vorsichtig wie möglich. Also mach dir keine Gedanken darüber, Mam.« Er nickte ihr zu, aber Bertha war nicht so leicht zufriedenzustellen. »Und warum hat es dann so lange gedauert?« wollte sie wissen. Geoff schob das Kinn vor und legte seinen Zeigefinger an seine große, schmale Nase. »Wahrscheinlich immer noch dieselbe heimliche Erregung, und noch dazu, als ich Soldat wurde, tapfer und mutig ... Erinnerst du dich an mein kleines Lied?« Mit seinem klaren Tenor begann er zu singen:

»Ich fürchte mich vor gar nichts mehr,
auch wenn das manchmal besser wär.
Doch tauche ich im tiefen Meer,
dann fürchte ich mich wirklich sehr.«

»Oh, hör auf und verschwinde!« rief Bertha.

»Macht es dir nichts aus, allein zu bleiben?«

»Doch. Dein Vater fehlt mir sehr. Es ist das erstemal seit Jahren, daß er über Nacht weg ist. Typisch, daß dein Onkel Henry ausgerechnet während deines Urlaubs sterben mußte! Henry tat immer alles zum unpassendsten Zeitpunkt. Ich wette, daß seine letzten Worte zu deinem Vater waren: ›Warum mußtest du unbedingt heiraten?‹ Er hat John niemals verziehen, daß er mich geheiratet hat, weißt du das? Nachdem er deinen Dad aufgezogen hat, fühlte er sich wie Vater und Mutter gleichzeitig. Eines ist jedenfalls sicher: Dein Dad wird nicht einen Penny von dem erben, was Henry über die Jahre erspart und zusammengekratzt hat, und zwar aus dem einfachen Grund, weil ich es sonst ausgeben könnte … Also, gehst du jetzt oder nicht? Ich will schließlich noch in dieser Nacht zu Bett gehen.«

»Du brauchst doch nicht zu warten, bis ich zurückkomme.«

»Ich werde aufbleiben, bis du wieder da bist. Also geh jetzt! Mach wenigstens einen kurzen Spaziergang, damit du wieder einen klaren Kopf bekommst«, drängte sie ihn sanft.

Geoff nickte ihr zu; dann ging er durch den langen schmalen Raum, durchquerte den ebenso langen wie schmalen Vorraum, betrat die Küche und gelangte durch die Hintertür auf den großen, gepflasterten Hof, der auf einer Seite von verlassenen Pferdeboxen und Kuhställen flankiert war.

Er nahm nicht den kurzen Weg zur Straße, sondern ging über den Hof auf ein angrenzendes Feld. Dort knipste er seine Taschenlampe an und suchte sich einen Weg über die Weide. Diese Weide war alles, was von der einst blühenden Farm seines Großvaters mütterlicherseits geblieben war.

Er sprang über die niedrige Mauer und befand sich nun auf einer schmalen Landstraße, die auf der gegenüberliegenden Seite von einem durch eine Hecke überwucherten Drahtzaun begrenzt wurde.

Einen Moment lang war er unentschlossen, ob er durch eine der Zaunlücken die angrenzenden Privatgrundstücke betreten oder einfach nur die Straße entlangspazieren sollte.

Wenn er seinem ersten Einfall folgen und Ted schnappen wollte, gäbe es zumindest etwas zu lachen. Geoffs Vater hatte es nie geschafft, das behauptete er jedenfalls; aber seine Mutter hatte erzählt, daß Dad den Wilddieb mehr als einmal erwischt, ihn jedoch gegen Kaution wieder laufengelassen hatte wegen der Kinderschar, die dieser aufzuziehen hatte. Doch das war einige Zeit her. Teds Ältester war jetzt siebzehn und Katy fünfzehn; beide arbeiteten schon. Drei gingen noch zur Schule und einige waren noch kleiner. Während des Winters standen die Dinge immer schlecht. Im Frühling und Sommer gab es für ›das Wiesel‹, wie Ted überall genannt wurde, alle möglichen Gelegenheitsarbeiten auf den Farmen, doch war es allgemein bekannt, daß Ted ein lukratives Geschäft unter der Hand allemal lieber war als ehrliche Arbeit. Das Schwarzfischen von Lachs und Forelle war äußerst gewinnbringend, und Ted verstand sich darauf.

Der Wasserstand im Fluß war ziemlich hoch. Wahrscheinlich würde Ted jetzt an der Brücke bei Warren Corner zu finden sein. Die Brücke lag unterhalb der früheren Kate der Rices, in der jetzt an den Wochenenden der Städter wohnte.

Während er unter dem Zaun hindurchkroch, fragte sich Geoff, was wohl passieren würde, wenn er jemandem vom Herrenhaus begegnen würde, möglicherweise sogar dem Gutsbesitzer. Nun, er konnte sich darauf hinausreden, daß er anstelle seines Vaters nach dem Rechten sähe. Was sonst?

Als er den Pfad erreichte, der neben dem Fluß herlief, wurde ihm klar, daß er genausogut im hellen Licht stehen könnte, denn seine dunklen Umrisse mußten gegen den

Nachthimmel deutlich auszumachen sein. Wenn er die Brücke unbemerkt erreichen wollte, so mußte er sich hinter der Kate anschleichen.

Er hielt sich dicht unter den Bäumen, bis er zu dem Zaun kam, der das Häuschen umgab. Plötzlich glaubte er, einen Schrei zu hören, und hielt inne.

Es war windstill; nicht einmal die Zweige in den Bäumen raschelten. Nachdem alles ruhig blieb, bewegte er sich vorsichtig weiter. Kurz darauf vernahm er wieder denselben Laut – es klang fast wie ein Hilferuf. Vielleicht hatte der neue Besitzer eine Besucherin mitgebracht, und sie hatten jetzt ein wenig Spaß miteinander.

Geoff ging weiter am Zaun entlang und befand sich schon fast am Flußufer, als ein erneuter Schrei aus dem Haus ertönte. Diesmal erkannte er am Klang der Stimme, daß, wer auch immer geschrien hatte, alles andere als Lust empfand.

Von seinem Standort aus sah er, daß in einem der Fenster im Erdgeschoß Licht brannte, doch er war zu weit weg, um jemanden dahinter zu erkennen.

Wenn er die Brücke erreichen wollte, ohne daß Ted ihn sah, mußte er die verbleibenden zehn Yards äußerst vorsichtig überqueren.

In geduckter Haltung wollte er den ersten Schritt tun, als eine Folge von Schreien ihn bewog, sich aufzurichten und über den Zaun hinweg zur Vordertür des Häuschens zu spähen, die aufgeflogen war. Gegen das Licht zeichneten sich zwei miteinander ringende Schatten ab.

Eine junge Stimme rief wie in höchster Not: »Nein, nein! Lassen Sie mich los! Nein, ich will nicht!« Geoff erkannte die Gestalt eines Mädchens, das sich verzweifelt gegen einen Mann wehrte, der versuchte, sie ins Haus zurückzuzerren.

Anstatt zum Tor zu laufen, schwang Geoff sich über den Zaun und erreichte mit wenigen Schritten das kämpfende Paar. Er sah sofort, daß der Mann bis zum Gürtel nackt war. Jetzt war es der Mann, der einen überraschten Schrei ausstieß, als Geoff ihn mit eiserner Hand am Hals packte und ihm einen Hieb in die Weichteile versetzte. Ein weiterer Schlag unter das Kinn streckte ihn rücklings zu Boden.

Erst jetzt wandte Geoff sich dem verschreckten Mädchen zu, das am Türpfosten kauerte und mit beiden Händen die Vorderseite ihres zerrissenen Kleides zusammenhielt. Er beugte sich zu ihr hinab und fragte leise: »Alles in Ordnung?« Sie schauderte und schluckte schwer.

Sanft legte er seine Hand auf ihre Schulter und drehte sie zum Licht. »Du bist doch eine von den Gillespies, nicht wahr?« fragte er.

Sie schluckte wieder und nickte.

»Und was machst du hier um diese Zeit?«

Als sie nicht antwortete, meinte er: »Na, komm. Hast du einen Mantel?«

Auf seine Worte hin wandte sie sich um und stolperte ins Zimmer zurück. Geoff betrachtete inzwischen die Gestalt, die ausgestreckt auf den rohen Verandaplatten lag. Er kniete nicht neben dem Mann nieder und legte auch sein Ohr nicht an dessen Herz. Statt dessen beugte er sich nur zu ihm hinab, befühlte kurz seine Rippen und nickte.

Das Mädchen, in einen Mantel gewickelt, kam wieder heraus. Geoff ging auf sie zu, faßte sie am Ellenbogen und führte sie zum Tor.

Draußen sagte er zu ihr: »Komm jetzt, ich bring' dich zu deiner Mutter nach Hause.«

Natürlich wußte er, daß Minnie Gillespie nicht die Mutter des Mädchens, sondern seine Stiefmutter war; und er wußte auch, daß Arthur Gillespie diese Frau, die seine zweite war, vor einem Jahr hatte sitzenlassen – mit ihren drei Kindern aus erster Ehe, ihrem gemeinsamen Kind und den beiden Mädchen, die Arthur aus seiner ersten Ehe mitgebracht hatte.

»Welches von den Mädchen bist du?« fragte Geoff.

»Ich bin Lizzie«, antwortete sie und warf einen Blick zurück auf das Häuschen. »Ist er tot?«

»Nein, er wird es überleben. Aber jetzt komm, deine

Mutter macht sich gewiß schon Sorgen. Was hast du hier überhaupt gesucht um diese Zeit?«

Lizzie antwortete nicht, sondern ging stumm neben ihm her. »Ich habe dich gefragt, was du so spät hier gemacht hast?« wiederholte Geoff.

»Sie hat mich geschickt.«

»Dich geschickt? Wozu?«

»Um ihm eine Pastete zu bringen.«

»Oh!« Er schaute sie nicht an, als er weiterfragte: »Warum hat sie dich nicht am Tag geschickt?«

Da das Mädchen nicht antwortete, fügte er hinzu: »Oder deine Schwester?«

»Midge ist letzten Monat abgehauen.«

»Oh«, machte Geoff wieder und schwieg einige Zeit, bevor er weiterfragte. »Hat deine Mutter sonst Midge mit den Pasteten geschickt?«

Das Mädchen zögerte, bevor es mit leiser Stimme antwortete. »Ja.«

»Wie oft ist Midge zur Kate gegangen?«

»Sie ist immer nachts zum Saubermachen hingegangen, wenn sie in Bexleys Laden Feierabend hatte.«

»Warum ist sie weggelaufen?«

»Seinetwegen«, lautete die kurze Antwort. »Sie wollte nicht, daß er mit ihr herummachte.«

»Guter Gott!« murmelte Geoff deutlich hörbar.

Er wußte alles über Minnie Gillespie, geborene Collier. Sie war eine Schlampe, aber er hatte nicht gedacht, daß es so arg war. Sie hatte mit siebzehn geheiratet und mit ihrem ersten Mann eine schlimme Zeit durchgemacht. Das hatte sie in die Trunksucht getrieben. Allerdings, so dachte er, gehörte sie zu der Sorte, die in jedem Fall zu trinken begonnen hätte. Was sie sich selbst damit antat, war ihre eigene Angelegenheit, doch diese zwei Mädchen zu verderben, stand auf einem anderen Blatt.

»Wie oft bist du dort gewesen?«

»Heute zum erstenmal.«

»Hast du damit gerechnet, daß er dich belästigen würde?«

»Nein.« Lizzies Stimme klang ganz dünn. »Nein.«

»Hat deine Schwester dir nicht gesagt, was passiert ist, als sie hinging … mit einer Pastete am Samstagabend?«

Es dauerte einen Augenblick, bevor Lizzie antwortete. »Nein. Sie hat nie etwas gesagt, außer, daß sie es nicht leiden konnte, wenn er mit ihr herummachte. Aber ich dachte, sie redet von der Arbeit – daß er pingelig wäre oder so. Er zahlte ihr fünf Shilling.«

»Soso! Fünf Shilling!«

Etwas in Geoffs Stimme reizte Lizzie zum Widerspruch. »Nun, sie hat aufgeräumt und all so was. Sie war gut bei der Hausarbeit.«

Ich wette, das war sie, dachte er bei sich; dann fragte er: »Wie alt bist du?«

»Vierzehn.«

»Gehst du noch zur Schule?«

»Nein, ich bin gerade fertig geworden.«

»Was willst du jetzt anfangen?«

»Meine Mutter sagt, ich soll zu ihrer Schwester nach Gateshead gehen und dort in einer Fabrik arbeiten. Man kann dort fünfzehn Shilling in der Woche verdienen.«

»Willst du dorthin gehen?«

»Nein. Dort ist es schlechter als hier. Es ist dreckig, und bei meiner Tante ist es noch schlimmer als daheim. Sie sind zu neunt. Aber hier gibt es keine Arbeit. Mrs. Bexley hat jemand anders eingestellt, nachdem Midge gegangen ist. Und Mam sagt, sie will die Hälfte von meinem Lohn, weil ich mithelfen muß, die Familie zu ernähren, nachdem mein Dad weggelaufen ist; und die andere Hälfte soll ihre Schwester bekommen.«

Sie hatten das Flußufer verlassen, durchquerten ein Wäldchen und standen jetzt auf der Hauptstraße. Geoff blieb stehen und sagte: »Jetzt kommst du allein zurecht.«

Lizzie blickte zu ihm auf, konnte aber sein Gesicht zwischen dem Mantelkragen und dem herabgezogenen Mützenschirm nicht erkennen. »Wer sind Sie?« fragte sie.

»Oh«, antwortete er leichthin, »ich bin ein Ritter in

schimmernder Rüstung, nur kann man das wegen des Mantels nicht sehen.«

»Wohnen Sie hier in der Gegend?«

»Ja, ich wohne hier. Üblicherweise reite ich um diese Zeit auf meinem Schlachtroß umher, aber heute hat es ein lahmes Bein.«

»Sie machen Spaß.« Ihre Stimme klang ausdruckslos.

»Ja, ich mache Spaß«, antwortete Geoff und fragte dann: »Glaubst du, du bekommst Schläge, wenn du heimkommst?«

Ihr Gesicht bewegte sich im Schatten. »Sie wird es versuchen. Aber ich habe ihr gesagt, wenn sie mich noch einmal schlägt, werde ich davonlaufen wie Midge. Aber«, – sie hielt inne – »ich würde es nicht tun. Ich könnte es nicht, weil ich ja nirgends hin kann.«

»Wohin ist Midge denn gegangen?«

»Nach Newcastle. Sie hat Freunde dort. Sie wollte mir nichts über sie erzählen, aber sie hat versprochen, mir zu schreiben. Und das wird sie auch. Wenn sie etwas verspricht, hält sie es. So ist sie. Sie hat mir schon vor Wochen gesagt, daß sie weglaufen wird.«

»Und du, hast du keine Freunde?«

»Doch, hier in der Gegend. Aber da kann ich nicht hin, Mam würde mich dort finden.«

»Also wirst nach Gateshead in die Fabrik gehen?«

»Ja, ich glaube schon.«

»Und wann sollst du gehen?«

»Mam wartet auf Nachricht von ihrer Schwester, wenn eine Stelle frei ist.«

»Also könnten wir uns wieder begegnen.«

»Aber wie kann ich Sie erkennen?«

»Das geht schon in Ordnung, denn ich werde dich erkennen. Außerdem wirst du mein Pferd bemerken, obwohl es immer noch hinken wird.«

»Sie machen gern Späße, nicht wahr?«

»Zumindest behaupten die Leute das. Jetzt geh heim, und paß auf dich auf.«

»Auf bald!«

»Auf bald.« Er blieb stehen, bis die schmächtige Gestalt mit der Dunkelheit verschmolz. Dann drehte er sich langsam um und schlug den Weg nach Hause ein. Nach etwa einer halben Meile, als er sich dem Telefonhäuschen bei Grant's Corner näherte, sah er das Flackern einer Taschenlampe. Das war nichts Ungewöhnliches – jemand kam nach einem Telefongespräch aus dem Häuschen. Die Gestalt bewegte sich auf ihn zu, der Lichtstrahl richtete sich auf sein Gesicht, und eine dünne Stimme, die zu dem mickrigen Körper des Sprechers paßte, fragte: »Machst wohl einen Spaziergang, Geoff?«

Geoff ließ sich Zeit mit seiner Antwort. »Ja, so könnte man es nennen, Mr. Honeysett. Ich mache einen Spaziergang, geradeso wie Sie.«

»Auf solchen Spaziergängen geschehen merkwürdige Dinge. Kannst du erraten, weswegen ich gerade telefoniert habe?«

»Ich habe keine Ahnung, Mr. Honeysett.«

»Ich habe diesen Wochenend-Landbewohner in einem bösen Zustand vor seinem Häuschen aufgefunden. Er konnte kaum kriechen, und ich glaube, sein Kiefer ist gebrochen. Ich habe gerade den Doktor angerufen. War wohl das beste. Irgend jemand muß ihm heftig zugesetzt haben. Was meinst du?«

»Ich bin der gleichen Meinung wie Sie, Mr. Honeysett. Man muß schon mit etwas Hartem in Berührung kommen, um sich den Kiefer zu brechen.«

»Da hast du recht. Ich frage mich, wie das wohl zugegangen ist.«

»Ich habe keine Ahnung. Ich war spazieren, wie Sie schon bemerkt haben. Wenn ich nicht für König und Vaterland kämpfe, bin ich nämlich ganz friedlich.«

Honeysett brach in ein Gelächter aus, das sich zu einem Meckern steigerte und in einem Prusten endete. »Wenn ich mich recht erinnere, warst du in deinen jungen Tagen, die noch gar nicht so lange her sind, nicht so friedlich. Wie ich hörte, bist du jetzt Sergeant und wirst bald ins Ausland versetzt?«

»Ja, so ist es wohl, Mr. Honeysett.«

»Einen Augenblick lang dachte ich, es wäre dein Vater, der da auf mich zukommt. Er kleidet sich immer so dunkel, wenn er seine Runden macht. Ich frage mich, wozu? Schließlich trägt er elefantengroße Stiefel, mit denen man ihn schon Meilen vorher kommen hört. Nun, ich muß zurück und nachsehen, wie es dem Idioten in dem Wochenendhaus geht. Wahrscheinlich muß er ins Krankenhaus, weil seine unteren Zähne beinahe zu seiner Nase herauskommen. Wir sehen uns wieder.«

»Auf Wiedersehen, Mr. Honeysett.«

Geoff wollte seines Weges gehen, als der Wilderer sanft hinter seinem Rücken sagte: »Gänseschmalz wirkt Wunder bei aufgeschürften Knöcheln.«

Geoffrey senkte den Kopf und biß sich auf die Lippen, um nicht laut loszulachen, dann setzte er seinen Weg fort. Man mußte den alten Taugenichts einfach mögen. Vermutlich hatte er die ganze Szene beobachtet. Vielleicht hatte er sogar gewußt, was sich abspielte, noch bevor Geoffrey aufgetaucht war. Aber nein, Ted hatte selbst Töchter; er hätte das nicht zugelassen. Geoff schnaufte verächtlich: Er war so sicher gewesen, den alten Fuchs unbemerkt aufspüren zu können, während dieser ihn wohl schon beobachtete, seit er das Grundstück betreten hatte.

Geoff hörte die Musik, noch bevor er das Haus seiner Eltern betrat. Er stand eine Weile draußen vor dem Wohnzimmerfenster und hörte zu. Seine Mutter spielte ein Stück von Grieg. Sie spielte mit Können und Gefühl. Seit seinem sechsten Lebensjahr hatte sie ihm Klavierunterricht erteilt, und er hatte regelmäßig geübt, bis er mit vierzehn Jahren anfing, im Herrenhaus zu arbeiten. Trotzdem war er ziemlich unmusikalisch, und er wußte, daß sie darüber enttäuscht war. Er spielte zwar technisch korrekt, doch war sein Spiel einem Mann in der Armee vergleichbar. Die Armee konnte jeden zum Soldaten ausbilden, wenn er sich nur an die Regeln hielt und den Befehlen gehorchte. Das reichte jedoch nicht aus, um ein guter Soldat zu werden – dafür mußte man mit dem Herzen dabei sein.

Anders als seine Mutter war er nicht mit dem Herzen bei der Musik.

Bertha Fulton hörte auf zu spielen, als Geoffrey ins Wohnzimmer trat. Sie drehte sich auf ihrem Klavierhocker herum und fragte: »Nun, hast du ihn geschnappt?«

»So kann man es nicht direkt nennen, aber wir haben uns unterhalten.«

»Ihr habt euch unterhalten?« Sie erhob sich mühsam, griff nach ihrem Stock und wiederholte: »Ihr habt euch unterhalten?«

»Ja. Was ist so merkwürdig daran? Wir hatten einen ziemlich langen Schwatz.«

»Worüber?«

»Oh, das ist eine lange Geschichte. Ich spazierte so am Fluß vor mich hin … übrigens, hast du zufällig Kaffee gekocht?«

Bertha nickte. »Er ist in der Kaffeemaschine. Aber erzähl mir, was los war.«

»Erst brauche ich etwas zu trinken. Wenn ich es mir recht überlege, brauche ich etwas Stärkeres als Kaffee.« Mit diesen Worten ging er zum Schrank und goß sich eine ordentliche Menge Whisky ein. Dann setzte er sich zu seiner Mutter, die sich inzwischen am Kamin niedergelassen hatte. Nachdem er an seinem Glas genippt hatte, fragte er: »Weißt du etwas über die beiden Mädels von Arthur Gillespie? Ich meine, seine eigenen, nicht die von Minnie.«

»Nur Gerede darüber, daß Midge, die ältere, weggelaufen sein soll. Sie war immer schon flatterhaft und körperlich gut entwickelt. Ich habe sie zuletzt vor etwa einem Jahr gesehen. Sie kommen selten bei uns vorbei. Warum fragst du nach ihnen?«

»Weil ich heute die jüngere, Lizzie, getroffen habe.«

»Was, die Kleine ist um diese Zeit draußen?«

»Ja, unterwegs in Nacht und Dunkelheit. Ist das nicht eine Schande? Aber noch schlimmer ist es, daß sie als Hure losgeschickt wird und es nicht weiß.«

»Was?« Schockiert starrte sie ihn an. »Wie kommst du auf so etwas?«

Er erzählte ihr, was vorgefallen war. Bertha schwieg einen Moment, nachdem er geendet hatte. Und dann sprach sie nicht über das Mädchen, sondern über ihn selbst. »Was hätte da passieren können, wenn du Kidderly richtig schlimm verprügelt hättest – wenn du ihn umgebracht hättest?«

»Dann müßte ich natürlich die Folgen tragen. Aber ich bin sicher, daß jeder Richter mir mildernde Umstände zubilligen würde, denn«, seine Stimme wurde ernst, »das Mädchen hatte keine Ahnung. Verstehst du? Wie sie kämpfte – und ich weiß nicht, wie lange er ihr schon zugesetzt hatte, bevor sie es schaffte, die Tür zu öffnen. Ich hörte sie zuerst schreien, als ich am rückwärtigen Zaun entlangging, doch da wußte ich nicht, was los war. Man sollte dieses Weib einsperren!«

»Das sollte man in der Tat. Wir müssen die Behörden informieren.«

»Ja. Aber was geschieht dann?«

Bertha dachte einen Augenblick lang nach. »Wenn nachgewiesen wird, daß sie mißbraucht wurde wie ihre Schwester, kommt sie wahrscheinlich in staatliche Obhut.«

»Ich glaube nicht, daß sie das gut finden würde. Sie ist vierzehn.« Er trank seinen Whisky aus und stellte das Glas beiseite. »Ich habe auf dem Heimweg ein wenig nachgedacht. Gestern hast du darüber gesprochen, daß du eine Hilfe benötigst. Dad versucht seit Jahren, dich davon zu überzeugen. Du kannst wirklich jemanden brauchen, der dir hilft. Das Haus ist groß: fünf Räume oben und vier im Erdgeschoß; abgesehen von all den Nebenräumen. Wie wäre es, wenn du das Mädchen einstellst?«

»Du meinst, diese Lizzie?«

»Ja, genau. Diese Lizzie. Wo die andere ist, weiß ich nicht. Ich könnte sie suchen.«

»Ach, bleib ernst. Du verlangst von mir, daß ich eine von der Gillespie-Bande hier unterbringe? Ihre Mutter ist eine stadtbekannte Schlampe und ihr Haus der reinste Schweinestall!«

»Die beiden Mädchen sind nicht von ihr. Und ich habe

dich sagen hören, daß Arthur Gillespie ein anständiger Kerl wäre, den nur seine Frau soweit gebracht hat, davonzulaufen. Außerdem glaube ich, daß sie mit dem Mädchen ziemlich grob umspringt. Lizzie hat mir erzählt, sie habe ihrer Stiefmutter gedroht, wegzulaufen, wenn sie sie noch einmal schlägt. Sie ist sicher nicht so übel; und so viele junge Mädchen, die Arbeit als Haushaltshilfe suchen, gibt es hier nicht. Es ist jetzt noch genauso, wie zu der Zeit, bevor ich wegging: Sie wollen in modischen Geschäften arbeiten oder tippen lernen. Hausarbeit ist ihnen nicht gut genug. Außerdem wäre es mir eine Beruhigung zu wissen, daß du Gesellschaft hast, wenn ich nicht hier bin. Und soviel ich in der Dunkelheit von ihr gesehen – oder besser: gehört – habe, scheint sie ein recht verständiges kleines Ding zu sein.«

»Ich werde es überschlafen. Jedenfalls bin ich der Meinung, daß dein Dad auch ein Wörtchen mitzureden hat.«

»Oh, sei nicht albern, Mam! Dad rät dir doch schon seit Jahren dazu.«

»Ja, das stimmt. Aber es ist eine von den Gillespies; und Dad kennt sie besser als du oder ich. Und da sie so lange von dieser Frau aufgezogen worden ist, weiß man nicht, was sie von ihr gelernt hat – ich meine, was Benehmen und solche Dinge angeht.«

»Nun, dann bist du die Richtige, um ihr etwas Besseres beizubringen, nicht wahr? Manieren und solche Dinge, und nicht zu vergessen die Moral. Jawoll, Oberfeldwebel Fulton!«

Seine Mutter winkte belustigt ab. »Los, ins Bett mit dir!«

»Bleibst du noch unten?«

»Ja, ich bin noch nicht müde«, sagte sie und stand auf. »Ich werde dir noch ein paar Schlaflieder spielen. Gute Nacht!«

Er umarmte sie und drückte sie an sich. Dann küßte er sie sanft auf die Wange und ging aus dem Zimmer.

Als Bertha wieder allein war, ging sie jedoch nicht gleich zum Klavier, sondern setzte sich nochmals in den Sessel. Sie faltete die Hände im Schoß und starrte ins Feuer. Ein junges Mädchen im Haus – jemanden, den sie unterrichten und anleiten könnte. Sie hatte darüber schon oft nachgedacht, war aber davor zurückgeschreckt, da sie sich gefragt hatte, wo heutzutage noch ein Mädchen zu finden wäre, das sich unterweisen ließe und dem sie möglicherweise sogar das Klavierspiel beibringen könnte. Sie hatte immer unterrichten wollen, doch in der Gegend gab es niemanden, der Interesse daran hatte. Und für jemanden aus der Stadt war es zu abgelegen. Und nun, da Geoff in ein fremdes Land gehen würde, bliebe da eine Lücke in ihrem Herzen, die auch seine Briefe nicht vollständig ausfüllen könnten. Sogar John, ihr Ehemann, konnte das nicht, so sehr sie ihn auch liebte. Schließlich war er den größten Teil des Tages und oft auch abends draußen bei seiner Arbeit. Doch wenn es noch jemanden im Haus gäbe, ein junges Mädchen, dem sie Können und Wissen vermitteln und mit dem sie freundlich sprechen könnte, wären die vor ihr liegenden Tage vielleicht nicht so lang und leer.

John hatte vorgeschlagen, einen weiteren Hund anzuschaffen, da Betsy so alt geworden war, daß sie sich nicht mehr die Mühe machte zu bellen. Sie hatte nicht einmal mehr Lust, zu jagen oder den Kohlelieferanten anzukläffen, wie sie es früher getan hatte. Sie lag nur noch auf ihrer Strohschütte und wartete auf das Ende. John weigerte sich, sie vom Tierarzt einschläfern zu lassen. Man konnte einen Hund zwar lieben und mit ihm sprechen, doch leider war er nicht in der Lage zu antworten, es sei denn, durch Lekken oder Pfotegeben.

Ja, sie wollte ernsthaft über Geoffs Vorschlag nachdenken.

2

Geoff rümpfte angewidert die Nase, als er sich an Minnie Gillespie vorbei in das ärmliche Häuschen zwängte. Die Frau hatte ihm den Eintritt verweigert, bis er gedroht hatte, sich an das Jugendamt zu wenden.

Jetzt stand er mitten im Zimmer, und die Kinder starrten ihn an. Für sein militärisch geschultes Auge war der Raum ein einziges Chaos, und für seinen Verstand, der an den ordentlichen, peinlich sauberen Haushalt seiner Mutter gewöhnt war, schmutzig und entwürdigend. Er sah sofort, daß das Zimmer gleichzeitig als Küche, Wohn- und Schlafzimmer diente, denn zwei Kinder hockten trotz der fortgeschrittenen Tageszeit noch auf einem rohen Bettgestell in einer Ecke. Zwei Jungen standen daneben und starrten ihn an. Der eine, dünn und schmächtig, mochte etwa zwölf Jahre alt sein. Der andere, ein stämmiger kleiner Kerl von fünf oder sechs Jahren, hatte ein aufgewecktes, rundes Gesicht. Am entfernteren Ende des Tisches stand Lizzie. Sie warf Geoff einen schnellen Blick zu, als er eintrat. Dann senkte sie wieder den Kopf und fuhr fort, dikke Scheiben von einem Laib Brot abzuschneiden. Geoff betrachtete sie eine Weile und bemerkte trotz ihrer offen herabhängenden braunen Haare, daß sich ein blauer Fleck auf ihrem Wangenknochen abzeichnete.

Die Frau deutete auf das Bett und sagte zu dem älteren Jungen: »Bring die zwei ins andere Zimmer.« Der Junge zögerte einen Augenblick, dann drehte er sich um und winkte den beiden kleinen Mädchen. Sie kletterten aus ihrem Bett und folgten ihm, ebenso wie der kleinere Junge.

»Macht die Tür zu!« schrie die Frau ihnen nach, und die Tür wurde krachend zugeworfen.

»Was ist mit ihr?« Er deutete auf Lizzie. Die Frau gab zurück: »Was soll mit ihr sein?«

»Ich möchte allein mit Ihnen sprechen.«

»Sie ist kein Kind mehr. Sie versteht mehr, als man glaubt. Also sagen Sie, was Sie zu sagen haben!«

Anstatt zu antworten, ging er zum Tisch und berührte Lizzie an der Schulter. »Geh eine Minute nach draußen«, sagte er sanft zu ihr.

»Heda! Was zum Teufel soll das! Kommt einfach in mein Haus und fängt an rumzukommandieren ...«

»Halten Sie den Mund!« Geoff fuhr herum und starrte die Frau an. Dann blickte er wieder auf Lizzie. »Geh eine Minute hinaus.« Sie gehorchte. Als die Tür sich hinter ihr geschlossen hatte, sagte er zu der Frau: » Vielleicht war es falsch von mir, sie hinauszuschicken. Vielleicht hätte sie es gerne gehört, wie ich Sie eine dreckige Schlampe nenne!«

»Sie! Was glauben Sie, wer Sie sind?«

»Ich sage Ihnen, wer ich bin. Ich bin jemand, der es nicht leiden kann, wenn junge Mädchen zu alten Männern geschickt werden, damit die sich für fünf Shilling mit ihnen vergnügen. Deshalb ist ihre Schwester weggelaufen, nicht wahr? Sie wollte da nicht mehr mitmachen.«

Die Frau schluckte, dann strich sie ihr blondes Haar hinter die Ohren und antwortete: »Ich könnte Sie vor Gericht bringen, jawohl, das könnte ich. Das ist üble Nachrede!«

»Seien Sie still! Sie haben einen schlechten Leumund. Ich kann mich sehr gut daran erinnern, wie das Gesundheitsamt hinter Ihnen her war nach der Schuluntersuchung. Aber sie als Huren herumzuschicken, ist eine andere Sache, und da wird niemand Nachsicht zeigen. Wenn Sie das Geld so dringend brauchen, warum gehen Sie dann nicht selbst anschaffen; Sie haben doch die nötige Erfahrung, nicht wahr?«

»Jetzt reicht's aber! Ich werd' mir das nicht länger anhören. Und wenn Sie was über mich wissen, so weiß ich auch was über Sie, Herr Großmaul Fulton! Bloß weil Sie'n paar blöde Streifen an Ihrem Ärmel tragen, führen Sie sich auf wie der liebe Gott. Was ist denn mit letzter Nacht, he? Das waren Sie, und man sucht schon nach dem Mann, der Mr. Kidderly krankenhausreif geschlagen hat.«

»Nun, warum gehen Sie dann nicht hin und erzählen alles? Ich bin bereit, vor Gericht auszusagen, warum ich den Kerl schlagen mußte: um ein junges Mädchen davor zu schützen, mit Wissen seiner Mutter vergewaltigt zu werden. Und Ihre beiden Stieftöchter würden meine Geschichte bestätigen. O ja, ich weiß, daß die eine weggelaufen ist, aber es ist nicht schwer, sie zu finden. Und das Gericht würde auch in Betracht ziehen, daß Sie noch zwei Töchter haben, von denen die eine alt genug ist, von Ihnen angelernt zu werden. Wie auch immer«, er schürzte die Lippen und seine Stimme klang nun ganz ruhig und ungezwungen, »lassen wir die Anschuldigungen beiseite – ich bin hier, um Ihnen ein Angebot zu machen.«

Die Frau starrte ihn mit offenem Mund an. Dann änderte sich ihr ganzes Benehmen. Die Furcht, die in ihren Augen gelauert hatte, verschwand, und der harte, abweisende Gesichtsausdruck ging in Verachtung über. Sie warf den Kopf zurück, und aus ihren geöffneten, vollen Lippen ertönte ein grelles Lachen. »Sie wollen mir ein Angebot machen!« rief sie. »Mein Gott! Weil Sie gehört haben, daß ich für die Männer hier nicht zu haben bin, weil ich weiter herumkomme, darum glauben Sie, Sie könnten jetzt billig an mich rankommen? Weil Ihr elegantes Miststück Sie sitzengelassen hat …«

Daß sie ihn auf diese Weise mißverstand, brachte Geoff in Wut. Er beugte sich vor und fuhr sie an: »Halten Sie den Mund, Sie stinkende Schlampe! Ich sollte Sie wollen? Ich würde Sie nicht mit einer Kneifzange anfassen! Hören Sie zu, Frau, und lassen Sie mich ausreden. Meine Mutter sucht ein junges Mädchen zur Mithilfe im Haushalt und für kleine Arbeiten. Es soll bei ihr wohnen. Es wird gut angelernt und versorgt. Ich bin hier, um Ihnen zu sagen, daß sie Ihrer jüngeren Stieftochter den Job anbietet. Außerdem möchte ich Ihnen sagen, daß ich noch heute die Behörden in Durham aufsuchen werde, wenn Sie Einsprüche erheben. Und noch etwas: Sie werden keinen Penny von Lizzies Lohn erhalten; das Geld kommt auf die Bank. Und wenn Sie ihr irgendwelche Ungelegenheiten bereiten, so wird mein Vater wissen, was er zu tun hat. Also, wählen Sie!«

Ihre Antwort stieß sie zwischen zitternden, farblosen Lippen hervor: »Eines Tages wird Ihnen das alles heimgezahlt; ich bete darum, daß ich es noch erlebe. So wahr ich hier stehe, ich *werde* es noch erleben!«

»Ich bezweifle, daß sie jemals beten!« Geoff ging zur Tür, öffnete sie und rief: »Lizzie!«

Das Mädchen kam langsam ins Zimmer und stellte sich an den Kamin. Seine Augen waren weit geöffnet, das ovale Gesicht wirkte angespannt, und der blaue Fleck schien jetzt noch stärker hervorzutreten.

Geoff blickte erst Lizzie, dann ihre Stiefmutter an. Da diese schwieg, befahl er dem Mädchen: »Pack deine Sachen zusammen.«

»Was?« Sie starrte ihn und dann ihre Stiefmutter an. Offensichtlich wartete sie auf eine Erklärung. Da die Frau nicht antwortete, wandte Lizzie sich fragend an Geoff: »Ich soll meine Sachen packen?«

Geoff deutete auf Minnie und erklärte: »Wir haben uns geeinigt, daß du mit mir kommst und für meine Mutter arbeitest. Sie hat schon lange eine Hilfe gesucht. Es wird nicht schwer für dich sein; du mußt ihr nur bei der Hausarbeit und bei anderen Kleinigkeiten helfen.« Lizzies Mund öffnete sich langsam und schloß sich wieder. Dann, ohne auch nur ein Wort zu sagen, rannte sie ins angrenzende Zimmer, aus dem nun ein aufgeregtes Stimmengewirr zu hören war.

Während Geoff auf ihre Rückkehr wartete – was nicht mehr als zwei Minuten dauerte –, starrte Minnie ihn mit unverhohlener Feindseligkeit an.

Als Lizzie wieder ins Zimmer kam, trug sie Mantel und Hut. In den Armen barg sie eine Pappschachtel, die ihren ganzen Besitz enthielt. Sie ging geradewegs auf Geoffrey zu und stellte sich neben ihn. Ihre offensichtliche Freude über die gelungene Flucht war mehr, als ihre Stiefmutter ertragen konnte. Sie beugte sich über den Tisch und schrie das Mädchen an: »Das wird dir noch leid tun, darauf kannst du wetten! Was soll ich jetzt mit Joe anfangen? Wer soll auf ihn aufpassen? Irgendwer muß für die Kinder arbeiten! Dein Dad wollte es nicht, der nichtsnutzige Faulpelz. Und du und deine Schwester, ihr seid genauso wie er. Ihr wart zu nichts zu gebrauchen und werdet es auch nie sein! Und ich kann mich abschuften, um euch großzuziehen. Meine Jugend habe ich mit euch Bande verschwendet. Und Joe ist dein Halbbruder! Denkst du nicht an ihn? Du und dein Dad seid für ihn genauso verantwortlich wie ich. Aber das läßt sich leicht ändern; ich brauche ihn nur in ein Heim zu geben.«

Geoff, der fühlte, wie das Mädchen neben ihm zitterte, legte eine Hand auf ihre Schulter und sagte beruhigend: »Hab keine Angst. Sie soll es nur versuchen. Wir werden uns um alles kümmern.«

Er drehte Lizzie herum und schob sie zur Tür. Als sie draußen waren, nahm er ihr die Schachtel ab und klemmte sie unter den Arm. Seine Hand lag auf Lizzies Schulter, während sie sich still von der Kate entfernten.

Sie hatten etwa eine halbe Meile zurückgelegt, als Lizzie das Schweigen brach. »Sie würde das doch nicht tun, oder? Joe ins Heim geben?«

»Nein, nein, mach dir keine Sorgen. Joe kommt nicht in ein Heim. Das lasse ich nicht zu.«

»Aber … aber Sie werden nicht da sein. Sie sind doch Soldat und nur auf Urlaub hier.«

»Richtig, ich bin nur auf Urlaub; aber mein Vater hat einigen Einfluß in der Gegend.«

Nach einer Weile sprach Lizzie wieder: »Letzte Nacht wußte ich nicht, daß Sie das waren, wegen dem schwarzen Mantel und der Kappe. Ich habe Sie aber schon ein paarmal in Ihrer Uniform gesehen. Sie sahen sehr gut aus.«

Normalerweise hätte er darauf geantwortet: ›Du solltest mich ohne Uniform sehen, dann sehe ich noch besser aus.‹ Aber dies war nicht die Zeit und der Ort für solches Geplauder, und Lizzie war auch zu jung dafür. Also sagte er: »Es wird dir gefallen bei meiner Mutter. Sie ist eine prima Frau. Sie wird dir viele Dinge beibringen – gute Dinge.«

»Sie haben ein Klavier, nicht wahr?«

»Ja, das stimmt.«

»Ich habe es manchmal gehört, wenn ich am Tor vorüberging; nicht sehr laut, aber ich hörte die Musik.«

»Nun, du wirst es jetzt den ganzen Tag lang hören, manchmal bis spät in die Nacht. Meine Mutter spielt großartig, und sie liebt ihr Klavier.«

»Es muß herrlich sein, ein Klavier zu besitzen.«

Er schaute auf Lizzie herab. Sie blickte nach vorne, und ihr Gesichtsausdruck war so ehrfürchtig wie der Klang ihrer Stimme. Ihr braunes Haar war durch den Druck ihres Strohhütchens, das sie über die Ohren herabgezogen hatte, in Unordnung geraten. Ihr Gesicht war einfach, und sie war zu klein für ihre vierzehn Jahre. Vermutlich würde seine Mutter sie nicht nur beschäftigen, sondern sie auch ordentlich aufpäppeln.

Zu Geoffs Überraschung blieb sie plötzlich stehen und schaute ihm direkt ins Gesicht. Mit fordernder Stimme fragte sie: »Wer hat Sie dazu bewegt, mir diesen Job zu geben? Ich meine, hat Ihre Mutter schon vorher jemanden einstellen wollen? Na ja«, sie schüttelte den Kopf und fuhr fort: »Ich will nur wissen, warum Sie das tun.«

Sie beobachtete, wie seine Augen sich schlossen, seine Lippen sich zusammenpreßten und seine Schultern sich hoben und senkten. Dann öffnete er die Augen wieder und blinzelte sie an. »Lizzie«, meinte er, »ich weiß, was du meinst, obwohl ich nicht weiß, welche deiner Fragen ich zuerst beantworten soll. Laß es mich so ausdrücken: Einem geschenkten Gaul schaut man nicht ins Maul; denn denk daran – auch wenn er keine Zähne hat, so hat er doch vier Beine und bringt sogar noch vier Hufeisen mit.«

»Was?« Sie schaute ihn verständnislos an.

»Ach, komm jetzt!« Er ging voraus, und sie folgte ihm, und paßte ihre Schritte den seinen an.

Sie kamen gerade um eine Straßenbiegung, als auf einem Feldweg eine junge Frau zu Pferd auftauchte.

Geoff stutzte einen Moment, was seinen Schritt veränderte und Lizzie bewog, zu ihm aufzublicken. Als sie sich auf gleicher Höhe mit der Reiterin befanden, hielt er an, tippte an seine Kappe und grüßte: »Guten Morgen, Miß Brown.«

Die junge Dame antwortete knapp. »Guten Morgen.«

Geoff blickte zuerst auf Lizzie, bevor er wieder die Reiterin ansah. »Betreten bei Verfolgung verboten«, sagte er.

»Nein«, erwiderte die Dame kurz auf diese rätselhafte Feststellung.

Er tippte wieder kurz an seine Mütze und sagte, indem er sich zum Gehen wandte: »O doch, das stimmt. Guten Morgen, Miß Brown.«

Lizzie mußte sich jetzt beeilen, um mit ihm Schritt zu halten. Sie war verwirrt. Miß Brown war auf einem richtigen Weg geritten, nicht auf einem Feld oder Privatgrundstück, aber Geoffrey hatte gesagt: »Betreten bei Verfolgung verboten.« Mußte das nicht heißen ›bei Bestrafung‹? Außerdem war das Miß Bradford-Brown von The Hall gewesen, und er hatte so mit ihr geredet! Sie verstand ihn nicht, sie verstand nichts, was er tat; auch nicht, warum er ihr diesen Job besorgt hatte. Trotzdem freute sie sich darauf, bei seiner Mutter zu arbeiten, denn es war ein schönes Haus. Außerdem waren die Fultons ziemlich betucht – mußten sie ja sein, wenn sie sich ein Klavier leisten konnten.

Aber merkwürdig war es schon, daß er zu Miß Bradford-Brown gesagt hatte, Betreten sei bei Verfolgung verboten, wo es doch ›bei Bestrafung‹ hieß. Er war schon ein kauziger Kerl.

3

»Nun, wie macht sie sich?« fragte Geoffrey.

»Das kann ich noch nicht sagen. Es ist wirklich noch zu früh dafür.«

»Aber du hast sie doch schon in der Küche arbeiten lassen. Wie ging es denn damit?«

»Na ja, ich habe festgestellt, daß ich ihr noch beibringen muß, wie man abspült – daß man das Geschirr nicht nur kurz ins Wasser eintaucht und wieder herausholt. Was sie wirklich zu interessieren scheint, ist das Piano. Sie redet dauernd davon, wenn sie überhaupt redet.«

»Nun, darüber solltest du dich doch freuen. Aber was hältst du überhaupt so von ihr?«

»Oh«, lächelte Bertha und zuckte die Schultern. »Ich werde etwas aus ihr machen. Sie ist recht gelehrig. Wohin gehst du?« Sie sah ihm zu, wie er seine Uniformknöpfe schloß.

»Ich mache nur einen Spaziergang.«

»Dein Dad wird jede Minute hier sein. Sein Zug kommt um fünf an, und er braucht dann nur noch zwanzig Minuten mit dem Fahrrad.«

»Zwanzig Minuten braucht er jetzt also! Ich kann mich erinnern, daß er es früher in fünfzehn geschafft hat. Es muß am Alter liegen.« Er schnitt ihr eine Grimasse und fügte hinzu: »Am Sonntag kann man sich nie darauf verlassen, daß der Zug pünktlich ist. Manchmal verspätet er sich um eine Viertelstunde, also mach dir keine Sorgen. Jedenfalls möchte ich mir jetzt noch ein wenig die Beine vertreten.«

Als er zur Tür ging, rief sie ihm nach: »Geoff!« Er drehte sich um, und sie sagte leise: »Bleib doch in den nächsten ein, zwei Tagen in seiner Nähe. Ich meine, leiste ihm Gesellschaft, so oft du kannst. Du wirst ihm fehlen. Der Suezkanal ist nicht Catterick.«

»Keine Angst.« Er kam zu ihr zurück und berührte sie am Kinn. »Na komm, wo bleibt denn der Fulton-Schneid? Außerdem könnte ich dort ein ägyptisches Mädchen aufgabeln und mit nach Hause bringen. Was würdest du dazu sagen?«

»Ich würde sagen, wenn du sie ausgesucht hast, wird sie auch die Richtige für dich sein.«

Sie schauten sich eine Weile in die Augen, dann drehte Geoff sich um, nahm seine Kappe vom Garderobenhaken und ging. Bertha schaute ihm nach, die Hand auf den Mund gepreßt. Es stimmte nicht, was sie gesagt hatte – daß das Mädchen die Richtige für ihn sei, wenn er sie ausgesucht habe.

Als Geoffrey als Junge angefangen hatte, seinem Vater über das ganze Gut zu folgen, hatte sie sich gefreut, daß er mit ihm zusammensein wollte, bis John sie eines Tages lachend aufgeklärt hatte. »Er ist nicht hinter mir her, sondern hinter der jungen Miß auf ihrem Pony.« Sie erinnerte sich, wie sie erwidert hatte: »Glaubst du, er möchte auch ein Pony?« und zur Antwort bekam: »Nein, jetzt nicht. Ich glaube, er ist zum erstenmal verliebt. Es ist wie Masern: Jeder hat sie einmal, aber sie gehen vorbei.«

Und es schien tatsächlich nachzulassen, als er fünfzehn wurde und nicht Janis Brown, sondern Janis Bradford-Brown hochnäsig aus ihrem Internat für die Ferienzeit nach Hause kam. Aber als er sechzehn war, ging es wieder los. Er arbeitete damals in den Ställen von Low Tarn Hall und traf sie des öfteren. Sehr oft sogar. Sein Vater hatte zu Bertha gesagt: »Mach dir keine Sorgen, es ist nur eine kindische Verliebtheit. Er weiß selbst, daß nichts dabei herauskommen kann. Er ist vernünftig.«

Vernünftig. War John vernünftig gewesen, als er hinter *ihr* her war? Noch als Knabe hatte er mit seinem wichtigtuerischen Bruder draußen auf den Feldern gezeltet und war später mit seinem Fahrrad fast jedes Wochenende herübergestrampelt, um sie zu sehen, obwohl er wußte, daß sie möglicherweise Andrew Cole heiraten würde, um ihrem Vater finanziell über die Runden zu helfen. Obwohl

Andrew zwanzig Jahre älter war als Bertha und einen Sohn und eine Tochter hatte, die beinahe so alt waren wie sie selbst, wäre sie bereit gewesen, ihn zu heiraten … nun, nicht wirklich bereit. Wäre ihr Vater nicht so liebevoll um sie besorgt gewesen, hätte sie es wirklich getan, und ihr Vater hätte sein Land behalten können. Doch er wußte, an wem ihr Herz hing, und so hatte er, wie er es ausdrückte, lieber sein Land als seine Tochter an Cole verkauft. Und sie hatte John geheiratet, er war in ihr Haus eingezogen, und Mr. Conway vom Gut hatte ihn als Arbeiter eingestellt.

Zu jener Zeit waren die Angelegenheiten auf dem Gut ebenso verworren wie die ihres Vaters, denn es stand schlimm um Mr. Conways Finanzen. Doch seine einzige Tochter, Miß Alicia, hatte nicht soviel Glück gehabt wie Bertha: Sie hatte Ernest Bradford-Brown geheiratet, der in Low Tarn Hall Einzug hielt und seinen frisch erworbenen Reichtum mitbrachte. Wenn es je ein total gegensätzliches Ehepaar gegeben hat, so waren das Alicia und Ernest – Ernest Bradford-Brown, der klassische Emporkömmling. Er hegte auch für seine Tochter große Pläne.

Als er daher die Sechzehnjährige erwischte, wie sie mit Geoff im Dunkeln spazierenging, hatte er kurzen Prozeß mit ihm gemacht; allerdings hatte Geoff ihm vorher noch deutlich gesagt, was er von ihm hielt. Geoff sprach aus, was jeder von Mr. Bradford-Brown dachte, aber nicht zu sagen wagte – denn Arbeit war schwer zu finden.

Es war eine Tatsache, daß Ernest Brown sich von ganz unten heraufgearbeitet hatte, und er war der Meinung, daß jedermann die Position respektieren müsse, die er aus eigener Kraft erreicht hatte. Warum also versagte man ihm die Anerkennung?

Seine Karriere hatte begonnen, als er mit fünfzehn Jahren in der Firma Lee & Paddock eine Stelle als Gehilfe und Botenjunge erhielt, von der aus er sich in die Position eines Büroangestellten emporarbeitete. Zehn Jahre später jedoch war Ernest Brown kein Angestellter mehr, sondern Mitglied des Vorstands. Und nachdem zwei Teilhaber kurz nacheinander verstorben waren, übernahm er die Firma. Niemand wußte genau, wie er es angestellt hatte.

Jetzt, 1937, gehörte ihm nicht nur Lee & Paddock, er war auch Besitzer etlicher Häuserblocks, die sich größtenteils in den ärmeren Vierteln der umliegenden Kleinstädte befanden.

Und es gab zahlreiche Stimmen, die wußten, daß diese Häuser eine Schande seien und einige davon nicht einmal gut genug für Vieh, und daß er keinen Pfennig für die Instandhaltung verwenden würde.

Es hieß auch, daß sein Vater noch am Leben wäre und in einem der Häuser seines Sohnes wohnte, daß er schon an die achtzig Jahre alt sei und sein Sohn sich nicht um ihn kümmerte. Nun, das konnte man schließlich nicht von ihm erwarten, nachdem er in die Conway-Familie eingeheiratet hatte.

Bertha wußte, daß Ernest Bradford-Brown nach Geoffs Rausschmiß am liebsten auch John gekündigt hätte; doch er war zu abhängig von ihm, da John das Gut verwaltete, während Mr. Bradford-Brown mit Geldscheffeln beschäftigt war.

Während sie ihren Sohn den Pfad entlanggehen sah, stieg in Bertha wieder ihre heimliche Sorge empor: Das Mädchen war verlobt, also was wollte Geoff? Und was war mit ihr selbst los – wie konnte sie sich solche Fragen stellen, da sie doch wußte, wie sehr Geoff nach seinem Vater geriet: Beide waren zutiefst leidenschaftliche Naturen, doch versteckte John das hinter einem stillen und ruhigen Benehmen, während Geoff sich nach außen immer gut gelaunt und zu Scherzen aufgelegt zeigte.

Zum erstenmal in ihrem Leben war Bertha wegen ihres Sohns beunruhigt, und sie wünschte, er wäre weit weg von ihr, viele Meilen jenseits des Meeres.

Die alte Scheune lag am hinteren Ende des Gutes. Sie stand seit langem unbenutzt und wurde einer Reparatur nicht für wert erachtet. Als das Gut noch landwirtschaftlich genutzt wurde, hatte man das Winterheu darin untergebracht. Es lagen immer noch alte Geräte darin herum, und an der Balkendecke hingen schwere Ketten an eisernen Ringen und weckten finstere Erinnerungen.

Als er diese Überbleibsel einer vergangenen Zeit zum erstenmal gesehen hatte, hatte Geoff seinen Vater gefragt, warum man sie nicht entfernte. John hatte ihm daraufhin erzählt, daß der alte Gutsherr, Mr. Conway, es so befohlen hatte, damit die Ketten als mahnendes Zeichen für die Grausamkeit dienten, mit der Menschen oft ihresgleichen ebenso wie die Tiere behandelten.

Geoffrey hatte sich gewundert, warum Mr. Bradford-Brown diesen Befehl nicht widerrufen hatte. Vermutlich war seine Frau dagegen gewesen. Denn wenn auch jedermann wußte, wie sehr Ernest Bradford-Brown seine Umgebung beherrschte, so war doch auch bekannt, daß er sich seiner Frau gegenüber in acht nehmen mußte. Sie mochte zerbrechlich und ruhig wirken, doch sie besaß eine innere Festigkeit und einen überlegenen Spott, die herauszufordern er möglichst vermied.

Janis Bradford-Brown war Geoff zum erstenmal aufgefallen, als er neun Jahre alt war und sie sieben. Sie hatten sich schon gelegentlich gesehen, wenn er seinen Vater begleitet hatte. Doch an diesem besonderen Tag war er damit beschäftigt gewesen, seine Kappe mit Blaubeeren von den Büschen bei der Scheune anzufüllen, als eine Stimme ihn von hinten anrief: »He, was machst du da?« Er hatte sich umgedreht und in das kecke Gesicht eines kleinen Mädchens geblickt. Obwohl er wußte, wer sie war, gab er unbeeindruckt zurück: »Wenn du deine Augen aufmachen würdest, könntest du sehen, was ich tue!« Das setzte sie für einen Moment außer Gefecht. Doch sie fand ihre Sprache schnell wieder und meinte: »Ich kenne dich. Du bist der Fulton-Junge.«

Er antwortete im selben Ton: »Und ich kenne dich auch, und du bist gar nichts Besonderes.« Wiederum war sie verwirrt. Auf der Suche nach einer passenden Antwort bewegte sie den Kopf hin und her. Da fiel ihr ein verwittertes Warnschild ins Auge, das vergessen im Gras lag. Die

Schrift darauf war noch lesbar, und während sie darauf deutete, sagte sie laut, aber langsam: »Hier steht, daß das Betreten bei Verfolgung verboten ist.«

Auch Geoff hatte daraufhin das Brett betrachtet und aufreizend kühl festgestellt: »Das steht da nicht.«

»Tut es doch!«

»Tut es nicht. Du kannst wohl nicht lesen. Hier steht, das Betreten ist bei Bestrafung verboten.«

»Du bist unverschämt. Das sage ich meinem Vater! Und ... und du stiehlst unsere Blaubeeren!«

Diese Anschuldigung ließ Geoff alle von seiner Mutter erteilten Mahnungen vergessen, nicht zu vorlaut und schnippisch zu sein. Denn natürlich hatte sie dabei nur sein Benehmen Erwachsenen gegenüber gemeint; was da vor ihm stand, war jedoch keine Erwachsene, sondern ein frecher kleiner Affe. Er vergaß, was er aufgrund seiner Stellung und der seines Vaters der Tochter des Hauses schuldete, griff eine Handvoll reifer Beeren aus seiner Mütze und ging auf das Mädchen zu. »Halt deine Hände auf«, verlangte er, als er vor ihr stand. Sie hatte jetzt Angst bekommen und gehorchte. Geoff zerquetschte die Blaubeeren auf ihren Handflächen und sagte: »Gib sie deinem Vater zurück. Und weißt du, was du bist? Du bist eine freche Göre!« Damit marschierte er davon, wobei er sicher war, daß sie gleich zu schluchzen anfangen und davonrennen würde. Nachdem er sich ein paar Meter von der Scheune entfernt hatte, ohne etwas gehört zu haben, drehte er sich neugierig um. Die Kleine hatte sich niedergebeugt und wischte ihre Hände am Gras ab; das fand er für ein Mädchen ungewöhnlich, und er kehrte um. Langsam ging er zu ihr hin und fragte:

»Warum bist du nicht nach Hause gelaufen und hast es deinem Vater erzählt?«

»Wie alt bist du?« fragte sie zurück.

»Ich bin neun«, teilte er ihr mit.

»Ich bin sieben.«

Dann blickte sie auf das im Gras liegende Warnschild und fragte ruhig: »Heißt es wirklich ›Bestrafung‹?

Er nickte bestätigend: »Ja, es heißt wirklich so.«

Daraufhin meinte sie: »Nun, dann muß ich das Nancy Bassett sagen. Sie ist unsere Waschfrau, und jedesmal, wenn ich ins Waschhaus komme, schickt sie mich weg und sagt: ›Betreten bei Verfolgung verboten.‹ «

Darüber lachten sie beide, und er hatte bei sich gedacht, wie lustig ihr Lachen war: Sie lachte ganz hoch und quiekend, und Lachtränen kullerten aus ihren runden blauen Augen über ihr Gesicht.

So hatte es angefangen ...

Seit einer halben Stunde wartete er nun in der Scheune. Obwohl sie wußte, um welche Zeit sie sich immer getroffen hatten, war sie noch immer nicht da. Sie war doch sicher wie alle anderen darüber im Bilde, daß er ins Ausland versetzt werden sollte. Solche Nachrichten verbreiteten sich mit Windeseile; man brauchte dazu keine Brieftaube.

Und wenn sie nicht käme? Vielleicht wäre es sogar besser so, denn es würde auf jeden Fall das Ende bedeuten. Geoff hatte sich seit einigen Tagen mit diesem Gedanken beschäftigt. Er hatte sich sogar eingeredet, daß es klüger sei, das Ende offen und unausgesprochen zu lassen. Doch seine Gefühle waren so aufgewühlt, daß er es nicht ertragen konnte zu gehen, ohne sie noch einmal zu sehen und sich mit ihr auszusprechen. Aber hatte er ihr nicht früher schon all seine Gedanken mitgeteilt? Sie wußte alles, was er dachte und fühlte, und er wußte es auch von ihr ... Doch wußte er es wirklich? Er hatte in den vergangenen Monaten einsehen müssen, daß er ihre Gefühle ihm gegenüber wohl doch nicht ganz richtig eingeschätzt hatte.

Hier stand er nun, ein Sergeant, der dafür bekannt war, daß er mit seinen Untergebenen hart umsprang; hart, aber gerecht. Ja, seine Jungs mußten widerstrebend zugeben, daß er fair war. Und in der Unteroffiziersmesse war er das belebende Element in der Gesellschaft, ein echter Mann. Doch wie tief reichten diese beiden Seiten seiner Persönlichkeit? Sie gingen kaum bis unter die Haut, denn in diesem Augenblick fühlte Geoff sich buchstäblich krank, genauso wie damals, als er sechzehn war und auf Janis'

Rückkehr aus dem Internat wartete, von wo sie als junge Dame heimkehrte.

Dann kam der Ferientag, an dem er sie geküßt hatte, und danach hatte er sich nie wieder krank gefühlt, wenn er auf sie wartete – bis ihr Vater Wind von der Sache bekam und die Hölle los war.

Janis wurde auf eine Schule im Süden geschickt, um ihrer Erziehung den letzten Schliff zu geben. Und das war anscheinend gelungen, denn sie trug nun das gleiche vornehme Wesen zur Schau wie ihre Mutter. Geoff hatte sie einmal auf offener Straße getroffen. Er war einfacher Soldat in der Leichten Infanterie von Durham gewesen und sie die Tochter des Herrenhauses. Er hatte sich in seiner Uniform beengt und unbeholfen gefühlt, und entsprechend hatte er sich auch benommen.

Als sie sich das nächstemal trafen, war er zwanzig gewesen und sie achtzehn. Er war inzwischen Korporal und sie hatte ihre Ausbildung beendet. Sie war schon seit einem Monat zu Hause gewesen, als er Urlaub bekommen hatte; und es war sie gewesen, die ihn aufsuchte. Sie mußte ihn beobachtet haben, denn als er an der alten Scheune vorüberging, kam sie vom Fluß her auf ihn zu. Sie waren sich beide sehr schüchtern begegnet, höflich und formell, bis er gefragt hatte: »Bist du jetzt fertig mit der Schule?« Zu seiner Überraschung antwortete sie: »Ja, Gott sei Dank!«

»Hat es dir denn nicht gefallen?«

»Gefallen!« Sie warf den Kopf zurück und lachte ihr merkwürdig hohes Lachen. »Kannst du dir vorstellen, wie es in einem Mädcheninternat zugeht?«

»Nein, bis jetzt nicht«, antwortete er nun in ungezwungenerem Ton. »Aber die Armee hegt alle möglichen Pläne für die Erziehung und Erleuchtung ihrer Soldaten. Vielleicht erwartet uns auch noch ein Mädcheninternat.«

»Ha!« stieß sie hervor und meinte dann: »Ich habe oft über dich nachgedacht in den letzten Jahren, weißt du?«

»Ich bin geschmeichelt.«

»Hast du auch an mich gedacht?«

Er hatte sie lange angeblickt und dann geantwortet:

»Willst du ein Spiel mit mir spielen, Janis? Wenn ja, dann sage ich dir lieber gleich, daß ich dafür nichts übrig habe.«

»Ich weiß nicht, was du meinst.«

»Das weißt du wohl.« Er bewegte seinen Kopf langsam auf und ab, woraufhin sie ebenfalls ihr Haupt senkte und leise sagte: »Wir könnten Freunde sein.«

»Welche Art Freunde?« fragte Geoff.

»Welche Art du willst«, gab Janis zurück und sah ihm direkt in die Augen.

Sein Herz machte einen Freudensprung. Er nahm sie an der Hand und führte sie langsam zur Scheune. Dort blickten sie sich im dämmrigen Licht lange an, bevor er sie küßte; und sie erwiderte den Kuß mit einer Leidenschaft, die der seinen nicht nachstand.

Von da an hatte Geoff ein ganzes Jahr lang nur für seine Urlaubstage gelebt. Sechsunddreißig Stunden, achtundvierzig Stunden, und manche davon vergeudet, weil er Janis nicht getroffen hatte. Sie hatten ein Zeichen vereinbart: Wenn das alte Warnschild aufgerichtet am Zaun stand, sollte er am selben Tag noch zur alten Scheune kommen. Wenn sie ihn nicht treffen konnte, sollte es zur Seite gelehnt sein. Lag es im Gras, war sie nicht zu Hause.

Wann hatte er das Schild zuletzt aufgerichtet oder angelehnt gesehen? War es vor acht Monaten gewesen, oder schon vor zehn? Es mußte kurz nach seiner Beförderung zum Sergeanten gewesen sein. Bei diesem Treffen hatte er zu ihr gesagt: »Ich bin auf der Erfolgsleiter zum Offizier«, worauf sie gleichgültig geantwortet hatte: »Freu dich nicht zu früh.«

»Wenn es Krieg gibt«, erwiderte er, »wirst du auf irgendein Schlachtfeld gestellt, tust dies, tust jenes, und dann stellt sich der Erfolg fast von selbst ein.«

»Das paßt ausgezeichnet zu dem Sprichwort, das du immer zitierst: Gibt Gott das Häslein, gibt er auch das Gräslein.«

War damals Richard Bonefords Name zum erstenmal gefallen? Geoffreys Mutter hatte ihn taktvoll darauf hingewiesen, daß Miß Janis im Country Magazin abgebildet war – beim Tanz mit einem Mr. Dickie Boneford, der, so schien es, Güter in Schottland besaß und die Jagd zu Pferde betrieb.

Also sprach er Janis darauf an. »Was höre ich da von dir … und diesem Boneford-Knaben, dem bekannten Herrn Soundso?«

Darauf hatte sie geantwortet: »Und was hast du gehört? Daß wir auf dem Jagdball zusammen getanzt haben? Ich habe noch mit zehn anderen Männern getanzt, von denen vier noch zu haben sind. Was sagst du dazu?«

Er sagte nichts dazu; bis zu seinem nächsten Urlaub, als er das Schild im Gras liegend fand. Zwei Wochen später erhielt er einen Brief von Janis, den ersten Brief, den sie ihm je geschrieben hatte, adressiert an seine Kaserne. Es war ein Brief, wie man ihn in einem Roman, der am Ende des letzten Jahrhunderts spielt, finden könnte. Sie schrieb, wie sehr sie seine Freundschaft und Kameradschaft während der ganzen Jahre geschätzt hatte, doch jetzt müsse sie an ihre Zukunft denken. Ihre Eltern wünschten, daß sie heiratete, und sie teilte ihm mit, daß sie sich mit Richard Boneford verloben würde. Sie wüßte, daß Geoff sie verstehen würde und daß er ihre Lage von Anfang an verstanden hätte. Sie würde immer in Freundschaft an ihn denken. Unterschrieben war der Brief nur mit ›Janis‹.

Geoffrey konnte es anfangs nicht fassen. Es war nicht nur die Tatsache, daß sie sich verlobte, sondern daß sie überhaupt einen solchen Brief an ihn schreiben konnte. Es war, als hätte man sie gelehrt, sich niemals schriftlich auf etwas festzulegen. Er hatte auf seinem Bett gesessen und auf den Brief gestarrt, bis die Buchstaben vor seinen Augen verschwammen. Ihre Beziehung war nicht so oberflächlich gewesen, wie der Brief vermuten ließ. Vor zwei Jahren hatte sie sich ihm bereitwillig hingegeben. Sie hatte ihm selbst gestanden, daß sie nur für die Zeit lebte, wenn er auf Urlaub war.

Der Brief hätte Geoffs Stolz verletzen und seine Gefühle

für Janis abtöten sollen. Er hätte herausschreien sollen, daß sie nicht besser sei als eine Hure und kalt wie ein Stück Eis. Aber er sagte nichts dergleichen, nicht einmal zu sich selbst. Statt dessen seufzte er wieder und wieder ihren Namen: »Janis! Oh, Janis!« Doch gleichzeitig verachtete er sich wegen seiner Weichheit. Schließlich war er Sergeant Geoffrey Fulton, er war in der Armee, und – so wahr ihm Gott helfe – er würde aufsteigen! Wer zum Teufel war sie überhaupt? Nur die neureiche Tochter eines Emporkömmlings! Aber seine Selbstverachtung reichte nicht tief; sie hatte ihr Gegengewicht in den Pflichten des Soldaten, den Paraden, dem Drill, den Manövern, dem Stolz auf das Bataillon, dem Respekt der Männer; denn, wie jeder Soldat wußte: Offiziere gab es zuhauf, aber es waren die Sergeanten, die die Armee zusammenhielten.

Er verschaffte sich Erleichterung, indem er seine Männer für die Krönungsparade in Mai drillte.

Und dann, am 3. Juli, kam der Befehl: Einschiffung mit Ziel Suezkanal im Oktober. Geoffrey hatte das begrüßt, denn es bedeutete für ihn, daß er nicht in jedem Urlaub nach Hause fahren konnte.

Und doch, dies war nun sein letzter Urlaub vor der Versetzung, und seine Qual war ebenso stark wie früher. Nein, nicht ganz; denn er war von einer Bitterkeit durchdrungen, die sein Inneres härter gemacht hatte. Trotzdem – er wollte sich nicht geschlagen geben, bis er ihr gesagt hatte, was er von ihr hielt.

Er schaute auf seine Armbanduhr. Er gab Janis noch zehn Minuten. War sie dann noch nicht da, so würde er ohne Zögern gehen. Aber einen Brief würde er ihr schreiben, ohne falsche Rücksichtnahme, und ihr darin seine Vorstellung von Freundschaft klarmachen. Und er würde kein Blatt vor den Mund nehmen …

Plötzlich befand er sich wieder in der Gegenwart, denn Janis war gekommen. Sie stand in der Tür, und ihr Schatten zeichnete sich gegen das Zwielicht ab. Sanft sagte sie: »Das ist sehr unfair von dir, Geoff.«

»Unfair? Das sehe ich nicht so.« Seine Stimme klang

spöttisch. »Du weißt vermutlich, daß ich mich auf Abschiedsurlaub befinde. Ich wollte dir nur Lebewohl sagen, denn wir werden uns wohl nicht wiedersehen, nicht wahr?«

»Nein, vermutlich nicht ... jedenfalls vorläufig nicht. Daher sehe ich keinen Sinn in unserem Treffen.«

»Warum bist du dann gekommen?«

»Weil ich wußte, daß du mich verletzen willst und keine Ruhe geben wirst, bis du es geschafft hast.«

Sie sprach noch immer in demselben weichen, klagenden Ton. Ihr ganzes Benehmen war anders, als er es von ihr kannte. Immer war sie stürmisch gewesen, schnippisch, und hatte versucht, alles, was er sagte, zu übertrumpfen, sogar seine Witze. Wütend rief er: »Hör auf damit! Diese Verlobung kann dich doch nicht so verändert haben. Hör auf mit diesem sanftmütigen Getue und sei du selbst!«

Was sie sofort tat und erwiderte: »Genau, so bist du! Das ist der Grund, warum es unmöglich war mit uns beiden. Du könntest dich niemals ändern! Du wirst immer so roh bleiben. Es war schlimm genug mit dir, bevor du zur Armee gingst, mit deiner ewigen Besserwisserei, aber dort bist du ordinär geworden! Wie hätten wir jemals zusammenleben können? Das muß dir doch von Anfang an klar gewesen sein!«

Das Wort ›ordinär‹ versetzte ihm einen Stich. Er wollte darauf antworten, besann sich aber eines Besseren. Ruhig sagte er: »Nein, Miß Bradford-Brown, ich wußte es nicht von Anfang an, denn ich ließ mich in die Irre führen: Ich dachte, du hättest genügend Charakter, auf eigenen Füßen zu stehen und eine wirkliche Frau zu werden, eine, die ihren geldscheffelnden Vater durchschaut und ihre standesbewußte Mutter, die, so reizend sie sich gibt, keinen Augenblick lang vergißt, daß sie etwas Besseres ist. Und ich habe die Tatsache übersehen, daß du ein Erbteil von beiden mitbekommen hast: den Snobismus deiner Mutter und die Habgier deines Vaters, der trotz all seines Geldes ein ungehobelter Klotz bleibt, der nicht wahrhaben will, daß die Gesellschaft ihn nur wegen seiner Frau toleriert. Nein, ich hatte wirklich nicht verstanden – bis jetzt. Aber sag mir noch eins, bevor wir auseinandergehen«, er machte eine weitausholende Geste mit dem Arm, »weiß Richard Boneford über uns Bescheid? Ich meine – nun, du weißt, was ich meine.«

Mit zusammengekniffenen Lippen blickte sie ihn an. »Das würdest du nicht wagen!«

»Und ob ich das würde! Und ich würde es sogar tun, ordinärer Bauerntrampel, der ich bin. Das ist doch etwas, mit dem man im Pub herumprahlen kann: die Eroberung der Tochter vom Herrenhaus!«

Janis' blaue Augen trübten sich, und die Farbe wich aus ihrem Gesicht. Sie hatte Angst, daß er seine Drohung wahr machen würde; sie traute es ihm tatsächlich zu. Würde er es wirklich fertigbringen?

Ihre ganze Haltung änderte sich; sie trat näher an ihn heran und streckte ihre Hand nach seinem Arm aus. Geoff wußte, daß sie versuchen wollte, ihn herumzukriegen; das erstaunte und betrübte ihn, stieß ihn aber auch ab. In der Sekunde, als er ihre Berührung fühlte, schlug er sie hart aufs Handgelenk. Janis stieß einen Schrei aus.

Während sie ihr schmerzendes Handgelenk rieb, sagte Geoff höhnisch: »Weißt du was? Du bist keinen Pfifferling wert, laß dir das von meinem ordinären Mund sagen! Du würdest dich bereitwillig mit mir im Gras wälzen, nur damit ich meinen Mund halte, nicht wahr?«

Er schob sie beiseite und ging aus der Scheune. Er war schon ein gutes Stück entfernt, als er Janis' Stimme hinter sich hörte: »Warte, Geoff!«

Er blieb stehen und drehte sich um. Mit vor Wut weißem Gesicht rief er: »Fahr zur Hölle, Janis!«

Lässig und hoch erhobenen Hauptes ging er weiter, bis er beim Dickicht ankam. Hier blieb er stehen, umklammerte mit beiden Händen ein junges Bäumchen und schüttelte es, bis die Wurzeln sich in der Erde bewegten.

Nun, jetzt war es vorbei, zu Ende.

Geoffreys Schritt verlangsamte sich, während er den Heimweg einschlug. Er ging jetzt nicht mehr so aufrecht, sein Rücken war leicht gekrümmt, sein Kopf nach vorne gesunken. Ordinär hatte sie gesagt. Ordinär!

Er betrat das Haus durch die Hintertür. An der Küche ließ sich noch unschwer das Bauernhaus erkennen: ein langer, heller Holztisch in der Mitte des Raumes, die offene Feuerstelle flankiert von Öfen, altersgeschwärzte Deckenbalken und ein Eichenregal voller Geschirr. Vor diesem Regal stand Lizzie und hängte Tassen an die Haken, die am untersten Regalfach angebracht waren. Sie drehte sich zu ihm um. »Hallo«, grüßte sie.

Es dauerte einen Augenblick, bis er sich zu einer Antwort aufraffte. »Hallo. Wie geht's dir?«

»Oh, sehr gut, wirklich. Es gefällt mir hier.«

»Gut.«

»Soll … soll ich Ihnen etwas machen? Eine Tasse Tee vielleicht? Ihre Mam spielt gerade auf dem Klavier.« Das war nicht zu überhören.

»Ist mein Vater schon zu Hause?« fragte Geoff. Lizzie nickte. »Ja, und er hat mit mir geredet. Er … er sagte, ich wäre willkommen.« Sie lächelte breit.

»Das ist gut«, antwortete er, »sehr gut. Dann gehörst du jetzt zum Haus.«

Er wußte, daß er eigentlich hineingehen und seinen Vater begrüßen sollte, doch er fühlte sich dazu im Augenblick nicht in der Lage.

Er nickte Lizzie zu, ging über den Korridor zur hinteren Treppe und von dort in sein Schlafzimmer.

Dort legte er seinen Mantel ab und lockerte seine Krawatte. Immer wieder kehrten seine Gedanken zu diesem Wort zurück: ordinär. Seltsam, doch diese Bezeichnung kränkte ihn im Moment mehr als die Ablehnung seiner ganzen Person.

Er war immer stolz darauf gewesen, daß er nie Probleme gehabt hatte, Konversation zu machen. Er konnte sich Zitate gut merken, womit er so manchen Gesprächspartner beeindruckt hatte. Sein Englischlehrer in der Schule, der alte Pybus, hegte eine Vorliebe für die Geschichte des Altertums und hatte versucht, sie den Quadratschädeln in seiner Klasse einzuhämmern. Merkwürdigerweise hatte Geoff angefangen, sich dafür zu interessieren; und dieses Wissen stellte eine bedeutende Quelle für seine Zitate dar.

Er ging zum anderen Ende des Zimmers und öffnete eine Schranktür. Dahinter bewahrte seine Mutter die Erinnerungen an seine Schulzeit auf. Zuoberst waren seine Bücher: Die Schatzinsel, Die Entführung, David Copperfield, Der letzte Mohikaner, Die Sagen des klassischen Altertums und einige Stapel einer Jugendzeitschrift.

Er zog eines der Bücher heraus, blätterte darin und stellte es energisch wieder zurück. »Ordinär!« murmelte er.

Er suchte ein Wörterbuch und las die Erklärung des Wortes: alltäglich, primitiv, banal, ungebildet.

Ungebildet. Ja, das umfaßte auch seine eigene Interpretation. Und im stillen fügte er hinzu: Ungebildeter, versoffener Langweiler. Er mußte an Bill Titon denken, der in der Dorfkneipe beinahe wohnte. Und es gab noch mehrere Männer in der Gegend, denen er die Worte ›alltäglich‹ oder ›banal‹ zuordnen konnte. Aber primitiv? Nein, dazu mußte man schon ausgesprochen geringe Geistesgaben besitzen. Aber er wußte jetzt, was Janis gemeint hatte, als sie ihn ordinär nannte: ungebildet. Ja, das hatte sie damit sagen wollen.

Doch hatte sie ihn auch ungebildet gefunden, als sie mit ihm bei der Scheune im hohen, wirren Gras gelegen hatte? Gewiß nicht! Sie hatte ihm gesagt, wie wundervoll er sei und wie er ihr das Gefühl gebe, der Welt zu entfliehen. Das hatte sie nicht einmal, sondern wieder und wieder gesagt; und dabei hatte sie ihn ebenso leidenschaftlich geküßt wie er sie. Damals war er überzeugt gewesen, daß sie füreinander geschaffen waren. Nichts, so hatte er geglaubt, könne sie trennen. Und sie hatte ihm gesagt, daß er ihr mehr bedeutete als alle Männer, die sie kannte – dieser ganze jagende, angelnde, schießwütige Landadel. Das war, wenn sie sich zufrieden in seinen Arm gekuschelt hatte. Sie kannten ihre Körper und fanden Gefallen aneinander. Aber jetzt war er ordinär ... und sie war ein Flittchen! Soviel zum

Thema ewige Liebe! Geoff fühlte einen Schmerz in seiner Brust, scharf und reißend wie ein Bajonettstich.

Er hörte die Stimme seiner Mutter: »Bist du oben, Geoff? Dad ist da!«

Er öffnete seine Zimmertür und rief hinunter: »Ich komme gleich!«

Fünf Minuten später betrat er mit verkniffenem Gesicht, jedoch mit geradem Rücken und erhobenem Kopf das Wohnzimmer.

»Du hast es also überstanden?« fragte er seinen Vater, der neben dem Kamin saß.

»Ja, mein Junge, und ich bin froh, daß ich wieder hier bin. Du meine Güte! Ich würde verrückt werden, wenn ich in der Stadt leben müßte. Keine Ahnung, wie Henry das ausgehalten hat!«

»O John, du weißt doch, wie gut es ihm in der Stadt gefallen hat. Er hat das Landleben gehaßt!« sagte Bertha.

»Ja, du hast wohl recht.«

Bertha wandte sich an Geoff. »Dein Dad fühlt sich schuldig, weil Henry ihm sein Geld hinterlassen hat.«

»Nein!« Lächelnd blickte Geoff seinen Vater an. »Ist es viel?«

»Ob es viel ist?« mischte sich seine Mutter wieder ein. »Wie Henry sich benommen hat, mußte man glauben, er nage am Hungertuch, obwohl er doch seine gute Stelle hatte. Er war immer so geizig. Und dabei hatte er so viel Geld auf der Bank!«

»So viel Geld?« fragte Geoff seinen Vater, und seine Mutter rief dazwischen: »Sag's ihm, sag's ihm!«

»Es waren zweitausendsiebenhundert Pfund!«

»Wie? Und die hat er dir vererbt?« Für einen Augenblick vergaß Geoffrey den Vorfall mit Janis. Aufgeregt setzte er sich neben seinen Vater und legte ihm die Hand auf die Schulter. »Das ist eine ganze Menge – zweitausendsiebenhundert Pfund! Jetzt kannst du dein Fahrrad auf den Schrott werfen und dir endlich ein Auto kaufen.«

»Ein Auto?« John Fulton kniff die Augen zusammen. »Kannst du dir vorstellen, daß ich ein Auto steuere?«

»Ja, allerdings. Tragt das Geld bloß nicht auf die Bank, sondern freut euch daran und leistet euch etwas. Geht aus oder verreist!«

»Ich weiß nicht recht.« Sein Vater schüttelte den Kopf. »Ich fühle mich irgendwie schuldig. Ich habe mich in letzter Zeit wenig um Henry gekümmert; er ist mir auf die Nerven gegangen. Und dennoch wußte ich, daß ich ihm etwas dafür schulde, daß er für mich gesorgt hat, als ich ein Kind war. Er hat mich aufgezogen, weißt du? Das kann man nicht vergessen. Und nur seiner Schwäche für Campingausflüge verdanke ich es, daß ich diese Frau gefunden habe und heute hier bin.« Er streckte die Hand aus und legte sie auf Berthas Finger, die den Stock umklammerten. Er fuhr fort: »Er war mir seit Jahren gram …«

»Nicht dir, sondern mir«, unterbrach ihn Bertha. »Er konnte Frauen nicht ausstehen. Er litt nicht einmal eine Putzfrau um sich. Dabei hätte er sich ohne weiteres eine leisten können.« Sie seufzte und lächelte dann. »Auf jeden Fall haben wir ein ereignisreiches Wochenende hinter uns.«

»Ja, Phil Connor hat mir davon erzählt«, erwiderte John. »Ich traf ihn auf der Straße, als ich zurückkam. Er erzählte, daß gestern etwas los gewesen wäre bei der Rice-Kate. Jemand hat versucht einzubrechen, und Mr. Kidderley handelte sich einen gebrochenen Kiefer ein, als er den Kerl abwehrte. Er ist jetzt im Krankenhaus. So etwas ist hier noch nie passiert. Was hat der Einbrecher sich wohl erhofft?«

Geoffrey sah seine Mutter fragend an. »Hast du ihm das nicht erzählt?«

»Nein, diesen Teil nicht.«

»Wovon redet ihr?« fragte John. »Verheimlicht ihr mir etwas? Sollte ich da vielleicht etwas wissen?«

Bertha schürzte die Lippen und deutete mit dem Daumen auf Geoffrey. »Dieser Soldat hier war der Eindringling. Kidderly hat das Mädchen belästigt und es schrie um Hilfe.«

John betrachtete seinen Sohn nachdenklich. »Hat er dich erkannt?« fragte er.

»Nein.«

»Aber er hat deine Uniform gesehen.«

»Ich trug deinen alten Regenmantel und deinen Hut.«

»Stell dir vor«, warf Bertha ein, »er hatte sich vorgenommen, Ted Honeysett zu schnappen.«

»Ach – wozu das denn?«

»Ich hatte keinen bestimmten Grund. Wahrscheinlich war mir einfach langweilig. Vermutlich fehlen mir die Manöver in der Armee. Ich wollte wohl nur sehen, ob ich es schaffe. Du hast doch immer gesagt, er sei so schlau wie zehn Wiesel.«

»Und, hast du ihn erwischt?« fragte sein Vater lächelnd. Geoff schüttelte den Kopf. »Nein, er hat mich erwischt. Er muß mich die ganze Zeit beobachtet haben, denn er war es, der den Arzt anrief. Wenn es nach mir gegangen wäre, hätte der Kerl dort liegenbleiben können. Er war schließlich nicht tot, also hätte er es schon überstanden. Doch Ted hat telefoniert und den barmherzigen Samariter gespielt.«

»Ted ist ganz in Ordnung. Er ist zwar ein Gauner, wenn es um Fisch und Geflügel geht – um Schonzeiten kümmert er sich nicht. Doch unter der Schale steckt ein guter Kern. Wir kommen gut miteinander aus. Und ich möchte wetten, daß er wußte, daß nicht ich in dem Mantel gesteckt habe. Bist du stehengeblieben?«

»Ja, kurz.«

»Nun, er wird sich ganz schön ins Fäustchen gelacht haben. Kaum ist man weg, geschehen die interessantesten Dinge. Aber, wie es so schön auf den Sirup-Dosen heißt: ›Aus der Stärke entsteht die Süße‹, so kommt auch aus dem Schlechten etwas Gutes, denn das Mädel gefällt mir. Sie paßt zu uns.« Er zuckte die Schultern. »Allerdings weiß ich nicht, wie sie reagieren wird, wenn sie herausfindet, daß sie unter das Kommando eines weiblichen Unteroffiziers geraten ist!«

»Ach, du!« Bertha stupste ihn mit ihrem Stock an der Wade. »Ich habe nie im Leben jemanden kommandiert! Belehrt, ja – aber niemals kommandiert! Ich weiß also nicht, nach wem dein Sohn geraten ist.« Sie sah Geoff an und fügte hinzu: »Weißt du, es ist merkwürdig, aber ich kann mir nicht vorstellen, wie du andere Leute anbrüllst, noch dazu erwachsene Männer, von denen manche bestimmt ganz schön widerborstig sind.«

»Warte nur, bis er Oberfeldwebel ist.« John nickte seinem Sohn zu, und dieser antwortete mit ironisch hochgezogener Augenbraue: »Ja, wartet nur; dann geht's erst richtig los!« Er drehte sich um und fügte hinzu: »Ich gehe in die Küche und suche mir etwas Eßbares. Nein, bleib sitzen«, er streckte abwehrend die Hand gegen seine Mutter aus, »ich bin schon ein großer Junge und kann das alleine!«

Als er zur Tür hinaus war, hielt er inne. Jawohl, dachte er, dann geht's los. Oberfeldwebel – ich werde es schaffen, bei Gott! Ich werde es ihr zeigen ... Ungebildet!

Im Paradeschritt marschierte er über den Flur, stieß die Küchentür auf und hätte beinahe Lizzie umgeworfen. Schnell streckte er die Arme aus und fing sie auf, bevor sie fallen konnte. Er hielt sie einen Moment fest und sah ihr ins Gesicht. »Das ist das zweitemal innerhalb von zwei Abenden, daß du dich von mir retten läßt«, sagte er zu ihr. »Das scheint zur Gewohnheit zu werden.«

Lizzie strich ihr Haar aus der Stirn und schaute ihn an. »Ja, nicht wahr? Beim drittenmal erwischt es einen, sagt man.«

Das war ein Spruch unter Kindern, und zwar ein ziemlich rätselhafter, denn was mußte beim ersten- und zweitenmal geschehen, damit es einen beim drittenmal erwischte? Und was passierte, wenn es geschah? Ihr kindlicher Verstand hatte noch nie so weit gedacht, daher ließ sie ihn mit einem Lächeln stehen und ging ins Wohnzimmer, während Geoff die Küche betrat und vor sich hin sagte: »Beim drittenmal erwischt es einen.«

2. Teil

Low Tarn Hall

1

»Ich werde es nicht zulassen, daß sich ein Haufen schreiender Bälger in diesem Haus einquartiert! Du kannst runtergehen und ihr das sagen.«

Alicia Bradford-Brown betrachtete ihren Ehemann im Spiegel und antwortete mit aufreizend ruhiger Stimme: »Das werde ich nicht tun. Sag es ihr selbst!«

»Das wirst verdammt noch mal du tun!«

»Hör auf zu fluchen, Ernest.« Sie wandte sich vom Spiegel ab und wedelte mit ihrem Kamm. »Ich habe dich oft genug gewarnt. Du kannst mich auf deine schwachsinnige Weise anbrüllen, wie du es immer tust, aber ich dulde nicht, daß du fluchst!«

»Jetzt paß mal auf!« Er ging zwei Schritte auf sie zu und schlug ihr den Kamm aus der Hand. »Dies ist mein Haus, das vergißt du ja gerne! Dies ist jetzt mein Haus, und ich fluche hier, wann und wo ich will. Geht das in deinen Kopf?«

Ein Zittern überfiel Alicias Körper, ihr Gesicht jedoch blieb ruhig, als sie antwortete: »Wenn du das tust, Ernest, dann werde ich tun, was ich schon öfter angedroht habe:

Ich werde dich verlassen. Und wenn das geschieht, so weißt du genau, daß dir dann alle Türen in der Gegend verschlossen sind. Es stimmt, daß wir uns im Krieg befinden und daß daher zwischen den Landbesitzern und ihren Arbeitern eine gewisse Kameraderie herrscht; aber unter der Oberfläche besteht eine Trennungslinie für Leute wie dich; denn du kehrst deinen Reichtum zu schamlos heraus, während du dich gleichzeitig bemühst, vergessen zu machen, wie du zu diesem Reichtum gekommen bist und woher du stammst. Hättest du von Anfang an zu deiner Herkunft gestanden, hätte man dich akzeptiert. Ich habe schon vor vielen Jahren versucht, dir das begreiflich zu machen. Aber nein, Ernest, du bist ein sehr kleiner Mann in einer großen Hülle, nur ist diese Hülle durchsichtig ...«

»Bei Gott, Frau, du gehst zu weit. Ich habe genug mitgemacht, verstehst du?«

»Nicht so viel wie ich, Ernest.«

»Hör auf, meinen Namen auszusprechen, als hättest du etwas Ekliges im Mund ... und kehre mir nicht den Rücken zu!«

Alicia drehte sich wieder um. »Möchtest du, daß ich dich weiterhin ansehe, so daß du meine Gefühle aus meinem Gesicht ablesen kannst?«

Ernest Bradford-Browns bleiche Züge röteten sich purpurn. Zwei Schweißbäche tröpfelten aus seinem grauen Schläfenhaar.

Früher hatte Alicia ihn bedauert, wenn sein Zorn ihn in diesen schwitzenden, rotgesichtigen, bebenden Fleischklumpen verwandelte, aber das war lange her. Sie hatte ihn geheiratet, um ihrem Vater das Haus zu erhalten. Ihr Vater hatte das Opfer, das sie gebracht hatte, nicht lange überlebt, und ihr war klar, daß das Haus die Qualen, mit denen sie es bezahlte, nicht wert war. Das einzige Glück während ihrer Ehe waren ihre Kinder. Die verdankte sie zwar Ernest, doch sie hätte ebenso mit jedem anderen Ehemann Kinder haben können.

Die beiden fehlten ihr; Andrew mehr als Janis, da sie nicht wußte, ob er noch lebte, ob er noch an der französischen

Küste oder in deutscher Gefangenschaft war. Ihr Schwiegersohn Richard hatte überlebt; sie wußte aber nicht, in welchem Zustand er sich befand. Janis war nach Dover gefahren, wo er im Krankenhaus lag. Janis hatte nur erfahren, daß Richard verwundet war, doch blieb ihr auf jeden Fall der Trost, daß er lebte, während Andrew, ihr lieber kleiner Andrew ... Tränen stiegen in Alicias Augen, während sie ihrem Mann mit ungewohnt lauter Stimme vorwarf: »Du machst hier eine Szene, weil wir möglicherweise ein paar Kinder ins Haus bekommen, während du an das Schicksal deines Sohnes keinen Gedanken verschwendest!«

»Woher willst du das wissen? Du meinst immer, du weißt alles über die Menschen und kannst ihre Gedanken lesen. Was wäre, wenn Andrew jetzt nach Hause käme, und Richard auch, der Ruhe und Pflege braucht, während eine Horde fremder Kinder durch das Haus tobt? Du weißt, was passiert, wenn Kinder hierherkommen. Sie sind soviel Platz nicht gewöhnt, das macht sie verrückt. Erinnere dich an die drei, die wir letztes Jahr hatten!«

»Die jetzt kommen, sind keine kleinen Kinder mehr. Sie sind vierzehn, zwei Jungen und zwei Mädchen, und sie könnten auf dem Gut mit anpacken. Du regst dich auf, weil Tom Midgely und Michael Rice nicht mehr da sind, aber hast du schon mal über die Situation im Haushalt nachgedacht? Ich habe nur noch die Köchin und Florrie Rice und Nancy Bassett – wenn sie nüchtern ist.«

Es war merkwürdig, dachte Ernest, während er sie anstarrte. Manchmal, so wie jetzt, sprach sie wie eine Hausfrau. Dann konnte er sie verstehen und ihr halbwegs entgegenkommen. Doch jener andere Teil ihres Wesens trieb ihn zum Wahnsinn. Manchmal hätte er sie am liebsten erwürgt, wenn sie sich so ruhig gab; das hätte die Qual, die ihre Gegenwart in ihm erzeugte, lindern können. Warum er eine Frau liebte, die jeden Zoll seines Körpers haßte, und die jeden seiner Gedanken verspottete und der Lächerlichkeit preisgab, verstand er selbst nicht. Ja, gut, niemand wußte besser als er, wer er war und daß er sich nicht ändern konnte. Es wäre ohnehin zu spät dafür. Warum sollte er sich auch ändern? Er hatte sich den Weg nach oben, in diese hochnäsige Gesellschaft, mühsam erarbeitet. Ein Mitglied dieser Gesellschaft zu werden, war ihm einst als erstrebenswertes Ziel erschienen. Doch was war geschehen, nachdem er es erreicht hatte? Der Platz, den er erkämpft hatte, war kalt und einsam. Aber jetzt konnte er nicht mehr in die warmen Niederungen seiner Anfänge zurückkehren. Er hatte alles hinter sich gelassen. Sein einziger Trost war seine Tochter Janis. In ihr erkannte er etwas von seiner eigenen Art wieder. Sie hatte ihre Position in dem magischen Kreis der Reichen durch ihre Heirat gefestigt. Das hatte Ernest befriedigt und erleichtert. Denn als sie von der Schule gekommen war, hatte er den Verdacht gehegt, sie könnte noch einmal etwas mit dem jungen Fulton anfangen, obwohl er diese Beziehung schon vor Jahren im Keime erstickt zu haben glaubte. Wenn er ihn noch einmal mit seiner Tochter erwischt hätte, hätte er ihn erschossen. Doch seine Befürchtungen waren dahingeschmolzen wie Schnee in der Sonne, als Janis ihm eröffnete, daß Dickie Boneford ihr einen Antrag gemacht habe. Er hatte seine Freude darüber nicht verborgen, denn die Bonefords waren eine bedeutende Familie. Sie kamen aus einer anderen Grafschaft und ihr Gut war nicht groß. Sie waren auch nicht ausgesprochen reich. Doch sie besaßen einen Namen, der sich weit in die Vergangenheit verfolgen ließ, und ein Haus, das dieses Namens würdig war.

Die Dinge hatten sich gut entwickelt für Janis. Sie hatte die vornehme Dame beinahe so gut wie ihre Mutter gespielt. Dann war der Krieg ausgebrochen, und jetzt lag ihr Ehemann, vermutlich schwerverletzt, in einem Krankenhaus in Dover. Und wenn er nun starb, bevor Janis ihm einen Erben geschenkt hatte? Sie hatte bisher noch keine Kinder haben wollen.

Er ging langsam zur Tür. Seine Frau rief ihm nach: »Wirst du es ihr sagen?«

Er blieb einen Moment stehen, ohne sich umzudrehen. Dann warf er die Tür mit einem Knall hinter sich zu.

Keine Antwort ist auch eine Antwort, dachte Alicia. Sie

würde sich selbst um die Angelegenheit kümmern müssen. In Wirklichkeit war sie ebensowenig wie ihr Ehemann darauf erpicht, fremde Kinder im Haus aufzunehmen. Doch wenn sie sich weigerten, konnte man ihnen eine komplette Familie zuweisen oder Militär einquartieren. So war es Clara Johnson von The Towers ergangen: Sie hatte sich geweigert, Evakuierte aufzunehmen; daraufhin hatte man sechs Soldaten bei ihr untergebracht, die sich als wesentlich schlimmer herausstellten als noch so viele Kinder.

Aber – das war *die* Idee! *Ihr* würde es nichts ausmachen, ein oder zwei Offiziere unterzubringen. Es wäre sogar sehr nett, denn für Janis wäre es nicht so langweilig, wenn junges Volk im Haus wäre. Andererseits, wie konnte Janis sich überhaupt langweilen bei all der ehrenamtlichen Arbeit, die sie tat? Wahrscheinlich fehlte ihr Richard. Alicia fragte sich manchmal, warum Janis lieber zu Hause wohnte als bei ihren Schwiegereltern, die wirklich reizend waren. Ein wenig schrullig vielleicht, aber liebenswürdig. Doch Janis war sehr temperamentvoll, sie hatte zuviel Energie. Sie war zu sehr wie … Alicia rief sich zur Ordnung, denn sie wollte sich nicht eingestehen, wie sehr ihre Tochter ihrem Vater glich.

Es klopfte an der Tür. »Herein!« rief sie. Florrie Rice trat ein. »Die Dame vom Einquartierungsamt sagt, daß ihr Bus in einer Viertelstunde fährt. Wenn sie ihn nicht erwischt, muß sie eineinhalb Stunden auf den nächsten warten, Ma'am.«

»Ich komme gleich, Florrie.«

Florrie hatte ein Zucken in einem Auge, was vermutlich auch der Grund war, daß sie noch im Haus arbeitete und nicht in einem der Hilfsdienste. Das Auge schien unter dem flatternden Lid auf und ab zu hüpfen, als sie zu ihrer Herrin sagte: »Ich wollte Ihnen noch erzählen, Ma'am, daß sie noch eine Person dabeihat, die ziemlich gewöhnlich aussieht; eine ältere Frau. Sie hat rumgeschrien. Ich meinte, ich sollte Ihnen das sagen.«

»Danke, Florrie, danke.«

»Ma'am.« Florrie warf den Kopf zurück und ging hinaus. Alicia nahm einen tiefen Atemzug und folgte ihr auf die breite Galerie, stieg die flache Eichentreppe hinab in die Halle und ging von dort in das hintere Studierzimmer, in das alle ›Personen‹ geführt wurden.

Sie vernahm die Stimme der Person, noch ehe sie die Tür öffnete: »Nie im Leben! Ich habe von Kind an in so was gearbeitet. Das reicht! Ich bin bereit, zu arbeiten, aber diese Sorte kann ich nicht ausstehen!«

Alicia trat ins Zimmer und sah die ›Person‹. Die Frau war klein, dicklich und machte einen schlampigen Eindruck. Sie trug einen blauen Segeltuchmantel und einen grauen Strohhut. Ihr Gesicht war voller Runzeln, aus denen zwei kohleschwarze Augen hervorstarrten.

»Guten Tag, Mrs. Bradford-Brown.« Das nervöse Zittern in Miß Taggarts Stimme war nicht zu überhören.

»Guten Tag, Miß Taggart. Was kann ich für Sie tun?«

»Es ist«, – Miß Taggart blickte auf ihre Begleiterin – »nun, wegen der Kinder. Ich … ich habe Sie angerufen; Sie erinnern sich?«

»Ja, natürlich.«

»Nun, die beiden Jungen habe ich untergebracht, aber … da sind noch die Mädchen, und … na ja, sie sind beide vierzehn, und …« Die ›Person‹, die die Herrin des Hauses unverwandt angestarrt hatte, unterbrach sie. »Sie will sagen, daß es zwei junge Flittchen sind, verrückt nach Männern, und daß sie beaufsichtigt werden müssen, und daß sie mich hierlassen will, um Ihnen dabei zu helfen. Aber ich habe nein gesagt. Nein danke, Missis, nein! Gleich, ob Sie mich nehmen wollen oder nicht, ich habe meine Gründe, daß ich nicht in einem solchen Haus bleiben will – gute Gründe! Also habe ich Miß Taggart gesagt, daß sie die Busfahrkarte für mich umsonst ausgegeben hat und ich lieber nach Shields zurückgehe. Ich fürchte mich nicht vor Bomben. Lieber Bomben als eine gewisse Sorte von Leuten!«

»Bitte, Mrs. Price!« warf Miß Taggart ein.

»Bitte was!?«

»Seien Sie still!«

»Niemand sagt mir, ich soll still sein, wenn ich reden

will! Das habe ich Ihnen schon zuvor gesagt. Außerdem finde ich allein zurück.«

»Halten Sie den Mund!« befahl Miß Taggart, und, zu Alicia gewandt: »Es tut mir leid. Aber wenn Sie die Mädchen aufnehmen könnten ...?«

»Einen Augenblick, bitte.« Alicia streckte mit liebenswürdiger Geste die Hand aus. »Wenn es, wie diese ... äh ...«

»Mein Name ist Price«, warf die ›Person‹ ein, »Mrs. Meg Price.«

»Ja, natürlich. Wenn es sich, wie Mrs. Price sagt, um Mädchen handelt, auf die man aufpassen muß, so habe ich leider nicht das Personal dafür. Außerdem hat man mir mitgeteilt – so habe ich jedenfalls das Ministerium verstanden –, daß Militär bei uns einquartiert werden soll.« Die Lüge ging ihr glatt von den Lippen. Sie war es gewöhnt zu lügen; sie hatte es in jahrelanger Übung zur Kunst entwikkelt.

»Oh, ich verstehe. Nun, in diesem Fall muß ich mich nach einem anderen Platz umsehen.« Miß Taggart schaute zum Fenster hinaus und meinte bedauernd: »Ist es nicht eine Schande, daß aus Ihrem wundervollen Blumengarten Gemüsebeete gemacht wurden? Es muß bedrückend für Sie sein.«

»Nein, nein, überhaupt nicht. Blumen kann man schließlich nicht essen, und wir sind froh, daß wir etwas zur Unterstützung unseres Landes beitragen können.«

»Ja, selbstverständlich. Nun, ich muß gehen. Wissen Sie, der Bus ... er hält um zwei Uhr fünfundvierzig am Ende der Straße.«

»Ich verstehe. Guten Tag, Miß Taggart.«

Eine Minute später stand Alicia am Wohnzimmerfenster und beobachtete, wie ihre beiden Besucherinnen die Ausfahrt zur Straße hinabgingen. Während sie dachte, ›welch eine schreckliche Person‹, freute sie sich gleichzeitig darüber, die Situation so bravourös gemeistert zu haben. Wenn nur nicht zuvor der Auftritt im Schlafzimmer gewesen wäre! Auch wenn sie es nicht zugab, regten solche Vorfälle sie jedesmal wieder auf.

Sie wandte sich vom Fenster ab und blickte auf die französische Uhr auf dem Kaminsims. Viertel vor drei. Sie lächelte: Die beiden Frauen hatten sicher den Bus verpaßt.

Miß Taggart lehnte sich an das Farmtor, während ihre Begleiterin mit dem Rücken zur Straße auf dem grasbewachsenen Randstreifen saß und die Beine in einen flachen Graben baumeln ließ. Sie schwiegen seit fünf Minuten. Sie waren beide müde, durstig und wütend. Miß Taggart war wütend über Mrs. Bradford-Brown, die sie beinahe zwanzig Minuten hatte warten lassen. Ausnahmsweise stimmte sie der Meinung ihrer Begleiterin über die Adeligen zu: Sie konnten schon ziemlich rücksichtslos sein.

Meg Price war wütend, weil sie sich hatte überreden lassen mitzukommen, nur um gegen etwas vorzubeugen, was *vielleicht* passieren konnte. Nicht, daß sie das Landleben nicht mochte, sie mochte nur die Leute nicht, die da wohnten. Nun, einige konnte sie auch leiden. Es war aber leider so, daß die Netten, Freundlichen alle schon Einquartierte hatten. Dieses letzte Haus, in dem Miß Taggart sie unterbringen wollte, war sogar noch schlimmer als das Pfarrhaus. Pfarrer Drinkwater mochte zwar ein fröhlicher Einfaltspinsel sein, aber seine Frau war auch so eine Hochwohlgeborene, genau wie die Madam von vorhin. Sie hatte lieber zwei Rotzjungen aufgenommen als Mrs. Price. Um so besser. Hoffentlich hatte sie ihr Silber eingeschlossen.

Sie spähte die Straße entlang. Seit einer halben Stunde hatten sie keine Menschenseele mehr gesehen. Die Welt konnte ebensogut ausgestorben sein.

Plötzlich riß Miß Taggart sich vom Tor los. »Da kommt jemand«, sagte sie müde. Zwei Frauen kamen auf sie zu. Die eine war noch jung, siebzehn oder achtzehn; die andere, ältere, stützte sich beim Gehen auf einen Stock. Als sie sie erreicht hatten, blieben sie stehen. Die Frau mit dem Stock sah von einer zur anderen und fragte: »Sagen Sie bloß, Sie haben den Bus verpaßt!«

»Ja«, nickte Miß Taggart.

»Wie lange warten Sie hier schon?«

»Oh«, Miß Taggart sah auf ihre Uhr, »seit zwanzig Minuten.«

»So lange! Es dauert noch fast eine Stunde, bis der nächste Bus kommt. Möchten Sie inzwischen eine Tasse Tee trinken?«

Miß Taggart und Mrs. Price wechselten Blicke, dann lächelten beide und antworteten beinahe gleichzeitig: »Ja, sehr gerne!«

»Nun, wenn Sie noch fünf Minuten gehen können, stehen Sie direkt vor der vollen Teekanne!« Während Bertha sprach, half das junge Mädchen der alten Frau beim Aufstehen. Sie schauten sich an und lächelten. »Ziemlich heiß, was?« fragte Meg.

Lizzie nickte zustimmend. »Ja. Ich mag das, aber mir scheint, sie nicht so recht.«

»Da liegst du richtig, Mädel; da liegst du richtig. Ein kräftiger Ostwind wäre mir lieber.«

Lizzie ging neben der alten Frau her, während Bertha sich an Miß Taggarts Seite hielt.

Zehn Minuten später saßen alle vier am Küchentisch und tranken Tee, und die älteste der Frauen, die vergessen zu haben schien, daß man in diesen harten Zeiten höflicherweise nicht mehr als zwei Küchlein zu sich nahm, biß eben in ihr viertes, wobei sie zu Bertha bemerkte: »Nee, so was Gutes habe ich schon lang nicht mehr gekostet! Haben Sie die gebacken?«

»Nein. Lizzie erledigt die Kocherei, und sie macht es gut, wie alles andere«, erwiderte Bertha und strahlte so stolz, als wäre Lizzie ihre Tochter. Lizzie lächelte glücklich zurück. Im Gespräch entstand eine kurze Pause, dann fragte Bertha: »Sie wollen also heute noch zurück nach Shields?«

»Ja. Es bringt zwar nichts, aber mir ist es egal. Ich bin bloß 'n bißchen besorgt, daß die Gauner mein Zimmer ausgeräumt haben. Ich habe alles drin eingeschlossen. Aber ich würde es jedem von den Typen in der Straße zutrauen, daß er mit einer Haarnadel und einem Stück Draht 'ne Türe aufkriegt. Wundern würde es mich nicht, wenn sie alles rausgeholt hätten, weil sie denken, ich bin schon weg. Mrs. Ridley von gegenüber hat zwar gesagt, sie würde aufpassen, aber sie ist den ganzen Tag in der Arbeit. Also was soll's.«

Bertha betrachtete die alte Frau. Als sie ihre Augen abwandte und aus dem Fenster blickte, sah sie John auf das Gartenhäuschen zugehen. Wahrscheinlich wollte er eine Harke holen, um sich über das Unkraut in dem knochentrockenen Boden herzumachen, so wie er oft im Garten arbeitete, wenn er zwischendurch Zeit fand. Bertha biß sich auf die Lippen. Dann stemmte sie sich aus dem Stuhl, nahm ihren Stock und sagte: »Würden Sie mich einen Augenblick entschuldigen?« Sie ging hinaus.

Nachdem die Tür sich hinter ihr geschlossen hatte, fragte Meg Lizzie: »Wie alt bist du, Mädel?«

»Siebzehn.«

»Du siehst älter aus, du könntest für achtzehn oder neunzehn durchgehen.«

»Ich wünschte, die Behörden würden ebenso denken ... Ich würde gerne der ATS* beitreten. Aber dann müßte ich auch Mam allein lassen.«

»Was machst du denn hier so?«

»Ach, ich habe eine Menge zu tun. Ich besuche seit dem letzten Jahr einen Schreibmaschinenkurs in Durham. Und Mam bringt mir das Klavierspielen bei.« Sie wies mit dem Kopf zur Tür. »Sie spielt hervorragend und ist eine wundervolle Lehrerin.«

»Sie sagte, du wärst ihre Gesellschafterin. Dann bist du also nicht ihre Tochter?«

»Nein«, antwortete Lizzie, »aber sie ist wie eine Mutter zu mir – sogar noch besser. Ich ... ich habe sehr viel Glück gehabt.«

»Nun, ich kann dazu nur sagen, daß sie ihre Arbeit ganz gut gemacht hat. Sie hat dich vielleicht nicht geboren, aber sie hat dich gut erzogen.«

»Ts, ts!« Miß Taggart schnalzte mit der Zunge, und die alte Frau fuhr herum. »Was soll das heißen? Habe ich was

---

* Organisation des zivilen Hilfsdienstes; Anm. d. Red.

Falsches gesagt?« Sie wartete die Antwort nicht ab, sondern lehnte sich über den Tisch und fügte hinzu: »Wissen Sie, was mit Ihnen nicht stimmt, Miß? Sie sind so steif wie ein Spazierstock!«

Lizzie mußte an sich halten, um nicht laut herauszulachen. Diese alte Frau war gewiß sehr merkwürdig, aber sie konnte sie gut leiden. Gleichzeitig tat ihr Miß Taggart leid, die sich beleidigt vom Tisch erheben wollte. Lizzie streckte den Arm aus, um sie zurückzuhalten. »Trinken Sie doch noch eine Tasse Tee«, sagte sie zu ihr.

Miß Taggart holte tief Luft und setzte sich wieder. Überraschenderweise beugte sich die alte Frau nochmals zu ihr hinüber und entschuldigte sich. »Es tut mir leid, wenn ich Sie verärgert habe. Es liegt an meiner Zunge, sie geht mir immer durch. Und an höfliche Gesellschaft bin ich eben nicht gewöhnt. Ich bin dumm, ja. Mein eigener Vater hat es mir immer schon gesagt: ›Du bist dumm, Meg‹, sagte er immer. ›Du hast nicht mehr Verstand in deinem Kopf als jene Idioten, die sich als Ballast in die Halterungen stecken ließen, als sie mit dem Schiff aus Irland rüberkamen.‹« Sie nickte und wandte sich Lizzie zu. »War das nicht schrecklich? Aber es stimmt. Das war die Zeit, als es keine Kartoffeln gab, und die armen Teufel waren am Verhungern.«

»O Mrs. Price!« Lizzie lachte jetzt hellauf. Mit glänzendem Gesicht drehte sie sich um, als John und Bertha zur Tür hereinkamen.

Bertha ging auf Miß Taggart zu und sagte: »Miß Taggart, das ist mein Ehemann.«

John streckte die Hand aus. »Sehr erfreut.«

»Und das ist Mrs. Price«, stellte Bertha die alte Frau vor.

John blickte hinunter in das schlaue Gesicht, und Mrs. Price blickte zu ihm auf. So betrachteten sie sich eine Weile; dann reichte John ihr die Hand und sagte: »Wie geht es Ihnen?«

»Ganz gut, danke. Und selbst?«

»Oh, gut, gut.«

»Dann ist's in Ordnung. Ein nettes Haus haben Sie da. Richtig gemütlich. Ich mag gemütliche Häuser.«

»Das freut mich, denn meine Frau«, er deutete auf Bertha, »sagte, daß es ihr recht wäre, wenn Sie eine Weile bei uns bleiben würden; das heißt, wenn Sie das möchten.«

Megs Mund öffnete sich und entblößte eine Zahnlücke im Ober- und zwei im Unterkiefer; dann schlossen sich die Lippen wieder. Verwundert schaute sie Bertha an und fragte: »Stimmt das?«

»Ja, das stimmt.« Ein kleines Kichern war aus Berthas Stimme herauszuhören.

Jetzt warf Meg einen Blick auf Miß Taggart und fragte: »Und was sagen Sie dazu?«

»Ich ... ich glaube, daß Sie sehr viel Glück haben, eine solche Unterbringung angeboten zu bekommen.«

Das war sicher nicht die Antwort, die die angriffslustige alte Frau erwartet hatte, und die Umstehenden erwarteten eine lebhafte Reaktion von Mrs. Price. Doch die erwiderte nur ruhig: »Ja, da haben Sie ausnahmsweise mal recht.« Und zu John und Bertha: »Ich verspreche, daß ich Ihnen nicht zur Last fallen werde. Es gibt noch viele Arbeiten, die ich machen kann. Ich werde tun, was ich kann, Sie werden es schon sehen. Ja, Sie werden es sehen.«

»Haben Sie irgendwelche Sachen dabei?« fragte John.

»Mein Gepäck ist in der Schule in Durham.«

»Nun, dann müssen wir es eben holen, nicht wahr? Ich habe noch genug Benzin, um Sie hin- und zurückzubringen. Und Sie, Miß Taggart, werden auch schneller sein, als wenn Sie auf den Bus warten. Fahren Sie mit?«

»Oh, danke, Mr. Fulton.« Was immer sie noch sagen wollte, es war nur noch ein »und dankbar« zu hören. Erst als sie sich von Bertha verabschiedete, sprach sie den Rest des Satzes aus. »Ich hoffe, daß alles sich zum Besten wendet. Wenn sich irgendwelche Probleme ergeben sollten, lassen Sie es mich wissen.«

»Ja, natürlich«, erwiderte Bertha. »Aber ich bin sicher, daß alles gutgeht. Außerdem werden wir jetzt immer etwas zu lachen haben.«

Miß Taggart hätte gerne geantwortet: »Dann sind Sie ja

leicht zufriedenzustellen«, besann sich aber eines besseren. Sie war diese Frau los, und das allein zählte.

Bertha hatte eine vage Vorstellung von Miß Taggarts Gedanken und hätte ihr einiges erklären können. Sie hätte sagen können: »Sehen Sie, Lizzie ist den ganzen Tag in ihrem Kurs, und John ist bei seiner Arbeit, und dann hat er den LDV*; und weil ich durch meine Behinderung sehr ans Haus gebunden bin, habe ich zuviel Zeit zum Nachdenken. Denn ich muß immer an meinen Sohn denken; ich habe seit fast fünf Wochen nichts von ihm gehört. Daher würde jemand wie Mrs. Price mich ablenken; und sie könnte im Haushalt helfen, denn wie sie sagt, ist sie dazu noch in der Lage. Und dann würde Lizzie abends nicht mehr so viel zu tun haben, um die Dinge aufzuarbeiten, die ich nicht machen kann. Ihr Arbeitstag ist jetzt sehr lang.«

Doch wenn sie das zu Miß Taggart sagen würde, hätte diese gewiß etwas erwidert wie: »Nun, Mrs. Fulton, ich weiß, was Sie fühlen, aber Sie müssen sich sagen, daß Sie in dieser Zeit nicht die einzige Mutter sind, die sich Sorgen macht.«

Und obwohl klar war, daß das stimmte, konnte das ihre Besorgnis nicht verringern. Sie war immer der Meinung gewesen, daß es albern war, wenn Leute behaupteten zu wissen, wie man sich fühlte. Niemand konnte wirklich ermessen, wie ein anderer fühlte, denn manche Menschen waren fähig, Schmerzen zu ertragen, ohne darüber zu sprechen, während andere ein Geschrei machten, wenn ihnen nur der kleine Finger weh tat, und auf diese Weise Mitleid erregten. Es gab kein allgemeingültiges Maß für Schmerz und kein Meßinstrument, um die Tiefe des Schmerzes auszuloten, sei er nun seelisch oder körperlich.

---

* Organisation des zivilen Hilfsdienstes; Anm. d. Red.

2

Es dämmerte bereits, als Lizzie von Durham heimradelte. Auf halber Höhe des Brook Hill stieg sie immer ab. Sie hätte es bis nach oben schaffen können, aber sie fand, daß es die Anstrengung nicht wert sei. Oben angelangt, stieg sie gewöhnlich wieder aufs Rad und ließ es zwischen den beiden Waldstücken, die das Bradford-Brown-Gut von der Nine-Stint-Farm trennten, frei hinabrollen. Doch diesmal blieb sie, den Fuß auf einem Pedal, stehen, denn nicht weit von ihr entfernt nahm sie eine Gestalt wahr, die aus dem düsteren Gehölz zur Rechten auf den Weg trat. Ihr Herz schlug schneller. »Andrew«, dachte sie. Doch als die Figur über einen Graben sprang und mitten auf der Straße stehenblieb, war Lizzie immer noch aufgeregt, jedoch auf andere Weise.

Sie konnte Captain Boneford gut erkennen, denn sein vernarbtes Gesicht war auch in der Dämmerung unverwechselbar.

Sie schob ihr Fahrrad vorwärts und grüßte ihn. »Hallo, Captain. Sie sind also wieder zurück?«

»Oh, hallo, Lizzie. Ja, ich bin wieder im alten Stall.« Seine Stimme klang kräftig und fröhlich wie immer, wenn er den Zuversichtlichen spielte.

»Wie lange werden Sie zu Hause bleiben?«

»Diesmal für drei Wochen. Sonderurlaub, müssen Sie wissen, für gute Führung und solche Sachen. Wie geht es Ihnen?«

»Danke, gut. Aber wenn ich vor Montag früh noch eine Rationierungskarte sehe, bekomme ich einen Schreikrampf.«

»Langweilig, was?«

»Ja, ziemlich.«

»Schade, daß Sie nicht zu einer der zivilen Organisationen gehen konnten. Aber Sie müssen sich sagen, daß Mrs.

Fulton Sie dringender braucht als der WAAFS*, der ATS* oder die WRENS*.«

»Ja«, nickte sie lächelnd und zwang sich, ihm ins Gesicht zu sehen.

Dies war ein weiterer Teil seines Spiels: Er sah einem immer geradewegs ins Gesicht und versuchte nicht, nur die Seite zu zeigen, auf der sein Auge rund, braun und langbewimpert war, und seine blasse Haut glatt über Wange und Kinn lag. Vom linken Mundwinkel jedoch bis zum Haaransatz auf der rechten Seite war sein Gesicht durch kränklich-rosige Hautflecken entstellt, die den Winkel seines rechten Auges herabzogen und den Mund zu einem formlosen Schlitz deformierten, über dem die Nasenlöcher eingeritzt waren.

Lizzie stellte fest, daß die Mundwinkel nicht mehr herunterhingen und die dünnen Lippen, obwohl noch immer ohne deutliche Umrisse, etwas voller erschienen. Aber er trug immer noch den Handschuh über seiner linken Hand. Vor drei Monaten hatte er beiläufig bemerkt, daß man ihm ›eine neue Pfote‹ verpassen wolle, doch schien das noch nicht geschehen zu sein. Außerdem war nach Lizzies Meinung das Gesicht sowieso viel wichtiger. Armer Kerl!

Sie war ihm 1941 zum erstenmal begegnet. Es war am späten Abend gewesen, wie jetzt, und er hatte versucht, sein Gesicht zur Seite zu drehen, als sie ihm so unerwartet über den Weg lief. Auch sie hatte sich abwenden, hatte davonlaufen wollen; doch dann hatte sie sich überwunden stehenzubleiben und sich ein Lächeln abzuringen. »Ich befinde mich unbefugt auf diesem Gelände, wie üblich. Ich bin Lizzie Gillespie, von den Fultons drüben.«

»O ja, natürlich. Es tut mir leid, daß ich Sie erschreckt habe«, hatte er geantwortet. Was für eine angenehme Stimme, hatte Lizzie gedacht.

»Nein, Sie haben mich nicht erschreckt«, hatte sie ge-

---

* Organisationen des zivilen Hilfsdienstes; Anm. d. Red.

sagt. Nach einer Weile hatte Lizzie sich verabschiedet. »Schön, daß Sie wieder zu Hause sind, Sir.«

Darauf hatte er kurz geantwortet: »Ja, ich freue mich auch. Jetzt mache ich einen Spaziergang.«

Als sie an jenem Abend heimgekommen war, hatte sie sich an den Küchentisch gesetzt und geweint. Bertha hatte sie in die Arme genommen und sie getröstet. »Laß es dir nicht so nahegehen. Er hat Glück, daß er noch lebt.« Worauf Lizzie geantwortet hatte: »O Mam. Es wäre besser, wenn er tot wäre. Es wäre bestimmt besser.«

Auch jetzt, ein Jahr später, war sie noch derselben Meinung.

»Darf ich Sie begleiten?« fragte Richard Boneford, und Lizzie erwiderte: »Selbstverständlich. Ich bin froh, wenn ich nicht alleine gehen muß. Dieses Wegstück hier im Wald ist nicht geheuer.«

»Soldaten?«

»Nein«, lachte sie, »merkwürdigerweise sind es die Zivilisten. Je älter sie sind, desto schlimmer sind sie.«

»Haben Sie einen Freund?«

»Nein, ich habe keinen.«

»Nun, dann würde ich sage, daß da irgendeiner was verpaßt.«

Lizzie schaute ihn lachend an. »Das glaube ich nicht.«

»Nein?«

»Nein.« Ihre Stimme klang jetzt ernst.

»Wie alt sind Sie, Lizzie?«

»Beinahe neunzehn.«

»Ein wundervolles Alter. Oh, übrigens, ich habe Andrew getroffen. Besser gesagt, er hat mich getroffen. Er hat mich im Krankenhaus besucht, und er hat von Ihnen gesprochen.«

»So?« Lizzies Stimme war ausdruckslos.

»Ja, das war vor etwa einer Woche. Er hofft, bald Urlaub zu bekommen.«

»Das wäre schön für ihn.«

Boneford legte seine Hand auf den Lenker des Fahrrads, so daß Lizzie stehenbleiben mußte. Sie befanden sich jetzt auf offenem Gelände, und der Captain schaute sie mit seinem gesunden Auge an. »Wäre das für Sie nicht auch schön, Lizzie?« fragte er leise.

»Ach, Captain.« Lizzie bewegte ungeduldig den Kopf. »Was soll dabei herauskommen?«

»Ich denke, was immer Sie möchten, Lizzie. Dieser Krieg hat viele Schranken niedergerissen, und er wird vor seinem Ende noch weitere niederreißen.«

»Nicht da, wo Mr. Bradford-Brown etwas zu sagen hat.«

»Mr. Bradford-Browns Macht ist im Schwinden, Lizzie. Es ist schade, daß das erst jetzt der Fall ist, sonst könnte hier vieles anders sein.« Seine Stimme war ernst. »Wie geht es dem Oberfeldwebel?« fragte er.

Lizzie holte Luft, bevor sie antwortete. »Sehr gut, soweit man seinem letzten Brief entnehmen konnte. Aber er ist jetzt nicht mehr Oberfeldwebel; er wurde befördert. Er ist jetzt Leutnant.«

»Leutnant? Soso! Er macht Karriere, nicht wahr? Nun, was für ein Krieg … Ist sein Urlaub nicht schon überfällig?«

»Ja, und seine Mutter macht sich natürlich große Sorgen. Sie wird keine Ruhe haben, bis er wieder daheim ist.« Ihre Stimme wurde flach. Sie hatte das Gefühl, etwas Albernes gesagt zu haben, denn wenn Boneford etwas über die Beziehung zwischen seiner Frau und Geoff wußte – und sie vermutete, daß dies der Fall war –, so würde sein Seelenfriede durch Geoffs Rückkehr noch weiter gestört.

Wie sie von Meg gehört hatte, die es wiederum von Florrie Rice erfahren hatte, hatte Mrs. Boneford sich vor ihrer Heirat ausgiebig mit Geoff amüsiert, und während der langen Wartezeiten, als ihr Mann im Krankenhaus war, auch mit anderen; sogar als er zum erstenmal zu Hause war, hatte sie keinerlei Zurückhaltung an den Tag gelegt.

Erst letzte Nacht hatte Meg in ihrer unverblümten Art festgestellt: »Die läßt nichts anbrennen; eine feine Madam, in mehr als einer Hinsicht. Wie gut, daß ich nicht dort hängengeblieben bin, denn ich hätte meine Zunge nicht im Zaum halten können.«

Als hätte Boneford Lizzies Gedanken gelesen, fragte er sie: »Ist diese Evakuierte immer noch bei euch?«

»Meg? O ja!« Sie lachte. »Sie ist ein Mergler.«

»Ein Mergler?«

»Kennen Sie den Ausdruck nicht? Er hat irgend etwas mit Glasherstellung zu tun und bezeichnet einen geschickten Arbeiter. Wir bezeichnen jeden, der auf irgendeine Art etwas Besonderes ist, als Mergler. Meg wendet den Ausdruck auf Gute und Schlechte an, besonders auf Witzbolde.«

»Sie ist ein Original, aber vermutlich recht gutmütig.«

»O ja, sie ist sehr gutmütig und fürsorglich, mehr als so mancher ihr zutrauen würde. Mrs. Fulton ist sehr froh über ihre Gesellschaft, ich bin ja den ganzen Tag weg.«

»Nun«, Boneford blieb stehen, »Sie sind fast zu Hause. Und wenn ich Sie nicht mit meinem Gerede aufgehalten hätte, wären Sie schon zehn Minuten früher dagewesen.«

Lizzie wandte sich ihm zu. »Es war nett, Sie getroffen zu haben. Sie können mir gerne jederzeit wieder über den Weg laufen.«

Er antwortete ernsthaft, aber mit einem Blinzeln seines gesunden Auges: »Danke, Lizzie. Ich werde daran denken. Gute Nacht.«

»Gute Nacht, Captain.«

Beim Haus angekommen, stellte sie ihr Fahrrad im Schuppen ab und eilte zur Küchentür. Als sie eintrat, fand sie Bertha und Meg vor, die wie fast jeden Tag einträchtig auf sie warteten. Der Küchentisch war zum Tee gedeckt, das Feuer brannte hell und der Kessel zischte. Alles war so anheimelnd. Lizzie liebte diese Küche. Sie liebte auch die Stimmung, mit der sie immer empfangen wurde. Üblicherweise legte sie ihre Wetterkleidung auf der hölzernen Sitzbank ab, die sich in den Alkoven neben der Feuerstelle schmiegte; dann, während sie Berthas und Megs Geplauder zuhörte und ihre Fragen beantwortete, wusch sie sich die Hände im Waschbecken und setzte sich anschließend an den Tisch. Doch als sie heute die Küche betrat, schaute sie nur von einer zur anderen und murmelte: »Ich komme gleich. Ich gehe nur schnell nach oben.«

Bertha und Meg tauschten Blicke. Dann humpelte Bertha zur Tür, die zur Halle führte und sah Lizzie nach, die die Stufen hinaufrannte. Sie drehte sich um und sagte zu Meg: »Gehen Sie hinauf und sehen Sie nach, was los ist. Ich brauche einfach zu lange, um diese verdammten Treppen hinaufzuklettern.«

Meg klopfte an Lizzies Tür, erhielt jedoch keine Antwort. Sie trat trotzdem ins Zimmer und sah, wie Lizzie die Verdunkelungsvorhänge zuzog. »Stimmt was nicht, Mädel?« fragte sie.

»Nein, nein, Meg … Machst du das Licht an, bitte?«

Meg betätigte den Schalter. Danach ging sie zu Lizzie, die inzwischen vor dem offenen Kleiderschrank stand.

»Irgendwas hat dich aufgeregt, Mädel.«

Lizzie ließ den Kopf hängen, dann preßte sie die Stirn an die Schranktür. »Es ist nichts«, sagte sie, nur um sich sofort zu widersprechen: »Es gibt doch etwas. Ich habe gerade mit dem Captain gesprochen. Er tut mir von Herzen leid. Er sieht so verloren aus. Er ist wieder allein im Wald unterwegs gewesen. Wenn er zu Hause ist, scheint er die meiste Zeit damit zu verbringen, draußen herumzulaufen.«

»Mädel, Mädel!« Meg nahm Lizzie in die Arme. »Er tut uns allen leid; aber du solltest dir das nicht so zu Herzen nehmen. Es gibt Tausende, denen es auch nicht besser geht. Die Krankenhäuser sind voll davon, und manche werden überhaupt nicht hergezeigt. Zumindest fehlt von seinem Gesicht nur ein Teil, und ich glaube, sie werden ihn wieder ganz gut zusammenflicken.«

»Nicht alles läßt sich zusammenflicken, Meg; außerdem habe ich den Eindruck, daß er sehr viel grübelt.«

»Über was?«

»Nun, das weiß ich nicht.« Lizzie hielt es für besser, ihre Gedanken über Geoff und Mrs. Boneford für sich zu behalten; denn die alte Frau könnte, wenn auch unabsichtlich, etwas darüber verlauten lassen, ohne zu bedenken, daß Mam Geoffs Mutter war.

Meg bemerkte ihr Zögern und meinte: »Du weißt mehr,

als du ausplaudern möchtest. Aber ich sage dir was, Mädel: Es hat keinen Zweck, wenn du dich wegen des Captains grämst. Er könnte ja auch zu seiner eigenen Familie fahren und dort die Zeit verbringen. Aber wahrscheinlich will er bei seiner Frau sein. Seine Frau, ha! Jedenfalls solltest du runtergehen, denn Bertha macht sich Sorgen. Außerdem wird Mr. Fulton gleich heimkommen, und wenn er dich so bleich und traurig sieht, ruft er auf der Stelle den Doktor.«

»Du hast recht, Meg, ich komme gleich runter«, antwortete Lizzie lächelnd. Einem Impuls folgend beugte sie sich vor und küßte die alte Frau auf die Wange. Ebenso impulsiv schlang Meg ihre rundlichen Arme um Lizzie und murmelte: »Ich werde Miß Taggart bis zur Stunde meines Todes segnen, weil sie mich hierhergebracht hat. Ich habe mich nie im Leben so glücklich und gut aufgehoben gefühlt wie hier. Aber das kannst du nicht wissen.« Sie riß sich los und eilte aus dem Zimmer. »Doch, Meg«, dachte Lizzie, »ich weiß, wie einige Menschen auf der anderen Seite leben. Ich bin unter ihnen aufgewachsen und lernte den Unterschied erst kennen, als ich hierherkam. Genau wie du. Ich wurde in einer Kate aufgezogen, die kaum eineinhalb Meilen von hier liegt, und in der meine Stiefmutter mit dreien ihrer Kinder und einem neuen Mann immer noch wohnt.«

Während Lizzies erstem Jahr bei den Fultons hatte ihre Stiefmutter immer wieder ihren ältesten Jungen hergeschickt. Er hatte jedesmal dasselbe auszurichten: Seine Mutter wollte einen Anteil von Lizzies Lohn. Erst als Dad, wie John von Lizzie genannt wurde, sich überwunden hatte, Minnie Gillespie aufzusuchen und ihr gedroht hatte, der Polizei mitzuteilen, warum ihre Stieftochter unter seiner Obhut lebte, hatten die Forderungen aufgehört.

Seit jener Zeit war Lizzie ihrer Stiefmutter höchstens ein halbes dutzendmal begegnet. Sie hatten bei diesen Gelegenheiten kein Wort gewechselt. Doch als Lizzie älter wurde und sich von einem hübschen Mädchen zu einer schönen jungen Frau entwickelte, sprachen die giftigen Blicke ihrer Stiefmutter Bände.

Lizzie sah auch ihre Schwester Midge nur selten. Diese hatte kurz nach ihrer Flucht von zu Hause geheiratet; doch wie ihr Vater hatte auch ihr Ehemann seine Frau nach der Geburt des ersten Kindes sitzengelassen. Sie lebte jetzt mit einem Mann, von dem sie zwei weitere Kinder hatte, doch sie liebte sie alle. Lizzie hatte sie ein paarmal besucht und wurde herzlich empfangen; trotzdem hatten die Schwestern sich nicht wohl gefühlt dabei, denn es gab nichts, was sie verband. Midge war unbeweglich geworden: Ihre Initiative schien sich in ihrer kühnen Flucht von zu Hause erschöpft zu haben. Sie war zufrieden mit ihrem Leben als nicht allzu pingelige Hausfrau, deren Mann ihr jeden Freitag abend seinen Lohn aushändigte.

Lizzie betrachtete ihr Spiegelbild, während sie ihr Haar kämmte. Der Captain hatte sie gefragt, ob sie einen Freund hätte. Und sie hatte nein gesagt. Nun, es gab auch keinen, oder? Jedenfalls wußte niemand etwas darüber …

Als sie die Küche betrat, fand sie Bertha und John vor. Bertha war in einer Unterhaltung mit ihrem Ehemann begriffen. »Dafür kann er dich aber nicht verantwortlich machen«, sagte sie gerade zu ihm.

»Das tut er aber. Dafür werde ich bezahlt. Er sagt, seit die Birkhuhn-Saison im August begonnen hat, hätten wir an die hundert Vögel verloren. Das ist natürlich übertrieben. Dreißig käme der Sache schon näher. Aber trotzdem, dreißig sind dreißig zuviel. Und die Fasane werden auch weniger, und das, noch bevor die Saison beginnt.«

»Hast du ihm gesagt, daß du nicht an mehreren Orten zugleich sein kannst? Du bist zwei Nächte in der Woche bei der Bürgerwehr eingeteilt. Warum stellt er niemand ein, der in dieser Zeit die Kontrollgänge macht?«

John setzte sich seufzend an den Tisch. »Ich kann nicht von der Abenddämmerung bis Sonnenaufgang auf Wache sein. Als es sich nur um den alten Ted Honeysett und einige Gelegenheitswilderer handelte, konnte ich das ganze noch als Spiel betrachten. O je!« Er schüttelte den Kopf. »Damals war das Leben einfach. Keine nennenswerten Probleme.«

»Aber nun haben wir welche«, warf Bertha ein. Und zu Lizzie gewandt, meinte sie: »Und jetzt laßt uns Tee trinken, denn du, mein Mädchen, hast noch eine ganze Nacht zum Üben vor dir. Du wirst diese Bühne morgen abend nicht betreten, wenn du deine Fingerübungen nicht beherrschst.«

»Dabei fällt mir ein, daß ich noch versuchen muß, etwas Benzin aufzutreiben«, sagte John. »Es reicht noch, um hinzufahren, aber wenn ich keines bekomme, müssen wir den Heimweg zu Fuß antreten.«

Sie aßen einige Minuten schweigend, dann fragte Bertha John: »Und was gibt es sonst noch Neues? Wir hatten keinen Besuch, nicht wahr, Meg?« Bevor Meg antworten konnte, sagte John, den Blick auf den Teller gesenkt: »Bill Titons Sohn George ist als vermißt gemeldet. Sein Schiff ging unter. Ich vermute, daß sich Bill heute nicht im Pub wird blicken lassen. Es tut mir leid für ihn, aber noch mehr für seine Frau, obwohl sie noch zwei andere Söhne hat.«

Niemand antwortete, doch alle dachten daran, daß eine solche Nachricht jederzeit auch über den Sohn dieses Hauses überbracht werden konnte – den einzigen Sohn.

3

Die Veranstaltung war ein Erfolg. Es traten ein Gesangstrio auf sowie zwei Solisten und ein Zauberer. Außerdem wurden drei Sketche aufgeführt, von denen einer ausgebuht wurde, da die Soldaten im Publikum meinten, hier würde zu sehr die Seite der Unteroffiziere vertreten. Ferner wurden zwei Klaviersoli zu Gehör gebracht, beide gespielt von Miß Elizabeth Gillespie.

Das Klavier stand unterhalb der Schulbühne, und Lizzie hatte zum Abschluß alle Sänger und das Publikum beim Absingen einer Anzahl volkstümlicher Lieder begleitet. Die Zuhörer zerstreuten sich allmählich, mit Ausnahme einer Gruppe Soldaten und einiger Zivilisten, die das Klavier umstanden und Lizzie drängten, weiterzuspielen, wozu sie sich auch bereit erklärte.

John schob sich durch die Umstehenden zu ihr durch. »Wir gehen jetzt. Kommst du allein zurecht?«

Einer der Soldaten rief: »Das geht schon in Ordnung, Dad! Wir werden uns darum kümmern, daß sie nach Hause gebracht wird, und zwar unter vollem Geleitschutz!« Unter dem Gelächter seiner Kameraden salutierte er mit zitternder Hand. John warf ihm einen kühlen Blick zu und sagte zu Lizzie: »Ich werde dich vom letzten Bus abholen. In Ordnung?«

»Prima.« Sie nickte ihm zu und fuhr fort zu spielen.

Etwa eine halbe Stunde später tauchte der Hausmeister auf und überschrie den Lärm: »Es ist zehn Uhr! Macht Schluß jetzt! Ich muß den Saal für morgen vorbereiten!« Er ging durch die Halle und schaltete ein Licht nach dem anderen aus, nur die Lampe neben der Bühne ließ er brennen. Die Soldaten protestierten lautstark, doch Lizzie war insgeheim erleichtert. »Er hat recht. Er muß schließlich noch aufräumen. Außerdem muß ich den Bus erwischen.«

»Wir haben Ihrem Dad versprochen, daß wir Sie heimbringen, und das tun wir auch. Ich jedenfalls tue es.« Der Soldat schnappte sich ihr Notenheft und ergriff ihren Arm. Lizzie versuchte, ihn wegzuschieben. »Vielen Dank, aber ich nehme lieber den Bus.«

»Nun, ich kann Sie doch zur Haltestelle bringen!«

»Das können wir alle«, warf ein anderer ein; doch der erste Mann ließ sich nicht abbringen. »In diesem Fall reicht einer; zwei sind schon zuviel.«

Lizzie lachte gezwungen und wollte sich mit ihrem hartnäckigen Begleiter auf den Weg machen, als sich aus dem Schatten eine Gestalt löste und eine Stimme sagte: »Da bist du ja. Tut mir leid, daß ich zu spät komme. Ich habe es nicht schneller geschafft.«

Der Soldat lockerte den Griff um Lizzies Arm, und die anderen Soldaten machten eine Gasse frei und nahmen Haltung an, nachdem sie das Abzeichen auf dem Ärmel des Neuankömmlings bemerkt hatten. »Hattet ihr einen netten Abend, Jungs?« fragte er, und einer nach dem anderen antwortete: »Ja, Sir, ja Sir. Sehr nett.«

»Schön.« Der Offizier nickte zu Lizzie hin. »Sie spielt gut, nicht wahr?«

Die Männer lachten, und einer antwortete: »Ja, Sir. Sie hat den richtigen Schwung. Sie könnte die ganze Nacht durchspielen.«

»Das wäre aber nicht fair. Sie muß arbeiten; nicht wie ihr faule Bande, die den ganzen Tag nichts zu tun hat als marschieren.«

Lautes Gelächter ertönte, vermischt mit Buhrufen und spöttischen Bemerkungen. Die Situation hatte sich entspannt. Die Meinung über den Neuankömmling war einstimmig: Der war in Ordnung, obwohl er von der Marine war.

»Nun, gute Nacht zusammen«, sagte er und nahm Lizzies Arm.

Lizzie lächelte die Soldaten an. »Gute Nacht, Jungs. Es war mir ein Vergnügen.«

»Das war es auch für uns, Miß. Gute Nacht.«

Draußen leuchtete Andrew mit der abgeblendeten Taschenlampe in Lizzies Gesicht. »Willst du mir nicht für deine Rettung danken?«

»Ich glaube nicht, daß ich in großer Gefahr war«, erwiderte sie. »Jedenfalls nicht in größerer als jetzt.«

»Da wäre ich mir nicht so sicher.«

Er faßte sie fest am Arm und führte sie aus der Schule, wobei er den Weg mit der Taschenlampe beleuchtete. Vor dem Tor hielt er an. Sie standen einander gegenüber, konnten von ihren Gesichtern aber nur einen schwachen Umriß erkennen. Leise sagte Andrew: »Willst du den Bus nehmen? Er kommt in zehn Minuten. Wir könnten auch zu Fuß gehen und die Abkürzung benutzen. Bevor du dich entscheidest, solltest du wissen, daß ich nur achtundvierzig Stunden Urlaub habe. Übermorgen werden wir mit unbekanntem Ziel verlegt. Es kann jedenfalls einige Zeit dauern, bevor ich wieder zu Hause bin. Und was wichtiger ist: Ich möchte mit dir sprechen. Ich habe mir das seit langem vorgenommen, aber du hast es immer geschafft, mir zu entschlüpfen.«

»Wir gehen zu Fuß«, antwortete Lizzie ruhig.

Schweigend gingen sie nebeneinander her, bis sie die Stadt hinter sich gelassen hatten und sich auf der Landstraße befanden.

Der Nachthimmel war klar und von Sternen übersät. Es wirkte hier draußen heller als in der Stadt, wo die Häuser die Dunkelheit zu betonen und zu verstärken schienen. Plötzlich begann Andrew zu sprechen, in schnellen, abgehackten Sätzen. »Lizzie«, sagte er, »ich bin fünfundzwanzig. Dieser Krieg wird nicht nur in fernen Ländern ausgefochten, sondern direkt vor unseren Haustüren. Jeder von uns könnte morgen tot sein. Doch wird es mich wohl eher treffen als dich, daher möchte ich dir vorher noch etwas sagen. Ich liebe dich, Lizzie. Ich glaube, ich liebe dich, seit ich dich zum erstenmal sah. Du warst fünfzehn, dünn und mager, und nichts deutete darauf hin, wie schön du werden würdest. Aber du hattest etwas Besonderes an dir. Nein – halt!« rief er in Kommandostimme. »Geh jetzt nicht weg!« Er faßte ihren Arm fester und drückte ihn liebevoll. »Ich weiß, was du sagen willst: mein Vater. Nun, Vater oder nicht, er wird nicht über mein Leben bestimmen. Ich muß dir etwas sagen, Lizzie, was ich mir bisher nicht einmal selbst eingestehen wollte: Ich verachte meinen Vater. Wenn ich andere ältere Männer sehe, die ich mag und verehre, dann hasse ich den Gedanken, daß ich sein Sohn bin. Er ist gemein, im wahrsten Sinne des Wortes ... Versteh mich nicht falsch. Ich sagte, er ist gemein im wahrsten Sinne des Wortes. Er denkt nur an Geld und versucht sich in eine Gesellschaftsschicht hineinzudrängen, die ihn von Anfang an abgelehnt hat. Ich sollte ihm dankbar sein, daß er mir eine gute Ausbildung gewährt hat, doch er hat sich damit selbst einen schlechten Dienst erwiesen, denn ich habe dabei gelernt, selbständig zu denken und den wahren Wert der Dinge zu erkennen. Nun, soviel über meinen Vater, doch was ist mit mir?« Andrew hielt an und brachte auch Lizzie zum Stehen. Er legte seine Hände auf ihre Schultern und wiederholte: »Was ist mit mir, Lizzie? Bedeute ich dir etwas?«

Lizzie antwortete mit brüchiger Stimme: »Ja, Andrew, du bedeutest mir viel ... sehr viel.«

»O Lizzie, Lizzie! Heißt das, daß du mich liebst?«

»Ja, das heißt es. Aber ich wünschte, es wäre nicht so.«

»Lizzie!« Er drückte sie leidenschaftlich an sich. Es war das erstemal, daß sie sich küßten und umarmten. Als er sie endlich losließ, warf er den Kopf zurück und rief in die Nacht: »Der Krieg ist vorbei!«

»Andrew, sei still. Du weißt nicht, wer zuhört.«

»Aber es stimmt: Mein Krieg ist vorbei. Ich habe gewonnen. O Lizzie!« Er küßte sie wieder, dann fragte er leise: »Willst du mich heiraten?«

»Ach Andrew, ich weiß es nicht. Was immer du auch sagst, dein Vater ist dagegen. Er kann Dad das Leben unerträglich machen.«

»Mach dir doch darüber keine Sorgen. Er weiß, daß er niemanden findet, der das Gut so vorzüglich verwalten würde wie John. Es würde auseinanderfallen, wenn er es nicht zusammenhielte.«

»Und was ist mit deiner Schwester, Mrs. Boneford?«

»Nun, Janis – ich glaube nicht, daß sie uns Steine in den Weg legen wird. Sie hat ihr Schäfchen im trockenen. Wenn sie es nur zu schätzen wüßte, aber das tut sie nicht. Armer Dickie. Es ist eine Tragödie, wie sie im Buche steht. Lizzie«, – er zog sie wieder in seine Arme – »wenn wir verheiratet wären und mir würde das gleiche wie ihm zustoßen – würdest du mich im Stich lassen?«

»Nein, niemals! Du wärst doch immer noch derselbe Mensch.«

»Weißt du, daß sie ihn nicht einmal anschaut? Sie meidet seinen Anblick. Bei Tisch sitzt er mit seiner guten Gesichtshälfte zu ihr, aber sie sieht ihn trotzdem nicht an. Gott weiß, wie es ist, wenn sie allein sind. Andererseits – sie haben sowieso getrennte Zimmer. Er tut mir von Herzen leid. Was meine Schwester angeht, so möchte ich sie manchmal am liebsten zusammenschlagen. Sie ist Vater sehr ähnlich, weißt du das? Der Gedanke würde ihr nicht gefallen, aber es stimmt. Aber kommen wir zur Hauptsache zurück. Wann wirst du mich heiraten? Doch bevor Sie antworten, Miß Gillespie, sollten Sie in Betracht ziehen, daß ich ohne einen Penny aus der Armee ausscheiden werde. Wenn ich den Krieg überlebe, werde ich mir eine Arbeit suchen müssen. Ich habe mich mit Richard unterhalten. Er meint, wir könnten Partner werden. Er hat so Ideen von einer Rinderzucht nach dem Krieg. Ich war ausersehen, in die Fußstapfen meines Vaters zu treten, obwohl ich dazu noch nie Lust gehabt habe. Richard meint jedoch, meine Buchhaltungskenntnisse könnten uns nützlich sein. Aber sogar dafür müßte ich den Kurs noch einmal machen. Wenn also aus Richards Plänen nichts wird, mußt du für mich sorgen, bis ich auf eigenen Füßen stehe. Wie gefällt dir diese Aussicht?«

»Nicht im geringsten, Mr. Bradford-Brown, nicht im geringsten. Ich habe immer von der Heirat mit einem Mann geträumt, der Geld und Güter und einen Titel besitzt. Ja, ein Titel sollte schon sein.«

Sie fielen sich in die Arme und schwankten, bevor sie

engumschlungen weitergingen. »Du hast nichts über deine Mutter gesagt«, meinte Lizzie. »Wie wird sie es aufnehmen?«

»Sehr zurückhaltend. Sie zeigt nie, was sie wirklich denkt.«

»Du kannst sicher sein, daß sie es dir zeigen wird, wenn du ihr die Nachricht überbringst. Das wird einschlagen wie eine Bombe. Es wäre schon schlimm genug, wenn ich wirklich Johns und Berthas Tochter wäre, aber wenn sie daran denkt, wo ich aufgewachsen bin ...«

»Sei nicht albern. Wir werden dieses Problem lösen, wenn es soweit ist. Doch was immer meine Mutter auch denkt oder sagt, für mich macht das keinen Unterschied.«

»Ich wünschte, ich wäre ebenso zuversichtlich.«

Sie hielten an, als sie plötzlich von einer Stimme aus dem Dunkel angesprochen wurden. »Bist du das, Lizzie?«

»Ja, ich bin's, Dad.«

Sie löste sich von Andrews Arm. Er griff jedoch hastig nach ihrer Hand, und gemeinsam gingen sie schnell auf John zu, der mit der Taschenlampe in Andrews Gesicht leuchtete und feststellte: »Oh, Sie sind's, Sir. Ich habe mir Sorgen gemacht. Ich kam nicht rechtzeitig zur Bushaltestelle und fragte mich, ob Lizzie immer noch mit der Soldatenhorde kämpft.«

»Ich habe sie erlöst, John, und ich habe unseren Heimweg gut genutzt. Sie wird Ihnen alles darüber erzählen. Aber morgen komme ich herüber, um mit Ihnen zu sprechen. In Ordnung?«

John zögerte einen Augenblick, bevor er erwiderte: »Sie sind jederzeit willkommen, Mr. Andrew.« Dann wandte er sich Lizzie zu und meinte in etwas schärferem Ton: »Komm, meine Liebe. Bertha hat sich hingelegt; es geht ihr nicht gut.«

»Gute Nacht, Andrew«, sagte Lizzie, und Andrew antwortete: »Gute Nacht, mein Liebes. Gute Nacht, John, gute Nacht.«

»Gute Nacht, Mr. Andrew.« John eilte mit Lizzie davon. Seine Hand umklammerte ihren Ellenbogen. Nachdem sie ein gutes Stück gegangen waren, fragte er sie: »Und was hat das alles zu bedeuten?«

»Ich ... ich werde dir alles erzählen, wenn wir zu Hause sind. Aber ... aber was ist mit Mam los? Hat sie wieder diese Schmerzen?«

»Ja, obwohl sie es nicht zugeben will. Ich werde morgen den Arzt kommen lassen. Und daß du nicht da warst, hat ihr auch nicht gerade gutgetan.«

»Es tut mir leid.«

Als sie in die Küche kamen, stand Meg am Herd und hantierte mit dem Teekessel. »Da bist du ja, Mädel. Ich dachte schon, du wärst verlorengegangen«, sagte sie und nahm den Kessel vom Herd. Sie stellte ihn auf den Tisch und fügte hinzu: »Aber das Konzert war großartig, und du hast wundervoll gespielt. Wahrhaftig, das hast du. Ich habe mitgesungen am Schluß und ...«

»Wie geht es ihr?«

»Oh, sie schläft fest, John. Die Tablette hat gewirkt. Machen Sie sich keine Sorgen, sie kommt schon wieder in Ordnung. Wollen Sie Tee oder Kakao?«

»Tee.«

»Und du, Mädel?«

»Ich nehme auch Tee, danke, Meg.«

John schob seinen Stuhl zurecht und ließ sich am Tisch nieder. Lizzie nahm ihren Hut ab und strich ihr Haar zurück. »Also, raus damit!« sagte John.

Lizzie stellte sich neben seinen Stuhl und sah ihm in die Augen. »Andrew hat mich gefragt, ob ich ihn heiraten will.«

John wandte sich von ihr ab und klopfte mit gefalteten Händen einige Male auf den Tisch, ehe er antwortete. »Das geht nicht gut. Es kann nicht gutgehen.«

»Warum nicht?«

»O Lizzie«, er schüttelte den Kopf, »muß ich dir das sagen? Muß ich es aussprechen? Sein Vater wird das niemals zulassen, und seine Mutter auch nicht. Sie noch weniger als er; denn hinter ihrer zurückhaltenden Art steckt mehr Standesdünkel als bei den meisten; und der Krieg hat daran nichts geändert. Und dann er: All diese Jahre hat er versucht, die Barrieren niederzureißen und sich neben ihr zu behaupten, hat es aber niemals geschafft. Was ihr vorhabt, würde nie in seinen Dickschädel hineingehen. Du siehst also ...«

»Nein, ich sehe nichts!« erwidert Lizzie hart. »Ich bin anderer Meinung. Die Zeiten haben sich geändert. Die Menschen haben sich geändert. Und wenn der Krieg vorbei ist, wird sich noch mehr ändern.«

John drehte sich auf dem Stuhl zu ihr herum, und mit einer Stimme, die ebenso hart klang wie Lizzies, sagte er: »Wenn dieser Krieg vorbei ist, wird Mr. Andrew hochkantig hinausgeworfen, wenn ihr euren Willen durchsetzt; denn er ist von seinem Vater abhängig – er hat keinen Beruf.«

»Er hat schließlich zwei Hände!«

»Sei nicht albern, Mädchen; in seiner Gesellschaftsschicht zählen Hände nicht. Du kannst nicht von ihm erwarten, daß er als Hilfsarbeiter geht, oder? Natürlich nicht. Er muß seinen Kopf benutzen. Und wie ich sagte, hat er nichts Richtiges gelernt.«

»Er ... er ist Buchhalter.«

»Er hat damit angefangen und die Ausbildung nicht beendet. Und denk daran, wenn der Krieg vorbei ist, werden Tausende wie er auf Arbeitssuche sein, genau wie nach dem letzten Krieg. Offiziere, die an Haustüren Lexika verkaufen! Ach, du hast ja keine Ahnung.«

»Eines weiß ich, Dad.« Lizzies Stimme war leise und traurig. »Ich liebe ihn. Ich habe ihn geliebt, seit ich ihn das erstemal sah, und er liebt mich auch. Wir werden unser Glück auf jeden Fall versuchen!«

John wandte sich wieder von ihr ab und senkte den Kopf.

»Natürlich, Mädel. Es tut mir leid, wenn ich dir wehgetan haben sollte. Aber weißt du, du bist für mich wie ein eigenes Kind. Und was Bertha angeht, so würde sie kaum zu überzeugen sein, daß du nicht ihr Fleisch und Blut bist.«

»Es tut mir so leid.« Tränen flossen über Lizzies Gesicht.

John erhob sich schnell von seinem Stuhl und sagte: »Ach, wein doch nicht. Es wird schon alles gut werden. Ich bedaure, daß ich mein Maul so weit aufgerissen habe. Jetzt will ich nachschauen, wie es Bertha geht.«

Als Lizzie ihr Gesicht in den Händen barg, führte Meg sie zu der Holzbank und sagte: »Sei nicht traurig, Mädel, es wird schon gutgehen. Tu, was dein Herz dir sagt. Was die Arbeit nach dem Krieg angeht, so machst du es einfach, wie ich es auch gemacht habe: Arbeite für ihn, bis er auf eigenen Füßen steht. Mein Jimmy hat nach dem Krieg drei Jahre lang keine Arbeit gefunden. Es wurden keine Schiffe mehr gebaut; und als er endlich einen Job fand, konnte er ihn nicht behalten wegen den Nachwirkungen vom Giftgas. Es ging ihm nicht schlecht genug, um eine Pension zu bekommen, und nicht gut genug, um zu arbeiten. Trotzdem haben wir überlebt und waren glücklich. Und ihr schafft es auch. Jedenfalls«, sie tätschelte Lizzies Schulter, »Gott weiß, was mit uns sein wird, wenn dieser Krieg vorbei ist. Darum sollst du leben und lieben, solange du kannst, Mädel. Jawohl, lebe und liebe, solange es geht, denn auf lange Sicht ist das Leben doch recht kurz, und das findest du erst heraus, wenn du alt bist und dich für die Kiste vorbereitest. Also«, sie erhob die Stimme, »trink jetzt deinen Tee und zeig was von deinem alten Feuer. Wirf die Flinte nicht ins Korn! Und was John und seine ›Klasse‹ angeht – du liebe Zeit! Wie ich es sehe, wird es nach dem Krieg eine solche Gleichheit geben, daß das Wort ›Klasse‹ aus dem Wörterbuch gestrichen wird. Komm jetzt, trink deinen Tee.«

Sie reichte Lizzie die Teetasse. Lizzie sah zu ihr auf und nickte, gab aber keine Antwort. Meg war ein echter Trost. Sie war so unkompliziert. Klassen bedeuteten für sie keine Schranken: Sie war Mrs. Meg Price, wo immer sie ging und stand. Trotzdem wußte Lizzie, daß ihr Pflegevater recht hatte. Aber sie würde Andrew auf jeden Fall heiraten. Jawohl, sie würde ihn heiraten und nach dem Krieg allen Schwierigkeiten standhalten, die das Leben ihr in den Weg stellte.

4

»Lizzie Gillespie!« Alicia kniff die Augen zusammen und fixierte ihren Sohn. Ihr Gesichtsausdruck deutete an, daß sogar der Name auf ihrer Zunge einen widerlichen Geschmack hinterließ. »Lizzie Gillespie!« wiederholte sie. »Das kann nicht dein Ernst sein, Andrew.«

»O doch, Mutter, es ist mein voller Ernst.«

»Seit wann? Ich meine, wie lange ...?«

»Wie lange das schon dauert? Für mich dauert es schon Jahre. Ich habe sie zum erstenmal zu Beginn des Krieges richtig bemerkt, als sie etwa sechzehn war.«

»Und du hast sie wirklich gefragt?«

»Ja, das habe ich, und sie hat angenommen.«

»Natürlich hat sie das!« Alicias Stimme klang ungewöhnlich scharf. »Sie ist keine Närrin«, fuhr sie fort. »Aber weißt du, wo sie herkommt?«

»Ja, Mutter. Ich weiß, wo sie herkommt. Wer hier wüßte es nicht?« Seine Stimme wurde so scharf wie die seiner Mutter. »Aber diese Frau war ihre Stiefmutter, und sie hat seit Jahren keine Verbindung mehr zu ihr. Sie ist eigentlich bei den Fultons aufgewachsen.«

»Ich weiß, bei wem sie aufgewachsen ist; und wer sind schon die Fultons? Er ist Arbeiter auf diesem Gut. Du wirst das nicht tun. Ich verbiete es, Andrew; *ich verbiete es!*«

Er sah sie traurig an und antwortete ruhig: »Du kannst mir nichts verbieten, Mutter. Du vergißt wohl, daß ich fünfundzwanzig bin. Ich bin in der Marine, seit der Krieg begann. Meine Ansichten hätten sich vielleicht nicht verändert, wenn ich nicht in Dünkirchen dabeigewesen wäre. Versuch zu verstehen, Mutter, daß ich kein kleiner Junge mehr bin, und daß du mir nichts mehr verbieten kannst.«

Er sah, wie es in ihrem dünnen Hals arbeitete. Mit belegter Stimme antwortete sie: »Dein Vater, er wird ... er wird ...«

»Ja, ich weiß, er wird außer sich sein und in Weißglut geraten; und er wird mir wahrscheinlich sagen, daß er mich ohne den sprichwörtlichen Shilling vor die Tür setzen wird. Nachdem das so ist, weiß ich wenigstens, wo ich stehe, nicht wahr?«

»Du tust mir weh, Andrew, ist dir das bewußt?«

»Ich wüßte nicht, warum, Mutter. Würde es dir auch weh tun, wenn ich hier stünde, um dir zu sagen, daß ich Irene Pringle einen Antrag gemacht habe? Sie ist dick und hat nicht einen selbständigen Gedanken in ihrem Kopf, aber sie ist die Tochter des reichsten Mannes in der Gegend. Hätte dich das glücklich gemacht, Mutter? Oder vielleicht Kitty Bewick? Wie wär's mit ihr? Sie wird sicher zu Pferde heiraten, auf *dem* Pferd, von dem sie scheinbar niemals absteigt. Aber trotzdem, seit ihr Vater starb, ist sie ziemlich reich, nicht wahr?«

Es herrschte ein kurzes Schweigen; dann rang Alicia sich eine Antwort ab. »Ja, Andrew; jede von diesen beiden wäre mir willkommen gewesen, auch ohne ihre Güter.«

»Dann gilt also: Zur Hölle mit dem Glück, Mutter; zur Hölle mit persönlichen Gefühlen; zur Hölle mit Zufriedenheit; solange nur das Gesicht gewahrt wird, solange man nicht den Adelskodex bricht. Geht es darum?«

»Ich würde es anders ausdrücken, Andrew. Viele würden sagen: Laß dich nicht hinabziehen; aber ich würde es so sagen: Du sollst nicht vergessen, daß du deinem eigenen Stand gegenüber verpflichtet bist, besonders in einer Zeit, in der er in Gefahr ist, vom gewöhnlichen Volk zerstört zu werden. Siehst du, Andrew, ich habe das leichtsinnigerweise vergessen, und daher weiß ich leider, wovon ich spreche.«

Während Andrew sie anstarrte, kam ihm zum erstenmal der Gedanke, daß das Unglück in der Familie Bradford-Brown nicht in der zwiespältigen Natur seines Vaters begründet war – der eines Tyrannen und eines Kriechers –, sondern in dem unerschütterlichen Willen seiner Mutter, das festzuhalten und durchzusetzen, was ihr geblieben war: den Status quo, den einzigen Zustand, in dem ihre Familie existieren konnte.

Still sagte er: »Ich gehe packen.«

»Du weißt, daß dein Vater dir keinen Penny geben wird?« rief Alicia.

»O ja, das ist mir bewußt. Ich glaube, daß ich trotzdem überleben werde.«

»Du wirst dich nicht an das Leben in einer Kate gewöhnen können, Andrew! Du hast immer einen kostspieligen Geschmack gehabt. Es ist teuer, sich ein Pferd für die Jagd zu halten, geschweige denn, eine Frau.«

Er blickte kurz über die Schulter zurück, bevor er aus dem Zimmer ging. Alicia starrte noch einen Augenblick auf die Tür, die hinter ihm ins Schloß fiel; dann drehte sie sich auf dem Absatz um und eilte in die Bibliothek. Dort nahm sie den Telefonhörer ab und wählte die Geschäftsnummer ihres Ehemanns.

»Ich möchte Mr. Bradford-Brown sprechen, Miß Perkins.«

»Er ist gerade in einer Sitzung, Mrs. Bradford-Brown.«

»Bitte rufen Sie ihn ans Telefon!«

Zögernd antwortete die Sekretärin: »Er ... er möchte nicht gestört werden, wenn er sich in einer Vorstandssitzung befindet.«

»Würden Sie ihm bitte ausrichten, Miß Perkins, daß ich ihn sprechen muß. Es ist wichtig!«

»Ja, Mrs. Bradford-Brown.«

Alicia klopfte mit einer Hand ungeduldig auf den Intarsientisch, auf dem das Telefon stand. Als ihr Finger ein Stück der Einlegearbeit berührte, das locker war, drückte sie es nicht fest, sondern begann, es mit ihrem Fingernagel aus seiner Auflage zu lösen.

Je länger sie warten mußte, desto heftiger bohrte sie an dem Holzstückchen. Erst als sie die Stimme ihres Gatten hörte, wurden ihre Finger ruhig. »Was zum Teufel ist los! Ich habe dir doch gesagt, bevor ich wegfuhr, daß ich eine wichtige Vorstandssitzung habe!«

»Bitte hör mir zu. Ich bin sicher, daß du dir *diese* Neuigkeit nicht entgehen lassen willst. Andrew hat mir eben erzählt, daß er Liz-zie Gill-es-pie heiraten wird.« Sie betonte den Namen Silbe für Silbe. »Hast du gehört, was ich gesagt habe? Er hat Lizzie Gillespie einen Heiratsantrag gemacht.«

»*Was!*«

»Ich habe es schon zweimal gesagt. Er ist wild entschlossen, und wenn du nichts unternimmst, wird er es vor unserer Nase tun. Er fährt mit dem Ein-Uhr-Zug zurück.«

»Mein Gott! Diese Lizzie Gillespie?«

»Genau. Diese Lizzie Gillespie!«

»Ist er verrückt geworden? Seit wann läuft das schon? Hast du davon gewußt? Warum hast du nicht ...?«

»Eins nach dem anderen. Ich wußte nichts davon. Ich weiß auch nicht, wie lange das schon so geht; ich weiß nur, daß Andrew zugegeben hat, sich schon seit Kriegsanfang für sie zu interessieren.«

»Nun gut, überlaß das mir. Ich werde der Sache schnellstens ein Ende machen. Wenn er glaubt, ich würde ihn nach einer solchen Heirat finanziell unterstützen, hat er sich getäuscht. Überlaß das mir.«

»Deshalb habe ich dich angerufen, Ernest.« Alicia stellte sich vor, wie er mit den Zähnen knirschte – nicht nur wegen der Neuigkeit, die sie ihm mitgeteilt hatte, sondern auch wegen des Tons, in dem sie gesprochen hatte. Sie wiederholte: »Denk dran, er will den Ein-Uhr-Zug nehmen. Auf Wiedersehen.«

Gerade als sie den Hörer auflegte, trat Richard ein. »Oh, entschuldige. Ich wußte nicht, daß du telefonierst.«

»Schon in Ordnung, Richard, ich bin fertig.« Anders als ihre Tochter brachte sie es über sich, Richard anzusehen. Seine Manieren waren stets vorbildlich, und seine Stimme war dieselbe geblieben. Wenn sie ihn zum Reden brachte, unterhielten sie sich angeregt. Er wußte eine Menge über Musik und Kunst. Vergangenen Abend hatten sie über Stravinskys Feuervogel-Suite diskutiert und über die Beziehung dieses Komponisten zu Rimsky-Korsakoff. Sie war überrascht, daß Richard Dylan Thomas schätzte, jedoch nicht so viel von T.S. Eliot hielt. Und als sie ihm ihre Zweifel gegenüber Picassos Malerei darstellte, sagte er etwas sehr Seltsames. »Picasso«, meinte er, »hat schon vor diesem Krieg einen Kampf begonnen, einen Kampf, der genauso wichtig ist. Denn durch seine Malerei drückt er die Notwendigkeit der Freiheit in allen Lebensbereichen aus.« Sie hörte ihm zu, obwohl sie ihm nicht beipflichten konnte. Sie wünschte sich, daß auch Janis ihm zuhören oder ihn wenigsten ansehen würde. Janis war immer eigenwillig gewesen, schon seit ihrer Kindheit. Im Geiste hatte sie Janis immer mit Andrew verglichen und gewünscht, sie wäre ihrem Bruder ähnlicher. Aber jetzt war es Andrew, der aus der Reihe tanzte, wie Janis es niemals tun würde. Denn, um ihr Gerechtigkeit widerfahren zu lassen, sie hatte einen Sinn dafür, was sich gehörte, und hatte das dadurch bewiesen, daß sie diesem Angeber Fulton den Laufpaß gegeben und statt dessen Richard genommen hatte.

Aber hatte sie ihn wirklich angenommen? In seiner größten Not hatte sie ihn im Stich gelassen, und ihre Affären waren in aller Munde.

Alicia sah Richard an, wie er sich auf sie zubewegte. Sein Rücken war leicht gebeugt und sein Kinn auf die Brust gedrückt. Er war früher immer so aufrecht gegangen. »Hast du Andrew gesehen?« fragte sie ihn.

»Ja, Alicia, ich habe ihn kurz gesprochen. Er war dabei, seine Sachen zu packen.«

»Hat er etwas zu dir gesagt?«

»Ja«, nickte er. »Er möchte Lizzie heiraten. Lizzie Gillespie.«

»Was hältst du davon?«

Richard drehte sich zur Seite. Da die gespannte, narbige Haut seine Emotionen verbarg, konnte sie nicht erkennen, was in ihm vorging. Sie wartete auf seine Antwort, und als sie kam, fiel sie anders aus als sie es erhoffte. »Ich weiß, daß dir das nicht gefallen wird, Alicia, aber ich bin dafür. Lizzie ist ein bezauberndes Mädchen; sie ist intelligent und sehr schön.«

»O Richard!«

Er wandte sich ihr wieder zu. »Ich wußte, daß du das nicht hören willst, aber so ist es.«

»Du … du hast ihm doch nicht gesagt, daß du seine Wahl gutheißt?«

»Ich fürchte, ja.«

»Wie konntest du! Weißt du, wer sie ist? Ich meine, wo sie herkommt?«

»Ja, ja, ich habe alles darüber zu hören bekommen, seit ich hier lebe.« Als er weitersprach, schien er die Worte mühsam aus seinem Inneren hervorholen zu müssen. Es war beinahe ein Stammeln. »Sie ist die Art M-M-Mädchen, das bei dem M-Mann, den es geheiratet hat, aushalten würde, was immer ihm auch zustieße. Und ich kann mir nicht vorstellen, daß Lizzie Gillespie bei seinem Anblick die Augen schließen würde.« Damit schwang er sich auf dem Absatz herum und ließ sie stehen. Alicia lehnte sich an den Tisch und zerrte mit beiden Händen am Stoff ihres Kleides. »Guter Gott! Guter Gott!« stöhnte sie.

Die Mädchen im Lebensmittelrationierungsbüro waren von dem gutaussehenden, flotten Offizier der Kriegsmarine, der in Abständen vor dem Fenster auftauchte, hingerissen. Sie flüsterten miteinander und versuchten zu erraten, auf wen er wohl wartete: Wahrscheinlich auf eine der Angestellten im ersten Stock; möglicherweise auf das erst kürzlich eingestellte hochnäsige Mädchen, das ihre Eltern Mama und Papa nannte.

Lizzie sagte nichts. Sie kümmerte sich um die Kunden und blickte nicht auf. Doch Schlag zwölf riß sie ihren Mantel von dem Kleiderständer im Vorzimmer. Als sie den Raum verließ, der einmal ein Laden gewesen war, wußte sie, daß jetzt sofort die Zungen gewetzt würden.

Ihre ersten Worte zu Andrew waren: »Du hättest nicht warten sollen. Alle waren entsetzlich neugierig.«

»Ja, das habe ich mir gedacht.« Er lächelte sie an, nahm sie am Arm und ging mit ihr die Straße hinab.

Bei der Brücke fragte er: »Möchtest du etwas essen?« Lizzie schüttelte den Kopf. »Nein, laß uns an den Fluß gehen.« Sie setzten sich auf eine Bank, die noch Spuren von Reif aufwies.

Andrew nahm ihre Hand. »Deine Finger sind kalt, eiskalt.«

»Nein, mir geht es gut. Ich habe immer kalte Hände. Was … was ist passiert?«

Er schaute über den Fluß, wo am jenseitigen Ufer eine Häuserzeile steil in den Himmel ragte. Nach einer Weile sagte er: »Das ist egal. Alles ist egal, nur wir beide zählen. Wie ist es dir ergangen?«

Auch sie schaute auf das Wasser, als sie antwortete. »Dads Antwort fiel ähnlich aus wie die deiner Eltern. Er denkt, wir sind verrückt, und daß deine Eltern es niemals zulassen werden. Was Mam denkt, weiß ich noch nicht. Als ich gestern heimkam, war sie schon im Bett, und als ich heute früh zur Arbeit ging, schlief sie noch. Was genau hat dein Vater gesagt?«

»Ich weiß es nicht, ich habe ihn noch nicht gesehen.«

»Dann war es also die Reaktion deiner Mutter?«

»Ja. Aber, Lizzie«, – Andrew ergriff ihre Hände und drückte sie – »laß uns etwas klarstellen. Es ist völlig egal, was irgendwer dazu sagt. Wir werden heiraten, und zwar so bald wie möglich. Ich werde bald wieder Urlaub bekommen. Wir werden zwar verlegt, aber ich glaube, nur an die Südküste. Du weißt, das ist da, wo die Jungs manchmal aus dem Himmel in den Ärmelkanal fallen. Jedenfalls werde ich dir täglich schreiben. Schreibst du mir auch?«

»Aber natürlich. Ach, Andrew, ich bin so glücklich, und trotzdem habe ich Angst. Ich kann kaum glauben, daß das alles wahr ist. Und ich weiß, daß das nicht geschehen wäre, wenn wir nicht Krieg hätten. Denn siehst du, wegen Geoff … Nun, ich habe ihn nur ein paar Tage lang gesehen, bevor er ins Ausland versetzt wurde, und das scheint ewig her zu sein. Ich war damals vierzehn. In Gedanken bin ich ihm stets dankbar, aber ich kann mich kaum erinnern, wie er aussieht. Ich kann ihn nicht mit den Fotos von ihm in Verbindung bringen, die Mam von ihm aufgestellt hat. Er ist schon so lange weg, daß ich glaube, sie bekommt einen Schock, wenn er wiederkommt. Jedenfalls habe ich mich ihm nie so zugehörig gefühlt wie dir.

Um dich habe ich mir Sorgen gemacht, seit du in die Armee eingetreten bist.«

»Ach, mein Liebes!«

Lizzie begann leise zu lachen. »Ich habe ein Foto von dir. Es wurde vom Journal aufgenommen, aber es zeigt nicht dein Gesicht, sondern dein Hinterteil.« Jetzt kicherte sie. »Du hast dich gerade über ein Tor davongemacht, nachdem dich dein Pferd bei der Jagd abgeworfen hatte.«

»Lizzie!« Auch Andrew mußte jetzt lachen. »Und du hast das Bild aufgehoben?«

»Ja. Die Bildunterschrift wurde anscheinend von einem Menschen mit Humor verfaßt. Es heißt da: ›Master Andrew Bradford-Brown beim Überklettern eines Weidetores.‹«

»Ja, jetzt fällt es mir wieder ein. Stimmt, so war es.«

Da er Lizzies Hand hielt, fiel ihm auf, daß sie zitterte.

»Komm, laß uns gehen«, sagte er. »Du frierst.«

Als sie sich erhoben, blickte Andrew sich erst nach beiden Seiten um, dann nahm er Lizzie in die Arme und küßte sie leidenschaftlich. Zärtlich nahm er ihr Gesicht in beide Hände und flüsterte: »Wir müssen bald heiraten.« Sie nickte und lehnte sich an seine Brust. »Ja, Andrew, bald, bald ...«

Als der Zug schnaufend in den Bahnhof einfuhr, stürmte Ernest Bradford-Brown auf den Bahnsteig. Nachdem er sich suchend umgeblickt hatte, erspähte er seinen Sohn am hinteren Ende des Perrons. Er bahnte sich einen Weg durch die Menge zu Andrew und seiner Begleiterin.

Andrew, der Lizzie eben zum Abschied küssen wollte, sah ihn zuerst und murmelte: »O je! Der aufgebrachte Vater ... Hallo, Vater. Es tut mir leid, daß ich dich ...«

»Was zur Hölle hast du vor? Ich ... ich werde dem ein Ende setzen! Ich werde ...«

Mit zusammengebissenen Zähnen antwortete Andrew: »Was glaubst du eigentlich, mit wem du sprichst, Vater? Es gibt nichts, dem du ein Ende setzen kannst. Geht das in deinen Kopf? Je schneller du nachgibst, um so besser!«

Die Passagiere hatten inzwischen angefangen, in die Abteile zu drängen. Andrew hob seinen Koffer auf, ergriff Lizzie am Arm und zog sie mit sich zum nächststehenden Waggon. Als er seinen Koffer hineinhievte, griffen hilfsbereite Hände zu und hoben ihn ins Gepäcknetz. Andrew drehte sich wieder um und sah seinen Vater an, der jetzt grollte: »Du wirst nichts kriegen! Ich gebe dir keinen Penny. Du wirst auf dich selbst gestellt sein. Was sagst du nun?!«

»Genauso stelle ich mir das vor. Und jetzt auf Wiedersehen, Vater.« Damit wandte er sich zu Lizzie, umarmte sie und küßte ihr starres, blasses Gesicht. Als sie seinen Kuß nicht erwiderte, sagte er: »Mach dir keine Sorgen, mein Liebes, ich werde dir schreiben; ich komme bald zurück.« Er berührte ihr Gesicht zärtlich mit den Fingern, sprang in den Zug, schlug die Tür zu und öffnete das Fenster.

Der Zug hatte sich jetzt in Bewegung gesetzt, und Lizzie lief nebenher, ihre ausgestreckte Hand in der von Andrew. Sie lief bis zum Ende des Bahnsteigs mit, dort blieb sie stehen, bis sie sein Gesicht hinter den Dampfwolken, die der Zug ausstieß, nicht mehr erkennen konnte.

Mr. Bradford-Brown wartete vor dem Bahnhof auf Lizzie. »Sie denken wohl, sie hätten einen guten Fang gemacht, wie?« empfing er sie. Lizzie wurde wütend. Laut schrie sie zurück: »Jawohl, Mr. Bradford-Brown, aber nicht, wie Sie denken! Und für wen halten Sie sich eigentlich? Lassen Sie mich Ihnen etwas sagen, Mr. Bradford-Brown. Das wollte ich schon lange mal tun. Die Meinung, die Sie über sich selbst haben, wird von anderen nicht geteilt! Ich kann mir vorstellen, daß Ihre Frau Einwände gegen die Wahl Ihres Sohnes hat, aber Sie haben kein Recht dazu. Denn ich kann ebensogut wie Sie Vergleiche anstellen, und ich sage Ihnen, daß ich in einer besseren Schicht geboren und aufgezogen wurde, als Sie. Wir waren zwar arm, aber respektabel. Und wenn ich noch Vater und Mutter hätte, würde ich sie nicht verleugnen. Also setzen Sie sich nicht aufs hohe Roß, Mr. Bradford-Brown!«

Ernest Bradford-Brown war mehr als erstaunt über diese Tirade – er schäumte vor Wut. »Sie … Sie ..! Wie können Sie es wagen! Das werden Sie noch bereuen. Sie haben vergessen, wohin Sie gehören, aber ich werde dafür sorgen, daß es Ihnen wieder einfällt! Und ich sage Ihnen noch etwas: Ich sehe meinen Sohn lieber tot als mit Ihnen verheiratet!«

Ein Schweigen entstand nach seinen letzten Worten. Sie starrten einander an, und dann, als wäre ihm gerade erst bewußt geworden, was er gesagt hatte, nickte er und fügte hin zu: »Ja, das würde ich. Jetzt wissen Sie, was ich über Sie denke, Miß. Ich würde ihn lieber tot sehen.« Damit wandte er sich ab und ließ sie stehen – zitternd und neugierig beäugt von einer Gruppe Passanten, die den Auftritt verfolgt hatten.

Als Lizzie an ihnen vorbeiging, berührte eine Frau ihren Arm und sagte: »Halt durch, Mädel; wirf die Flinte nicht ins Korn.« Sie klang genau wie Meg. Lizzie verspürte plötzlich den Wunsch, nach Hause zu laufen und sich an Megs Schulter auszuweinen. Sie wünschte sich in diesem Moment nicht zu Bertha, denn diese würde wie John reagieren. Sie würde sagen, daß man seinen Platz in der Welt kennen müsse und daß nichts Gutes daraus entstünde, wenn man seine Grenzen überschreite.

Sie mußte wieder an das Bild von Andrew denken, das ihn zeigte, wie er über das Weidetor flog und fast auf dem Kopf gelandet wäre, was seinen Tod hätte bedeuten können; und sie hörte wieder die Worte: ›Ich sehe meinen Sohn lieber tot als mit Ihnen verheiratet.‹ Einen Augenblick lang meinte sie, sich auf dem Bürgersteig übergeben zu müssen.

5

Als Lizzie an diesem Abend nach Hause kam, fand sie Bertha weder in der Küche noch am Klavier, sondern vor dem Feuer im Wohnzimmer. Bertha wandte den Kopf, als Lizzie eintrat und begrüßte sie. Lizzie erkannte bereits am Klang ihrer Stimme, daß Bertha beschlossen hatte, ein ernsthaftes Gespräch mit ihr zu führen. Und so war es auch, denn kaum hatte sie sich auf der anderen Seite des Kamins niedergelassen, schüttelte Bertha den Kopf und fragte: »Nun, was sollen wir jetzt anfangen, Mädchen?«

»Du meinst, was ich jetzt anfangen soll?«

Bertha gab zur Antwort: »Mr. Bradford-Brown war hier. Er war sehr wütend. Er hat gedroht, daß er seinem Sohn den Zutritt in sein Haus verweigern will, wenn du dich weiterhin mit ihm triffst.«

»Hat er das? Ich bin sicher, daß Andrew sich davor nicht übermäßig fürchtet.«

»Lizzie«, – Bertha beugte sich zu ihr vor und streckte bittend die Hände aus – »du weißt, ich habe dich immer behandelt, als wärst du mein eigenes Kind. Ich will nicht, daß man dich verletzt oder dir weh tut, aber das wird geschehen, wenn du nicht nachgibst. Du kennst doch den Spruch«, sie holte tief Luft, bevor sie fortfuhr, »›und niemals kommen sie zusammen‹. Sie sind Adlige, seine Mutter zumindest. Du würdest dich unter diesen Leuten fühlen wie ein Fisch auf dem Trockenen.«

»Das würde ich nicht.« Lizzie erhob sich und fuhrt fort: »Bedenke, was du sagst, Mam. Das würde heißen, daß du in den letzten fünf Jahren nicht besonders viel aus mir gemacht hast.«

»Ach, Kind! Natürlich kommst du in jeder normalen Gesellschaft wunderbar zurecht. Aber diese Leute sind eine Sorte für sich. Sie haben ihre eigenen Gesetze. Sie sind nicht wie wir.«

»Mam!« Lizzie beugte sich über Bertha. »Du überraschst mich! Du erniedrigst dich vor ihnen. Ich konnte mir nie vorstellen, daß du dich vor irgend jemandem erniedrigen würdest. Was sind die schon? Ganz gewöhnliche Leute. Ich sage dir eines: Ich werde Andrew heiraten, ganz gleich, was sein Vater sagt, oder seine Mutter oder –« Sie schloß die Augen und wandte sich ab, als Bertha einwarf: »Oder ich und John oder sonst jemand? So ist es doch, nicht wahr? Ich möchte dir Johns Verfassung nicht beschreiben.«

Es entstand eine lange Pause, ehe Lizzie antwortete: »Ja, Mam. So ist es.«

»Nun, Lizzie, dann gibt es nichts mehr dazu zu sagen. Ich habe getan, was ich glaubte, tun zu müssen: versuchen, dir etwas Vernunft beizubringen. Nachdem ich das nicht kann … gut, es gelingt mir offenbar nicht. Aber eines weiß ich: Wenn du bei deiner Absicht bleibst, wird John ganz schöne Schwierigkeiten bekommen. Mr. Bradford-Brown wird ihn nicht kündigen, aber er wird ihm das Letzte abverlangen.«

Bertha erhob sich seufzend. »Nachdem wir das hinter uns haben, können wir ebensogut Tee trinken«, brummelte sie. »Übrigens, es ist ein Brief von Geoff gekommen. Er ist gesund, aber wie üblich darf er nicht schreiben, wo er sich aufhält oder was er macht, nur … nur daß er gerne daheim wäre. Er hat sich auch nach dir erkundigt und meinte, daß er dich sicher nicht wiedererkennen würde, wenn er dich sähe.«

Mit Tränen in den Augen ging Lizzie auf Bertha zu und legte ihre Arme um sie. »O Mam, Mam. Ich will dir doch nicht weh tun, aber du mußt wissen, daß ich schon seit Jahren in Andrew verliebt bin. Darum habe ich mich nie mit einem anderen eingelassen. Dabei hätte ich genügend Auswahl gehabt.«

»Nun wein doch nicht, Mädchen. Was deine Chancen angeht, so weiß ich Bescheid, und ich habe mich oft gefragt, warum du mit niemandem ausgehen wolltest. Trotzdem«, sie schob Lizzie von sich und lächelte sie an, »ich war auch einmal jung, daran sollte ich mich erinnern. Und jetzt gib mir meinen Stock, den du gerade umgeworfen hast.«

Während sie zur Küche gingen, fragte Lizzie: »Wo ist Meg?« Bertha antwortete: »Sie ist nach Shields gefahren, um nachzusehen, ob ihr Haus noch steht. Sie müßte eben jetzt mit dem Bus kommen. Wenn John schon zurück wäre, hätte ich ihn gebeten, sie abzuholen, da sie bestimmt wieder etliche von ihren Habseligkeiten mitbringt.«

Lizzie sah auf ihre Armbanduhr. »Der Bus kommt in fünf Minuten, falls er pünktlich ist«, sagte sie. »Ich gehe schnell zur Haltestelle und helfe ihr.« Damit lief sie in die Diele, nahm Hut und Mantel von der Garderobe und eilte aus dem Haus, froh, Berthas kaum zu übersehender Mißbilligung zu entkommen.

Das Zwielicht lag dunstig über den fernen Hügeln; die Wolken zogen tief dahin und verkündeten erneuten Regen. Die beiden letzten Tage waren trocken gewesen, doch davor hatte es fast eine Woche lang ohne Unterbrechung geregnet. Der Fluß war angeschwollen und an vielen Stellen über das Ufer getreten.

Die Omnibushaltestelle lag an einem Straßenabschnitt, der am Fluß entlangführte. Auf der einen Seite fiel das Bankett steil zu dem wirbelnden Wasser ab, und Lizzie nahm überrascht einen Haufen Treibgut wahr, der sich auf halber Uferhöhe unter einem Gebüsch angesammelt hatte. Sie hatte den Wasserstand des Flusses noch nie so hoch erlebt.

Der Bus wurde langsamer, als er näher kam, und der Fahrer winkte Lizzie zu. Sie konnte erkennen, daß nur drei Fahrgäste darin saßen. Meg war nicht darunter. Lizzie sah dem Bus nach, bis er hinter der nächsten Kurve verschwunden war.

Das war das erstemal, daß Meg den Bus verpaßt hatte. War ihr etwas zugestoßen? Hoffentlich nicht! Lizzie hatte sich an Meg gewöhnt und hatte sie gern; es ging etwas Tröstendes von ihr aus.

Langsam trat sie den Heimweg an, doch schon nach kurzer Zeit kehrte sie um und blickte zu dem fernen Hügel.

Wenn Meg diesen Bus verpaßt hatte, würde sie sicher den anderen nehmen, der bei Fullers Kreuzung hielt, obwohl der Heimweg von dort aus länger war. Ja, bestimmt hatte sie es so gemacht.

Lizzie überlegte, ob sie heimgehen und ihr Fahrrad holen sollte, entschied sich dann aber, zu Fuß zu gehen. Wieder blieb sie unentschlossen stehen. An diese Unentschlossenheit sollte sie sich noch lange erinnern. Wäre sie geradelt oder hätte ihr Fahrrad geschoben, hätte sie aller Wahrscheinlichkeit nach geradeaus vor sich geblickt. Doch so setzte sie sich nun in Richtung von Fullers Kreuzung in Bewegung, während der Wind sie von hinten antrieb.

Schon nach wenigen Schritten vereinigte sich das Rauschen des schnellfließenden Wassers zu ihrer Rechten mit dem des Windes. Dieses Geräusch war ihr nicht vertraut, denn der schwere, lang anhaltende Regen hatte den Fluß in ein breites, tiefes und reißendes Gewässer verwandelt, das von dem flußabwärts wehenden Wind vorangetrieben wurde.

Lizzie befand sich jetzt auf dem Hügel. Vor ihr lag noch eine leichte Steigung, die zur Brücke führte, die früher einmal die einzige Verbindung zwischen zwei Dörfern gewesen war und auch jetzt noch von Landwirtschafts- und Personenverkehr stark genutzt wurde.

Die Erregung, die Lizzie beim Geräusch des Hochwassers verspürt hatte, wurde plötzlich zur Furcht. Sie sah das angelandete Schwemmgut, das sich auf der ihr zugewandten Seite der Brücke aufgehäuft hatte, und den offensichtlichen Grund für die Anlagerung: Ein Baum, der vermutlich stromaufwärts entwurzelt worden war, war zwischen den Pfeilern hängengeblieben und bildete ein Hindernis unter einem großen Teil des Brückenbogens.

An den freien Stellen floß das Wasser um so schneller unter der Wölbung hindurch. Die Kraft der Fluten offenbarte sich hier noch deutlicher und machte Lizzie angst – eine Angst, die sich verstärkte, als sie einen Mann am Ufer zum Wasser hinunterklettern sah. Ihre Angst verwandelte sich in Grauen, als sie erkannte, wer dieser Mann war.

Mein Gott, was hatte er vor? Das konnte nicht sein! Es trieb sie nun ebenfalls ins Wasser, während sie schrie: »Captain! Captain!«

Das eisige Wasser reichte ihr schon bis zur Hüfte, als sie den Captain den Arm ausstrecken und nach einem Ast des Baumes fassen sah, den er wild schüttelte. Sein Versuch, den Baum zu befreien, mußte zum Teil geglückt sein, denn dieser drückte ihn nun zur Seite, so daß er mit dem Gesicht zu Lizzie stand.

Jetzt war er es, der schrie. »O mein Gott! Lizzie, Lizzie!«

Er begann sich zu ihr hinzuarbeiten, als ein Geräusch von dem Treibgutstapel ihn veranlaßte, aufzuschauen.

Plötzlich wurde er herumgewirbelt. Er griff wieder nach dem Ast, um sich einen Halt zu verschaffen. Lizzie stürzte auf ihn zu.

In dem Augenblick, als ihre ausgestreckten Hände sich berührten, erklang ein donnerndes, krachendes Geräusch, als würde die Brücke in ihren Grundfesten erschüttert. Unter Lizzies Griff bewegte sich der Stamm, drängte sie zur Seite und warf sie auf den Rücken.

Als ihr Kopf in den Wirbeln unterging, dachte sie, sie würde ertrinken. Nach schier endloser Zeit kam sie wieder an die Oberfläche. Von allen Seiten schoß Holz auf sie zu. Dann krallten sich ihre Finger in etwas, das Wolle sein mußte. Wieder wurde sie unter Wasser gezogen; aber jetzt merkte sie, daß sie sich an etwas festhielt, nicht nur mit ihrer Hand, sondern auch mit ihren Armen. Sie fühlte ein Gewicht, zuerst auf, dann unter sich.

Lizzie hatte das Gefühl, sich selbst zu beobachten, wie sie endlich auf festen Boden rollte und einen langen, langen Seufzer der Erleichterung ausstieß. Sie wäre am liebsten für immer da liegengeblieben. Und es dauerte auch einige Zeit, bevor sie mühsam die Augen aufmachte.

Sie mußte ihre Lider mehrmals zwingen, sich zu öffnen, ehe sie erkannte, daß sie in seichtem Wasser lag und nicht allein war; denn sie umklammerte immer noch das Gewicht, und das Gewicht umklammerte sie.

Sie drehte den Kopf auf die Seite, hustete und spuckte

Flußwasser aus; er jedoch bewegte sich nicht, und auch sie blieb eine Weile still liegen. Dann, als wäre sie aus dem Schlaf erwacht, ließ sie ihn los, streichelte sein Gesicht und fragte krächzend: »Sind ... sind Sie in Ordnung?«

Richards narbige Gesichtsseite und sein Kiefer waren mit Flußschlamm verschmiert. Der Schlamm schien an dieser Haut besonders gut zu haften, so daß er wie ein Wilder aussah.

Sein gesundes Auge öffnete sich, und der Schmerz darin brachte Lizzie zum Schweigen. Es wäre albern gewesen, nach dem ›Warum‹ zu fragen.

Er tat einen tiefen Atemzug, spuckte etwas Wasser aus und wischte seinen Mund mit der Hand ab. »O Lizzie, es tut mir leid«, keuchte er.

»Ist schon gut.«

»Das ... hat das Faß zum Überlaufen gebracht.«

Sie fragte nicht, was er meinte. Er sagte: »Sie hätten sterben können. Ich ... ich werde mir das nie verzeihen.«

»Seien Sie nicht albern. Machen wir lieber, daß wir hier wegkommen.« Lizzie versuchte aufzustehen, doch sie fiel zitternd wieder auf die Knie. Als auch Richard sich aufrichten wollte, sank er ächzend zurück. »Was ist los?« fragte Lizzie.

»Mein Bein. Mein Fuß. Ich muß ihn verrenkt haben.«

»Können Sie stehen?«

Er stöhnte, als er es versuchte. Mit den Armen zog er sich höher ans Ufer hinauf. Dort kippte er zur Seite, und ein wilder Schüttelfrost erfaßte seinen Körper. Lizzie kniete sich nieder und legte die Arme um ihn. »Nun, nun, es wird alles gut, alles wird gut. Aber jetzt muß ich gehen und Hilfe holen. Verstehen Sie?«

Er stammelte: »Li .. Li ... Lizzie. O Lizzie, verlaß mich nicht! Bitte verlaß mich nicht!«

Lizzie blickte sich hilflos um. Sie hatte geglaubt, die Strömung habe sie ein weites Stück mitgerissen, doch nun sah sie, daß die Brücke kaum fünfzig Fuß entfernt war. Glücklicherweise waren sie an die richtige Uferseite gespült worden.

Sie traute ihren Ohren kaum, als eine rauhe Stimme von der Straße her rief: »Bist du das, Lizzie? In Gottes Namen, was machst du da?«

Lizzie schaute nach oben, und ihr Gesicht strahlte vor Erleichterung. »Meg, Meg! Bin ich froh, dich zu sehen!«

Sie bemerkte, daß Meg nicht allein war, konnte aber nicht erkennen, wer sich bei ihr befand. »Können Sie kurz hier herunterkommen?« rief sie der Gestalt zu. Als sie sah, daß Meg sich anschickte, herunterzusteigen, löste sie ihre Arme von Richard und sagte: »Nein, Meg, du nicht! Das Ufer ist zu steil für dich. Geh nach Hause und sag Dad Bescheid. Sag ihm, Mr. Boneford hat sein Bein verletzt.«

»Ich schaffe das Ufer, und Mr. Honeysett ist bei mir.«

Nach einigen Minuten waren Meg und Ted Honeysett unten und betrachteten die beiden. »Du bist ja naß«, staunte Meg. »Ihr seid beide naß! Was ist passiert?«

»Er ... er ist in den Fluß gefallen. Er geht ihm nicht gut. Ich glaube nicht, daß wir ihn alleine transportieren können.«

»Doch, wenn wir ihn nur zur Straße hinaufbringen«, sagte Ted Honeysett und beugte sich über Richard. »Ich habe meinen flachen Karren oben, Sir. Ich habe etwas Holz darauf, aber das kann ich runtertun. Können Sie stehen, Mr. Boneford?«

Richard bemühte sich und kam mit Teds und Lizzies Hilfe auf die Beine. Meg schob ihn von hinten, und so gelangten sie langsam und vor Anstrengung keuchend auf die Straße.

Dort legten sie ihn auf den Begrenzungsstreifen, während Ted das Holz von seinem Karren lud.

Richard zitterte immer noch vor Kälte, als sie ihn zu guter Letzt schräg auf den Karren gelegt hatten. Auf Teds Frage – »Zum Gutshaus?« – antwortete Lizzie: »Nein, zu uns.« Ted nickte und legte sich ins Zeug. »Ja, das ist wahrscheinlich besser.« Mit besorgtem Blick auf Lizzie fragte er: »Ich denke, Mädel, dir geht es fast so schlecht wie ihm. Was ist passiert?«

»Er ... er ist in den Fluß gefallen.«

»Jaja, so was soll schon vorgekommen sein. Jedenfalls du, Mädel, und Sie, Missis, sollten sich auf dieser Seite gegen den Karren stemmen, als Bremse sozusagen, wenn es bergab geht …«

»Um Gottes Willen!« riefen Bertha und John beinahe gleichzeitig aus, als sie auf das Bild blickten, das sich ihnen vor der Küchentür darbot.

Lizzie sagte nur: »Ich erklär's euch später, Mam, Dad. Können wir ihn in Geoffreys Zimmer bringen? Er ist in einer schlimmen Verfassung.«

»Ja, natürlich.« John half, Richard in die Küche zu bringen. Von dort humpelte dieser mit Johns und Ted Honeysetts Unterstützung die Treppe hinauf.

Doch es waren Meg und Bertha, die ihn auszogen und zu Bett brachten. John erhielt Anweisung, ein heißes Bad für Lizzie einzulassen und darauf zu achten, daß sie sich auch schnellstens hineinlegte.

Wieder unten, fragte John Ted Honeysett, was geschehen sei.

»Es hat keinen Sinn, mich zu fragen, Mr. Fulton. Ich weiß auch nicht mehr als Sie. Ich bin zufällig auf Mrs. Price gestoßen, als sie die Straße entlangging. Sie war bei Fullers Kreuzung aus dem Bus gestiegen – komisch, diesen Bus zu nehmen, wenn sie hierher will, dachte ich mir, aber sie hatte den anderen verpaßt. Ich hatte etwas Holz gesammelt – nicht in Ihrem Revier!« Er deutete mit dem Zeigefinger auf John. »Bei Robank hat der Wind einen Baum umgeworfen. Er sagte mir, ich könne das abgebrochene Kleinholz haben, wenn ich dafür seinen Hof fege. Heutzutage muß man für alles zahlen; nichts bekommt man mehr geschenkt. Jedenfalls, Mrs. Price und ich waren gerade oben am Hügel, und sie hat mir die Ohren vollgequasselt über Shields und wie schlimm es dort teilweise aussieht. Sie hat mich zum Lachen gebracht. Sie ist schon schwer in Ordnung. Jedenfalls habe ich zufällig zum Ufer hinuntergeschaut, und da sehe ich diese zwei Gestalten. Ich dachte, es wäre ein Liebespaar, aber es wäre schon ein komischer Platz zum Schmusen, dort im seichten Wasser. Dann hat Mrs. Price sie erkannt – Mr. Boneford und Ihre Lizzie, wie zwei nasse Bachratten eng umklammert. Das ... das ist alles, was ich weiß, außer, daß Lizzie gesagt hat, daß er in den Fluß gefallen ist. Was mir aufgefallen ist, war das Treibholz, das sich bei der Brücke angesammelt hatte.« Er nickte vor sich hin. »Es ist schon komisch, daß er in den Fluß gefallen ist, aber warum ist sie dann auch in den Fluß gefallen? Und beide in voller Kleidung. Was soll man davon halten, Mr. Fulton?«

Mit ruhiger Stimme antwortete John: »Ich weiß nicht, was man davon halten soll, Ted. Aber ich möchte dich um etwas bitten: Behalt es für dich, bis wir etwas Genaueres wissen. Verstehst du?«

»O ja, ich verstehe. Ich werde meine Lippen versiegeln, darin habe ich Übung.« Ted ging grinsend zur Tür. »Es ist verständlich, nicht wahr, daß man Schluß machen möchte, wenn man so aussieht. Ihre Lizzie ist ein mutiges Mädchen, jawohl, ein gutes Mädchen. Ich wünsche gute Nacht.«

»Gute Nacht, Ted, und danke. Schau herein, wenn du mal vorbeikommst, vielleicht hab' ich was für dich.«

Ted Honeysett, drehte sich auf der Schwelle um. Sein Gesicht strahlte. »Das ist sehr freundlich von Ihnen, Mr. Fulton. Das werde ich tun.«

Meg betrat die Küche und sagte: »Ich brauche eine oder zwei Wärmflaschen, obwohl ich nicht glaube, daß sie viel helfen. Es wäre besser, wenn Sie den Doktor holen; dem Knaben geht's ziemlich schlecht. Und was sollen wir denen vom Gut sagen?«

»Richtig«, seufzte John, »denen müssen wir noch Bescheid geben. Zittert er immer noch?«

»Ja, genau wie vorher, und er scheint ein bißchen abwesend zu sein. Lizzie geht's auch nicht besser. Haben Sie noch etwas Whisky übrig?«

»Ja, dort in der Flasche.«

»Nun, ich würde ihr ein ordentliches Glas davon mit heißem Wasser bringen. Aber erst sollten Sie den Doktor anrufen.«

Während er zum Telefon in der Diele ging, dachte John

darüber nach, wie Meg in einer kritischen Situation das Kommando übernahm. Es war gut, sie da zu haben …

Der Arzt sagte, er könne frühestens in einer Stunde da sein, weil er noch ein oder zwei Patienten in der Praxis habe; er wolle aber kommen, so schnell es ginge.

Das erzählte John, als er an Lizzies Bett saß und ihr die dampfende Tasse in die Hand drückte. Sie nippte daran und schauderte. John meinte: »Der Arzt wird sich auch um dich kümmern müssen. Dich untersuchen und so.«

»Oh, mir geht's gut. Ist das Whisky? Du weißt doch, daß ich den nicht mag.«

Sie stellte die Tasse auf den Nachttisch und zog sich die Bettdecke um ihre Schultern. »Was ist passiert?« fragte John.

Lizzie blickte auf ihre Daunendecke, bevor sie antwortete. »Ich … ich glaube, er wollte sich umbringen. Er ist ein guter Schwimmer – das hat er mir einmal erzählt –, aber hier hätte er nicht die geringste Chance gehabt. All das Treibholz, und er war in voller Uniform. Ich hatte das Gefühl, er wollte auf Nummer Sicher gehen.«

»Es hätte auch für dich schlimm ausgehen können.«

»Oh, ich war ein gutes Stück entfernt.«

»Wie hast du es dann geschafft, ihn festzuhalten?«

»Das habe ich nicht – er hat mich festgehalten. Ich weiß es wirklich nicht, es ging alles so schnell. Ich war eine Zeitlang wie versteinert. Ich dachte, das wäre mein Ende.«

»Das hätte es auch sein können – dieser verdammte Narr!«

»Aber Dad, denk doch …«

»Ja, ja.« John nickte. »Er tut mir leid, von Herzen leid, aber ich denke an dich. Du hättest ertrinken können!«

»Nein, das glaube ich nicht. Ich weiß, daß er versucht hat, zurückzukommen, als er mich sah, aber es war zu spät.«

»Was meinst du mit ›zu spät‹?«

»Na ja, er hatte den Ast, der das Treibholz unter der Brücke staute, bereits gelockert. Hast du schon beim Gutshaus angerufen?«

»Nein. Ich werde gar nichts tun, bevor der Arzt hier ist.«

»Sie müssen es nicht wissen, nicht wahr, Dad? Ich meine, sie braucht es nicht zu wissen. Es wäre ein schreckliches Gefühl für ihn.«

»Schau, Mädel, das muß er mit sich selbst abmachen. Aber wie sollen wir Doctor McNeil erklären, daß er sich in unserem Haus befindet, und dann noch in diesem Zustand? Und Meg sagt, er redet wirr, so daß man nicht weiß, was er alles erzählt. Jedenfalls sollst du dir nicht den Kopf darüber zerbrechen. Du hast mehr als dein Teil getan, bei Gott! Aber ich kann mir vorstellen, daß er dir nicht gerade dankbar dafür sein wird.«

»Er ist ein freundlicher Mann, Dad. Unter seiner Haut ist er immer noch derselbe.«

»Ja, das weiß ich. Aber die meisten Menschen denken nicht daran, wenn sie ihn ansehen. Man muß ihn zuerst kennenlernen. Meiner Meinung nach sollten sie Leute wie ihn im Krankenhaus behalten, bis sie wieder anständig aussehen.«

»O Dad!« Lizzie richtete sich in den Kissen auf. »Das könnte Jahre dauern. Ich glaube, er hat schon sechs Operationen hinter sich. Gott allein weiß, wie er zu Anfang ausgesehen hat; und er ist doch immer noch ein Mensch. Sie sind alle Menschen, sie alle wollen wieder zu einem normalen Leben zurückkehren.«

»Schon gut, schon gut. Reg dich nicht auf. Was ist los mit dir? Hast du für heute abend nicht schon genug gekämpft? Leg dich wieder hin. Bertha wird gleich da sein.«

Es war seltsam, daß sie gerade jetzt feststellte, daß er von Bertha nie als ›deine Mam‹ sprach, obwohl Lizzie die beiden immer Mam und Dad nannte. Und Bertha nannte ihn immer ›John‹, wenn sie von ihm redete. Dies nagte schon seit Jahren an Lizzie, und sie hatte oft darüber nachgedacht, warum Bertha an ihrem sechzehnten Geburtstag zu ihr gesagt hatte: »Du nennst mich immer Ma'am, wie für ›Madam‹, aber du kannst mich auch Mam nennen, wie für ›Mutter‹, und ich bin sicher, daß John nichts dagegen hat, wenn du ihn ›Dad‹ rufst. Würde dir das gefallen?«

Lizzie hatte geantwortet, daß sie das gerne tun würde. Sie hatte einige Zeit gebraucht, sich an den Gedanken zu gewöhnen und war nie ganz sicher gewesen, ob Mr. Fulton, wie sie ihn bis dahin genannt hatte, mit seinem neuen Titel einverstanden war.

Als sich die Türe hinter ihm schloß, ließ Lizzie sich ins Bett zurückfallen. Sie fühlte sich müde, erschöpft. Ihr Kopf tat weh und sie fror immer noch. Sie nahm die Tasse vom Nachttisch und schluckte ihren Inhalt mit einer Grimasse hinunter. Nach kurzer Zeit wurde sie schläfrig; doch als der Schlaf sie überwältigen wollte, fühlte sie sich plötzlich wieder unter Wasser, sie wurde hin- und hergeworfen und schnappte nach Luft. Etwas hielt sie fest. Jetzt war sein Gesicht über ihr, und er rief: »Lizzie, Lizzie!« und sie schluchzte: »Schon gut, Richard, schon gut.« Dann wurde sie ruhig. Jemand strich ihr das Haar aus der Stirn, und eine Stimme sagte: »Gut, gut, mein Liebchen, schlaf jetzt. Alles in Ordnung; schlaf jetzt.« Und sie wußte, daß es Meg war, und antwortete: »Ich habe ihn noch nie Richard genannt.«

»Jaja, mein Mädel. Schlaf jetzt. Morgen fühlst du dich besser. Schlaf jetzt.«

6

Wie Meg zu sagen pflegte: Ereignisse kommen immer zu dritt. Da war seit vier Tagen der arme Kerl oben in Geoffs Zimmer, der nicht wußte, wo er eigentlich war. Gehirnerschütterung, meinte der Arzt. Lizzie hatte eine Erkältung, die ihr die Brust zu zerreißen schien. Dann waren da die feine Dame und er, der große Lärmmacher, vom Gutshaus. Sie waren zweimal hiergewesen, und beide waren nach oben gegangen mit einem Gesichtsausdruck, als würden sie etwas Unangenehmes riechen. Und heute früh war sie auch noch dagewesen – Bonefords Frau. Es war ziemlich mühsam gewesen, sie ausfindig zu machen. Sie war weggefahren, ohne ihrem Ehemann oder ihren Eltern mitzuteilen, wo sie sich aufhielt. Man hatte sie erst letzte Nacht aufgestöbert. Sie war recht höflich gewesen, das mußte selbst Meg zugeben, sogar etwas bedrückt. Meg wollte Richard gerade waschen, als die Tür sich öffnete und John verkündete: »Meg, Mrs. Boneford ist hier.«

Richard war an diesem Morgen bei klarem Bewußtsein und wieder ganz richtig im Kopf. Er hatte ganz vernünftig mit Meg gesprochen, hatte sich vielmals für die Mühe entschuldigt, die er ihr bereitet hatte, und gesagt, daß es ihm besser ginge und er nach Hause wolle. Dann war die Tür aufgegangen und er sah seine Frau. Im selben Augenblick wurde er verschlossen wie eine Auster. Janis hatte ihm auch nicht viel zu sagen gehabt, zumindest nicht, solange Meg im Zimmer war. Sie hatte sich nicht wie eine besorgte Ehefrau benommen, sondern war am Fußende des Bettes stehengeblieben und hatte höflich gefragt: »Wie geht es dir?« Er hatte nicht geantwortet, sondern sie nur mit seinem guten Auge fixiert, diesem Auge, das so viel ausdrücken konnte, wenn man nur darauf achtete.

Meg hatte sich unbehaglich gefühlt – ein Gefühl, das ihr völlig neu war –, und hatte beim Hinausgehen irgend etwas Albernes dahergeplappert, wie: »Ich komme in ein paar Minuten wieder, dann machen wir weiter.« Dann ließ sie die beiden allein. Sie war jedoch kaum die Treppe hinuntergegangen, als seine Frau hinter ihr herkam und fragte: »Ist Mrs. Fulton zu Hause?« Und Meg hatte geantwortet: »Sie ist oben in ihrem Zimmer. Sie hat schlechte Nachrichten bekommen.«

»Das tut mir leid«, hatte Janis gesagt. »Ich hoffe, es ist nichts Schlimmes.«

»Nun, sie weiß nicht, wie schlimm es ist. Aber man hat ihr geschrieben, daß ihr Sohn Geoffrey verwundet wurde.«

»Geoffrey ist verwundet?«

»Ja. Dabei hat sie erst kürzlich einen Brief von ihm erhalten. Ohne Datum, natürlich. Sie können sich also vorstellen, daß sie ziemlich aufgeregt ist. John ist bei ihr.«

»Ja, natürlich. Das tut mir leid«, hatte sie gesagt und war zur Tür gegangen.

»Wenn Sie heute nachmittag wiederkommen, können Sie vielleicht mit ihr sprechen«, hatte Meg noch herausgebracht. Janis hatte sich an der Tür umgedreht und geantwortet: »Ich ... ich komme heute nachmittag wahrscheinlich nicht. Aber sagen Sie Mrs. Fulton, daß mir das mit ihrem Sohn leid tut. Sehr leid.«

»Ja, ich sag's ihr.«

Und nun stand Meg in der Küche und führte Selbstgespräche, während sie eine Kanne Tee zubereitete. »Zwischen den beiden stimmt was nicht. Wahrscheinlich hat er nicht mal mit ihr gesprochen. Machte jedenfalls nicht den Eindruck. Armer Kerl, er tut mir so leid. Warum können die nicht braune Haut transplantieren statt dieses rosaroten Zeugs? Wo haben sie das überhaupt her? Daß die Haut so straff über die Knochen gezogen wird, wäre ja gar nicht so schlimm, aber diese Farbe! So rosa wie ein Babypopo.«

Eine Woche später gingen Lizzie beinahe dieselben Gedanken durch den Kopf, als sie Richard im Wohnzimmer gegenübersaß.

Seine Uniform war inzwischen gereinigt und gebügelt. Sein verrenkter Knöchel war fast wieder in Ordnung. Er hatte seinen Stock, der zwischen ihm und Bertha eine etwas gezwungene Heiterkeit hervorgerufen hatte, an den Sessel gelehnt.

Lizzie und Richard saßen seit einer Viertelstunde allein im Wohnzimmer. Ihr Unterhaltung drehte sich in erster Linie um das Wetter, das Schnee verhieß. »Wie lange werden Sie bis nach Hause brauchen, falls es nicht zu stark schneit?« fragte Lizzie.

»Na ja, wenn ich Mattys Fahrweise bedenke, noch dazu wenn er hinter dem Steuer eines Armeefahrzeugs sitzt, dann sollten wir es wohl in vier Stunden schaffen.«

Sie hatten sich zu beiden Seiten des Kamins plaziert und sahen sich jetzt über die freie Fläche hinweg an. Lizzie beugte sich vor und schob mit dem Schürhaken ein Holzscheit in die rotglühende Mitte des Feuers. Leise fragte sie: »Warum gehen Sie nicht ins Gutshaus zurück?«

Er drehte ihr die gute Seite seines Gesichts zu, wobei sein Lid zuckte. Dann sagte er ruhig: »Um diese Frage zu beantworten, müßte ich Ihnen erzählen, warum ich versucht habe, meinem Leben ein Ende zu setzen.« Er berührte seine entstellte Wange und fuhr fort: »Ob Sie es glauben oder nicht, es war nicht nur deswegen; im Krankenhaus gibt es Männer, die noch schlimmer dran sind, viel schlimmer. Es war auch nicht aus dem Grund, daß meine Frau meinen Anblick nicht erträgt, obwohl ich daran am Anfang fast zerbrochen bin. Es war ...«, er stieß einen tiefen Atemzug aus und befeuchtete die Lippen mit der Zunge, ehe er fortfuhr: »Es war, weil ich sie mit einem meiner Freunde ertappt habe. Ich hatte schon seit einiger Zeit den Verdacht, daß es da jemanden gäbe, aber als ich herausfand, daß er es war ...« Er schwieg abrupt, erhob sich aus dem Sessel und stellte sich ans Feuer. Er blickte einige Sekunden in die Flammen, dann drehte er sich um, ergriff seinen Stock und sah auf Lizzie nieder. »Ich war am Tag zuvor noch mit ihm zusammen. Wir haben etwas getrunken und uns lange unterhalten. Und dann – fand ich ihn da mit ihr. Es war nur durch Zufall. Er und ich hatten darüber gesprochen, gemeinsam auf Jagd zu gehen; und plötzlich fühlte ich mich so niedergedrückt, daß ich beschloß, heimzufahren ... in mein eigenes Zuhause, und da ich wußte, daß er bald Urlaub bekäme, wollte ich ihn bitten, mitzukommen. Ich ... ich fuhr nach Durham, wo er einquartiert ist. Ich war schon ein paarmal dort gewesen. Ich habe ihn Janis vorgestellt. Als ich anklopfte und seine Hauswirtin die Tür öffnete, starrte sie mich mit offenem Mund an und rief: ›O mein Gott!‹ Dann stotterte sie: ›Er ist nicht da, er ist nicht da.‹ Sie wollte die Tür schließen, aber ich stellte meinen Fuß dazwischen. Durch den Türspalt sah ich über dem Sessel in der Diele einen grünen Wettermantel mit pelzgefütterter Kapuze liegen. Ein elegantes Stück. Ich hatte es Janis in der ersten Zeit unserer Ehe gekauft.«

Richard hielt inne, und Lizzie sah den Schweiß in kleinen Rinnsalen über seine narbige Haut fließen. Dann fuhr er fort: »Ich drückte die Tür auf und warf dabei fast die arme Frau um. Dann raste ich die Treppe hinauf. Hinter der zweiten Tür, die ich öffnete, sah ich die beiden; wenn ich dazu imstande gewesen wäre, hätte ich nicht ihn, sondern sie erwürgt. Aber seit ich das habe«, dabei berührte er sein Gesicht mit dem Finger, »fühle ich keine Courage mehr in mir, keine Stärke. Ich habe all meine Energie verloren. Was also tat ich? Ich drehte mich einfach um und ging aus dem Zimmer. Den Rest der Geschichte kennen Sie.« Er drehte ihr den Rücken zu und legte eine Hand auf den Kaminsims, während er seine Rede beschloß. »Ich fühlte mich bis ins Innerste gedemütigt; ich fühlte mich nicht mehr als Mann. Ich sehe nicht wie ein Mann aus, und ich wurde nicht mehr als Mann anerkannt. Ich sagte mir, ich solle sie nicht anklagen, denn alles, was ich von ihr wollte, waren Trost, Verständnis, die mich so lange aufrechthalten sollten, bis das Wunder geschieht und ich wieder wie ein menschliches Wesen aussehe, obwohl ich weiß, daß das in meinem Fall niemals Wirklichkeit wird.«

»Oh, Mr. Richard!« Lizzie erhob sich und ergriff seine Hand. »Sie werden es schaffen, das weiß ich. Nach dem, was geschahen ist, werden Sie es schaffen. Halten Sie durch! Wann müssen Sie wieder ins Krankenhaus?«

»In zwei Wochen.«

»Das ist doch schon wieder ein Schritt nach vorne.«

»Ich will nicht hingehen. Ich habe beschlossen, daß es reicht.«

»Oh, Richard, bitte! Die Ärzte vollbringen heutzutage Wunder. Halten Sie durch. Letzte Woche sagten Sie, Sie schuldeten mir Ihr Leben. Ich will, daß Sie mich jetzt dafür bezahlen: Versprechen Sie, daß Sie die Behandlung fortsetzen lassen ... tun Sie das?«

Richard blickte sie kurze Zeit schweigend an, dann verzog sich sein Mund zu einem schiefen Lächeln, und er sagte:

»Ja, in Ordnung, Lizzie. Aber um etwas möchte ich Sie bitten: Würden Sie mich einmal mit Mrs. Fulton und Meg zu Hause besuchen? Meine Eltern würden Sie alle gerne kennenlernen; Sie besonders. Übrigens wissen sie nichts von dieser Geschichte, aber ich werde ihnen alles erzählen, wenn ich dort bin, und auch, daß ich die Scheidung einreichen werde.«

»Die Scheidung?«

»Ja. Ich habe es Janis gesagt. Sie hat nichts dagegen, wohl aber ihre Eltern.« Sein Lächeln wurde grimmig. »Der Skandal, verstehen Sie, der Skandal. Wissen Sie, was ihre Mutter mich gestern fragte? Sie fragte, ob ich die Schuld auf mich nehmen würde. Und sie war sehr erstaunt, als ich sagte, das würde ich nicht tun. ›Du benimmst dich nicht wie ein Gentleman‹, sagte sie. Ha! Ich antwortete: ›Wenn Du Deiner Tochter beigebracht hättest, sich wie eine Lady zu benehmen, hätte ich es vielleicht getan.‹ Was ihren Vater angeht, so kann Meg dir schildern, wie er an die Decke ging. Ich mußte ihn daran erinnern, wo er sich befindet.«

»Sie wollen sich also wirklich scheiden lassen?«

»O ja! Sehen Sie, Bernard war nicht ihr erster Liebhaber, soweit ich weiß, und auch nicht der zweite oder dritte. Ich habe sogar Gerüchte gehört, daß Janis eine lange Affäre mit dem Sohn dieses Hauses hatte.«

Während des folgenden Schweigens, dachte Lizzie: ›Betreten bei Verfolgung verboten.‹

Sie ließ Richards Hand los, die sie die ganze Zeit festgehalten hatte. Er legte den Kopf auf die Seite und sagte weich: »Ich hoffe, daß Sie und Andrew sehr glücklich werden. Er ist wirklich ein guter Kerl. Als ob er nicht zur Familie gehören würde. Jedenfalls kann ich mir nicht vorstellen, daß jemand mit Ihnen nicht glücklich würde.«

Lizzie errötete. »Ich bin kein Engel. Ich kann sehr aufbrausend sein. Sie haben das noch nicht bemerkt, aber fragen Sie Mam.«

Richard lächelte, dann meinte er ernst: »Ich möchte Ihnen etwas sagen, Lizzie. Es mag im Augenblick albern und sinnlos erscheinen, aber dieser Krieg kann noch lange dauern und viel kann geschehen. Ich will, daß Sie mir versprechen, daß Sie sich an mich wenden, wann immer Sie einen Freund brauchen. Werden Sie das tun?«

Lizzie starrte ihn an. Sie konnte sich nicht vorstellen, jemals in eine so schlimme Situation zu geraten und so dringend einen Freund zu brauchen, daß sie ausgerechnet ihn aufsuchen würde. Trotzdem wäre er sicher ein guter Freund, ein wundervoller Freund; er war ein so netter Mann. »Ich verspreche es, Richard«, sagte sie leise.

Es war ein Versprechen, das leicht gegeben werden konnte, denn sobald er einmal auf seinen Gütern in Schottland war, würde sie ihn wahrscheinlich nie wiedersehen. Nachdem er sich von seiner Frau scheiden ließ, hatte er keinen Grund mehr, hierherzukommen. Er hatte Lizzie zwar gebeten, ihn mit Mam und Meg zu besuchen. Doch das mochte ebensogut aus Höflichkeit geschehen sein, um sich für die ihm erwiesene Gastfreundschaft erkenntlich zu zeigen. Irgendwie bedauerte sie das, denn sie dachte, sie könnte ihm auf die eine oder andere Art behilflich sein. Er hatte selbst gesagt, daß er gut mit ihr reden könne, und wie Meg immer meinte, konnte sie fast jedermann zum Erzählen bringen. Lizzie konnte nicht nur plaudern, sondern auch zuhören.

Plötzlich sagte Richard: »Da ist der Wagen. Auf Wiedersehen, Lizzie. Und vielen Dank. Ich … ich werde mich jetzt von den anderen verabschieden. Begleiten Sie mich bitte nicht zur Tür«, fügte er hinzu. »Bleiben Sie, wo Sie sind.« Damit wandte er sich abrupt von ihr ab.

Lizzie starrte immer noch auf die Tür, als diese sich längst hinter ihm geschlossen hatte. Sie stellte fest, daß sie es bedauerte, daß er nicht mehr da war.

3. Teil

1943

1

Mai 1943. Viel war geschehen – sowohl im Inland als im Ausland, und auch im Hause Fulton. Im März waren viele Schiffe versenkt worden. Das ganze Land rang nach Atem. Alle hofften, die Amerikaner würden in das Kriegsgeschehen eingreifen und eine Wende herbeiführen.

An diesem 27. Mai, einem Donnerstag, saß Meg am Küchentisch, der zum Tee gedeckt war, und schaute durch einen Tränenschleier auf die vier anderen Anwesenden: Bertha, John, Lizzie und Geoffrey. Lizzie streckte die Hand aus und berührte Meg. »Wein doch nicht, Meg«, sagte sie, während Bertha einwarf: »Trink noch einen starken Tee. So, so.«

Meg wischte sich flüchtig mit einem großen Taschentuch übers Gesicht und meinte: »Nein, danke, Bertha; mir ist, als hätte ich schon den ganzen Tag lang Tee getrunken. Alle waren freundlich«, schluchzte sie. »So was habt ihr noch nie gesehen. Ich konnte mir nichts Schlimmeres vorstellen als den Marktplatz an jenem Donnerstag, 1941. Aber heute liegt unsere ganze Straße in Trümmern. Mein Haus steht nicht mehr, und alle meine Habseligkeiten sind verloren. Andererseits, was macht es? All die Toten und die vielen Verletzten! Ich habe nur dagestanden und geweint. Ich habe geheult wie noch nie in meinem Leben. Als ich die Zwillinge verlor, nachdem das Boot kenterte, habe ich geweint. Und als ich meinen Mann verloren habe, habe ich auch geweint. Aber heute habe ich anders geweint. Wie gut, daß ich die Fotos mitgenommen habe. Das ist alles, was mir von ihnen geblieben ist.«

John erhob sich und legte eine Hand auf Megs Schulter. »Du hast dein Haus verloren, Meg«, sagte er, »aber du sollst wissen, daß du hier ein Heim hast, so lange du bei uns bleiben möchtest. Stimmt's, Bertha?« Er blickte über den Tisch, und Bertha nickte bestätigend. »Ganz gewiß, Meg. Und das weißt du auch, nicht wahr?«

Wieder trocknete Meg ihr Gesicht mit dem Taschentuch. »Das ist nett von euch, sehr nett, John – Bertha, aber ... aber ich werde alt und möchte niemandem zur Last fallen. Und die Beamten haben mir gesagt, daß sie mir helfen werden, ein gutes Unterkommen zu finden, wenn ... wenn ich zurückgehe.« Sie rang sich ein Lächeln ab und fuhr fort: »Es wird mir schwerfallen, wieder in der Stadt zu wohnen, nachdem ich hier auf dem Land gelebt habe. Ich habe mich irgendwie dran gewöhnt. Wenn man sich vorstellt, daß die Leute meinen, auf dem Land wäre es langweilig! Ich habe hier mehr erlebt als in der Stadt.«

»Oh, bei uns passiert allerhand. Damit können wir schon dienen.« John hatte sich wieder hingesetzt und grinste seinem Sohn zu. »Ja, hier ist eine Menge los, nicht wahr, Geoff?«

Geoff drehte den Kopf zur Seite und lächelte knapp. »Ja, Ereignisse aller Art: Ringelreihen, Volkstänze, Saufereien und dergleichen.« Er schob seinen Stuhl zurück und erhob sich. John beobachtete ihn und dachte bei sich, wie verändert sein Sohn war. Er hatte geglaubt, daß Geoffs Kanten und Ecken sich durch den neuen Rang, den er innehatte, abgeschliffen hätten. Statt dessen zeigte er die meiste Zeit ein verdrießliches Gesicht, während er früher für einen Scherz immer zu haben war. Jetzt waren seine Antworten weder witzig noch humorvoll, sondern meist von einer nichtssagenden Art – wie gerade eben. Vielleicht hatten seine Verwundungen sein Wesen beeinflußt, obwohl er doch Glück gehabt hatte, so gut davongekommen zu sein. Natürlich würde er für den Rest seines Lebens hinken, und sein rechter Unterarm war kaum zu gebrauchen. Trotzdem: Er lebte noch und sollte dankbar dafür sein.

Geoff war jetzt seit über zwei Monaten zu Hause, hatte aber noch keine Ruhe gefunden. Es war, als wäre sein Geist schlimmer verletzt als sein Körper.

John sah, wie Geoff zur Hintertür ging und seine Kappe von dem hölzernen Garderobenständer nahm. Obwohl seine Dienstzeit beendet war, trug er immer noch seine Leutnantsuniform; sogar wenn er nur einen Waldspaziergang unternehmen wollte, putzte er sich heraus. John hatte sich nach der Heimkehr seines Sohnes gesehnt, aber nun fand er, daß im Haus eine ständige Anspannung herrschte, seit Geoff wieder da war. Er war nicht mehr derselbe, als der, der zur Armee gegangen war. Was immer er auch durchgemacht hatte, es hatte ihn völlig verändert …

Geoff ging die Straße zwischen den beiden Wäldchen entlang. Der Takt seiner Schritte wurde dadurch bestimmt, daß er sein linkes Bein stark vom Boden abheben mußte, bevor er es wieder niedersetzen und mit dem Körpergewicht belasten konnte. Mit einem Gehstock wäre es leichter gewesen, doch er lehnte dieses Hilfsmittel ab. Es reichte, so meinte er, daß seine Mutter einen Stock benutzen mußte. Geoffs Schultern hingen leicht nach vorne, und sein Kopf war gesenkt. Wenn er so ging, sah es aus, als wäre er geschrumpft.

Wieder und wieder hatte er sich in den vergangenen Wochen gefragt, was er nun anfangen solle. Sich einen Schreibtischjob suchen und ein Bürohengst werden? Er blickte auf seinen linken Arm. Dieser schwang beim Gehen nicht im gleichen Rhythmus wie der rechte. Vermutlich sollte er dankbar sein, daß er diesen Arm überhaupt noch hatte, und daß an seiner Stelle keine Blechröhre mit einem Eisenhaken am Ende saß. Es gab eine Menge Dinge, für die er dankbar sein sollte, doch er schaffte es einfach nicht. Dort draußen, wo er sich wichtig gefühlt hatte, war alles so anders gewesen. Er war befördert worden und hätte es noch weiterbringen können. Man hatte ihn anerkannt und als erstklassige Führungspersönlichkeit akzeptiert. Er hatte sich ein dickes Fell zugelegt, und was er sich tief im Innersten noch an Gefühl und Sensibilität bewahrt hatte, war zerstört worden. Es starb zu Weihnachten in Sidi Barrani, nachdem sie die Italiener durch Bardia, Tobruk, Derna und Benghazi bis Agheila getrieben hatten. Natürlich mußten sie sich dann wieder schnellstens aus Tobruk zurückziehen, nachdem die verfluchten Deutschen sich eingemischt hatten. Trotzdem kamen sie gegen Ende 1941 wieder zurück und gelangten bis in die Nähe von Agheila. Es war verdammt brenzlig gewesen, aber er hatte bis dahin nicht einen Kratzer abbekommen. Als er seine Männer um sich herum sterben sah, selbst jedoch nur von einer Kugel am Helm gestreift wurde, gelangte er zu der Überzeugung, ihm persönlich könne nichts geschehen. Dann jedoch schlug das Pendel in die andere Richtung aus, und der deutsch-italienische Gegenangriff warf sie zurück bis zur Ghaza-Linie außerhalb von Tobruk. Plötzlich hatte er seinen Schutzengel verloren. Es war nicht nur die Tatsache, daß es ihn auf seiner linken Seite voll erwischt hatte, denn das bemerkte er zuerst gar nicht, während er weiterkroch, die Namen seiner Männer schreiend. Doch dann war die Granate explodiert und hatte alle niedergemäht. Auch seinen Sergeanten, Jim Rolston, und den jungen Hal Fairbanks. Er hatte Fairbanks erst vor einigen Wochen zum Korporal ernannt. Und Bodger Ripton, den fähigsten Schieber im Bataillon. Was immer man brauchte, Bodger besorgte es und wurde fast jedesmal dabei erwischt. Und Spud Winter, der haarsträubende Geschichten über seine Mutter erzählte, die, wenn man seine Worte für wahr nahm, die größte Hure von Dublin gewesen sein mußte. Spud war seit Kriegsbeginn bei ihm gewesen, und er hatte ihm gefehlt, nachdem er befördert worden war. Doch wenn er ihm über den Weg lief, war er immer noch der alte: »Sarge, ich meine, Sir, ich meine … nun, es war so, Sir. Sehen Sie, meine Mutter …«

O Spud, Spud! Und dann Harry Cole. Captain Harry Cole. Er war gut zu Geoff gewesen, jawohl. Das war das einzige Wort, mit dem man ihn beschreiben konnte: gut. Er hatte ihn in der Offiziersmesse willkommen geheißen. Harry hatte Geoff nie wie manche andere spüren lassen, daß er aus der Mannschaft aufgestiegen war, nicht Harry. Harry kam von ganz oben. Sein Vater war ein immens wichtiger Mann, und Harry war der einzige Sohn. Und dann lag er da ohne Gesicht, ohne Schultern, ohne Arme; nur noch ein blutiger Haufen. Bloß seine Beine waren noch ganz, und die lagen quer über Spud.

Geoff hatte auf der Seite gelegen, im Begriff, langsam wegzudämmern, doch kurz bevor sein Bewußtsein völlig schwand, hatte er sich an die Überbleibsel von Harry und Spud geklammert. Dann wußte er nichts mehr, bis eine Stimme ihm zurief: »Hallo da! Wie geht's?« und er in ein Gesicht über einem weißen Kittel blickte. Und anstatt zu sagen: »Danke, Sir« hatte er gebrüllt und geflucht, bis seine Stimme in seinem Kopf ein einziger Schrei war. Danach wurde alles still. Und so war es geblieben. Der einzige Unterschied bestand darin, daß er jetzt in seinen Träumen schrie und dann beim Erwachen wimmernd die Namen seiner Kameraden hersagte.

Er drehte sich plötzlich um, um zum Haus zurückzukehren. Da sah er Lizzie herauskommen. Sie trug ein blaubedrucktes Kleid mit einem kurzen weißen Wollmantel darüber. Ihre Füße steckten in kittfarbenen Sandalen, und auf ihrem Kopf saß ein heller Strohhut.

Sie blieb stehen, als sie ihn erreicht hatte. Lizzie sprach zuerst. »Hast du deinen Spaziergang genossen?«

»Ja, ja«, nickte er und schwieg dann einige Sekunden. Dann sagte er: »Weißt du, ich kann es noch immer nicht fassen. Ich sehe immer noch dieses spillerige, nichtssagende Geschöpf vor mir, das ich damals ins Haus gebracht habe. Wie lange ist das her?« Er beugte den Kopf zu ihr herab und sah sie fragend an.

»Nun, das solltest du doch wissen. Das war 1937, und jetzt haben wir 1943.«

»Dann bist du jetzt neunzehn?« Geoff schüttelte ungläubig den Kopf.

»Ich werde bald zwanzig.«

Wieder schwieg Geoff. Lizzie war schön. Sie machte auf ihn einen Eindruck von Frische, den er nicht in Worte fassen konnte. Es waren nicht nur ihre Augen oder ihre Haut, sondern ihr ganzes Wesen. Und sie würde Andrew Bradford-Brown heiraten.

Geoff hatte vor einiger Zeit herausgefunden, daß er wenig Lust zum Reden hatte, doch wenn er sprach, dachte er nicht darüber nach – oder konnte nicht darüber nachdenken –, was er sagte. Er sprach einfach aus, was ihm in den Sinn kam. »Bist du sicher, daß du Andrew heiraten willst?«

Lizzie starrte ihn einen Augenblick lang an. Dies war das erstemal, daß er sie auf die Heirat angesprochen hatte. Er schien das Thema bisher absichtlich gemieden zu haben. Sogar als Andrew einige Male auf der Wohnzimmer-Couch übernachtet hatte, hatte Geoff nichts dazu gesagt. Als Lizzie das später Andrew gegenüber erwähnte und hinzufügte, daß Geoff dem Bild von dem Mann, der sie vor Jahren ins Haus geholt hatte, nicht mehr entsprach, hatte Andrew sie zurechtgewiesen. Sie müsse bedenken, was Geoff möglicherweise durchgemacht habe, und es sei kein Wunder, wenn solche Erlebnisse einen Menschen veränderten. Er führte Richard als Beispiel an. Nach Andrews Meinung war Richard noch viel schlechter dran, der selbst gesagt hatte: »Man kann der Welt nur ein mutiges Gesicht zeigen, wenn man überhaupt ein Gesicht hat, das man ihr zeigen kann.«

Als Lizzie jetzt Geoffs Frage beantwortete, klang ihre Stimme barsch. »Natürlich werde ich Andrew heiraten, das weißt du doch. Warum fragst du nach solchen Selbstverständlichkeiten?«

»Weil er ein Bradford-Brown ist. Sie sind nicht zuverlässig, weißt du, keiner von denen. Schau nur, wie seine Familie ihm die Tür verschließt; und doch ist er immer noch einer von ihnen. Was deine Eltern dir einpflanzen, wirst du niemals los.«

»Andrew ist nicht wie seine Mutter, sein Vater oder seine Schwester!« Bei den letzten Worten warf sie energisch den Kopf zurück.

Geoffs Haut war normalerweise nußfarben, denn seine afrikanische Sonnenbräune war noch nicht geschwunden; doch gelegentlich, wie auch jetzt, wich diese Farbe einem fahlen Grau. Lizzie wußte über Geoffs voreheliche Beziehung zu Richards Frau Bescheid; ganz genau sogar, denn sie war darüber nicht von Bertha oder John, auch nicht von Meg unterrichtet worden, sondern von Nancy Basset, die früher einmal Waschfrau im Herrenhaus gewesen war. Nancy, eine alte Klatschtante, half jetzt in einer Kantine in Durham aus. Vielleicht hätte Lizzie nicht zuhören sollen, als Nancy ihr Wissen über die Bewohner von The Hall zum Besten gab; sie hatte es aber doch getan.

Von Nancy hatte sie von den Auftritten zwischen dem Herrn und der Herrin des Hauses erfahren, und daß Mrs. Boneford es nicht ertragen konnte, ihren Mann anzusehen, und von der jahrelangen Beziehung zwischen Geoff und Janis.

Als Geoff heimgekehrt war, hatte Lizzie ihn bedauert: Es war ein ähnliches Gefühl, wie sie es auch für Richard empfand. Als jedoch die Zeit verging und er sich als übellaunig und schwierig erwiesen hatte, war dieses Gefühl verebbt. Sie stellte sogar fest, daß sie ihn nicht mochte, was auch aus ihrer Stimme herausklang, als sie jetzt hinzufügte: »Natürlich weißt du mehr über sie als ich, aber man redet über das, was man kennt, und ich habe Andrew nur als gut und freundlich und ...«, sie stockte, »als Gentleman kennengelernt.«

Sie blickten sich einige Sekunden lang feindselig an, dann entspannte sich Geoffs Miene und er lachte kurz auf. »So was nennt man einen Vergleich anstellen, nicht wahr? Du willst damit sagen, daß ich diese Eigenschaften nicht besitze. Oho!« Er erhob seine Hand wie ein Warnsignal. »Ist schon recht, ich weiß, wie ich bin. Und es tut mir leid, daß du mich so siehst, aber« – seine Stimme wurde leise – »ich war lange weg, es ist viel passiert, und ich kenne die

Bradford-Browns besser als du. Aber ich muß zugeben, daß ich mit Andrew nicht viel zu tun hatte und ... und wenn du glaubst, daß du glücklich wirst, so freue ich mich für dich.«

Damit hatte er Lizzie den Wind aus den Segeln genommen. Das Gefühl der Antipathie schwand. »Ich weiß, daß ich glücklich werde, Geoff«, sagte sie. Sie streckte ihm die Hand entgegen: »Warum kommst du nicht mit mir ins Konzert? Mag sein, daß dir die Auftritte nicht gefallen, aber du wirst sicher etwas zum Lachen haben.«

»Nein, aber trotzdem vielen Dank. Ich komme ein anderes Mal. Mam hat mir erzählt, daß du dir in der Stadt einen Namen gemacht hast. Was findet heute abend statt, ein Liederabend?«

Lizzie schüttelte den Kopf. »O nein, nichts so gewöhnliches. Ich habe einen von zwölf Auftritten. Ich eröffne aber nur den ersten und den zweiten Teil. Wie eine gewisse Sopranistin, die zufällig im Konzertkomitee sitzt, letzthin zu mir sagte: ›Unsere Sterne unter den Stars heben wir immer bis zum Schluß auf.‹«

Geoff lachte jetzt etwas fröhlicher. »Was hast du darauf geantwortet?« fragte er.

»Ich sagte, daß ich mich bemühen würde, die Abenddämmerung so lange wie möglich dauern zu lassen, und das habe ich letztesmal auch getan. Es war nicht schwierig, denn die Jungs haben immer wieder eine Zugabe verlangt. In dieser Art Konzert sind Zugaben eigentlich nicht erlaubt, jedenfalls nicht vor dem Schluß, aber ich gab drei, und lauter solche, bei denen sie mitsingen konnten. Die Dame war blaß vor Zorn, und als ich von der Bühne abging«, – jetzt kicherte sie – »sagte ich zu ihr: ›Jetzt kann der Vollmond aufgehen‹. Denn nach mir kamen zwei Komiker, die das Publikum immer zum Toben bringen; und da konnte ich es mir nicht verkneifen, noch zu ihr zu sagen: ›Und wahrscheinlich wird der Vollmond heute die Sterne überstrahlen.‹ Du mußt wissen, daß der Saal um zehn Uhr geschlossen wird, so daß sie am Schluß kaum noch ihr Lied absingen konnte. Ich fühlte mich nachher ein wenig gemein, aber sie hat mich einfach auf dem falschen Fuß erwischt, wie Meg sagen würde.«

Geoffs Gesicht war jetzt hell und offen. »Ist sie heute abend auch dort?«

»Ja. Sie ist eine stadtbekannte Persönlichkeit und mischt im Geschäft mit den Kriegsanleihen mit.«

»Jaja, Geld regiert die Welt. Aber du hast auch etwas, auf das du stolz sein kannst ... ich habe das von Anfang an gewußt. Erinnerst du dich an den Tag, als ich dich nach Hause brachte?«

Lizzie nickte. »O ja, ich erinnere mich sehr gut daran; und ich habe dir niemals wirklich dafür gedankt; aber jetzt tue ich es. Du hast mir an diesem Tag die Chance auf ein neues Leben gegeben – und eine Mutter und einen Vater. War es seltsam für dich, daß ich deine Eltern ›Mam‹ und ›Dad‹ nenne?«

»Nein, nein; überhaupt nicht. Mutter hat dich vom ersten Augenblick an ins Herz geschlossen. Für sie bist du ihre Tochter.«

»Und du bist mein großer Bruder.«

Geoff antwortete erst nach einer Weile. »Ja, so betrachtet stimmt das wohl.« Und wieder fand er sich nicht in der Lage, seine Gedanken unausgesprochen zu lassen. »Weißt du, daß du schön bist, Lizzie? Du bist eine wunderschöne Frau geworden. Es ist kaum zu glauben. Ich erinnere mich, wie ich vor Wochen nach Hause kam, und dachte, du wärst jemand anders. Ich wußte nicht, wer du bist. Es war wie ein Schock, als mir klar wurde, daß eine Reihe von Jahren vergangen war und ... und daß ich so viel verpaßt habe.«

Lizzie errötete und antwortete lachend: »Na ja, was die Schönheit betrifft ... ich glaube, deine Augen wurden wohl auch in Mitleidenschaft gezogen.«

»Komm«, – Geoffs Stimme war jetzt rauh – »spiel nicht die Bescheidene, das steht dir nicht. Du weißt, wie du aussiehst und wie du bist. Und jetzt verschwinde, bevor ich aufhöre, dir Höflichkeiten zu sagen.«

Lachend sagte sie: »Bis bald, Geoff.«

»Bis bald«, erwiderte er.

Nach einigen Schritten blickte Lizzie zurück und rief ihm zu: »Wenn ich jetzt deinetwegen den Bus verpaßt habe, bekommst du was zu hören!«

Geoff antwortete nicht, aber er behielt sie im Auge, bis er sie nicht mehr sehen konnte. Dann zog er die Unterlippe zwischen die Zähne, drehte sich um und ging zurück zum Haus.

Der Saal war voll. Lizzie hatte den zweiten Teil des Konzerts mit zwei Stücken von Chopin eröffnet – zuerst eine Etude, dann ein Walzer – und stand jetzt am Rand der Bühne, um ein Quartett an sich vorbeizulassen, als jemand nah an ihrem Ohr sagte: »Dort drüben steht dein Verehrer. Er wartet auf dich. Gib mir deine Noten, ich werde darauf aufpassen.«

»Was?« fragte sie automatisch und erkannte den Bühnenmanager. Dann blickte sie schnell in die Richtung, die er andeutete und erkannte Andrew, der am Ende des Ganges stand und grüßend die Hand hob. Ihr Herz klopfte schneller, als sie sich zu ihm durchdrängte. Flüsternd fragte sie ihn: »Was ist los? Wann bist du angekommen? Du hast du doch geschrieben, daß du erst nächste Woche kommst.«

»Komm weg von hier«. Andrew nahm sie an der Hand und zog sie durch ein Hinterzimmer in einen anderen Gang, wo sie Hut und Mantel von einem Kleiderständer nahm. Dann standen sie auf der Straße und betrachteten einander im weichen Zwielicht der Abenddämmerung.

»Andrew! Wie lang kannst du bleiben?«

»Nicht lange. Hör zu, ich muß den Mitternachtszug erwischen. Laß uns ein Stück gehen.« Beinahe grob faßte er sie am Arm und führte sie die Straße entlang.

»Wohin?« fragte Lizzie. »Sollen wir heimgehen?«

»Nein, dafür haben wir keine Zeit. Laß uns einfach vor der Stadt spazierengehen.«

»Was ist los, Andrew?«

Er seufzte. »Es ist irgend etwas im Busch. Ich weiß nicht

genau, was. Mein Urlaub wäre in vierzehn Tagen fällig gewesen, und alles war geregelt, auch die Heiratslizenz. Richard hat geschrieben, er wolle mein Trauzeuge sein. Aber dann hat mich heute früh der Adjutant in sein Büro gerufen und mir gesagt, daß ich wahrscheinlich keine Woche Urlaub bekommen könnte, sondern höchstens ein, zwei Tage. Es hat in letzter Zeit eine Menge Versetzungen von den Minensuchbooten auf die großen Schiffe gegeben.«

»Willst du ... willst du damit sagen, daß du vielleicht auf hohe See mußt?«

»Möglicherweise; ich weiß es nicht. Es ist alles sehr geheimnisvoll, und doch hört man Gerede über geänderte Pläne und so weiter. Jedenfalls hat er mir vierundzwanzig Stunden gegeben. Ich bin gerade vor einer halben Stunde angekommen und habe gleich bei dir zu Hause angerufen. Meg war am Telefon und hat mir gesagt, wo ich dich finde.«

»Ach Andrew!« Lizzie umklammerte seine Hand. »Du schienst dort an der Küste so sicher zu sein – nun, ich meine nicht direkt sicher –, aber jede eurer Aktionen erschien mir wie ein schneller kurzer Sprung nach draußen, und dann warst du wieder in Sicherheit.«

»Mach dir keine Sorgen, wir wissen ja noch nicht, was passiert. Aber hör zu.« Er lachte. »Wahrscheinlich bin ich heutzutage auf hoher See sicherer als an Land oder in London. Du liebe Zeit, London! Lizzie, du kannst es dir nicht vorstellen, jeder Londoner ist ein Held oder eine Heldin. O ja, die Frauen sind alle Heldinnen.«

»Ach Andrew, ich fühle mich so nutzlos hier in diesem dummen Rationierungsbüro. Du weißt, daß ich in die Bürgerwehr eintreten wollte. Ich habe es versucht, aber ...«

»Sei nicht albern. Das ist ja das einzige, was mir ein bißchen Seelenfrieden gibt: daß wenigstens du vergleichsweise sicher bist.«

Sie waren am Fluß entlanggegangen und dann unzählige Stufen hinaufgeklettert, nur um sich wieder in der Stadt zu finden. Lachend kehrten sie um und gingen dahin, bis sie die Häuser hinter sich gelassen hatten.

»Wie spät ist es?« fragte Lizzie.

»Zehn vor neun.«

»Mußt du diesen Zug nehmen?«

»Ja, dann bin ich morgen vormittag zurück und kann um zwölf wieder meinen Dienst antreten.«

Lizzie blieb plötzlich stehen und drehte Andrew um, so daß er ihr gegenüberstand. »Du erzählst mir das von dem verkürzten Heiratsurlaub doch nicht ohne Grund. Bedeutet das, daß deine Versetzung ins Ausland unmittelbar bevorsteht?«

»Nein, nein.« Andrew hielt ihre Hand fest. »Ich wollte dich nur sehen und es dir selbst sagen. Ich weiß, daß du schon Vorbereitungen getroffen und ein Häuschen im Lake District gebucht hast. Wir können ja trotzdem hinfahren, aber wahrscheinlich nur für einen Tag.«

Als sie bei einem Feld mit niedergebrochenem Tor ankamen, blieben sie stehen und schauten zu einem Wäldchen hinüber, das sich schwarz gegen das tiefer werdende Zwielicht des Abendhimmels abzeichnete. Als hätten sie denselben Gedanken, setzten sich beide gleichzeitig in Bewegung, überquerten das Feld und traten unter die Bäume. Ehe sie sich neben einem Gebüsch niederließen, nahm Andrew Mantel und Kappe ab. Lizzie folgte seinem Beispiel. Dann lagen sie einander in den Armen. Im Schatten der Büsche waren ihre Gesichter nicht mehr zu erkennen. Andrews Stimme klang wie von weit her, als er fragte: »Tut es dir leid wegen letztesmal?«

»Nein, Andrew, niemals.«

»Das … das hat mir Sorgen gemacht.«

»Das sollte es nicht, mein Liebling.«

»Ich werde keine Ruhe finden, bevor wir verheiratet sind. Was, wenn etwas passiert? Ich meine …«

»Ich wäre froh darüber.«

»Ich könnte mich erst freuen, wenn wir verheiratet sind. Ich ertrage es nicht, daran zu denken, daß dir so etwas passiert.«

»Es geschieht auch anderen, es geschieht dauernd, mein Liebster.«

»Das kann sein, aber nicht dir. Nicht dir.«

Lizzie löste sich ein wenig von ihm und sah ihn eindringlich an. Mit leiser, ernster Stimme sagte sie: »Es ist mir gleich, was mit mir geschieht, solange es durch dich geschieht.«

»Lizzie, du machst mich zum glücklichsten Mann auf Erden. Ich weiß, was ich tun werde, wenn das alles vorüber ist; es ist schon alles genau geplant. Das heißt, eigentlich hat Richard mich vor einiger Zeit auf die Idee gebracht. Ich habe es dir erzählt, erinnerst du dich? Er hatte vorgeschlagen, mich mit Landwirtschaft zu beschäftigen. Der Gedanke gefiel mir, denn ich würde Vaters Geschäfte nicht weiterführen, auch wenn ich es könnte. In seinem letzten Brief schrieb Richard, ich müsse unbedingt sein Partner werden. Er scheint sich wieder gefangen zu haben. Er hält große Stücke auf dich, weißt du. Wahrscheinlich beneidet er mich ein wenig, was ich gut verstehen kann. Ja, und ich bin auch froh, daß er Janis bald los ist. Sie taugt weder für ihn noch für einen anderen, nicht einmal für sich selbst … Wärst du gerne die Frau eines Farmers?«

»Ich möchte deine Frau sein, Andrew, gleichgültig ob du Farmer oder Straßenkehrer bist.«

»O Lizzie, Lizzie!« Ihre Lippen fanden sich und ihre Körper drängten zueinander. Die Dämmerung ging in Dunkelheit über, doch die beiden Liebenden lagen immer noch eng aneinandergeschmiegt.

Endlich fragte Lizzie: »Wie spät ist es?«

Andrew schaute auf seine Armbanduhr, deren Leuchtzeiger auf zwanzig vor elf standen.

»Wir müssen uns auf den Rückweg machen«, sagte er.

»Ach Andrew!« Wieder lagen sie einander in den Armen.

Als sie endlich den Staub von ihren Kleidern abklopften, ihre Mäntel anzogen und über das Feld zur Straße zurückgingen, schlug eine ferne Turmuhr elf. Wahrend sie auf die Stadt zueilten, fragte Andrew: »Wie kommst du denn jetzt nach Hause? Es wäre besser, wenn du in einem Hotel übernachtest.«

Lizzie antwortete: »Ich werde daheim anrufen. Dad kann mich mit dem Auto abholen. Er hat immer ein wenig Benzin in Reserve.«

Es war fast halb zwölf, als sie bei der Eisenbahnstation ankamen, von wo aus Lizzie zu Hause anrief. John war am Telefon, und Lizzie sagte: »Hallo, Dad. Meinst du ... meinst du, du könntest herkommen und mich abholen? Andrew muß den Zwölf-Uhr-Zug nehmen.«

Johns Antwort klang scharf. »Du hättest uns Bescheid sagen können. Bertha sorgt sich zu Tode!«

»Es tut mir leid, Dad, aber wir hatten so wenig Zeit.«

Johns Ton blieb zurückhaltend. »Ja, gut, gut. Ich fahre gleich los.«

Lizzie trat aus der Telefonzelle. »Es ist in Ordnung. Er kommt. Hast du noch Zeit für eine Tasse Tee?«

»Gerade noch. Der Zug ist noch nicht eingefahren.« Er blickte zum Bahnsteig.

Sie tranken beide je zwei Tassen Tee, doch das Gebäck, das sie mitbestellt hatten, ließen sie unberührt.

Als der Zug in den Bahnhof keuchte, geriet Lizzie plötzlich in Panik. Sie schlang ihre Arme um Andrew und murmelte immer wieder seinen Namen. »O Andrew, ich wünschte, du müßtest nicht gehen.«

»Hab keine Angst, Liebes. Es wird alles gut. Ich komme zurück. Auf jeden Fall rufe ich dich morgen an.«

»Um wieviel Uhr?«

»Zwischen halb sechs und sechs, wenn du nach Hause kommst. Nein, warte mal – ich weiß ja nicht, wo ich um diese Zeit sein werde. Jedenfalls, wenn ich raus muß, werde ich bei dir anrufen und dir eine Nachricht hinterlassen. Gut so?«

»Ja, mein Liebster. Bitte tu das!«

Um sie herum schoben und drängten die Leute, doch Lizzie und Andrew wollten einander nicht loslassen. Endlich, als wäre sie gerade zu sich gekommen, stellte Lizzie fest: »Jetzt wirst du keinen Sitzplatz mehr finden.«

»Doch, doch. Zu dieser Zeit sind nicht so viele Menschen unterwegs.« Er öffnete die nächstliegende Waggontür, trat ins Abteil und zog das Fenster herab. Sein Kopf schwebte jetzt über Lizzie. Im grünlichen Licht der Bahnhofslampen konnten sie kaum ihre Gesichter erkennen.

»Mach dir keine Sorgen, Liebling, alles wird gut. Und nächstesmal«, er deutete auf den Ringfinger seiner linken Hand, »nächstesmal bringe ich ihn mit.«

»Hast du schon einen?«

»Ja. Von Woolworth!«

»Ach Andrew.« Lizzie zwang sich zu einem Lächeln und fügte hinzu: »Einer aus Blech tut's auch.«

Ein Pfiff ertönte, und die Lokomotive stieß eine gewaltige Dampfwolke aus. Sie konnten ihr eigenes Wort nicht mehr verstehen. Als der Zug sich langsam in Bewegung setzte, lief Lizzie nicht auf dem Bahnsteig mit, sondern blieb stehen und starrte ihm verloren nach.

Als der Zug nicht mehr zu sehen war, fragte sie sich: »Was ist eigentlich los mit mir?« Langsam drehte sie sich um und verließ den Bahnhof. Draußen am Randstein standen wartend John und Geoff. Sie sahen sie an, und als sie nichts sagte, knipste John seine abgedunkelte Taschenlampe an und leuchtete ihr ins Gesicht. »Alles in Ordnung?«

»Ja«, antwortete Lizzie mit dünner Stimme.

John setzte sich hinter das Lenkrad, und Geoff half Lizzie auf den Rücksitz des Wagens. Er hatte nichts gesagt und schwieg auch während der ganzen Heimfahrt.

Im Haus wurde sie von Meg empfangen. »Alles in Ordnung, Mädel?« Dann, nachdem Meg Lizzie etwas eingehender betrachtet hatte, meinte sie: »Du kannst sagen, was du willst, es geht dir nicht gut. Komm, ich habe gerade etwas Kakao gemacht, er ist noch schön heiß; schluck ihn runter! Gib mir deine Sachen.« Sie zog Lizzie den Mantel von den Schultern und nahm ihr den Hut ab. John fragte: »Schläft Bertha?«

Meg antwortete: »Nein, ich glaube nicht, obwohl sie ihre Tablette eingenommen hat.«

John ging schnell aus der Küche, um nach seiner Frau zu sehen, während Meg Geoff anschaute und fragte: »Noch eine Tasse?« Er nickte nur zur Antwort und setzte sich neben Lizzie auf die Bank. »Geht's dir gut?« fragte er ruhig.

»Ja, es geht mir gut.«

»Du siehst aber nicht so aus. Ist er dran?«

»Dran?«

»Ja; Versetzung?«

»Oh, nun, ... er weiß es nicht. Möglicherweise, er ist nicht sicher.«

»Na, dann brauchst du dir keine Sorgen zu machen.« Er erhob sich. »Gute Nacht.«

»Gute Nacht«, antwortete Lizzie.

»Gute Nacht, Meg.«

»Gute Nacht, schlaf gut.«

Als sie allein waren, ging Meg zu Lizzie hinüber und spähte in ihr Gesicht. »Was war los?« fragte sie. »Habt ihr gestritten oder so was?«

»Nein, nein.« Lizzie schüttelte heftig den Kopf.

»Was war es dann?«

»Ich weiß es nicht.«

»Die Hochzeit wird doch nicht abgeblasen?«

»Nein, aber Andrew bekommt keine Woche Urlaub, höchstens zwei Tage. Aber es ist alles arrangiert. Er hat die Lizenz und«, jetzt lächelte sie und deutete auf ihren linken Ringfinger, »den Ring.«

»Na siehst du, das ist ein gutes Zeichen. Die zwei Sachen sind das wichtigste. Jetzt dauert es nicht mehr lange, Mädel.« Sie tätschelte Lizzies Schulter. »Also mach dir keine Sorgen: Die Warterei ist vorüber, auch wenn es lange gedauert hat, alles auf die Reihe zu kriegen.«

»Meg?«

»Ja, Mädel?«

»Ich hatte ein so schreckliches Gefühl, als er weggefahren ist. So ein Gefühl hatte ich noch nie in meinem Leben. Ich kann es nicht beschreiben.«

»Ach, das ist nichts, Mädel. So ging es mir jedesmal, wenn mein Junge auf sein Schiff mußte, und damals war kein Krieg. Das ist normal, wenn man jemanden gern hat. Du würdest das nicht fühlen, wenn du ihn nicht so gern hättest. Das ist ganz natürlich. Aber jetzt bin ich so müde, daß ich kaum die Treppen schaffe. Es war ein langer Tag.«

»Es tut mir leid, Meg, daß du meinetwegen aufbleiben mußtest.«

»Ich bin nicht wegen dir, sondern wegen mir aufgeblieben. Ich muß einfach herumwirtschaften, damit ich nicht zuviel denke. Ich kann einfach nicht darüber wegkommen, was in Shields passiert ist. Naja, für etwas sollte ich vermutlich dankbar sein: daß ich weder Kind noch Kegel habe, um die ich mich noch sorgen muß. Und trotzdem sorge ich mich anscheinend um alle möglichen Leute, vor allem um dich, Kind. Los, komm hoch von diesem Stuhl und geh schlafen.«

Sie zerrte Lizzie auf die Füße, und nachdem diese die Tür hinter sich geschlossen hatte, starrte Meg noch lange darauf und sagte zu sich selbst: »Warum habe ich ihr gesagt, daß ich immer das gleiche Gefühl hatte, wenn mein Junge auf See ging? Ich hatte dieses Gefühl gar nicht. Niemals.«

2

Am nächsten Tag konnte John nicht zur Arbeit gehen. Er hatte Fieber. Bertha war aufgestanden, aber auch sie fühlte sich nicht gut. Daher rief Geoff den Arzt an.

Um halb zwölf kam Doctor McNeil die Treppe heruntergekeucht. Geoff erwartete ihn in der Diele. »Grippe«, sagte der Arzt. »Eine Sommergrippe. Ein paar Tage Bettruhe, dann geht's ihm wieder gut. Um Ihre Mutter mache ich mir mehr Sorgen.«

»Was meinen Sie damit?«

»Was ich sagte: Ich mache mir Sorgen um sie. Sie hatte in den letzten zwei Jahren drei Herzanfälle. Ihr Herz tickt wie eine Zeitbombe, die jede Minute hochgehen kann.«

»Sie meinen ...«

»Ja, genau das meine ich. Es könnte jeden Moment passieren. Sie macht kein großes Getue, das liegt ihr nicht. Aber sie braucht Frieden, Ruhe und keine Sorgen.«

»Nun, das hat sie hier sicher. Sie mag sich gesorgt haben, als ich weg war, aber ...«

»Ja, diese Sorge ist sie jetzt wenigstens los. Trotzdem, es bleibt noch genug. Kümmern Sie sich um Ihren Vater. Sehen Sie zu, daß er auf sich achtgibt. Sie hat mir gerade erzählt, wie sehr es sie belastet, daß er in Wind und Wetter draußen herumlaufen muß und oft völlig durchnäßt nach Hause kommt. Nun, ich muß los.« Dann fragte er, als wäre es ihm eben erst eingefallen: »Und wie geht es *Ihnen* eigentlich?«

»Oh ... ganz gut.«

»Müssen Sie manchmal ins Krankenhaus?«

»Ja, ich muß mich von Zeit zu Zeit untersuchen lassen.«

»Und Ihr Arm? Können Sie ihn schon besser bewegen?«

»Nein, nicht wesentlich.«

»Nun, ich vermute, daran wird sich auch nicht viel ändern. Sie müssen sich einfach damit abfinden. Na, ich muß jetzt los. Ich verstehe einfach nicht, warum so viele Leute im Sommer erkältet sind. Wahrscheinlich liegt's an den Pollen.«

Meg hielt ihm die Vordertür auf, und er ging an ihr vorüber, als wäre sie Luft für ihn. Nachdem sie die Tür hinter dem Arzt zugemacht hatte, wandte sie sich an Geoff: »Merkwürdiger Vogel, der da. Zu dem möchte ich nicht gehen, wenn ich krank bin; der würde mir noch einen Schubs geben, damit ich schneller in der Kiste lande.«

»Möglich«, antwortete Geoff lächelnd, »und du würdest dann den Sargdeckel wieder aufstoßen und sagen: ›Nicht so schnell, lassen Sie sich etwas Zeit.‹«

Meg mußte lachen, und sie tat sich dabei keinen Zwang an. Zum erstenmal, seit Geoff nach Hause gekommen war, scherzte er mit ihr. Sie hatte eine Zeitlang geglaubt, ihre Gegenwart im Haus wäre ihm nicht recht, bis sie bemerkte, daß er die anderen genauso abweisend behandelte. Sie sah ihm nach, wie er langsam die Treppe hinaufstieg, wie ein Kind, das seiner Schritte noch nicht sicher war. Der wird schon wieder, dachte sie bei sich. Man hatte ihr erzählt, daß Geoff ein lustiger Kerl und nie um eine Antwort verlegen gewesen war. Wenn er wieder so würde, konnte er vielleicht liebenswert sein.

Sie tappte zur Küche und gratulierte sich, in welch gutem Haus sie untergebracht war; in einem glücklichen Haus. Wenn sie nicht an Shields dachte und an die Menschen, die dort umgekommen waren, konnte sie manchmal glattweg vergessen, daß Krieg war …

Um zwölf Uhr mittags läutete das Telefon. Meg hob ab. Es war Lizzie. »Hat jemand für mich angerufen?« fragte sie.

»Nein, Mädel.«

»Naja, ich habe nicht direkt einen Anruf erwartet, aber Andrew hat gesagt, daß er sich melden wollte, wenn er es schaffen würde. Aber wahrscheinlich ruft er sowieso erst an, wenn ich schon zu Hause bin. Wie geht's Dad?«

»Der Arzt sagt, er hat eine Sommergrippe.«

»Und Mam?«

Meg zögerte einen Moment, dann sagte sie: »Ach, ganz gut. Es ist immer dasselbe – sie behauptet, ich könne keinen ordentlichen Reispudding kochen.«

Lizzie lachte und verabschiedete sich.

Als sie kurz vor sechs nach Hause kam, fragte sie sofort Bertha, die in der Küche stand: »Hat jemand angerufen?«

»Nicht für dich, Kind«, antwortete Bertha. »Aber wahrscheinlich ist er draußen auf Patrouille; es springen jetzt jeden Tag Jungs von der Luftwaffe über dem Wasser ab, wie man hört. Mach dich ein bißchen frisch und komm dann zum Tee. Rate mal, was es gibt!«

»Ich habe keine Ahnung.«

»Geräucherten Hering!«

»Räucherhering!« Lizzies Gesicht verzog sich zu einem breiten Lächeln. »Woher hast du ihn?«

»Du wirst es nicht glauben. Ted Honeysett kam heute nachmittag vorbei. ›Acht Stück‹, sagte er, ›möchten Sie sie haben? Direkt von Craster.‹ Und dann fragte er nach John. Er ist gar nicht so übel, das habe ich immer schon gesagt.«

»Nein, nicht wenn er Heringe bringt. Was wollte er als Gegenleistung? Ein paar Fasane oder einen Lachs?«

»Komm jetzt her, und sei nicht so zynisch.«

»Sei nicht zynisch, sagt sie«, murrte Lizzie, als sie durch die Küche ging. »Ich wette um einen Shilling, daß in den nächsten Tagen ein paar Vögel verschwinden werden, nachdem er jetzt weiß, daß Dad nicht auf dem Posten ist.«

»Nun, ich würde ihm das jedenfalls nicht verübeln«, ließ Meg sich aus der Speisekammer vernehmen. Lizzie lachte laut. »Natürlich nicht! Hast du schon versucht, Enteneier gegen etwas Wild bei ihm einzutauschen?«

»Nein, aber die Idee ist gut. Zu deiner Information, ich habe diesen Nachmittag vier Eier von Hobsons Enten gefunden. Ryebank hat seine eingeschlossen, der knickerige Geizhals.«

Lizzie lachte immer noch, als sie kurz ihr Gesicht waschen ging. Anschließend trug sie ein wenig mattrosa Puder auf ihre Wangen auf und zog den Mund mit einem

Lippenstift nach. Sie schob die Unterlippe vor und betrachtete ihr Spiegelbild. Geoff hatte gesagt, sie wäre schön. Andrew hatte es auch gesagt; viele, viele Male. War sie wirklich schön? Sie hielt sich für hübsch; aber schön? Miß Thompson aus dem oberen Büro zum Beispiel war wirklich schön und elegant. Jedermann rätselte, woher sie trotz der Stoffrationierung die teuren Kostüme hatte, die sie stets trug. Keiner wußte etwas Genaues. Miß Thompson sah aus, als wäre sie einem Modemagazin entstiegen. Sie war zudem sehr schlank und gehörte zu der Art Frau, die auch in einem Sack umwerfend aussehen würde. Solche Menschen gab es. Sie selbst gehörte nicht dazu. Sie betastete ihre Hüften, die etwas füllig waren, genauso wie ihre Brüste. Um die Taille maß sie nur sechsundzwanzig Zoll, ihr Brustumfang jedoch betrug vierunddreißig. Nein, sie hatte einiges an sich auszusetzen. Doch die Hauptsache war, daß Andrew sie schön fand.

Um zehn Uhr abends hatte Andrew sich noch immer nicht gemeldet. Mit einem flauen Gefühl in der Magengrube saß Lizzie im Wohnzimmer. Sie hatte sich den ganzen Abend lang beschäftigt, war treppauf und treppab gelaufen, hatte Meg beim Vorkochen für den nächsten Tag geholfen und sie vor ein paar Minuten überredet, zu Bett zu gehen. Sie selbst wollte noch etwa eine Stunde wachbleiben, denn sie war sicher, daß Andrew sie auf jeden Fall anrufen würde, wenn er es ermöglichen konnte.

Geoff, der es sich ihr gegenüber im Lehnstuhl bequem gemacht hatte, streckte das steife Bein aus. Er las. Er las überhaupt viel. Lizzie war davon überrascht. Sie sah ihn kaum jemals ohne eine Zeitschrift, eine Zeitung oder ein Buch im Wohnzimmer sitzen. Trotzdem unterhielt er sich nie darüber, was er gelesen hatte. Im Moment las er ein Buch von George Orwell. »Was für ein merkwürdiger Titel – ›Die Straße nach Wiegan Pier‹«, hatte Lizzie angemerkt, doch Geoff hatte die Gelegenheit nicht genutzt, etwas über das Buch zu erzählen. Er hatte nur die Augenbraue in die Höhe gezogen und mit den Schultern gezuckt. Er fragte: »Warum gehst du nicht zu Bett? Ich werde bis zwölf aufbleiben. Wenn Andrew anruft, wecke ich dich auf. Er könnte sonstwo sein.«

»Er sagte, er würde ...«

»Lizzie«, – seine Stimme war jetzt schneidend – »du weißt, was er macht; er kann jederzeit zum Einsatz gerufen werden. Die Fallschirmspringer über dem Ärmelkanal springen schließlich nicht nach einem festen Stundenplan ab.«

»Das weiß ich!« Ihre Stimme war jetzt genauso scharf wie seine.

»Nun«, gab er in gleicher Lautstärke zurück, »wenn du das weißt, warum sitzt du dann hier herum und machst dir Sorgen?«

»Weil er versprochen hat, mich anzurufen, sobald er in der Kaserne ankommt, oder, wenn er das nicht schafft, zur Mittagszeit; er kann nicht die ganze Zeit im Dienst gewesen sein. Jedenfalls hätte er sich gemeldet, wenn er im Dock gewesen wäre.«

»Dann bedeutet das eben, daß er nicht im Dock war. Also wurde er wahrscheinlich sofort hinausgeschickt, als er ankam. Die machen nicht nur kurze Abstecher, die sind sicher manchmal ein, zwei Tage draußen, um unsere Jungs aufzufischen.« Etwas leiser setzte er hinzu: »Schau, ich kann mir denken, wie du dich fühlst, aber es ist bestimmt alles in Ordnung, und du wirst dich mächtig albern fühlen, wenn das Telefon klingelt. Er kann zu allen möglichen Zeiten anrufen; vielleicht morgen ganz früh.«

Er stemmte sich aus dem Sessel hoch und legte das Buch auf ein Beistelltischchen. Dann ging er zu Lizzie hinüber und sagte weich: »Geh nach oben; ich werde die Telefonwache bis zwölf übernehmen. Ich verspreche dir, daß ich nicht einschlafen werde, und wenn er am Telefon ist, werde ich ihn ganz liebenswürdig begrüßen. Ich werde dann in den Hörer brüllen: ›Was, in drei Teufels Namen, haben Sie sich dabei gedacht, Sir, Lizzie so lange warten zu lassen? Sie bleiben am Apparat und warten, bis ich sie geholt habe, sonst werden Sie meinen Stiefel auf

Ihrem Hintern zu spüren bekommen! Haben Sie verstanden?‹«

Lizzie senkte lachend den Kopf. Sie hatte Geoff noch niemals in seiner Unteroffiziersstimme fluchen gehört. Seine Mutter mochte es nicht, wenn man fluchte. Auch sein Vater ging über ein gelegentliches ›verdammt‹ nicht hinaus. Und was Ausdrücke wie ›Stiefel auf dem Hintern‹ anging, so hätte Geoff das sicher niemals gesagt, wenn seine Mutter in der Nähe war. Denn, das mußte man zugeben, Bertha war in manchen Dingen etwas kleinlich. Und doch, nachdem Lizzie ihn so hatte sprechen hören, erschien er ihr plötzlich menschlicher, sympathischer. Er erinnerte sie jetzt an den Mann, als den sie ihn früher gekannt hatte.

Sie wollte sich erheben, doch er stand so nahe bei ihr, daß sie sich mit der Hand auf seiner Schulter aufstützen mußte. Schelmisch lächelnd sagte sie: »Ja, Sir! Ich werde tun, was Sie sagen, Sir. Vielen Dank, Sir.«

Geoff wollte sich umdrehen, hatte jedoch zuviel Schwung, so daß Lizzie automatisch die Hand ausstreckte, um ihn festzuhalten. Lizzie neckte ihn: »Wieder mal betrunken! Ich warne Sie zum letztenmal, Leutnant. Sie sollten wissen, daß Trinken während der Telefonwache nicht gestattet ist. Wenn so was noch mal vorkommt, werden Sie Rangabzeichen und Streifen verlieren und nackt dastehen.« Sie brach in Lachen aus, legte die Hand über den Mund und sagte mit glänzenden Augen: »Ich habe das nicht wörtlich gemeint, ich wollte nur sagen, daß du degradiert wirst.«

»Ich glaube dir nicht. Du hast gemeint, was du gesagt hast. Mir scheint, die Arbeit im Rationierungsbüro hat dich boshaft gemacht.«

Lizzie entfernte sich von ihm und ging lachend zur Zimmertür. Dort drehte sie sich noch einmal um und fragte: »Macht es dir wirklich nichts aus?«

»Nein, und jetzt leg dich hin und schlaf. Ich werde dich wecken, wenn sich was tut.«

»Danke Geoff. Gute Nacht.«

»Gute Nacht, Lizzie.«

Seiner Abzeichen und Streifen beraubt ... nackt. Merkwürdig, daß Lizzie das sagte. Sehr merkwürdig. Es war bis vor einigen Monaten Teil eines in unregelmäßigen Abständen immer wiederkehrenden Alptraums gewesen; aber nun war es unwichtig geworden. Seit Geoffs Beförderung war tief in ihm die Angst gesessen, daß er sich danebenbenehmen, die Nerven verlieren oder womöglich jemanden schlagen würde, den er nicht ausstehen konnte – und dann würde es geschehen: Er würde seine Streifen verlieren und entblößt dastehen.

Andrew meldete sich weder an diesem Abend noch am folgenden Morgen. Lizzie ging zur Arbeit, obwohl sie sich vor Aufregung krank fühlte. Geoff hatte ihr versprechen müssen, sie sofort im Rationierungsbüro anzurufen, wenn Andrew von sich hören ließe. Es war ihr egal, daß Privatanrufe im Büro verboten waren; sie war bereit, die Konsequenzen zu tragen.

Mittags rief sie daheim an. Meg teilte ihr mit, daß niemand angerufen habe, aber wer weiß, vielleicht bis zur Teezeit, wenn Lizzie zu Hause wäre ...

Als sie Feierabend hatte, legte Lizzie den Weg vom Bus im Laufschritt zurück und kam keuchend im Haus an.

Bertha, Meg und Geoff saßen um den Tisch und blickten ihr entgegen. »Kein Glück bisher, Mädel«, sagte Meg schnell, »aber mach dir keine Sorgen – keine Nachrichten sind gute Nachrichten.«

Bertha legte ihre Hand auf Lizzies Arm. »Er wird schon seine Gründe haben, Liebes.«

»Sie ... sie können ihn doch nicht sofort nach seiner Ankunft ins Ausland geschickt haben?« Lizzie sah Geoff fragend an. Der schüttelte seinen Kopf. »Nein, so einfach geht das nicht. Es müssen Truppenschiffe bereitgestellt und vorbereitet werden. Das hätte er gewußt. Wahrscheinlich hat es nichts mit seiner Versetzung zu tun. Als er dir sagte, es sei etwas im Busch, kann er alles mögliche gemeint haben: daß er nach Land's End oder John o'Groats geschickt oder auf ein Torpedoboot abkommandiert werden könne. Bei der Luft-See-Rettung kann man das nie genau wissen. Wahrscheinlich haben sie ihn hinausgeschickt, um Deutsche aus der Nordsee zu fischen, vielleicht gar nicht weit vor der Küste. Er kann näher an zu Hause sein, als du es dir vorstellst. Komm jetzt, leg deine Sachen ab und trink Tee mit uns.«

Lizzie sah Bertha an. »Wie geht es Dad?« fragte sie.

»Seine Temperatur ist ein wenig gefallen, aber die Erkältung hat sich in seiner Brust festgesetzt. Er wird wohl noch ein paar Tage das Bett hüten müssen.«

»Ich laufe schnell hinauf und schaue nach ihm.«

»Nein«, antwortete Bertha. »Trink erst deinen Tee, dann kannst du zu ihm gehen und eine Weile bei ihm bleiben.«

»Bis das Telefon klingelt«, warf Meg ein.

»Bis das Telefon klingelt«, wiederholte Lizzie leise.

An diesem Abend läutete das Telefon zweimal. Beim erstenmal wurde angefragt, ob Mr. Fulton die Wache für Mr. Carter bei der Bürgerwehr übernehmen könne, da dieser mit einer Erkältung zu Bett liege. »Dann sind es schon zwei«, hatte Geoff trocken erwidert.

Der zweite Anruf kam von Mrs. Hobson. Sie wollte wissen, ob jemand auf der Farm vorbeischauen wolle, sie habe gerade etwas Butter übrig. Auch diesmal war Geoff am Telefon. Er dankte Mrs. Hobson und sagte, er würde am nächsten Morgen kommen.

Jedesmal, wenn das Telefon klingelte, erschien Lizzie auf dem oberen Treppenabsatz, und als sie Geoff auflegen sah, kehrte sie wieder in ihr Zimmer zurück. Dort warf sie sich auf das Bett, vergrub die Hände in der Decke und versteckte den Kopf im Kissen. »Bitte, bitte«, murmelte sie, »laß ihm nichts passieren! Es … es ist so wichtig, daß ihm nichts passiert. Bitte, bitte!« Sie hob den Kopf wieder und schaute zur Zimmerdecke: »Ich hätte es ihm sagen sollen, aber … ich war mir nicht sicher. Ich bin mir noch immer nicht sicher. Aber es könnte sein! O bitte, bitte … laß ihm nichts zustoßen!«

Erst um zwei Uhr morgens fand sie ein wenig Schlaf. Doch als Meg ihr um halb sieben eine Tasse Tee brachte, war sie bereits wieder wach. »Hast du ein bißchen geschlafen?« fragte Meg.

»Nicht viel.«

»Jedenfalls kannst du so nicht weitermachen. Du wirst noch krank werden. Gehst du heute zur Arbeit?«

»Ja, ich glaube, das wäre das beste.«

»Vermutlich hast du recht. Aber, wie ich dir immer wieder gesagt habe, keine Nachrichten sind gute Nachrichten. Wenn ihm etwas passiert wäre, hättest du es erfahren.«

»Wirklich?«

»Aber ja, sicher.«

»Ich weiß nicht – noch bin ich nicht Mrs. Bradford-Brown.«

Meg dachte einen Moment lang nach, dann nickte sie und sagte: »Das ist wahr. Aber irgend jemand würde informiert werden, und die hätten es dich wissen lassen.«

Als Lizzie aus dem Haus gehen wollte, hielt Geoff sie auf. »Warum fährst du nicht mit dem Fahrrad? Du müßtest dann nicht auf den Bus warten.«

»Aber der Weg ist so weit, und ich würde höchstens zehn Minuten sparen, und ... und am Ende eines Arbeitstages ist mir oft einfach nicht mehr nach Radfahren.«

Geoff begleitete sie zur Tür. »Ich melde mich, sobald ich etwas höre«, meinte er.

»Danke, Geoff.«

Lizzie ging und dachte darüber nach, wie freundlich er in diesen letzten Tagen zu ihr gewesen war. Sie wußte nicht, was sie getan hätte, wäre er nicht zu Hause gewesen. Er schien nicht länger der verwundete Soldat zu sein, sondern eher der Sergeant, der Leutnant, der Mann, der die Sache in die Hand nahm.

Geoff sah ihr nach, bis eine Hecke am Straßenrand sie seinem Blick verbarg.

Was immer er auch darüber gesagt hatte, daß Andrew sich aus dem einen oder anderen Grund gerade nicht melden könne, Geoff fühlte, daß irgend etwas nicht stimmte. Und Megs Spruch, daß keine Nachrichten gute Nachrichten seien, mochte vielleicht zutreffen, wenn ein Soldat im Ausland war, nicht jedoch auf dieser kleinen Insel.

Er drehte sich um und ging wieder ins Haus. Wenn Andrew etwas zugestoßen war, so wäre Lizzie die letzte, die es erfahren würde. Andrews Adresse lautete immer noch ›The Hall‹, und aus seinen Papieren ging nicht hervor, daß man ihn dort vor die Tür gesetzt hatte. Der Schwadronsführer, oder wer immer dafür verantwortlich war, mußte, auch wenn er von Andrews Verlobung gewußt hatte, annehmen, daß es sich um eine Familienangelegenheit handle und die Eltern mit dem Mädchen bekannt waren. Es stand nicht zu vermuten, daß Andrew ihm erzählt hatte, daß er ein Ausgestoßener war.

Kurz nach dem Mittagessen läutete es an der Vordertür. Bertha war oben bei John, Geoff saß im Wohnzimmer und Meg döste im Schaukelstuhl in der Küche. Sie schrak auf und erhob sich, um die Tür zu öffnen, als Geoff aus dem Wohnzimmer auftauchte. Sie nickte ihm zu und meinte: »Ich kümmere mich darum.«

Doch als sie aufmachte, öffnete sich ihr Mund, ohne daß sie daran dachte, ihn wieder zu schließen. Vor ihr stand diese junge Frau, Janis. Obwohl sie auf der Treppe unterhalb von Meg stand, schien sie auf diese herabzuschauen. Sie sah gepflegt und elegant aus. Meg erkannte sie auf der Stelle. Das war doch die, die damals ins Schlafzimmer gekommen war: Mr. Bonefords Frau, oder hieß es besser Ex-Frau? Meg wußte nicht, ob die Scheidung schon stattgefunden hatte.

»Kann ich bitte mit Mr. Fulton sprechen?« fragte Janis.

»Er ist erkältet und liegt im Bett.«

»Und Mrs. Fulton?«

»Sie ist oben bei ihm.«

Megs Stimme war barsch. Sie hatte sich nicht umgedreht, aber sie bemerkte, daß Geoff über die Diele herankam.

»Was wollen Sie?« fragte sie Janis.

»Ich möchte mit jemandem von der Familie sprechen, bitte.«

»In Ordnung, Meg, ich übernehme das.« Geoff schob sie sanft beiseite, um dann in das Gesicht zu starren, das er seit fünf Jahren nicht mehr gesehen hatte. Obwohl der Anblick seinen Puls beschleunigte, verkrampften sich seine Kiefermuskeln. Die Zeit schien sich zu dehnen, bis Janis endlich sagte: »Ich ... ich habe Nachricht über Andrew. Ich dachte, sie ... sie sollte es wissen.«

»Über Andrew?«

Als er einen Schritt zurücktrat, stolperte er fast über Meg. Er entfernte Megs Hand vom Türrahmen und forderte Janis auf: »Komm herein.«

Janis ging an ihm vorbei, und Geoff schloß die Vordertür. Dann führte er sie ins Wohnzimmer und schob die Tür hinter ihr zu.

Geoff bot ihr einen Sessel an. Janis setzte sich, wobei ihre Augen durch das ganze Zimmer wanderten, als wäre sie überrascht von der Helligkeit und Freundlichkeit dieses Ortes.

Dann betrachtete sie Geoff. Seine Stimme klang anders als früher, und auch sein Aussehen hatte sich verändert. Man hatte ihr erzählt, daß er stark hinke, aber sie hatte schon Schlimmeres gesehen. Er sah älter aus, und die Uniform stand ihm gut.

Geoff setzte sich nicht, sondern blieb stehen, die Hand auf einen Stuhlrücken gestützt. »Was ist mit Andrew passiert?« fragte er.

Janis ließ den Kopf hängen. » Er ... er ist tot«, antwortete sie.

»Tot!«

»Meine Eltern haben es erst letzte Nacht erfahren. Ich wußte es nicht, bis ... nun, ungefähr vor einer Stunde. Ich wohne nicht mehr zu Hause, weißt du. Ich war gekommen, um einige von meinen Sachen abzuholen. Ich« – sie befeuchtete die Lippen mit der Zunge – »ich meine, Lizzie sollte es wissen. Das ist nur fair. Meine Eltern sehen das allerdings anders.«

»Was willst du damit sagen?«

»Nun«, sie streckte die Hand aus, »du weißt doch, was los war, oder? Sie wollen Lizzie nicht anerkennen. Aber ... aber ich dachte ... nun, wie ich sagte ...«

Der Ton, in dem Geoff bisher mit Janis gesprochen hatte, war eine gute Nachahmung von Harry Cole's Stimme gewesen, kam von ganz hinten im Rachen, langsam, deutlich, jedes Wort einzeln. Harry war ein guter Imitator gewesen und hatte sie alle oft zum Lachen gebracht. Aber jetzt vergaß Geoff, in Harrys Tonfall zu sprechen, vergaß, daß das erste Wort, das ihm bei Janis' Anblick eingefallen war, ›ordinär‹ hieß. Aus diesem Grund hatte er ihr instinktiv zeigen wollen, welch ein kultivierter Mensch er inzwischen geworden war. Doch jetzt war seine Stimme fast ein Bellen, als er sie fragte: »Du meinst, sie hätten es ihr nicht einmal gesagt?«

Sie stand auf und schüttelte den Kopf. »Es tut mir so leid.«

»Leid! Was sind das für Menschen! Wann ist es passiert?«

»Gestern vormittag.«

Geoff runzelte die Brauen. »Gestern vormittag?«

»Er ... er fuhr gerade durch London. Dort hatte kurz zuvor ein Luftangriff stattgefunden. Andrew und einige Männer von der Bürgerwehr versuchten, eine Frau und ihre Kinder aus einem zerbombten Haus zu retten. Das Haus stürzte ein. Drei von ihnen wurden getötet, und soviel ich verstanden habe, auch die Frau und die Kinder. Sein Schwadronsführer rief letzte Nacht an.«

»Ein zerbombtes Haus?« Geoffrey schüttelte verwundert den Kopf. »Es ist also nicht auf See passiert. Ein zerbombtes Haus, sagst du. Es ist kaum zu fassen.«

»Ja, es ist schwer vorstellbar.«

Geoff sah, wie sie schluckte, und erinnerte sich, daß es ihr Bruder war, über den sie sprachen. Er sagte, wenn auch aus einem anderen Grund: »Es tut mir leid, von Herzen leid.«

Janis schwieg einen Moment, ehe sie antwortete. »Wir standen uns nie sehr nahe, aber er war trotzdem mein

Bruder, und er war ein guter Mensch.« Sie sah ihn fragend an. »Wirst du es Lizzie sagen?«

Als er nicht antwortete, fuhr sie fort: »Stimmt es, daß sie bald heiraten wollten?«

»Nächste Woche.«

»Ist dein Vater sehr krank?«

Geoff schüttelte verneinend den Kopf. »Er hat nur eine schwere Erkältung.« Sein Blick wanderte unstet umher, dann sah er wieder Janis an. »Wenn es im Dienst geschehen wäre, hätten wir es vermutlich früher erfahren, oder?«

»Das bezweifle ich.«

»Was meinst du damit?«

»Bis jetzt weiß es noch nicht einmal die Dienerschaft. Ich hätte es selbst beinahe nicht erfahren; doch als ich nach Hause kam, machten meine Eltern sich gerade bereit, nach Portsmouth zu fahren. Andrew ist dorthin überführt worden.«

»Willst du damit sagen, sie wären gefahren, ohne … ohne Lizzie Bescheid zu sagen? Bei Gott!« Er schüttelte den Kopf. »Du hast schon wundervolle Eltern!«

Er erwartete eine verteidigende Antwort, statt dessen sagte Janis leise: »Du hast recht. Sie sind einmalig – so verständnisvoll! Weißt du eigentlich, daß ich geschieden werde?«

»Ich habe davon gehört.«

»Ich wurde dafür vor die Tür gesetzt, genau wie Andrew: Ich habe ihren guten Ruf in der Grafschaft ruiniert. Hast du Richard gesehen, seit du zurückgekommen bist?«

»Nein; ich hatte keinen Grund, Mr. Boneford aufzusuchen, nicht wahr? Wir kommen schließlich aus verschiedenen Welten!«

Janis ging zur Tür. Auf halbem Wege meinte sie: »Man könnte sagen, ihr seid Waffenbrüder. Dieser Krieg ist ein großer Gleichmacher, außer für einige Leute, die das nicht wahrhaben wollen.« Sie blickte Geoff an, der einen Schritt hinter ihr war, und sagte mit bebender Stimme: »Wenn du Richard gesehen hättest, würdest du meine Lage besser verstehen.«

Geoff zuckte die Schultern und sprach in seiner Captain-Cole-Stimme: »Deine Situation hat nichts mit mir zu tun.«

»Nein, nein, natürlich nicht.« Mit einer Geste deutete sie an, daß es ein Fehler gewesen sei, von Geoffrey Verständnis für eine Situation zu erwarten, die nichts mit ihm zu tun hatte.

Als Geoff vorausging, um ihr die Haustür zu öffnen, blieb Janis stehen. »Wenn ich gegangen bin«, meinte sie, »wirst du dich vielleicht fragen, warum ich mir die Mühe gemacht habe, herzukommen und Lizzie von Andrews Tod zu informieren. Nun, ich sehe das so: Ich schulde ihr etwas. Du hast vielleicht gehört, daß sie Richard vor dem Selbstmord bewahrt und sich dabei selbst in Gefahr gebracht hat. Wenn er seine Absicht ausgeführt hätte, hätte ich ihn für den Rest meines Lebens auf dem Gewissen gehabt ... Ha! Hier, in diesem Haus, hat er mir mitgeteilt, daß er sich scheiden lassen würde; in deinem Schlafzimmer, um genau zu sein. Ich habe deine Schulandenken an den Wänden gesehen. Welche Ironie, dachte ich. Ich mache ihm keinen Vorwurf wegen der Scheidung; er hat richtig gehandelt, und ich bin froh, wieder frei zu sein, wenn alles vorüber ist. Jedenfalls«, – ein Anflug von Trauer wurde in ihrer Stimme hörbar – »das war der Grund, daß ich mir sagte, man dürfe das Mädchen nicht im unklaren lassen. Denn wenn es nach meinen Eltern gegangen wäre, hätte sie nichts erfahren, bevor alles vorbei und Andrew begraben ist. Natürlich hätte sie es auch durch einen Anruf in der Kaserne erfahren können, aber dann wäre der Schock wohl noch größer für sie.«

Geoffrey öffnete ihr die Tür, um sie hinauszulassen. Auf der Schwelle drehte sie sich um und sagte: »Auf Wiedersehen, Geoff. Ich bin froh, daß du durchgekommen bist. Du hast Glück gehabt.«

Er sagte nicht ›auf Wiedersehen‹ oder ›danke fürs Kommen‹, sondern sah ihr schweigend nach, wie sie zum Tor ging, wo ihr Pferd angebunden war. Mit knabenhaftem Elan schwang sie sich in den Sattel und rief: »Los!«, worauf das Pferd in einen schnellen Trab fiel.

Wo immer sie jetzt auch leben oder arbeiten mochte, sie war immer noch in der Lage, sich ein Pferd zu leisten. Sie würde wohl immer ein Pferd haben müssen. Geoff schloß die Tür, dann starrte er bewegungslos auf das Telefon in der Diele. Mein Gott! Andrew tot! Und sie hatten es seit gestern vormittag gewußt. Diese verdammten beiden Schweine! Bei Gott, er wünschte, sie würden in einen Bombenangriff geraten und in Stücke gerissen werden – oder nein, nur verwundet, entstellt, wie Janis' Ehemann, oder ihre Glieder verlieren! Ja, ein schneller Tod war zu gut für dieses saubere Pärchen. Aber wie sollte er es Lizzie sagen?

Während er weiterhin auf das Telefon starrte, machten seine Gedanken einen Sprung zu Janis' Schönheit. Sie sah besser aus als je zuvor, und doch hatte ihn das nicht weiter berührt – Gott sei Dank! Die Erinnerung an Janis war eine Qual sowohl für seine Seele als auch für seinen Körper gewesen, nachdem sie sich getrennt hatten. Doch nach und nach hatte der blutige Krieg sie aus seinem Gedächtnis vertrieben. Ja, wahrhaftig, dafür dankte er Gott. Aber Lizzie? Sollte er sie in Durham aufsuchen? Nein, er konnte ihr das nicht vor fremden Leuten mitteilen; es war besser zu warten, bis sie nach Hause kam. Ja, viel besser.

Er wollte zur Küche gehen, als er Meg in der Tür stehen sah. »Ärger?« fragte sie.

Geoff nickte. »Andrew. Er ist tot.«

»Allmächtiger Gott! O nein! Nein!«

Sie drehte sich um, legte den Unterarm an den Türrahmen, stützte die Stirn darauf und fing an zu weinen. Geoff ging zu ihr hin und legte seinen Arm um ihre Schultern. Er führte sie in die Küche und sagte tröstend: »Na, na. Schau mal, gerade du darfst jetzt den Kopf nicht hängen lassen. Lizzie wird dich brauchen.«

»Wer soll es ihr sagen?« fragte Meg, als sie sich ein wenig gefaßt hatte.

»Ich«, erwiderte er, »ich werde es ihr sagen.«

Als der Bus ankam, wartete Geoffrey bereits und half Lizzie von der Plattform herunter. Der Schaffner rief ihr nach: »Bis bald!« und läutete seine Glocke. Sie antwortete nicht, sondern sah nur Geoff an, der wiederum sie anschaute.

Nach einem kurzen Schweigen fragte sie: »Also, was ist los?«

Er schluckte heftig. »Wir ... wir haben Nachricht von Andrew.«

Lizzie fuhr sich mit der Hand an den Hals, dann öffnete sie schnell den obersten Knopf ihres wollenen Mantels und zerrte die Revers zur Seite, als wolle sie sich Luft verschaffen. »Was ist geschehen?« fragte sie wieder. »Sag's mir!«

Geoff streckte die Hand aus und ergriff sie am Arm. Er zog sie zu sich heran und schaute zu ihr hinunter. Er hatte gesagt, daß er ihr die Nachricht überbringen wolle; aber nun fiel es ihm so schwer wie nichts zuvor. Wenn Soldaten um einen herum fielen, so übernahm jemand anders diese Aufgabe. Er hatte sich nie viel um Andrew gekümmert, hauptsächlich, weil dieser ein Bradford-Brown war; aber zwischen Andrew und Lizzie hatte etwas Tiefes existiert, etwas, um das er Andrew beneidet hatte. Und nun mußte er ihr sagen, daß es aus war, vorbei, begraben unter einem Haufen von Ziegelsteinen. Kein ruhmreicher Tod in der Schlacht, nur ein Ende unter Mörtel und Mauerbrokken.

»Als er durch London kam«, fing er an, »hat er einigen Männern geholfen, die ... die versuchten, eine Frau und ...« Seine Stimme gewann an Festigkeit; er schmückte die Geschichte aus, und Lizzie hörte ihm mit aufgerissenen Augen und geöffnetem Mund zu. Dann schloß sie die Augen, und aus ihrer Kehle drang ein gequältes Stöhnen. »Nicht, Lizzie«, sagte er, »nicht! Nein!« Und er zog sie an sich mit seinem gesunden Arm und drückte ihren Kopf an seine Schulter in dem Versuch, dieses peinigende Geräusch zu erstikken.

»Komm mit nach Hause! Komm nach Hause!«

Als er sie wieder sanft von sich schob, nahm er verwundert wahr, daß ihre Augen trocken und tränenlos waren. Sie schmiegte sich eng in seinen Arm, und so gingen sie gemeinsam zum Haus.

Bertha und Meg waren in der Küche. Beide gingen wortlos auf Lizzie zu, führten sie zur Bank und drückten sie sachte darauf nieder. Sie setzten sich links und rechts neben Lizzie, die starr vor sich hinblickte, und jede ergriff eine von ihren Händen. Sie murmelten tröstende Worte, bis Lizzie erst Bertha, dann Meg anschaute und jammerte: »Nein, nein! Nicht Andrew! O Mam, nicht Andrew!«

Dann blickte sie Geoff an, der vor ihnen stand, und sagte, als erzählte sie ihm eine Neuigkeit: »Wir wollten bald heiraten, nur wenige Tage noch!«

Bei diesen Worten erhob sich Meg, der die Tränen über das Gesicht strömten, und brummelte: »Ich ... ich werde frischen Tee aufsetzen. Genau, das werde ich tun. Die Kanne hier ist schon eiskalt, ich werde neuen machen.« Sie setzte den Kessel auf die Herdmitte, nahm die Teekanne vom Beistelltischchen und goß den fast frischen Tee in die Spüle. Doch sie ließ die Kanne beinahe in das Becken fallen, als sie Lizzie sagen hörte: »Und ich glaube, ich bekomme ein Baby.«

Meg drehte sich nicht um, sondern blieb über die Spüle gebeugt, während Bertha nach Luft schnappte und rief: »O nein, Mädchen! Nicht das! Nein, nein!« Da kam Lizzies Stimme, wie von weit her und dünn wie die eines protestierenden Kindes: »Warum nicht? Warum nicht? Aber er wußte es nicht. Ich hätte es ihm sagen sollen. Ich wollte es, aber es sollte ein Hochzeitsgeschenk sein.«

»Komm, leg dich ein bißchen im Wohnzimmer nieder.« Geoff faßte sie am Ellenbogen, um ihr aufzuhelfen.

»Nein, nein.« Sie schüttelte seine Hand ab und stand auf. »Es geht mir gut. Ich gehe jetzt auf mein Zimmer.« Sie hielt inne und starrte auf den Tisch, dann wandte sie sich an Bertha, die mit tief gesenktem Kopf dasaß. »Ihr braucht mir keinen Tee zu bringen.«

Lizzie war schon fast in der Diele, als Bertha zu Meg

sagte: »Geh mit ihr, Meg. Bring sie ins Bett. Sie steht unter Schock. Ich ... ich werde lieber den Arzt anrufen.«

Als Meg verschwunden war, setzte Geoffrey sich zu seiner Mutter und nahm ihre Hand. »Solche Dinge passieren«, sagte er still. »Sie passieren immer wieder. Nimm's dir nicht so zu Herzen.«

Bertha blickte zu ihm auf. »Aber ihr hätte es nicht passieren dürfen«, gab sie zurück, »sie ... sie hat nie herumgespielt.«

»Sie hat nicht herumgespielt, Mam. Andrew hat ihr viel bedeutet, vielleicht ein wenig zu viel. Und was geschehen ist, ist geschehen. Du wirst ihr doch keine Vorwürfe machen, oder?«

»Nein. Aber was« – Bertha biß sich auf die Lippen – »was will sie jetzt anfangen? Es macht mich so traurig: Sie wird das Kind alleine aufziehen müssen.«

»Aber sie wird nicht allein sein, Mam. Sie hat doch immer noch uns.«

»Ja, ja, natürlich. Aber das ist nicht das gleiche, wie einen Ehemann zu haben.«

»Sie wird schon einen Mann finden. Es gibt genug Männer, die sich um sie reißen würden.«

»Ich weiß nicht ... es ist trotzdem merkwürdig, wenn ein Kind unter solchen Umständen geboren wird. Ich meine, sie hätte noch warten können. Ich ... ich habe mir solche Mühe gegeben, sie ordentlich zu erziehen, und ich habe mein Bestes gegeben. Sie hätte es nicht tun sollen, nicht nach allem, was ich ihr beigebracht habe.«

»Schau, Mam, sie ist eine junge Frau, und wir befinden uns mitten in einem Krieg. Die alten Vorstellungen haben sich geändert, auch wenn es schwierig war; sie wurden sozusagen bei Nacht und Nebel über Bord geworfen. Man muß die Dinge heute anders betrachten.«

Bertha preßte ihre Hände auf die Brust. »Nun, nun«, beschwichtigte Geoff. »Reg dich nicht so auf, du weißt, was der Arzt gesagt hat. Denk einfach daran, daß Lizzie dich brauchen wird.«

»Ja, ja, natürlich. Es ist nur«, sie schüttelte den Kopf,

»du hast ja recht, aber wie du eben sagtest: Es wäre besser, den Doktor zu holen, denn sie hat sich sehr seltsam benommen. Sie hat nicht geweint, das ist merkwürdig.«

Als Geoff in die Diele trat, dachte er, daß Menschen wie seine Mutter wohl sehr lange am Althergebrachten festhielten. Sie hatte ihr ganzes Leben wie in einem Kokon zugebracht, und Ehrbarkeit bedeutete ihr seltsamerweise mehr als Zuneigung. Er kannte sie, und doch war er überrascht.

Und Lizzie hatte nicht geweint. Das war ein schlechtes Zeichen. Er griff zum Hörer.

3

Der Arzt hatte einige Tabletten für Lizzie dagelassen, und sie schlief beinahe vierundzwanzig Stunden lang. Am zweiten Tag wollte sie die Tabletten nicht mehr nehmen. Um zehn Uhr vormittags stand sie auf, zog sich an und ging nach unten.

Bertha sagte: »Oh, Mädchen, du hättest liegenbleiben sollen.« Doch Meg meinte: »Lassen Sie sie nur, es ist das beste, was sie tun kann. Willst du etwas essen, Lizzie?« Lizzie antwortete höflich: »Nein, danke, Meg; ich möchte nur etwas Tee.« Sie trank zwei Tassen, dann erhob sie sich vom Tisch und verließ wortlos die Küche.

Sie setzte sich ins Wohnzimmer und starrte aus dem Fenster, auf die zu zierlichen Knoten verknüpften Blätter der Narzissen, hinter denen einige große, orangefarbene Mohnblumen ihre schweren Köpfe hängen ließen. Das kleine Beet war von violettem Storchschnabel eingefaßt. Dies war der einzige Teil des Gartens, der noch den Blumen vorbehalten war, die anderen Beete waren mit Gemüse bepflanzt. Doch Lizzie nahm den Garten gar nicht wahr. Sie fühlte sich merkwürdig: Ihre Gedanken befanden sich nicht in der Gegenwart, sondern stahlen sich zurück zu der Zeit, als sie begonnen hatte, den Schreibmaschinenkurs zu besuchen und immer mit dem Fahrrad hin- und zurückfuhr. Und sie sah einen jungen Mann zu Pferde, der oft anhielt und ihr zulächelte. Und dann kam der Tag, als sie über den Zaunübertritt geklettert war und sich an einem Nagel eine Laufmasche in den Strumpf gerissen hatte, die ganze Wade entlang; und sie drehte sich gerade um, um den Schaden zu begutachten, als der Reiter über den Hügel herankam. Er sprang vom Pferd und fragte: »Kann ich Ihnen behilflich sein?« und Lizzie deutete auf den Übertritt und antwortete: »Der blöde Nagel!«, was den Reiter zum Lachen brachte. Und als sie sagte:

»Ich habe deswegen meine ganzen Blaubeeren verstreut«, erwiderte er: »Ich helfe Ihnen, neue zu pflücken.« Und das hatte er auch getan. An diesem Tag war ihm ihr Herz zugeflogen, und jetzt hatte sie nichts mehr davon übrig. Sie konnte nichts fühlen, weil er tot war. Er war tot, und sie war es auch und würde nie wieder zum Leben erwachen. Niemals, niemals wieder!

Sie hörte Stimmen vor der Tür. Meg sagte: »Geoff ist nach Durham gefahren, um die Medizin für seinen Vater zu holen. Er ist bald wieder hier. Lizzie ist da drin.«

Lizzie drehte sich nicht um, als die Tür aufging. Sie blickte Meg nur kurz an, als diese hereinkam und sich über sie beugte, wie man es bei Kranken tut. »Du hast Besuch, Kindchen.«

Lizzie wollte keinen Besuch. Sie wollte niemanden sehen. Sie wollte nur in Ruhe gelassen werden, wollte allein sein in dieser Leere, in der nichts außer ihr selbst existierte, nicht einmal Andrew.

»Hallo, Lizzie.« Sie schaute in das narbige Gesicht, das auf sie herabsah, und sagte weich: »Oh, Richard.«

»Möchten Sie eine Tasse Tee?« fragte Meg, und Richard Boneford antwortete: »Ja, bitte, sehr gerne, Meg.« Dann setzte er sich neben Lizzie, nahm ihre Hand und sah ihr ins Gesicht. Tiefe Trauer lag in seinem gesunden Auge.

»O Lizzie, was soll ich sagen? Ich … ich habe es erst vergangene Nacht erfahren.«

In ihr regte sich der Gedanke, daß er sich sofort auf den Weg gemacht haben mußte. Es war eine weite Reise. Doch sie sagte nichts, sondern schaute ihn nur an.

»Er war der netteste Kerl, den ich kannte. Wir haben Pläne geschmiedet: Vielleicht hat er es Ihnen erzählt. Wir wollten gemeinsam etwas aufbauen, wenn der Krieg vorbei wäre. O Lizzie, Lizzie!«

Tief in Lizzies Kehle regte sich etwas. Sie schaffte es, einige Worte hervorzustoßen. »Ich bekomme ein Baby, Richard«, sagte sie.

Richards Augenlider flatterten ungleichmäßig, dann erwiderte er sanft: »Ich freue mich darüber, Lizzie. Dann ist

Andrew immer noch bei Ihnen; Sie haben ihn nicht ganz verloren, wenn Sie sein Kind haben.«

»Ach, Richard!« Mit hoher Stimme wiederholte sie: »Ach, Richard!« Es war wie ein Ruf aus weiter Ferne. »Was soll ich tun, Richard? Ich … ich kann ohne Andrew nicht leben!«

Sie war aufgestanden, ihr Mund war weit geöffnet; der Klumpen in ihrem Hals schien sie ersticken zu wollen. Sie rang nach Atem, und als sie Richards Arme um sich fühlte, klammerte sie sich an ihn. Sie waren wieder im Fluß, wurden hin und her geworfen. Sie schluckte Wasser; es schmeckte schauderhaft. Sie schrie etwas und konnte sich selbst nicht hören wegen des lauten Wasserrauschens.

Richard drückte sie fester an sich und rief aus: »Ja, ja, so ist's gut, meine Liebe, so ist's gut. Lassen Sie es raus. Es wird Ihnen gleich bessergehen.«

»Oh, Richard!«

»Ich bin da, Liebes, ich bin da. So, so.« An seinem Arm stolperte sie zur Couch, und als er sie darauf niedergleiten lassen wollte, hielt sie sich an ihm fest, so daß er an ihrer Seite niederfiel und sie wieder wie ein Kind in den Arm nahm. Als jedoch ihr Schluchzen immer heftiger wurde, blickte er besorgt zur Tür, die sich in diesem Augenblick öffnete. Ein großer Soldat kam herein, hielt einen Moment inne und stürmte dann vor.

Der Mann beachtete Richard nicht, sondern legte seine Hand auf Lizzies Schulter und schrie sie an: »Hör auf! Hör auf damit! Du machst dich krank!« Dann wandte er sich an Richard. »Überlassen Sie sie mir.«

Doch als Richard sich von der Couch erheben wollte, klammerte sie sich an ihn und weinte: »Nein, nein!«

Inzwischen waren auch Bertha und Meg erschienen. Bertha legte ihre Hand sanft auf Lizzies Schulter. »Komm jetzt, komm. Das reicht. Es ist genug. Es ist alles vorbei, Liebes. Du machst dich nur fertig.«

Berthas Gesicht war dem von Richard nahe, doch sie hielt ihre Augen abgewandt, bis er zu ihr sagte: »Sie sollten jetzt besser den Arzt anrufen.« Dann drehte er den Kopf und sah Geoff ins finstere Gesicht. »Legen Sie Ihren Arm um ihren Rücken. So können wir sie die Treppe hinauftragen.«

Geoff zögerte einen Augenblick, bevor er Richards Worten gehorchte, die wie ein Befehl geklungen hatten. Er beugte sich nieder und schob seinen Arm beinahe grob unter Lizzies Achseln, indem er sie aus Richards Griff löste. Doch Lizzie war kaum auf den Beinen, als sie Geoff mit einer Kraft, die ihn beinahe umwarf, beiseite stieß. Keuchend blickte sie von einem zum anderen und sagte mit deutlichen, klar voneinander abgesetzten Worten: »Laßt – mich – allein – ich – bin – in Ordnung – also – bitte – laßt – mich allein.«

Alle starrten sie an, als sie Meg und Bertha beiseite schob, zu einem hochlehnigen Sessel ging und sich hineinsetzte. Dann ließ sie den Kopf hängen, und schwer atmend sagte sie: »Ich – will – keinen – Arzt. – Laßt – mich – in – Ruhe.

»Ich bringe dir eine Tasse Tee, Herzchen.« Meg schlurfte davon. Bertha humpelte auf Lizzie zu und fragte sie ruhig: »Möchtest du dich nicht hinlegen, meine Liebe?«

»Nein ... nein, Mam.« Lizzie schüttelte den Kopf. »Es geht mir schon besser. Ich brauche nur etwas Ruhe.« Sie wandte sich Richard zu. »Es tut mir leid, Richard.«

»O meine Liebe.« Er ging zu ihr und ergriff ihre Hand. Bertha, die sah, wie ihr Sohn den Besucher anstarrte, fragte Geoff: »Hast du Dads Medizin?«

Geoff blinzelte verwirrt. »Ja, ja.«

»Nun, dann komm bitte mit, wir geben ihm etwas davon ein.« Auf Lizzie blickend, meinte sie: »Wir sind gleich wieder da, Liebes.«

Es dauerte einige Sekunden, bis Geoff ihr folgte. Während er hinter seiner Mutter über die Diele ging, hatte er nur einen Gedanken: Mein Gott, was habe ich für ein Glück gehabt!

Drinnen im Wohnzimmer wiederholte Lizzie: »Es tut mir leid, Richard. Es mußte wohl so kommen, aber nicht ...«

»O Lizzie, bitte. Für mich ist es ein Kompliment, nein,

mehr sogar: daß Sie von allen Menschen gerade mir Ihr Vertrauen schenkten.«

Sie betrachtete sein Gesicht. Vielleicht kam es ihr nur so vor, weil ihre Augen noch immer von Tränen getrübt waren, aber es schien ihr, als hätte die gespannte, rosafarbene Haut sich ausgebreitet und das verbliebene, gesunde Hautstück zurückgedrängt. Sie reichte ihm beide Hände und sagte: »Ich hatte Ihnen gerade erzählt, daß ich ein Baby bekomme.«

»Ja. Ich freue mich sehr für Sie.«

»Tun Sie das wirklich?«

»O ja, wahrhaftig, und«, seine Gesichtshaut bewegte sich, als er die dünnen Lippen zu einem Lächeln verzog und dabei erstaunlich gute Zähne zeigte, »ich nehme hiermit das Recht in Anspruch, Pate zu stehen, sei es nun Junge oder Mädchen.«

Sie drückte seine Hände und erwiderte bewegt: »Sie sind ein guter Mensch, Richard. Auch Andrew hat das gesagt. Andrew hatte Sie sehr gern.«

Er antwortete nicht. Lizzie wandte den Blick ab. Es war seltsam, daß sie jetzt über Andrew reden konnte. Sie hatte geglaubt, seinen Namen nur noch in ihrem Gedächtnis aussprechen zu können. Während der vergangenen zwei Tage waren ihre Gedanken gewandert; wohin, wußte sie selbst nicht zu sagen. So mußte es wohl auch sein, dachte sie, wenn man den Verstand verlor: Die Gedanken wandern einfach davon. Aber jetzt war sie in die Wirklichkeit zurückgekehrt; und diese Wirklichkeit war schmerzhaft. Sie wollte den Verlust ihrer Liebe hinausschreien. Sie wollte Andrews Namen wimmern, aber das durfte sie nicht; sie durfte sich nie wieder so gehenlassen wie vorhin. Es war erschreckend gewesen. Für kurze Zeit hatte sie gemeint, ertrinken zu müssen, so wie damals, als sie mit Richard ins Wasser gefallen war. Sie sah ihn an und fragte leise: »Und wie geht es Ihnen?«

Ebenso ruhig antwortete er: »Nicht besonders. Vor Ihnen kann ich das zugeben. Merkwürdig, nicht wahr, daß ich zu Ihnen nicht sagen muß: ›Oh, es geht mir gut. Ich sehe den Dingen ins Auge.‹ So lächerliche Worte! Jemand hat tatsächlich zu mir gesagt: ›Sie müssen den Dingen ins Auge sehen!‹ Und das muß ich auch, meinen Eltern zuliebe. Anders gesagt, ich ziehe eine Schau ab, weil sie immer so besorgt um mich sind.« Er zog seine Finger aus ihren Händen, rückte einen Stuhl heran und setzte sich, die Ellenbogen auf die Knie gestützt, die Finger ineinander verkrampft, darauf nieder. »Sehen Sie«, fuhr er fort, »für einen Sohn in meinem Alter sind sie schon ziemlich betagt. Meine Mutter war zweiundvierzig, als sie mich zur Welt brachte, und mein Vater war fünfundvierzig. Es war seine dritte Ehe. Er war bereits zweimal kinderlos verwitwet, und als er eine zweiundvierzigjährige Frau heiratete, rechnete er nicht mehr damit, Vater zu werden. Aber es ist passiert, meine Mutter wurde schwanger, und das Leben meiner Eltern veränderte sich von Grund auf. Sie haben mich mit so viel Liebe aufgezogen und sind jetzt meinetwegen so unglücklich. Würden Sie ... würden Sie irgendwann kommen und uns besuchen? Bald? Ich ... nun, ich habe ihnen erzählt, daß Sie es tun würden. Sie erinnern sich, ich habe Sie schon einmal darum gebeten. Es ist so –«, Richard senkte den Kopf so tief, daß Lizzie nur noch seinen Scheitel, aber nicht das Gesicht sehen konnte. Sein tiefbraunes Haar war kräftig und gewellt. Lizzie dachte, wie gut er einmal ausgesehen haben mußte ... Sie versuchte, sich wieder auf seine Worte zu konzentrieren. »Meine Eltern begreifen, daß sich hie und da ein Freund mit mir abgibt, aber nicht eine Frau. Deswegen, Lizzie, wenn Sie uns eines Tages besuchen würden, würden Sie mir nicht nur einen großen Gefallen erweisen, sondern mir etwas weitaus größeres schenken; etwas, das ich bisher nicht mit Worten ausdrükken kann.«

Was Richard gesagt hatte, ließ Lizzie den Schmerz, der sich wie ein Abszeß in ihrer Brust eingenistet hatte, für kurze Zeit vergessen. »Natürlich, Richard«, antwortete sie, »ich würde Sie sehr gern besuchen. Ich fühle mich Ihnen im Augenblick näher als irgend jemandem hier. Das kommt vermutlich daher, weil Sie Andrew kannten, und weil ich weiß, daß er Sie mochte. Geoff, obwohl er sehr höflich zu ihm war, hat nie vergessen, daß er ein Bradford-Brown war; und auch Mam und Dad konnten sich nicht mit seiner höheren gesellschaftlichen Position abfinden. Meg schien die einzige zu sein, die uns für das nahm, was wir waren: zwei Verliebte, die heiraten wollten.« Sie senkte den Kopf und fuhr leise fort: »Wir hätten nur noch eine Woche oder zehn Tage gebraucht, aber irgendwie ist das jetzt nicht mehr wichtig. Wissen Sie, Richard«, – sie sah ihn wieder an – »es hätte mir jetzt sehr leid getan, wenn wir ... wenn wir nicht zusammengekommen wären. Wir waren verheiratet. In unseren Augen waren wir verheiratet.«

»Ja, natürlich waren Sie das, meine Liebe; und alles wird in Ordnung kommen. Machen Sie sich keine Sorgen. Ihre Familie wird Ihnen beistehen. Und Geoff scheint ein sehr fähiger Mann zu sein.«

»Ja, das ist er.« Lizzies Gedanken schweiften ab, und sie fragte sich, ob Richard wohl daran dachte, daß Geoff einer der Männer war, mit denen seine Frau sich abgegeben hatte. Sie hatte gehört, wie Bertha dem Arzt erzählt hatte, daß Janis die Nachricht von Andrews Tod überbracht hatte. Warum gerade sie? Lizzie wollte dieser Frage später nachgehen.

Die Tür ging auf, und Geoff trat herein. Er ging geradewegs zu Lizzie und legte die Hand auf ihre Schulter. Sein Griff war fest und beschützerisch. »Wie fühlst du dich?« fragte er.

Lizzie nickte ihm zu. »Besser. Viel besser.«

»Gut.«

Geoff sah Richard in die Augen, dann sagte er: »Tut mir leid, was Ihnen da passiert ist.«

Doch Richard beachtete ihn nicht, sondern stellte sich neben Lizzie und beugte sich zu ihr hinab. »Ich werde meinen Eltern schreiben und alles arrangieren. Vielleicht können Sie ein paar Tage bleiben. Es wäre eine Abwechslung für Sie. Um diese Jahreszeit ist es da oben sehr schön.«

»Danke, Richard. Ich werde kommen.«

»Bald?«

»Ja, bald.«

»Ich werde Ihrer Mutter unsere Telefonnummer geben.«

»Tun Sie das. Auf Wiedersehen, Richard. Und vielen Dank.«

»Auf Wiedersehen, meine Liebe.«

Es fiel Lizzie auf, daß Richard sie in der vergangenen Stunde mehrmals ›meine Liebe‹ genannt hatte. Er war ein so netter Mann – entsetzlich, daß sein Gesicht so schlimm vernarbt war. Und merkwürdig, daß seine alten Eltern sich Sorgen machten, weil er keine Freundin hatte – keine, die ihn auch nur ansehen wollte.

Als die Tür sich hinter Richard geschlossen hatte, erkundigte sich Geoff: »Was hat das zu bedeuten? Wirst du dorthin fahren?«

»Er hat mich eingeladen. Er war mit Andrew befreundet, weißt du? Sie wollten Partner werden nach dem Krieg.«

»Ach ja?«

»Ja.«

»Partner bei was?«

»In der Landwirtschaft. Richard hat ein Gut in Schottland.«

»Schön für ihn. Auf jeden Fall wird es ihm guttun, sich mit irgendwas zu beschäftigen.«

Lizzie dachte daran, daß Geoff und Richard kaum miteinander gesprochen hatten. Es war klar, daß sie einander nicht leiden konnten. Aber wie sollten sie auch? Richards Frau hatte die Möglichkeit für die beiden Männer, einander besser zu verstehen, zerstört. Durch sie hatte Richard auch den Freund verloren, mit dem sie ihn betrogen hatte. Warum hatte ausgerechnet sie die Nachricht von Andrews Tod überbracht? Und warum kümmerte es Lizzie überhaupt, denn was machte das jetzt noch aus? Der Schmerz breitete sich wieder in ihrer Brust aus. Wie lange würde das noch so weitergehen? »Für immer und ewig«, meinte Lizzie. Es hieß doch, die Zeit heilt alle Wunden. Aber solche Sprichwörter waren dumm; sie konnten nur von Menschen stammen, die niemals einen Verlust erlitten hatten.

4

Die Monate, die folgten, hinterließen in Lizzie einen seltsamen Eindruck. Jedes Haushaltsmitglied schien nur eine Aufgabe zu kennen: Lizzie von ihrem Schmerz abzulenken. Meg schwatzte ununterbrochen und erzählte lustige Schnurren über die Originale am Tyne-Fluß. »Hast du je von Jessie Bugs und Wiggie gehört? Sie waren bekannt in ganz Gateshead«, sagte sie und plauderte weiter: über den blinden Glöckner in Felling; der ein lebendes Nachrichtenblatt war; aber Brücken-Tommy müsse Lizzie doch ein Begriff sein. Er war blöde und es war ein Wunder, daß man ihn nicht eingesperrt hatte, denn fünfzig Jahre lang hatte er auf der Brücke gestanden und mit den Armen gewedelt. Und hatte sie Lizzie schon erzählt, wie Raffertys Haus in Flammen aufgegangen war? Ja? Nun, sie konnte trotzdem immer wieder darüber lachen, wenn sie an Peggy Rafferty dachte, wie sie die Kinder aus dem Haus geschafft hatte – sie hatte neun – und eines nach seinem Vater fragte. »Er ist im Bett«, hatte Peggy geantwortet, »und ich hoffe, er verbrutzelt drin, was mit dem ganzen Whisky, den er intus hat, nicht schwierig sein dürfte.« Meg kringelte sich vor Lachen. »Ich wußte nicht«, fuhr sie fort, »daß der Alte wirklich da oben war. Aber die Feuerwehrleute sind noch mal ins Haus gestürmt und haben ihn rausgeholt. Das Bett brannte, aber er schlief immer noch.«

Meg redete und redete, und manchmal lachte sie so herzhaft, daß ihr die Tränen übers Gesicht liefen.

Bertha wiederum erzählte über ihre eigene Kindheit, als zu dem Haus noch eine lebhafte kleine Farm gehört hatte.

Merkwürdigerweise war es jedoch John, der den größten Teil der Unterhaltungen bestritt. Er wandte sich gezielt an Geoffrey, der kaum jemals den Mund aufmachte, und rief ihm verschiedene Ereignisse der ersten Kriegszeit in Erinnerung. Damit erregte er Lizzies Aufmerksamkeit, denn er hatte bisher keineswegs den Anschein erweckt, sich für Einzelheiten dieses Krieges zu interessieren.

Er begann fast immer mit denselben Worten. »Du hättest hier sein sollen, mein Junge. Damals, Mitte Juli 1940, fing es an. Die Bomber kamen aus Deutschland herüber und oft auch die Jagdflieger mit ihnen, und daraus entwikkelte sich die Luftschlacht um England. Dowding war fabelhaft. Er mußte nicht nur gegen die deutsche Luftwaffe kämpfen, sondern auch gegen unsere unbewegliche Regierung. ›Beschützt die Konvois‹, sagte die, ›denkt an all die Schiffe, die die Deutschen versenken.‹ Aber nein, er verstärkte die Luftabwehr, und unsere Jungs haben dreihundert deutsche Flugzeuge abgeschossen. Und was glaubst du, taten die Deutschen dann? Sie haben versucht, unsere Luftwaffenstützpunkte in Kent zu zerstören, und es ist ihnen beinahe gelungen! Wir haben dort über einhundertachtzig Flugzeuge verloren. Und wohin haben sie sich als nächstes gewandt? Nach London natürlich! Nun, Junge, das war eigentlich verständlich, denn wir haben ja bei ihnen auch Berlin und einige andere Städte zerbombt. Es war eine Art Heimzahlung, und was für eine, bei Gott! Wir dachten alle, jetzt sind wir dran; jetzt werden sie jeden Augenblick auf der Insel landen.«

Er redete endlos. Geoff saß ihm gegenüber, starrte ihn an und versuchte dabei, den Wirbel seiner Gedanken, den die Erzählungen seines Vaters immer in ihm auslösten, anzuhalten – diesen sandigen Wirbel, der ihm die Kehle zuklebte und das Schlucken verhinderte. Seine Beine wurden schwer wie Blei, und er war kaum in der Lage, einen Fuß vor den anderen zu setzen. Dann plötzlich konnte er sie wunderbarerweise wieder bewegen, und er fing an zu rennen, warf sich flach auf den Boden, schrie anderen etwas zu, jedes zweite Wort ein Fluch, und in seinen Gedanken ein unaufhörliches Kreischen. Wenn er den verdammten Feind nur sehen könnte! Doch plötzlich stand er vor ihm, wie aus dem Erdboden gewachsen! Geoff sah, wie der Kerl drauf und dran war, den jungen Fairbanks mit dem Bajonett aufzuspießen. Er schoß und schoß, bis sein Magazin leer war. Dann half er dem jungen Korporal auf die Füße, denn der lag steif da, als wäre er ebenfalls tot. »Danke, Sarge«, stammelte Fairbanks wieder und wieder. Geoff sah sich nach anderen Deutschen um, aber es waren keine da. Wie, zum Teufel, hatte der Kerl so aus dem Nichts auftauchen können? – Und sein Vater redete und redete.

»Was hast du gesagt, mein Junge?«

Geoff sah seinen Vater an. »Nichts. Nur daß Lizzie müde aussieht. Sie sollte schlafen gehen.«

Lizzie war wirklich müde. Sie fühlte sich jetzt fast immer müde. Und am ermüdendsten erschien ihr all dieses Gerede über den Krieg. Sie dachte, daß John sehr unsensibel geworden war. Warum mußte er immer vom Krieg sprechen? Aber Geoff war freundlich. Sie wußte nicht, wie sie die letzten paar Wochen ohne ihn durchgehalten hätte. Er brachte sie morgens zum Bus und holte sie abends wieder ab.

Und je schwerer ihr Körper wurde, desto mehr wurde sie auch ihres eigenen Zustandes müde. Als sich die Schwangerschaft zum erstenmal körperlich bemerkbar gemacht hatte, hatte sie das mit Freude erfüllt. Doch alles, wovon sie jetzt erfüllt war, war ein dumpfer Schmerz.

Sie sollte demnächst Urlaub erhalten und hatte sich entschlossen, Richards Angebot anzunehmen und einige Tage auf seinem Gut zu verbringen. Er hatte sich in der letzten Zeit zweimal telefonisch nach ihrem Befinden erkundigt, und sie hatten sich über Andrew unterhalten. Richard war der einzige, mit dem sie über Andrew sprechen konnte; die anderen erwähnten seinen Namen nicht.

Letzte Nacht hatte sie den Entschluß gefaßt, nach Schottland zu fahren. Sie mußte der einengenden Atmosphäre dieses Hauses entfliehen. Alle hier kümmerten sich so betont um sie; niemand benahm sich natürlich.

Als sie Geoff von ihrem Vorhaben erzählte, bemerkte sie sofort, daß es ihm nicht recht war. »Warum willst du dahin fahren?« wollte er wissen.

»Es wird eine Abwechslung sein«, antwortete Lizzie, »und er hat mich schon mehrmals eingeladen.«

Worauf Geoff brummte: »Und … und seine Gesellschaft macht dir nichts aus, obwohl er so aussieht?«

Lizzies gab gereizt zurück: »Nein, es macht mir nichts aus. Er kann nichts für sein Aussehen. Ich hatte eigentlich gedacht, das wüßtest du. Jedenfalls ist er unter seiner Haut derselbe geblieben, und ich kann mich gut mit ihm unterhalten.«

»Und mit mir kannst du das nicht – willst du das damit sagen?«

»Nein, natürlich nicht«, schnappte sie zurück. »Aber du bist anders.«

»Ja, bei Gott, das bin ich!«

Lizzie war erstaunt und verwirrt, als er sich umwandte und schnell davonging, wobei sein Hinken deutlicher als sonst zutage trat. Mit einem Anflug von Trotz ging sie zum Telefon und wählte Richards Nummer. Sie fragte ihn, ob es ihm recht wäre, wenn sie am Montag käme. Freude war aus seiner Stimme herauszuhören, als er ihr antwortete und Anweisungen gab. Er wollte sie in Edinburgh vom Zug abholen. Wenn sie alle Anschlußzüge erwischte, würde sie um sechs Uhr abends ankommen.

Auch Bertha war über ihr Vorhaben verwundert. Und zum erstenmal erwähnte sie Andrew: »Du hast doch nicht vergessen, daß Mr. Boneford mit Andrews Schwester verheiratet war? Und … und wir wissen noch nicht, ob die Scheidung schon erfolgt ist.«

Berthas Ton hatte Lizzie überrascht und verletzt. »Was macht das für einen Unterschied?« rief sie. »Ich will ihm doch keinen Heiratsantrag machen! Ich will nur seine Eltern kennenlernen.«

»Nun, nun.« John kam seiner Frau zu Hilfe. »Deswegen mußt du dich nicht so erregen, Lizzie. Bertha wollte nur sagen …«

»Ich weiß, was sie gesagt hat!« Lizzie hatte sich wieder in der Gewalt. »Es tut mir leid, aber ich muß mal hier raus. Und, das wißt ihr so gut wie ich, es hat mich niemand sonst eingeladen. Ihr wollt doch nicht, daß ich meine Stiefmutter in Gateshead besuche, oder?«

John und Bertha waren erschrocken. Das war nicht die Lizzie, die sie kannten. Doch sie waren bereit, Zugeständnisse zu machen. Lizzie hatte einen schweren Verlust erlitten, zwar nicht den eines Ehemannes, doch immerhin eines Geliebten, dessen Kind sie trug. Ja, sie mußten Zugeständnisse machen.

Meg war die einzige, die meinte, daß die Reise Lizzie guttun würde, und als sie mit ihr allein war, sagte sie: »So ist es recht, Mädel. Du brauchst etwas Abwechslung. Und außerdem schlägst du zwei Fliegen mit einer Klappe, weil der arme Kerl dadurch auch mal in den Genuß weiblicher Gesellschaft kommt.«

So kam der Montag heran, und Geoff begleitete Lizzie nicht nur zum Bus, sondern brachte sie bis zum Bahnhof, kaufte ihr die Fahrkarte und ging mit ihr ins Abteil. »Vergiß uns nicht ganz«, sagte er, bevor der Zug abfuhr.

»O Geoff.« Lizzie schüttelte den Kopf. »Bitte versuch mich zu verstehen.« Geoffrey nickte und lächelte sie an. »Ja, ich werde es versuchen; aber trotzdem freue ich mich schon auf deine Rückkehr. Ruf uns am Abend an, ja? Wir wollen wissen, ob du gut angekommen bist.«

»Das werde ich tun. Und sag Mam, es tut mir leid, daß ich sie aufgeregt habe. Ich habe das nicht gewollt.«

Sie lehnte sich in ihren Sitz zurück, während der Zug anfuhr. Aus dem Fenster beobachtete sie, wie Geoff zum Ausgang strebte, sich dann noch einmal umdrehte und zurückblickte. Als sie ihn nicht mehr sehen konnte, stieß sie einen tiefen Seufzer aus.

Die Fahrt erschien ihr endlos. Sie hatte keinen Blick für die Landschaft, die sich vor dem Fenster ausbreitete, denn sie hing ihren eigenen Gedanken nach.

Es war jetzt Anfang September, und ihre Schwangerschaft dauerte nun schon fast fünf Monate. Ihr Leib wölbte sich deutlich, und ihr trüber Geist schien ihren Körper angesteckt zu haben, denn sie fühlte sich ständig unwohl. Mrs. Logan, die vier Kinder hatte und im unteren Büro arbeitete, hatte gesagt, daß sie sich bei jeder Schwangerschaft glücklich gefühlt habe. »Du mußt ein wenig heiterer werden«, hatte sie zu Lizzie gesagt, »es tut dem Baby nicht gut, wenn du immer so trübsinnig bist.«

Es war merkwürdig, aber die allgemeine Meinung schien dahin zu gehen, daß man zwar seine Trauer zeigen durfte, wenn man einen Ehemann verloren hatte, nicht jedoch, wenn es sich um jemanden handelte, mit dem man noch nicht verheiratet war, auch wenn man von ihm ein Kind erwartete. In diesem Fall sollte man irgendwie nicht dasselbe fühlen und auch nicht dieselbe Rücksichtnahme und das gleiche Mitgefühl erwarten. Diese Ansicht hatte auch eine von Lizzies Kolleginnen geäußert, als sie Lizzie außer Hörweite wähnte: »Man kann schließlich nicht seinen Spaß haben und dann nicht dafür zahlen wollen, nicht wahr? Man weiß doch schließlich, was heute so abläuft.«

Menschen konnten grausam sein. Menschen waren grausam. Es war eine verrückte Welt, und Lizzie wünschte, sie könnte ihr entfliehen. Manchmal war ihr so verzweifelt und einsam zumute, besonders wenn sie zu Hause war und alle sich um sie bemühten. Sie konnte jetzt verstehen, wie Richard sich gefühlt haben mußte, als er versucht hatte, ein Ende zu machen …

Richard erwartete sie am Bahnsteig. Er lief neben dem Zug her, als er Lizzie am Fenster stehen sah, und riß die Tür auf, als die Räder zum Stillstand kamen; dann nahm er ihr den Koffer ab und half ihr die Stufen herab.

»Ich bin so froh, daß Sie da sind, Lizzie«, begrüßte er sie.

»Und ich freue mich, Sie zu sehen, Richard. Ich hoffe, es hat Ihnen keine Umstände gemacht, mich abzuholen.« Das klang ziemlich flach, aber irgend etwas mußte sie ja sagen. »Seien Sie nicht albern«, gab er zurück, »Umstände? Ich habe die Stunden gezählt, bis Sie kommen!« Dann fügte er schnell hinzu: »Und mein Vater und meine Mutter auch. Sie warten schon so auf Sie. Wir müssen jetzt zuerst den Bus nehmen, aber draußen vor der Stadt wartet Matty auf uns.« Er schaute sie an. »Matty ist … Nun«, lachte er, »manchmal frage ich mich selbst, wer Matty ist. Er gehört fast zur Familie. Er kam zu uns, als er zehn war, und als ich geboren wurde, war er schon alt. Sein Vater war bei uns fürs Vieh zuständig. Matty selbst ist ein Hansdampf in allen Gassen und kann eine Menge Dinge. Er wird Ihnen gefallen.«

Lizzie betrachtete Richard. Er trug Kniebundhosen mit Ledergamaschen, ein grünes Tweedjackett und einen Tweedhut mit weicher Krempe, die auf einer Seite tief herabgezogen war und vor Blicken schützte. Er sah gepflegt aus, zumindest was seinen Körper betraf. Und er machte einen völlig anderen Eindruck als bei ihrer letzten Begegnung. Er schien viel lebhafter zu sein und sprach angeregt. Aber nein, das stimmte nicht ganz: Er sprang von einem Thema zum nächsten, als wäre er aufgeregt oder verlegen.

Auch im Bus redete er ständig weiter. Nachdem sie eine ziemlich lange Fahrt hinter sich hatten, sagte er: »Hier steigen wir aus. Und hier wartet auch Matty.« Er half Lizzie auf die Straße. »Er bringt den Einspänner nicht in die Stadt«, erklärte er, »weil Pedro Autos nicht leiden kann. Aber Pedro ist das einzige Pferd, das vor den Einspänner paßt.« Er lachte, und Lizzie stimmte mit ein.

Der Mann, der neben dem Pferd stand, lächelte sie an. Es war ein knappes Lächeln, begleitet von einem Blick aus schmalen Augen. Als Richard Lizzie vorstellte, neigte der Mann seinen Kopf und sagte: »Ma'am.« Und Lizzie antwortete: »Guten Tag.«

Kurze Zeit darauf saßen sie alle im Wagen und holperten eine schmale Straße entlang. Lizzie blickte um sich. »Es ist wirklich schön hier. Es erinnert mich ein wenig an einige Gegenden um Durham.«

»Oho«, – Richard wandte sich ihr zu, und sein gutes Auge schien zu blinzeln – »bei allem Respekt, Madam, eine Landschaft wie hier werden Sie um ganz Durham nicht finden, und dabei ist das erst der Anfang!« Wie verändert er war. Aber natürlich war er hier zu Hause und mit allem vertraut. Als er sich zu Matty vorbeugte und ihn fragte: »Ich hab' doch recht, Matty, oder?« nickte der nur ohne sich umzuwenden und antwortete mit kehliger Stimme: »Und ob, Mr. Richard, und ob.«

Lizzie betrachtete das schmale Profil des Kutschers. Wenn das kein Schotte bis ins Mark war!

»Wie lange werden wir bis zu Ihrem Haus brauchen?« fragte sie Richard.

»Eine gute halbe Stunde, falls Pedro sein Tempo beibehält.«

Als die halbe Stunde vorüber war, mußte sie zugeben, daß die Landschaft von Durham sehr verschieden war. Sie war immer der Meinung gewesen, Schottland bestehe in erster Linie aus zerklüfteten Bergen, Schluchten und Meilen von ödem Geröll, wohl weil die beiden Reisen, die sie bisher nach Edinburgh gemacht hatte, sie über die Cheviots geführt hatten. Dies jedoch war ein ganz anderes Land, weich und üppig. Sie kamen durch Dörfer mit blühenden Gärten und durch Wälder mit sanft murmelnden Bächen. Doch plötzlich veränderte sich die Szenerie: Sie erreichten eine wildere, ursprünglichere Landschaft, und die Berge am Horizont schienen den Himmel zu berühren.

»Wir sind bald da«, sagte Richard. »Sind Sie müde?«

»Nein, überhaupt nicht.«

»Es war eine lange Fahrt.« Er stockte und fuhr dann fort: »Soll ich mich dafür entschuldigen, daß wir einen Umweg gefahren sind? Nein, ich wage es nicht, jedenfalls nicht in Mattys Hörweite.« Er streckte die Hand aus und boxte Matty gutmütig zwischen die Schulterblätter, worauf dieser ein kurzes Grunzen hören ließ.

Als sie in eine Allee einbogen, verlangsamte das Pferd seinen Gang. »Auch wenn ich stockbetrunken wäre, wüßte ich, daß wir jetzt nach Hause kommen. Pedro ist schon einmalig«, meinte Richard. Er zeigte mit dem Finger auf den schwingenden Rumpf des Pferdes. »Es ist komisch, aber schon seit er zum erstenmal vor den Wagen gespannt wurde, hat er sich geweigert, schnell zu laufen, sobald er sich auf unserem Land befand. Hier«, er wedelte mit der Hand nach beiden Seiten, »fängt unser Grund und Boden an. Ist es nicht merkwürdig, daß ein Pferd sich so benimmt?«

»Ja, wirklich. Warum tut es das wohl?«

»Ich weiß es nicht. Keiner weiß es. Es ist, als sei ihm klar, daß er sich hier auf sicherem Boden befindet und keinen Grund hat, sich abzuhetzen.«

Nachdem sie etwa eine Meile zurückgelegt hatten, sah Lizzie Richard erstaunt an: »All das … all das gehört zu Ihrem Gut?«

»Ja; aber es ist hauptsächlich rauhes Grasland. Wo es möglich ist, haben wir hie und da ein Stück kultiviert. Sehen Sie, es ist zuviel Arbeit; man bekommt niemanden dafür heutzutage. Es gibt drei Mädchen, die zweimal in der Woche aushelfen, aber sonst haben wir nur Jock – den Viehhirten – und einen Jungen, die sich um das Farmland kümmern können. Nun, ich werde Ihnen morgen alles zeigen.«

Das Pferd änderte die Richtung, passierte zwei eiserne Torflügel und trottete an einem steinernen Häuschen vorbei, das zurückgesetzt zur Rechten lag.

Der Weg war größtenteils mit Gras überwachsen, das zwischen dem Kies hervorsproß; nur zwei Fahrrinnen, in denen das Pferd jetzt bedächtig den Wagen dahinzog, waren frei.

Der Weg schien nicht enden zu wollen, bis Lizzie endlich am Ende eines dunklen, von überhängenden Bäumen gebildeten Tunnels ein niedriges, efeuüberwachsenes Haus erkannte, mit einer flachen Terrasse davor. In den Fenstern, die tief in den sandfarbenen Stein eingeschnitten schienen, spiegelte sich die untergehende Sonne.

Als der Einspänner vor der Eingangstür zum Stehen kam, erschienen auf der Terrasse zwei Gestalten. Richard hatte gesagt, seine Eltern seien alt; deshalb glaubte Lizzie einen Augenblick lang, ein anderes Paar vor sich zu haben, bis die beiden näher kamen. Der Mann, obwohl noch aufrecht, war wirklich alt. Sein immer noch volles Haar war weiß; darunter versank das ganze Gesicht bis hinunter zum Hals in tiefen Hautfalten. Doch seine blauen Augen waren hell und klar, und der Händedruck, mit dem er Lizzie begrüßte, war fest. »Wir freuen uns, daß Sie hier sind. Hatten Sie eine angenehme Reise?«

»Ja, danke.«

»Das ist meine Mutter«, stellte Richard vor. »Mutter, das ist Lizzie.« Er schaute Lizzie an. »Mutter weiß alles über Sie.«

Lizzie und die Frau blickten sich an, als sie sich die Hände reichten. Einen Augenblick lang dachte Lizzie, die Frau müsse weitaus jünger sein als ihr Ehemann; doch dann bemerkte sie den grauen Glanz der braunen Haare, die weißen Strähnen über den Schläfen und die Falten unter den Augen. Und obwohl Mund und Wangen jugendlich wirkten, konnte der Hals das Alter nicht verleugnen. Doch im ganzen gesehen war es ein freundliches, warmes, einladendes Gesicht.

»Hallo, Lizzie.«

»Hallo, Mrs. Boneford.«

»O nein, nicht Mrs. Boneford!« Der große alte Mann war schon auf dem Weg ins Haus. Er drehte sich um und grinste Lizzie über die Schulter hinweg an. »Sie heißt Edith und ich bin James. So wollen wir's halten, nicht wahr, Lizzie?« Lachend antwortete Lizzie: »In Ordnung, James!«

Als sie die Eingangshalle betraten, blieb Lizzie überwältigt stehen. Sie hatte von solchen Hallen gelesen und Bilder davon in Magazinen gesehen. Aber dies war Wirklichkeit. Von draußen mochte das Haus einen gemütlichen Eindruck erweckt haben, doch jetzt stand sie in einem langgestreckten Raum, dem die sandfarbenen Steinwände ein strenges Aussehen verliehen. Am einen Ende war ein tiefer Kamin eingelassen, vor dem ein Schutzgitter, flankiert von zwei großen Kaminhunden, stand. Es brannte kein Feuer, aber im Kamin stapelten sich halbverbrannte Scheite über einem Haufen Asche. Der Fußboden der Halle bestand aus quadratischen Steinplatten und wurde teilweise von zwei Teppichen bedeckt, deren rote und blaue Farbe im Laufe der Zeit zu einer harmonischen Neutralität ausgeblichen war.

Am anderen Ende, gegenüber der Feuerstelle, ging eine Treppe mit flachen Stufen aus Schwarzeiche zu einem Absatz auf halber Höhe, bevor sie einen Knick in die andere

Richtung machte und dort die Teilansicht einer Galerie freigab.

Einige Türen führten aus der Halle, und neben dem Kamin befand sich eine tiefe, steinerne Wölbung, die wer weiß wohin führte. Die Decke wurde von Balken aus dem gleichen Holz wie die Treppe getragen und war von einer hölzernen Zierleiste umgeben, an der in Abständen an Ketten Ölgemälde aufgehängt waren.

»Möchten Sie zuerst eine Tasse Tee, oder würden Sie lieber auf Ihr Zimmer gehen und sich ein wenig ausruhen?«

Lizzie legte den Kopf auf die Seite und antwortete lächelnd: »Ich hätte gerne eine Tasse Tee.«

»Das ist schön, ich auch.« Edith wandte sich zu ihrem Mann: »Sag Phyllis, daß wir soweit sind, ja?«

Der alte Herr drehte sich schwungvoll auf dem Absatz herum und antwortete mit jugendlicher Frische: »Mach' ich!« In diesem Moment ertönte vom anderen Ende der Halle eine Stimme: »Ich bin hier, Ma'am!« Woraufhin der Hausherr anklagend erwiderte: »Ja, neugierig gewesen! Das war ja nicht anders zu erwarten. Könnten Sie statt dessen nicht mal morgens pünktlich auftauchen?«

Mit leicht geöffnetem Mund starrte Lizzie auf Richards Vater und die Frau in mittlerem Alter, die offensichtlich das Dienstmädchen war. Sie trug ein blaugemustertes Kleid mit weißem Kragen, und um ihre füllige Taille war eine kleine Halbschürze gebunden.

Lizzie sperrte den Mund noch weiter auf, als diese Person in breitem schottischem Dialekt antwortete: »Wenn ich zu 'ner anständigen Zeit ins Bett komme, kann ich auch zu 'ner früheren Stunde aufstehen un' mich um Sie kümmern. Sie woll'n jetzt Ihren Tee haben, Ma'am?« Sie wandte sich zu ihrer Herrin, und Edith antwortete lächelnd: »Ja, bitte, Phyllis.«

Richard, der Lizzie Hut und Mantel abgenommen hatte, führte sie jetzt durch den Steinbogen und erklärte lachend: »So was werden Sie hier öfter zu hören bekommen. Das geht schon seit Jahren so.«

»Wirklich?« flüsterte Lizzie beeindruckt.

»Ach, das war noch gar nichts; warten Sie nur, bis sie richtig loslegt.« Er öffnete eine Tür für sie. »Sie werden unseren Haushalt wahrscheinlich recht seltsam finden.«

Lizzie gab keine Antwort. Es mochte seltsam sein in diesem Haus, aber bereits jetzt fühlte sie die Wärme, die es ausstrahlte. Es war, als würde das Haus sie umarmen. Doch als sie nun das Wohnzimmer betrat, schnappte sie beinahe nach Luft. Dieser Raum war das ganze Gegenteil der Halle. Zuerst fiel ihr das rosige Grau der Wände und das Blau des Teppichs auf. Eine große chintzbezogene Couch und zwei aus Samt standen zwischen zahlreichen Tischchen und Vitrinen. In ihrem ganzen Leben hatte sie kein so schönes Zimmer gesehen; sie hätte sich ein so schönes Zimmer überhaupt nicht träumen lassen. Trotzdem war deutlich zu sehen, daß es fleißig benutzt wurde, denn als Lizzie sich auf der Couch niederließ, stellte sie fest, daß der Stoff der gepolsterten Armlehnen bis auf Schuß und Kette abgenutzt war.

Von ihrem Platz blickte sie auf einen weiteren offenen Kamin, und in diesem brannte ein gemütliches Feuer.

Nachdem Richard und seine Mutter sich gesetzt und sein Vater sich lässig vor den Kamin gestellt hatte, erlebte Lizzie eine neue Überraschung, als Edith ausrief: »Mein Gott, James, setz dich doch hin! Mir ist kalt! Du fängst die ganze Wärme ab!« Erklärend wandte sie sich an Lizzie: »Ich friere dauernd; und er tut das immer mit Absicht.«

Lizzie wußte nicht, was sie antworten sollte. Sie schaute von einem zum anderen. Richard lächelte über das ganze Gesicht. Sein narbiger Mund schien entspannt, sein gesundes Auge war weit geöffnet; er sah glücklich aus, dachte Lizzie, auf jeden Fall anders als sonst.

»Was treibt Phyllis nur?« meinte James. »Mary muß den Tee doch schon fertig haben. Ich gehe mal nachsehen.«

»Laß nur, Vater. Ich gehe.«

Schweigen breitete sich im Raum aus, nachdem Richard gegangen war. Endlich fragte Edith Boneford leise: »Wie fühlen Sie sich, meine Liebe?« Noch ehe Lizzie antworten konnte, beugte James sich von der anderen Couch herüber und fragte ebenfalls: »Ja, wie fühlen Sie sich?«

Lizzie sah die beiden an und antwortete ruhig: »Gut. Ja, sehr gut.«

»Wann soll es denn kommen?«

Lizzie war ein wenig überrascht, daß Richards Vater eine solche Frage stellte, und sie erwartete eine Zurechtweisung von seiner Frau. Aber Edith sah nur Lizzie erwartungsvoll an. »Etwa Mitte Januar«, erwiderte Lizzie.

»Oh, das ist ein kalter Monat«, bemerkte Edith. »Haben Sie zu Hause jemanden, der sich um Sie kümmert?«

»Ja, meine Mutter, und Meg, eine Freundin, die bei uns wohnt.«

»Ich dachte, Ihre Mutter sei invalide?«

»Ja, aber nicht, wie Sie vielleicht denken. Sie hat eine schlimme Hüfte, aber sie kommt zurecht. Ich ... ich werde schon ordentlich versorgt werden. Geoff ist auch noch da. Er ist ... er ist«, hilflos bewegte sie die Hände, »nun, Sie wissen vielleicht, daß Mr. und Mrs. Fulton nicht meine Eltern sind. Als ich vierzehn war, kam ich in ihr Haus, um dort zu arbeiten, und sie haben mich sozusagen in Pflege genommen. Geoff, ihr Sohn, war in der Armee und ist kürzlich zurückgekehrt. Er war verwundet; aber jetzt ist er die ganze Zeit zu Hause, und er ist sehr praktisch veranlagt.«

»O ja – ja, wir haben von ihm gehört.«

Der angespannte Ton in Mrs. Bonefords Stimme machte Lizzie verlegen; doch Mr. Bonefords nächste Worte überraschten sie. »Wir wollten Ihnen nur sagen, daß Sie uns willkommen sind, falls Sie ein Heim während Ihrer Wöchnerinnenzeit suchen. Sehen Sie, wir haben Andrew sehr gern gehabt. Er war völlig anders als sein Vater.« Er erhob sich und nahm wieder seinen Platz vor der Feuerstelle ein. Doch diesmal schalt Edith ihn nicht, sondern fuhr da fort, wo er aufgehört hatte: »Ja, wir mochten Andrew sehr gern. Wie James sagte, kam er weder nach seinem Vater noch nach seiner Mutter. Ich war verwundert, als Alicia ihrem eigenen Sohn die Tür verschloß. Sie hätte sich ihrem widerlichen Mann entgegenstellen sollen. Doch Alicia konnte nie den kleinsten Skandal vertragen – obwohl sie wissen mußte, daß sie durch ihre Heirat mit Bradford-Brown selbst an Ansehen verloren hatte.«

Lizzie war jetzt wirklich peinlich berührt. Aus der Unterhaltung der Bonefords mußte sie entnehmen, daß diese nicht wußten, daß sie, Lizzie, der Grund war, daß Andrews Familie ihn aus dem Haus geworfen hatte. Andererseits, falls sie es doch wußten – und eigentlich mußten sie es wissen –, waren sie einfach taktlos. Trotzdem, es konnte auch etwas anderes dahinterstecken. Lizzie konnte es nicht ergründen.

Als die Tür aufging und Richard mit einem Teewagen hereinkam, gefolgt von Phyllis, die ein vollbeladendes Silbertablett balancierte, wechselten Mr. und Mrs. Boneford übergangslos das Gesprächsthema.

»Haben Sie Gummistiefel mitgebracht?« fragte Mrs. Boneford. »Nun, wahrscheinlich haben Sie nicht daran gedacht, aber in letzter Zeit hat es hier ziemlich stark geregnet, und es ist stellenweise recht morastig.« Ihr Mann nahm den Faden auf und deutete auf Lizzies Sandalen. »Wenn Sie darin herumlaufen, werden wir Sie bis zu den Knien in den Bach stecken müssen, um den Schlamm von Ihren Beinen zu bekommen«, rief er, um danach ruhig zu fragen: »Hätten Sie Lust, ein wenig wandern zu gehen?«

»Nein, das hat sie nicht, Vater«, antwortete Richard an Lizzies Stelle und schob den Teewagen neben die Couch, auf der seine Mutter saß. »Wenn sie auf der Farm und in der nächsten Umgebung herumläuft, reicht das völlig. Du wirst sie nicht auf eine deiner sogenannten Kurzwanderungen mitnehmen!«

»Ich denke gar nicht daran, sie auf eine meiner ›Kurzwanderungen‹ mitzunehmen. Aber ich bin sicher, daß sie ja sagen würde, wenn ich sie frage. Und sie würde es auch schaffen, nicht wahr?« Ohne Lizzies Antwort abzuwarten, verließ er seinen Platz am Kamin und setzte sich in einen großen Ohrensessel.

Phyllis hatte inzwischen das schwere Tablett auf einem Couchtischchen abgestellt und bot ihrem Herrn eine Platte mit Scones an. »Haben Sie keine Augen im Kopf? Wir haben einen Gast!« fauchte Mr. Boneford.

Phyllis zischelte deutlich hörbar zurück: »Wohl hab' ich Augen, aber Sie woll'n sich doch sonst Ihren Wanst auch immer als erster vollschlagen!« Lizzie senkte den Kopf und verbiß sich ein Lachen. Als Phyllis ihr die heißen, gebutterten Scones anbot, sagte sie blinzelnd zu Lizzie: »Er gibt bloß an«, was bei Richard und Mr. Boneford ein schallendes Gelächter auslöste. Das ist die reinste Komödie, dachte Lizzie. Aber bei einer richtigen Komödie wäre das Dienstmädchen mit einer solchen Frechheit nicht durchgekommen. Es war eine merkwürdige Situation.

Als Phyllis sich einige Minuten später zum Heimgehen fertig machte, rief ihr Herr ihr nach: »Vergessen Sie nicht, morgen rechtzeitig da zu sein!«

»Das werden wir sehen!«

»Und ob! Gehen Sie rechtzeitig schlafen, damit Sie morgen aus den Augen sehen und Ihre Arbeit anständig machen können!« Worauf Phyllis sich umwandte und zurückgab: »Ach Sie! So'n Quatsch!« Dann ging sie und machte leise die Tür hinter sich zu.

»Sie denken sicher, Sie wären in einem Irrenhaus gelandet«, sagte Richard. »Die beiden kennen kein Ansehen der Person. Man sollte meinen, sie könnten sich nicht ausstehen, aber wenn einem von beiden der kleine Finger weh tut, leidet der andere mit.«

»Das stimmt.« Mrs. Boneford reichte Lizzie eine Tasse Tee. Lizzies Hand zitterte, weil sie ein hysterisches Lachen unterdrücken mußte. Sie fühlte sich ganz merkwürdig; es war, als hätte sie wie Alice im Wunderland eine ganz andere Welt betreten. Was sie zuvor nicht bemerkt hatte, fiel ihr jetzt auf: daß die Anspannung, unter der sie seit Wochen gestanden hatte, in diesem Hause von ihr abgefallen war. Sie konnte jetzt mit diesen Menschen, die ihr gegenüber den Regeln, die sie in dieser Gesellschaftsschicht erwartet hatte, so seltsam nonkonformistisch erschienen, unbefangen umgehen.

Während des Abendessens, als Edith Boneford sich über

einige Zwischenfälle in diesem Haus ausließ, in das sie vor beinahe dreißig Jahren als junge Ehefrau gekommen war, prustete Lizzie mehrmals lauthals heraus.

Und als Mary Catton, die Köchin, die noch älter war als Phyllis, hereinkam, um beim Auf- und Abtragen zu helfen, wurde sie in die Fröhlichkeit eingeschlossen.

Drei Stunden später sah Lizzie klarer. Sie saß im Morgenrock auf ihrem Bett in einem gemütlichen, aber altmodisch eingerichteten Schlafzimmer. Der Teppich war abgenutzt, besonders neben dem Bett. Das Mobiliar bestand aus solidem Mahagoni. Es gab kein fließendes Wasser, sondern einen Waschtisch mit Marmorplatte, auf dem ein Krug und eine Waschschüssel standen. Das Badezimmer befand sich am Ende des Flurs. Mrs. Boneford hatte Lizzie dieses Zimmer, das eigentlich ein Ankleideraum war, zugeteilt, da es neben ihrem Schlafzimmer und gegenüber dem von Richard lag. Wenn Lizzie also in der Nacht irgend etwas brauchte, wären sie jederzeit bereit. Die Bonefords schienen der Ansicht zu sein, daß Lizzies Niederkunft unmittelbar bevorstand.

Es klopfte an die Tür. Lizzie rief »Herein« und Edith Boneford betrat das Zimmer.

Sie trug einen langen, samtenen Schlafrock mit großem Kragen. Sie sah nun ganz anders aus – alt und zerbrechlich.

Als Lizzie höflich aufstand, sagte Mrs. Boneford: »Setzen Sie sich, Kind.« Es tat Lizzie wohl, Kind genannt zu werden. Edith deutete auf das Bett und fragte: »Darf ich Platz nehmen?«, was Lizzie veranlaßte, über das Betragen dieser Frau nachzudenken, die fragte, ob sie sich auf eines ihrer eigenen Betten setzen dürfe. Dies war Höflichkeit in Vollendung.

Nachdem sie sich gesetzt hatte, betrachtete Mrs. Boneford Lizzie einige Sekunden, dann meinte sie: »Sie werden sich über das Benehmen gewundert haben, das wir seit Ihrer Ankunft an den Tag gelegt haben … nun, ich glaube, ich muß Ihnen das erklären, meine Liebe. Sehen Sie, es ist eine Art von Spiel, in dem jeder von uns eine Rolle hat, besonders James und Phyllis, wie Ihnen zweifellos aufgefallen ist. Wir tun es für Richard. Wir geben vor, alles sei so normal wie vor dem Krieg.« Sie lächelte ein wenig und fügte hinzu: »Auch damals haben James und Phyllis schon ihre Scheingefechte ausgetragen. Sehen Sie, sie sind alle schon so lange bei uns … Mary, Phyllis und Matty. Da waren noch andere, aber sie sind gestorben; und die jüngeren … sind im Kriegsdienst. Die beiden Söhne von Matty sind auf See, und Marys einziger Sohn ist in den ersten Kriegstagen umgekommen.«

Sie beugte sich vor und spielte mit dem untersten Knopf ihres Schlafrocks. »Sie haben keine Ahnung, wie es war, als Richard zum erstenmal nach Hause kam. Er verkroch sich wie ein verwundetes Tier. Ja, sein Gesicht sieht viel besser aus als damals, als wir ihn zum erstenmal im Krankenhaus sahen. Und ich habe mir wieder und wieder gesagt – und ihm auch: Es gibt so viele Männer, die noch schlimmer dran sind als er; und er hat doch wenigstens noch einen Teil seines gesunden Gesichts. Doch woran er letztendlich zerbrochen ist, war, daß Janis seinen Anblick und seine Nähe nicht ertrug. Damals war er ein gebrochener Mann. Zu jener Zeit habe ich zum erstenmal von Ihnen gehört. Wir saßen im Wohnzimmer beim Tee, genauso wie heute, und Richard sah mich an und sagte: ›Heute ist mir ein junges Mädchen über den Weg gelaufen, das mir geradewegs ins Gesicht sah, Mutter; keine Krankenschwester oder Pflegerin, sondern ein ganz normales Mädchen von draußen.‹ Und er fügte hinzu«, hier beugte sie sich vor und berührte Lizzies Hand, »›aber sie war kein gewöhnliches Mädchen. Sie war schön und hat mir direkt ins Gesicht geschaut, und ich konnte ihr ansehen, daß sie sich nicht dazu zwingen mußte. Sie hat auch den Kopf nicht weggedreht, und dann haben wir uns unterhalten.‹ Das war nach seiner ersten Begegnung mit Ihnen. Später hat er mir erzählt, daß Andrew und Sie ein Liebespaar wären, und wie Andrews Eltern reagiert haben.« Edith schluckte und fuhr mit zitternder Stimme fort. »Dann, zu der Zeit, als er hinter Janis' Affäre mit seinem sogenannten Freund kam – was beileibe nicht ihre erste Eskapade war, aber das Faß zum Überlaufen brachte –, traten Sie in sein Leben, im wahrsten Sinne des Wortes, und retteten ihn. O ja, er hat uns erzählt, daß er Schluß machen wollte. Und, wie er später gesagt hat, hätte das auch Sie das Leben kosten können.«

Edith blickte auf und schlug leise die Hände auf ihrem Schoß zusammen. Ihr Gesicht wurde etwas fröhlicher. »Das war der Wendepunkt in seinem Leben. Er hat jetzt wieder den Willen zu leben. Und das verdankt er Ihnen.«

Lizzie schüttelte den Kopf. »O nein, nein. Er ist ein tapferer Mann. Er hat sich dem Leben aus eigener Kraft gestellt.«

»Das bezweifle ich, meine Liebe. Dieses Ding namens Stolz hat für einen Mann ein anderes Gewicht als für eine Frau. Egal, wie gewöhnlich ein Mann aussieht, er trägt ein gewisses Maß an Eitelkeit in sich. Eine Frau findet sich mit ihrem unattraktiven Äußeren ab, auch wenn sie manchmal daran verzweifelt – nicht so ein Mann. Auch häßliche Männer können attraktiv sein; aber es gibt einen Unterschied zwischen Häßlichkeit und einem Gesicht, das zu einer grotesken Maske wurde. Nein, meine Liebe, Ihre Freundschaft hat Richard den Mut zurückgegeben, den er verloren hatte. Er war so hübsch früher, und wenn er auch nicht damit geprahlt hat, so wußte er doch, daß er gut aussah. Wenn er seine Paradeuniform trug mit dem schwingenden Kilt, so gab es für mich keinen schöneren Anblick. Ich hoffe deshalb, daß Sie verstehen, warum wir alle uns so benehmen. Er weiß, daß wir spielen, und spielt mit, damit wir uns keine Sorgen um ihn machen. Aber wir sorgen uns natürlich alle um ihn. Jedenfalls«, Edith erhob sich vom Bett, »in zwei Wochen geht er wieder ins Krankenhaus, sie werden etwas an seinem Lid operieren. Wenn sie es schaffen, es zu heben, wird das ein großer Fortschritt sein. Dieser Teil seines Gesichtes sieht am schlimmsten aus.« Sie zuckte die Schultern. »Ich habe so viel geredet, und Sie sind sicher müde. Aber … ich wollte Ihnen das erklären«, fügte sie hinzu, »damit Sie uns nicht für komplette Idioten halten.«

Auch Lizzie war aufgestanden und streckte der Frau

nun beide Hände hin. »Ich finde, Sie sind alle wundervoll. Und er auch.«

»Wirklich?«

»O ja. Ich bewundere ihn. Er muß unzählige Male durch die Hölle gegangen sein.«

»Sie sind sehr verständnisvoll. Ich verstehe, warum Andrew bereit war, sein Vermögen für Sie aufzugeben. Gute Nacht, meine Liebe.« Edith beugte sich vor und küßte Lizzie auf die Wange, dann ging sie schnell aus dem Zimmer.

Lizzie ging zu Bett, aber sie konnte nicht schlafen. Nachdem sie die Nachttischlampe ausgemacht hatte, lag sie auf dem Rücken und starrte in die Dunkelheit. Sie dachte nicht nur an Richard und ihre Freundschaft zu ihm, sondern merkwürdigerweise auch an Geoff. Sie wünschte, daß Geoff Richard besser leiden könnte. Dann fragte sie sich, warum sie wohl diesen Wunsch hatte. Einer direkten Antwort wich sie jedoch aus, indem sie sich einredete, daß es doch einfach angenehmer wäre, wenn sie alle drei miteinander befreundet sein könnten; denn sie würde gerne wieder in dieses Haus kommen, in dem alle so freundlich zu ihr waren. Doch Lizzie wußte, daß Geoff sich über diese Besuche ärgern würde, und das wollte sie nicht, denn Geoff war in den vergangenen Monaten so gut zu ihr gewesen, beinahe wie ein Bruder ... ein Bruder, der ihr sehr nahestand.

Noch nie im Leben hatte Lizzie sich so wohlgefühlt. Sie war zwar nicht glücklich, denn Glück brachte sie mit Andrew in Verbindung; und das Gefühl für Andrew hatte ihr zuerst Aufregung und dann Schmerz gebracht. Der Schmerz war immer noch da, wenn auch inzwischen etwas gedämpft, besonders, seit sie sich in diesem Hause befand. Alle kümmerten sich liebevoll um sie. Aber sie wollte trotzdem beweisen, daß sie in der Lage war, nicht nur auf der Farm herumzuspazieren, sondern auf dem ganzen Gut zu wandern.

Lizzie hatte die Farmhelferinnen kennengelernt, denen Richard sie als Mrs. Brown vorgestellt hatte. Das war sehr taktvoll von ihm, doch es klang merkwürdig in Lizzies Ohren: Mrs. Brown. Ja, wäre nichts dazwischengekommen, dann wäre sie jetzt eine verheiratete Frau. Doch was machte das? Sie wäre gern bereit, Lizzie Gillespie zu bleiben, wenn nur Andrew noch lebte. Aber in ihr lebte er weiter. Jede Bewegung des Babys tat davon kund.

Richard und Lizzie gingen von der Farm zum Herrenhaus zurück. Die Nacht zog herauf, und Lizzie fühlte sich angenehm müde. Sie war vor einer Stunde hinausgegangen, um sich mit Richard zu treffen, der seine tägliche Stallarbeit absolvierte. Jetzt trug er eine große Milchkanne, während Lizzie einen strohgefüllten Korb am Arm hatte, in dem drei Reihen Eier lagen. Eine Zeitlang gingen sie schweigend nebeneinander her, dann fragte Richard: »Sind Sie müde?«

»Nein«, log Lizzie, »es ist mir nie besser gegangen, ich meine, was Müdigkeit betrifft. Trotzdem wäre ich wohl nicht mehr in der Lage, nochmals mit Ihrem Vater die Runde zu machen.«

»Er ist gedankenlos. Er hätte Sie gestern nicht mitnehmen dürfen.«

»Er ist wirklich nicht weit mit mir gegangen, aber er macht große Schritte, und ich glaube, es war ihm ein bißchen lästig, an meiner Seite zu traben anstatt zu galoppieren.«

Richard lachte. »Meine Mutter weigert sich seit einiger Zeit, mit ihm mitzugehen. Er will sich einfach seinem Alter nicht beugen. Können Sie sich vorstellen, daß er bald achtzig wird? Manchmal habe ich Angst um ihn, weil ich fürchte, daß sein Trotz ihn plötzlich umwirft. Und doch, er sagt, genau das wolle er; und wahrscheinlich hat er recht. Es ist besser, gerade aus dem herausgerissen zu werden, was man immer gern getan hat. Und mein Vater ist immer am liebsten an der Spitze seiner Männer marschiert. Ha!« Richard lachte zärtlich. »Es war schon jedesmal komisch, wenn er Mutter zu einem seiner kleinen ›Spaziergänge‹ überredete. Sie warf sich dann irgendwann völlig verausgabt auf einen Abhang und rief hinter ihm her: ›General, Ihre Truppen sind erschöpft!‹«

Sie lachten beide; dann schwiegen sie, bis Lizzie das Gespräch wieder aufnahm. »Wissen Sie, Richard, ich kann Ihnen gar nicht sagen, wie schön diese letzten Tage für mich waren. Ich wünschte, so würde es immer bleiben …«

Als er stehenblieb, blinzelte sie verwirrt und redete hastig weiter: »Ich will damit sagen, daß ich mich so friedlich fühle, denn seit Andrew nicht mehr da ist, war mein Inneres in Aufruhr. Verstehen Sie das?

»Ja, ich verstehe Sie; und ich bin sehr froh, daß Sie hier ein wenig Ruhe gefunden haben. Ich wünschte …«, Richard schwieg einen Moment und blickte zu Boden, dann wiederholte er: »Ja, ich verstehe Sie. Es kommt eine Zeit, da muß der Schmerz leichter werden oder enden. Wäre es anders, würde man den Verstand verlieren oder Schluß machen wollen.« Er wandte sich wieder Lizzie zu. Sie sah seine rechte, gesunde Gesichtsseite; die Stirn und die linke Gesichtshälfte waren von der Krempe des Tweedhutes beschattet. Lizzie sah den Mann vor sich, dessen Ölporträt an der Wand der Galerie hing. Er war in seiner Regimentsuniform abgebildet und, wie Richards Mutter gesagt hatte, ein gutaussehender Mann. »O Richard«, sagte Lizzie und streckte ihm die Hand hin. Richard ergriff sie und hielt sie fest, während sie auf dem Hügel zum Haus hinuntergingen.

Mit dieser Reaktion hatte Lizzie nicht gerechnet, und nach einiger Zeit entzog sie ihm vorsichtig ihre Hand. »Wenn ich nicht aufpasse, gibt es heute Rühreier.«

»Wissen Sie, daß ich bald wieder ins Krankenhaus gehe?« fragte Richard.

»Ja, Ihre Mutter hat es mir gesagt.«

»Sie wollen mich wieder mal operieren; nicht daß ich bisher große Fortschritte feststellen könnte.«

»Unsinn!« erwiderte Lizzie. »Es ist doch jedesmal besser geworden!«

»Meinen Sie wirklich?«

Sie glaubte, einen Anflug von Erregung aus seiner Stimme herauszuhören, und nickte nachdrücklich. »Ja, das meine ich.«

»Sie … sie wollen sich diesmal an meinem Auge versuchen. Das wird eine sehr knifflige Sache.« Er schwieg kurz und fuhr dann seufzend fort: »Wissen Sie, es ist herrlich, so mit Ihnen reden zu können, Lizzie. Mit meinen Eltern kann ich es nicht, und auch nicht mit irgend jemand sonst. Ich bin immer wieder erstaunt, daß Sie mich als ganzen Mann behandeln.«

»Seien Sie doch nicht albern! Sie *sind* ein ganzer Mann. Und Sie sind der netteste ganze Mann, den ich kenne«, lächelte Lizzie.

»Ach, Lizzie.« Er sah sie nicht an, sondern ging mit gesenkten Augen weiter. Leise sagte er: »Sie wissen nicht, was das für mich bedeutet, daß jemand wie Sie mich als Mensch ansieht, sich nicht abwendet, sich nicht gezwungen fühlt, höfliche Konversation mit mir zu machen über das Wetter, den Krieg, Rationierungshefte oder, wie manche, über die Annehmlichkeiten, die sie nicht mehr genießen können.« Er warf Lizzie einen Blick zu. »Aber genau das passiert, wenn Mutter Freunde einlädt, zu meinem eigenen Besten, wohlgemerkt! Gott! Es ist jedesmal eine Qual. Trotzdem« – seine Stimme klang wieder munterer – »werde ich Sie morgen Paddy vorstellen. Er leitet einen Außenposten des RAF-Radios, draußen in den Bergen. Er ist großartig, er wird Ihnen gefallen.«

Sie näherten sich einem Tor, das in den Hof führte. »Lassen Sie uns durch die Küche gehen«, schlug Richard vor, »Mary freut sich immer, wenn sie Gelegenheit zu einem Schwätzchen hat.«

Doch noch ehe sie Milch und Eier auf dem Küchentisch abstellen konnten, eilte Phyllis auf sie zu. »Hier sind Sie! Ich dachte, Sie kämen gar nicht wieder. Sie wurden zweimal am Telefon verlangt, Mrs. Brown. Es waren Anrufe von Ihrer Familie. Sie sollen sich sofort bei ihnen melden!«

Lizzie warf Richard einen schnellen Blick zu. »Ich hoffe, daß alles in Ordnung ist«, meinte er, und sie erwiderte: »Ich … ich weiß nicht, was los sein könnte.« Sie dankte Phyllis für die Nachricht, dann hastete sie in die Halle, um zu Hause anzurufen.

Nach kurzem Warten meldete sich eine Stimme. »Bist du das, Lizzie?«

»Ja, ich bin's. Was ist passiert, Geoff?«

»Es ist wegen Mutter. Sie ist sehr krank. Sie hatte heute morgen einen Herzanfall ... sie möchte dich sehen.«

»Oh, ich komme, so schnell ich kann, aber –«, sie schaute zu Richard, der ihr gefolgt war, »– ich glaube, heute nacht schaffe ich es nicht mehr. Aber ich fahre gleich morgen früh los.«

Die Stimme im Hörer wurde harsch. »Warum kannst du heute nicht mehr fahren?«

Auch Lizzies Stimme hob sich jetzt. »Nun, es ist schon sieben Uhr vorbei, und wir sind Meilen vom Bahnhof entfernt, und ich weiß nicht, wann die Züge gehen. Ich werde den ersten morgen früh nehmen.«

»Das könnte zu spät sein. Mutter wird morgen früh vielleicht nicht mehr am Leben sein.«

Lizzie biß die Zähne zusammen, dann sagte sie: »Warte einen Augenblick.« Sie legte die Hand über den Hörer und wandte sich an Richard. »Wenn wir jetzt losfahren, könnte ich dann heute nacht einen Zug nach Durham erreichen?«

Er dachte kurz nach, dann schüttelte er den Kopf. »Das bezweifle ich.« Er schaute auf die alte Standuhr. »Es ist sieben Uhr fünfundzwanzig. Vor halb neun könnten wir nicht am Bahnhof sein; die Fahrpläne sind jetzt so ungewiß. Ich weiß, daß ein Zug um sieben Uhr morgens fährt. Den könnten Sie nehmen.«

Lizzie überlegte einen Moment, dann sprach sie wieder ins Telefon. »Der früheste Zug, Geoff, geht morgen um sieben. Wenn ich die Anschlußzüge erwische, bin ich gegen elf in Durham. Ich würde dich dort vom Bahnhof aus anrufen, damit du mich abholen kannst.«

Es dauerte eine Weile, bevor Geoff sich wieder hören ließ. »Nun, wenn das alles ist, was du tun kannst, dann kann man es eben nicht ändern. Ich habe schon vor über einer Stunde angerufen.«

»Ja, möglicherweise hast du das«, Lizzies Stimme war

jetzt so scharf wie die von Geoff, »aber zufällig war ich gerade nicht da.«

»Ja, zufällig warst du gerade nicht da. Nun, ich hoffe nur, du kommst noch rechtzeitig, um dich von meiner Mutter zu verabschieden.«

Sie hörte das Klicken, als er auflegte. Hilflos sah sie Richard und seine Eltern an, die inzwischen hereingekommen waren. Ihre Stimme war die eines kleinen Mädchens, als sie sagte: »Ich muß heim. Mam ist sehr krank.«

Edith Boneford ging auf sie zu. »O meine Liebe, es tut mir ja so leid. Wie schade! Geht es um Züge?« fragte sie Richard. »Ja«, antwortete er, »ich glaube es ist am besten, auf den Frühzug zu warten.«

»Könnte ich versuchen, jetzt gleich zum Bahnhof zu fahren und eine Zugverbindung zu bekommen?« wollte Lizzie wissen.

Es war Richards Vater, der antwortete. »Es gab einen Zug, der um zehn Uhr nachts fuhr. Wenn der immer noch fährt und Sie ihn erwischen, werden Sie irgendwann in den Nachtstunden in Durham sein.«

»Dann werde ich es versuchen.«

»Nun, in diesem Fall –«, mischte sich Edith Boneford ein, »es ist jetzt halb acht, Sie haben also Zeit, eine Kleinigkeit zu essen. Und was hältst du davon Richard, den Lastwagen von der Farm zu holen? Er ist zwar nicht sehr bequem, aber ihr seid damit viel schneller als mit dem Einspänner.«

»Ja«, nickte Richard. »Das ist eine gute Idee.«

Lizzie ging langsam auf ihr Zimmer und setzte sich dort auf das Bett. Sie beugte sich nach vorne und legte ihre zusammengepreßten Hände zwischen die Knie. Und während sie betete, daß Bertha nichts zustoßen möge, dachte sie auch, Geoff hätte nicht auf diese Weise mit mir reden müssen. Er regte sich immer zu schnell auf. »Ich werde ihn noch mal anrufen«, sagte sie laut, stand auf und begann ihren Koffer zu packen.

Sie hatte ihn gerade auf den Boden neben dem Bett abgestellt, als es klopfte. »Herein«, rief Lizzie und war überrascht, als die Tür sich öffnete und James Boneford eintrat.

Sein weißes Haar, das er sonst immer aus dem Gesicht gekämmt trug, hing ihm unordentlich in die Stirn, als hätte er es mit den Fingern zerrauft. Er befeuchtete seine Lippen und fuhr mit den Fingern innen am Hemdkragen entlang, bevor er zu sprechen anfing. »Wir werden unten keine Gelegenheit mehr haben, ein paar vertrauliche Worte zu wechseln, Lizzie, aber ... ich wollte Ihnen einfach ganz persönlich danken für das, was Sie für meinen Sohn getan haben. Er ist ... er ist wie ein neuer Mensch, seit er Sie kennengelernt hat. Sie haben sein Leben gerettet, und auch dafür möchte ich Ihnen danken.«

»Oh, Mr. Boneford – James, bitte sagen Sie nichts mehr. Ich habe nichts anderes getan, als mit ihm zu reden, und das tue ich gerne. Es bereitet mir Vergnügen.«

»Mit ihm reden – der arme Kerl. Die meisten Leute können ihn nicht mal zwei Minuten lang ansehen, geschweige denn mit ihm sprechen. Er hat die Hölle durchgemacht. Es war für uns alle die Hölle, denn er bedeutet uns so viel. Aber für ihn war es noch schlimmer, ja.« Er schürzte die Oberlippe, als wollte er seinen gepflegten Schnurrbart in seine schmalen Nasenlöcher stoßen, dann meinte er: »Wenn nur diese andere, die sich seine Frau nannte, einen Funken Ihres Mitgefühls besäße, wie anders wäre dann alles geworden; andererseits«, er rang sich ein schiefes Lächeln ab, »andererseits hätten wir Sie dann nicht kennengelernt, Lizzie, und das war für uns alle eine Freude.«

Lizzie hätte beinahe geantwortet ›Danke, Sir‹, denn sein Benehmen und seine Stimme, die beherrscht und höflich, aber äußerst bedeutungsvoll klang, waren ganz anders als sonst, wenn er sich mit Phyllis kabbelte. Impulsiv beugte Lizzie sich vor und küßte ihn auf den stachligen Schnurrbart, woraufhin James Boneford Lizzie bei den Schultern faßte und ihr einen harten, trockenen Kuß neben die Nase drückte. Dann drehte er sich um und marschierte aus dem Zimmer. Lizzie blieb stehen, und die Tränen kullerten über ihre Wangen. Wenn ich doch nur hierbleiben könnte, dachte sie.

Wie immer aßen sie in dem kleinen Speisezimmer mit dem Tisch für acht, höchstens zehn Personen. Im Hauptspeisesaal, so hatte man ihr gesagt, bot der Tisch, wenn er ausgezogen war, Platz für achtzehn Leute. Die Stühle dort waren lederbezogen, doch hier im kleineren Zimmer standen Hepplewhite-Stühle, deren gepolsterte Sitze von starker Benutzung zeugten. Es war ursprünglich ein Aufwarteraum für den großen Speisesaal gewesen, und nebenan befanden sich noch eine Butlerkammer und etliche andere kleine Arbeitsräume. Die Kammer hatte zwei Türen; eine davon führte in einen Korridor, von dem man in den ehemaligen Aufenthaltsraum der Dienstboten gelangte, von wo aus man wiederum Zugang zur Küche hatte. Nahm man das Dachgeschoß und die Dienstbotenquartiere aus, so zählte das Haus sechsundzwanzig Zimmer und scheinbar zahllose Gänge, in denen Lizzie sich während ihres dreitägigen Aufenthaltes mehr als einmal verlaufen hatte.

Als Lizzie ins Erdgeschoß kam, war das Wohnzimmer noch leer, und sie nahm an, daß sie etwas zu früh dran wäre für das Essen, das entsprechend der Tageszeit aus einem leichten Abendbrot bestand. Oder vielleicht, dachte sie, waren die anderen schon im Speisezimmer.

Auf ihrem Weg dorthin passierte sie den steinernen Bogen und wandte sich nach links in einen der beiden Gänge. Doch erst am Ende des Korridors stellte sie fest, daß sie den falschen genommen hatte, denn dieser führte zum Küchentrakt, was sie an der mit abgenutztem grünem Fries bespannten Tür erkannte, die in dic sogenannte Durchreichkammer führte, die ihrerseits wieder einen Zugang zu dem kleinen Speiseraum hatte.

Als Lizzie die Tür öffnen wollte, ließ der Ton von Mrs. Bonefords Stimme sie innehalten. »Richard, Richard! Hör mich an!«

Dann Richards Stimme, die in rauhem Ton antwortete: »Nein, Mutter, nein, das kann ich nicht und ich werde es nicht tun! Es würde alles, was zwischen uns ist, verderben.«

»Sei nicht albern, Richard. Ich sage dir: Frage sie! Sag ihr, daß du warten willst, egal wie lange. Wenn du sie nicht fragst, wird es dir leid tun, denn jemand anders wird sie dir wegschnappen. Ein Mädchen wie sie wird zu keiner Zeit lange in Ruhe gelassen, und jetzt erst recht nicht.«

»Mutter! Hör mir zu! Sie mag mich, sie betrachtet mich als Freund; und was noch mehr ist, sie kann mich ansehen. Ich will, daß sie mich auch später noch ansieht, aber wenn ich sie jetzt frage, wird sie gehen und nie wiederkommen. Andrews Andenken ist noch frisch in ihr. Das Unglück ist noch nicht lange her, und sie ist in anderen Umständen. Es wäre taktlos, sie jetzt zu fragen.«

»O Richard, mein Liebling, du kennst die Frauen nicht. Du hast von Anfang an immer die falsche Wahl getroffen. Ich habe versucht, das anzudeuten, aber du hast nicht auf mich gehört. Deshalb höre jetzt auf mich! Dieses Mädchen braucht jemanden, der sie liebt – und das Kind, das sie erwartet. Sie hat uns alle gern, das weiß ich. Dein Vater hält sie für einen wundervollen Menschen und … und vergiß nicht, daß Mary einen Narren an ihr gefressen hat. Mary ist wie ein Barometer. Sie konnte Janis von Anfang an nicht leiden, aber Lizzie … Weißt du, was sie gestern zu mir gesagt hat? ›Missis‹, sagte sie, ›das wäre die Richtige gewesen.‹«

»Um Gottes willen, Mutter, sei still und hör mir zu. Ein für allemal: Ich kann Lizzie nicht bitten, mich jetzt zu heiraten. Auch wenn sich etwas ändern würde, könnte ich es nicht. Sogar, wenn mich die Ärzte soweit zurechtflicken, daß die kleinen Kinder nicht mehr vor mir erschrecken, hätte ich doch immer noch das Gefühl, ich sei ein Ungeheuer. Ich bin dankbar für das, was wir haben: Wir sind Freunde, wir können miteinander reden. Wenn ich sie nicht sehe, weiß ich, daß ich sie jederzeit anrufen und mich mit ihr unterhalten kann. Sie würde sogar herkommen, so wie jetzt, und ich könnte eine Zeitlang ihre Gesellschaft genießen; aber mehr als das – nein, Mutter! Du weißt nicht, was du von mir verlangst. Sich vorzustellen, daß ich jemals wieder einem Mädchen einen Heiratsantrag machen kann! Nein! Noch dazu jemand wie Lizzie. Gütiger Gott, niemals!«

In der darauf folgenden Stille ging Lizzie mit angehaltenem Atem und vorsichtig einen Fuß vor den anderen setzend, damit ja kein Bodenbrett knarrte, den Weg zurück, den sie gekommen war.

In der Halle traf sie auf Mrs. Boneford, die durch den anderen Gang gekommen war und sofort auf Lizzie zueilte. »Was ist los, meine Liebe? Geht es Ihnen nicht gut? Sie sehen so blaß aus.«

»Ich … ich …«, Lizzie fand keine Antwort.

»Ich glaube nicht, daß Sie heute nacht fahren sollten.«

Endlich konnte Lizzie sich einige Worte abringen. »O doch, ich muß unbedingt fahren.«

»Nun, dann kommen Sie mit und lassen Sie uns essen. Sie haben eine lange Reise vor sich …«

Es fiel zwar auf, daß Lizzie kaum etwas aß und außer ›bitte‹ und ›danke‹ nichts zu sagen wußte, doch schrieb man das der Sorge um ihre Mutter zu. Auch als sie sich von Mary und Phyllis verabschiedete und James und Edith sie umarmten, fand sie nur wenige Dankesworte, während ihre Gastgeber ihr erzählten, wie sehr sie sich über ihren Besuch gefreut hatten, und daß sie bald wieder für längere Zeit kommen müsse, und zwar noch vor der Geburt des Babys, da sie im Winter hier oft eingeschneit würden … Zuletzt sagte Edith noch: »Das wäre doch wunderbar, wenn wir eingeschneit wären und Sie das Baby hier zur Welt bringen würden, nicht wahr?« Und Lizzie hatte es geschafft, lächelnd zu antworten: »Kälte vertrage ich nicht gut.« Woraufhin James ausrief: »Ich werde für Sie in jedem Zimmer ein Riesenfeuer im Kamin anzünden, meine Liebe …«

Lizzie und Richard sprachen wenig, während sie durch die Nacht fuhren. Zweimal kam er mit dem Wagen von der Straße ab, doch landete er glücklicherweise jedesmal auf einem Grasstreifen und nicht im Graben. Er entschuldigte sich verlegen und meinte, er wäre mehr daran gewöhnt, einen Einspänner zu lenken als ein Auto.

Es war eine anstrengende Fahrt, und Lizzie war dankbar, als sie die Ausläufer der Stadt erreichten und die holprigen Landstraßen hinter sich hatten.

Vom Bahnhof aus rief sie wieder zu Hause an. Diesmal war Meg am Apparat. »Bist du das, Mädel? Bin ich froh, deine Stimme zu hören, wahrhaftig. Und du bist jetzt auf dem Weg? Das sind gute Nachrichten, Bertha wird glücklich sein. Hier ist Geoff.«

»Du wirst also noch einen Zug erwischen?« fragte er.

»Ja«, gab Lizzie kurz zurück, »aber es ist ein Bummelzug. Ich weiß nicht, wann ich ankomme; wahrscheinlich mitten in der Nacht. Ich werde dich vom Bahnhof in Durham aus anrufen.«

»Ich werde mich über die Verbindungen erkundigen und dich abholen.«

»In Ordnung. Wie geht es Mam?«

»Nicht gut. Gar nicht gut.«

»Ich … ich werde bald da sein.«

»Gut, Lizzie, gut.« Seine Stimme klang nun sanfter.

Lizzie hängte den Hörer ein und blickte den Bahnsteig entlang, von wo aus Richard auf sie zukam.

»Sie haben Glück, der Zug geht um halb zehn.« Er nahm ihr Gepäck. »Kommen Sie, er steht schon auf dem Gleis.«

Durch die trübe erleuchteten Abteilfenster konnte man erkennen, daß der Zug vollbesetzt war. »Sie steigen jetzt besser ein, aber bleiben Sie nicht stehen; setzen Sie sich im Gang auf Ihren Koffer«, riet Richard. Er öffnete die Waggontür und hievte Lizzies Koffer in den Zug. »Wenn ein paar anständige Leute drin sind, wird Ihnen jemand einen Platz anbieten.« Sie blickten einander in dem schwachen, grünlichen Licht an.

»Es tut mir leid, Lizzie, daß Sie uns so verlassen müssen; aber Sie werden mich anrufen und mich wissen lassen, wie es Ihrer Mutter geht, nicht wahr?«

»Ja, das werde ich, Richard.«

»Für mich waren das drei wundervolle Tage«, sagte Richard, und seine Haut bewegte sich dabei wie starres Pergament.

»Für mich war es auch schön, Richard.«

»Werden Sie wiederkommen?«

»O ja, ganz bestimmt. Ich komme sehr gerne wieder.« Sie konnte das bedenkenlos sagen, denn sie hatte noch seine Worte im Ohr: ›Ich werde sie niemals bitten, mich zu heiraten.‹ Das machte die Entscheidung einfach.

Lizzie hatte niemals in Erwägung gezogen, Richard zu heiraten, aber – hatte sie nicht bemerkt, daß er ihr mehr als nur Zuneigung entgegenbrachte? Doch, es war ihr aufgefallen; aber wie er selbst gesagte hatte, er würde niemals erwarten, daß sie ihn heiratete.

Sie reichte ihm die Hand. »Ich sollte jetzt lieber einsteigen. Auf Wiedersehen, Richard, und danke.« Sie beugte sich vor und berührte seine Lippen mit ihrem Mund. Das war keine Grausamkeit. Es war nichts weiter als ihre Art, sich für seine Güte erkenntlich zu zeigen; sie konnte ihn küssen, da sie wußte, daß er von ihr nie etwas anderes verlangen würde.

Er erwiderte den Kuß nicht, sondern stand bewegungslos, bis Lizzie eingestiegen war und die Hand ausstreckte, um die Waggontür hinter sich zu schließen; erst da rührte er sich wieder und warf die Tür zu.

Ein Pfiff ertönte.

»Auf Wiedersehen, Richard. Ich werde Sie anrufen.«

»Auf Wiedersehen, Lizzie.« Mehr sagte er nicht. Er bewegte sich nicht; und das letzte, was Lizzie aus dem Fenster sah, war der Umriß eines großen Mannes unter einem trüben, grünen Licht.

Die Reise war ein Alptraum. Niemand bot ihr einen Sitzplatz an. Im Korridor standen Leute. Wie Lizzie da auf ihrem Koffer hockte, bot sie das Bild einer jungen, gesunden Frau, die die Unbequemlichkeiten der Fahrt ebenso gut ertragen konnte wie die anderen Passagiere.

Auf der Strecke von Newcastle nach Durham wurde es etwas besser. Lizzie ergatterte einen Platz zwischen einigen schlafenden Soldaten, die nach schalem Bier und Schnaps rochen.

Es wurde schon fast hell draußen, als sie endlich in Durham hielten. Als sie aus dem Waggon stolperte, fiel sie beinahe in Geoffs Arme. »Was für eine Reise! Es war ein Alptraum!« stieß sie hervor.

Geoff ging neben ihr und trug den Koffer. An der Sperre händigte Lizzie ihre Fahrkarte einem Kontrolleur mit entzündeten Augen aus. Dann waren sie draußen auf der Straße, und sie atmete tief die frische Luft ein, bevor sie fragte: »Wie geht es ihr?« Geoff blickte auf sie hinab. »Sie ist heute nacht um halb zwei gestorben«, sagte er.

4. Teil

Heirat um welchen Preis?

1

Es war jetzt zwei Monate her, daß sie Bertha begraben hatten. Ihr Tod schien jedes Mitglied des Haushalts verändert zu haben, am allermeisten John. Er glich einer ›verlorenen Seele‹, wie er morgens aus dem Haus ging und sich, wenn er von der Arbeit wiederkam, in irgendeinen Sessel hockte und auf das Piano starrte, als könne er Bertha dort spielen sehen.

Manchmal redete er, meistens mit Geoff, über den Krieg. Das Blatt wendete sich, seit die Amerikaner eingegriffen hatten. Das lag an den vielen Zerstörern, die sie ausschickten, und die so viele deutsche U-Boote versenkten. Allein in diesem Jahr hatten sie fünfzig vernichtet.

John sprach über den Krieg, als würde er sich für diese Vorgänge interessieren, aber alle wußten, daß er nur die Schlagzeilen wiederholte, die er am Morgen in der Zeitung gelesen hatte. Er war wirklich ein verlorener Mann. Bertha war sein Halt gewesen, so wie er sich in seinen frühen Jugendtagen an seinen Bruder geklammert hatte. Die einzige wirklich selbständige Tat in seinem Leben war die Heirat mit Bertha gewesen. Und jetzt gab es Bertha nicht mehr; nur das Bild, das er heraufbeschwor, wenn er auf das Piano starrte, war ihm geblieben.

Auch Geoffrey hatte sich verändert, jedoch auf andere Weise als sein Vater; er hatte die Regie im Haus übernommen und sich stillschweigend zum Haushaltsvorstand ernannt. Er verließ sein Zuhause nur, wenn er zu einer Routineuntersuchung ins Militärhospital mußte. Als man ihn einmal zwei Nächte dort behielt, kam er sehr beunruhigt nach Hause. Er schien aber nicht so sehr um das Wohlergehen seines Vaters, sondern mehr um das von Lizzie besorgt zu sein.

Lizzie hatte gearbeitet, bis sie vor einer Woche wegen einer Erkältung zu Hause bleiben mußte. Das Wetter war unangenehm. Morgens waren die Fensterscheiben von Reif überzogen, und gelegentlich ging ein Graupelschauer nieder. Geoff bestand darauf, daß der Arzt ins Haus kam, obwohl Lizzie beteuerte, sie habe nur eine Erkältung. Nach der Untersuchung riet ihr der Arzt, die Arbeit auf der Stelle aufzugeben und sich auszuruhen. Ihre Beine waren geschwollen, und sie gestand, daß sie sich schon seit einiger Zeit nicht gut gefühlt hatte.

Als der Arzt an jenem Morgen ging, sprach er mit Geoff, als wäre dieser der Ehemann: »Passen Sie gut auf sie auf. Wenn sie genügend Ruhe hat, dürfte es keine vorzeitigen Wehen geben.« Und wie ein Ehemann hatte Geoff geantwortet: »Ja, ich werde mich darum kümmern. Ich werde darauf bestehen.« Das gleiche sagte er zu Lizzie, als er wieder in ihr Schlafzimmer kam.

»Weißt du, was der Doktor gerade gesagt hat?«

»Nein, was hat er denn gesagt?«

»Du sollst auf dich aufpassen. Wenn du keine vorzeitigen Wehen riskieren willst, mußt du dir Ruhe gönnen; also tu, was man dir sagt.«

»Hör zu«, gab sie zurück, »du brauchst keinen Aufstand deswegen zu machen. Ich habe nur eine leichte Erkältung; ich weiß schließlich, wie ich mich fühle.«

»Das denkst du vielleicht, aber ich meine, der Arzt weiß es besser. Ich werde morgen deinem Vorgesetzten Bescheid geben.«

»Das wirst du nicht tun. Ich kann schließlich noch laufen; deshalb werde ich hingehen und es ihm selbst sagen. Also bitte, Geoff«, sie hob abwehrend die Hand, »überlaß das mir.«

Geoff stand neben dem Bett und schaute auf Lizzie hinunter. »Ich mache mir Sorgen um dich«, sagte er weich.

Sie flatterte nervös mit den Augenlidern und wandte sich von ihm ab. »Ich bin dir sehr dankbar, Geoff, wirklich; aber du brauchst dir keine Sorgen zu machen. Es werden ständig Babys geboren, und Meg ist auch noch da, um mir beizustehen.«

»Sie ist alt.«

»Alt!« wiederholte Lizzie aufgebracht. »Vielleicht ist sie alt den Jahren nach, aber sie ist noch immer sehr rüstig und hat einen vernünftigen Kopf auf ihren Schultern; das ist mehr, als mancher von sich behaupten kann.«

»Willst du damit sagen, daß sie dir besser helfen kann als ich?«

»Ja, in diesem Fall schon, denn sie ist eine Frau.«

Lizzie lächelte jetzt wieder, und nach kurzem Zögern lächelte Geoffrey zurück. »Es gibt auch männliche Krankenpfleger; ich hatte schon mit einigen zu tun, und an einen erinnere ich mich besonders gut: Er hatte eine Stimme wie ein Muttersöhnchen, aber Hände wie ein Schaufelbagger. Einmal habe ich zu ihm gesagt: ›Es ist eine Schande, daß deine Hände nicht mit deiner Stimme tauschen können.‹ und er antwortete ganz beleidigt: ›Was denn, was denn! Du bist ja ein komischer Kerl.‹ Ich gab zurück: ›Nicht halb so komisch wie du!‹ Da ist er aus dem Zimmer gerauscht wie ein arrogantes Mädchen. Wir hatten in unserer Krankenabteilung mehr Spaß mit ihm als mit einer ganzen Komikertruppe.«

»Der Arme!«

»Ja, vielleicht«, nickte Geoffrey.

Bei dem Gespräch über Krankenhäuser fiel Lizzie ein, daß sie sich seit einigen Tagen nicht mehr nach Geoffs Befinden erkundigt hatte. Darum fragte sie: »Wie geht es deinem Bein?«

»Prima!« Er klatschte sich auf den Schenkel. »Aber

schau, meinem Arm geht's besser!« Er hob seinen Unterarm in Brusthöhe. »Das konnte ich bisher nicht, aber es scheint, als würden die Muskeln wieder anfangen zu arbeiten. Ich hätte nie geglaubt, daß das möglich wäre.«

»Siehst du«, lächelte Lizzie, »das kommt davon, wenn man den Hausmann spielt. Es gibt nichts Besseres als Hausarbeit, um seine Muskeln zu trainieren.«

»Da hast du recht. Ich dachte erst heute nachmittag, wenn die Jungs mich jetzt sehen könnten!« Sein Gesicht wurde wieder ernst. »Fehlt dir die Armee?« fragte Lizzie.

Geoff dachte nach. »Ja und nein. Manchmal vermisse ich die Kameradschaft, die Hektik, die Aufregung ...« Er schaute über das Bett hinweg ins Leere. »Das Vorstürmen, das Geschrei in einer Minute und die Stille in der nächsten, wenn man sich wie die Taubstummen nur durch Zeichen verständigte. Diese stillen Zeiten waren die schlimmsten, wenn man sich auf dem Bauch vorwärtsschob, einerseits krank vor Angst, andererseits fast verrückt danach, aufzuspringen, zu rennen, zu schießen, zu stechen, zu verwunden – zu töten!«

Lizzie hatte sich aufgerichtet und rief mit scharfer Stimme: »Geoff – Geoff!« Verwirrt kehrte er in die Gegenwart zurück. »Siehst du«, sagte er, »es geht schon wieder los.« Er lachte. »Das war nur das Vorspiel zu dem großen Film!«

Lizzie sah ihn an und fragte leise: »Also haben Männer doch Angst vor der Schlacht?«

Geoff wandte sich abrupt von ihr ab und ging zur Tür. Mit scharfer Stimme sagte er, bevor er hinausging: »Jeder, der das Gegenteil behauptet, ist ein verdammter Lügner, oder er ist verrückt und gehört in eine Anstalt.«

Lizzie ließ sich in die Kissen zurücksinken und starrte auf die geschlossene Tür. Auf seine Art, dachte sie, ist Geoff genauso verletzt wie Richard, nur sind seine Narben unsichtbar. Und doch hatte sie ihn gelegentlich seine Schmerzen herausschreien hören. Als sie ihn zum erstenmal des Nachts gehört hatte, war sie auf den Korridor geeilt, wo Meg bereits vor seiner Tür stand. Seit seine Mutter gestorben war, war das mehrmals vorgekommen.

Während sie dalag, hörte sie von unten das Klingeln des Telefons. Als Meg ihr kurz darauf eine Tasse Tee ans Bett brachte, fragte Lizzie sie beiläufig: »Wer war am Telefon?« Meg ließ sich auf den Bettrand fallen und antwortete: »Es war Mr. Richard.«

»Warum hast du mich nicht gerufen?«

»Geoff ist rangegangen. Er hat ihm gesagt, daß es dir nicht gutgeht.«

»So ein Unsinn! Richard wird sich womöglich in den nächsten Zug setzen, um nach mir zu sehen. Das hat Geoff mit Absicht gemacht!«

»Warum sollte er das tun?« fragte Meg mit durchdringendem Blick.

»Weil … weil er Richard nicht leiden kann, darum.«

»Nun, vielleicht hat er seine Gründe dafür?«

»Was soll das heißen?«

»Na ja, du scheinst dich ziemlich für Richard zu interessieren, obwohl ihr angeblich nur gute Freunde seid.«

Lizzie beugte sich zu Meg vor. »Nun, Meg, dann laß mich das klarstellen: Genau das sind wir – gute Freunde! Und das werden wir auch bleiben. Er tut mir leid. Er hat mir von Anfang an leid getan, und in seiner Lage kann man ein wenig Freundlichkeit gut vertragen.«

»Du weißt doch«, sagte Meg und erhob sich vom Bett, »es heißt, daß Mitleid und Liebe einander sehr ähnlich sind.«

»Ach Meg, sei nicht albern.«

Meg drehte sich herum, stützte die Hände aufs Bett und schob ihr Gesicht nahe an das von Lizzi. Ruhig, aber bestimmt sagte sie: »Mädel, du bist nicht dumm, aber … ich möchte dir eines sagen: Du verschließt deine Augen vor etwas! Der da unten« – sie deutete mit dem Daumen auf den Fußboden – »ist nicht mit dir verwandt, er ist nicht mal ein Cousin dritten oder vierten Grades, und jeder, der Augen im Kopf hat, kann sehen, woher bei ihm der Wind weht.«

»Bitte, Meg!«

»Na gut«, Meg richtete sich wieder auf, »du kannst ruhig tun, als ob nichts wäre, aber eins ist klar, Mädel: Er scharwenzelt nicht die ganze Zeit um dich herum, nur um seine Füße warm zu halten. Schon als seine Mutter noch gelebt hat, war mir klar, woran er gedacht hat, besonders, als du damals in Schottland warst. Jawohl, er hat sich benommen wie ein verwundeter Bär. Und weißt du, was Bertha noch zu mir gesagt hat, bevor sie von uns gegangen ist? Sie sagte: ›Lizzie wird hier immer ein Zuhause haben, solange Geoff da ist.‹ Das hat sie gesagt!« Meg wedelte mit dem Zeigefinger. »Also, Mädel, schau mich nicht so an. Ich bin ein wenig älter als du und weiß genug über Kummer; du kannst nicht immer Trauer tragen. Irgendwann mußt du dich überwinden, weiterzumachen und über die Zukunft nachzudenken. Du erwartest ein Kind. Es wird ein gutes Zuhause brauchen, und ein besseres als hier wirst du nirgends finden, und auch keinen besseren Mann als Geoff. Natürlich hat er seine Fehler, aber wer hat die nicht? Manchmal führt er sich auf wie der liebe Gott persönlich. Aber ihm gehört dieses Haus, denn sein Vater wird nicht mehr heiraten, das steht fest, und Geoff wird eine anständige Pension erhalten und sich dazu einen leichten Job suchen. Du könntest dich hier gemütlich für den Rest deines Lebens niederlassen. Denk darüber nach und frage dich, was für Alternativen du hast.« Jetzt grinste sie, daß ihre Augen fast in den Krähenfüßen verschwanden. »Alternative, ist das nicht ein tolles Wort von mir? Und«, fügte sie hinzu, »du magst ihn doch, oder?« Lizzie wandte den Kopf ab und schaute an die Decke. »Du magst ihn doch, oder?« wiederholte Meg, und Lizzie antwortete leise: »Ja, ich glaube schon. Aber mögen und lieben ist nicht das gleiche.«

»Ich will dir mal was erzählen: Meine Mutter hatte eine verteufelt schwere Zeit mit meinem Pa. Er hat gesoffen wie ein gestrandeter Wal. Einmal habe ich sie gefragt: ›Warum machst du das mit? Warum gehst du nicht einfach? Du liebst ihn doch nicht, du kannst ihn nicht lieben.‹ Und sie sagte: ›Nein, vermutlich nicht, aber ich habe ihn gern, und das hält länger als Liebe.‹ Damals war ich noch jung und konnte das nicht glauben. Aber Jahre später habe ich es selbst erlebt. Wenn man jemanden liebt, ohne von Anfang an gute Kameraden zu sein, wird man diese Kameradschaft auch nur sehr, sehr selten aufbauen können. Aber wenn man sich gern hat, wird in neun von zehn Fällen Liebe daraus. Außerdem gibt es alle möglichen Arten von Liebe. Na! Jetzt schwatze ich schon wieder! Jedenfalls – möchtest du, daß ich Richard anrufe und ihm sage, daß du nicht im Sterben liegst, damit er nicht unverhofft vor der Tür steht?«

Lizzie überlegte einen Moment. »Ja, bitte. Und sag ihm, daß ich ihn morgen anrufe.«

»Mach' ich, Mädel. Jetzt leg dich hin und genieß deinen Schnupfen.«

Als Meg ging, hinterließ sie in Lizzies Gedanken ein großes Fragezeichen. Die dazugehörige Frage lautete: »Könnte ich Geoff heiraten?« Sie dachte lange nach, bis sie sich eine Meinung gebildet hatte. Ja, möglicherweise, aber ... jetzt noch nicht; nicht, ehe der Schmerz um Andrew abgeklungen ist.

Es war am Tag vor Heiligabend. Lizzie ging die Treppe hinab und befand sich auf der vorletzten Stufe, als sie stolperte und dem herbeieilenden Geoff, der gerade durch die Diele ging, in die Arme fiel. Sie lag einige Sekunden an seiner Brust, wobei ihr vorgewölbter Bauch eine Berührung der Gesichter verhinderte. »Beim drittenmal erwischt es einen«, sagte Geoff leise. »Was?« fragte Lizzie verwundert.

»Beim drittenmal erwischt es einen. Du erinnerst dich doch?«

Langsam löste sich Lizzie von ihm. »Woran sollte ich mich erinnern?«

»Nun«, Geoff wies auf die Küchentür, »es war einmal, vor vielen Jahren, daß ich beinahe ein junges Mädchen umwarf, als ich die Küchentür öffnete; und als ich sie auffing, da sagte sie zu mir: ›Beim drittenmal erwischt es einen.‹«

Lizzie mußte lachen. »Du liebe Zeit! Ich kann mich kaum daran erinnern, aber ... daß du das noch weißt!«

Geoff ging neben ihr her zum Wohnzimmer. »Ich kann mich noch an vieles über dich erinnern aus den wenigen

Tagen, bevor ich damals ins Ausland versetzt wurde. Und merkwürdigerweise warst du in meinen Gedanken immer das kleine Mädchen, bis ich zurückkam und plötzlich eine junge Frau vor mir stand. Es war wie ein Schock für mich. Und«, er beugte sich vor, um ihr die Tür zu öffnen, »vergiß nicht, daß ich dich vor der Fabrik gerettet habe.«

»Nein, das habe ich niemals vergessen, Geoff«, antwortete Lizzie, während sie das Wohnzimmer betrat.

Geoffs Gesicht wurde ernst. »Ich habe das scherzhaft gemeint; ich will dafür keine Verdienstmedaille. Wer weiß, vielleicht wärst du als Fabrikbesitzersgattin geendet, wenn du hingegangen wärst.«

Lizzie lachte. »Ja, du hast recht; es haben sich schon merkwürdigere Dinge ereignet. Vielleicht hätte er eine Pflegerin im Alter gebraucht.«

Kichernd gab Geoff zurück: »Stimmt, aber ich kann mir nicht vorstellen, wie du einen Rollstuhl umherschiebst.«

Er wurde wieder ernst, und in seiner Stimme schwang ein trauriger Unterton mit, als er fortfuhr: »Meinst du nicht auch, daß das ein seltsames Weihnachtsfest wird, ohne Mam? Ich mache mir Sorgen um Dad. Er scheint so gleichgültig gegenüber allem, was im Haus und außerhalb vorgeht. Merkwürdig«, er setzte sich Lizzie gegenüber, die sich auf der Couch niedergelassen hatte, in einen Sessel, »manche Männer können nur einmal lieben. Sie sind nicht in der Lage, die gleichen Gefühle einer anderen Frau entgegenzubringen. Ob das gut oder schlecht ist, kann ich nicht entscheiden.«

»Das kannst du nicht?« wäre es Lizzie beinahe entfahren, denn als sie über eine mögliche Zukunft an Geoffs Seite nachgedacht hatte, war ihr natürlich auch seine Verbindung zu Richards Frau in den Sinn gekommen.

Es gab Zeiten, in denen sie sich nach Richards Gegenwart sehnte, ein Gefühl, das sie selbst nicht erklären konnte; es sei denn, weil sie sich so gut mit ihm unterhalten und auch mit ihm lachen konnte. Sie schienen dieselbe Art von Humor zu besitzen.

Bertha hatte immer viel von Geoffs Sinn für Humor gesprochen. Auch Lizzie war der Meinung, daß er ein großer Spaßmacher war, aber sie fand seinen Humor einseitig. Häufig war es Geoff selbst, der das größte Vergnügen an seinen Witzen hatte, während die Opfer seiner derben Scherze davon meist weniger begeistert waren.

Lizzie sah ihn an und überlegte, warum sie ihn jetzt auseinandernahm. Das war dumm und unfreundlich, nun, wo sie so gut miteinander auskamen. Er war so besorgt um sie, und sie sollte froh sein, daß sie ihn hatte. Und das war sie auch, o ja!

In ihre Überlegungen hinein läutete das Telefon. Geoff stand auf und wollte zur Tür gehen, als diese sich öffnete und Meg rief: »Es ist Mr. Richard!«

»Ich gehe ran«, sagte Geoff.

»Nein, bitte«, rief Lizzie, »laß mich das machen.« Sie erhob sich mühsam von der Couch und ging an ihm vorbei, ohne ihn anzusehen. Sie war sich bewußt, daß er sie genau beobachtete.

In der Diele nahm sie den Hörer auf. »Hallo, Richard.«

»Hallo, Lizzie. Wie geht's Ihnen?«

»Es geht mir gut, danke. Und Ihnen?«

»Auch gut. Ich … ich bin in Newcastle. Könnte ich wohl bei Ihnen vorbeikommen?«

»O ja, bitte tun Sie das. Woher kommen Sie gerade? Aus dem Krankenhaus?«

»Nein, von zu Hause. Aber ich hatte geschäftlich in der Gegend zu tun, und dachte, ich schaue bei Ihnen vorbei.«

»Ich würde mich sehr freuen, Sie zu sehen.«

»Schneit es bei Ihnen?«

»Nein, keine Spur. Die Straßen sind frei.«

»Dann werde ich wohl in einer guten Stunde da sein.«

»Das wäre wunderbar, Richard. Auf bald!«

Als sie den Hörer auflegte, sah sie Geoff in der Wohnzimmertür stehen. Er ging nicht zur Seite, als sie an ihm vorbei wieder ihrem Platz auf der Couch zustrebte, sondern blieb stehen und äffte sie nach: »Ich würde mich freuen, Sie zu sehen; das wäre wunderbar, Richard.« Als sie sich gesetzt hatte, stellte er sich vor sie und sagte ernst: »Ich hoffe, du weißt, daß du ihn auf Ideen bringen könntest.«

Lizzie blickte zu ihm auf. »Ja, Geoff, das weiß ich. Eine dieser Ideen könnte es sein, daß er in mir eine Freundin hat; und gleichgültig, was du sagst oder denkst, das werden wir auch bleiben. Er wird immer mein Freund sein.«

»Ach, wenn du das so siehst …«

»Ja, so sehe ich das.«

»Nun, ich denke, wir sollten das miteinander ausdiskutieren.«

Lizzie starrte ihn an. »Ich weiß nicht, was du meinst.«

»Ach, Lizzie, das weißt du doch genau. Ich … ich werde warten, bis das Kind geboren ist, und dann bringen wir alles in Ordnung, was?«

Er wartete auf eine Antwort, erhielt aber keine. Daraufhin drehte er sich brüsk um und marschierte aus dem Zimmer.

Lizzie hatte sehr energisch geklungen, als sie über ihre Freundschaft zu Richard gesprochen hatte. Aber sie konnte nicht alles haben. Geoff war ein Mann, der mit niemandem teilen würde. Merkwürdig, daß sie zu einer Wahl gezwungen wurde; aber sie mußte an ihre Zukunft und die des Kindes denken. Dies hier war ihr Zuhause, sie war hier glücklich gewesen und konnte es mit der Zeit vielleicht wieder werden. Sie durfte nicht immer nur an sich selbst denken. Sie war alles, was John und Geoff jetzt noch hatten. Meg würde nach Shields zurückkehren, wenn der Krieg vorüber war; daß ihr Herz an Shields hing, bewies sie durch ihre ständigen Fahrten dorthin, um sich über das Wohl und Wehe der Stadt zu unterrichten.

Nun, somit stand es fest. Jetzt mußte sie noch Richard schonend ihre Absichten beibringen; und er, anständig wie er war, hätte Verständnis für ein Abkühlen ihrer Freundschaft. Aber – ob er das wohl wirklich hätte, nach dem, was er für sie fühlte? Armer Richard. Und warum litt sie schon jetzt mit ihm …?

Es dauerte nicht eine, sondern beinahe zwei Stunden,

bis er vor der Tür stand. Lizzie bemerkte sofort die Verbesserung in seinem Gesicht, aber sie sagte nichts.

In der Küche schüttelte Richard Meg herzlich die Hand. Er hatte zwei flache Päckchen dabei, die er nun auf den Küchentisch legte. Eines davon schob er Meg zu. »Frohe Weihnachten, Meg. Das ist von meiner Mutter.«

»Für mich? Ein Geschenk von Ihrer Mutter? Wenn das nicht nett ist!« Sie schaute Lizzie an. »Ist das nicht nett, und das, obwohl sie mich gar nicht kennt!«

Richard gab Lizzie das andere Päckchen. »Das ist auch von meiner Mutter, aber fragen Sie mich nicht, woher sie die Wolle hat, denn sonst müßte ich sagen, sie hat Freunde bei Hof ... und auf den Inseln.«

Lizzie und Meg öffneten ihre Pakete. Meg hielt einen Fair-Isle-Pullover hoch und erfüllte die ganze Küche mit ihren Freudenrufen: »Na so was! So einen wollte ich immer schon haben. Wirklich, Mr. Richard, immer schon! Wenn ich mir vorstelle, daß Ihre Mutter den für mich gestrickt hat!«

»Äh, nein, diesen hat sie nicht selbst gestrickt, sie hat ihn in Auftrag gegeben, und ich mußte Ihre ungefähre ... Oberweite angeben.«

Meg schob die Hände unter ihre ausladenden Brüste und hob sie hoch. »Sie sind ein fixer Junge, daß Sie das geschafft haben; dabei mußten Sie noch doppelt raten, denn wenn ich die Dinger in mein Mieder stecke, können Sie noch mal drei Zoll dazurechnen.«

Alle lachten, während nun auch Lizzie ihr Paket öffnete. Eine weiche Angorajacke kam zum Vorschein. »O Richard«, rief Lizzie, »sie ist wundervoll – so weich. Was soll ich nur sagen? Ich muß nachher unbedingt Ihre Mutter anrufen. Hat sie die gestrickt? Ich weiß, daß sie gelegentlich strickt.«

»Ja, die hat sie selber gestrickt, und ich weiß, daß sie Freude daran hatte. Aber, wie geht es Ihnen?«

Meg antwortete für Lizzie, die die Jacke vorsichtig wieder in das Papier einwickelte: »Das kann sie Ihnen im Wohnzimmer erzählen; dort steht schon seit über einer halben Stunde der Tee bereit. Was hat Sie aufgehalten?«

Richard gab bereitwillig Auskunft. »Ihr Busfahrer wußte nicht, daß ich komme, und ist ohne mich losgefahren. Ich mußte von Fullers Kreuzung zu Fuß gehen.«

»Nun, dann wird Ihnen eine Tasse Tee guttun. Gehen Sie vor, ich hole den Tee.«

Als Lizzie und Richard die Küche verließen, fragte er: »Ist Geoff zu Hause?«

Lizzie zögerte einen Augenblick. »Nein; er ... er ist nach Durham zum Einkaufen gefahren. Er kann jeden Moment zurückkommen.«

Im Wohnzimmer setzten sie sich einander gegenüber und sahen sich an. Beide fingen gleichzeitig zu sprechen an und lachten. Sanft sagte Richard: »Sie zuerst.«

Lizzie sah ihn zärtlich an und sagte: »Ihr Auge – das haben sie wundervoll hingekriegt, und auch Ihre Lippe.«

Richard schüttelt leicht den Kopf. »Von wundervoll weiß ich nichts, aber es ist etwas besser als zuvor.«

»Etwas besser! Es ist wunderbar! Hat es sehr weh getan?«

»Nein, diesmal nicht so sehr. Während der Transplantation sticht es ein wenig. Es ist merkwürdig, wissen Sie, am meisten schmerzt es nicht da, wo sie Haut hinpflanzen, sondern dort, wo sie sie wegnehmen.«

Lizzie blickte zu Boden und fragte: »Richard, ich habe Sie nie gefragt, ob Sie noch andere Verwundungen haben – außer im Gesicht.«

Zögernd antwortete er: »Ja. Auf dieser Seite bis zur Hüfte. Seltsamerweise blieb mein Hals unverletzt.«

»Ihre Mutter wird sich gefreut haben.« Lizzie lächelte ihn jetzt breit an, und Richard nickte ihr zu. »Ja, sie sind beide ganz aus dem Häuschen. Allerdings« – seine Stimme wurde wieder mutlos – »mehr, außer dem Aufbau der Unterlippe, kann nicht getan werden. Die Haut wird immer so bleiben, höchstens ein wenig verwittern.«

»Aber das fällt doch kaum auf«, sagte Lizzie. Sie sahen sich schweigend an, dann seufzte Richard: »Sie lügen so wunderschön, Lizzie.«

»Ich lüge nicht«, beteuerte Lizzie mit hoher Stimme.

»Nun gut, Sie lügen nicht, Sie sind nur freundlich, wie

immer. Aber sprechen wir nicht mehr von mir. Wie geht es Ihnen?«

Lizzie schnitt eine Grimasse. »Gut, aber ab und zu fühle ich mich erschöpft. Trotzdem vergeht die Zeit so schnell.«

»Meine Mutter hat mich beauftragt, Sie etwas zu fragen«, sagte Richard, »obwohl ich meinte, daß es eine dumme Frage ist: Sie wollte wissen, ob Sie nicht zu uns kommen und dort Ihr Baby bekommen wollen. Ich habe zu ihr gesagt: ›Das ist nicht, was Lizzie möchte, sondern was du möchtest, nicht wahr?‹«

»Aber es ist sehr nett von ihr. Sagen Sie ihr, daß ich ihr danke. Unter anderen Umständen wäre es eine hübsche Idee gewesen, aber … nun, Geoff scheint schon alles arrangiert zu haben. Er ist schlimmer als Meg.« Ja, so konnte sie es ihm beibringen, das war jetzt die beste Gelegenheit. Also fuhr sie fort: »Er hat schon alles geplant. Er hat das Gästezimmer in ein Kinderzimmer umgewandelt und sein Kinderbett vom Dachboden heruntergebracht, wo seine Mutter es all die Jahre aufbewahrt hatte. Er hat das Zimmer mit Megs Hilfe tapeziert und ausgemalt.«

»Ist sein Arm immer noch nicht besser geworden?«

»Doch, es geht bergauf, obwohl er sicher nie wieder wie früher wird.«

Richards nächste Worte enthoben sie der Mühe, ihm die Neuigkeit schonend beizubringen.

»Werden Sie Geoff heiraten, Lizzie?«

Die Direktheit seiner Frage machte Lizzie sprachlos; sie blinzelte mit den Augen und bewegte stumm die Lippen. Doch für den Moment blieb ihr die Antwort erspart, denn Meg schubste die Tür mit einem Schwung ihres Hinterteils auf und betrat das Wohnzimmer mit einem beladenen Tablett. »Soll ich den Weihnachtskuchen anschneiden, Lizzie?« fragte sie.

»Nein«, antwortete Richard schnell, »nicht für mich. Ich bin nicht so fürs Süße. Aber ich sehe, daß Sie auch meine Lieblings-Scones auf dem Tablett haben. Damit bin ich ganz zufrieden.«

Meg stellte das Tablett auf den Tisch. »John ist gerade

hereingekommen«, sagte sie. »Er ißt in der Küche eine Kleinigkeit. Er ist halb erfroren, aber er will wieder hinausgehen, weil er fürchtet, daß diese Gauner alle Moorhühner fangen. Ich sagte: ›Laß sie doch.‹ Ich sagte: ›Ist nicht bis ersten Dezember Jagdsaison? Kann sich bis dahin nicht jeder nehmen, was er will?‹ Da hat er gelächelt, wirklich gelächelt. Das will was heißen. Trotzdem, es sind hinterhältige Gauner, diese Moorhuhn-Wilderer. Wahrscheinlich sind es Jungs aus dem Lager, und wer kann es ihnen verübeln, he? Und sie würden auch nicht damit aufhören, denn genau wie ich würde es kaum einer verstehen, wenn so ein Vogel zu ihm sagt: Ätsch, heute ist der zweite Dezember, und du darfst mir nichts tun!«

Richard schlug die Hände zusammen. »O Meg! Wie geht's denn den Enten?«

»Ach, die streiken, Mr. Richard. Die idiotischen Farmer haben sie alle eingesperrt, aber ab und zu entkommt eine, und ich finde ein verirrtes Ei.« Sie beugte sich zu Richard hinüber. »Eines Nachts werde ich verrücktspielen und sämtliche Stacheldrähte kappen.«

»Tun Sie das, Meg. Und«, Richards Stimme sank zu einem Flüstern herab, »lassen Sie es mich wissen, wenn es soweit ist; dann komme ich und helfe mit.«

»Das mach' ich. Ganz bestimmt; ich verspreche es«, wisperte Meg zurück. Dann ging sie lachend hinaus.

Lizzie goß den Tee in die Tasse und bot Richard den Teller mit Scones an. Er trank etwas Tee und biß von seinem Scone ab, ehe er sagte: »Sie hatten keine Gelegenheit, meine Frage zu beantworten, Lizzie.«

Lizzie brachte es nicht über sich, mit einem schlichten ›Ja‹ zu antworten. »Ich fragte, ob Sie Geoff heiraten werden?« wiederholte Richard.

Endlich antwortete sie. »Ich … ich weiß es nicht. Wahrscheinlich tue ich es.«

Richard biß wieder von seinem Scone ab und nippte an seinem Tee. »Das wäre vernünftig«, bemerkte er.

»Ja«, stimmte Lizzie bei und fügte sofort hinzu: »Ich

muß auch an das Kind denken; Geoff könnte ihm seinen Namen geben.«

»O Lizzie, Lizzie!« Richard setzte klirrend die Tasse ab, die er eben zum Mund führen wollte. »Heiraten Sie nicht nur aus diesem Grund. Das … das mit den Namen ist nicht mehr so wichtig heutzutage. Bitte heiraten Sie nicht deswegen. Wenn … wenn Sie ihn gern haben, dann ja. Ich weiß, daß Sie immer noch an Andrew denken und daß Sie noch viel Zeit brauchen. Bitte, Lizzie, lassen Sie mich als ein Freund zu Ihnen sprechen, dem Sie sehr teuer sind: Heiraten Sie nicht, um dem Kind einen Namen zu geben. Sehen Sie mich an!«

Sie schaute ihn an und er sagte: »Versprechen Sie mir das?«

Nach kurzem Zögern murmelte sie: »Ja, in Ordnung, Richard. Ich verspreche es.«

Seine nächsten Worte jedoch überraschten sie, denn er sagte fast dasselbe wie Geoff. »Wir müssen davon ausgehen, Lizzie, daß einiges sich ändern wird, wenn Sie heiraten. Die meisten Männer, besonders solche mit einem Charakter wie Geoff, würden eine Freundschaft wie die unsere nicht gutheißen. Das verstehen Sie doch? Vielleicht haben Sie selbst schon darüber nachgedacht. Ich … ich bin sicher, Geoff hat es getan.«

»O Richard.« Lizzie schaute weg.

»Bitte, regen Sie sich nicht auf; ich benutze nur meinen gesunden Menschenverstand – wenigstens dieses eine Mal. Wir alle haben unsere Träume und Fantasien, aber wenn das Leben sein Recht verlangt, müssen wir sie beiseite stellen und den Tatsachen ins Auge blicken. O Lizzie, Sie weinen doch nicht?« Er beugte sich zu ihr hinüber. »Ach, du liebe Güte.« Richard verließ seinen Platz, setzte sich neben Lizzie und nahm ihre Hand. »Ich wollte Sie auf keinen Fall betrüben, das wissen Sie, aber ich dachte, es wäre besser … nun, daß wir offen über alles sprechen. Bitte weinen Sie nicht.«

Lizzie legte impulsiv ihren Kopf an seine Schulter, und als er seine Arme um sie legte, schluchzte sie: »O Richard, es tut mir so leid.«

Richard strich sanft über ihr Haar und meinte: »Was ist es denn, was Ihnen leid tun könnte?«

Just in diesem Augenblick ging die Tür auf und Geoffrey marschierte herein. Lizzie hob ihren Kopf schnell von Richards Schulter. Beide sahen Geoff an, und als sie sich aus Richards Armen lösen wollte, hielt er sie noch einen Moment lang fest, bevor er sie losließ. Dann erhob er sich langsam und blickte in das finstere Gesicht des Mannes, der vor ihm stand. Ruhig sagte er: »Sie hat sich aufgeregt. Sie hat über Andrew gesprochen, und da hat sie natürlich zu weinen begonnen.«

Lizzie stand mit hängendem Kopf von der Couch auf, murmelte eine Entschuldigung und ging hastig aus dem Zimmer. Zurück blieben die beiden Männer, die einander anstarrten.

Geoff zwang sich zum Sprechen, wobei seine Stimme unverhohlen feindselig klang: »Ich werde sie heiraten.«

»O ja, ja, das ist mir klar.«

»Woher wissen Sie das?«

»Ich besitze eine gute Beobachtungsgabe.«

Geoff war aufgebracht über Richards überlegenen Ton. Er fühlte sich wieder als der kleine Korporal oder Sergeant, der vor seinem Offizier Rechenschaft ablegt; und diese Offiziere meinten doch immer, alles besser zu wissen. Immer vorneweg. Er wartete ab, während Richard ruhig seinen Tee austrank, die Tasse auf den Tisch zurückstellte und sich verabschiedete: »Nun, ich muß jetzt gehen. Die Omnibusse hier sind ziemlich unzuverlässig, wissen Sie. Auf Wiedersehen.« Damit ging er aus dem Zimmer – der Rükken gerade, der Schritt fest, jeder Zoll ein Offizier.

Geoff knirschte mit den Zähnen. Er hatte den Kerl nie leiden können. Er hatte ihn schon nicht gemocht, als er ihn noch gar nicht kannte. Schon beim Klang dieses Namens sträubten sich ihm die Nackenhaare: Captain Richard Boneford. Wenn der Kerl nicht aussehen würde wie ein verdammtes Monster, wäre Lizzie möglicherweise sogar auf ihn hereingefallen! Wie dem auch sei, er mußte diese Angelegenheit baldigst regeln. Sobald Weihnachten vorüber war, wollte er ihr einen Antrag machen. Und sobald das Kind geboren war, oder sogar noch davor, sollte die Hochzeit sein, und das Kind würde seinen Namen bekommen. Aber warum mit dem Antrag überhaupt bis nach Weihnachten warten? Nun, wenn er Lizzie jetzt fragte, wäre die Antwort möglicherweise ungewiß, denn er konnte sehen, daß sie mächtig aufgeregt war. Nein, er würde sie am Silvesterabend fragen. Jawohl, und dann könnten sie am Neujahrstag ein neues Leben beginnen.

Viel später sollte er sich fragen, ob der Ablauf eines Menschenlebens wohl von Anfang an festgelegt sei, denn warum sonst hatte er seinen Antrag auf Neujahr verschoben?

2

Am Nachmittag des Silvestertages fuhr Geoff nach Durham. Beim Juwelier drängten sich viele Kunden. Es schien genügend Geld in Umlauf zu sein, und die Menschen gaben es für Dinge aus, deren Kauf sie sich vor einigen Jahren mehr als zweimal überlegt hätten.

Die Verkäuferin fragte Geoff: »Welche Ringgröße soll es sein, Sir?« Er streckte ihr seinen kleinen Finger hin. »Ihr Ringfinger hat ungefähr die gleiche Größe.«

»Das täuscht oft, Sir, aber das ist kein Problem, die Dame kann den Ring umtauschen oder ändern lassen.«

Als er das Schmuckgeschäft verließ, trug er einen Ring in der Tasche, der ihn fünfundzwanzig Pfund gekostet hatte. Da der nächste Bus erst in eineinhalb Stunden fuhr, beschloß er, sich einen Drink zu genehmigen.

Geoff ließ sich nicht oft in den Bars und Kneipen der Stadt sehen und kannte daher auch keine, die er bevorzugt hätte. Also ging er in die nächstbeste Bar. Es war gerade sechs Uhr, und, wer weiß, vielleicht konnte er einen Whisky ergattern. Er hatte das Gefühl, etwas zum Aufwärmen vertragen zu können.

Der Raum kam ihm hell erleuchtet vor, als er von der trüb-grauen Straße hereinkam. Er blieb einen Moment in der Tür stehen und kniff geblendet die Augen zu. Am entfernten Ende der Bar drängte sich eine Menge Leute vor einer Theke, andere saßen an Tischen. Direkt vor ihm befand sich eine weitere Theke, die ebenso von Gästen umlagert war; doch seitlich davon ging ein kurzer Gang ab, der zu einer Gaststube führte. Diesen Gang wollte er eben betreten, als eine Frau in Begleitung zweier Korporale herauskam. Geoff bemerkte sofort, daß die Frau mit den beiden stritt, denn als der eine sie lachend am Arm faßte, entwand sie sich seinem Griff. Und als er ihre Stimme sagen hörte: »So war das nicht gemeint! Sie machen sich ganz falsche

Vorstellungen!« war ihm zumute, als hätte er einen leichten elektrischen Schlag erhalten. Dann sah die Frau ihm direkt ins Gesicht; sie erkannte ihn aber erst, als sie höchstens sechs Fuß von ihm entfernt war. Sie hielt kurz inne, dann eilte sie auf ihn zu und rief laut: »Da bist du ja! Du bist spät dran!«

Die zwei Soldaten blieben stehen und starrten den Offizier an. Der eine machte ihm Platz und sagte grinsend: »Unser Fehler, Miß, unser Fehler!« Der andere jedoch schien nicht nachgeben zu wollen und blieb stehen, bis Geoff ihn anredete: »Brauchen Sie noch weitere Erklärungen, Korporal?«

Der Klang seiner Stimme und sein ganzes Benehmen blieben nicht ohne Eindruck auf den Soldaten. Er murmelte etwas, salutierte widerstrebend und gesellte sich dann zu seinem Kameraden an die Theke.

Geoff sah die Frau an und fragte ruhig, aber sarkastisch: »Wie soll es jetzt weitergehen, Mrs. Boneford?«

Mit gesenktem Kopf murmelte Janis: »Ich möchte weg von hier.« Geoff öffnete ihr die Tür und ließ sie an sich vorbeigehen, hinaus in die Dunkelheit. Nach kurzem Überlegen folgte er ihr.

Als sie Seite an Seite in der Finsternis standen, bemerkte Geoff: »Mindestens einer von beiden schien zu glauben, du hättest ihm Versprechungen gemacht.«

»Ich habe ihm keine Versprechungen gemacht.« Janis' Stimme klang gepreßt, als würde sie zwischen den Zähnen hindurch sprechen. Sie ging jetzt die Straße entlang, begleitet von Geoff, und fuhr fort: »Die zwei sind lästig. Die hängen schon eine ganze Weile hier rum.«

»Arbeitest du dort?« fragte Geoff. Die Überraschung war aus seiner Stimme herauszuhören.

»Was ist so seltsam daran?«

»Nichts! Nur daß ich mir nie vorstellen konnte, daß du in einer Bar bedienen würdest!«

»Ich bin nicht an der Bar. Dahinter liegt noch eine Kantine.«

Sie gingen einige Sekunden schweigend nebeneinander

her, bis Geoff lachend sagte: »Jedenfalls, hallo! Lang nicht gesehn, gleich wiedererkannt!«

Janis ließ sich Zeit mit ihrer Antwort. »Ich habe dich einige Male in der Stadt gesehen.«

Wieder waren sie still, bis Geoff fragte: »Gehst du zum Bus, oder hast du ein Auto oder sogar ein Pferd irgendwo stehen?«

»Weder das eine noch das andere. Ich wohne jetzt in der Stadt.«

Richard konnte seine Überraschung nicht verbergen. »Ach! Hast du noch einen weiten Weg?«

»Nein, ich bin schon so gut wie da.« Der schwache Lichtkegel ihrer abgeblendeten Taschenlampe, der vor ihnen hergewandert war, spielte jetzt über eine Zeile von Reihenhäusern, deren Türen, jeweils zu zweien angeordnet, nur durch wenige Meter Mauer und ein Fenster voneinander entfernt waren.

Sollte das heißen, dachte Geoff, daß sie in einem dieser Häuschen wohnte, die in Erd- und Obergeschoß nur je zwei Zimmer hatten?

Janis blieb so plötzlich stehen, daß er einen Schritt zurückgehen mußte. Er knipste seine Taschenlampe an und leuchtete ihr ins Gesicht. »Wohnst du hier?« fragte er.

»Ja, ich wohne hier«, gab sie kampflustig zurück.

Geoff enthielt sich jedoch jeden Kommentars und fragte auch nicht, ob sie allein wohnte. »Na dann, frohe Weihnachten«, sagte er nur.

»Dir auch«, erwiderte Janis. Sie öffnete ihre Handtasche und fummelte nach ihrem Schlüssel. Als sie ihn gefunden hatte und in das Schloß steckte, leuchtete Geoff ihr. Sie warf ihm einen Blick über die Schulter zu. »Möchtest du hereinkommen?« fragte sie.

Ihre Stimme klang nüchtern, sie enthielt keinerlei unterschwellige Einladung. Trotzdem dauerte es eine Weile, bis Geoff antwortete. »Nun ja, gerne. Es dauert noch über eine Stunde, bis der Bus fährt.«

Sie waren beide sehr höflich.

Drinnen wurde ihm bewußt, wie nahe er ihr in der Dunkelheit sein mußte. »Beweg dich nicht, bis ich das Licht angemacht habe«, wies sie ihn an, »sonst fällst du über das Fahrrad.«

Das schwache elektrische Licht zeigte einen schmalen Gang, der von einem Fahrrad fast zur Gänze ausgefüllt wurde. Geoff folgte Janis und quetschte sich an dem Rad vorbei. Janis knipste eine weitere Lampe an und forderte ihn auf: »Komm herein.« Er folgte und befand sich in einem Raum, der offensichtlich eine Art Wohnzimmer mit Eßplatz darstellte. Sprachlos sah er sich um. »Setz dich!« sagte Janis. »Ich werde den Ofen anzünden.«

Geoff ging um den Tisch, an dem Janis offensichtlich immer ihre Mahlzeiten einnahm, denn eine weiße Spitzendecke war darüber gebreitet, auf der eine kleine Menage stand.

Als die Gasflamme sich entzündete, richtete Janis sich auf, legte Hut und Mantel ab und warf sie auf einen Stuhl. Dann sah sie Geoff an und sagte: »Nimm doch für eine Minute den Mantel ab. Du frierst dann nicht so, wenn du wieder draußen bist.«

Mühsam, da sein linker Arm ihn behinderte, schälte Geoffrey sich aus dem Mantel und reichte ihn ihr zusammen mit seinem Hut.

Als sie einander gegenüberstanden und sich ansahen, bemerkten beide die Förmlichkeit der Situation. »Möchtest du etwas trinken?« fragte Janis mit hoher Stimme, als wolle sie gleich zu lachen anfangen. Diese Stimme war für Geoff im Augenblick das Vertrauteste an ihr, denn im Lampenlicht, ohne den breitkrempigen Hut und den hochgeschlagenen Kragen, sah sie weitaus älter aus als das Mädchen, das er einst gekannt hatte; ja, sogar älter als die Frau, die ihm die Nachricht vom Tod ihres Bruders überbracht hatte. Sie war jetzt viel schmaler. Er überlegte, wie alt sie jetzt wohl wäre, und kam zu dem Schluß, daß sie ungefähr sechsundzwanzig sein müßte. Geoff stellte bei sich fest, daß er sechsunddreißigjährige Frauen gesehen hatte, die jünger wirkten als Janis.

»Möchtest du einen Drink?« wiederholte sie ihre Frage.

»Kommt darauf an, was du anzubieten hast«, antwortete er.

Janis ging zu einer hölzernen Anrichte neben dem Ofen und öffnete sie. Geoffrey bemerkte, daß drei Flaschen im obersten Fach standen: zwei mit Bier und eine mit Wein.

Janis drehte sich zu ihm um. »Du kannst Bier oder Sherry haben – oder Tee.«

Er wußte, wie schwierig es war, Flaschenbier zu bekommen; man mußte lange dafür anstehen. Was Sherry betraf, so hatte er dafür nie eine besondere Vorliebe gehabt. Daher antwortete er mit einem Anflug seines früheren Humors: »Seit ich der Heilsarmee beigetreten bin, trinke ich nur noch Tee.«

Janis lächelte nicht, sondern warf ihm nur einen schnellen Blick zu und ging in die Küche.

Geoffrey blickte sich im Zimmer um. Da stand eine chintzbezogene Couch, an deren einem Ende sich schon die Sprungfedern durchdrückten, und zwei Sessel, die nicht zusammenpaßten. Ferner gab es drei einzelne Stühle und eine Porzellanvitrine, die statt eines vierten Beines einen Holzklotz untergeschoben hatte. Es war schwer zu glauben, daß Janis so lebte. Es war zwar alles ordentlich und sauber, doch er konnte sich vorstellen, daß in ihrem Elternhaus sogar die Dienerschaft ob solcher Möbel die Nase gerümpft hätte. Und dann das Haus selbst – pure Arbeiterklasse! Wie mußte sich jemand hier fühlen, der mit einem silbernen Löffel im Mund geboren wurde?

»Nimmst du Zucker?« rief Janis aus der Küche. »Nein, danke«, antwortete Geoff. Einige Minuten später kam sie wieder ins Zimmer, in den Händen ein kleines Tablett mit Tassen und Untertassen. »Stehst du immer noch? Du mußt nichts extra zahlen, wenn du dich hinsetzt.«

Er wartete, bis sie das Tablett auf den Tisch gestellt und sich auf einen der Stühle gesetzt hatte. Dann setzte auch er sich nieder und nahm Tasse und Untertasse entgegen, die sie ihm reichte. »Danke«, sagte er.

Sie tranken schweigend, bis Geoffrey mit einem schiefen Lächeln bemerkte: »Ist es nicht merkwürdig, was so alles passiert?« Sie schauten sich eine Weile an, dann begann Janis mit dem Löffel in ihrer Tasse zu rühren. »Ich wundere mich über nichts mehr. Ich glaube, in diesem Krieg wundert sich niemand mehr über irgendwas. Wer zum Beispiel hätte je gedacht, daß Janis Bradford-Brown – oder Mrs. Boneford – nicht mit zwei dickköpfigen Soldaten fertig würde. Aber«, sie lächelte, »ich gebe zu, daß ich dabei war, die Nerven zu verlieren. Weißt du, das war schon das drittemal in dieser Woche. Mit einem wäre ich wohl fertig geworden, aber zwei waren zuviel.« Ihr Lächeln erlosch, als wäre es nie dagewesen, und ihre Gesichtsmuskeln spannten sich, als sie fortfuhr. »Alle haben jetzt so großzügige Ansichten, außer, wenn man geschieden ist. Nein, ich beklage mich nicht, zumindest nicht über Richard, der sich geweigert hat, den Gentleman zu spielen und die Schuld auf sich zu nehmen. Aber es ist unerträglich, wie manche Männer sich einer geschiedenen Frau gegenüber aufführen. Wenn man verheiratet ist, kann man ruhig einige Liebschaften nebenher haben. Solange man es diplomatisch anfängt, stehen einem trotzdem alle Türen offen; aber wenn man nachlässig ist und erwischt wird, dann Gnade dir Gott!«

Geoff sah sie nur schweigend an. Das ist es, dachte er, was sie so altern ließ: Es ist die Bitterkeit, die tief in ihr sitzt.

»Aber genug von mir gesprochen; wie geht es dir? Dich hat's am Bein und am Arm erwischt, nicht wahr?«

»Ach, wie du siehst, geht es mir gut. Es ist beides nicht so schlimm. Ich habe immer Glück gehabt.«

»Ja«, gab sie mit ruhiger Stimme zurück. »Das hast du wohl. Du warst fest entschlossen, aufzusteigen, nicht wahr? Ich habe dich falsch eingeschätzt damals, die ganze Zeit. Ich konnte dich mir nie als Offizier vorstellen.«

Grimmig antwortete Geoff: »Das war ein Fehler in deiner Wahrnehmung.« Noch während er sprach, kam ihm ein anderes Wort in den Sinn: ordinär.

»Ich hörte, daß du heiraten wirst.«

»Was!« Geoffs Augen wurden zu schmalen Schlitzen. »Wer hat das gesagt?«

»Na ja, es wird darüber geredet; vielleicht hat es die Evakuierte erzählt, die bei euch wohnt. Ich hab's einfach irgendwo gehört, ich glaube, von Florrie Rice, die immer noch bei meinen Eltern in der Küche arbeitet.«

»Nun, ich glaube, da hast du das Falsche gehört; ich meine …« Er beendete den Satz nicht.

»Was heißt das? Wirst du nun heiraten oder nicht? Das solltest du doch wissen!«

»Ich habe nie so etwas gesagt, und Lizzie auch nicht.«

»Aber du wirst sie doch heiraten?« fragte Janis langsam. Geoff ließ sich Zeit mit seiner Antwort. »Das hatte ich eigentlich vor. Wie du weißt, bekommt sie ein Kind.«

»O ja, das weiß ich.«

»Und du wirst die Tante des Kindes sein, und deine Eltern die Großeltern. Was halten sie davon?«

»Nun«, sie schüttelte den Kopf und rührte in ihrem kaltgewordenen Tee, »das möchte ich dir lieber nicht erzählen.«

»Wahrscheinlich war es ihnen doch gleichgültig, was Andrew tat, nachdem sie ihn hinausgeworfen haben.«

»Ja, in gewisser Weise schon. Aber sie dachten, der Rauswurf würde ihn zur Vernunft bringen; als er jedoch umkam … nun, daran sind sie zerbrochen. Das mit mir war schon schlimm genug, aber Andrews Tod hat ihnen den Rest gegeben. Das ist der einzige Grund, warum ich sie an den Wochenenden noch besuche.«

»Du hast also auch das Weite gesucht?«

»O ja. Andrews Tod brachte ihnen das Mitgefühl vieler Leute ein, auch solcher, die über den Bruch Bescheid wußten; aber was ich getan habe … du lieber Gott!« Sie lächelte traurig und fuhr fort: »Ich brauche dir nicht zu sagen, Geoff, daß ich nicht zur Märtyrerin tauge. Wenn Richard etwas anderes zugestoßen wäre, ich … ich hätte es ausgehalten. Wenn er beide Beine oder Arme verloren hätte oder gelähmt wäre für den Rest seines Lebens, ich … ich hätte es ausgehalten, jawohl.« Ihr Kopf nickte in kleinen Bewegungen auf und ab. »Aber sein Gesicht – ich habe es versucht, wirklich versucht, aber ich brachte es nicht über mich, ihn auch nur anzuschauen. Für ihn war es furchtbar, denn ich weiß, daß er unter seiner Haut derselbe geblieben ist ... nun, es liegt mir nicht, allzusehr in die Tiefe zu gehen. Jedenfalls, ich bekam meinen Marschbefehl, aber jetzt sind meine Eltern froh, mich wieder unter ihren Fittichen zu haben. Sie wollten sogar, daß ich für immer nach Hause komme. Aber nicht mit mir! Wenn man dem Stall einmal entronnen ist, reicht es, die Stalltüre von der Ferne zu betrachten. Trotzdem besuche ich sie an den Wochenenden.«

Sie sah auf ihre Armbanduhr. »Dabei fällt mir ein, daß Vater mich um acht abholen wollte. Ich verbringe die Feiertage zu Hause, obwohl ich jetzt schon weiß, daß es kein fröhliches Weihnachten wird. Ich wäre lieber in der Kantine, obwohl es mir dort manchmal auch nicht gefällt.«

»Ich dachte, du wärst in der Bürgerwehr?«

»Das war ich auch. Aber anscheinend ist mit meinen Augen irgend etwas nicht in Ordnung.« Sie preßte die Hände gegen die Schläfen. »Ich sollte ständig eine Brille tragen, aber ich nehme sie nur zum Lesen ... Möchtest du noch eine Tasse Tee?«

»Ja, gerne.« Geoff wollte ihr seine Tasse reichen, als es an der Tür klingelte. Janis blickte wieder auf ihre Uhr und murmelte entschuldigend: »Das könnte Vater sein.«

Geoff erhob sich. »Aber es ist noch nicht einmal halb acht. Könnte es ein Freund von dir sein?«

»Nein. Ich ... ich habe nur wenige Freunde, und die würde ich nicht hierher einladen.«

»Oh.« Er hob die Augenbrauen, worauf sie hinzufügte: »Du ... du weißt, was ich meine. Sag, Geoff«, sie sprach seinen Namen zum erstenmal aus, »würde es dir etwas ausmachen, die Hintertür zu nehmen?«

»Warum?«

Janis wurde ungeduldig. »Das brauchst gerade du nicht zu fragen. Du weißt genau, daß die Hölle los wäre, wenn er dich hier fände ... dein Name ... alles, was mit eurem Haus zu tun hat, bringt ihn zur Weißglut. Er hätte auch deinen Vater schon lang hinausgeworfen, wenn er ihn nicht so dringend brauchte. Er hat kaum noch Arbeitskräfte auf dem Gut. Bitte! Bitte!«

Die Klingel wurde wieder mit Nachdruck betätigt. Janis nahm Geoff an der Hand und zog ihn in die Küche. »Die Hintertür führt auf die Gasse.«

»Laß mich wenigstens meine Sachen anziehen.«

Janis warf ihm Hut und Mantel zu und schob ihn zur Tür. »Ein andermal, Geoff, ein andermal. Bitte!«

Er stand schon draußen im Dunkeln und zog seinen Mantel an, als er Janis' Stimme hörte: »Ich war im Badezimmer, darum hat es so lange gedauert.«

Er leuchtete mit der Taschenlampe vor sich her und fand den Weg über den Hinterhof. Das Tor zur Straße war verriegelt. Er öffnete es lautlos, wie bei einer Übung, und trat auf die Gasse.

Erst als er wieder auf der vorderen Straße war und in Richtung Stadtmitte ging, bemerkte er, daß das leise Lachen, das er von sich gab, in ein hysterisches Gelächter überzugehen drohte. Es hatte Männer im Lazarett gegeben, bei denen es mitten in der Nacht so anfing: erst ein leises Kichern, dann ein schrilles Gelächter. Meistens waren es die ohne Beine; die schrien dann immer, sie würden jetzt aufstehen und rausgehen.

O nein, ihm würde das nicht passieren, er war draußen und wollte nicht mehr zurück. Und er wollte auch die Zeit nicht wieder auferstehen lassen, in der er jede Minute seines Lebens für *sie* gelebt hatte. Nie wieder würde er ein solches Gefühl zulassen. Außerdem sah Janis dem Mädchen, das er gekannt hatte, kaum mehr ähnlich. Sie war jetzt eine Frau, und sie sah bei weitem nicht mehr so gut aus wie damals. Und sie hatte ihre Erfahrungen gesammelt. Das Mädchen, an das er sich erinnerte, hatte nur ihm gehört. Sie war jungfräulich, als sie sich ihm hingab, genau wie er. Sie waren beide jung, ungeschickt und unschuldig gewesen.

Auf der Brücke blieb Geoff stehen und schaute in das stahlgraue Wasser, auf dem sich hie und da ein Stern spiegelte. Warum, so fragte er sich, war nichts passiert, obwohl sie beide nicht aufgepaßt hatten? Aufgepaßt, du lieber

Gott! Sie hatten nichts über Verhütung gewußt; hieß das, daß sie beide nicht in der Lage waren, ein Kind zu zeugen oder zu empfangen?

Sein Gedankengang führte ihn weiter zu Lizzie, und er faßte in seine von dem Schmuckschächtelchen ausgebeulte Manteltasche. Was sollte er jetzt damit anfangen? Was nur? Die Frage stand fordernd vor ihm. Nun, es hatte sich doch nichts geändert, oder?

Das klang ziemlich albern ... nichts hat sich geändert, oder doch? Da war Janis, um Jahre gealtert, als hätte sie ein ziemlich leichtfertiges Leben gelebt. Dieser Meinung waren sicher auch andere. Und doch – sie übte auf ihn immer noch die gleiche körperliche Anziehungskraft aus wie früher.

Er bahnte sich einen Weg durch taschenlampenbewaffnete Menschen. Erst später im Bus fragte er sich wiederum, was er nun anfangen sollte. Er beschloß, abzuwarten. Schließlich hatte er sich Lizzie gegenüber in keiner Weise kompromittiert.

Oder doch? Er hatte ihr zwar noch keinen Antrag gemacht, doch seine Taten sprachen für sich. Nun, eigentlich doch nicht: Ein Bruder hätte genauso gehandelt, und in ihrer mißlichen Lage brauchte sie jemanden, der sich um sie kümmerte wie ein Bruder. Er würde abwarten, aus welcher Richtung der Wind wehte. Genau das würde er tun: Zeit gewinnen. Denn in solchen Zeiten, wie jetzt im Krieg, konnte man seinen Gefühlen nicht so leicht trauen.

... Um Gottes willen! Was war über ihn gekommen? War er tatsächlich so verrückt zu glauben, er könne die letzten sechs Jahre ungeschehen machen und wieder anfangen, wo er aufgehört hatte? Und wenn auch – da war immer noch Lizzie, und er hatte sie gern, mehr als gern. Und außer ihrem einen Fehltritt war sie rein, jawohl, rein, während Janis ...

3

Es war Anfang Januar. Weihnachten und Neujahr waren ruhig verlaufen, und nur Meg schien eine Veränderung in Geoffs Wesen festzustellen. Sie sprach Lizzie darauf an. »Habt ihr zwei euch gezankt, oder was?«

»Gezankt? Geoff und ich? Nein. Wie kommst du darauf?«

»Nur weil er auf einmal so merkwürdig ruhig ist. Nun, nicht direkt ruhig, aber nicht so schnell bei der Hand mit seinen Sticheleien; er ist sozusagen nicht mehr der Mittelpunkt der Party; er macht keine Späße mehr.«

»Aber Meg, worüber sollte er denn Späße machen? Du weißt doch, wie schlecht es Dad während der Feiertage ging.«

»Nun, gerade weil John so niedergeschlagen ist, würde ich denken, daß Geoff ihn etwas aufheitern sollte. Aber wie geht's dir, Mädel?«

»Ich fühle mich, als könnte es jede Minute losgehen. Nein, nein«, beruhigend streichelte sie Megs Arm, »ich fühle mich einfach nur so schwer, daß ich platzen könnte.«

»Wie viele Tabletten hast du noch?« Meg ging zum Beistelltischchen und öffnete eine kleine Schachtel. »Nur noch vier«, stellte sie fest. »Aber Geoff fährt heute nachmittag mit dem Rezept beim Apotheker vorbei. Das Rezept ist für vier Einheiten, und du bist erst bei der dritten.«

»Und ich hoffe, daß ich die vierte nicht mehr brauche.«

»Ich auch. Aber wann immer du dich entschließt, das Kleine rauszulassen, such dir einen hübschen Tag aus, ja? Dieser Wind und die Regenschauer machen mich ganz niedergeschlagen. Ich bin bis auf die Knochen naß geworden, als ich heute früh zurückkam.«

»Geschieht dir recht. Was mußt du auch rausgehen bei so einem Wetter, das höchstens den Enten gefällt«, lachte Lizzie.

»Das mit den Enten stimmt; ich habe neun Stück draußen herumwatscheln sehen – und ich habe sechs Eier gefunden!«

»Ha! Wenn das Mrs. Hobson wüßte!«

»Könnten diese Lippen sprechen, könnten diese Augen sehn«, sang Meg schmunzelnd, »sie würde glatt vor Wut vergehn.«

Lizzie lehnte sich in dem großen Stuhl neben dem Kamin zurück und begann über Megs Worte nachzudenken. Sie war nicht ganz aufrichtig zu Meg gewesen: Sie hatte eine Veränderung an Geoff wahrgenommen, aber sie konnte nicht genau sagen, worin diese eigentlich bestand; außer, daß er vielleicht etwas stiller geworden war, nicht mehr so lebhaft und aufgekratzt. Doch er war immer noch freundlich und besorgt. Oder irrte sie sich da etwa?

Bisher hatte er sie morgens immer mit einem Scherz begrüßt, zum Beispiel: »Wie gehts den zwei Partnern?« oder »Na, was macht dein Untermieter?« Doch während der letzten Woche waren seine Begrüßungen etwas gedämpfter ausgefallen. »Wie fühlst du dich; konntest du schlafen?« – die Fragen, die unter diesen Umständen auch ein besorgter Bruder stellen würde; es fehlte ihnen die Wärme und Sorge eines … Jetzt hatte sie den Grund gefunden: Richard! Richard hatte in der vergangenen Woche zweimal angerufen. Obwohl er nichts dazu gesagt hatte, war Geoff beide Male gerade durch die Diele gegangen, als sie telefoniert hatte.

Richard sagte, er habe angerufen, weil seine Mutter wissen wolle, wie es Lizzie gehe. Die Zuneigung, die Richards Familie ihr entgegenbrachte, erfüllte sie jedesmal mit einem Gefühl der Wärme. Es gab doch gute Menschen auf der Welt. Auf gewisse Art hatte sie wirklich Glück. Zuerst war da Geoff, der sie in seine Familie gebracht hatte, und dann waren Bertha und John all die Jahre so freundlich zu ihr gewesen. Allerdings hatte John sich ihr gegenüber deutlich verändert, seit Bertha tot war. Und dann Meg. Meg war wie ein Stern, der von einem wolkenverhangenen Himmel blinkte. Lizzie sagte sich, daß sie wahrhaftig von

Freundlichkeit umgeben war; weshalb konnte sie dann der bevorstehenden Entbindung nicht friedvoll und freudig entgegensehen? Aber eigentlich kannte sie die Antwort schon? Andrew war nicht mehr da, um ihre Freude zu teilen, und ihr Kind würde seinen Vater niemals sehen.

Geoff kam ins Zimmer und blieb einige Schritte entfernt von Lizzie stehen. Während er seinen Mantel zuknöpfte, fragte er: »Brauchst du noch etwas außer den Tabletten?«

»Ja bitte. Pfundweise Schinken, aber fetten. Du weißt, ich mag es fett.«

Er lächelte. »Ich werd's besorgen«, sagte er und fügte hinzu: »Ich habe auch deine Süßigkeiten-Coupons. Was soll ich damit anfangen?«

»Ich vermute, es gibt keine Schokolade; dabei hätte ich so gern welche.«

»Vielleicht kann ich welche auftreiben.«

Lizzie sah aus dem Fenster. »Du wirst naß werden.«

»Ach, es gibt höchstens einen kurzen Schauer. Jedenfalls habe ich den Bus verpaßt, also werde ich bis zur Ecke laufen müssen. Aber ein wenig frische Luft, ob naß oder trokken, wird mir nicht schaden. Und dir geht's gut?«

»Ja, mir fehlt nichts.«

»Gut. Auf bald dann.«

»Auf bald!«

Lizzie blickte ihm nach, als er aus der Tür ging. Irgend etwas war anders. Lag es daran, daß Geoffs Vater Einwände gegen ihre Verbindung hatte? Möglicherweise. Was immer es war, es schien Geoff Sorgen zu bereiten. Wenn sich an seinem Benehmen nichts änderte, würde sie ihn auf das Thema ansprechen. Sie war immer für Offenheit gewesen.

Geoff stieg langsam den Hügel hinauf. Das Gehen fiel ihm schwer, denn der Wind kam von vorne und seine Hüfte schmerzte. Als er oben angelangt war, lehnte er sich an das niedrige Brückengeländer, um Atem zu schöpfen. Wenn der Bus rechtzeitig kam, überlegte er, hätte er gute Chancen, Janis nach ihrer Nachmittagsschicht zu treffen.

Seit der Nacht, als er durch ihre Hintertür geflüchtet

war, hatten sie sich viermal gesehen – jedesmal an der Theke, und während er Unmengen von Tee trank, hatten sie sich über ganz alltägliche Dinge unterhalten. Sie redeten sogar über den Krieg.

Manchmal nahmen auch andere Männer und Frauen an der Theke am Gespräch teil, wobei jeder die Gelegenheit wahrnahm, seine Expertenmeinung zu Gehör zu bringen und seinem Ärger über die Amerikaner Luft zu machen. Was denken diese Amerikaner, wer sie sind? hieß es. Und wenn alles vorbei ist, werden sie damit angeben, daß sie alles alleine geschafft haben, diese Maulhelden.

»Nun, ohne diese Maulhelden wären wir schlimm dran gewesen«, meinte eine andere Fraktion.

So ähnlich hatte es sich bei allen vier Begegnungen abgespielt, wenn Geoff ganz beiläufig die Kantine betreten hatte, um eine Tasse Tee zu trinken. Aber er wußte, und Janis wußte es auch, daß es so nicht weitergehen konnte. Er hatte sich vorgenommen, sie heute nach Hause zu begleiten und mit ihr zu sprechen.

Und dann? ... Was war mit Lizzie? Warum hatte er sich überhaupt so sehr um Lizzie bemüht? Sie hatte ihm nie wirklich viel bedeutet; jedenfalls nicht in dieser Hinsicht. Er hatte Sehnsucht nach einem hübschen Gesicht gehabt, und der Zufall wollte es, daß sie gerade dagewesen war. Er hatte sich zu sehr um sie gekümmert, und jetzt würde er ihr einiges erklären müssen. Doch zuerst mußte er mit Janis reden. Sogar wenn er nur an ihren Namen dachte, zitterte er vor Begierde.

Als er auf der anderen Seite den Hügel hinabging, geriet er in einen Regenschauer. Zuerst hatte er gar nichts bemerkt, dann plötzlich schien sein Gesicht einem Bombardement von winzigen Eissplittern ausgesetzt zu sein. Er drehte den Kopf zur Seite und hinkte weiter. Plötzlich sah er eine Frau, die ihr Fahrrad am Fluß entlang in den Schutz des Waldes schob, da, wo er bis an das steile Ufer reichte und einen Hohlweg bildete, der zur Scheune führte ...

Er schwang sein gesundes Bein über die Böschung und klammerte sich mit dem schwachen Griff seiner Linken an die Zweige, während er mit der rechten Hand sein steifes Bein nachzog. Währenddessen rief er ständig: »Warte, warte!« Aber die Gestalt schien ihn nicht zu hören und strebte unverwandt dem Wald zu.

Er schlitterte seitlich vom Flußufer hinab und rief unablässig ihren Namen, bis auch er endlich den Schutz der Bäume erreicht hatte. Hier blieb er stehen. Es war ziemlich ruhig, denn der Regen sickerte nur schwach durch das dichte Astwerk.

»Janis! Janis!« Geoff sah verschwommen ihre Umrisse und eilte darauf zu. Als er sie erreicht hatte, fragte er keuchend: »Was machst du hier draußen auf einem Fahrrad?«

Sie wischte sich die Regentropfen vom Gesicht. »Ich benütze ein Fahrrad, weil ich zufällig kein Pferd mehr besitze.«

»Aber warum, und zu dieser Zeit ...?«

»Du wirst mir wahrscheinlich nicht glauben, wenn ich dir sage, daß ich deinen Vater suche.«

»Meinen Vater? Ist er nicht auf dem Gut?«

»Nein, sonst wäre ich nicht hier. Brewster hat sich mit seiner Fessel in einem Stacheldraht verfangen, und Vater hat getobt. Ich rief den Tierarzt an, aber der war nicht zu erreichen, und Rice hat heute seinen freien Nachmittag, und dein Vater war nirgends aufzutreiben.«

»Er ist vor über einer Stunde aus dem Haus gegangen; er wird wohl am anderen Ende des Anwesens sein. Soweit ich weiß, werden dort einige Vögel vermißt.«

Janis zuckte die Schultern. »Sprich nicht von vermißten Vögeln. Vater hat diesen Honeysett in Verdacht.«

»Mein Dad glaubt nicht, daß es der alte Ted war. Das war ganz professionell aufgezogen. Ted verteilt seine Aktivitäten, er ist nicht allzu gierig. Aber gestern muß etwas Großes im Gange gewesen sein, die Diebe haben sogar zwei tote Vögel in der Nähe des Westtors verloren.«

Sie gingen jetzt nebeneinander her, manchmal ganz nahe beieinander, manchmal durch Wurzeln auf dem Weg getrennt. Dann waren sie wieder auf freiem Feld, und vor ihnen stand die heruntergekommene Scheune, die für so lange Zeit ihr heimlicher Treffpunkt gewesen war.

Geoff drehte sich zu Janis und fragte leise: »Du bist ganz naß; warum hast du keinen Regenmantel angezogen?«

Genauso leise antwortete Janis: »Ich hatte keine Zeit.«

»Nun, dann sollten wir uns unterstellen, bis der Regen nachläßt«, meinte Geoff.

Langsam gingen sie auf das Gebäude zu. Das halboffene Tor hing nur noch an einer Angel und war an seiner Unterseite fast von Gras und Unkraut eingewachsen. Geoff stemmte seine Schulter dagegen, um die Öffnung so weit zu verbreitern, daß Janis ihr Fahrrad an ihm vorbei in die Scheune schieben konnte.

Drinnen schien es kälter zu sein als draußen. Ein dumpfer Geruch wie von verrottenden Pflanzen schlug ihnen entgegen. An einer Seite hatte das Dach nachgegeben, und Efeu rankte sich um die Ketten, die immer noch an der Steinmauer hingen.

»Ist dir kalt?« fragte Geoff, als er Janis im düsteren Licht zittern sah.

»Nein, nein. Es ist nur«, Janis blickte um sich, »die alten Mauern haben die Zeiten nicht sehr gut überstanden, nicht wahr?«

»Nein, allerdings nicht.«

»Genau wie ich.« Sie sahen sich direkt in die Augen, und Geoffrey fragte: »Was meinst du damit?«

»Was ich gesagt habe. Es ist nur einige Jahre her – sechs, um genau zu sein –, daß ich mich jung gefühlt habe und mein Körper von Erwartung und Abenteuer erfüllt war. Das Abenteuer habe ich mit dir gefunden. Dann kam Richard, und der Krieg, und dann ...« Sie öffnete weit den Mund und sog tief die Luft ein, dann legte sie die Arme um sich, wie ein verzweifeltes Kind, das sich selbst trösten möchte.

Geoff kämpfte gegen den Wunsch an, sie in die Arme zu nehmen. Statt dessen meinte er: »Aber du hattest doch alles, was du wolltest. Was ist verkehrt gelaufen außer dem ... Mißgeschick deines Mannes?«

Janis sah ihn mit zynischem Lächeln an. »Kennst du mich nicht zu gut, um zu wissen, daß das eine kindische Frage ist? Du spürtest von Anfang an, daß es meine Art ist, den Kuchen nicht nur essen, sondern gleichzeitig auch behalten zu wollen. Ich wollte einfach alles. Als Tochter meiner Mutter wollte ich mich nicht mit dem Makel einer Scheidung beflecken. Ich wollte immer noch die ehrbare Mrs. Boneford und die Tochter zwar nicht von Ernest Bradford-Brown, aber von Mrs. Alicia Silton-Weir-Conway sein, deren Onkel ein Admiral ist, und die Bischöfe und Generäle zu ihrer Hochzeit einladen konnte. Aber ich Idiotin mußte alles noch schlimmer machen, indem ich als Komplizen meines Ehebruchs ausgerechnet Richards besten Freund auswählte. Er war sogar sein Trauzeuge gewesen. Daß das Zusammenleben dieses Freundes mit seiner eigenen Frau sich auf öffentliche Ereignisse wie Jagden, Bälle und Hochzeiten beschränkte, hat niemanden interessiert. Wenn ich Nachhilfe in Ehebruch gebraucht hätte, wäre sie für mich ein leuchtendes Beispiel gewesen …«

»Halt den Mund!« zischte Geoffrey. »Was willst du eigentlich? Willst du an mein Mitleid und mein Verständnis appellieren? Wofür hältst du mich? Wenn du ein Bekenntnis ablegen willst – dafür ist die katholische Kirche da, dort kannst du beichten!«

Janis' Lippen und Augenlider zitterten, während ihr schmaler Körper unter ihrem Mantel anzuschwellen schien. Sie drehte sich auf dem Absatz um und griff nach der Lenkstange ihres Fahrrades. Doch noch ehe sie sie erreicht hatte, lag sie in Geoffs Armen. Seine Rechte lag schwach auf ihrer Hüfte, doch mit seinem gesunden linken Arm preßte er sie eng an sich. Der Kuß, den er auf ihre Lippen drückte, war wild und brachte sie beinahe aus dem Gleichgewicht. Einen Augenblick lang erwiderte sie seinen Kuß, dann löste sie ihre Lippen von seinem Mund und legte den Kopf an seine Schulter.

Ein starker, altersschwarzer Pfeiler stützte die verbliebenen Dachbalken, und Geoffrey, als suche er selbst eine Stütze, zog Janis die paar Stufen hinauf, wo sie sich dann beide an den Pfeiler lehnten. Neben ihnen tropfte der Regen durch ein Loch im Dach. Draußen strich der Wind durch die Bäume und hohen Gräser und verursachte ein sanftes Rauschen im Hintergrund.

»Es mußte so kommen, nicht wahr?« Geoff sprach mit belegter Stimme.

»Du … du denkst doch nicht immer noch das gleiche?«

»Nein, das tue ich nicht. Ich denke jetzt anders, aber … immer noch ähnlich.«

»O Geoff! Weißt du, daß du ein Narr bist? Ich … ich kann mich nicht wirklich ändern.«

»Was meinst du damit? Willst du immer noch herumspielen?«

Sie wollte sich aus seinem Griff lösen, aber er hielt sie fest. Verärgert fuhr sie ihn an. »Ich spiele nicht herum. Ich meine …«

»Du meinst, du hast im Moment niemand bestimmten im Auge, aber es könnte ja noch jemand auftauchen. Willst du das damit sagen?«

»Nein, nein. Aber etwas weiß ich genau: Du hast dich nicht verändert; du bist immer noch …«, sie versuchte wieder, sich zu befreien, »schwer von Begriff.«

»Sag das richtige Wort, sprich es aus!«

»Schau her, Geoff. Ich könnte so viele Männer haben, wie das Jahr Tage hat, und so viele in einer Nacht, wie es Tage in der Woche gibt, wenn ich die Korporale mitrechne. Aber es gab niemanden. Niemanden, seit meiner Scheidung.« Ihre Stimme nahm den heftigen Ton an, den er so gut kannte. »Vielleicht bin ich wählerisch; ich nehme keinen, der unterhalb meiner eigenen Gesellschaftsschicht steht.«

Geoff schob sie so grob von sich, daß sie fast auf den Rücken fiel. Seine Stimme wurde laut. »Genau da sind wir vor vielen Jahren stehengeblieben. Erinnerst du dich? Genau an dieser Stelle hast du mir an den Kopf geworfen, ich wäre ordinär; und jetzt erzählst du mir, du könntest deinen Spaß haben mit Leuten, die deiner Gunst würdig sind; Männer vom Offizierstyp, aber echte Offiziere, nicht solche wie ich, die aus der Mannschaft aufgestiegen sind. Bei Gott! …«

»Hör auf damit! Du bist auf deine Art genauso snobistisch wie ich. Denk nur an den Abend damals, und an diese zwei aufdringlichen, hartnäckigen Korporale. Vielleicht sind sie normalerweise ganz anständige Kerle, aber sie scheinen zu glauben, daß der Krieg ihnen eine Sondergenehmigung gibt, wenn es um eine geschiedene Frau geht, die noch dazu ihren armen verstümmelten Ehemann im Stich gelassen hat! Sogar vom Abschaum der Stadt wird man als Freiwild betrachtet. Und die Frauen sind auch nicht viel besser. Ja, ich stehe zu dem, was ich gesagt habe, und ich werde es nicht zurücknehmen. Ich bin niemandes Beute für eine Nacht, und das gilt auch für dich!«

Janis wollte wieder zu ihrem Fahrrad gehen, und wieder hielt Geoff sie auf. Diesmal lächelte er, als er sagte: »Wir sind schon ein Paar, was? Von Anfang an sind wir uns an die Gurgel gegangen, um uns im nächsten Moment vor Leidenschaft fast gegenseitig aufzufressen.« Er fühlte ihr Zittern und fügte hinzu: »Das stimmt doch, oder? Hör zu, ich will dir etwas sagen. Es ist seltsam, daß wir jetzt gerade hier sind, denn ich war auf dem Weg zu dir, um mich mit dir zu treffen und mit dir nach Hause zu gehen, weil ich dir sagen wollte, was ich denke. Es sollte ganz anders werden, als es jetzt war – freundlich, ruhig. Ich wollte dir erklären, daß ich wirklich mit dem Gedanken gespielt habe, Lizzie zu heiraten, aber daß ich jetzt weiß, daß ich es nicht könnte. Das war mir von dem Augenblick an klar, als ich dich am Silvesterabend gesehen habe. Wir … wir könnten es miteinander versuchen, denn in Wirklichkeit sind wir einander sehr ähnlich, du und ich.«

»O Geoff, bitte treib es nicht zu weit. Aber da wir uns gerade die Wahrheit sagen … auch meine Gedanken sind sieben Jahre in der Vergangenheit zurückgegangen, nein, sogar acht. Auch ich fühlte mich zu dir hingezogen, aber … wenn das alles gesagt ist, hat sich nichts geändert. Laß uns praktisch denken. Du hast keine Arbeit, sondern lebst von deiner Pension. Ja, du hast ein Zuhause, aber es ist auch das Zuhause deines Vaters … und des Mädchens.« Obwohl sie sich nicht überwinden konnte, Lizzies Namen auszusprechen, fuhr sie fort. »Und da ist das Kind, das sie bekommt. Du hast Verpflichtungen. Was mich angeht, so bin ich von Vaters Großzügigkeit abhängig, die mir erlaubt, die Wohnung zu mieten, in der ich lebe. Dazu habe ich noch das bißchen, das ich verdiene. So steht es also. Und, Geoff, so sollten wir es im Moment auch lassen; ich möchte aber, daß du weißt, daß ich … daß ich sehr froh bin, daß du in mein Leben zurückgekehrt bist.«

Er wollte sie wieder küssen, als eine Autohupe ertönte. Die Straße verlief nur etwa dreißig Fuß entfernt, war aber durch Büsche verdeckt.

Janis legte den Kopf zurück und horchte. Als vier langgezogene Hupsignale erklangen, löste sie sich aus Geoffs Armen und sagte: »Das ist Vater. Er benutzt dieses Signal, wenn ich draußen bin und er mich braucht; jedenfalls war es früher so. Doch, das ist er; sicher ist er auf dem Weg in die Stadt. Ich muß gehen.« Als sie nach der Lenkstange des Fahrrads griff, faßte Geoff sie am Arm. »Hast du so viel Angst vor ihm?«

Janis drehte sich zu ihm um und sagte weich: »Nein, ich habe nicht wirklich Angst vor ihm, aber ich fürchte mich davor, daß er mich hier mit dir erwischt. Sein stärkster Wunsch ist, sich an jemandem für Andrews Tod zu rächen; aber dich zu ertappen, würde ihm fast genausoviel bedeuten. Wir bleiben in Verbindung!«

Sie strebte dem Ausgang zu, doch Geoff ging ihr nach und zog sie am Arm. »Wann?«

»Morgen habe ich bis zwei Uhr Dienst.« Bittend streckte sie die Hand aus. »Bitte, bleib noch drin, für den Fall, daß er über die Hecke schaut.«

»Lieber Gott!«

»Bitte, Geoff!«

»Na gut, geh.«

Er beobachtete, wie Janis das Rad nach links auf die Straße zuschob, die Straße, die auch er auf seinem Heimweg genommen hätte.

Sie verschwand hinter dem Vorhang des Regens, der immer noch gleichmäßig fiel. Eine Stimme rief: »Ich hab ihn. Warum hast du so lange gebraucht?«

Janis' Stimme kam wie vom Ende eines Tunnels. »Ich bin doch gleich gekommen! Wie geht's Brewster?«

»Was glaubst du wohl, wie's ihm geht? Ich mußte nach Newcastle und dann wieder zurück fahren, um Fulton zu helfen, bis der Tierarzt kommt. Du bleibst heute nacht bei deiner Mutter, bis ich zurück bin.«

Ihre Stimme klang jetzt so schwach wie ein Echo. »Ich muß aber ...«

Er hörte die Worte ihres Vaters: »Du bleibst!« Danach wurde ein Motor gestartet.

Es war still, abgesehen vom Rauschen des Regens. Geoff ging zurück in die Scheune und lehnte sich mit geschlossenen Augen und zusammengebissenen Zähnen an den Pfeiler. Warum, zur Hölle, hatte er sie überhaupt zur Kenntnis genommen? Und warum war er jetzt nicht einfach hinausgegangen und hatte sich dieser stinkenden, aufgeblasenen Null gestellt und ihn gefragt, was er sich eigentlich einbilde?

War dies ein neuer Anfang? Würde es so weitergehen? Sollte er sie immer nur heimlich treffen, und voller Angst, daß ihr Alter etwas spitzkriegen könnte? Das würde er auf die Dauer nicht aushalten. Aber was, wenn die Alternative nur sein konnte, sie gar nicht mehr zu sehen? Denn, was immer sie auch behaupten mochte, es war offensichtlich, daß sie ihren Vater fürchtete.

Geoffrey richtete sich auf. Er bemerkte, daß an der Hand, mit der er den Pfeiler berührt hatte, Moos klebte. Schnell zog er seinen Mantel aus und schnitt eine Grimasse, als er feststellte, daß auch sein rechter Ärmel und ein Teil des Mantelrückens grün verschmiert waren. Er ging nach draußen und hielt den Mantel so vor sich, daß der Regen in das Gewebe eindringen konnte. Dann nahm er sein Taschentuch und versuchte, den Schmutz abzureiben, was jedoch nichts weiter bewirkte, als daß der Fleck sich jetzt noch deutlicher von dem rehfarbenen Stoff abhob. Er schlüpfte in den Mantel und folgte dem Pfad, den Janis vor ein paar Minuten genommen hatte. Er würde nach Hause gehen und den Trenchcoat gegen seinen Wintermantel tauschen müssen; denn als eingefleischtem Soldaten war es ihm zuwider, anders als fleckenlos in der Öffentlichkeit zu erscheinen. Er würde daheim erzählen, daß er ausgerutscht wäre, was an einem Tag wie diesem ja durchaus glaubhaft war.

4

Lizzies Kind kam während eines Schneesturms zur Welt. Es war halb drei Uhr nachmittags, und Lizzie hatte achtundvierzig Stunden in den Wehen gelegen. Ihr erschöpfter Körper gebar ein kleines Mädchen mit verknittertem Gesicht und einem Schopf schwarzer Haare. Es wog siebeneinhalb Pfund. Der Arzt übergab das Kind der Hebamme, die es an Meg weiterreichte. Und Meg, deren Gesicht und Körper vor Schweiß trieften, als hätte sie selbst das Kind zur Welt gebracht, wickelte es in ein weiches, weißes Tuch und brachte es Lizzie ans Bett. »Da ist sie, Mädel«, sagte sie. »Schau sie an. Du wirst niemals etwas Hübscheres erblicken als dies hier.«

Lizzie betrachtete ihre Tochter. Sie wollte die Arme nach ihr ausstrecken, sie wollte lächeln, wollte sprechen. Aber sie war zu müde.

Der Arzt sagte: »Gut, gut. Lassen Sie sie.« Er beugte sich über Lizzie und strich ihr das nasse Haar aus der Stirn. »Das war eine schwierige Geschichte, nicht wahr? Sie wollten sie wohl gar nicht loslassen. Jetzt werden Sie gewaschen und dann können Sie schlafen, nichts als schlafen.«

Seine Stimme wirkte beruhigend. Lizzies Körper ruhte, doch ihr Geist war rastlos. Sie meinte, von ferne eine Stimme zu hören: »Du hast eine Tochter, Andrew, eine Tochter!«

Als der Doktor sich vom Bett abwandte, fragte Meg: »Was ist mit dem Füttern?« »Sie wird es nicht stillen können«, antwortete der Arzt. »Sie haben doch bestimmt ein Fläschchen vorbereitet. Die Schwester wird Ihnen sagen, wie es weitergeht.«

»Mir braucht niemand zu sagen, wie man mit Fläschchen oder Säuglingen umgeht.«

Der Arzt und die Hebamme wechselten ein kleines, verständnisvolles Lächeln. Dann ging der Doktor nach unten, wo ihm Geoff über den Weg lief. Ohne Einleitung sagte er zu ihm: »Es ist ein Mädchen.«

»Ein Mädchen?«

»Ja, wie ich sagte, ein Mädchen. Ein niedliches Mädchen, schade, daß kein Vater da ist, um es zu begrüßen. Aber jedenfalls ist es hier in guten Händen. Ihre arme Mutter hätte sich sicher sehr darum gekümmert, aber solange die nette Alte da oben da ist, wird sie ein guter Ersatz sein ... Und wie geht's Ihnen dieser Tage?« Er schlüpfte in den Mantel. »Oh, ganz gut«, erwiderte Geoff.

»Ihr Bein scheint beweglicher zu sein als Ihr Arm.«

»Ja, das ist tatsächlich so.«

»Ich nehme an, Sie hatten mehr Glück als andere; und jetzt haben Sie etwas, das Sie in Anspruch nimmt, eine Familie, um die Sie sich kümmern müssen, auch wenn es nicht Ihre eigene ist. Nun, ich muß mich sputen; bis zu Fullers Kreuzung ist die Straße frei, aber danach wird es schwierig.«

Er hielt nochmals inne auf dem Weg zur Tür. »Übrigens«, bemerkte er, »ich mache mir Sorgen um Ihren Vater; er läßt sich ziemlich gehen. Die Zeit scheint seine Wunden nicht zu heilen. Vielleicht hilft ihm das Kind dabei, so ein neues Leben wirkt oft Wunder. Wenn es geht, komme ich morgen wieder ...«

Ein paar Minuten später klopfte Geoff an die Schlafzimmertür und wurde von einer strahlenden Meg eingelassen. »Komm rein.«

Er ging zum Bett, wo die Hebamme gerade Lizzies Schultern mit einem Laken bedeckte. »Sie ist sehr müde«, erklärte sie.

Da öffnete Lizzie mit einem schwachen Lächeln die Augen und schloß sie wieder. Ohne ein Wort zu sagen, drehte Geoff sich um zu Meg, die ihm das Kind entgegenhielt. »Ist das nicht ein niedliches Bündel? Komm, nimm sie mal.«

Er nahm ihr das Kind ab und betrachtete es. Seine Augen waren halb geöffnet und die Lippen faltig, doch weder der Anblick noch die Berührung erweckten auch nur das geringste Gefühl in Geoff, außer daß zu seinen Sorgen noch eine weitere hinzugekommen war. »Nun?« fragte Meg, als er ihr das Kind zurückgab.

»Sie ist niedlich.«

Meg sah ihn aus schmalen Augenschlitzen an, während sie das Baby an die Brust drückte. »Und ob sie niedlich ist!« Sie wandte sich von ihm ab und legte den Säugling in das Bettchen bei der Feuerstelle. »Ich muß die Flasche holen«, sagte sie und ging aus dem Zimmer. Geoff folgte ihr. Doch an der Treppe blieb Meg stehen und ging zum Angriff über: »Was ist los mit dir in letzter Zeit? Fehlt dir was?«

»Was meinst du damit?«

»Genau was ich sage. Was geht in deinem Kopf vor?« fragte sie.

»Was sollte darin vorgehen?«

»Das sollst du mir sagen, denn ich habe gefragt.« Damit ließ sie ihn stehen. Er blickte ihr nach und ging dann in sein Zimmer, wobei er murrte: »Neugierige alte Henne!« Früher hatte er Meg gemocht ... früher hatte er viele Menschen gemocht; zumindest war er mit ihnen zurechtgekommen. Nun hatte er nur noch eine Person im Sinn, und die ließ ihn alle anderen vergessen. Er wußte einfach nicht, wie es weitergehen sollte ...

Erst am nächsten Morgen ging er wieder in Lizzies Schlafzimmer. Sie war hellwach, und das Kind lag neben ihr. Lizzie schenkte ihm ein Lächeln, das allerdings noch recht schwach ausfiel. »Wie geht es dir?« fragte Geoff.

Ihr Lächeln wurde breiter. »Mir ist, als hätte ich selbst eine der großen Schlachten geschlagen.«

»Na ja, vermutlich ist es auch eine Art Schlacht.«

»Das hast du gesagt.« Sie zog das Tuch vom Kopf des Kindes. »Ist sie nicht hübsch?«

»Ja«, nickte er, »wirklich.«

Lizzie blickte zu ihm auf; das Lächeln war aus ihrem Gesicht gewichen, und ihre Augen waren schmal. »Was stimmt nicht, Geoff?« fragte sie.

»Wie kommst du darauf, daß etwas nicht stimmt?« gab er mit gereizter Stimme zurück.

Lizzie schaute wieder das Kind an, dann murmelte sie: »Es ist nicht mehr wie früher. Es ist, als ginge dir etwas im Kopf herum.«

Geoff wandte sich vom Bett ab. »Nun, vielleicht denke ich über ein, zwei Dinge nach. Wir sprechen später darüber.«

»Also ist da wirklich etwas?« Lizzie starrte in sein abgewandtes Gesicht, und Geoff antwortete: »Wie ich sagte, ich möchte mit dir über ein, zwei Dinge reden. Aber erst mußt du wieder zu Kräften kommen.«

Während er sprach, ging die Tür auf und sein Vater kam herein. Er blieb kurz stehen, bevor er sich dem Bett näherte. »Hallo, Dad«, sagte Lizzie weich. »Hallo«, gab er kurz zurück. Er stand da und blickte auf das Kind hinab.

Da er schwieg, sah Lizzie zu ihm auf. »Ich habe den ganzen Morgen an Mam gedacht«, sagte sie. »Und sie fehlt mir so. Sie hätte das Kind geliebt, nicht wahr?«

»Nein, das hätte sie nicht.«

Das klang so unfreundlich, daß sogar Geoff zusammenzuckte. Er berührte seinen Vater am Arm und sagte ermahnend: »Dad, Dad!«

»Ich spreche aus, was ich denke, Junge. Deine Mutter war über die ganze Geschichte sehr bekümmert.« John schaute jetzt auf Lizzies erschrockenes Gesicht hinunter und fuhr fort: »Sie ist nie darüber hinweggekommen, was du ihr damit angetan hast. Du hast sie sehr enttäuscht, Mädchen, und mich auch. Und bei dem Zustand, in dem sie sich befand, hat ihr das geschadet. Und das nach allem, was sie für dich getan hat! Sie hat dich aufgezogen, als wärst du ihr eigenes Kind. Deine Erziehung verdankst du ihr, das weißt du sehr wohl.«

»Dad, Dad! Das reicht! Komm jetzt, komm.« Geoff ergriff seinen Vater am Arm. John sah ihn an und meinte: »Nun, das mußte mal gesagt werden. Ich habe mich lange damit beschäftigt, und jetzt mußte ich es sagen, denn Bertha hat immer so viel von Lizzie gehalten.« Er schaute wieder auf Lizzies verzerrtes Gesicht. »Weinen hilft nichts, die Tränen kommen zu spät. Du warst kein kleines Kind, du wußtest, was du tatest. Du hättest warten können, jawohl. Aber – der Apfel fällt nicht weit vom Stamm.«

»Nun aber genug, Dad! Du gehst zu weit«, mahnte Geoffrey und zog seinen Vater am Arm aus dem Zimmer.

Die Tür stand immer noch offen, als Meg hereinkam. Sie ging zum Bett und versuchte, Lizzie zu trösten. »Na, Mädel, reg dich doch nicht so auf. Worum ging's denn? Ist er auf dich losgegangen, der Alte? Wenn du mich fragst, ist er schon wirr, seit Bertha von uns gegangen ist. Hat er dir das Kind vorgehalten? Mein Gott!« Sie setzte sich auf die Bettkante.

»Na, na. Ist ja schon gut.« Sie legte ihre Arme um Lizzie und hielt sie fest.

»Das heuchlerische Schwein«, fuhr sie fort, »zur Kirche geht er nicht, aber dafür führt er sich auf wie ein keuscher Josef. Na komm, du mußt jetzt an das Kind denken. Wisch dir die Augen ab.« Sie trocknete Lizzies Gesicht mit ihrem Schürzenzipfel ab. »Dieses Haus ist nicht mehr, was es mal war, und daran ist nicht nur Berthas Tod schuld. Da liegt noch was anderes in der Luft! Ich weiß nur nicht, was. Jedenfalls werde ich wohl nicht mehr lange hierbleiben ...«

»Was?« Lizzies Stimme war brüchig. »Was heißt das – nicht mehr lange?«

»Nun, nun, beruhige dich doch wieder. Aber du weißt ja, Mädel, daß ich ein Flüchtling bin ... nun gut, eine Evakuierte. Aber ich habe ein Heim, in das ich zurückkehren kann. Ich habe es dir letzte Woche nicht gesagt, weil du so kurz vor der Entbindung gestanden hast; aber als ich in Shields war, bin ich zum Unterbringungsbüro gegangen. Dort arbeitet ein sehr nettes Mädchen, und die meinte, ich könne jetzt auch woanders hin. Aber ich darf nicht zu lange warten, sonst ist die Chance vertan. Sie hat mir zwei Wohnungen zur Auswahl angeboten, und ich habe mich für die eine beim Dean's Hospital entschieden. Die Wohnung ist groß und liegt im Erdgeschoß. Sie hat drei Zimmer und eine Spülküche. Wasser und Toilette sind natürlich auf dem Gang.« Sie lachte. »Das wird großartig, wenn die auch mal in der Wohnung sind. Das war so praktisch hier, die

Toilette in der Wohnung. Jetzt kann ich mir wieder den Hintern abfrieren. Ich bin ganz schön ordinär, was?« Lachend fuhr sie fort: »Und das Mädchen meinte, sie würde mir behilflich sein, Möbel aufzutreiben … Jetzt schau nicht so, Lizzie.« Sie stupste sie zärtlich an der Schulter. »Du könntest mitkommen und bei mir bleiben. Mach mal Ferien. Ich nehme dich zum Strand mit, wenn er mal wieder aufgeräumt ist. Und die Leute dort sind nett, zumindest im großen und ganzen. Natürlich gibt es ein paar seltsame Gestalten, wie überall, aber man hat auch gute Nachbarn. Jetzt wein doch nicht wieder. Noch bin ich nicht weg, und, wie ein alter Knabe meinte, der mit mir im Bus fuhr, wir sind alle in Gottes Hand. Aber«, ihr Gesicht wurde ernst und sie nickte Lizzie zu, »der Busschaffner hat dem Alten eine gute Antwort gegeben: ›Wenn das so ist, dann hat er uns ganz schön in die Tinte geritten.‹ Und da haben alle erst mal zu lachen aufgehört, denn wenn man tiefer blickt, ist das schon richtig: Warum läßt er all das Blutvergießen zu? Das habe ich nie verstanden – warum gehen die Leute nach einem Luftangriff in die Kirche und beten? Weshalb? Um ihm für die Toten und Sterbenden zu danken? Und für die Blinden und Verstümmelten? Einmal war ich so wütend, Lizzie, daß ich das laut auf der Straße herausgeschrien habe. Ich war gerade aus dem Schutzkeller gekommen und irgendeine alte Fregatte sagte zu mir: ›Sie müssen Ihren Glauben bewahren.‹ Glauben an was? … Ach, was quassle ich da eigentlich. Jedenfalls hat es aufgehört zu schneien.« Sanft fuhr sie mit dem Finger über Lizzies Gesicht. »Bleib ruhig, Mädel, und schau, daß du zu Kräften kommst.« Bedrückt gab Lizzie zurück: »Wozu? Glaubst du, ich werde sie brauchen?«

»Ja, das könnte ich mir vorstellen.«

»Was geht hier vor, Meg?«

»Ich weiß nicht genau, Mädel. Wenn ich jetzt den Mund aufmache, erweise ich vielleicht jemandem einen Bärendienst. Aber wie du vorher gesagt hast, etwas stimmt nicht in diesem Haus, und dafür muß es einen Grund geben. Jedenfalls werde ich jetzt deine Freunde anrufen und Mr.

Richard erzählen, daß du ein Mädel hast, dessen Name schon auf der Warteliste für eine dieser vornehmen Schulen eingetragen ist; oder macht man das bloß für Jungs?«

»Ach Meg!«

»Na, na, jetzt hör aber auf!«

Meg stand auf und klopfte Lizzies Hand nicht allzu sanft. »Verschwende deine Kraft nicht mit Tränen. Und denk dran: Du hast eine süße Tochter, du hast gute Freunde in Mr. Richard und seiner Familie, und du hast mich. Nicht, daß du damit angeben könntest, Mädel, aber bei Sturm ist jeder Hafen recht.«

Wie Meg da in der Tür stand und bedeutsam mit dem Zeigefinger wackelte, fiel Lizzie auf, daß Meg in der Aufzählung ihrer Freunde Geoff und seinen Vater ausgelassen hatte. Weshalb Geoff?

5

Ted Honeysett äugte vorsichtig nach links und nach rechts, bevor er von der Hauptstraße ins Gebüsch glitt. Ein Kaninchen konnte nicht leiser sein als Ted, wenn er sich durchs Unterholz bewegte.

Es war Ende März, und die Tage wurden länger. Trotzdem war es heute trübe gewesen, und der Wind hatte Schauer mitgebracht, die an den kommenden April mahnten. Die Fasanenjagdzeit war am ersten Februar zu Ende gewesen, dafür hatte die Saison für Lachse begonnen, und vor einigen Tagen auch die für Forellen. Ted kannte diese Daten auswendig, obwohl sie ihm nichts bedeuteten. Trotzdem war er vorsichtig geworden, denn er wollte sich nicht mit den Gaunern einlassen, die seit einiger Zeit Fische und Vögel in großem Stil wilderten und die Grundbesitzer am Fluß zur Verzweiflung brachten.

Auf jeden Fall diente sein heutiger Aufenthalt im Wald nicht dem Wildern, sondern dem Spionieren. Vor fünf Minuten hatte er Mrs. Boneford, die frühere Miß Bradford-Brown, am Flußufer gesehen, und zwar nicht auf dem Fahrrad, sondern zu Fuß. Er lächelte innerlich, denn er hätte ihr sagen können, daß der Weg umsonst war: Das Warnschild lag wieder im Gras.

Ja, das Warnschild hatte in den letzten Wochen verschiedene Positionen eingenommen. Und dann gab es die Zettel, die an die alte Ulme geheftet waren. Nun, heute lag das Schild im Gras, und der Zettel steckte immer noch an der Ulme, Mrs. Boneford war heute für nichts und wieder nichts unterwegs. Und das war ganz gut so, denn ihm war klar, daß das ganze früher oder später mit einem Riesenknall an die Öffentlichkeit käme.

Das saubere Pärchen wußte nicht, daß der alte Bradford-Brown ihnen auf der Spur war.

Eines Nachts war Ted von dem unverwechselbaren Geräusch überrascht worden, das ein Mensch verursacht, der durch die Büsche schleicht. Gewohnheitsmäßig verfiel er in bewegungslose Starre. Er hatte nicht gewußt, daß noch jemand im Wald unterwegs war, und doch, gerade als diese Schlampe und Geoff ins Freie traten, sah er unweit von sich die Gestalt von Janis' Vater hinter einer Buche. Ted hatte mit angehaltenem Atem darauf gewartet, daß der Alte vorstürmen und Geoff niedermachen würde, zumindest mit Worten, denn auf einen Faustkampf konnte er sich mit Geoff nicht einlassen. Auch wenn Geoffrey Fulton nur einen brauchbaren Arm hatte, so war er doch in der Armee gewesen und hatte gelernt, ihn einzusetzen.

Er lächelte, als er jetzt geduckt seinen Weg zur Böschung nahm, von wo aus er einen guten Blick sowohl zur Scheune als auch zum Wald hatte.

Seinen alten Regenmantel um die Knie gezurrt, hockte er sich auf den Boden, um abzuwarten, was der alte Knabe wohl machen würde, wenn er statt der beiden nur seine Tochter vorfände.

Ted hob vorsichtig den Kopf. Sein Körper spannte sich, und er unterdrückte mühsam einen Laut der Überraschung, als er auf einer Erhebung am Waldrand eine gebückte Gestalt wahrnahm. Was Ted so überraschte, war der Anblick eines Büchsenlaufes, der an einem niederen Ast lehnte.

»Guter Gott, er will auf sie schießen!« bemerkte Ted und begann sich aufzurichten.

Was er als nächstes angefangen hätte, sollte er nie herausfinden, denn plötzlich trat das Mädchen – oder besser, die Frau – aus dem Wald, und sie sah das gleiche wie Ted. Sie rannte auf die Gestalt am Waldrand zu und schrie: »Bleib wo du bist, Geoff!« In diesem Augenblick stand die Figur auf der Erhebung auf, und Ted gewahrte erstaunt, daß die beiden aufeinandergeprallt waren und miteinander kämpften.

Er selbst stand jetzt aufrecht. Als er einen Gewehrschuß hörte, warf er erschrocken den Arm vor sein Gesicht. Doch schon im nächsten Augenblick lief er aus Leibeskräften auf den Waldrand zu. Dort stand die Frau mit weit aufgerissenem Mund, die Hände vors Gesicht geschlagen, und starrte auf die hingestreckte Gestalt, aus deren Hals das Blut floß.

»Mein Gott, Miß! Was haben Sie getan?«

Sie schien über seine Anwesenheit nicht überrascht zu sein, sondern sagte: »Es ... es ist losgegangen. Es ist losgegangen! Ich versuchte, ihm das Gewehr wegzunehmen ... dann ging es los. Er ... er wollte Geoff erschießen.« Sie blickte zur Scheune. Erst jetzt schien ihr bewußt zu werden, daß dort niemand zu sehen war. »Er ist nicht hier«, sagte Ted. »Er hat eine Notiz dagelassen.«

»Was?«

»Na ja, im Baum, wissen Sie, und ...« Er deutete mit dem Finger auf das liegende Warnschild.

»Oh!« Janis kratzte sich am Haaransatz, dann schaute sie Ted an, als sähe sie ihn zum erstenmal. »Es ... es ist losgegangen, Mr. Honeysett. Es ist einfach losgegangen.«

Ted blickte sich hilfesuchend um. Die Dämmerung setzte langsam ein. Er blickte von Janis zu ihrem Vater. Janis murmelte: »Was soll ich machen? Mutter holen?«

»Nein! Nein, ich werde Geoff holen. Er ... er müßte jetzt zurück sein, er kommt um die Zeit mit dem Bus. Kommen Sie mit, Miß ... Missis.« Er führte sie am Arm zur Scheune und schob sie hinein. Dann hob er mahnend den Zeigefinger, als spräche er mit einem Kind. »Bleiben Sie hier. Rühren Sie sich nicht vom Fleck, bleiben Sie hier. Ich hole Geoff. Er wird wissen, was zu tun ist. Verstehen Sie?«

»Ja, Mr. Honeysett, ich verstehe.« Janis schloß die Augen und nickte, dann setzte sie sich und lehnte den Rücken an die Scheunenwand. Sobald er sie verlassen hatte, nahm Ted die Beine in die Hand. Er lief eine Strecke am Flußufer entlang, bevor er die Hauptstraße betrat. Dann rannte er weiter, bis er stehenbleiben und Atem schöpfen mußte. In diesem Moment fuhr der Bus um die Ecke und hielt wenige Yards vor ihm an. Doch zu Teds Enttäuschung stiegen nur Mrs. Ryebank und ihre Tochter aus, was bedeutete, daß sie auf ihrem eineinhalb Meilen langen Weg nach

Hause auch beim Haus der Fultons vorübermußten. Ted konnte also nicht weiterrennen, ohne Aufsehen zu erregen.

Als er endlich bei den Fultons ankam, sah er sich um in der Hoffnung, Geoff vor dem Haus anzutreffen, da er wußte, daß allein sein Erscheinen Neugierde erregen mußte. Die alte, evakuierte Frau öffnete ihm die Tür, und er fragte, ob Geoff zu Hause wäre. »Wer ist da?« fragte die alte Frau und spähte in die Dunkelheit.

»Ich bin's, Ted Honeysett. Ist Geoff da?«

Da tauchte Geoff aus der Tiefe des Hauses auf und schob die Alte beiseite. Er stellte sich auf die Schwelle und fragte: »Sie suchen mich, Ted?«

»Ja, Geoff. Hast du … hast du eine Minute Zeit?« Ted versuchte seine Stimme so alltäglich wie möglich klingen zu lassen.

»Ja, ich denke schon.« Geoff trat in den Hof hinaus und zog die Haustür hinter sich zu. Mit nun völlig veränderter Stimme murmelte Ted: »Komm eine Minute hier herüber.«

»Was ist? Was haben Sie?«

»Es ist etwas passiert. Sie … sie hat ihren Dad erschossen.«

Geoff reagierte nicht. »Hast du gehört, was ich sagte?« knurrte Ted. »Ich bin nicht verrückt geworden. Ich sagte, es ist etwas passiert. Sie hat ihren Dad erschossen!«

»Mein Gott, ist das wahr?«

»Und ob das wahr ist! Was glaubst du, weshalb ich hier bin? Das war der Schreck meines Lebens. Ich bin gerannt, bis ich nicht mehr konnte. Sie … ist ihm über den Weg gelaufen, als er sein Gewehr für dich bereithielt.«

»Für mich?«

»Ja, für dich! Für wen sonst? Er glaubte, du würdest sie treffen. Und sie glaubte es auch; sie dachte, du wärst in der Scheune, sie hatte die Notiz nicht gesehen. Ich erklär' dir alles unterwegs. Jetzt hol deinen Mantel und komm! Bring eine Taschenlampe mit und beweg dich; denn ich habe sie in der Scheune zurückgelassen.«

»Sie haben sie … Sie meinen …?«

»Ja, ja! Sie meine ich, die eine, mit der du dich immer

triffst. Schau, ich weiß, was ich weiß. Also hol deinen Mantel, die Geschichte könnte länger dauern.«

Als Geoff kurz darauf in der Küchentür stand und seinen Mantel anzog, fragte Meg: »Willst du dein Abendbrot nicht aufessen?«

»Ich bleibe nicht lange weg. Stell es in den Ofen, ich nehme es mir, wenn ich wiederkomme.«

Nachdem er das Gartentor geschlossen hatte, eilte er so schnell die Straße entlang, daß Ted beinahe laufen mußte, um Schritt mit ihm zu halten. Keuchend erklärte er Geoff, was er gesehen hatte. »Wie gesagt, ich wußte, daß du nicht in der Scheune warst, aber sie wußte es nicht. Sie hat den Zettel im Baum nicht gesehen. He, Mann, du brauchst nicht zu brummen; ich komme herum, auch nachts, und du solltest deinem Glücksstern dafür danken. Aber wir müssen etwas mit dem Alten machen. Ich meine, es muß wie ein Unfall aussehen und ... und das tut es nicht, soweit ich es beurteilen kann. Du weißt alles über Feuerwaffen, aber ich will mit den Dingern nichts zu tun haben. Du könntest das Gewehr so hinlegen, daß es aussieht, als wäre es von selbst losgegangen, oder als wäre er darüber gestolpert.«

Sie waren fast am Flußufer angekommen, als Geoff atemlos fragte: »Warum tun Sie das, Ted? Warum sind Sie so besorgt? Sie haben ihn doch nie gemocht, oder Janis, oder irgendeinen aus der Familie.«

»Nein, das ist richtig. Und wahrscheinlich tu ich's gerade darum.« Vorsichtig gingen sie an der Böschung weiter. Ted fuhr fort: »Meine Gedanken arbeiten so schnell wie meine Hände, und ... und mir war klar, daß sie abhauen und ihn liegenlassen konnte, denn sie war in Panik, und keiner würde daran denken, sie zu beschuldigen. Aber hinter wem ist der alte Bradford-Brown all die Jahre hergewesen? Hinter mir! Und erst letzte Woche hatte ich einen Auftritt mit ihm auf offener Straße, und daran habe ich vorhin gedacht. Ich kam von Hobson mit meiner Schubkarre voller Holz, Äste und Zweige, und da saß er in seinem Lastwagen. Dein Dad war auch dabei und Peter Rice.

Und da ließ er deinen Dad anhalten und wollte von mir wissen, woher ich das Holz habe.

Als ich sagte, ich hätte es gekauft und bezahlt, meinte er, das wäre das erstemal in meinem Leben, daß ich etwas bezahlt hätte. Ich gab zurück, da wäre ich nicht der einzige, aber ich würde es nur im Kleinen betreiben. Ich glaubte, er würde einen Anfall bekommen. Er schrie mich an: ›Ich erwische dich schon noch, darauf kannst du dich verlassen!‹ Und ich antwortete wie ein blutiger Anfänger: ›Falls ich Sie nicht zuerst erwische!‹ Du siehst also, was ich meine. Nach wem werden sie zuerst suchen, wenn sie ihn finden? Das kam mir sofort in den Sinn. Die werden mir die Polizei auf den Hals hetzen, bevor ich Piep sagen kann. Und ich bin nicht blöde. Ich weiß, daß Sergeant Winters und Constable McCabe immer ein Auge zugedrückt haben bei mir, und es war nicht zu ihrem Schaden. Aber wenn es um Mord geht! Da würden sie keine Rücksicht nehmen, Junge. Und dann sind da Rice und dein Vater, die bezeugen können, was ich gesagt habe. Es war also reiner Selbsterhaltungstrieb, als ich auf- und zu ihr hingesprungen bin, denn sonst wäre sie auf und davon wie eine Rehgeiß.«

Sie waren inzwischen vor der Scheune angekommen, und Ted flüsterte dumpf: »Es war da drüben.« Er richtete den gedämpften Strahl seiner Taschenlampe auf die Stelle, auf der ein gekrümmter Körper lag. »Ich werde hier warten«, sagte er.

Geoff trat in die Scheune und schwang sein Licht auf den breiten Pfeiler. Da stand Janis, wie angewurzelt, die Hände an ihre Seiten gepreßt. Sie bewegte sich nicht, bis er nahe vor ihr stand; erst dann flüsterte sie: »Geoff?«

»Es ist gut. Hab keine Angst. Alles kommt in Ordnung.«

»Ich … ich habe ihn erschossen. Ich meine … ich habe mit ihm gekämpft. Er wollte dich erschießen. Ich dachte, du wärst … du wärst hier drin«, stammelte sie. Geoff zog sie an sich und sagte: »Ist ja gut jetzt; reiß dich zusammen.« Er griff nach ihren Händen. »Du bist ja eiskalt. Hier, nimm meinen Mantel und leg ihn um.«

»Nein, nein. Was … was soll ich tun?«

Geoffrey zog trotzdem seinen Mantel aus und wickelte ihn um sie. »Bleib einfach hier. Ich bin gleich wieder zurück.« Er ging nach draußen zu Ted. »Zeigen Sie mir, wo es ist.«

Ted wies ihm die Richtung, wobei er darauf achtete, dem Körper nicht zu nahe zu kommen.

Im schwachen Licht erkannte Geoff, daß Hals und Kinn blutig waren. Er fragte sich, ob der Mann vielleicht noch atmete; aber nein, er hatte zu viele Tote gesehen, um nicht zu erkennen, daß dieser Mann nicht mehr am Leben war. Er schwang suchend seine Taschenlampe und sah das Gewehr in etwa sechs Fuß Entfernung liegen. Seine Gedanken wanderten zurück auf das Schlachtfeld: Wenn ein Mann stolperte und sein Gewehr losging, dann würde es nicht so weit weg liegen. Er stellte sich vor, in welcher Position der Mann und die Büchse sich zueinander befinden müßten. Geoff wandte sich fragend an Ted: »Sie haben die Büchse doch nicht berührt?«

»Ich? Um Gottes willen! Aber sie hat sie angefaßt. Ihre Fingerabdrücke werden überall sein.«

Daran hatte Geoff auch schon gedacht. »Warten Sie hier. Ich bin gleich zurück.« Er eilte in die Scheune. »In meiner Manteltasche sind Handschuhe, die brauche ich«, sagte er zu Janis. Er zog nicht nur die Handschuhe aus dem Mantel, den Janis um sich gewickelt hatte, sondern auch ein großes Taschentuch. Schnell ging er wieder aus der Scheune. Er stülpte die Handschuhe über, hob das Gewehr mit dem Taschentuch auf und rieb es sauber. Immer wieder fuhr er mit dem Tuch über den Lauf, als wolle er ihn auf Hochglanz polieren. Endlich wandte er seine Aufmerksamkeit wieder dem Toten zu. Er drehte ihn sacht auf den Rücken, kreuzte seine Hände über der Brust und drückte die Finger hier und da auf Schaft und Lauf. Sobald er damit fertig war, legte er das Gewehr zur Seite und nahm wieder seine Taschenlampe zur Hand. Er ließ den Lichtstrahl über den kleinen Hügel gleiten und sagte zu Ted: »Sie werden mir dabei helfen müssen; ich habe nicht genug Kraft in meinem linken Arm. Ich möchte ihn oben bei der Böschung hinlegen, wo es viele Wurzeln gibt – als wäre er dort hinabgestolpert. Ballen Sie Ihre Fäuste und ziehen Sie Ihre Ärmel darüber.«

»Was?«

»Tun Sie, was ich Ihnen sage. Ballen Sie die Fäuste und...«

»Ah, ja, ich verstehe.«

»Einen Augenblick noch.« Geoff leuchtete nochmals in die Runde. An einem bestimmten Punkt ging er in die Hokke und betrachtete eingehend das dünne Gras, das auf dem Abhang wuchs. »Das meiste Blut muß in seinen Kragen und seine Kleider eingesickert sein. Aber jetzt hoch mit ihm. Ich nehme die Beine. Es ist nicht weit.«

Sobald Ted den Körper berührte, schrie er auf: »O mein Gott, mein Gott!« Geoff zischte: »Still! Heben Sie hoch!«

Zwei Minuten später legten sie den Toten ab und drehten ihn vorsichtig ein wenig zur Seite. Anschließend holte Geoff das Gewehr und überlegte, wo es nach einem Schuß liegen müßte. Er schätzte – so genau es ihm möglich war – und legte es auf den Boden. Dann folgte er mit seinem Licht eingehend dem Weg, den sie mit dem Körper zurückgelegt hatten, und wo immer er eine Blutspur entdeckte, zog er den ganzen Grasklumpen aus dem Boden und riß ihn in kleinste Stücke, die er weit verstreute.

»Hast du so was schon mal gemacht?« wollte Ted wissen.

»Nein, nicht genau das gleiche. Aber wir sind noch nicht fertig. Wenn man ihn bei Tageslicht findet, wird man möglicherweise aus dem Zustand des Bodens schließen, daß ein Handgemenge stattgefunden hat. Also wäre es am besten, wenn mein Dad und ich ihn fänden, dann könnte ich ein bißchen herumwühlen.«

»Mein Gott! Ich hätte nie gedacht, daß ich einmal so was erleben würde.«

Sie standen auf dem Pfad vor der Scheune. Geoffrey erteilte Ted letzte Anweisungen: »Wenn ich Sie wäre, würde ich ins Pub gehen und einen heben, ich werde später vielleicht auch hinkommen. Und ... Ted, auch wenn Sie Ihre eigene Haut retten wollten, so bin ich Ihnen doch sehr dankbar für das, was Sie für Janis getan haben und für mich dazu, denn Sie scheinen über uns ebensoviel zu wissen wie wir selbst. Sie wissen, wie die Dinge zwischen uns stehen, und daß alles, was sie betrifft, auch mich berührt. Ich danke Ihnen also in unser beider Namen.«

»Schon gut, schon gut. Du bist deines Vaters Sohn, und ich glaube, irgendwie tue ich es auch für ihn, denn er hat mich all die Jahre anständig behandelt, besonders als meine Kinder noch klein waren. Ich zahle meine Schulden immer gerne ab, auf welche Art auch immer – sogar wenn es mit jemandes anderem Eigentum ist.« Er verbiß sich ein Lachen und fuhr fort: »Aber jetzt sollten wir nicht scherzen. Ich werde sicher nicht schlafen können, bis ich weiß, daß man ihn gefunden hat und was man darüber redet. Eines weiß ich: Wenn die Polizei nicht an einen Unfall glaubt, wird sie hinter mir her sein. Das steht fest.«

»Nein, es wird bestimmt wie ein Unfall aussehen. Jedenfalls, bleiben Sie im Pub, solange Sie können, und gehen Sie dann mit jemandem nach Hause. Bis dahin wird man sich im Gut fragen, wo er bleibt. Das wichtigste ist, sich ganz normal zu verhalten. Gehen Sie jetzt.«

»Ja, ja; genau wie du sagst: normal benehmen. Aber es wird mir nicht leichtfallen. Wir sehen uns.«

Geoff betrat die Scheune und stellte fest, daß Janis immer noch am Pfeiler lehnte.

Er legte seine Arme um sie und schüttelte sie leicht. »Hör mir ganz genau zu. Alles ist in Ordnung. Es sieht gerade so aus, als hätte er einen Unfall gehabt. Sein Fuß steckt in einer Baumwurzel, und wenn wir ihn finden, wird es aussehen, als wäre er gestolpert. Jetzt komm, du mußt nach Hause gehen. Egal, wie schwer es dir fällt, du mußt dich benehmen, als wäre nichts passiert. Du schaffst das.«

»Ich kann es nicht, Geoff.«

»Nun, wie sähe die Alternative aus?« fragte Geoff mit kalter Stimme. »Willst du deiner Mutter erzählen, daß du deinen Vater erschossen hast, weil er mich töten wollte? Weil er mich von Grund auf haßt, und weil der Gedanke, daß seine Tochter sich wieder einmal zu mir herabläßt, zu viel für ihn war? Auch wenn du dich darauf berufst, es zu meiner Rettung getan zu haben, so wird dein Name doch für immer befleckt bleiben. Du denkst, dein guter Ruf ist sowieso schon dahin, aber glaub mir, sie werden dich mit allen Hunden hetzen, und das wirst du nicht aushalten. Du müßtest von hier verschwinden – und zwar ohne mich. Ja, ohne mich; denn du mußt dir darüber im klaren sein, daß ich behindert bin. Ich habe nur einen funktionierenden Arm, und ich lahme. Auf der Habenseite beziehe ich jedoch eine kleine Pension und habe ein Heim. Ich bin zwar für meinen Vater verantwortlich, der zur Zeit nicht sehr stabil ist, und für meine Adoptivschwester und ihr Kind, so daß ich also hier gebunden bin. Aber du, Janis, könntest dich an mich binden, und auf gewisse Art sogar glücklich sein. Denn was wäre die Alternative für dich? Du müßtest auf eigenen Füßen stehen und dich zum erstenmal von deiner eigenen Arbeit ernähren, und das würde dir nicht gefallen. O nein, Janis, das würde dir ganz und gar nicht gefallen. Also, meine Liebe, ich begleite dich jetzt bis zum Tor, und von da an bist du für die nächsten paar Stunden auf dich gestellt. Es liegt an dir. Geh hinein und unterhalte dich mit Florrie Rice und deiner Mutter, und dann geh zu Bett. Komm jetzt, wir dürfen keine Zeit mehr verlieren.«

Gehorsam folgte sie ihm. Erst als sie aus dem Wald heraus waren und vor dem seitlichen Tor standen, das zu den Ställen führte, klammerte sie sich an seinen Arm und brach das Schweigen. »Ich … ich habe alles kaputtgemacht. Mein ganzes Leben lang habe ich immer alles kaputtgemacht.«

»Ja, das hast du allerdings.« Geoffs Stimme war barsch, aber munter. »Nun, sieh das als Prüfung an. Mach es diesmal nicht wieder kaputt, sondern denk daran: Wenn du etwas falsch machst, ist das das Ende für uns beide; und es wird dich schwerer treffen als mich. Geh jetzt.« Er küßte sie hart auf den Mund, dann schob er sie von sich. Er wandte sich ab und ging auf der Hauptstraße nach Hause. Warum passiert mir immer so etwas, dachte er. Zuerst in der Armee, wo er noch weiter hätte aufsteigen können, wenn er nicht verwundet worden wäre. Und dann die Geschichte mit Lizzie und seine wiederaufgelebten Gefühle für Janis – all das hatte zu diesem Ergebnis geführt.

In dieser Aufzählung fehlte der Tod seiner Mutter, denn irgendwie hatte Lizzie deren Platz eingenommen. Es stimmte schon, was die alte Meg mit ihrer kruden Philosophie einmal von sich gegeben hatte: Ein Mann wollte nicht nur eine Ehefrau – sie sollte auch noch Mutter, Haushälterin und Hure in einem sein.

Meg empfing ihn, als er das Haus betrat. »Wo warst du? Es war so ein schöner Fisch, und jetzt ist er ganz verkohlt. Hat dieser Ted dir einen Lachs gebracht?«

»Lachs? Nein. Aber er hat ein paar Flaschen Whisky organisiert.«

»Oh, gut. Du kannst mir was davon abgeben.«

»Es ... es tut mir leid.« Er ging zur Spüle und wusch sich die Hände. »Die Sache hat mir nicht gepaßt, und die Flaschen waren nicht gesiegelt. Das war mir alles nicht geheuer, also hab ich die Finger davon gelassen. Wo ist Lizzie?«

»Wo sollte sie sein: oben mit dem Kind! Sie hat zur Zeit nichts anderes zu tun.« Die letzten Worte waren nur gemurmelt, und Geoff fragte nach, als hätte er sie nicht verstanden: »Was hast du gesagt?«

»Nichts, nichts. Ich habe dein Abendessen auf den Tisch gestellt. Du mußt es eben essen, wie es ist.« Damit verließ sie die Küche. Geoff betrachtete den vertrockneten Fisch und schob ihn zur Seite. Dann ging er zum Kamin, stützte die Hand auf den Sims und starrte ins Feuer. Seine Gedanken befanden sich in Aufruhr, aber trotzdem mußte er die Schritte, die er heute abend unternehmen würde, genau planen. Denn wie gleichgültig Mrs. Bradford-Brown ihrem Ehemann auch gegenüberstand – irgendwann würde sie beginnen, sich zu wundern, warum er nicht auftauchte.

Er entschloß sich, bis Mitternacht im Wohnzimmer zu bleiben und zu lesen. Wenn er bis dahin nichts gehört hatte, mußte er sich überlegen, was zu tun war. Doch was diese andere Sache anging, an der die alte Meg immer herumfragte, so würde er mit Lizzie ein klärendes Gespräch führen müssen. Aber eins nach dem anderen; zuerst mußte er die heutige Nacht überstehen.

Das Telefon läutete um zwanzig nach elf. Geoff sprang beinahe durchs Zimmer in die Diele, und als er den Hörer abnahm, erkannte er sofort Mrs. Bradford-Browns verfeinerte Aussprache. »Sind Sie es, John?«

»Nein, nein. Hier ist Geoff. Spreche ich mit Mrs. Bradford-Brown?«

»Ja. Ich … ich mache mir ziemliche Sorgen. Mr. Bradford-Brown ist früh am Abend ausgegangen. Ich glaube, er war hinter diesen Wilderern her. Jedenfalls wollte er sich mit den Farmern Hobson und Ryebank und mit Major Murry beim Haus des Majors treffen, um weitere Maßnahmen zu beraten. Ich … ich habe vor kurzem bei dem Major angerufen und erfahren, daß Mr. Bradford-Brown nicht bei ihm eingetroffen ist. Sie glaubten, er hätte vielleicht eine andere Verabredung. Ich muß zugeben, daß ich mir Sorgen mache. Würden Sie Ihren Vater bitten, eine Runde zu machen, für den Fall, daß mein Mann angegriffen wurde oder einen Unfall hatte?«

»Selbstverständlich, Mrs. Bradford-Brown. Ich werde ihm das sofort ausrichten, und ich werde ihn begleiten; ich war noch nicht zu Bett.«

»Danke. Vielen Dank.«

Geoff legte den Hörer auf die Gabel und starrte eine Sekunde lang auf das Telefon. Dann stürmte er die Treppe hinauf und öffnete die Tür zum Schlafzimmer seines Vaters. Er ging zum Bett und rüttelte ihn an der Schulter. »Dad, Dad!«

»Ja, was ist los?« John wälzte sich auf den Rücken.

»Mrs. Bradford-Brown hat eben angerufen; es scheint, daß der Boss vermißt wird.«

»Vermißt? Was soll das denn heißen?«

»Er ist vor ein paar Stunden weggegangen, anscheinend um einige Wilderer aufzuspüren, und ist bis jetzt nicht zurückgekommen. Er war mit Major Murray verabredet, ist aber dort nicht aufgetaucht. Sie läßt dich fragen, ob du eine Runde gehen würdest. Ich sagte ja, und daß ich mitgehe.«

»Er könnte nach Durham in seinen Club gegangen sein.«

»Das scheint sie nicht anzunehmen. Jedenfalls«, Geoff war schon auf dem Weg aus dem Zimmer, »wenn er hinter Wilderern her war, hat er bestimmt sein Gewehr mitgenommen. Kommst du?«

»Ja, ja. Ich komme.«

Zehn Minuten später standen beide im Hof. In der kalten Nachtluft zogen sie die Schultern hoch.

»Schon wieder so eine Phantomjagd«, bemerkte John. »Diese Frau hat schon einige in ihrem Leben veranstaltet, aber das ist die albernste von allen. Die Wahrheit ist sicher, daß der Boss zuviel getrunken hat, wie so oft in letzter Zeit, und daß er in irgendeinem unbenutzten Zimmer seinen Rausch ausschläft.«

»Ja, möglicherweise«, antwortete Geoff. »Aber wir sollten uns trotzdem mal umsehen.«

Also sahen sie sich um.

6

»Der blutverschmierte Körper von Ernest Bradford-Brown wurde von seinem Gutsverwalter, John Fulton, und dessen Sohn Geoff am 1. April 1944 um halb zwei Uhr morgens entdeckt. Nachforschungen der Polizei ergaben, daß der Verschiedene bei der Suche nach Lachsdieben gestolpert und gefallen ist und sich dabei ein Schuß aus seinem Gewehr gelöst hat. Ein Verbrechen wird ausgeschlossen. Mr. Bradford-Brown hinterläßt eine Frau und eine Tochter.«

Dieser kurze Bericht in der Lokalzeitung über den Tod von Ernest Bradford-Brown erregte die Gemüter nur wenig. Schließlich war Krieg und es gab wichtigere Nachrichten, und nicht alle waren gut. Zum Beispiel hatte das Bomberkommando 94 Flugzeuge von den 795, die an dem Luftangriff auf Nürnberg beteiligt waren, verloren. Auch das Begräbnis von Mr. Bradford-Brown erregte nur wenig Aufsehen, denn er war nicht gerade der beliebteste Landbesitzer in der Gegend gewesen – im Gegenteil. Man hatte ihn um sein Geld beneidet, ihn aber für seinen Mangel an Stil verachtet. Nicht einmal die Beziehungen seiner Frau waren in der Lage gewesen, alle Schlösser in den Türen der Grafschaft zu schmieren, um ihn hineinzulassen. Und dann war da noch die Scheidung seiner Tochter: eine widerliche Angelegenheit, die die Leute immer noch nicht vergessen hatten. Keine Ehefrau, die diese Bezeichnung verdiente, hätte ihren Mann so behandelt, nur weil er entstellt war. Daher hatte auch niemand ernsthaft erwartet, eine große Anzahl bedeutender Persönlichkeiten aus der Grafschaft an Mr. Bradford-Browns Grab versammelt zu finden. Doch da auch die ortsansässigen Geschäftsleute nur schwach bei der Beerdigung vertreten waren, stand zu vermuten, daß Mrs. Bradford-Brown, die nicht nur als vornehm und ruhig, sondern auch als sehr stolz bekannt war, darüber nicht so leicht hinwegkommen würde …

Alicia konnte diese Schmach tatsächlich nicht verwinden. Die Situation hatte ihren Zorn erregt und sie in einer Entscheidung bestärkt, die sie schon lange vor dem Tod ihres Ehemannes erwogen hatte. Diese Entscheidung teilte sie jetzt ihrer Tochter mit.

Janis saß im Wohnzimmer. Ihr dunkles Kleid ließ ihr blasses Gesicht aschfahl aussehen. Starr blickte sie ihre Mutter an, die ihr gegenübersaß, mit einem Taschentuch spielte und auf sie einredete: »Es ist deine eigene Schuld, daß er dich enterbt hat. Diese Verfügung hat er nicht erst vor kurzem, sondern schon nach deiner Scheidung getroffen. Er war damals wirklich außer sich. Alles hätte er ertragen, nur das nicht. Du hast ihm Schande bereitet. Du weißt, wieviel er auf unseren guten Namen hielt. Dein Vater hatte ein hartes Leben und mußte kämpfen für seinen ...«

Janis bewegte sich in ihrem Sessel und beugte sich zu ihrer Mutter vor. »Warum«, fragte sie, »stellst du Vater und seinen harten Kampf plötzlich mit einem Heiligenschein dar? Er hat dir doch nie etwas bedeutet. Du hast ihn verachtet und hast ihn das spüren lassen. Du hast ihn nur genommen, weil er viel Geld hatte und offensichtlich noch mehr Geld verdienen würde. Du hast ihn genommen, um Großvaters Schulden abtragen zu können und dieses Haus zu behalten. Erzähl, was du willst, aber sage nicht, du würdest um ihn trauern, denn das tust du nicht.«

»Wer sagt, daß ich um ihn trauere? Ich habe nur eine Feststellung getroffen. Wenn du mich nicht unterbrochen hättest, hätte ich dir das bewiesen, indem ich sage, er war ein Karrierist. Er wollte gut dastehen vor den Leuten. Er wollte eine Position in der Grafschaft einnehmen, wollte, daß man zu ihm aufblickt. Dafür hat er mit seinem Geld bezahlt. Er wußte es – und ich wußte es. Ich bin keine sentimentale Heuchlerin. Es ist sogar so, daß ich im Augenblick eine große Erleichterung empfinde. Aber es tut mir leid, daß er auf diese Art gestorben ist, und es gibt etwas, was mich daran stört. Ich habe mich wieder und wieder gefragt, warum er sich gerade in jenem Bereich des Geländes aufgehalten hat, als er eigentlich bei Major Murray zur Beratung über die Maßnahmen gegen Wilddiebe sein sollte. Ich habe noch mit ihm gesprochen, bevor er aus dem Haus ging. Er wirkte zornig. Vermutlich, weil wir in letzter Zeit so viele Vögel verloren haben, wenn auch nicht auf jenem Teil des Grundstücks.«

Janis drückte den Ellbogen fest auf die Armlehne des Sessels und stützte mit geschlossenen Augen das Kinn in die Hand, während sie ihrer Mutter zuhörte, die fortfuhr: »Ich war überrascht, daß sein Tod dich so mitgenommen hat, da ihr doch seit einiger Zeit wie Hund und Katze wart. Nur weil ich darauf bestand, hat er es erlaubt, daß du an den Wochenenden zu uns kommst. Und ich sage dir noch etwas: Er wußte, daß du dich wieder mit diesem Fulton triffst.«

Janis riß die Augen auf und öffnete den Mund, doch ihre Mutter sprach weiter: »Ja, das überrascht dich. Du hast ihn doch getroffen, oder?« Janis schluckte und antwortete schwach: »Ja, er kommt gelegentlich in die Kantine.«

»Ist das alles?«

»Nein, er war ein- oder zweimal auf einen Drink in meiner Wohnung.«

Alicia Bradford-Brown stemmte sich aus dem Sessel. Mit verächtlich gekräuselten Lippen sah sie auf ihre Tochter hinab. »Wieviel tiefer kannst du noch sinken? Ja, ja, er ist befördert worden, aber er bleibt doch, was er war. Aber, wie du mir des öfteren mitgeteilt hast, es ist dein Leben und du kannst damit anfangen, was du willst. Nun, im Gegenzug sage ich dir, daß auch ich in Zukunft mein Leben so führen werde, wie es mir zusagt. Also ist es vielleicht ganz gut, daß du dich an Fulton halten kannst. Aber ich gebe dir eine Chance: Ich werde das Gut verkaufen. Es ist schon ausgeschrieben. Mr. Gist wird die Sache in die Hand nehmen, und ich werde zu meiner Cousine nach Cornwall ziehen. Sie lebt allein in ihrem großen, düsteren Haus und freut sich über meine Entscheidung. Und jetzt bist du dran: Da dein Vater dir keinen Penny hinterlassen hat und auch ich nicht die Absicht habe, deine Liebschaften finanziell zu unterstützen, kannst du mit mir nach Cornwall kommen, bis der Krieg zu Ende ist und ich mich in der Schweiz niederlasse. Du kannst wählen. Ich lasse dich jetzt allein, damit du nachdenken kannst.«

Alicia ging aus dem Zimmer und schloß die Tür hinter sich. Janis starrte ihr nach. »Guter Gott!« murmelte sie. Sie hatte fest damit gerechnet, daß ihr Vater ihr etwas hinterlassen würde, denn seine Geschäfte, darunter sechs Immobilienbüros entlang des Tyne-Flusses, sowie der Wert dieses Hauses und des dazugehörigen Landbesitzes hatten ihn zum Millionär gemacht. Doch er hatte ihr keinen roten Heller vererbt. Er hatte lediglich verfügt, daß es im Ermessen seiner Frau liege, ob Janis etwas erhielt oder nicht. Und wie hatte ihre Mutter entschieden? Janis sollte sie zu Cousine Beattie begleiten, deren mausoleumartiges Haus im ödesten Winkel von Cornwall lag. Und nach dem Krieg in die Schweiz. Als Anhängsel dieser alternden Frau, die jetzt, wo ihr ein neues Leben winkte, die Jahre abzuschütteln schien. Und was würde geschehen, wenn ihre Mutter starb? Wahrscheinlich würde sie das ganze Vermögen einer entfernten Verwandten vermachen, Janis zum Trotz, die es gewagt hatte, die gesellschaftlichen Regeln zu brechen.

Mit schwachen Knien stand sie auf. Ihr einziger Gedanke war, daß sie unbedingt Geoff sehen und mit ihm sprechen mußte ... aber über was?

»Und du willst wirklich gehen, Meg?«

»Ja, Mädel. Es ist besser so. Ich habe schon alles arrangiert. Bill McGurk hat gestern meine Siebensachen in die neue Wohnung gefahren. Und die Nachbarin von nebenan hat sie schon für mich saubergemacht. Sie scheint ein patentes Mädchen zu sein. Sie hat drei Kinder, die alle sicher auf dem Land untergebracht sind, und ihr Mann ist auf See, und sie arbeitet nachts in der Fabrik. Tagsüber ist ihr langweilig, sagt sie, also hat sie für mich geputzt. Wir haben uns auf Anhieb verstanden. Sie sagte, ich erinnere sie an ihre Mutter. ›Nicht an deine Großmutter‹, fragte ich. Da hat sie gelacht und gemeint, nein, ihre Großmutter wäre noch am Leben. Ihre Mutter hat sich zu Tode gearbeitet, als sie sie aufgezogen hat. Ach, Mädel«, Meg legte die Hand auf Lizzies Arm, »jetzt verzieh nicht den Mund. So weit ist es doch gar nicht nach Shields. Und ich habe dort drei Zimmer; du könntest mit mir kommen und eine Weile dableiben, wie ich dir schon gesagt habe. Andererseits tut es mir leid, Kindchen, daß ich dich jetzt allein lassen muß. Aber in diesem Haus steht es nicht zum besten, nicht wahr? Ist es dir recht, wenn ich mein Maul ein bißchen weiter aufmache?«

»Ja, Meg, so weit du willst.«

»Nun, Lizzie, ich denke, du solltest mal ein offenes Wort mit Geoff sprechen. Je eher, desto besser.«

»Was meinst du damit, Meg?«

»Das, was ich sage. Du bist nicht taub oder blind. Er hat sich in den letzten Monaten sehr verändert. Und zwar seit Neujahr, und dafür muß es einen Grund geben.«

»Kennst du diesen Grund, Meg?«

Meg ging zum Herd, holte den Wasserkessel und stellte ihn auf den Tisch. Sie goß das heiße Wasser in die Kanne und brachte den Kessel an seinen Platz zurück. Zuletzt stülpte sie den Teewärmer über die Kanne und fuhr fort: »Mehr will ich nicht sagen. Ich denke nur, du solltest dich mit ihm aussprechen, denn du mußt an dein eigenes Leben und das deines Kindes denken, und da gibt es sicher einiges klarzustellen. Weiter sage ich nichts, also brauchst du nicht zu fragen. Vielleicht war es falsch von mir, meine Klappe so weit aufzureißen. Auf jeden Fall ist heute ein wunderschöner Tag. Du solltest mit deinem Baby spazierengehen. Aber trink vorher noch eine Tasse Tee. Es dauert nur noch eine Minute, bis er gezogen hat.« Sie schaute aus dem Fenster in den Garten, wo der Kinderwagen mit dem Baby stand. »Ist sie nicht niedlich! Und wie schnell sie wächst! Ich habe nie viel von Flaschennahrung gehalten, aber sie scheint ihr gut zu bekommen. So, hier ist dein Tee.«

Sie reichte Lizzie eine Tasse und fügte hinzu: »Du tust mir nur leid, Mädel, weil du in Zukunft das große Haus allein versorgen mußt.«

»Wann gehst du denn nun wirklich, Meg?«

»Na ja, ich wollte nächsten Montag einziehen, denn von da an muß ich die Miete bezahlen.«

Lizzie schlürfte ihren Tee. Plötzlich stand sie auf, zog ihren Mantel an und setzte ihren Pilzhut auf, den sie beim Hinausgehen fest über die Ohren zog. Meg hielt sie nicht durch weiteres Geplapper auf.

Als Lizzie den Kinderwagen durch das Tor auf die Straße schob, dachte sie bei sich, wie recht Meg doch hatte. Ich muß das in Ordnung bringen. Ich hätte das schon vor Wochen tun sollen. Damals hatte sie gedacht, daß keine andere Frau dahinterstecken könne, denn wann würde Geoff sich mit ihr treffen? Er war den größten Teil des Tages zu Hause, außer wenn er seinen regelmäßigen Spaziergang unternahm. Außerdem war er während der letzten Wochen dreimal im Krankenhaus gewesen und hatte wegen der Untersuchungen dort übernachten müssen. War vielleicht körperlich etwas mit ihm nicht in Ordnung, etwas, was er ihr nicht sagen wollte? Lizzie blieb stehen. Das könnte es sein.

Auf gewisse Weise war in der letzten Zeit das, was sie den persönlichen Kontakt nannte, zwischen Geoff und ihr verlorengegangen. Vor Weihnachten war es nichts Ungewöhnliches gewesen, wenn er einmal den Arm um ihre Schultern oder ihre Taille gelegt und sie gedrückt hatte. Und abends, wenn sein Vater nach oben gegangen war und Meg sich in ihr Zimmer zurückgezogen hatte, hatte er oft ihre Hand gehalten, während sie sich unterhielten. Und manchmal hatte er seine Hand auf ihren gewölbten Bauch gelegt, um das Baby strampeln zu fühlen. Doch seit Neujahr hatte das aufgehört.

Obwohl sie nun das Kind hatte, fühlte Lizzie sich seit einigen Wochen sehr allein. Mehr als einmal hatte sie daran gedacht, Richard anzurufen. Aber das wäre ihm gegenüber unfair gewesen. Es war jetzt beinahe vierzehn Tage her, daß sie zuletzt mit ihm und seiner Mutter gesprochen hatte. Während der ersten Woche nach der Entbindung hatte Richards Mutter mehrmals angerufen, und sogar Mr. Boneford hatte mit ihr gesprochen, so laut und dröhnend, daß seine Worte fast nicht zu verstehen waren.

Und dann Geoffs Vater. Es war seltsam, doch sie brachte es immer seltener fertig, ihn Dad zu nennen. Seit er damals das Baby zum erstenmal gesehen hatte, sprach er kaum noch mit ihr. Als sie sich darüber bei Geoff beschwert hatte, meinte dieser nur: »Mach dir keine Gedanken. Er wird schon darüber hinwegkommen. Mutter fehlt ihm immer noch sehr. Unglücklicherweise hat er nur für diese eine Frau gelebt.«

Lizzie schob den Kinderwagen wieder weiter, wobei sie sich ab und zu über den Griff beugte und zu dem Kind sprach, das mit runden blauen Augen zum Verdeck des Wagens hinaufblinzelte.

Sie wollte schon umkehren und zurückgehen, als sie sich entschloß, den Weg am Fluß entlang zu nehmen. Neben der Straße war ein sanfter Abhang. Er lag jenseits der Gutsgrenzen, doch wenn man sich einmal am Flußufer befand, gab es kein Hindernis mehr. Nur wer sich gut auskannte, wußte, daß die verfallenen Planken, die sich im rechten Winkel bis zum Abhang hinzogen, die Grenze bildeten. Es war verzeihlich, wenn man in Unkenntnis dieses Privatgelände betrat.

Noch vor einer Woche hätte Lizzie sich nicht träumen lassen, daß sie diesen Grund und Boden jemals betreten würde. Doch nun, da Mr. Bradford-Brown nicht mehr unter den Lebenden weilte, fiel es ihr leichter. So hatte sie in wenigen Minuten den Pfad am Fluß erreicht.

Es war seltsam, daß sie nie wieder so nahe am Fluß gewesen war seit dem Abend, als sie sich hineingeworfen hatte, um Richards Leben zu retten. Sie fand den Spaziergang angenehm; der Pfad war ziemlich eben, und es bereitete ihr keine Schwierigkeiten, den Kinderwagen darauf vor sich herzuschieben. Das sollte sie öfter machen. Sie stellte fest, daß der Pfad gut ausgetreten war, also mußte er von jemandem benutzt werden, wahrscheinlich von John auf den Runden, die er zweimal täglich ging. Doch

Geoff würde diesen Weg sicher nicht gehen, da es für ihn vermutlich beschwerlich war, den Abhang hinabzusteigen.

Da sie nun an ihn dachte, überlegte sie weiter: Hatte sie ihn wirklich gern? Nachdenklich blieb sie mit dem Kinderwagen stehen und schaute über den Fluß, dessen Oberfläche im Sonnenlicht glänzte. Die Antwort war: Wen gab es denn außer ihm, dem sie Zuneigung entgegenbringen konnte? Und wer würde sie und das Kind aufnehmen? Sie mochte Geoff. Sie konnte mit ihm leben, und das Haus war sein und ihr Zuhause. Welche andere Zukunft hatte sie denn? Die Antwort fiel nicht zufriedenstellend aus, und sie schob den Kinderwagen weiter. Und dann lag plötzlich die alte Scheune vor ihr. Sie war seit Jahren nicht mehr hier gewesen. Einmal war sie hineingegangen und hatte sich die Folterwerkzeuge an der Wand angesehen. Was sie sah, hatte sie damals in einen Schulaufsatz eingebracht: ›Alte Farmgeräte‹.

Lizzie hatte sich der Scheune bis auf fünfzehn Yards genähert, als sie das Gemurmel von Stimmen hörte. Sie schob den Wagen noch ein kurzes Stück weiter, doch als sie zwei Gestalten aus dem alten Gebäude treten sah, blieb sie wie angewurzelt stehen. Sie beobachtete, wie die beiden die Arme umeinander schlangen und sich lange und leidenschaftlich küßten. Lizzie fühlte, wie ihr Gesicht sich anspannte, während sich in ihrem Kopf ein lautes Brausen erhob, das in kürzester Zeit ihren ganzen Körper ausfüllte. Sie konnte sogar die Farbe dieses Brausens wahrnehmen – es war nahezu schwarz, ein dunkles, rötliches Schwarz, das ihre Augen zu versengen schien.

Lizzie meinte, schon mehrere Minuten regungslos gestanden zu haben, als die beiden Körper sich endlich voneinander lösten. Die Frau sah sie zuerst. Sie machte sich langsam von dem Mann los und zeigte auf Lizzie; und dann drehte sich auch der Mann um, und Lizzie hörte ihn ausrufen: »Lizzie! O Gott!«

Geoff machte keinen Versuch, sie aufzuhalten, als Lizzie den Kinderwagen herumriß und ihn beinahe laufend vor sich her stieß. Dann stand sie endlich auf freiem Feld, weit weg von diesem schrecklichen Ort ...

»Mach dir keine Sorgen«, sagte Geoff und legte den Arm wieder um Janis. »Du bist dir also ganz sicher? Und du wirst es nicht bereuen?«

»Was bereuen?«

»Ja – was bereuen ... Jedenfalls wird sich einiges für dich ändern. Ich bin vielleicht ein Leutnant, aber ich bleibe der Sohn von John Fuller, der nicht viel mehr ist als ein Farmarbeiter. Allein diese Tatsache wird dir auch die letzte Tür verschließen.«

»O Geoff, wenn du es wagen willst, will ich es auch. Das einzige Hindernis, das ich sehe, ist dein Vater. Wer weiß, wie er es aufnimmt. Und was das Mädchen angeht: Wird sie es ertragen, daß ich ins Haus komme?«

»Sie muß es entweder ertragen oder gehen. Wenn sie nicht bleiben will, werde ich ihr anbieten, deine Wohnung für sie herzurichten. Jedenfalls wird jetzt alles in Ordnung kommen. Und jetzt geh heim und sag deiner Mutter, wohin sie sich Cornwall und die Schweiz stecken kann.« Er lächelte knapp und fügte hinzu: »Und bereite sie auf den Schock vor, daß du diesen Fulton-Kerl heiraten wirst. Wahrscheinlich wird sie heulen wie ein Schloßhund. Als Liebhaber ihrer Tochter bin ich schon schlimm genug, aber auch noch als Ehemann? Das wird ihre Abreise nach Cornwall erheblich beschleunigen. Also geh jetzt, Liebes.«

Janis legte die Arme um Geoffs Nacken und küßte ihn langsam auf die Lippen. »Wahrscheinlich steht mir jetzt ein Wirbelsturm bevor«, sagte sie, »aber ich werde versuchen, die Wogen so gut wie möglich zu glätten.«

»Das schaffst du schon.«

»Ja«, nickte sie, »zweifellos.«

Als sie sich zum Gehen anschickte, hielt Geoff sie noch einmal fest. »Falls du Ted begegnen solltest – er hat sich in letzter Zeit ziemlich rar gemacht –, dann bedanke dich bei ihm, denn er hat sich als guter Freund erwiesen.«

Janis nickte wieder. »Ja, das werde ich tun. Aber ...

glaubst du nicht, daß er es als Druckmittel gegen mich benutzen könnte?«

»Nicht Ted. Ted kennt eine Menge Geheimnisse und behält alle für sich.«

Als sie sich schon ein Stück von Geoff entfernt hatte, drehte Janis sich noch einmal um. »Wann sehen wir uns wieder?«

»Später am Abend, in deiner Wohnung. Ich muß erst noch herausfinden, was Lizzie jetzt tun will, aber das wird nicht lange dauern.«

»Also, Lizzie«, Geoffs Stimme war laut geworden, »jetzt komm aber runter von deinem hohen Roß! Von Heirat war zwischen uns nie die Rede!«

»Du hast es zwar nicht direkt ausgesprochen, aber dein ganzes Benehmen hat darauf hingedeutet.«

»In deiner Einbildung, vielleicht – aber alles, was ich wollte, war, dir nach Andrews Tod einen Halt zu bieten.«

»Ach, was du nicht sagst. Du wolltest mich haben, und nur das Wissen, daß ich nicht so leicht zu haben bin, hat dich davon abgehalten. Manchmal ist es dir richtig schwergefallen, dein brüderliches Gehabe durchzuziehen! Hältst du mich für eine Idiotin, weil ich die ganze Zeit so leichtgläubig war? Deine Übernachtungen im Krankenhaus! Letztes Jahr waren die nicht nötig! Damals haben die Untersuchungen nur wenige Stunden gedauert. Und von allen Frauen ausgerechnet sie – Richards Frau!«

»Das war sie einmal.«

»Ja, das war sie; aber wie viele Liebhaber hat sie vorher und nachher gehabt? … Wage es nicht! Wenn du mich anrührst, schlage ich zurück, und zwar mit dem ersten, das mir unter die Finger kommt!« Lizzie griff nach der kleinen Bronzestatuette, die auf dem Fensterbrett stand, und fuhr fort: »Und du hast den Nerv, mir zu sagen, daß du sie als deine Frau herbringen willst und von mir erwartest, daß ich hierbleibe?! Als was? Als Hausmädchen oder als Dienstmagd? Und dann die Alternative: in ihre winzige Wohnung mit zwei Zimmern und einer Küche einziehen!«

»Du bist schließlich auch in nichts Besserem aufgewachsen. Du bist sogar …«

»Nein, ich bin in nichts Besserem aufgewachsen, aber das war nicht meine Schuld. Und dann bist du gekommen und hast dich als edler Ritter aufgespielt, um mich vor einem Leben in Sünde zu bewahren, das du in meiner Lage anscheinend für unvermeidlich gehalten hast. Aber du irrst dich; ich habe mich gewehrt in jener Nacht; und ich betone noch mal«, sie fuchtelte mit der Statuette, »daß aus mir niemals eine Miß Janis Bradford-Brown würde, die vergißt, daß sie eine Mrs. Richard Boneford war. Und da ich gerade dabei bin, sage ich dir noch etwas: Ich bin nicht aus unerwiderter Liebe zu dir so wütend, sondern weil du mich benutzt hast. Wie du vor ein paar Minuten gesagt hast, war sie immer Teil deines Lebens und die einzige Frau, die dir etwas bedeutet hat. Nun, jetzt bist du ihr gut genug. Und du solltest wissen, daß ich lieber ins Armenhaus ginge als hierzubleiben oder in ihre verdammte Wohnung einzuziehen. Ich werde von hier verschwinden, so schnell es geht, und werde froh sein, dich nicht mehr sehen zu müssen.«

Als Geoff die Hand nach ihr ausstreckte, schrie sie ihn an: »Wage es nicht, mich anzufassen! Komm mir nicht zu nahe! Ich sage dir noch eines: Es hätte mir nicht so viel ausgemacht, ich hätte dich möglicherweise sogar verstanden, wenn du offen mit mir gesprochen und mir gesagt hättest, daß sie dir so viel bedeutet, daß du sie heiraten und mit ihr wegziehen willst. Doch mir zu sagen, daß du sie hierherbringen willst und mir keine Wahl zu lassen, als mich damit abzufinden oder ihre Wohnung zu übernehmen! Bei Gott, Geoff Fulton, ich würde dich am liebsten auf der Stelle zusammenschlagen!« Lizzie schleuderte die Statuette auf die Couch und stürmte aus dem Wohnzimmer, wobei sie beinahe Meg auf dem Flur überrannte.

Als sie die Treppe hinauflief, folgte Meg ihr langsam. Lizzie riß gerade ihre Schubladen auf, als Meg in ihr Zimmer trat.

»Es mußte herauskommen, Mädel.«

»Sag nichts, Meg. Sag jetzt nichts.«

»Gut, aber ich könnte dir helfen, deine Sachen zu packen. Ich bin mit meinem Zeug schon fertig. Im Vorratsraum sind noch einige leere Koffer, die hole ich dir.«

Als sie in Lizzies Zimmer zurückkehrte, war das Bett mit Wäsche und Babysachen übersät. Meg kniete sich auf den Boden und öffnete einen der Koffer. »Reich mir die Sachen zu, die hier rein sollen«, sagte sie.

Als die beiden Koffer gefüllt waren, erhob sie sich. »Ich hole noch einen Koffer, und ein paar Schachteln sind auch noch da.«

»O Meg!« Lizzie ließ sich auf das Bett fallen und bedeckte ihr Gesicht mit den Händen. Sie vergoß keine Tränen, aber ihr Körper wurde immer noch von Wut geschüttelt. Meg ließ sich neben ihr nieder, legte den Arm um Lizzies Taille und zog ihren Kopf auf ihre Schulter nieder. »Was willst du jetzt anfangen, Mädel?«

»Ich habe noch keine Ahnung, Meg.«

»Aber ich. Obwohl – ich weiß nicht, ob das, was ich mir vorstelle, das richtige für dich wäre. Du könntest mit mir kommen, aber nachdem du so lange hier gelebt hast, würde es dir dort nicht gefallen. Nicht nur, weil meine Wohnung so klein ist, sondern … auch wegen der Gegend, in der sie liegt. Ich bin daran gewöhnt, mir gefällt es sogar, zumindest war es früher so. Wie ich mich jetzt wieder anpasse, wenn ich zurückgehe, weiß ich noch nicht. Aber für dich wäre es schwer, Mädel. Trotzdem, bis du etwas anderes gefunden hast, bist du mir willkommen, mehr als willkommen, und für mich wäre es schön, noch etwas länger mit dir zusammenzusein.«

»Ach, Meg, wenn ich mir vorstelle, wie weit es gekommen ist. Im Augenblick wünsche ich, man hätte mich niemals von Minnie Gillespie weggeholt. Ich war noch gar nicht lange hier, da bin ich ihr einmal begegnet, und sie hat zu mir gesagt: ›Eines Tages wird dir das leid tun.‹ Und nun scheint sie recht behalten zu haben. Und dann ist da noch meine Schwester Midge. Vor drei Jahren haben wir uns zuletzt gesehen, und wir hatten uns kaum etwas zu sagen. Sie schien glücklich zu sein; glücklicher sogar als ich. Es war ihr einundzwanzigster Geburtstag und ich brachte ihr ein Geschenk. Und da saß sie in ihrem kleinen Haus, das in Staub und Unordnung fast versank, aber sie und ihr Mann und seine Familie amüsierten sich prächtig. Als ich sie an diesem Tag verließ, fühlte ich mich merkwürdig einsam, und seit Weihnachten 1941 habe ich nichts mehr von ihr gehört – und habe mich selbst auch nicht bei ihr gemeldet. Und jetzt habe ich niemanden mehr als dich, Meg.«

»Sei doch nicht albern, Mädel. Du hast Mr. Richard und seine Familie.«

»Ach Meg, ich würde nicht im Traum daran denken, ihnen unter diesen Umständen zur Last zu fallen.«

»Nein, natürlich nicht. Nun, ich gehe jetzt die restlichen Schachteln holen, und dann schlüpfe ich schnell hinaus in die Telefonzelle und rufe Miß Thirble an. Ich telefoniere nicht von hier aus, weil ich nicht möchte, daß Geoff mitkriegt, was ich mit ihr bespreche. Sie ist sicher noch im Büro, und ich werde sie fragen, ob ich den Schlüssel schon morgen anstatt Montag haben kann. Also halt die Ohren steif, Mädel, es wird sich schon alles irgendwie einrenken. Wie meine Mutter immer zu sagen pflegte: ›Wenn eine Tür sich schließt, wird dir eine andere vor der Nase zugeworfen.‹ Aber da bin ich anderer Meinung.«

Meg ging auf ihr Zimmer, zog ihren blauen Segeltuchmantel-Mantel an und setzte den flachen Filzhut auf. Danach holte sie ihre Handtasche aus der Kommode und eilte die Treppe hinunter. Am Telefontischchen riß sie ein Blatt vom Notizblock und schrieb eine Nummer aus dem Büchlein, das daneben lag, heraus. Dann eilte sie aus dem Haus.

Einige Minuten später stand sie in dem Telefonhäuschen. Als am anderen Ende der Leitung abgehoben wurde, rief sie in den Hörer: »Sind Sie das, Mrs. Boneford?« Eine Stimme antwortete: »Nein, aber ich werde sie holen. Mit wem spreche ich?«

»Mein Name ist Mrs. Price. Ich … ich bin eine Freundin von Lizzie. Könnte ich bitte mit Mr. Richard Boneford sprechen?«

»Oh, ich fürchte, er wird erst morgen abend nach Hause kommen. Aber ich hole Mrs. Boneford.«

Meg preßte den Hörer ans Ohr und wunderte sich, warum dieses Hausmädchen nicht mit dem breiten schottischen Akzent sprach, von dem Lizzie erzählt hatte.

»Hallo?«

»Oh, hallo. Ist dort Mrs. Boneford?«

»Ja, am Apparat.«

»Hier ist Mrs. Price, Sie wissen, Lizzies Freundin.«

»Ach ja. Lizzie hat uns viel von Ihnen erzählt. Wie geht es ihr?«

»Nicht besonders gut, Mrs. Boneford.«

»Sie ist doch nicht krank?«

»Nein, das nicht, aber sie ist in Schwierigkeiten.«

»Was für Schwierigkeiten?«

»Das ... das ist eine lange Geschichte. Moment mal, ich muß noch etwas Kleingeld einwerfen.«

Als Meg das Gespräch wieder aufnahm, rief sie: »Sind Sie noch da?« »Ja, Mrs. Price«, antwortete die Stimme, »ich bin noch hier. Sie sagten, Lizzie sei in Schwierigkeiten. Können Sie mir mehr darüber erzählen?«

»Na ja, ich mach's kurz. Es ist wegen Geoff, wissen Sie. Er ist jetzt ganz plötzlich damit herausgeplatzt, daß er sich verheiraten will und daß Lizzie entweder im Haus bleiben oder sich in der Wohnung von dieser Bradford-Brown in Durham einmieten kann.«

»Was sagten Sie? Wie war der Name?«

Meg blickte an die Decke des Telefonhäuschens. Sie hätte keinen Namen nennen sollen. Andererseits hätten sie es zuletzt doch erfahren. Also brachte sie ihre Lippen wieder nahe an den Hörer und rief: »Ich weiß nicht, wie Sie es auffassen werden, Mrs. Boneford, aber ... es handelt sich um Mr. Richards frühere Frau. Sie nennt sich jetzt Miß Brown.«

»Niemals! Niemals!«

»Eben! Genauso denkt Lizzie auch. Sie sitzt ganz schön in der Klemme.«

»Aber meine Liebe, da müssen wir etwas unternehmen.«

»Nun, ich hätte da eine Idee, Mrs. Boneford.«

»Ja, Mrs. Price? Was meinen Sie, sollte man tun?«

»Na ja, ich habe ihr vorgeschlagen, sich mit Ihnen in Verbindung zu setzen, aber das wollte sie nicht. Sie wollte Ihnen nicht zur Last fallen. Also, wenn Sie sie vielleicht bald anrufen und sie einladen könnten ... nun, ich bin sicher, daß sie dann kommen würde. Wissen Sie, ich gehe nämlich weg von hier, aber ich habe nur ein winziges Häuschen in Shields, und Lizzie ist etwas Besseres gewöhnt. Sie ist mir mehr als willkommen, aber sie würde sich dort nicht wohlfühlen, das weiß ich.«

»Aber selbstverständlich, Mrs. Price. Ich werde sie anrufen. Richard ist gerade nicht daheim, aber ich weiß, daß er Lizzie auf der Stelle einladen würde. Da bin ich ganz sicher.«

Ein weiteres Signal ertönte und Meg mußte noch einige Münzen einwerfen. »Sind Sie noch da?« schrie sie wieder. »Ja, Mrs. Price, ich bin noch da«, war die Antwort. Mrs. Bonefords Stimme war klar und fest. »Ich werde mein Bestes tun, sie am Telefon zu überzeugen, daß sie uns besuchen soll, und daß wir unbedingt das Baby sehen müssen. Wie lange soll ich mit dem Anruf warten? Eine halbe Stunde?«

»Ja, das müßte passen. Und danke, vielen Dank!«

»Sie kommen doch mit?«

»Ich? O nein! Wie ich sagte, ich habe mein eigenes Heim.«

»Wir würden uns sehr freuen, Mrs. Price, und Lizzie scheint an Ihnen zu hängen. Außerdem ist die Reise lang, und es wäre mir lieber, wenn sie Gesellschaft hätte.«

»Sie sind sehr liebenswürdig, Mrs. Boneford, aber ...«

»Dann kommen Sie also mit.«

»Warten Sie ...«

»Auf Wiedersehen, Mrs. Price.«

Meg starrte auf den stummen Hörer und murmelte: »Ich soll nach Schottland? Zu so vornehmen Leuten? Nein, nein. Ich werde Lizzie in den Zug setzen, und das war's dann. Mehr mache ich nicht.« ...

Meg befand sich zufällig im Wohnzimmer, als das Telefon

läutete. Schnell lief sie in den Flur und hob ab. Es war Mrs. Boneford, die höflich fragte, ob sie Lizzie sprechen könne.

»Ja, Mrs. Boneford, ich hole sie.«

Sie trottete über den Flur und erklomm einige Stufen der Treppe. Dann schrie sie: »Lizzie! Lizzie! Du sollst ans Telefon kommen!«

Es dauerte einige Sekunden, bis Lizzie am Treppenabsatz erschien und langsam hinabstieg. »Beweg dich, Mädel«, forderte Meg sie auf, »es ist Mrs. Boneford.«

Dennoch ging Lizzie nicht schneller. »Hallo, Edith«, sagte sie, als sie den Hörer nahm. »Hallo, Lizzie«, kam die Antwort. »Hören Sie zu, Lizzie. Sie setzen sich morgen früh mit Mrs. Price in den Zug und kommen geradewegs hierher. Verstehen Sie mich? Ich werde mich auf keine Diskussion einlassen. Sie tun, was ich sage. Bringen Sie nur Ihr Handgepäck mit, den Rest können Sie später holen lassen.«

»Nein, Edith, ich kann nicht.«

»Hören Sie auf mich. Wenn Sie es nicht tun, heißt das, daß Richard nach seiner Rückkehr morgen abend die Reise nach Shields zum Haus Ihrer Freundin antreten muß, um Sie dort abzuholen. Wenn Sie tun, was ich Ihnen sage, ersparen Sie uns allen viel Mühe. Wir würden Sie gerne wiedersehen. Nehmen Sie denselben Zug wie letztesmal. Der Einspänner wird am gleichen Ort wieder für Sie bereitstehen. Ich werde mich nicht mit Ihnen streiten. Ganz gleich, ob Sie sich morgen selbst auf den Weg machen, oder ob Richard Sie abholen muß: Sie werden hierherkommen!«

Es klickte in der Leitung, bevor Lizzie antworten konnte. Lizzie atmete schwer und legte die Hand an den Hals, als drohe sie zu ersticken. Dann ließ sie den Hörer auf die Gabel fallen, drehte sich um und lief die Treppe hinauf in ihr Zimmer. Dort warf sie sich auf das Bett und weinte hemmungslos.

Meg folgte ihr, sagte jedoch nichts, sondern setzte sich ans Fußende des Bettes und ließ Lizzie sich ausweinen. Erst als das Schluchzen langsam verebbte, streckte sie die Hand aus und berührte Lizzies Schulter. »So ist's gut; jetzt ist es heraus. Und nun zur Sache. Du kannst heraussuchen, was du brauchst, und den Rest läßt du dir nachschicken.«

Lizzie erhob sich und ging zum Waschtisch. Mit einem Handtuch trocknete sie ihre Augen, dann wandte sie sich Meg zu. »Wenn ich dorthin gehe, kommst du mit.«

»O nein, Mädel, auf keinen Fall. Abgesehen von allem anderen – ich würde dort einfach nicht hinpassen. Ich habe hier schon nicht richtig hingepaßt, obwohl das keine Adligen sind.«

»Meg, ohne dich schaffe ich es einfach nicht ... zumindest jetzt noch nicht. Ich ... ich fühle mich so verloren. Die Bonefords sind wirklich wundervolle Menschen, aber mit dir habe ich so lange gelebt, schon vor Berthas Tod. Du warst mir mehr Mutter als sie es war – sie war immer eine Lehrerin. Und du weißt alles über mich und mein Leben. Ich brauche dich, Meg. Wenn du nicht mitkommst, gehe ich mit dir nach Shields. Jetzt weißt du es. Komm doch mit, wenigstens für eine Weile, bis ich mich wieder gefangen habe.«

»Schön.« Meg schüttelte sich wie ein nasser Hund. »Schön, wenn du es so siehst, muß ich wohl mitkommen. Aber die Leute werden einen Schock bekommen; denk dran, daß ich nicht nach jedermanns Geschmack bin.«

»Sie werden dich mögen.«

»Hoffentlich hast du recht; aber da ich weiß, wie ich bin, bezweifle ich das. Ich bin zu alt, um mich zu ändern und Manieren anzunehmen. Ich wüßte auch nicht, wie das gehen sollte, da ich nie welche hatte. Jedenfalls ist jetzt alles klar. Jetzt mußt du noch zu John gehen und hören, was er dazu sagt, und morgen früh sind wir weg!«

Was John sagte, entsprach dem Verhalten, das er Lizzie gegenüber in den vergangenen Monaten an den Tag gelegt hatte. Er saß in seinem Sessel und sah sie nicht an, sondern beugte sich zum Feuer hinab und klopfte seine Pfeife aus. »Ich höre, du willst uns einfach so verlassen«, sagte er.

»Nicht einfach so, Dad. Man hat mir nur die Wahl gelassen, mit einer anderen Frau in diesem Haus zu leben, oder deren Wohnung in Durham zu übernehmen. Was hätte ich deiner Meinung nach machen sollen?«

Jetzt erst drehte John Fulton sich um und sah Lizzie an. »Nach allem, was wir in den vergangenen Jahren für dich getan haben, sollten eigentlich beide Möglichkeiten für dich akzeptabel sein, Lizzie. Und wenn mein Sohn jemanden heiraten will, so ist das seine Sache. So sehe ich es.«

»Sogar wenn dieser Jemand Miß Brown ist?«

»Das geht nur ihn und sie etwas an. Außerdem ist das immer noch mein Haus, und du hast mein Einverständnis, mit deinem Kind hier wohnen zu bleiben. Aber du hast nicht das Recht, bestimmen zu wollen, wer sonst hier wohnen darf.«

Lizzies Stimme wurde lauter. »Was hättest du gesagt, wenn dein Sohn dir vor Weihnachten mitgeteilt hätte, daß er mich heiraten wollte?«

»Ich hätte gesagt, daß das nicht gutgehen würde. Ihr seid zwar nicht Bruder und Schwester, aber eure Charaktere sind zu unterschiedlich.«

Lizzie sog tief die Luft ein, ehe sie antwortete: »Da haben Sie recht, Mr. Fulton.«

John Fulton wandte scharf den Kopf zu Lizzie, als sie ihn mit vollem Namen ansprach. Sein leicht geöffneter Mund öffnete sich noch weiter, als Lizzie fortfuhr: »Ich habe ein Kind, aber eine Hure bin ich nicht! Und deshalb passen Ihr Sohn und ich nicht zusammen. Er hat sich jemanden gesucht, der seinem Wesen besser entspricht. Ich hoffe, das Zusammenleben mit Ihrer Schwiegertochter wird Ihnen Freude bereiten!«

»Lizzie, wie kannst du …«

»Sprechen Sie es nicht aus! Ich sage die Wahrheit, und das wissen Sie. Ich werde jetzt gehen. Morgen früh bin ich aus dem Haus. Ich sollte Ihnen danken für die Jahre der Fürsorge, aber wenn ich es recht bedenke, habe ich für alles hart gearbeitet. Ich bin jahrelang als Dienstmädchen ausgenutzt worden. Deshalb hat man mich doch geholt, nicht wahr? Auch als ich die Stenotypistinnenschule besuchte, mußte ich abends noch den Haushalt erledigen. Und als ich anfing, Geld zu verdienen, habe ich alles abgegeben und dafür von Bertha ein Taschengeld erhalten. Aber das hat mir nichts ausgemacht; ich habe es als Bezahlung für den Musikunterricht betrachtet, der mir wirklich Freude gemacht hat. Trotzdem hat sie immer gesagt, sie würde mein Geld für mich aufheben, damit ich etwas hätte, wenn ich heirate. Doch als sie starb, hat sie mir seltsamerweise nichts hinterlassen als ihre Armbanduhr; kein Geld, und auch sonst nichts, und alles nur, weil ich gesündigt habe. Etwas habe ich von ihr gelernt: Auch gute Menschen können ein kleinliches Herz besitzen.«

»Hinaus! Niemals hätte ich geglaubt, aus deinem Mund solche Worte über meine Frau hören zu müssen! Sieben Jahre lang hattest du ein Heim hier und wurdest wie eine Tochter behandelt. Sie hat dich sogar geliebt …«

»Das hat sie nicht, sonst hätte sie mir meinen sogenannten Fehltritt verziehen. Was Ihre Frau von Anfang an wollte, war eine Schülerin. Jemanden, den sie in ihrer liebenswürdigen, eindringlichen Art unterrichten und beherrschen konnte; aber lieben – nein. Sie liebte nur einen Menschen, und das waren nicht einmal Sie – es war ihr Sohn. Und ich hoffe, daß sie, wo immer sie jetzt auch sein mag, glücklich sein wird über ihre Schwiegertochter, die ihren Platz in diesem Haus einnehmen wird, auf das sie so stolz war.«

John war sprachlos vor Zorn. Er bot das gleiche Bild wie kurz zuvor Geoff, und Lizzie erkannte, daß er sie am liebsten geschlagen hätte. Sie drehte sich um und ging aus dem Zimmer. Oben angelangt, fuhr sie fort, ihre Sachen zusammenzupacken, und als sie damit fertig war, stellte sie fest, daß sie nicht viel besaß.

7

»Herrje! Ich war der Meinung, daß alle guten Menschen in Shields wohnen, aber waren diese Leute nicht hilfsbereit?« Meg und Lizzie saßen im Bus, auf der vorletzten Etappe ihrer Reise. Der Schaffner hatte zwei Koffer, eine Umhängetasche und zwei Reisetaschen unter den Stufen verstaut; ein Mann war aufgestanden und hatte Meg seinen Platz überlassen, und ein Junge hatte für Lizzie und das Baby seinen Sitz geräumt. »Mir gefällt Schottland jetzt schon!« schrie Meg über den Mittelgang hinweg, wo Lizzie drei Reihen weiter vorne saß. Die Leute in Hörweite lachten, und einige fragten, woher sie kämen. »Aus Durham in der Grafschaft Durham«, antwortete Meg vergnügt. »Wir sind schon den ganzen Tag unterwegs.«

»Ho, das ist eine lange Strecke! Und wohin soll's gehen?«

»Rauf in die Hügel, soweit ich weiß, zu einem Ort namens Beckside Hall.«

»Beckside!« Die Umsitzenden tauschten Blicke, und einer meinte: »Oh, das ist aber noch ein gutes Stück weit weg. Der Bus fährt dort nicht hin.«

»Ich weiß, aber wir werden abgeholt.«

So ging es weiter, bis die Passagiere immer weniger wurden und außer Meg und Lizzie nur noch zwei Mitreisende im Bus saßen. Dann waren sie endlich am Ziel, und der Schaffner sprang aus dem Bus, stellte ihr Gepäck an den Straßenrand und winkte ihnen noch mal zu, als der Bus davonfuhr …

Lizzie blickte sich um und entdeckte den Einspänner an der Mündung einer Seitenstraße. Daneben stand eine junge Frau.

Diese kam auf sie zu und rief ihnen entgegen: »Hallo! Sie sind pünktlich, und ich habe es gerade noch geschafft.« Sie sah Lizzie an und stellte sich vor: »Ich bin Jean McKenzie.

Matty liegt mit Rheuma danieder und … und Edith hat Ihnen sicher gesagt, daß Richard erst am Abend zurück sein wird.«

Sie streckte die Hand aus, die Lizzie ergriff, während sie mit der anderen das Baby an die Brust drückte. Mit erschöpftem Lächeln sagte Lizzie: »Nun, ich bin Lizzie und das ist Jane.« Sie nickte zu dem Kind hinunter, und die junge Frau antwortete: »Was für ein niedliches Mädchen!« Dann wandte sie sich an Meg. »Und Sie sind Meg?« »Jawohl, ich bin Meg«, gab diese zurück.

»Lassen Sie mich das nehmen.« Jean McKenzie beugte sich hinab und hob mühelos die beiden Koffer in den Wagen. »Wie war die Reise?« erkundigte sie sich. »Hoffentlich mußten Sie nicht stehen. Es ist schrecklich heutzutage. Als ich von Portsmouth kam, konnte ich während der ganzen Fahrt keinen Sitzplatz ergattern.«

Noch bevor Lizzie im Einspänner saß, hatte sie festgestellt, daß diese Jean McKenzie eine äußerst tüchtige Frau war, wenn auch nicht ganz so jung, wie sie sie auf den ersten Blick eingeschätzt hatte. Sie mußte um die dreißig sein. Sie war groß und sehr schlank, hatte eine Mähne blonden Haares und ein anziehendes Gesicht mit großen, runden, braunen Augen. Sie plauderte fast ununterbrochen und ließ die anderen kaum zu Wort kommen.

Der Wagen holperte die Straße entlang. Einmal drehte Jean sich zu Lizzie um und meinte: »Richard wird sich freuen, Sie zu sehen. Er hat mir viel von Ihnen erzählt. Richard und ich sind zusammen aufgewachsen, wissen Sie. Na ja, zumindest, bis ich sieben und er neun Jahre alt war, dann wurde er ins Internat geschickt, ebenso wie ich kurze Zeit später. Danach haben wir uns meist nur noch in den Ferien gesehen und gemeinsam die Gegend unsicher gemacht.«

Meg blickte Lizzie bedeutungsvoll an. Lizzie erwiderte ihren Blick nicht, sondern fragte: »Und wie geht es Richard jetzt?«

»Oh, wunderbar. Er war noch einmal im Krankenhaus. Die Ärzte haben ein kleines Wunder vollbracht. Wir sind alle so froh. Am vergangenen Wochenende haben wir einen Einkaufsbummel in der Stadt gemacht, und ... er war kein bißchen verlegen. Es war herrlich, ihn so zu erleben.«

Wieder versuchte Meg, Lizzies Blick festzuhalten. Beide dachten das gleiche: War Lizzie vom Regen in die Traufe geraten?

Lizzie hatte in der letzten Nacht kaum geschlafen. Während Stunde um Stunde verrann, war ihre Erleichterung über die Wende, die die Dinge genommen hatten, gewachsen. Sie hatte erkannt, wem ihre wahre Zuneigung galt. Sie dachte daran, daß Richard gesagt hatte, er würde ihr nie einen Heiratsantrag machen; doch das mußte nicht heißen, daß er sich nichts aus ihr machte. Nun, zu gegebener Zeit könnte sie ihm einen Antrag machen. Und nun war da dieses Mädchen .... nein, diese Frau, die von ihrer Vertrautheit mit Richard erzählte – sozusagen, um das Eis zu brechen. O ja, sie brach das Eis, und zwar ganz gewiß in der Absicht, Lizzie wissen zu lassen, wie die Dinge standen. Sie war die Sorte Frau, die sicher nicht warten würde, bis Richard ihr einen Antrag machte. In ihrer lebhaften, zupakkenden Art hatte sie ihn wahrscheinlich selbst gefragt und die Angelegenheit ein für allemal geregelt. War es nicht eine Ironie des Schicksals, war es nicht ein Witz, daß Lizzie nun in die gleiche Situation geriet, der sie vor ein paar Stunden entflohen war?

Das Wort ›Witz‹ – Mr. Honeysett hatte es erwähnt.

Eine halbe Stunde bevor der Bus nach Durham ging, hatte Lizzie mit Meg Koffer und Taschen zur Haltestelle geschleppt. Meg war beim Gepäck geblieben, während Lizzie noch mal ins Haus zurückkehrte, um das Kind und einige Kleinigkeiten zu holen. Geoff hatte sich nicht blicken lassen, und sein Vater war bereits zur Arbeit gegangen. Lizzie begegnete niemandem. Sie verzichtete sogar darauf, sich ein letztesmal in der Küche umzusehen; sie wollte nur so schnell wie möglich weg. Am Gartentor war sie auf Ted Honeysett gestoßen. Er hatte seinen Karren vor sich hergeschoben und gefragt, ohne zuvor zu grüßen: »Gehst du zum Bus?« »Ja, Mr. Honeysett«, hatte Lizzie geantwortet.

»Na, dann schmeiß deine Bündel auf meinen Karren«, sagte er, und das hatte sie auch getan. Eine Weile waren sie schweigend nebeneinander hergegangen. Als er Megs ansichtig wurde, die auf ihrem Koffer hockte, fragte er Lizzie: »Fahrt ihr in Urlaub?«

»Nein, Mr. Honeysett. Wir gehen weg von hier.«

Ted schien nicht überrascht zu sein und meinte nur: »Ah ja?« und fügte beiläufig hinzu: »Wegen ihr?«

Lizzie hatte ihn angesehen, und Ted hatte ihren Blick erwidert. »Ich komme rum, Lizzie; ich komme rum.« Das brachte Lizzies Gedanken in Verbindung mit Johns Worten, daß Ted Honeysett mehr wüßte, als gut für ihn wäre. Ihr wurde bewußt, daß Ted die Situation von Anfang an durchschaut haben mußte. Er fuhr fort: »Geoff hat immer gern Witze gemacht, schon als junger Bursche. Hat immer noch eins draufgesetzt, wenn man was zu ihm sagte; hat immer einen Witz daraus gemacht. Ich habe nichts gegen ihn, darum hoffe ich, daß ihm das Lachen nicht zu schnell vergeht. Was meinst du dazu, Mädel?« Lizzie hatte ihm zugestimmt. »Ja, Mr. Honeysett, ich hoffe auch, daß er noch eine Weile etwas zu lachen hat.«

»Da sind wir.« Er hatte die Bündel vom Karren genommen und sie neben Meg auf den Boden gestellt. »Sind Sie auf dem Weg in die Ferien?« sprach er sie an.

»Ja, Mr. Honeysett, das bin ich.«

»Und wohin soll' s gehen?«

»Nach Deutschland, Mr. Hitler besuchen.«

Ted hatte gegrinst und festgestellt: »Stell eine ordentliche Frage und du kriegst eine alberne Antwort.« Dann wurde er ernst. »Wenn Sie Hitler sehen, bitten Sie ihn, meinen Billy gut zu behandeln. Er ist seit zwei Jahren in Gefangenschaft.«

Meg hatte sich mühsam von dem Koffer erhoben und in verändertem Ton gesagt: »Es tut mir leid; das wußte ich nicht.«

»Nein, woher sollten Sie das auch wissen? Sie können auch nicht wissen, daß mein zweiter Junge bei einem Minenräumkommando ist, daß Katy und Carol bei der

WAAFS* sind, daß mein Fred Mechaniker bei der Luftwaffe ist und Nancy, meine Jüngste, bei einer Konzerttruppe und die Jungs zum Lachen bringt. Sie könnte einen Toten zum Lachen bringen, dieses Mädchen. Nun«, er wandte sich jetzt Lizzie zu, »wohin ihr auch geht, ich wünsche dir Glück, Mädel.« Weich erwiderte Lizzie: »Danke, Mr. Honeysett, für Ihre Freundlichkeit all die Jahre.«

»Ach Mädel, was ich für dich tun konnte ist nichts im Vergleich zu dem, was ich für andere getan habe, die mir zum Dank höchstens einen Tritt in den Hintern gegeben haben. Jedenfalls, viel Glück, und Ihnen auch, Mrs. Meg.«

»Danke, Mr. Honeysett«, gab Meg zurück. »Es tut mir leid, wenn ich bissig war. Ich fühle mich einfach bissig heute, empört, irgendwie.«

»Ja, ich verstehe. Darf ich fragen, ob Sie jetzt nach Shields fahren?«

»Nein, nicht nach Shields.«

»Nun denn.« Ted blickte Lizzie in die Augen. »In diesem Fall richte bitte Mr. Richard meine Grüße aus. Ein netter Mann. Keine Spur von Spaßmacher. Viel Glück, ihr beiden.« Er packte die Griffe seines Karrens und schob davon, während die beiden Frauen hinter ihm her starrten.

»Wie konnte er wissen, wohin wir gehen?« fragte Meg.

Lizzie setzte das Kind von einem Arm auf den anderen, ehe sie antwortete. »Er ist klüger, als manche Leute glauben, er ist sogar klüger als die meisten Leute hier.«

»Komisch, ich habe ihn nie so recht gemocht.« Meg schürzte die Lippen. »Ich hielt ihn immer für hinterhältig; aber so, wie er mir jetzt Bescheid gestoßen hat, indem er mir seine Kinder aufgezählt hat, meine ich, daß ich ihn falsch beurteilt habe. Er war wohl von Anfang an gezwungen, zu schnüffeln und zu hamstern, so daß es ihm zur zweiten Natur geworden ist. Aber was meinte er damit, daß Mr. Richard kein Spaßmacher ist?«

Ja, was hatte er damit gemeint? Wenn sich hier eine

---

* Organisation des zivilen Hilfsdienstes; Anm. d. Red.

schlechte Komödie abspielte, so war Richard sicher nicht daran schuld.

Lizzie verspürte das Verlangen zu weinen – nicht in Tränen auszubrechen, sondern einfach still vor sich hin zu weinen.

Die Stimme der Frau durchbrach ihre Gedanken. »Wir wollten an diesem Wochenende eine kleine Feier veranstalten; eine Party mit einigen Freunden. Es ist schön, daß Sie gekommen sind. Es wird Ihnen sicher gefallen.«

Lizzie betrachtete das Profil der Frau und stellte fest, daß sich hinter all dem Geplapper eine große Anspannung bemerkbar machte. Betrachtete Jean sie als Rivalin? Das war nicht nötig, wirklich nicht. Lizzie würde ein paar Tage bleiben und dann mit Meg nach Shields zurückfahren. Sie erinnerte sich, daß sie den Kinderwagen und drei Kartons im Schuppen untergestellt hatte. Sie hatte am letzten Abend ihre Nachbarn, die Bramleys, gesprochen und sie gebeten, die Sachen mitzunehmen, wenn sie bei den Fultons vorbeikämen. Sie wollte sie anrufen und ihnen neue Anweisungen geben. Mehr konnte sie im Augenblick nicht tun.

»Tante Edith und Onkel James sind ganz aufgeregt, weil Sie kommen. Sie sind ganz verrückt danach, das Baby zu sehen«, sagte Jean.

Also hieß es Tante Edith und Onkel James. Natürlich nannte Jean sie so, nachdem sie sie seit ihrer Kindheit kannte.

Lizzie betrachtete wieder ihr Profil. Jean hielt den Kopf hoch, die Schultern hatte sie zurückgenommen. Lizzie konnte sich vorstellen, wie sie über Moore wanderte, Berge erklomm und Jagden ritt. O ja, Jean würde gut nach The Hall passen. Sie war dafür geboren. Lieber Gott! Sie wünschte, sie wäre nicht hierhergekommen. Sie dachte wieder an Ted und seine Bemerkung über den Spaßmacher. Diesmal schien sie das Opfer des Spaßes zu sein, und das schmerzte sie mehr, als sie es für möglich gehalten hatte.

Sie hatte Andrew geliebt, und diese Liebe war noch immer tief in ihrem Herzen verwurzelt. Doch niemals hatte sie sich vorgestellt, daß ihre herzliche Zuneigung zu Richard den Keim einer anderen Liebe in sich trug, die nun über Nacht hervorgebrochen war. Nein, nicht wirklich über Nacht. Wie oft hatte Lizzie im Verlauf der letzten Monate Geoff mit Richard verglichen? Wie oft hatte sie sehnsüchtig auf Richards Anruf gewartet, um seine Stimme hören und eine Weile mit ihm sprechen zu können? Und warum, wenn sie ihn sich in Gedanken vorstellte, so wie er aussah, wollte sie ihn trotzdem immer nur ansehen? Vernünftig wie sie war, hätte ihr das Fehlen solcher Anzeichen bei Geoff auffallen müssen. Doch jetzt erkannte sie die Zeichen deutlich genug. Die Frau, die das Fuhrwerk lenkte, war zutiefst verliebt und hatte Angst. Nun, die brauchte sie vor Lizzie nicht zu haben.

Als sie endlich in die Auffahrt zum Haus einbogen und vor dem Eingang hielten, standen da, als hätten sie sich seit dem letzten Abschied nicht bewegt, James und Edith. Das erste, was Edith tat, war, Lizzie das Kind aus den Armen zu nehmen und es in ihren eigenen Armen zu wiegen, wobei sie zwischendurch ausrief: »O Lizzie, wie schön, Sie wieder zu sehen! Und das ist sicher Meg. Darf ich Sie Meg nennen?«

»Sie dürfen, Ma'am.«

Es war lange her, daß Meg jemanden Ma'am genannt hatte, aber sie erkannte eine Lady, wenn sie eine sah. Dann ergriff James ihre Hand und schüttelte sie, als wolle er ihr den Arm ausreißen, während er fragte: »Gute Reise gehabt?« Meg kam kaum zu Atem. »Ja, sehr gut, Sir ...«, schnaufte sie.

»Dann kommen Sie beide doch herein.«

Während die anderen ins Haus gingen, rief Jean McKenzie ihnen nach: »Ich will nur schnell das Pferd unterstellen und füttern.«

Drinnen wartete Phyllis, um Lizzie zu begrüßen. »Ich bin so froh, Sie zu sehen. Wahrhaftig, ja.«

»Danke, Phyllis. Ich freue mich, hier zu sein.«

»Die Köchin hat extra für Sie einen Haufen Bannocks zubereitet.«

»Das ist nett. Ich danke ihr. Aber ich werde sie sowieso bald sehen.«

»Kommt herein«, drängte James. »Legt eure Sachen ab und setzt euch. Wie steht' s mit etwas Tee?« Er wandte sich an Phyllis. »Hören Sie auf, das Kind anzustarren. Es wird sich ängstigen, wenn Ihr Mund so weit offen steht wie ein Scheunentor. Bringen Sie den Tee.«

Meg, die gerade dabei war, ihre Hutnadel herauszuziehen, erstarrte. Und als Phyllis ihr zunickte und brummte: »Da haben Sie ihn, er gibt wieder an«, brach sie in ein gewaltiges Gelächter aus, in das alle einfielen. »O Meg«, meinte Edith, »Sie werden sich bald an die beiden gewöhnt haben. Wir haben hier unseren eigenen Privatkrieg, und es gibt niemals einen Waffenstillstand. Kommen Sie herein.«

Meg, die sich inzwischen von Hut und Mantel befreit hatte, stand mit offenem Mund in der Tür des Wohnzimmers, und wurde erst durch einen sanften Stoß von Lizzie ermuntert, weiterzugehen. Während die anderen sich unterhielten, blieb Meg die ersten zehn Minuten stumm. Sie ließ jedoch ihre Blicke durch den Raum schweifen, soweit es ihr möglich war, ohne den Kopf allzusehr zu verdrehen. Sie wußte schließlich, daß es unmanierlich war, sich im Haus anderer Leute allzu neugierig zu gebärden. Doch ein Zimmer wie dieses hatte sie noch nie gesehen, nicht einmal in einem Kinofilm. Und diese Leute unterhielten sich mit Lizzie wie ganz normale Menschen! Abgesehen vom Tonfall ihrer Stimmen konnten sie ebensogut die Nachbarn von nebenan sein.

Plötzlich ging die Tür auf, und die junge Frau steckte ihren Kopf herein. »Ich muß noch saubermachen«, rief sie. »Pedro war wohl schlecht gelaunt und hat seinen Futterbehälter umgeworfen. Wahrscheinlich vermißt er Matty. Hat jemand angerufen?«

»Nein, Liebes, noch nicht.«

James und Edith wechselten besorgte Blicke. Lizzie hätte am liebsten ausgerufen: »Es ist alles in Ordnung. Ich kann ihn ja verstehen.« Sie war der Meinung, Jean warte auf einen Anruf von Richard, um die Zeit zu vereinbaren, wann sie ihn an der Bushaltestelle abholen solle.

Edith erklärte gerade die Zimmerverteilung. »Wir haben uns sehr beeilt, die Räume herzurichten. Für heute nacht haben wir Meg neben Ihnen einquartiert; aber vielleicht hält sie sich später lieber bei Phyllis und Mary auf. Es gibt dort noch einen hübschen kleinen Anbau, der nur ordentlich gelüftet werden müßte. Aber das können wir ja später besprechen.« Sie nickte Meg zu. »Und hier kommt unser Tee. James, bitte hilf Phyllis.«

»Ich wüßte nicht, warum ich das tun sollte«, murrte James und erhob sich wiederstrebend.

Meg beobachtete die Szene mit einem Gesicht, das vor Vergnügen leuchtete. Lizzie konnte sich vorstellen, wie gut Meg hierher paßte, wie gerne sie in die Kabbeleien eingreifen würde, was sie aber vorläufig aus Ehrfurcht gegenüber Edith und James und dem vornehmen Haus noch nicht wagte. Megs Bezeichnung für die beiden wäre sicher ›Adelige‹. Und das waren sie im wahrsten Sinn des Wortes. Nur wenige Stunden zuvor hatte Lizzie sich ausgemalt, wie sie mit ihnen ihr Leben verbringen und von ihnen lernen würde, denn ihr war bewußt, wie unwissend sie in manchen Dingen war. Wieder verspürte sie den Drang zu weinen.

Dieser Wunsch beherrschte sie auch während des Tees; und als später Edith an ihre Zimmertür klopfte und eine Unterhaltung mit ihr begann, fühlte Lizzie wieder ihre Augen feucht werden, als sie ihr erzählte, was zu Hause geschehen war.

»Ich glaubte, Mr. Fulton hatte Sie gebeten, seine Frau zu werden. Richard sagte etwas in dieser Richtung«, meinte Edith. Lizzie schüttelte den Kopf. »Nicht in Worten, Edith«, antwortete sie. »Er hat immer nur Andeutungen gemacht. Aber Sie verstehen doch, daß ich nicht länger dort bleiben konnte, nicht wahr?«

»Nein, meine Liebe, das konnten Sie wirklich nicht.« Edith war empört. »Eine unmögliche Situation. Und diese Person! Sie war immer schon hitzköpfig, ungestüm und unberechenbar, und das wird sie auch bleiben.«

Lizzie lächelte schwach. »Eines der ersten Dinge, die Geoff herausstrich, war, daß Janis sich nun ganz verändert habe und daß ich gut mit ihr auskommen würde.«

»Niemals!«

»Das sagte ich auch: Niemals! Wie auch immer, Meg hat ein nettes Häuschen in Shields und ...«

»Nun, das können wir später besprechen. Sobald Richard zurück ist, können wir das gemeinsam bereden. Ich lasse Sie jetzt allein, damit Sie sich ein wenig ausruhen können. In einer Stunde gibt es Abendessen. Legen Sie sich ein wenig hin mit Ihrem Baby. War das Fläschchen in Ordnung?«

»Ja, vielen Dank.«

»Die Köchin ist begeistert, daß wir jetzt ein Baby im Haus haben. Ein Kind im Haus ist eine große Bereicherung. Ruhen Sie sich nun aus, meine Liebe. Wir sehen uns beim Essen und sprechen später weiter.«

Noch mehr sprechen. Wozu? Sogar wenn Jean ein engelhaftes Wesen wäre, konnte Lizzie sich nicht vorstellen, mit ihr und Richard unter einem Dach zu leben, nachdem die beiden verheiratet waren.

Als Meg erfuhr, daß sie gemeinsam mit den Gastgebern essen sollte, gab sie Lizzie zu verstehen, daß sie lieber in der Küche bei Mary und Phyllis bliebe. Ob Lizzie das wohl unauffällig einfädeln könne? Lizzie konnte. Und nun war das Abendessen beinahe vorüber, und Lizzie, die Jean gegenübersaß, wünschte, diese würde einen Moment mit ihrem Geplapper aufhören, denn sie sprang unaufhörlich von einem Thema zum nächsten. Doch plötzlich, als das leise Läuten des Telefons von der Halle herüberdrang, verstummte sie.

Jean blickte in die Runde. »Würdet Ihr mich entschuldigen?«

»Natürlich, meine Liebe, geh nur.«

Lizzie beobachtete, wie Jean förmlich aus dem Zimmer rannte. Als die Tür sich hinter ihr geschlossen hatte, stieß Edith einen Seufzer aus. Jean ermüdet sie bereits, dachte

Lizzie. Wie wird es sein, wenn sie hier lebt? Doch Edith liebte ihren Sohn und würde alles tun, um ihn glücklich zu sehen.

Die Unterhaltung stockte, und eine Weile aßen sie schweigend. Plötzlich wurde die Tür aufgerissen, und da stand diese große, hübsche junge Frau mit einem solchen Ausdruck der Liebe und des Entzückens auf ihrem Gesicht, daß es Lizzie einen Stich ins Herz versetzte. Jean sagte nichts, sondern ging zum Tisch und stellte sich hinter ihren Stuhl, dessen Lehne sie fest packte. Sie hatte den Kopf gesenkt, doch als sie ihn wieder hob, konnte man auf ihrem strahlenden Gesicht Tränen sehen. James erhob sich von seinem Platz, ging auf sie zu und legte den Arm um ihre Schultern. »Ich hab's dir doch gesagt«, meinte er. »Niemand kann George versenken.«

Jean drückte ihr Gesicht an James' Schulter, dann blickte sie auf und sah Edith an. »Ich ... ich habe wirklich mit ihm gesprochen! Sie haben kein einziges Schiff verloren, und nicht einen Mann! Sie sind leicht getroffen worden, aber es wurde kaum Schaden angerichtet. Herrlich! Er kommt am Wochenende her. Stell dir vor, Tante Edith, er kommt!« Impulsiv küßte sie Edith auf die Wange. Diese umfaßte mit ihren Händen Jeans Gesicht und sagte: »Wir sind ebenso erleichtert wie du, meine Liebe. Wir haben immer gesagt, keine Nachrichten sind gute Nachrichten, und wir haben recht behalten.«

Jean wandte sich an Lizzie. »Sie müssen mich für eine alberne Gans halten, weil ich nicht aufgehört habe zu reden, seit Sie angekommen sind. Aber sehen Sie, George, mein Ehemann, ist seit Monaten auf See, und ich habe nichts von ihm gehört, und obwohl es keine Berichte über versenkte Schiffe gab, habe ich trotzdem ... na ja, Sie verstehen. Es tut mir leid, wenn ich zuviel geredet habe, aber ... aber wir haben vor zwei Tagen erfahren, daß sein Schiff vielleicht einläuft. Ein Freund gab uns den Hinweis, und seitdem konnte ich nicht aufhören zu reden.«

»Setz dich und iß zu Ende«, sagte James. »Soviel Aufregung wegen eines gewöhnlichen Kapitäns. Wenn er wenigstens Admiral wäre oder Churchills Adjutant, oder Eisenhowers Stellvertreter, aber wozu die ganze Erregung um einen gewöhnlichen Kapitän? Noch dazu mit dem Namen George!«

Diese Sätze hätten normalerweise helles Gelächter hervorgerufen; statt dessen blickten alle besorgt auf Lizzie, die ihr Gesicht mit den Händen bedeckte und weinte – nicht leise, wie sie es seit Stunden gewollt hatte, sondern laut und hemmungslos.

Man führte sie vom Tisch weg zu einem bequemen Sessel, und Edith befahl: »Hol etwas Brandy, James.« Jean fragte verwirrt: »Habe *ich* das ausgelöst mit meinem dramatischen Auftritt?«

»Nein, nein, es ist einfach eine Reaktion auf das, was sie in letzter Zeit durchgemacht hat, und … weißt du, das Baby ist erst wenige Wochen alt, und die Entbindung war sehr schwierig, soviel ich weiß. Sie ist erschöpft. Am besten bringen wir sie zu Bett.«

»Nein, nein.« Lizzie versuchte, sich wieder unter Kontrolle zu bekommen. Schwer atmend sagte sie: »Es … es tut mir leid.« Mit tränenverschmiertem Gesicht blickte sie zu Jean auf. »Es ist … weil Ihr Mann in Sicherheit ist.«

Aber natürlich war es nicht nur, weil Jeans Mann sicher war, sondern weil sie überhaupt einen Ehemann hatte, und weil dieser Ehemann nicht Richard hieß.

»Es geht mir schon besser. Bitte verzeihen Sie mir.«

»Da gibt es nichts zu verzeihen, Mädchen. Trinken Sie das.« Ein Glas wurde ihr unter die Nase gehalten. Als sie von dem Brandy nippte, verschluckte sie sich und mußte husten. »Das schmerzt mich«, bemerkte James bitter. »Immer verschlucken sich die Frauen am Brandy und vergeuden die Hälfte. Für Frauen ist Brandy einfach zu gut.«

»Sei still, James!«

»Ist schon gut, meine Liebe. Ich versuche nur, zu … zu…« Er ging. Lizzie, die sich in den Sessel zurücklehnte, verspürte den Drang zu lachen, ebenso laut wie sie vorher geweint hatte. Doch sie fürchtete, daß es in einen hysterischen Anfall übergehen würde und verbiß es sich. So viel war in dieser kurzen Zeit geschehen. Und Richard ... nun, Richard konnte immer noch ihr gehören. Sie mußte nur warten, bis er nach Hause kam.

Es war schon spät abends, als Edith ihren Sohn an der Eingangstüre begrüßte. Sie hatte den Lastwagen in die Einfahrt rumpeln gehört und zu Lizzie gesagt: »Bleiben Sie sitzen, meine Liebe. Das ist Richard. Er wird entzückt sein, Sie zu sehen.« Damit war sie aus dem Zimmer geeilt. Und nun zog sie ihren Sohn an der Hand durch die Halle und legte den Finger auf den Mund.

»Was ist los?« fragte Richard verwirrt im Flüsterton.

»Leg deinen Mantel ab«, gab Edith ebenfalls flüsternd zurück.

»Laß mich doch wenigstens reingehen. Was ist denn los?«

»Viel ist los. Du warst nur sechsunddreißig Stunden weg, aber inzwischen ist eine Menge passiert.«

»Jean? Hat sie etwas von George gehört?«

»Ja, aber nicht ›von George‹, sondern George selbst. Er ist gesund und munter in Portsmouth eingelaufen, und am Wochenende kommt er her.«

»Oh, gut. Jetzt wird sie endlich aufhören, jedesmal einen Veitstanz aufzuführen, wenn das Telefon läutet. Also ... was ist los?«

»Lizzie ist hier.«

»Lizzie?« Er blinzelte überrascht. »Lizzie? Warum?«

»Ich muß mich kurz setzen«, erwiderte Edith und zog sich einen Stuhl heran. »Ich bekomme noch einen Herzanfall von all der Aufregung, bevor die Nacht vorüber ist. Ich gebe dir nur einen kurzen Bericht; zu gegebener Zeit wird sie dir alles selbst ausführlich erzählen. Man hat sie sozusagen aus dem Haus geworfen.«

»Was!«

»Warte, es kommt noch besser. Deine Ex-Frau beabsichtigt, wieder zu heiraten.«

»Nun, das überrascht mich nicht.«

»Sie wird den Mann heiraten, von dem du mir erzählt

hast, er würde Lizzie und ihr Kind nehmen – diesen Fulton.«

»Geoffrey Fulton? Das ist unmöglich. Er ... er hat mir doch selbst gesagt, er würde Lizzie heiraten.«

»Was immer er dir gesagt hat, Lizzie hat mir bereits erzählt, daß er sie nur benutzt hat. Wie es scheint, hatten er und Janis eine Affäre, die bereits während ihrer Schulzeit begann. Ihr Vater hat ihn damals aus dem Gut geworfen. Deshalb ging er zur Armee. Jedenfalls scheinen die beiden ihr Verhältnis da fortgesetzt zu haben, wo sie es beendet hatten, und das schon seit Monaten. Doch soviel ich zwischen den Worten herauslesen konnte, ist Lizzie deshalb nicht das Herz gebrochen. Aber sie hat das Haus als ihr Heim betrachtet und hatte ein Kind zu versorgen, so hat sie keinen anderen Ausweg gesehen. Du siehst also, Richard«, sie wackelte mit dem Zeigefinger, »es hat ihr niemand einen Heiratsantrag gemacht.«

»Mutter, bitte, das ändert doch nichts. Setz dir keine Flausen in den Kopf.«

»Ich kann mir unmöglich mehr Flausen in den Kopf setzen, als schon darin sind.«

»Mutter, ich werde das Mädchen nicht bitten, mich zu heiraten, und dabei bleibt es. Ich werde ihr Freund bleiben und für sie tun, was ich kann. Siehst du nicht, in welcher Lage ich mich befinde? Und schau Lizzie an, sie ist ein hübsches Mädchen, voller Lebensfreude. Sie verdient ...«

»Jawohl, sie verdient einen guten Mann und ein gutes Zuhause. Beides kann sie hier finden. Sei nicht dumm, Richard.«

»Es hat keinen Zweck, Mutter. Du mußt mir glauben, wenn ich dir sage, daß ich weder Lizzie noch ein anderes Mädchen bitten könnte, meine Frau zu werden.«

»Na schön, dann frag sie eben, ob sie in Sünde mit dir leben möchte, nur laß sie nicht aus deinem Leben verschwinden. Ich gehe zu Bett. Ich bin sehr, sehr müde. Zuerst Jean und ihre verständliche Nervosität während der letzten Tage, und jetzt das – das ist beinahe zuviel für mich.«

»Es tut mir leid, Mutter.« Richard beugte sich vor, legte seine Hände auf Ediths Schultern und küßte sie auf die Wange. Edith streichelte sein narbiges Gesicht und sagte: »Mein lieber Junge, bitte sei gescheit, tu es für mich.« Sie schüttelte den Kopf und ging zur Tür, doch bevor sie hinausging, drehte sie sich noch einmal um. »Sie sitzt im Wohnzimmer. Wünsch ihr gute Nacht von mir.«

Richard zögerte lange, bevor er die Tür zum Wohnzimmer aufstieß. Dort, zwischen dem Glühen der Tischlampe und den Flammen des hellen Holzfeuers im Kamin, saß Lizzie. Er eilte zu ihr und begrüßte sie: »Hallo, Lizzie. Das ist eine Überraschung, aber eine sehr, sehr erfreuliche. Meine Liebe, es ist schön, Sie zu sehen.« Er streckte seine Hände aus.

Lizzie erhob sich aus dem Sessel und legte ihre Hände auf seine. »Hallo, Richard«, sagte sie leise, um danach sachlich zu fragen: »Hatten Sie eine gute Fahrt? Ich hörte, Sie haben Rinder gekauft.«

»Ach das. Ja, ich habe ein paar gekauft, aber ich war ein wenig zu spät dran, die besten waren schon weg. Aber wie geht es Ihnen?«

»Jetzt geht es mir gut. Hat Ihre Mutter Ihnen die Geschichte erzählt?«

»Lassen Sie mich die Essenz hören.« Richard zog Lizzie mit sich zur Couch, wo sie sich Seite an Seite niederließen. »Ich bin erstaunt. Geoff sagte mir, er wolle Sie heiraten. Ich kann einfach nicht glauben, daß er ein solcher Narr ist. Sich wieder mit Janis einzulassen, nach allem, was geschehen ist!« Er schüttelte den Kopf. »Es muß ein Schock für Sie gewesen sein. Fühlen Sie sich sehr verletzt?«

»Nicht so sehr, wie Sie vielleicht glauben, Richard. Ich war wütend, ja. Ich hätte ihn beinahe geschlagen.« Sie lächelte, und Richard meinte: »Das hätten Sie wirklich tun sollen, und zwar mit etwas Hartem.«

»Es war hart genug: eine Bronzestatuette.« Richards schmale Lippen gaben seine weißen Zähne frei, als er lauthals lachte. »Ich kann mir einfach nicht vorstellen, wie Sie eine Bronzestatuette schwingen.«

»Sie wären überrascht.« Lizzies Gesicht wurde wieder ernst und ihr Ton ruhig, als sie fortfuhr: »Können Sie verstehen, warum ich ihn überhaupt in Betracht gezogen habe? Sehen Sie, jenes Haus war das einzige Heim, das ich kannte. Und ich habe schließlich ein Kind, für das ich sorgen muß. Und dann gibt es da noch jemanden, der mir viel bedeutet.«

»Noch jemanden?«

»Ja«, nickte sie, »doch er hat mich nicht gefragt.«

»Nun, dann war er ein Dummkopf.«

»Das würde ich nicht sagen.«

»Weiß er von ihrer mißlichen Lage?«

Lizzie nickte. »Ja, er weiß davon.«

»Und dennoch hat er nichts unternommen?«

»Nein.« Lizzie schüttelte den Kopf und senkte den Blick. »Sehen Sie, ich habe einmal zufällig ein Gespräch mitgehört, das er mit seiner Mutter geführt hat. Ich glaube, sie wollte, daß er mir einen Antrag macht, aber er sagte, er will nicht.« Sie sah ihn an. »Er sagte, er würde mich niemals fragen.«

Richard schloß die Augen und zerrte mit den Zähnen an seiner narbigen Unterlippe. Lizzie beobachtete ihn, während sie fortfuhr: »Also bleibt mir nichts anderes übrig, als ihn zu fragen: Willst du mich heiraten, Richard?«

Er senkte schweigend den Kopf. Sanft und bittend sprach Lizzie weiter. »Bitte, bitte, Richard. Ich … ich wußte nicht, wie sehr ich dich liebe, bis Jean uns an der Haltestelle abgeholt und die ganze Zeit über dich geredet hat. Ich glaubte, ihr beide würdet heiraten. Da wurde mir bewußt, wie stark mein Gefühl für dich ist, stärker als alles, was ich zuvor gefühlt habe. Ich habe Andrew geliebt, aber da war ich ein junges Mädchen. Ich werde Andrew immer lieben, weil ich sein Kind habe, aber was ich für dich empfinde, Richard, ist die Liebe einer erwachsenen Frau.«

»Oh, Lizzie.« Sein ganzer Körper zitterte, als er sich an Lizzies Brust warf und seinen Kopf an ihrem Hals vergrub. Sie hielten sich eng umschlungen, bis er sie von sich wegschob und sie durchdringend ansah. »Schau mich an,

Lizzie, schau mich genau an. Ich werde nie viel anders aussehen als jetzt. Ja, sie haben das Auge gerichtet, und ein bißchen den Mund, und jetzt befassen sie sich mit meinem Ohr, aber die Narben werden bleiben, und die Haut wird immer so steif aussehen wie jetzt. Ich werde dich niemals mit zwei weit geöffneten Augen betrachten können, Lizzie. Also schau mich genau an.«

»O Richard, sei nicht albern. Seit ich dich zum erstenmal sah, habe ich dich wieder und wieder angeschaut. Ich sehe die Narben. Aber ich sehe auch, was dahintersteckt. Es ist seltsam«, Lizzie lächelte, »aber ich kann mir gar nicht vorstellen, daß du anders aussehen könntest. Ich liebe dich, so wie du bist. Ja, das tue ich, Richard. Ich liebe dich.«

»O meine Liebe, meine Liebste.« Richard drückte sie an sich und vergrub wieder den Kopf an ihrer Schulter.

Lizzie schob ihn sanft weg, nahm sein Gesicht in ihre Hände und sah ihm in die Augen. Dann legte sie ihre Lippen auf seinen Mund, und er erwiderte ihren Kuß so heftig und leidenschaftlich, daß Lizzie einen Moment lang glaubte, ersticken zu müssen.

Als der Kuß zu Ende war, lehnte Richard sich zurück. Seine Schultern sanken herab und sein Kopf fiel auf seine Brust. »Verzeih mir«, murmelte er, »daß ich mich aufgeführt habe wie ein Stier in der Arena. Es ... es war so eine lange Zeit, und ich habe so oft an dich gedacht. Ich werde versuchen, mich nicht mehr wie ein Wilder zu benehmen.«

Lizzie rückte näher an ihn heran und lehnte ihre Wange an seine. Er legte seine Arme sanft um sie und sagte: »Ich kann es nicht glauben; ich kann es einfach nicht glauben! In einer Sekunde werde ich aufwachen und feststellen, daß es wieder nur ein Traum war. Ich habe ganz gegensätzliche Träume: Entweder schlafe ich mit einer wunderschönen Frau«, – er drückte Lizzie fest an sich – »oder ich schreie Zeter und Mordio, während ich mich im Bett umherwälze und meinen Kopf mit den Händen umklammere; dann kommen meine Eltern und versuchen, mich aufzuwecken ... Bist du bereit, einige schlaflose Nächte auf dich zu nehmen? Denn diese Träume – nicht die von den schönen Frauen – werden sicher noch eine Zeitlang wiederkehren.«

»Mach dir keine Sorgen, ich werde es mit beiden Arten von Träumen aufnehmen. Wenn du von schönen Frauen träumst, werde ich dich ohrfeigen, um dich zu wecken; für die anderen Träume werde ich einen Eimer Wasser bereithalten, denn wenn du anfängst zu schreien, weckst du das Baby auf.«

»Ach, das Baby!« Richard richtete sich kerzengerade auf. »Das habe ich doch glatt vergessen. Wie hast du es genannt? Du sagtest, du wolltest sie nach deiner Mutter nennen.«

»Ich nenne sie Jane.«

»Ist sie schon getauft?«

»Nein. Und ich werde sie auf den Namen Jane Edith taufen lassen.«

»Ja, Jane Edith Boneford, denn von jetzt an ist sie meine Tochter. Andrew würde sich darüber freuen.«

»Danke, Richard.« Lizzies Stimme klang weich.

»O Liebling, du sollst mir für nichts danken, denn bis zum Tage meines Todes werde ich Gott dafür danken, daß du mich liebst. Ich war nie besonders fromm, doch welcher Gott auch im Himmel wohnt, ich werde ihn ehren; denn du hast mich wieder zu einem Menschen gemacht … o Lizzie, Lizzie.«

Es ist nie zu spät

ERSTER TEIL

Die unwillkommene Tochter

I

Sie hatten zwei Tage gebraucht, um die dreiundzwanzig Meilen von Newcastle nach Hexham zurückzulegen, und hatten hierzu fast nur Feldwege oder die zu beiden Seiten der Hauptstraßen sich hinziehenden Grasstreifen benützt, um nicht von Kutschen und Karren überfahren oder von rücksichtslos daherstürmenden Reitern niedergerannt zu werden. Wäre Hanna alleine gewesen, so wäre sie mit der Leichtfüßigkeit eines Rehs dahingeeilt. Aber sie mußte sich nach ihrer Mutter richten, die sich, noch ehe sie Newcastle verlassen hatten, nur mühsam auf den Beinen halten konnte.

An diesem Morgen hatten sie sich aus einem dumpfriechenden Strohhaufen in einer mitten auf dem Feld stehenden verfallenen Scheune erhoben, noch ehe die Sonne aufgegangen war, und es hatte gut vier Meilen gedauert, ehe ihnen ein wenig warm geworden war. Das heiße Wasser, das Hanna sich von einem Bauern erbettelt und in das Nancy eine Handvoll Hafermehl getan hatte, wärmte sie ein wenig auf. Aber nun, um drei Uhr nachmittags, als sie endlich in Hexham anlangten, waren sie verschwitzt, hungrig und durstig.

Hanna Boyle war an das Stadtleben gewöhnt. Sie war in Newcastle zur Welt gekommen, und wann immer ihre Mutter sie zum Spielen nach draußen geschickt hatte, weil sie Besuch zu empfangen hatte, war sie am liebsten mitten in die Stadt gelaufen, um sich all die großen, prächtigen Gebäude und Plätze anzusehen.

Diese Stadt war jedoch anders. Obwohl Hanna hundemüde war, blickte sie sich interessiert um, denn was sie

da zu sehen bekam, gefiel ihr. Der Marktplatz war anheimelnd, die Läden bunt, und die Straßen waren breit und sauber.
Ihre Mutter riß sie aus ihren Betrachtungen, als sie ihr zwei Pennys in die Hand drückte und sagte: »Geh hinüber in den Bäckerladen und sieh zu, daß du soviel wie möglich dafür bekommst.«
»Ja, Ma. Kann ich dich auch wirklich allein lassen?«
»Freilich. Mach dir keine Sorgen. Geh nur.«
Während das Kind über den Marktplatz lief, lehnte sich Nancy Boyle an die nächste Hausmauer und murmelte vor sich hin: »Mein Gott, gib, daß ich es schaffe!«
Als sie plötzlich von einem heftigen Hustenanfall gepackt wurde, zog sie ein Tuch aus der Tasche und preßte es vor den Mund. Nachdem sie mehrmals hineingespuckt hatte, drückte sie es fest zusammen, steckte es wieder ein und lehnte sich abermals gegen die Mauer, wobei sie vor Schmerzen krampfhaft keuchte.
Da sah sie ihre achtjährige Tochter zwischen Kutschen, Karren und Reitern hindurchschlüpfen und bemühte sich, das Keuchen zu unterdrücken. Als die Kleine vor ihr stand, blickte sie sie vorwurfsvoll an, ehe sie mühsam hervorbrachte: »Ich hätte gute Lust, dich an den Ohren zu ... ziehen. Hab ich dir ... nicht gesagt, daß du niemals zwischen den Wagen durchlaufen sollst? Verstehst du denn nicht, wie gefährlich das ist?«
»Ich paß schon auf, Ma.«
»Das sagt sich so leicht. Eines Tages wirst du noch überfahren werden... Was hast du bekommen?«
»Ich hab die Bäckersfrau um altes Brot gebeten. Sieh nur« – sie öffnete ihre Tasche –, »was sie mir alles gegeben hat: Gebäck, sogar mit Zucker drauf, und ein großes Stück Teekuchen. Sie war richtig nett. Wollen wir hier essen?«
»Nein, nein. Du kannst meinetwegen ein Stück nehmen. Aber dann wollen wir uns nach einer Viehtränke umsehen und einen tüchtigen Schluck Wasser trinken.«
Nachdem sie den Platz hinter sich gelassen hatten, fragte

Hanna, die genußvoll an dem Zuckergebäck kaute: »Wie weit haben wir denn noch, Ma?«
»Ein paar Meilen – wenn das, was die Frau in der Hütte gesagt hat, stimmt.«
»Wie viele?«
»Woher soll ich das wissen? Weshalb fragst du ständig, zum Teufel! Ach, tut mir leid.« Die Frau schüttelte den Kopf und fuhr sich hilflos über das schmutzverkrustete Gesicht.
»Ist schon gut, ist ja schon gut, Ma«, sagte die Kleine hastig. Und dann stellte sie, als hätte ihre Mutter sie nicht eben gehörig angefahren, schon die nächste Frage. »Wird der Mann ... wird er nett zu uns sein, Ma?«
»Das möchte ich ihm geraten haben«, erwiderte die Mutter kaum hörbar.
Als sie an mehreren feinen Läden vorbeigekommen waren und endlich ein Gasthaus erblickten, vor dem zwei Kutscher Bierfässer abluden, blieb die Frau stehen und fragte einen der Männer: »Können Sie mir sagen, wie weit es noch bis Elmholm ist?«
Der Angesprochene richtete sich auf, blickte sie und das Kind von oben bis unten an und erwiderte: »Elmholm? Nun, liegt ganz schön außerhalb von Allendale.«
»Wie weit außerhalb?«
»Alles in allem neun Meilen, würd ich sagen. Aber wenn Sie über den Hügel gehen, können Sie abkürzen.«
»Und wie kommen wir da hin?«
»Immer die Straße entlang, ungefähr vier Meilen, bis zu einem Dörfchen am Fluß, dort geht's hügelan. Ein kleines Stück muß man da zwar klettern, aber man kommt eben viel rascher nach Elmholm hinüber als auf der Straße. Wenn Sie auf dem Hügel angelangt sind, können Sie Elmholm gar nicht mehr übersehen. Es ist ein ganz ansehnlicher Marktflecken.«
»Danke«, sagte die Frau und nickte dem Mann zu, der zurücknickte und den beiden nachsah, wie sie mit ihren Rocksäumen den Staub aufwirbelten. Als sein Arbeitskollege ihm zurief: »Was haben die zwei denn gewollt?«,

meinte er: »Sie hat nach dem Weg nach Elmholm gefragt. Aber wetten möcht ich nicht darauf, daß sie's schafft – nein, das möcht ich nicht...«

Wie lange sie für die vier Meilen bis zur angegebenen Stelle am Fluß brauchten und wie lange sie dann am Fluß entlanggingen, um den hügelaufwärts führenden Weg zu finden, wußten sie nicht. Sie legten oben wieder einmal eine kurze Rast ein, als ein Wagen vorbeikam. Dessen Kutscher erwiderte ihnen auf ihre Frage: »Elmholm? O ja, da seid ihr auf dem richtigen Weg. Am besten, ihr schlagt da drüben den Feldweg ein«, er zeigte auf die andere Straßenseite, »und fangt an, raufzuklettern.«
Gegen fünf erreichten sie nach zahlreichen Pausen endlich den Scheitelpunkt des ihrer Meinung nach letzten Hügels. Nun fragte das vor seiner Mutter stehende Kind die Niedergesunkene ängstlich, wobei es ins Tal deutete: »Soll ich nicht vorauslaufen, Ma, und versuchen, einen Unterschlupf für uns zu finden, und dich dann holen?«
»Nein, bleib hier. Ich ... werde gleich wieder in Ordnung sein. Der Mann hat ja gesagt, daß ... es auf der anderen Seite des Hügels sei.«
»Aber du siehst ganz erschöpft aus, Ma.«
»Sorg dich nicht«, sagte die Frau in einem für sie ungewohnt sanften Ton und streckte ihrer Tochter die Hand entgegen. »Es ist mir schon schlechter gegangen, und ich hab's überlebt. Unkraut vergeht eben nicht.« Sie lächelte mühsam.
Hanna blieb ernst, ergriff den Arm ihrer Mutter und sagte: »Dann komm, Ma, steh lieber auf und halt dich an mir fest. Dieser Hügel sieht ganz schön steil aus.«
Der Hügel war tatsächlich steil. Nancy Boyle kroch auf allen vieren weiter, und dennoch mußte sie plötzlich lang ausgestreckt liegen bleiben, als ein neuerlicher Hustenanfall sie schüttelte. Nun unternahm sie auch keinen Versuch mehr, das Taschentuch vor den Mund zu pressen, aus dem Blut quoll.

Als sie sich schließlich mühsam hochrappelte, wischte Hanna ihrer Mutter mit einem Lappen, den sie ihrem Bündel entnommen hatte, das Gesicht ab; dann redete sie ihr zu: »Bleib liegen, Ma, wir müssen bald da sein. Ich kann dort unten schon die ersten Häuser sehen. Wie heißt denn der Mann, zu dem wir wollen, Ma?«
Nancy Boyle antwortete nicht, sondern richtete sich halb auf und drehte sich so zur Seite, daß sie sich an ein Felsstück anlehnen konnte.
»Hanna ... ich kann im Moment nicht weitergehen«, sagte sie. »Wir werden eine Zeitlang warten müssen, bis ich wieder zu Atem komme.«
»Ja, Ma, ist gut. Weißt du, was? Iß doch was von dem gezuckerten Gebäck. Zucker ist bestimmt gut für dich.«
Die Frau nahm stumm das angebotene Stück, brach dieses und den Teekuchen in zwei Teile und kaute dann langsam an dem ihren. Hanna machte sich hungrig über ihren Anteil und sagte munter: »Jetzt wirst du dich gleich besser fühlen, Ma, wo du was im Magen hast.«
»Ja, ich werde mich bald besser fühlen, Kind, aber sitzen bleiben muß ich doch noch eine Weile.«
Und so saßen sie eine Weile da. Hanna kam es lang vor, und immer wieder warf sie einen besorgten Blick auf ihre Mutter. Nicht, daß sie Blut gespuckt hatte, beunruhigte sie, denn das hatte sie schon immer getan – in letzter Zeit jedenfalls. Was ihr Angst einjagte, war, daß ihre Mutter immer blasser wurde und ihre Augen immer glanzloser zu werden schienen.
Es fröstelte sie; sie blickte zum Himmel auf. Die Dämmerung hatte eingesetzt, und es würde nicht mehr lange dauern, bis es ganz dunkel war, höchstens noch eine Stunde ungefähr. Sie würde nun doch zu den Häusern hinunterlaufen müssen, denn hier oben konnte sie weit und breit keine Scheune oder dergleichen erblicken. Ihr war, als befänden sie sich mitten in der Wildnis. Alles sah völlig überwuchert, fern jeder Zivilisation und verlassen aus. Der Himmel schien um vieles höher als in Newcastle; es gab so schrecklich viel Platz hier. Hanna hatte es be-

deutend lieber, wenn es eng war, wenn sie von Mauern umgeben war.
Sie kniete sich neben die Mutter und sagte sanft: »Kannst du es jetzt schaffen, Ma?«
»Was?« Es war, als hätte sie ihre Mutter aus tiefem Schlaf gerissen, denn ihre Lider flatterten, ehe sie sich umblickte und sagte: »Ja … ja, ich glaube schon.«
Sie hatten kaum die Hälfte des steil nach unten führenden Weges zurückgelegt, als die Mutter von neuem zu Boden sank und sich auf Händen und Füßen weiterschleppte, bis sie einen niedrigen Felsriegel erreichten. Sie ließ sich auf einem der Steine nieder, betrachtete die kahle Landschaft und stieß keuchend hervor: »Ist es noch weit?«
Hanna blickte über die Hügel und Täler, deren Farben von schieferfarbenem Grau bis zu stumpfem Grün reichten; es schien ihr, als wolle die Hügellandschaft kein Ende nehmen, als ginge sie direkt in den Himmel über. Panik ergriff wie ein böser Traum Besitz von ihr; sie fühlte, daß sie allein war, und sie fürchtete sich, als gäbe es kein Entrinnen.
Langsam drehte sie sich um und blickte auf ihre Mutter nieder; dann ließ sie sich neben ihr zu Boden fallen, ergriff ihre Hand, zog sie an die Brust und ließ sie dort.
»Was ist? Was ist denn?« Nancy Boyle schrak aus ihrer Lethargie auf. »Hast du was gesehen? Hast du da unten was entdeckt?«
»Nichts, Ma, nichts.«
»Was soll das heißen – nichts?«
»Nun, das Dorf muß dort sein, das hab ich von droben gesehen. Aber es ist noch immer ein gutes Stück bis dahin.«
»Es … es wird nicht kürzer werden, wenn wir hier bleiben. Hilf mir auf.«
Nachdem Hanna ihrer Mutter auf die Beine geholfen hatte, stolperten und glitten sie abermals hügelabwärts.
Endlich hatten sie die letzte Böschung erreicht, die von einem dichten Waldstreifen eingefaßt war, der kohlra-

benschwarz aussah. Nun war Hanna diejenige, die stehenblieb und fragte: »Müssen wir da durch, Ma?«
»Entweder wir gehen durch, oder wir müssen drumherum. Und das kann ich mir, ehrlich gesagt, nicht vorstellen. Ich bin zu Tode erschöpft.«
Sie streckte dem Kind die Hand hin und redete ihm zu: »Komm – von dort oben hat es gar nicht so weit ausgesehen. Wir werden bald durch sein.«
Aber als sie dann ohne Weg den Wald zu durchqueren suchten und das Laub der Bäume auch den letzten Schimmer des entschwindenden Tageslichts verschluckte, merkten sie nicht, daß sie statt der Breit- der Längsseite des Waldes gefolgt waren.
»Mein Gott!«
»Was ist denn, Ma?« Hanna klammerte sich fest an den Arm der Mutter.
»Nichts, nichts.«
Während sie sich von Baum zu Baum weitertasteten, flüsterte Hanna: »Haben wir uns verirrt, Ma?«
Als sie darauf keine Antwort erhielt, preßte sie sich dicht an die Mutter, blickte ringsum und rief schließlich aufgeregt aus: »Da ist ein Haus, Ma – sieh nur!«
Hanna ließ den Arm der Mutter los und lief auf ein hölzernes Gebäude zu, das sich als ein nach der Seite offener, rohgezimmerter Holzschuppen erwies, der dazu bestimmt war, Werkzeug, Geräte und Säcke vor dem Wetter zu schützen.
»Sieh nur, Ma! Hier können wir bis morgen früh bleiben. Da sind Säcke und alles. Und sogar trockene.«
»Du lieber Himmel, so etwas!« Nancy Boyle schüttelte ungläubig den Kopf und wankte in den Schuppen, wo sie unter einem neuen Hustenanfall zusammenbrach.
»Leg dich schön hin, Ma. Weißt du, was? Ich werde dir drei Säcke aufeinanderlegen, dann ist es gleich weniger hart für dich.«
»Nein, laß, der Boden ist trocken, da wollen wir uns lieber nebeneinanderlegen und uns mit den Säcken zudekken. Ist noch etwas von dem Gebäck übrig?«

»Ja, zwei Stücke, Ma.«
»Dann wollen wir sie aufessen. Aber legen wir uns erst mal hin. Und iß langsam, so hält es länger vor. Es macht einen satter, wenn man langsam ißt, Kind.«
Eng nebeneinander liegend deckten sie sich mit den Säkken zu und kauten konzentriert an dem Gebäck. Kaum hatten sie den letzten Bissen hinuntergeschluckt, sanken sie beide erschöpft in Schlaf.

Es war der Nebel, der sie weckte. Hanna kam es vor, als wäre der Schuppen von grauem Licht erfüllt. Sie setzte sich auf und hustete. Wo waren sie? Was war geschehen? Wozu diente das Werkzeug ringsum? Als sie mit den Zähnen zu klappern begann, nahm sie den Nebel wahr, der dick und feucht in ihren Schuppen eingedrungen war und alles zu durchnässen schien, so daß sie von Kopf bis Fuß fröstelte. Sie blinzelte. Der neue Tag dämmerte herauf. Sie konnten aufstehen, weitergehen und vielleicht eine Hütte finden, wo sie eine Kanne heißen Wassers bekamen. Sie war durstig, nicht mehr hungrig, nur durstig. Und kalt war ihr, so kalt.
Sie drehte sich um, schüttelte die Mutter an der Schulter und sagte: »Ma! Es ist Tag.« Dreimal schüttelte sie sie, und dann schrie sie beinahe: »Hörst du mich, Ma? Ma! Wach auf, wach auf!«
Als ihre Mutter zu stöhnen begann, fiel ihr ein Stein vom Herzen. Ruhiger sagte sie: »Ma, es ist Tag, wir können weitergehen.«
»Hanna!«
»Ja, Ma?«
»Ich kann nicht weiter. Geh ... und hol jemanden.«
»Aber woher denn, Ma? Woher soll ich denn jemanden holen?«
»Aus ... aus dem Dorf. Geh!«
Hanna erhob sich mühsam. Ihre Beine waren so steif, daß sie beinahe hingefallen wäre. Dichte Nebelfetzen schoben sich vor ihr Gesicht, und sie rief ängstlich: »Ich werde aber nichts sehen, Ma.«

»Geh nur.«
Als sie aus dem Schuppen in den Wald hinaustrat, biß sie sich auf die Unterlippe, blieb sekundenlang ratlos stehen und wußte nicht, welche Richtung sie einschlagen sollte. Da hob sich plötzlich der Nebel, und keine zehn Schritte vor ihr lag offenes Land.
Sie schürzte ihren Rock und eilte auf die Lichtung zu. Nach einer Weile erblickte sie direkt vor sich auf einer abschüssigen Stelle ein altes Haus.
Während sie mit raschen Schritten darauf zuging, wurde es von einer neuerlichen Nebelwolke eingehüllt, aber nun wußte sie, wo es lag. So sprang und hüpfte sie durch den Nebelvorhang, ohne stehenzubleiben, bis sie spürte, daß der Boden unter ihr weder Gras noch Moos, sondern ein gepflasterter Hof war.
Das Stampfen von Hufen und die Stimme eines Mannes ließen sie einen Augenblick innehalten; dann lief sie in die Richtung, aus der die Geräusche gekommen waren.
Als sie aus dem Nebel trat, erblickte sie am Ende des gepflasterten Hofes, der dieses merkwürdige Haus umgab, einen jungen Mann. Er war damit beschäftigt, einige Pferde aneinanderzubinden, hielt jedoch plötzlich in seiner Arbeit inne, wandte erstaunt den Kopf und spähte mit vorgerecktem Kopf der kleinen Gestalt entgegen.
Er verharrte regungslos und schweigend, bis Hanna vor ihm stand und ihm mit einer eindringlichen Geste beide Hände auf den Arm legte. Da holte er tief Atem, befeuchtete sich die vollen Lippen, kniff die Augen zusammen und sagte: »Allmächtiger! Wer bist denn du?«
»Ich bin Hanna Boyle. Kommen Sie mit und helfen Sie mir, bitte, Mister! Sonst stirbt meine Mutter.«
»Deine Mutter?« Er beugte sich zu ihr hinunter, bis sein Gesicht auf gleicher Höhe mit dem ihren war, und fragte ruhig: »Wo ist sie denn?«
»Dort drüben, im Wald.« Hanna deutete über ihre Schulter. »In einem Schuppen. Wir haben uns gestern abend verirrt und dort übernachtet.«
»Und sie ist krank?«

»Ja, sehr sogar.«
Er richtete sich auf, strich sich mit der Hand über sein unrasiertes Kinn, ergriff das Seil, das vorhin seinen Händen entglitten war, ging auf die den Hof einfassende Mauer zu, befestigte es an einem Ring und sagte: »Wartet hier schön, alle miteinander.« Dann wandte er sich an das Galloway-Pony, das bereits gesattelt war, und sprach zu ihm wie zu einem Menschen: »Paß auf sie auf, Racker, und keine Tricks, verstanden?« Mit großen Schritten überquerte er nun den Hof, während Hanna sich alle Mühe gab, nicht hinter ihm zurückzubleiben.
»Woher stammst du?«
»Aus Newcastle.«
»Aus Newcastle? Das ist aber weit. Weshalb kommt ihr von so weit her? Sucht ihr Arbeit?«
»Nein.«
Er sah sie an. »Was denn?«
»Ich ... ich weiß es nicht.«
Er blieb stehen und verzog das Gesicht. »Du weißt es nicht?« fragte er und schüttelte bedächtig den Kopf. Dabei sah die Kleine alles andere als dumm aus!
Sie waren beinahe am Waldrand angelangt, ehe er die nächste Frage stellte: »Was hat denn deine Mutter?«
»Die Schwindsucht.« Sie traf diese Feststellung in der gleichen Art, in der ein anderer ›eine leichte Erkältung‹ gesagt hätte.
Er blieb wie angewurzelt stehen. Die Schwindsucht! Das war ja ansteckend. Ach was, er steckte sich schon nicht an... Aber was sollte er mit der Kranken anfangen? Schwindsüchtige waren zum Tod verurteilt. Er blickte das Kind von der Seite an und ging rasch weiter.
Als sie den Schuppen erreicht hatten und er sich über die Frau beugte, die unter den Säcken lag, fand er seine Meinung nur bestätigt: Sie war zum Tod verurteilt. Und wenn er auch nur das mindeste davon verstand, würde es nicht mehr lange dauern.
»Hallo, Missis«, sagte er so laut, als spräche er mit einer Schwerhörigen.

»Ich bin ... krank.«
»Das sehe ich. Können Sie stehen?«
»Ich weiß nicht recht.«
»Wir wollen es versuchen.« Er bückte sich, legte den Arm um ihre Schulter, wandte aber gleichzeitig das Gesicht ab. Zwar war er nicht abergläubisch, aber er hütete sich auch davor, sein Schicksal herauszufordern. Und den Hauch einer Schwindsüchtigen einzuatmen, wäre gleichbedeutend damit gewesen.
»Ist schon besser ... nur ein kleines Stück bis zum Haus. Wohin wollen Sie denn?«
»Ins Dorf. Nach Elmholm.«
»Ach so. Nun, da haben Sie nicht mehr weit. Kennen Sie dort jemanden?«
Er trug sie beinahe, während er auf ihre Antwort wartete. Als sie schwieg, blieb er stehen und wiederholte seine Frage. »Ich sagte, ob Sie dort jemanden kennen?«
»Ja.«
»Nun, ich kenne so ziemlich alle Dorfbewohner, vielleicht kann ich Ihnen den Betreffenden heraufholen.«
Als sie wieder nicht antwortete, wandte er den Kopf und sah sie eindringlich an. Und dann sagte sie, als spürte sie seinen prüfenden Blick, obwohl sie die Augen beinahe geschlossen hielt: »Ich möchte erst sein Haus sehen.«
Er runzelte die Stirn und erkundigte sich: »Wie ist denn sein Name?«
Es dauerte sekundenlang, ehe sie erwiderte: »Thornton.«
Und dann fügte sie hinzu: »Ich glaube es jedenfalls.«
Da sagte er nichts mehr, sondern zog sie mit sich fort. Thornton – er hatte sich keineswegs verhört! Nun, was sollte eine wie sie von Matthew Thornton wollen? Es war zwar kein Geheimnis, daß er aus mehr als einfachen Kreisen stammte, aber daß er derart arme Verwandte wie diese beiden hatte... Was seine hochnoble Gattin wohl sagen würde, wenn ihr solche Gäste ins Haus schneiten? Sie würde sicher in Ohnmacht fallen! Das gönnte er ihr von Herzen... Wirklich merkwürdig, was einem der Nebel so bescherte.

»So ist's recht, nur noch ein paar Schritte, dann sind wir da.«
Als sie den Hof überquerten, meinte er: »Sie werden sich ins Stroh legen müssen, denn die Leiter nach oben schaffen Sie nie im Leben.«
Hanna folgte ihrer Mutter und dem jungen Mann durch eine Doppeltür in einen großen, rechteckigen Raum, der aussah und roch wie ein Stall. An zwei Seiten befanden sich Pferdeboxen, vor der dritten Wand türmten sich Heuballen, und über gefüllten Säcken war an Nägeln eine Ansammlung von Werkzeugen und Sattelzeug aufgereiht. Am anderen Ende des Raums führte eine Leiter beinahe senkrecht zu einer darüber befindlichen Falltür.
Hanna sah zu, wie der junge Mann ihre Mutter auf ein mit Stroh bedecktes, erhöhtes Holzpodest sinken ließ, von einer Trennwand zwei braune Pferdedecken herunterzog, sie damit zudeckte, sich zu ihr niederbeugte und sie fragte: »Ist es so besser, Missis?«
Nancy Boyle machte eine kaum wahrnehmbare zustimmende Kopfbewegung.
»Ich muß mich jetzt auf die Beine machen, Pferde abliefern gehen«, sagte er gleichsam entschuldigend. »Bin nämlich Pferdehändler, wissen Sie. Sie bleiben jetzt jedenfalls so lange hier liegen, bis Sie ihre Beine wieder gebrauchen können. Ich werde rauf in die Küche gehen«, er deutete zur Leiter hinüber, »und den Alten herunterholen. Das ist mein Großvater. Er wird sich um Sie kümmern und euch etwas zu essen richten. Er ist zwar beinahe taub, aber hier«, er tippte sich an die Stirn, »ist er noch völlig in Ordnung. Obwohl er fast neunzig ist.«
Damit nickte er ihr zu und stieg die Leiter hinauf.
Hanna kniete sich neben ihrer Mutter hin, lächelte ihr beruhigend zu und flüsterte: »Jetzt wirst du dich sicher bald erholen, Ma. Wie nett und freundlich er ist, nicht? Wird der andere Mann auch so sein?«
»Nein.«
»Oh!«

»Weshalb, zum Teufel, treibst du dich noch hier rum? Du solltest längst fort sein! Was sagst du – krank? Wo?«
Hanna warf einen Blick auf die beiden Männer, die nun die Leiter herabkamen; der junge glitt behende von Sprosse zu Sprosse, der alte hingegen setzte langsam Fuß um Fuß auf und hielt sich an beiden Seiten an.
Unten angekommen, blieb er mit einem Ruck stehen und starrte sie verblüfft an. Als Hanna ihn ebenfalls neugierig musterte, hätte sie um ein Haar gelacht, weil sie denken mußte: Sieht ja wie ein Matrose aus, wie ein richtiger Seebär...
Der Alte war bis auf zwei hinter den Ohren hervorstehende weiße Haarbüschel völlig kahl. Doch was ihm auf dem Kopf fehlte, schienen seine dichten weißen Bartstoppeln wettmachen zu wollen. Er mußte einmal ein wahrer Riese gewesen sein; selbst jetzt, wo er stark gebückt ging, war er noch eine respektable Erscheinung.
Nun stand er neben dem Podest und blickte erst Hanna und danach deren Mutter an. Er schien sich leicht unbehaglich zu fühlen, und auch seine Stimme klang ängstlich, als er laut ausrief: »Das ist ein schöner Schlamassel! Was ist los mit Ihnen?«
Dann drehte er sich um und starrte seinen Enkel an, der ihm durch Gesten etwas klarzumachen versuchte. Endlich begriff er. »Die Schwindsucht?« sagte er, drehte sich auf dem Absatz um und eilte mit langen Schritten in den Hof hinaus. Aber auch von dort war klar und deutlich zu hören, was der Alte, nach Art aller Schwerhörigen überlaut sprechend, zu bedenken gab. »Und was ist, wenn sie abkratzt?«
Die Antwort war zwar weniger laut, aber immer noch vernehmbar. »Zerbrich dir nicht den Kopf, Großvater«, sagte der Junge. »Du brauchst sie nicht einzubuddeln. Sie hat Verwandte im Dorf: die Thorntons.«
»Wen?«
»Die Thorntons.«
»Die beiden sind mit den Thorntons verwandt? Das soll wohl ein Scherz sein, wie?«

»Das dachte ich erst auch. Aber sie wollen zu den Thorntons.«
»Sieh mal an!« Es folgte lebhaftes Kichern.
»Ich geh jetzt.«
Hanna schrak zusammen und schaute zu dem jungen Mann auf, der nun vor dem Podest stand. Sie hatte ihn gar nicht eintreten hören.
»Ich werde nicht vor dem späten Nachmittag zurück sein. Bleibt, solange ihr wollt. Bis sie wieder auf den Beinen stehen kann.«
»Danke.«
»Und iß tüchtig, wenn dir mein Großvater was bringt.«
»Ja, danke«, wiederholte sie.
Er betrachtete sie nachdenklich, lächelte aufmunternd und eilte hinaus in den Hof. Hanna sah ihm nach, bis er verschwunden war. Dann richtete sie aufseufzend den Blick auf ihre Mutter. Deren Gesicht war nun nicht mehr grau, sondern von rosiger Farbe. Es mußte ihr jetzt bedeutend wärmer sein, ja es sah so aus, als schwitze sie. Hanna, die noch immer fröstelte, hätte gewünscht, daß auch ihr wärmer sei. Sie war völlig durchgefroren und so müde, als hätte sie in der Nacht kein Auge zugetan.
»Da! Iß das schön auf.«
Hanna fuhr auf, blinzelte und streckte die Hände gehorsam nach der dampfenden Schüssel voll Haferbrei aus. Offenbar war sie eingedöst.
»Kann deine Mutter allein essen?«
»Ich werde ihr dabei helfen.«
»Du mußt sie stützen. Warte, ich werde ihr einen Sack unterschieben.« Der Alte holte einen Getreidesack herbei und hob ihn keuchend auf das Podest, wo er ihn zur Seite drehte, so daß die Kranke sich daran anlehnen konnte. Dann schrie er Hanna geradezu an, als er fragte: »Magst du Tee?«
»O ja, gerne.« Hanna nickte eifrig.
»Das möcht ich dir auch geraten haben«, polterte er. »Tee darf man niemals ausschlagen. Obwohl ich bezweifle, daß du jemals richtigen Tee bekommen hast.«

Damit drehte er sich um und eilte hinaus. »Du mußt ihn dir holen kommen, wenn ihr mit dem Essen fertig seid«, brüllte er Hanna von der Tür aus zu.
Hanna schob abwechselnd der Mutter, dann wieder sich selbst einen Löffel Haferbrei in den Mund – der alte Mann hatte nur einen Löffel in die Schüssel gelegt –, aber noch ehe sie die Hälfte gegessen hatte, wehrte Nancy die Hand des Kindes ab und sagte: »Iß es auf.«
»Fühlst du dich jetzt besser, Ma?«
»Ja, gewiß.«
»Möchtest du Tee? Der alte Mann hat gesagt, daß wir welchen haben können.«
Nancy schien zu überlegen, dann schüttelte sie langsam den Kopf und erwiderte: »Ich lege mich jetzt ein bißchen aufs Ohr. Hinterher werde ich mich sicher besser fühlen.«
»Gut, Ma.«
Hanna aß den restlichen Haferbrei heißhungrig auf. Danach erhob sie sich aus dem Stroh und durchquerte den Stall. Sie suchte und fand die Küche, wo sie den Alten vor dem Herd sitzen sah, ganz dicht davor, obwohl es hier drinnen mehr als warm war. Er kaute an einem dicken Schmalzbrot, und als er den Mund öffnete, sah Hanna, daß er nur mehr drei Backenzähne und einen Schneidezahn hatte.
»Möchtest du Tee?«
»Ja, bitte.«
»Wie geht es ihr?«
»Sie ist eingeschlafen.«
Er hatte sich von ihr abgewandt, während er redete, und nun drehte er sich wieder zu ihr um und brüllte: »Ich fragte, wie es ihr geht?«
»Sie ist eingeschlafen«, wiederholte Hanna, jedes einzelne Wort mit dem Mund formend, da sie sich daran erinnerte, daß der junge Mann es vorhin genauso getan hatte. Als auch dies nichts zu nützen schien, schloß sie einfach die Augen und stützte mit einer beredten Geste den Kopf in die Hand.

Nun verstand er. »Das ist das Allerbeste, schlafen... Wie alt bist du?«

»Acht.«

»Wie alt?«

Da sie bereits bis zehn zählen konnte, zeigte sie ihm acht Finger, und er wiederholte: »Oh, acht.«

Er lächelte ihr anerkennend zu, und Hanna erwiderte sein Lächeln. Während sie den Tee trank, den er ihr eingegossen hatte, kaute der Alte genüßlich an seinem Brot weiter.

Sie sah sich nun eingehender in der geräumigen Küche um. Über einem breiten niederen Geschirrschrank hingen verschieden große Bratpfannen an der Wand. Die Holzbank war mit Roßhaarkissen gepolstert, die einige schadhafte Stellen aufwiesen. Um den Küchentisch standen drei Stühle mit hohen, geraden Lehnen. Alles andere erinnerte eher an eine Werkzeugkammer: Hufeisen hingen an den Wänden, Bügel und Gurte lagen auf Stellagen, Messingbeschläge und Schachteln mit Nägeln verschiedenster Größe standen herum. Die Wände der Küche bestanden aus mächtigen Quadern. Nie vorher hatte sie derlei gesehen: in Newcastle gab es nur Ziegelsteine.

Hanna fuhr zusammen, als der Alte sie plötzlich anschrie: »Gefällt dir das Pele-Haus? So heißt meine Zwingburg, weißt du? Zwingburg ist gut, nicht?« Er kicherte.

Sie nickte.

»Ein schönes Haus, was?«

Wieder nickte sie.

»Hat gegen Wind und Wetter ebenso standgehalten wie gegen Krieg und Weiber.«

Er warf den Kopf in den Nacken und lachte aus vollem Hals. Dann wurde seine Miene ernst, er beugte sich zu ihr hinunter und sagte bedeutend leiser: »Ich bin hier geboren und aufgewachsen, weißt du? Drei Frauen hab ich hierhergebracht; zwei Söhne in die Welt gesetzt. Sie sind beide in dem verdammten Bergwerk geblieben. Nun habe ich bloß noch Ned. Er ist ein guter Junge, o ja!« Er beugte sich noch weiter zu ihr. »Genau wie ich, aus dem gleichen harten Holz geschnitzt, verstehst du? Geht seinen eigenen Weg, wird niemals einen Herrn und Gebieter anerkennen, läßt sich nicht herumkommandieren, der nicht! Nun, ich war genauso. Komisch, daß meine Jungs so ganz und gar ihrer Mutter nachgeraten sind. Keinen Mumm, weißt du! Das Bergwerk ist ihnen zu Kopf gestiegen. Ich hab es ihnen vorhergesagt. Wehe, wenn einer einmal mit dem Bergwerk in Berührung kommt, der wird davon aufgefressen. Aber was hilft's? Sie wollten schnell Geld verdienen. Und für wen haben sie gearbeitet? Für den verdammten Blutsauger Beaumont. Bleibt beim Pferdehandel, hab ich gesagt. Solange es Bergwerke gibt, werden die Leute Maultiere und Pferde brauchen. Aber nein, sie waren ja richtig darauf versessen, am Schmelzofen zu arbeiten. Dabei ist das das reinste Gift. Blei ist Gift, weiß du das? Gift!«

Er lehnte sich zurück, griff zum Herd hinüber, schenkte sich aus der mächtigen braunen Teekanne tüchtig ein und goß die siedendheiße Flüssigkeit in sich hinein, als wäre der Tee nicht mehr als lauwarm.

Danach leckte er sich die Lippen, beugte sich abermals zu Hanna hinüber, die ihn mit großen Augen anstarrte, und fuhr fort: »Mein Vater war der größte Pferdehändler im ganzen Land. Der hat die Galloways, die Ponys, weißt du, dutzendweise in die Bergwerke verkauft. Früher einmal haben die Leute das ganze Erz auf Pferderücken herausgebracht. Aber was hat der ganze herrliche Fortschritt bewirkt? Straßen hat man gebaut, innen und außen, und Wagen verwendet. Da wurden auf einmal nicht mehr so viele Galloways benötigt. Nun ja, es reicht immer noch.«

Er streckte seine schmierig aussehende Hand aus und klopfte ihr aufs Knie, als er lachend sagte: »Ein Wagen ohne Pferd ist nicht viel wert, stimmt's?«

Sie lächelte ihn an und nickte bestätigend. Gern hätte sie etwas zu dem Gespräch beigetragen und erzählt, daß die

Pferde in Newcastle aber dreimal so groß seien wie die hier und kräftige, zottige Beine hätten, vor allem diejenigen, die die Bierwagen zogen... Aber da sie nicht wußte, wie sie ihm das durch Gesten hätte verdeutlichen sollen, lächelte sie ihn weiter an.
Der Alte spann seinen Faden weiter: »Weißt du, daß ich in meiner Jugend an einem einzigen Tag mehr Geld ausgeben konnte, als meine beiden Söhne in einem Monat im Bergwerk verdient haben? Ein Pfund hat man jedem von ihnen monatlich in der Zeche ausgezahlt, der Rest wurde für irgendwelche Verpflichtungen zurückbehalten. Du glaubst mir nicht? Es ist genauso wahr, wie ich hier sitze. ›Lebenshaltungskosten‹ nannten sie es, und bei Gott, ihr Lebensunterhalt war armselig. Jeder, der im Bleibergwerk arbeitet, ist ein Narr, der seine Seele verkauft. Man braucht ja nur daran zu denken, was im vergangenen Jahr passierte, als sie streikten. Achtzehn Monate setzten sie mit der Arbeit aus, und was war dann? Hinausgeworfen hat man sie, jawohl! Über hundert von ihnen hat man gefeuert, und mehr als die Hälfte davon hat damit das Dach überm Kopf verloren. Was wird nun aus ihnen, frag ich dich? Nach Amerika können sie auswandern, das ist alles, was ihnen übrigbleibt. Und was sie dort erwartet, weiß keiner. So geht's zu in den Gruben. Die einzigen, die davon profitieren, sind die Besitzer und die Verwalter. Und Thornton ist einer davon. Weshalb wollt ihr zu dem hinunter?« Die letzte Frage stellte er beinahe in normaler Lautstärke.
»Ich weiß es nicht.« Da Hanna ihre Antwort mit einem Kopfschütteln begleitete, verstand er sie und wiederholte: »Du weißt es nicht?«
»Nein.«
Er lachte kurz auf. »So etwas! Ned hat mir gesagt, daß du mit deiner Ma von Newcastle zu Fuß heraufgekommen bist und du weißt nicht, weshalb ihr es getan habt? Da kann ich nur eines darauf sagen: Entweder bist du strohdumm, oder du bist ein durchtriebenes kleines Biest. Und dumm siehst du nicht gerade aus, keineswegs. Also,

dann schweig dich ruhig aus, Kindchen, ich nehm es dir nicht übel. Schweig dich ruhig aus! Aber wenn du dort hinuntergehst« – er deutete mit dem Daumen zur Tür –, »dann wird es dir bald dämmern, worauf du dich einläßt. Und das Dorf wird es auch im Handumdrehen wissen, das sag ich dir.«

2

Das Dorf Elmholm war ungefähr zweieinhalb Meilen von Allendale entfernt. Es bestand aus fünfundvierzig Häusern, wozu auch die Arbeitersiedlung gehörte, die rechts vom Dorfanger lag. Diese Siedlung war vor gut fünfzig Jahren errichtet worden, um die Arbeiter aus dem Bleibergwerk und den Schmelzhütten unterzubringen. Sie bestand aus niedrigen Steinhäusern mit zwei Räumen, deren Böden erst im Lauf der Zeit mit Steinfliesen ausgelegt worden waren. Die sanitären Einrichtungen hatten sich anfangs auf Abflußgräben vor den Häusern beschränkt. Mit den Jahren entschlossen sich die Leute, Senkgruben auszuheben, und zwar größtenteils hinter den Häusern oder gar erst am Gartenende. Die Dorfbewohner lebten im allgemeinen friedlich miteinander, abgesehen vom turbulenten Markttag oder freitags, wenn der Lohn ausgezahlt wurde. Dann schlugen sich die Raufbolde unter den Bergarbeitern oft die Köpfe blutig oder prügelten ihre Frauen. Aber wenn am Montagmorgen die Arbeit begann, verlief das Leben wieder in seinen gewohnten Bahnen.

Der Umriß des Dorfes ähnelte einer Birne. Die Straße von Allendale gab ihm diese Form, da sie sich zwischen der Schmiedewerkstatt von Ralph Buckman, dem Haus von Will Rickson und dem Bauhof teilte und beiderseits des Angers hinzog, um sich dahinter zwischen der Friedhofsmauer und ›Haus Elmholm‹ wieder zu vereinigen, was sozusagen den Stiel der Birne darstellte.

Die Dorfhäuser und -hütten waren von verschiedener Form und Größe. Fred Loams Haus zum Beispiel war zweistöckig, und zu ebener Erde befand sich der Metzgerladen. Die Nachbarhäuser gehörten Walter Bynge, dem Steinmetz, und Thomas Wheatley, dem Getreidehändler, der sich, obwohl er seine Hauptgeschäfte in Allendale abzuwickeln pflegte, gleichfalls im Erdgeschoß einen kleinen Laden eingerichtet hatte, wo er Mehl und Hülsenfrüchte verkaufte.

Die beiden größten Gebäude im Dorf waren die Methodistenkirche und das Gasthaus. Beide übten offenbar die gleiche Anziehungskraft auf die Einheimischen aus, denn sie pflegten nach dem Besuch der Kirche häufig auf dem kürzesten Wege in die Schenke überzuwechseln.

Gleich hinter der Friedhofsmauer lag ›Haus Elmholm‹, Matthew Thorntons Besitz. Man konnte zwar sagen, daß jedermann im Dorf Matthew Thornton mochte, aber eines stand fest: auf seine Frau traf das keineswegs zu. Alle wußten, daß Matthew Thornton aus äußerst bescheidenen Verhältnissen stammte und es zu etwas gebracht hatte. Er hatte niemals einen Hehl daraus gemacht, daß seine Familie nur einen armseligen Kramladen in Haydon Bridge besessen hatte und daß er alles, was er an Wissen und Erziehung vorweisen konnte, einem pensionierten Lehrer verdankte, der ein paar Häuser weiter gewohnt und den aufgeweckten Jungen unter seine Fittiche genommen hatte. So hatte er ihm nicht nur das Lesen, Schreiben und Rechnen beigebracht, sondern sogar etwas Latein. Das ließ Matthew die Nase manchmal ein wenig hoch tragen, auch wenn ihm die Kenntnisse dieser toten Sprache kaum etwas nützten, als er die technische Laufbahn einschlug. Jedenfalls mußte diese Form von Bildung der ›Gnädigen‹, wie die Dörfler seine Frau in ihren Wirtshausgesprächen nannten, imponiert haben – genauso wie die Tatsache, daß er sich gewählter ausdrückte als die anderen und eine gute Singstimme hatte. Anne Thornton stammte durchaus aus gutem Hause; sie war die Tochter eines Anwalts aus Newcastle. Über ihre Base Marion war sie zudem mit dem alten Beaumont selbst verwandt. Hätte man ihren Stammbaum weiter zurückverfolgt, so wäre man vielleicht noch direkt zu Adam und Eva gelangt. Jedenfalls erhob sie allen Ernstes Anspruch darauf, zum Adel gerechnet zu werden. Den Männern des Dorfes war dies immer wieder ein Anlaß zu lauter Heiterkeit. Die Frauen verhielten sich zurückhaltender, denn sie mußten sich der Tatsache fügen, daß Mrs. Thornton die ›First Lady‹ der Dorfgemeinschaft war.

Anne Thornton war eine große Blondine, deren blasser Teint die Klarheit ihrer großen, stahlblauen Augen nur noch unterstrich. Ihre Nase war klein, ihre Lippen waren voll, beinahe zu voll, aber wohlgeformt. Zwar verfügte sie weder über Busen noch Hüften, doch ersetzte sie das, was ihrer Anatomie diesbezüglich mangelte, durch geschickte Auspolsterung. Sie war eine tüchtige Hausfrau und ihren Kindern eine gute Mutter. Ob sie auch eine gute Ehefrau war, hätte nur Matthew Thornton beantworten können.

Hätte man ihre beiden Mägde – Bella Monkton, die in der Küche das Regiment führte, und Tessie Skipton, das Haus- und Kindermädchen in einer Person – nach ihrer Meinung über ihre Herrin gefragt, hätten die beiden einander nur angesehen, die Lippen zusammengepreßt und geschwiegen. Da Bella Monkton genau wußte, daß sie mit ihren vierzig Jahren keine Heiratsaussichten mehr hatte und Stellen schwer zu bekommen waren, hielt sie es für klug, keine riskanten Kommentare abzugeben. Und was die elfjährige Tessie Skipton betraf, so wußte sie aus eigener leidvoller Erfahrung, daß jeder Arbeitsplatz dem Armenhaus vorzuziehen war, aus dem Mr. Thornton sie vor vier Jahren befreit hatte. Deshalb würde sie sich für ihn, wie sie täglich beteuerte, mit Begeisterung die Finger wundarbeiten. Leider bot sich ihr nur die Gelegenheit, dies für ihre Herrin zu tun. Was dachte sie wohl über sie? Tessie sagte es nicht. Nur Bella gegenüber sprach sie sich hier und da aus, aber auch das nur unter vier Augen im Flüsterton, wenn sie in dem Dachstübchen, das sie miteinander teilten, ihre müden Glieder auf einem Strohlager ausstreckten.

Sie kamen gut miteinander aus, Bella und Tessie. Jede war für die andere der Ersatz für etwas, was sie vermißte: die eine eine Tochter, die andere eine Mutter. Ihr gutes Einvernehmen trug übrigens viel dazu bei, daß der Haushalt reibungslos lief, denn die beiden leisteten gut und gern die Arbeit von vieren.

Außer ihnen gab es im Haushalt der Thorntons noch den gleichfalls aus dem Armenhaus stammenden vierzehnjährigen Dandy Smollett, der Garten und Pferd zu versorgen hatte und im Stall schlief.

John, der älteste Sohn des Hauses, war zwölf und für sein Alter ziemlich groß. Obgleich er seiner Mutter äußerlich sehr ähnlich sah, schien er nichts von ihren Eigenschaften geerbt zu haben.

Margaret, die älteste Tochter, schlug äußerlich ihrem Vater nach, denn sie hatte das gleiche quadratische Gesicht, die gleichen lichtbraunen Haare, ebenso graue Augen und seinen großen Mund. Sie war ein sehr sensibles Wesen, das mit allen Lebewesen Mitleid hatte und oft weinte.

Der zehnjährige Robert glich äußerlich gleichfalls seinem Vater und war bereits bedeutend größer als Margaret. Er war eine Abenteurernatur und ungemein eigensinnig – Eigenschaften, die er, wie man ihm erzählt hatte, seinem Großvater väterlicherseits verdankte.

Beatrice, die als jüngstes Kind meist Betsy genannt wurde, war das genaue Ebenbild ihrer Mutter – nicht nur, was Gesicht und Gestalt anlangte, sondern vor allem in ihrem Wesen. Da sie noch keine neun Jahre alt und noch dazu recht klein war, wurde sie von sämtlichen Familienmitgliedern als Nesthäkchen verhätschelt und tüchtig verzogen.

Im Moment befanden sich alle Kinder daheim. John, der in Hexham ins Internat ging, hatte ebenso Ferien wie Margaret und Robert, die die Tagesschule in Allendale besuchten. Betsy ging überhaupt noch nicht zur Schule,

da man sie daheim als zu zart dafür hielt; was jedoch nicht bedeutete, daß sie noch keinen Unterricht erhielt. Täglich las ihr die Mutter eine Stunde am Vormittag und eineinhalb Stunden am Nachmittag aus der Bibel vor, übte mit ihr Lesen, Schreiben und Rechnen und brachte ihr das Sticken und Spinettspielen bei.
Auch jetzt saß Anne Thornton am Spinett, die Hände auf den Tasten und den Blick auf die Noten gerichtet. John, Margaret und Betsy umstanden sie. Ohne den Blick vom Notenblatt zu wenden, rief Anne plötzlich: »Robert!«
Die Kinder wurden unruhig. Margaret versetzte John einen leichten Rippenstoß, worauf der Bruder unverschämt grinste, während die kleine Betsy sich auf die Zehenspitzen stellte und sich fast den Hals verrenkte, nur um aus dem Wohnzimmerfenster hinaussehen zu können.
»Er ist aus dem Haus gegangen, Mama – den Weg hinunter!« piepste sie plötzlich.
Anne Thornton erhob sich mit einem Ruck von ihrem Drehstuhl. Ihr umfangreicher Rock streifte ihre Jüngste so heftig, daß das Kind beinahe hingefallen wäre. Am Fenster angelangt, klopfte sie energisch an die Scheiben, stieß dann die beiden Flügel auf und rief in unüberhörbarem Befehlston: »Robert!«
Der Junge drehte sich um und sah seine Mutter einen Augenblick an. Dann zuckte er die Achseln und trat widerstrebend den Rückweg an.
Er hatte die lange, schmale Halle noch nicht durchquert, als seine Mutter bereits aus dem Wohnzimmer eilte. Ehe sie jedoch noch Zeit fand, ihn zu tadeln, sagte er energisch: »Wir haben Ferien, Mama. Es ist ein schöner Tag, also möchte ich auf die Hügel gehen.«
»Zwischen ›mögen‹ und ›dürfen‹ besteht ein gewaltiger Unterschied. Das habe ich dir schon gesagt. Wenn du noch ein einziges Mal ungehorsam bist, werde ich mit deinem Vater darüber sprechen!«
Diese Drohung schien keinen besonders großen Eindruck auf Robert zu machen. Er schob die Hände in die

Taschen seiner Kniehose, warf den Kopf zurück und marschierte unwillig durch das Wohnzimmer, bis er bei seinen Geschwistern, die ihn verstohlen ansahen, angelangt war.
Kaum hatte Anne Thornton wieder auf dem Drehstuhl Platz genommen, ihre Röcke zurechtgeschoben und die Hände zum Spiel erhoben, als ihr schwieriger Sohn heftig protestierte: »O nein, nicht das – wir sind doch keine Klageweiber!«
Anne Thornton zwang sich, ihre Ungeduld nicht zu zeigen. Sie verharrte bewegungslos und erwiderte so ruhig wie möglich: »Das ist eines von Thomas Moores schönsten Liedern. Außerdem ist es das einzige in dem Buch, das für vier Stimmen arrangiert ist, und ich möchte, daß die Überraschung für euren Vater tadellos ausfällt.«
»Als ob der sich schon was draus machte!«
Diesmal war es John, der damit herausplatzte, worauf Margaret zu kichern begann, aus Angst vor dem Zorn der Mutter jedoch gleich wieder verstummte.
Nach kurzem Zögern sagte Anne Thornton: »Ich werde die erste Strophe singen, und jeder von euch weiß, wann er einzusetzen hat. Erst du, Margaret, dann du, Robert, und dann du, John.« Nun drehte sie sich halb um, blickte ihren zweitältesten Sohn fest an und fuhr fort: »Und denkt gefälligst daran, daß dies Lied genau wie vorgeschrieben gesungen wird: langsam und mit feierlichem Ernst.«
Nachdem sie ›Wie oft hat das Käuzchen geschrien‹ intoniert und den Kindern der Reihe nach Einsatzzeichen gegeben hatte, schwoll der Trauergesang auf und ab, bis sie gemeinsam in die Schlußworte ›Seufzt über das Heldengrab‹ einstimmten. Da Betsy es aber nicht lassen konnte, besagtes ›Heldengrab‹ grell hervorzupiepsen, war es mit der erzwungenen Feierlichkeit auch schon zu Ende. Die Kinder lachten einfach drauflos, bis die Mutter den Anführer der Schar, ihren ungeratenen Sohn, bei den Ohren packte und aus dem Wohnzimmer bis zur Treppe zog, wo sie ihn noch einmal kräftig durchbeutelte und ihn an-

schrie: »Geh sofort auf dein Zimmer! Ich werde mit Vater reden, wenn er heimkommt.«
Die Hände auf die brennenden Ohrmuscheln gedrückt, stapfte der Junge hochrot die Treppe hinauf, blieb aber mit einem Ruck stehen, als ihm die Mutter zur Strafverschärfung nachrief: »Und ich werde dafür sorgen, daß er dir verbietet, zu Mr. Beaumonts Feier zu gehen, verlaß dich drauf!«
Johns Lippen begannen zu zittern, und einen Moment lang sah es aus, als würde er gleich in Tränen ausbrechen. Statt dessen hob er den Kopf, wandte der Mutter ostentativ den Rücken und eilte in sein Schlafzimmer.
Mrs. Thornton drehte sich um, musterte kurz ihre andern drei Kinder, die in der Wohnzimmertür standen, und sagte in bewundernswert beherrschtem Ton zu Margaret: »Hol das ›Buch des Wissens für junge Damen‹. Wir wollen uns das Kapitel ›Erze‹ vornehmen. Euer Vater wird begeistert sein, wenn ihr Interesse dafür zeigt.«
Den Kindern in den Wintergarten vorangehend, nahm sie das von Margaret eilends herbeigebrachte umfangreiche Buch in Empfang. Als sie sah, wie ihr jüngster Sohn unwillig die Stirn runzelte, erkundigte sie sich barsch: »Was hattest du vor, wenn ich fragen darf?«
»*Nichts*, Mama«, kam es gedehnt zurück. Robert konnte jetzt schwerlich eingestehen, er hätte einen Spaziergang über die Hügel machen wollen, so sehr ihm auch danach zumute war.
»Nun, dann komm gefälligst mit in den Wintergarten.«
Nachdem alle Platz genommen hatten, schlug Anne Thornton das Buch an der durch ein Lesezeichen gekennzeichneten Stelle auf, blickte lächelnd in die Runde und sagte: »Jedesmal, wenn ich dies Buch zur Hand nehme, erinnere ich mich an meinen vierzehnten Geburtstag, zu dem ich es von meiner lieben Mutter geschenkt bekommen habe.«
Die beiden Mädchen schauten sie an, sagten jedoch nichts. Betsy wußte zwar, daß ihre Mutter nur auf die Aufforderung wartete, über die großartige Feier ihres

vierzehnten Geburtstags zu berichten, aber sie hatte sie schon zu oft gehört, um sie nicht tödlich langweilig zu finden, während Margaret sich fragte, weshalb Märchen einen immer wieder zu fesseln vermochten, wohingegen Geschichten über Erwachsene es nicht einmal beim erstenmal vermochten.
Aufseufzend begann Margaret nun das Kapitel über die Erze vorzulesen. Matt und langsam buchstabierte sie ihr schwierig erscheinende Worte, die keinen Sinn für sie ergaben: »Ist es nicht sonderbar, daß Erze manchmal so ganz anders sind als Metalle? Viele Minerale bekommen wir in ihrem natürlichen Zustand zu Gesicht; aber nur wenige Menschen sind mit den Metallen vertraut, die ganz allgemein in Gebrauch sind, oder denken auch nur im entferntesten an die vielen Arbeitsgänge, die nötig sind, um daraus Gebrauchsgegenstände herzustellen, die wir Tag für Tag zur Hand nehmen. Was sieht wohl weniger wie Kupfer aus als der wunderbar wirkende Malachit, nicht wahr? Und nehmen wir einmal...«
An dieser Stelle wurde der schwerfällige Monolog glücklicherweise dadurch unterbrochen, daß die Tür zum Wintergarten ohne vorheriges Anklopfen aufgerissen wurde und Tessie in höchst ungebührlicher Form hereingestürzt kam. »Missis, Ned Ridley steht mit zwei Leuten vor der Haustür!« stieß sie hervor.
»Ned Ridley?«
»Ja, Missis, mit zwei Leuten.«
Anne Thornton erhob sich, ging langsam auf Tessie zu, baute sich vor ihr auf und fragte: »Was soll das heißen: zwei Leute? Drück dich gefälligst deutlicher aus, Mädchen.«
»Nun, Missis, die beiden sehen wie richtige Landstreicher aus, schlimmer sogar, schmutzig und... Also, es ist eine Frau und ein Kind.«
Anne Thornton stützte die Hände in die Hüften und wies Tessie an: »Sag allen dreien, daß sie zur Hintertür gehen sollen, und bitte die Köchin, sie zu fragen, was sie wollen.«

»Ja, Missis.«
»Setz dich, John!«
Der Junge hatte versucht, vom Ende des Wintergartens aus einen Blick auf die zur Haustür führenden Stufen zu werfen. Auch Anne Thornton nahm wieder ihren Platz ein, forderte ihre Tochter jedoch nicht dazu auf, mit dem Lesen fortzufahren. Statt dessen saß sie, wie ihre Kinder, abwartend da.
Tessie kehrte derart rasch zurück, daß keiner der Anwesenden sich vorstellen konnte, daß sie in der kurzen Zeit tatsächlich an der Haustür gewesen war. Sie bewies es jedoch dadurch, daß sie gleich nach dem Eintreten herausplatzte: »Er will sich nicht von der Stelle rühren, Missis! Ned ... Ned Ridley. Er sagt, die beiden seien von weit her gekommen, um mit dem Master zu sprechen.«
Abermals erhob sich Anne Thornton langsam, legte die Fingerspitzen aufeinander, rückte sich die Gürtelschnalle zurecht, ebenso Spitzenkragen und Leinenhäubchen, dann durchquerte sie wortlos den Wintergarten und ging durch die Halle zur Haustür.
Tessie, die die Tür kurz zuvor geschlossen und die Besucher draußen stehengelassen hatte, war ihr vorausgelaufen. Nun öffnete sie wieder, trat zurück und sah ihre Herrin neugierig an.
Als Anne die drei Leute auf den Stufen erblickte, wurde ihre Miene eisig. Sie konnte sich nicht denken, was die zwei schmutzigen Fremden wünschten; aber daß Ned Ridley es wagte, einfach mir nichts, dir nichts am Haupteingang aufzutauchen, war in ihren Augen eine glatte Unverschämtheit. Es hatte sie damals schon genug gedemütigt, ihre Hilfsmaßnahmen dem kleinen Ned gegenüber scheitern zu sehen. Noch erniedrigender war der Spott gewesen, den sie später von dem Heranwachsenden geerntet hatte. Die Erinnerung an ihr letztes Zusammentreffen war ihr nach wie vor gegenwärtig. Da war sie zur Weihnachtszeit mit John und Robert den Hügel hinaufgegangen. Sie wollten Neds Großvater, obwohl dieser als ausgemachter Grobian galt, ein Geschenk

bringen. Aber sie hatten kein Wort des Dankes zu hören bekommen, sondern waren von den beiden nur verhöhnt worden.
»Was soll ich wohl Ihrer Meinung nach dafür tun, Missis?« hatte der Alte zu ihr gesagt, nachdem er das Stück Bauchfleisch ausgewickelt hatte. »Erwarten Sie nun etwa, daß wir Ihnen für dieses Almosen auf den Knien danken? Da hat die Frau des Pastors schon mehr Großzügigkeit bewiesen, die hat uns nämlich eine dicke Fleischpastete und Zuckerzeug gebracht, müssen Sie wissen. Und trotzdem werden wir deswegen keine eifrigen Kirchgänger, tjawohl!«
Die ärgste Beleidigung hatte ihr jedoch der Junge zugefügt, als er ihr, nachdem er sie bis ans Ende des Hofes begleitet hatte, grinsend zugeflüstert hatte: »Wenn Sie ihm statt dessen eine Flasche Schnaps mitgebracht hätten, Madam, dann wäre er am Ende wirklich hinuntergekommen und hätte vor Ihrer Haustür gesungen – wenn auch nicht gerade Kirchenlieder. Aber so...« Oh, diese Ridleys!
»Was willst du?« fragte sie barsch.
»Guten Tag, Madam.« Der junge Bursche zog mit einer schwungvollen Geste seine Mütze und sagte: »Ich hab die beiden Leute hierhergeführt, die in aller Frühe bei uns droben aus dem Nebel aufgetaucht sind. Sie haben auf dem Weg zu Ihnen die ganze Nacht im Freien verbracht.«
Ein Ausdruck äußersten Staunens lag nun auf Anne Thorntons Gesicht, als sie von der Frau zu dem kleinen Mädchen blickte. Dann wandte sie sich an die Frau. »Weshalb wollt ihr mich sprechen?«
Nancy Boyle hustete zweimal kurz, schluckte und antwortete schleppend: »Ich komme nicht zu Ihnen, sondern zu Ihrem Mann.«
»Mein Mann ist nicht daheim. Sagen Sie also mir, was Sie von ihm wünschen.«
Wiederum mußte Nancy husten, diesmal heftiger. Aber sie hielt dem durchdringenden Blick der stahlblauen Au-

gen stand. »Das ist meine und seine Angelegenheit«, erwiderte sie stolz.
Einen Moment lang verschlug es Anne Thornton die Sprache. Dann schaute sie jedoch in das Gesicht Ned Ridleys, dessen ernsthafter und feierlicher Ausdruck von dem Lachen in seinen Augen Lügen gestraft wurde. Das war zuviel!
»Was diese Leute meinem Mann auch zu sagen haben mögen – ich bin sicher, daß sie es sehr gut ohne deine Hilfe zustande bringen werden!« fuhr sie ihn an. »Also sei so freundlich und verschwinde. Und vergiß in Zukunft nicht, daß wir einen Hintereingang haben.«
»O ja, Madam, natürlich, Madam!« Der junge Mann setzte seine Mütze mit einer heftigen Bewegung wieder auf, trat feixend zwei Schritte zurück und sagte dann zu Nancy: »Viel Glück, Missis, viel Glück, was Sie auch vorhaben mögen.«
Anne Thornton sah ihm nach, als er die Auffahrt hinunterlief, das Gittertor aufriß, es hinter sich zuschlug und abermals spöttisch an den Mützenrand tippte.
Was für ein Flegel! Wenn irgend jemand auf der Welt imstande war, sie zu ärgern, dann war es dieser Bursche. Seit sie ihn als kleinen Jungen zum ersten Mal gesehen hatte, hatte er sie gereizt und verärgert; und auch die folgenden Begegnungen hatten sie stets mit Zorn und Abscheu erfüllt...
»Ich möchte Ihren Mann sprechen«, brachte sich die Fremde wieder in Erinnerung.
Mrs. Thornton wurde dadurch jäh in die Gegenwart zurückgeholt. Hochmütig wandte sie sich der noch immer auf der untersten Stufe stehenden Frau zu und fragte verächtlich: »Was haben Sie mit meinem Mann zu schaffen?«
»Das ist meine Angelegenheit.«
»Wer sind Sie überhaupt?«
»Ich heiße Nancy Boyle, und das hier ist meine Tochter Hanna.« Die Frau legte die Fingerspitzen auf die Schulter des Kindes.

Anne Thornton starrte die Kleine an, ehe sie sagte: »Falls Sie vorhaben zu betteln, ist es nicht mein Mann, an den Sie sich zu wenden haben. Diese Angelegenheiten erledige ich. Wir geben Almosen zugunsten der Kirche und...«

»Ich will kein Almosen, Missis – ich möchte Ihren Mann sprechen.«

»Mein Mann befindet sich in seinem Büro. Wenn Sie etwas mit ihm zu besprechen haben, können Sie das getrost mir sagen.«

Nancy Boyle blickte unerschrocken in das abweisende Gesicht der Hausherrin, ehe sie ruhig erwiderte: »Sie werden es früh genug erfahren. Ich kann warten, bis er zu Hause ist. Komm!« Sie drehte die Kleine um und schob sie zum Eisentor.

Anne Thornton sah den beiden vom Treppenabsatz aus nach. Sie kniff die Augen zusammen, kaute auf der Unterlippe und überlegte ziemlich beunruhigt, welche Verbindung es zwischen diesen abgerissenen Geschöpfen und ihrem Mann geben konnte. Es waren doch hoffentlich keine Verwandten von ihm? Natürlich wußte sie, daß er einfacher Herkunft war. Hatte sie nicht seit Jahren versucht, diesen Umstand durch tadelloses Verhalten in Vergessenheit geraten zu lassen? Aber wie ärmlich die Verhältnisse auch sein mochten, aus denen ihr Mann stammte – seine Verwandten hätten sich gewiß dagegen gewehrt, mit dieser Person und ihrem Kind in Verbindung gebracht zu werden.

Als die Standuhr in der Halle rasselnd die vierte Stunde schlug, überlegte sie, daß bis zu seiner Heimkunft noch zwei Stunden vergehen würden. Was war, wenn dieses Weib sich währenddessen auf die Bank am Dorfanger setzte, sich mit Vorbeikommenden auf ein Gespräch einließ und ihnen erzählte, daß sie hier sei, um Matthew Thornton aufzusuchen? Sie hätte die beiden im Hof warten lassen sollen. Wie hatte sie nur so unvorsichtig sein können!

Aufgeregt drehte sie sich um, hob die Rockschöße hoch

und eilte durch die Halle, vorbei an Tessie, deren Miene deutlich zum Ausdruck brachte, wie erstaunt sie darüber war, ihre sich stets so würdevoll gebende Missis laufen zu sehen. Noch erstaunter sah sie drein, als Anne Thornton, immer zwei Stufen auf einmal nehmend, nach oben hastete. Sie erriet sogleich, daß ihre Herrin ins Schlafzimmer der Knaben wollte, und konnte sich gut vorstellen, weshalb sie dies tat.

Auch Robert war verblüfft, mit welcher Heftigkeit seine Mutter das Schlafzimmer betrat. Sie stieß ihn beinahe von der breiten Fensterbank, kauerte sich nun selbst darauf und drückte ihr Gesicht an die Fensterscheibe. Von hier aus hatte man nämlich einen ungehinderten Blick auf die zur Dorfmitte führende Straße. Alles, was Anne im Moment von ihrer Warte aus sehen konnte, waren die beiden Bynge-Mädchen Alice und Mary, die mit Bill Buckman plauderten, übertrieben lachend die Köpfe zurückwarfen und sich überhaupt recht unziemlich benahmen. Wo nur die Mutter der beiden war? Jeder wußte, daß Bill Buckman verheiratet war; angeblich lebte seine Frau in Hexham. Und nicht nur seine Frau, auch seine Freundin... Ach, was zerbrach sie sich über derlei Dinge eigentlich den Kopf? Von ihren beiden ›Besucherinnen‹ war jedenfalls weit und breit nichts zu sehen!

»Nach wem hältst du Ausschau, Mama?« Die Stimme des Jungen verriet keinerlei Groll darüber, daß sie ihm erst vor kurzem eine Strafe verpaßt hatte.

»Nach niemandem.«

»Handelt es sich um die Leute, die vorhin an der Haustür waren?«

Sie fuhr herum und sah ihren Sohn an. Natürlich hatte er die beiden gesehen!

»Sie sind nicht ins Dorf gegangen, Mama«, erklärte Robert, »sondern in die entgegengesetzte Richtung; die Kirchhofmauer entlang hügelan. Sieh nur« – er trat neben sie und deutete hinunter –, »dort sitzen sie.«

Anne schaute in die angegebene Richtung. Tatsächlich, dort saß die Frau. Und das Kind stand neben ihr. Von diesem kleinen Hügel neben dem Friedhof konnte man die Straße sehr gut überblicken, auf der ihr Mann heimzureiten pflegte, wenn er aus dem Bergwerk kam. Wußte das Weib das? Es war möglich, daß Ned Ridley es ihr gesagt hatte. Was wollte sie? Was wollte sie nur?

»Behalt die beiden weiter im Auge, Robert«, befahl sie ihrem Sohn. »Wenn sie den Hügel verlassen, gibst du mir Bescheid, verstanden?«

»Ja, Mama. Weshalb wollen die beiden mit Papa sprechen?«

Anne Thornton blieb auf dem Weg zur Tür unvermittelt stehen, drehte sich jedoch nicht um, als sie antwortete: »Ich weiß es nicht.«

Dieser Junge! Er mußte vorhin das Fenster geöffnet und ihr Gespräch mitangehört haben. Aber dann hatte auch Tessie heimlich gelauscht, und das bedeutete, daß Bella gleichfalls bereits Bescheid wußte. Und was Bella wußte, würde in Kürze das ganze Dorf erfahren.

Was war nur plötzlich los hier? O wäre es doch nur schon sechs Uhr...

Matthew Thornton, der sich gerade auf den Heimweg machen wollte, warf einen Blick auf das scheinbare Durcheinander, das Joe Robson, ein erfahrener Bergmann, seinem Sohn Peter soeben erklärte: Es handelte sich um die beste Art des Erzwaschens. Die Kunst bestand darin, den Rechen so hin- und herzuschieben, daß das Gestein auf einem von einem Holzrahmen umgebenen großen Sieb von allen Seiten einem kräftigen Wasserstrom ausgesetzt wurde.

Mit einem zweifelnden Kopfschütteln bestieg Thornton sein Pferd. Der kleine Peter war – obwohl bereits vierzehn und recht stämmig – noch nicht kräftig genug fürs Erzwaschen. Aber nachdem Joe ihn eigens darum gebeten hatte, es den Jungen versuchen zu lassen, hatte er schließlich eingewilligt; denn Joe war ein guter, verläßlicher und – im Gegensatz zu den meisten Kumpeln – stets nüchterner Arbeiter. Vier seiner Söhne waren bereits im

Bergwerk beschäftigt: Zwei davon, nämlich Archie und Hal, beide noch keine siebzehn, arbeiteten als Hauer im Erzabbau, der dritte half beim Zerkleinern der großen Gesteinsbrocken, und der vierte und jüngste Sohn – er war erst zwölf Jahre alt – stand am Handsieb seinen Mann. Am Zahltag kassierten die Robsons mit den meisten Lohn. Thornton hätte sich mehr Arbeiter vom Schlag dieses Joe gewünscht.

Alles in allem war es eine gute Woche gewesen, überlegte er. Mr. Byers hatte sich mit den Schürfergebnissen überaus zufrieden gezeigt, und da er ein rechtschaffener Verwalter war, ließ er diese Zufriedenheit seine Mitarbeiter auch fühlen. Wäre dieser Sopwith drüben in Allenheads ein ebenso rechtschaffener Mann wie Mr. Byers gewesen, dann hätte es in Allenheads im vergangenen Jahr niemals diese schreckliche Streikwelle gegeben.

Die Ader, die sie heute in Angriff genommen hatten, hatte sich als fündig herausgestellt. Man war auf gut zwanzig Prozent Erz gestoßen. So etwas ereignete sich nicht alle Tage.

Thornton ritt um den Stausee und an den Absetzbecken entlang, kürzte ab, indem er den Fuhrweg über den Hügel einschlug, und erreichte schließlich die Straße, die breit genug war, daß ein Reiter einen Ponyzug passieren konnte, ohne erst mühsam die Böschung erklimmen zu müssen.

Er war hungrig und verschwitzt und sehnte sich danach, daheim zu sein, am Kopfende des Tisches zu sitzen und in die strahlenden Gesichter seiner vier Sprößlinge zu blicken. Morgen wollte er John ins Bergwerk mitnehmen – vorausgesetzt, daß Anne nichts dagegen einzuwenden hatte. Nun, sollte sie doch! Letzten Endes würde der Junge ja doch seinen eigenen Neigungen folgen, ob es sich nun um die Jurisprudenz handelte, wie sie es wünschte, oder um Bleigewinnung, wie er selbst es gern gesehen hätte.

Als er den Fuß des Hügels umrundete, ließ er sein Pferd im Schritt gehen. Vor ihm tauchte die wohlvertraute Gestalt Ned Ridleys auf, der ein Pony ritt und zwei weitere mit sich führte. Matthew Thornton holte ihn ein und rief fröhlich: »Hallo, Ned, bist du schon wieder zum Hufschmied unterwegs?«

»Stimmt genau, Mr. Thornton.« Der Bursche drehte sich lachend im Sattel um. »Wenn sie spuren sollen, muß man für guten Beschlag sorgen, sag ich immer. Und für die Biester kann das Eisen gar nicht hart genug sein, ob Sie's glauben oder nicht!«

»Ich glaub's dir ja«, erwiderte Matthew gut gelaunt. »Wenn ich auch mal in unserer Werkstatt nachfragen könnte, ob die nicht inzwischen auf was noch Besseres gekommen sind, hm?«

»Jawohl, das könnten Sie.« Lachend ritten sie Seite an Seite weiter.

»Wie geht's deinem Großvater?« fragte Matthew nach einiger Zeit. »Ich habe ihn schon lange nicht mehr beim Markttag unten gesehen.«

»Ha, der wird auf seine alten Tage langsam faul. Er rührt sich nicht einmal mehr vom Fleck, wenn ich ihm verspreche, Bull Tiffit nach allen Regeln der Kunst zusammenzuschlagen.«

»Dein Kampf neulich war eine Glanzleistung!«

»Nun, es gehört auch eine Portion Glück dazu. Jedesmal gelingt es nicht.«

Matthew betrachtete das kühne Profil des jungen Mannes, der kerzengerade wie ein Soldat auf seinem Pony saß. »Im Grunde genommen ist die ganze Boxerei eine reichlich verrückte Angelegenheit, Ned«, gab er zu bedenken. »Du könntest einen Schaden fürs ganze Leben davontragen.«

»Inwiefern?«

»In jeder Hinsicht. Bull Tiffit ist meiner Meinung nach ein übler Bursche, außerdem um einiges schwerer als du.«

»Das ist nur ein Vorteil, Mr. Thornton. Gegen diesen schwerfälligen Karrengaul bin ich flink wie ein Wiesel. Meine Beinarbeit ist bestens.«

»Weshalb verwendest du deine Muskelkraft nicht darauf, auf solidere Art regelmäßig und ordentlich zu verdienen, und kommst ins Bergwerk?«
»Ach, Mr. Thornton!« Ned warf übermütig den Kopf zurück und lachte. »Das soll wohl ein Scherz sein! Ich habe Ihnen schon hundertmal gesagt, daß Sie mich um keinen Preis der Welt in die Schächte kriegen. Ich beliefere Sie gern mit Eseln, Maultieren, Ponys, ja von mir aus auch mit Rennpferden – aber sonst mag ich mit dem Bergwerk nichts zu tun haben. Damit will ich aber nicht sagen, daß ich im Prinzip nicht für Sie arbeiten möchte... Nein, wenn ich mich einem Vorgesetzten unterordnen müßte, dann würde ich mir garantiert einen wie Sie aussuchen.«
»Besten Dank, Ned, das ist ja ein richtiges Kompliment. Das weiß ich zu schätzen, besonders wenn es von einem Rauhbein wie dir kommt.« Abermals sahen sie einander an und lachten.
Als der Hügel neben dem Friedhof in Sicht kam, blickte Ned erst nach unten, dann seinen Begleiter an. Thornton hatte offensichtlich nur noch Augen für seinen eigenen Besitz und verabschiedete sich eilig: »Wiedersehen, Ned. Hab mich gefreut, dich zu treffen.«
»Ich mich auch, Mr. Thornton. Ich mich auch.«

Dandy Smollett wartete im Hof bereits auf seinen Herrn, um dessen Pferd in Empfang zu nehmen. Matthew saß ab und übergab ihm die Zügel mit den Worten: »Sei heute nicht so sparsam wie sonst mit dem Abreiben, Dandy, verstanden?«
»Nein, nein, Master, gewiß nicht!« beteuerte der Junge.
Gewohnheitsgemäß betrat Thornton das Haus durch den Kücheneingang, nahm wie immer auf dem Holzstuhl neben der Tür Platz, öffnete die Schnallen seiner Gamaschen, schnürte sich die Schuhe auf und griff nach den Hausschuhen, die Tessie ihm reichte.
»Wird langsam Zeit, daß ich mir neue anschaffe, was meinst du?« Scherzhaft zwinkerte er der Kleinen zu.

Zu einem anderen Zeitpunkt hätte Tessie sicherlich vor sich hingekichert und wäre auf die Neckerei eingegangen. Aber heute nahm sie sich keine derartige Freiheit heraus, sondern sah ihn nur schweigend an, bis er fragte: »Was ist denn? Hast du die Sprache verloren, Tessie?«
»O nein, Master.«
»Oder hat dein Kätzchen wieder mal was angerichtet, hm?« Er erhob sich und legte seinen staubigen Rock ab. Als sie wieder nichts darauf sagte, sondern nur verneinend den Kopf schüttelte, blickte Matthew zu Bella hinüber, die vor dem Küchentisch stand und mit hochrotem Gesicht gerade damit beschäftigt war, den brutzelnden Lammbraten anzurichten. Er schnupperte genußvoll und sagte anerkennend: »Hm! Darauf hab ich mich schon den ganzen Tag gefreut, Bella. Ich kann dir gar nicht sagen, wie mir der Magen knurrt.«
»Es ist alles fertig, Master. Ich trage ihn auf, sobald Sie soweit sind.«
Er sah sie erstaunt an. Auch Bellas Gesicht war ungewöhnlich ernst. Irgend etwas stimmte nicht. Was war nur mit den beiden los? Wahrscheinlich hatten sie Anne geärgert und einen Rüffel dafür einstecken müssen. Nun, am besten, er erkundigte sich gleich, was geschehen war.
Matthew verließ die Küche und betrat die Halle. Seine Frau wartete dort bereits auf ihn. Auch das war ungewöhnlich! Bei ihrem Anblick schoß ihm der Gedanke durch den Kopf, wie sehr er sich wünschte, daß sie zum richtigen Zeitpunkt mit solcher Ungeduld auf ihn warten würde.
»Komm bitte einen Moment ins Wohnzimmer, Matthew.«
»Ich habe mich noch nicht frisch gemacht«, sagte er. Sie schien jedoch die Regel, daß er nach dem Heimkommen erst Rock und Schuhe abzulegen und sich zumindest die Hände zu waschen pflegte, heute außer acht lassen zu wollen.
»Es ist wichtig! Ich muß mit dir reden.«

Während er ihr langsam folgte, erschien plötzlich Robert oben auf der Treppe und rief: »Mama, Mama – sie kommen zurück!«
Matthew warf seinem Sohn einen erstaunten Blick zu. Diese für ihn rätselhafte Bemerkung schien für Anne jedoch von großer Bedeutung zu sein; statt wie sonst gelassen dahinzuschreiten, ging sie rasch ins Wohnzimmer voran. Kaum hatte er es betreten, schloß sie die Tür hinter ihm, sah ihn durchdringend an und fragte: »Hast du irgendwelche Verwandte in Haydon Bridge, von denen du mir nichts gesagt hast oder vielleicht selbst nichts weißt?«
»Verwandte in Haydon Bridge? Du weißt genau, daß ich dort keine habe.«
»Und in Hexham?«
»Auch dort gibt es keine Menschenseele, die zu mir gehört. Was ist denn los?«
»Nun, dann muß ich dich darauf aufmerksam machen, daß wir gleich Besuch bekommen werden. Vor zwei Stunden etwa ist eine schmutzige und abgerissene Person in Begleitung ihres Kindes an unserer Haustür gestanden und wollte dich sprechen. Dieser gräßliche Ned Ridley hat die beiden hergebracht.« Sie atmete heftig. »Die Frau wollte mir nicht verraten, worum es sich handelt oder was sie will. Bist du sicher, daß du keine Verwandten besitzt außer denen, von denen du mir erzählt hast?«
»Das weißt du doch. Die letzte war meine Großmutter, und die ist vor neun Jahren in Newcastle gestorben.«
Aufseufzend drehte Anne sich um, durchquerte das Zimmer, blieb vor dem Sofa stehen, umklammerte mit beiden Händen dessen Lehne und sagte: »Diese Frau will aus offensichtlich ganz persönlichen Gründen mit dir reden. Da ... horch!« Sie fuhr herum und deutete auf die Tür. »Das wird sie sein. Sie hat auf dem Hügel hinter dem Friedhof gesessen, um auf dich zu warten.«
»Bis jetzt? Nun, das werden wir gleich haben.« Matthew nahm seine Manschettenknöpfe ab, krempelte sich die

Hemdsärmel auf, lockerte seinen Kragen und ging mit großen Schritten zur Haustür.
Anne Thornton stand neben ihm, als er sie öffnete, und blickte nun weder die Frau noch das Kind an, sondern nur ihren Mann. Sie beobachtete, wie er die Augen erst zusammenkniff, dann jedoch erstaunt aufriß.
»Ich bin es, Matthew – Nancy Boyle. Erinnern Sie sich?«
Und ob er sich erinnerte! Das war es ja, was ihn so sprachlos machte. Die zerlumpte, verhärmte Frau, die da auf den Stufen seines Hauses stand, war tatsächlich Nancy Boyle. Wenn sie auch mit dem jungen Ding, das er gekannt hatte, nicht mehr viel Ähnlichkeit besaß. Weshalb, um alles in der Welt, suchte sie ihn hier auf? Wie sollte er das bloß Anne erklären? Er würde niemals imstande sein, ihr das begreiflich zu machen.
Während Matthew Thornton noch immer sprachlos dastand, spürte er direkt, wie sein bisheriges Leben gleich einem Kartenhaus über ihm zusammenstürzte. In diesem Moment wurde ihm klar, daß er von nun an bis zum Tag seines Todes auf die eine oder andere Weise darunter zu leiden haben würde, daß Nancy Boyle aus irgendeinem Grund, den im Augenblick nur sie selbst kannte, aus der Vergangenheit aufgetaucht war.
Noch hatte er kein einziges Wort gesprochen oder offen zu erkennen gegeben, daß er sie wiedererkannt hatte. Nun streckte er der Frau jedoch unwillkürlich die Hand entgegen, die sie aber eines quälenden Hustenanfalls wegen nicht ergreifen konnte. Sie schien heftige Schmerzen zu haben, während sie in einen rotbraunen Leinenlappen spuckte.
»Komm herein.«
»Matthew!« Die Art, wie Anne seinen Namen ausgesprochen hatte, war ein einziger Vorwurf. Er drehte sich zu ihr um und flüsterte: »Was soll ich machen? Sollen wir an der Türschwelle miteinander verhandeln?«
Als die Frau und das Kind die Halle betreten hatten, wollte er sie schon ins Wohnzimmer führen, was einen

neuerlichen Protest Annes hervorrief, die sich das energisch verbat.
»Wohin sollen wir denn dann?« schrie er sie an.
»Ins ... ins Frühstückszimmer.«
Nun war sie es, die voranging. Als sie im Frühstückszimmer standen und Matthew die Tür geschlossen hatte, zog er einen Stuhl heran und sagte, ohne die Frau anzusehen: »Setz dich.«
Nancy Boyle nahm Platz, lehnte sich zurück und blickte zu dem Mann auf, den sie seit beinahe neun Jahren nicht mehr gesehen hatte. Er schien größer, breiter und hübscher geworden zu sein, als sie ihn in Erinnerung hatte. Es kam ihr sonderbar vor, daß sie in all ihrer Angst und Pein einen Moment lang so etwas wie Mitleid für ihn empfand, bis er äußerst förmlich fragte, was er für sie tun könne. In diesem Augenblick erlosch ihr Mitleid, und sie antwortete schroff: »Nur eines – sich um Ihr Eigentum kümmern. Sie gehört Ihnen!« Mit diesen Worten schob sie ihm das Kind zu.
Matthew trat bestürzt und hastig einen Schritt zurück, als hätte ihn eine Kobra gebissen.
Obwohl er Anne keuchen hörte und wußte, daß sie beide Hände vors Gesicht geschlagen hatte, blickte er nicht zu ihr hinüber, sondern starrte betroffen das Mädchen an, das gleichfalls zu ihm aufblickte.
»Newton«, sagte Nancy Boyle mit unsicherer Stimme, als wäre sie betrunken, »... klingt gar nicht soviel anders als Thornton... Erinnern Sie sich ans ›Temperance-Hotel‹? Die alte Hausmagd sagte mir, einen Gast, der Newton heiße, kenne sie nicht; es sei auch niemals ein Mann dieses Namens bei ihnen abgestiegen. Natürlich hätte die Alte es so und so nicht zugegeben – selbst wenn ich Ihren richtigen Namen gekannt hätte. Denn sie wußte sofort, was ich wollte, als ich mit meinem dicken Bauch vor ihr stand. Komisch, wie ich Sie ausfindig gemacht habe. Ich habe Sie nämlich in dieses Bürohaus in der Grey Street gehen sehen. Ein prächtiges Gebäude mit einem Türhüter davor. ›War das Mr. Matthew Newton, der da

eben hineinging?‹ habe ich ihn gefragt. ›Nein, Mr. Matthew Thornton von den Bleibergwerken ... das hier ist der Sitz der Gesellschaft‹, hat er geantwortet. Ich wartete und wartete, aber Sie sind nicht wieder herausgekommen. Ich wußte nicht, daß es noch einen zweiten Eingang gab. Und nun, da es mit mir bald zu Ende geht, sagte ich mir: Du mußt ihn finden. Wer könnte sich besser um die Kleine kümmern als ihr Vater? Von dem Moment an habe ich alles getan, um Ihre Adresse herauszubekommen.«

Ein heftiges Scharren riß Matthew Thornton aus diesem Alptraum; es war der Stuhl, den Anne zur Seite gestoßen hatte. Sie schwankte ein wenig, so, als würde sie im nächsten Augenblick ohnmächtig werden. Als er hinzusprang und den Arm um sie legte, sank sie jedoch keineswegs an seine Schulter – im Gegenteil. Diese Berührung schien sie wieder völlig lebendig zu machen, denn sie stieß ihn zurück und wankte auf den nächsten Stuhl zu.

»Scheint ein Schock für sie zu sein. Ist durchaus verständlich.«

Matthew drehte sich um und blickte wiederum Nancy an, diesmal voller Zorn. Raschen Schrittes ging er auf sie zu, beugte sich zu ihr hinunter, sah ihr fest in die tief eingesunkenen Augen und flüsterte heiser: »Du hast keinen Beweis. Es hat auch andere gegeben.«

»Das schon«, erwiderte sie apathisch. »Vorher und nachher. Aber es ist Ihr Kind. Ich habe es Ihnen gesagt, als Sie das letztemal bei mir waren. Deshalb haben Sie doch Reißaus genommen, nicht?«

Er schloß die Augen, richtete sich auf, stützte sich auf den marmornen Kaminsims und preßte die Lippen aufeinander.

Warum, um Gottes willen, mußte ihm so etwas passieren? Er konnte sich lebhaft vorstellen, wie gierig die Dorfbewohner und die Bergleute diese Neuigkeit aufschnappen würden! Auf dem Markt in Allendale würde man sich in aller Öffentlichkeit über ihn lustig machen.

Auch seine berufliche Karriere war in Gefahr, denn dieser Skandal brachte ihn vielleicht um die Chance, Leiter des Bergwerks zu werden. Um diesen Posten hatte er sich seit Jahren bemüht, und seine Aussichten waren gut gewesen. Dennoch bedrückten Matthew alle diese möglichen Konsequenzen weniger als die Folgen, die sich daraus für sein künftiges Familienleben ergeben würden. Ab jetzt würde alles ganz anders sein...

Bis zum heutigen Tag hatte er die unumschränkte Bewunderung und Liebe seiner vier Kinder besessen. Wenn die Gefühle, die seine Frau ihm entgegenbrachte, auch nicht von gleicher Ausschließlichkeit sein mochten – mit Gefühlen hatte sie ihn schließlich niemals überschüttet –, so wußte er doch, daß sie ihn liebte, eben auf ihre engherzige, pflichtgetreu-fromme Art. Sie war immer eine großartige Hausfrau und vorbildliche Mutter gewesen. Und trotzdem war Anne im Grunde eigentlich schuld an seiner gegenwärtigen mißlichen Lage. Von Betsys Geburt an hatte sie alles darangesetzt, glaubhaft vorzutäuschen, daß sie aus gesundheitlichen Gründen außerstande sei, ihren ehelichen Pflichten nachzukommen. Als das Kind sechs Monate alt war und ihre ausgezeichnete körperliche Verfassung ihren angeblichen Schwächezustand Lügen strafte, hatte Anne ihm unmißverständlich klargemacht, daß sie in Zukunft ihren ehelichen Pflichten nur unter Berücksichtigung ihrer immer länger währenden Regelbeschwerden nachkommen könne, was bedeutete, daß er oft wochenlang vergeblich nach körperlicher Befriedigung lechzte.

Um diese Zeit war es gewesen, daß Mr. Byers ihm die angenehme Pflicht auferlegt hatte, von nun an mit den jeweiligen Gesteinsproben in Mr. Beaumonts Direktionsbüro vorzusprechen. In den darauffolgenden Monaten hatten sich insgesamt vier Fahrten nach Newcastle als notwendig erwiesen. Und da man auf die genauen Untersuchungsergebnisse der Proben warten mußte, stieg er die zwei, drei hierfür nötigen Tage jeweils im ›Temperance-Hotel‹ ab.

Bei seinem ersten Aufenthalt in der Stadt hatte Matthew Nancy Boyle kennengelernt. Er hatte sie durch rasches Zugreifen davor bewahrt, von einer Kutsche überfahren zu werden. Bald merkte er, daß Nancy nicht nur hübsch, sondern in ihrer einfachen Art warmherzig und mitfühlend war.
Als sie ihn das erstemal in ihr winziges Dachstübchen in einer bescheidenen Pension hinter den Lagerhäusern am Fluß mitnahm, sah er, daß alles zwar etwas ärmlich, aber blitzsauber war. Ihr genügte ihre Behausung deshalb, erzählte sie ihm, weil sie als Putzmacherin zwölf bis vierzehn Stunden täglich in einer Kellerwerkstatt in der Stadt arbeitete und ohnehin nur zum Schlafen nach Hause kam. Er horchte sie ebensowenig über ihre Vergangenheit aus, wie sie ihm über sein Leben Fragen stellte. Vorsichtshalber hatte er ihr einen falschen Namen angegeben: schließlich war er verheiratet, hatte Kinder, saß im Kirchenrat und mußte auf seinen tadellosen Ruf schon deshalb achten, weil Mr. Byers, sein Vorgesetzter, ein strenggläubiger Mann war, der moralische Grundsätze über alles stellte.
Er erinnerte sich noch genau an den Schrecken, den sie ihm bei ihrem letzten Treffen eingejagt hatte, als sie, auf ihren Bauch deutend, damit herausgeplatzt war, daß sie in Schwierigkeiten sei. »Was soll ich jetzt tun?« hatte sie ängstlich gefragt. Er hatte sie zu beschwichtigen versucht: sie bräuchte sich keine Sorgen zu machen, er würde schon alles bereinigen.
Was aber hatte er tatsächlich getan? Er war ins ›Temperance-Hotel‹ gehetzt, hatte seine Reisetasche gepackt und war in einen kleinen Gasthof auf der anderen Seite der Stadt umgezogen. Am nächsten Tag hatte er so rasch wie möglich seine Geschäfte erledigt und daraufhin fluchtartig die Heimreise angetreten.
Und nun stand das Resultat einer schwachen Stunde in Gestalt des kleinen Mädchens vor ihm. Der Bibelspruch ›Was ihr sät, werdet ihr ernten‹ bewahrheitete sich wieder einmal voll und ganz. Wenn er – der Sonntag für

Sonntag seine wohlklingende Stimme zu Ehren Gottes erhob – mit den Grundsätzen der Kirche auch nicht immer einverstanden war, so stellte er die Wahrheit der Bibel doch für keinen Augenblick in Frage. Immer wieder hatte sich erwiesen, daß sie die lautere Wahrheit verkündete…

»Ich gehe jetzt«, unterbrach Nancy Boyle das allgemeine Schweigen. »Was ich vorhatte, habe ich ausgeführt. Sie gehört Ihnen. Von nun an kümmern Sie sich um Hanna.«

Matthew Thornton hob langsam den Kopf, aber sie blickte nur das Kind an. Die Kleine umhalste weinend ihre Mutter und jammerte: »Ach Ma! Ma! Wohin gehst du? Ich bleibe nicht da. Ich will mit dir gehen.«

»Hör gut zu: Das ist der Herr, von dem ich dir erzählt habe.« Sie deutete auf Matthew. »Er wird für dich sorgen, weil er dein Vater ist. Also sei schön brav und tu, was man dir sagt. Eines Tages werde ich dich besuchen kommen, das verspreche ich dir.« Sie lächelte Hanna schwach zu und blickte dann die Frau des Hauses, die mit kreidebleichem Gesicht hochaufgerichtet vor ihr stand und der die Augen aus dem Kopf zu fallen drohten, bittend an. »Sie ist ein gutes Kind und wird Ihnen bestimmt keine Mühe bereiten.«

Mit diesen Worten schob sie ihre Tochter von sich, drehte sich um und ging langsam aus dem Zimmer in die Halle. Dort sah sie sich den vier Kindern Matthew Thorntons gegenüber, die sie mit offenen Mündern und großen Augen anstarrten. »Ihr … ihr habt eine neue Schwester bekommen. Seid gut zu ihr.« Damit ging sie auf die Haustür zu, an der Tessie mit der Hand auf der Klinke wartete und noch erstaunter war als die Kinder.

Tessie blickte der Fremden einen Moment nach, dann schloß sie eilends die Tür. Sie und die Kinder schauten nun zum Frühstückszimmer hinüber, aus dem die lauten Stimmen der Erwachsenen drangen.

Margaret sah John an und John Margaret. Beide waren betroffen: Ihre Eltern pflegten niemals zu streiten.

Manchmal, wenn sie des Nachts aufwachten, hörten sie sie zwar lauter als gewöhnlich reden, aber dann besprachen sie wahrscheinlich die Ereignisse des Tages miteinander. Nun aber schrie ihre Mutter geradezu.
»Sie bleibt nicht hier, hast du verstanden! Sie bleibt nicht in diesem Haus!«
»Schweig doch!« fuhr Matthew sie an. Es wurde einen Augenblick lang still. Anne betrachtete verblüfft ihren Mann – diesen Mann, der nicht die geringste Spur von Gewissensbissen zeigte. Dieser entsetzliche Vorfall hatte ihn keineswegs geknickt und sie um Verzeihung anflehen lassen – im Gegenteil. Nun wagte er sogar, sie anzuschreien, genauso, als wäre sie jene hergelaufene Person, die eben das Haus verlassen hatte.
»Sie ist hier, und sie bleibt hier. Für immer.« Er drehte sich zu Hanna um, deren Gesicht tränenüberströmt und nun beinahe ebenso weiß war wie das ihrer vom Tode gezeichneten Mutter.
»Niemals! Ich will sie nicht in meinem Haus sehen. Du kannst sie ja ins Armenhaus stecken.«
Matthew zuckte seufzend mit den Schultern. Sein Gesichtsausdruck wurde unnachgiebig, während er in ruhigem, entschlossenem Ton sagte: »Ins Armenhaus? Kommt gar nicht in Frage. Niemals!«
Anne Thornton starrte das Kind an. Und dann tat sie etwas, was sie noch nie zuvor getan hatte: Sie umschlang sich selbst mit beiden Armen, als wollte sie ihrem verzweifelten, geschockten Innern Trost zusprechen, und wiegte sich heftig hin und her. Es hätte nur noch gefehlt, daß sie in Wehklagen ausgebrochen wäre wie die Frauen der Bergleute, wenn sie den Tod ihres Mannes oder ihres Sohnes beweinten.
Als Matthew dies sah, verstand er bis zu einem gewissen Grad Annes Aufgewühltheit. Mitleid erwachte in ihm und mäßigte seine Erregung. Er machte zögernd einige Schritte auf sie zu. »Anne«, beschwor er sie in flehentlichem Ton, »ich habe Unrecht getan, es tut mir leid, ehrlich! Aber wenn du mir verzeihen und den Tatsachen ins

Auge blicken könntest, würden wir es gemeinsam durchstehen.«
»Es gemeinsam durchstehen!« Sie hörte abrupt mit ihren wiegenden Bewegungen auf, blickte ihn fassungslos an und wiederholte: »Es gemeinsam durchstehen! Wie kannst du es wagen, mir so etwas vorzuschlagen? Du bist ein ganz gemeiner, hemmungsloser Triebmensch, der... Du bist ja nicht mal imstande...« Sie preßte in dem Bemühen, dem Tränenstrom Einhalt zu gebieten, die Lippen fest zusammen. Dann rief sie aus: »Und ... und die Kirche. Denk an die Kirche und den Kirchenrat!«
»Zum Teufel mit der Kirche und dem Kirchenrat! Und zum Teufel mit dir! Wenn jemand schuld daran hat« – er deutete mit einer ruckartigen Handbewegung auf das stumme, angsterfüllte Kind –, »dann bist du es! Hättest du dich so benommen, wie eine Ehefrau sich benehmen sollte, hätte ich es nicht nötig gehabt, mich anderweitig umzusehen.«
»Mir willst du die Schuld für diese Niederträchtigkeit in die Schuhe schieben – mir!?«
»Natürlich. Denn wenn das, was geschehen ist, wirklich und wahrhaftig als Sünde bezeichnet werden soll, dann beruht sie allein auf deinem Verhalten!«
Sie standen einander wie zwei zu allem entschlossene Kampfhähne gegenüber. Bleich vor Wut stieß Anne zwischen zusammengebissenen Zähnen hervor: »Dann laß dir gefälligst gesagt sein, daß ich meine Pflichten, die ich in deinen Augen so sehr vernachlässigt habe, in Zukunft doppelt vernachlässigen werde. Denn ich werde nie mehr im Leben zulassen, daß du mich jemals wieder anrührst.«
»Darüber reden wir noch!« Auch Matthew konnte sich nur mühsam beherrschen. »Wenn du schon eine derartige Drohung ausstößt, dann denke gefälligst an die Scargills, meine Liebe.« Als er sah, wie sie noch bleicher wurde, nickte er bekräftigend. »Seine Frau hat ihn auf ähnliche Weise ›strafen‹ wollen – und was hat er daraufhin getan? Drei junge Mägde hat er ins Haus gebracht. In-

zwischen ist seine Frau längst tot, aber eine von ihnen befindet sich noch immer dort... Wozu der eine Mann imstande ist, das bringt auch ein anderer fertig.«
Wieder wurde er von Mitleid ergriffen, als sie sich mit beiden Händen an die Kehle fuhr und hörbar schluckte. Er wußte jedoch, daß es vergeblich sein würde, es ihr zu zeigen; deshalb sagte er nur: »Es ist also abgemacht, daß das Kind bei uns bleibt. Ich gebe dir die Möglichkeit, für sein Wohlbefinden zu sorgen. Solltest du das nicht tun, werde ich die Sache selbst in die Hand nehmen. Du weißt, was das zu bedeuten hat: Es würde deine Autorität als Herrin des Hauses untergraben. Nun, du hast die Wahl!«
Er konnte beinahe sehen, wie sie die Folgen seiner Worte erwog, während sie sich umdrehte und das Kind betrachtete. Dann machte sie auf dem Absatz kehrt und verließ hocherhobenen Hauptes das Zimmer.
In der Halle bildeten die Kinder einen Kreis, und die kleine Magd stand in der Nähe der Küchentür. Anne Thornton winkte sie herbei und befahl ihr: »Nimm das Kind in die Waschküche mit und richte ihm ein Bad. Miß Margaret wird dir ein paar passende Kleidungsstücke bringen. Das, was sie anhat, verbrennst du, verstanden?«
»Ja, Madam.« Tessie knickste gehorsam, streckte dann der Kleinen die Hand entgegen und sagte: »Komm, komm.« Und Hanna, die in Tessie ihresgleichen zu erkennen schien, ergriff die dargebotene Hand.
Die beiden wollten eben die Halle verlassen, da pochte es heftig an der Haustür. Tessie blieb stehen und blickte ihre Herrin fragend an. Matthew Thornton sagte unvermittelt: »Tu, was man dir aufgetragen hat, Tessie. Ich gehe schon aufmachen.«
Als er öffnete, sah er sich Maudie, der Magd des Pfarrers, gegenüber, die aufgeregt hervorstieß: »Der Herr Pfarrer läßt ausrichten, daß Sie sofort kommen sollen. Die Frau stirbt, sagt er, und hat Ihren Namen genannt.«
Matthew durchlief ein Schauer. Er warf Anne von der

Seite einen Blick zu und wandte sich dann zu seinen Kindern um, die ihn mit weit aufgerissenen Augen anstarrten.
Tessie und die Kleine hatten ebenfalls alles mit angehört. Hanna begriff sofort, worum es ging. Sie riß sich von Tessie los, lief zur Haustür und rief weinend: »Ich möchte zu meiner Ma, ich möchte zu meiner Ma!«
Matthew packte sie an den Schultern, winkte Tessie herbei und sagte: »Tu, was deine Herrin dir vorhin aufgetragen hat: Bade sie.« Gleich darauf eilte er aus dem Haus, den Weg hinunter.

Reverend Stanley Crewe war ein kleiner, schmächtiger Mann. Obwohl kein besonders guter Prediger und kein leidenschaftlicher Verfechter seines Berufs, zeichnete er sich jedoch durch Güte und Freundlichkeit aus, weshalb seine Pfarrgemeinde ihn auch liebte. Er kniete neben der Frau auf dem Grasstreifen, der die zum Pfarrhof führende Straße einfaßte.
Bei Matthews Eintreffen blickte er hoch, schüttelte den Kopf und sagte ruhig: »Sie hat's überstanden, die arme Seele. Ich ... ich hab nach dir geschickt, Matthew, weil sie deinen Namen erwähnt und etwas über ihre kleine Tochter gesagt hat, die sie anscheinend bei dir gelassen hat. Das konnte ich nicht verstehen. Ich dachte, sie rede im Fieber, bis sie mir dies hier gab.« Damit hob er ein längliches, schmuddeliges Kuvert vom Rasen auf und zeigte es Matthew. »Sie bat mich, es in Verwahrung zu nehmen bis zu dem Tag, an dem ihre Tochter heiratet – genau, wie es hier auf dem Kuvert steht. Sie hat es deutlich draufgeschrieben und mit ihrer Unterschrift versehen.«
Matthew beugte sich vor und las: »Betrifft Hanna Boyle. Dieser Brief ist einem Priester oder einem gesetzeskundigen Mann anzuvertrauen und Obengenannter an ihrem Hochzeitstag zu übergeben.«
»Er ist sogar versiegelt.« Reverend Crewe wendete den Umschlag und wies auf den Klumpen Siegellack. »Der

Brief schien ihr überaus wichtig zu sein.« Er deutete mit einer Kopfbewegung auf die reglos im Grase liegende Frau.

»Sie sagte, daß ein Armenanwalt ihn für sie abgefaßt hätte.«

Matthew richtete sich auf. Ein Armenanwalt? Wieder blickte er auf den Brief. Weshalb hatte sie ihn nicht ihm übergeben? Nun ja, Leute vom Schlag Nancys wußten über menschliche Schwächen Bescheid: Wäre er wohl standhaft genug gewesen, ihn nicht zu öffnen? Sicher nicht. Höchstwahrscheinlich hätte er den Umschlag aufgebrochen, um den Inhalt des Briefes zu erfahren, wenn er ihn nach dem Durchlesen auch kaum zerrissen, sondern abermals versiegelt hätte. Die arme Nancy war auf ihre Art durchaus weise gewesen. Wieso eigentlich ›arme Nancy‹? Eigentlich hätte er sie verwünschen müssen – sie war schließlich in sein Leben eingebrochen und hatte es zerstört! Er konnte sich immer noch nicht den Umfang der Konsequenzen ihres unverhofften Auftauchens vorstellen...

Was aber blieb, was sie ihm aufgebürdet hatte, war ... das Kind.

Weshalb hatte er auf Anhieb alles akzeptiert, ohne gründliche Befragung und Prüfung, ob die Kleine tatsächlich von ihm stammte? Weshalb eigentlich?

Weil die Erinnerung daran, wie er sich an jenem Abend schändlicherweise klammheimlich davongemacht hatte, unauslöschlich in seinem Unterbewußtsein haftengeblieben war.

»Ich werde nun wohl das Armenhaus verständigen müssen.«

Die Feststellung des Priesters schreckte Matthew aus seinen Gedanken auf. »Was?«

»Sie muß begraben werden.«

»Ach so – ja natürlich! Aber ... aber dafür werde schon ich sorgen; sie erhält selbstverständlich ein ordentliches Begräbnis.«

»Du?« Referend Crew zog die Augenbrauen hoch, lachte

dann befangen auf und meinte: »Nun ja, wenn du sie gekannt hast. Ist sie vielleicht eine Verwandte von dir, Matthew?«
Matthew blickte auf die reglose Gestalt und das leichenfahle Antlitz nieder, das merkwürdigerweise in diesem Augenblick bedeutend mehr Ähnlichkeit mit jener Nancy besaß, die er einst gekannt hatte.
»So könnte man es auch sagen. In gewisser Weise könnte man das sagen.«

3

Tagelang platzte sowohl das Dorf als auch die Stadt Allendale vor Neugier. Weshalb nur, meinten einige der Talbewohner, hatte die Thornton-Affäre nicht zu einem andern Zeitpunkt die Runde machen können. Ausgerechnet jetzt, wo der junge Beaumont volljährig geworden war und es ein riesiges Fest gegeben hatte, mußte das passieren. Du meine Güte, waren das eineinhalb denkwürdige Tage gewesen! Jahrelang würde man sich noch daran erinnern. Zweihundert Arbeiter aus sämtlichen Schmelzwerken waren der Musikkapelle ins ›King's Head‹ gefolgt, um dort nach Herzenslust zu schlemmen und zu trinken. Sogar Kanonenschüsse gab es zu Ehren des jungen Herrn, und die ganze Stadt war festlich beleuchtet, was die herrlichen Blumengebinde erst richtig zur Geltung brachte. Gar nicht zu reden von dem auf den umliegenden Hügeln abgebrannten Feuerwerk. In jedem der Täler hatten die Bergleute und Hüttenarbeiter gegessen und getrunken und auf ihre ganz spezielle Art ihrer Freude Ausdruck verliehen: achthundertsiebzig in East Allendale, mehr als fünfhundert in West Allendale, über tausend in Wardale. Alle, alle, mit Kindern und Kindeskindern, genossen an jenem Tag Mr. Beaumonts Gastfreundschaft.

Und nachdem Becher um Becher geleert und die Stimmung auf ihrem Höhepunkt angelangt war – was bildete da überall das Gesprächsthema Nummer eins? Die Thornton-Affäre natürlich! Nicht daß man vor Matthew selbst damit angefangen hätte – den mochten die Leute, der wurde überall respektiert. Nein, nicht über ihn lach-

ten sie, sondern über seine Frau, diese arrogante Person, die es wagte, über ehrlich arbeitende Menschen die Nase zu rümpfen.
Gleichzeitig kam man überein, es ihr heimzuzahlen, daß sie sie alle für dumm verkaufen und die Kleine um jeden Preis als Matthews Nichte ausgeben wollte. Matthews Nichte, lächerlich! Würde ein Mann wie Matthew Thornton etwa seine Schwester auf der Straße sterben lassen? Außerdem war allgemein bekannt, daß seine einzige Schwester in Australien lebte. Diese Anne Thornton glaubte wohl, ihnen durch die Bank Sand in die Augen streuen zu können!
Nein, es lag klar auf der Hand, daß die arme Haut, die auf dem Weg zum Pfarrhof gestorben war, einmal ein schmuckes junges Ding gewesen sein mußte, über das sich Matthew hergemacht hatte. Und als sie fühlte, daß ihre letzte Stunde gekommen war und es keinen Menschen gab, der sich um ihr Kind hätte kümmern können, was tat sie da? Sie kam schnurstracks in sein Haus. So einfach war das.
Wenn das Geschehene jedoch auch einfach sein mochte – das künftige Leben des Kindes würde ganz bestimmt nicht einfach sein. Wie Tessie berichtete, mußte die Kleine in der Küche essen und mit dem hintersten Dachstübchen vorlieb nehmen; im Sommer mochte das noch angehen, aber im Winter ließ es sich da droben vor Kälte nicht aushalten. Dabei war es ein nettes, aufgewecktes Kind, sagte Tessie; sie hieß Hanna, aber Mrs. Thornton nannte sie nur ›das Mädchen‹.
Es würde interessant sein, zu verfolgen, wie es weiterging, sagten die Dorfbewohner. Jawohl, ganz bestimmt!

Hanna lebte ihr neues Leben nun seit drei Wochen. Im Grunde hätte sie sich längst dareingeschickt, wenn es nicht zwei Dinge gegeben hätte, die sie bedrückten. Erstens vermißte sie ihre Mutter, und zweitens mochte sie die ›Missis‹ – wie sie Anne Thornton nannte – nicht; sie fürchtete sich geradezu vor ihr. Jedesmals, wenn die Mis-

sis sie ansah, dachte sie, daß sie sie schlagen würde. Den Mister hätte sie wohl leiden können, aber er redete nicht viel mit ihr, obgleich auch er sie immer wieder ansah – nur auf andere Weise als die Missis. Die Kinder mochte sie wirklich, das heißt alle außer Betsy. Die war ein boshaftes, aufsässiges kleines Ding, genauso wie Annie Nesbit früher in Newcastle. Sie hatte ihnen gegenüber gewohnt und ihnen immer Küchenschaben ins Schlüsselloch gestopft, die jedesmal, wenn ihre Mutter den Schlüssel umdrehte, zerquetscht wurden.
Tessie und Bella akzeptierte Hanna ohne Vorbehalte; sie waren vom ersten Moment an nett und freundlich zu ihr gewesen. Sie warf der Köchin, die am Küchentisch stand und Teig knetete, einen Blick zu. Bella unterhielt sich gerade mit Tessie, die damit beschäftigt war, am anderen Ende des Tisches die Backbleche einzufetten. Natürlich redeten sie über sie. Sie redeten immer über sie. Aber das machte ihr nichts aus – im Gegenteil, sie hatte es gern. Da kam sie sich direkt wichtig vor. Jedenfalls fühlte sie sich dann nicht mehr so verlassen.
»Wenn das keine Schande ist!« legte Bella los und schlug empört auf den Teig ein. »Die behandeln sie ja, als ob sie Dreck wäre. Also, wenn sie mich so behandeln würde, ich täte auf der Stelle davonlaufen, bei Gott!« Sie beugte sich über die Teigschüssel zu Tessie hinüber und flüsterte ihr zu: »Hat sie ihnen tatsächlich verboten, mit ihr zu reden?«
»Ja, das hat sie getan, Bella, außer wenn es unbedingt nötig sei. Genau das hat sie gesagt: ›unbedingt nötig‹. Aber Miß Margaret wollte absolut nichts davon wissen. Was sie drauf geantwortet hat, hab ich nicht verstanden, aber daß sie nichts davon wissen wollte, war klar. Und Master Robert ebensowenig. Da hat sie ihn tüchtig angeschrien. Du meine Güte!« Tessie fing an zu kichern. »Erinnerst du dich daran, welchen Vortrag sie mir gehalten hat, als ich einmal ein bißchen lauter war? Wenn sie wütend ist, klingt ihre Stimme wie die von einem Marktschreier, wirklich!«

Beide drehten sich nun um und sahen Hanna lächelnd an. Die Kleine lächelte zurück und sagte: »Ich schäle gern Kartoffeln. Meine Mutter und ich haben das in einem Gasthof oft den ganzen Tag über getan, und Ma hat gemeint, wenn man sie zusammenzählen würde, hätte man einen ganzen Schiffsladeraum damit füllen können. Aber genauso rasch, wie wir sie geschält haben, haben die Wirtsleute sie auch wieder weggeholt.« Sie lachte abermals, und Tessie stimmte ein.

Bella schüttelte jedoch nur traurig den Kopf und klagte: »Es ist tatsächlich wahr, was man sagt: Die eine Hälfte der Menschen hat keine Ahnung davon, wie die andere lebt. Ich kann mich selbst noch genau an die Zeit erinnern, wo ich so hungrig war, daß ich alles in mich hineingestopft habe, was ich nur kriegen konnte, aber auch wirklich alles!« Nun schlug sie noch heftiger auf den Teig ein, als wollte sie damit demonstrieren, daß sie sich inzwischen mehr als satt essen konnte.

Als sie schließlich den Teig auf das bemehlte Brett klatschte, ging die Küchentür auf, und Mrs. Thornton trat ein. Sie war zum Ausgehen gekleidet, hatte ein rosagemustertes Leinenkleid und einen kurzen, leicht taillierten Alpakamantel an und ein Strohhütchen auf, das mit blauen Samtschleifen verziert war. Alles in allem sah sie wie eine richtige Dame aus, höchst elegant.

Während sie sich die kurzen grauen Seidenhandschuhe überstreifte und konzentriert zuknöpfte, sagte sie zu Bella: »Ich bringe Miß Betsy in die Stadt zu Dr. Arnison. Ihre Zähne machen ihr Beschwerden.«

»Ja, Madam.« Bella deutete einen Knicks an.

»Du weißt ja, was wir heute zum Essen machen, nicht?«

»Natürlich, Madam.« Abermals knickste sie.

»Ich habe deine wöchentliche Teeration auf der Anrichte für dich bereitgestellt. Sieh zu, daß es diesmal ausreicht, und benütze ja nicht wieder die Blätter aus unserer Teekanne, das ist nichts als Gier.«

»Ja, Madam.«

»Und achte darauf, daß das Mädchen das Haus nicht verläßt.«
»Ja, Madam.«
Anne Thornton hatte Hanna keines Blickes gewürdigt, als sie sich nun umdrehte, wobei ihre zahlreichen Unterröcke wie Pergament raschelten, und die Küche in kerzengerader Haltung verließ.
Abermals ließ Bella den Teig aufklatschen und schnaubte empört: »›Das Mädchen!‹ Selbst die Katze hat einen Namen. ›Und benütze ja nicht wieder die Blätter aus unserer Teekanne...‹, ha! Als ob ich auf das ausgelaugte Zeug Wert legen würde. Was dabei herauskäme, wäre ja doch nur Spülwasser. Ich hoffe, daß der Doktor ihrem Herzblatt sämtliche Zähne zieht, denn die Kleine spielt sich schon genauso auf wie ihre Mutter.«
In der Halle hatten sich die Geschwister um Betsy herum versammelt. Sie war den Tränen nahe und wimmerte: »Er wird mir weh tun! Er wird mir die große Zange in den Mund stecken, genau wie auf dem Bild in meinem Buch!«
»Sei nicht albern!« Robert versetzte ihr einen nicht gerade sanften Stoß. »Heutzutage benützt man keine Zangen mehr. Der Doktor wird dich am Stuhlbein festbinden, dann wird Ralph Buckman mit seinem Schmiedehammer daherkommen, und schon geht es peng, peng, peng!« Er unterstrich seine Worte dadurch, daß er mit seiner geballten Rechten in die Handfläche der Linken schlug.
Betsy stieß einen gellenden Schrei aus. Sofort kam ihre Mutter in die Halle geeilt und fragte: »Was ist los? Hör sofort auf, Betsy! Was hast du denn?«
»Rob–Robert sagt, daß man mir die Zähne mit dem Hammer herausschlagen wird und...«
Anne streichelte besänftigend den Kopf ihres Lieblings, sah Robert finster an und schimpfte: »Was bist du doch für ein grausamer Junge! Ich hab dich schon einmal davor gewarnt, deine Schwester zu ängstigen. Paß nur auf, wenn Vater heimkommt...«

Sie hielt unvermittelt inne, während ihre Kinder sie anstarrten. Sie waren seit jeher daran gewöhnt, daß ihnen die Mutter bei allem, was sie sich zuschulden kommen ließen, mit den ärgsten Strafen von seiten des Vaters drohte; das hatte sie bisher nie erschreckt. Aber in den letzten Wochen hatte die Mutter den Vater ihnen gegenüber kein einziges Mal erwähnt.

»... nun, ihr werdet schon sehen!« vollendete Anne mit zusammengepreßten Lippen ihren Satz, schüttelte die verängstigte Betsy von ihrem Arm ab und fuhr sie an: »Hör auf mit der Heulerei. Wisch dir das Gesicht ab und schieb dein Häubchen zurecht. Oh, was muß ich da sehen – deine Schuhe sind nicht geputzt!«

»Tessie hat gesagt, daß sie es gemacht hat, Mama.«

Anne Thornton schnalzte bloß mit der Zunge, drehte sich zu den andern um und sagte streng: »Benehmt euch ordentlich, bis ich zurückkomme. Du, John, mach deine Aufgaben, denn wenn du morgen wieder ins Internat zurückkehrst, darfst du keinesfalls unvorbereitet sein. Und du, Margaret, liest gefälligst das Kapitel über Schönschrift aus dem ›Lesebuch für junge Damen‹. Deine Handschrift läßt eine Menge zu wünschen übrig.« Sie schenkte ihrer Tochter ein dünnes Lächeln. »Und du, Robert...« Ein tiefer Seufzer folgte. »Wenn ich mich recht entsinne, hast du vor einiger Zeit mit deinem Vater über eine Arbeit von Mr. Forster gesprochen, über sein Buch, in dem er die verschiedenen Erzschichten beschreibt. Lies jenen Teil, der sich ausschließlich mit den Bleibergwerken befaßt. Ich werde dich abhören, wenn ich zurückkomme.« Ihre Stimme bekam einen unheilverkündenden Unterton. »Und glaub ja nicht, daß du mich hinters Licht führen kannst! Ich habe mich über besagtes Kapitel selbst informiert, mein Lieber... Komm jetzt, Betsy.« Anne schob ihre Tochter vor sich her. Die drei Kinder standen an der Haustür und sahen ihr nach, bis sie hinter dem Zaun verschwunden war.

Nachdem er langsam die Haustür geschlossen hatte, drehte John sich um und sah seine Geschwister an. Ehe er

jedoch noch etwas sagen konnte, kam Robert ihm zuvor: »Du hast es leicht, morgen gehst du wieder ins Internat.«
John erwiderte nichts, warf den Kopf zurück und machte ein Gesicht, als ob er völlig einverstanden damit wäre. Und als Margaret mit aller Verachtung, deren sie fähig war, »Schönschrift!« ausrief, lachte er und wiederholte das Wort, indem er eine gezierte Geste dazu machte.
Plötzlich hatte Robert eine Idee. »Was haltet ihr davon, wenn wir Hanna besuchen gehen?«
John und Margaret tauschten Blicke des Einverständnisses, dann flüsterte Margaret: »Sie hat nichts davon gesagt, daß wir sie nicht aufsuchen dürfen. Nur reden sollen wir nicht mit ihr, außer wenn es unbedingt nötig ist.«
Schon wollten sie sich auf den Weg in die Küche machen, da hob John die Hand und sagte: »Sollten wir uns nicht lieber erst davon überzeugen, daß die Luft wirklich rein ist?«
»Ja, du hast recht.« Robert lief sofort ins Schlafzimmer und eilte ans Fenster, die beiden andern folgten ihm. John kniete sich auf die Fensterbank, blickte hinaus und rief: »Da sind sie – sie gehen eben am Hof von Rickson vorbei. Kommt, los!« Er sprang herunter, und alle drei rannten zurück in die Halle. Vor der Küchentür blieben sie stehen und grinsten einander an. Dann öffnete Margaret die Tür und sie traten zögernd der Reihe nach ein. Tessie, die eben den Brotteig in den Backofen geschoben hatte, schaute ihnen mit strahlender Miene entgegen.
»Hallo, Tessie!« Sie taten so, als hätten sie einander wochenlang nicht mehr gesehen, und umringten nun Hanna, die noch immer dabei war, Kartoffeln zu schälen.
Robert sprach sie als erster an. Seine Miene war ernst, und seine Worte brachten jene Gefühle zum Ausdruck, die ihn seit Tagen gequält hatten. »Geht's dir halbwegs?« fragte er.
»O ja, sehr gut.«

»Ist Kartoffelschälen sehr mühsam?« erkundigte Margaret sich verlegen.
»Nein, nein.« Hanna schüttelte den Kopf. »Ich mach's gern, nicht wahr, Tessie?«
Tessie hatte sich inzwischen zu den Kindern gesellt. Man hätte meinen können, sie gehörte zu ihnen, wenn sie sich nicht durch ihre Kleidung und ihr Gebaren von ihnen unterschieden hätte. »Genau das hat sie vorhin gesagt, Miß«, meinte sie nun. »Daß sie in Newcastle früher oft tagelang Kartoffeln geschält hat. Stimmt's?«
»Ja«, erwiderte Hanna und nickte fröhlich. »Aber einmal hätte ich beinahe überhaupt nichts dafür bekommen, weil ich zuviel abgeschält habe. Nur ein Stück Schmorfleisch.« Ihre Blicke waren nun auf John gerichtet. Er war einen Kopf größer als die übrigen, und sein Haar schimmerte wie Gold. Das erinnerte sie ein wenig an eine Kirche, in die sie sich daheim einmal geschlichen hatte. Der Knabe auf dem Kirchenfenster hatte beinahe genauso ausgesehen ... Oh, er war hübsch, dieser John. Sie hatte etwas übrig für hübsche Menschen. Ihre Ma hatte immer behauptet, daß auch sie hübsch sei. Wie ihre Mutter ihr doch fehlte! Am liebsten wäre sie jeden Tag auf den Friedhof gegangen, aber das war nur sonntags möglich, wenn sie mit der Familie den Gottesdienst besuchte. Sie mochte die Kirche hier nicht – es roch so seltsam dort, richtig modrig, wie der nasse Keller in dem Haus in Newcastle gerochen hatte.
»Erzähl einmal, was du in Newcastle gemacht hast. Bist du zur Schule gegangen?« fragte Margaret freundlich.
Hanna lächelte sie an und erwiderte: »Zur Schule? Nein, nein, ich bin nie zur Schule gegangen. Aber ich kann trotzdem zählen. Bis zehn. Paßt mal auf!« Sie hob die kleinen, schmutzigen, nassen Hände hoch und zählte an ihren Fingern von eins bis zehn.
Margaret warf Robert und John einen Blick zu. John für seinen Teil hatte die ganze Zeit über Hannas emporgerichtetes Gesicht betrachtet. Die Kleine hat wunderschöne Augen, dachte er bei sich. Nie zuvor war ihm ein

Mensch mit derart schönen Augen begegnet. Sie zogen sofort die Aufmerksamkeit auf sich, man wünschte, immerzu in sie hineinzusehen. Das Gefühl hatte er gleich bei ihrer allerersten Begegnung gehabt; damals hatte er gemeint, nur deshalb den Blick nicht von ihr wenden zu können, weil sie so schmutzig und zerlumpt war. Nun aber wußte er, daß ihre Augen es gewesen waren, die den Wunsch in ihm erweckt hatten, sie ständig anzuschauen.

Bella riß ihn aus seinen Träumen, als sie den Kindern nun den Vorschlag machte, die Kleine doch einmal mit nach oben zu nehmen. »Es wird gut zwei Stunden dauern, bis die beiden wieder zurück sind, das heißt, wenn sie bei Dr. Arnison nicht warten müssen. Er kann ja gerade auf Visite sein.«

»Das machen wir!« rief Robert. Und schon drehte er sich um, nahm Hanna bei der Hand und wollte sie mit sich ziehen, aber Tessie protestierte: »Warten Sie doch einen Augenblick, Master Robert. Sie muß sich unbedingt erst die Hände waschen, sonst macht sie oben alles schmutzig.«

Tessie rieb Hanna schnell die Hände mit einem feuchten Geschirrtuch ab, alle lachten durcheinander, als wäre es ein Riesenspaß. Nach dieser Prozedur ergriff Margaret Hannas Hand, und gleich darauf liefen die vier aus der Küche. Bella und Tessie blieben mit zufriedenen Gesichtern zurück.

»Also, das hat mir mindestens so gut getan wie eine Lohnerhöhung«, meinte Bella, während sie den Tisch säuberte. »Es passiert nicht oft, daß man der Missis eins auswischen kann, was, Kind?«

»Da hast du recht, Bella, das passiert bei Gott nicht oft!« stimmte Tessie zu.

Hanna war noch nie im Leben so glücklich gewesen noch hatte sie jemals soviel gelacht. John hatte sie sofort aufs Schaukelpferd gehoben und derart heftig hin- und hergeschaukelt, daß sie beinahe heruntergefallen wäre, was alle nur noch mehr zum Lachen veranlaßte. Dann hatte Margaret ihre Puppen angebracht, ja sie durfte sogar mit ihnen spielen. Anschließend zeigte ihr Robert das Kranmodell, das er ganz allein zusammengebaut hatte. Aber das Aufregendste für Hanna war, als John sie in eine Röhre blicken ließ und ihr befahl, ein Auge zu schließen. Sie bekam durch das Glas Farben zu sehen, die sie sich in ihren kühnsten Träumen nicht hätte vorstellen können.

Der Spaß fand ein jähes Ende, als Margaret, nachdem sie rein zufällig auf die buntbemalte Holzuhr des Kinderzimmers geblickt hatte, erschrocken ausrief: »Seht nur, wie spät es ist! Und ich habe meine Lektion noch nicht mal durchgelesen.«

Die drei Kinder starrten erst einander und dann Hanna an. Schließlich meinte John ruhig: »Es wird besser sein, wenn du jetzt wieder nach unten gehst, Hanna. Wir müssen nämlich noch Hausaufgaben machen, bevor Mama zurückkommt.«

»O ja, natürlich.« Hanna hörte sofort zu spielen auf.

»Ein anderes Mal wieder, ja?« sagte Margaret.

Hanna nickte ihr dankbar zu.

»Eines Tages nehme ich dich mit auf die Hügel, einverstanden?« sagte Robert.

Sie blickte Robert an und sagte abermals: »O ja, natürlich!«, obwohl sie nicht recht daran glaubte. Dann drehte sie sich um und ging auf die Tür zu. Ehe sie das Kinderzimmer verließ, wandte sie sich jedoch noch einmal um und sagte betont lässig: »Tschüs!«

Die Kinder lachten und antworteten im Chor: »Tschüs!«

Nachdem Hanna die Tür hinter sich geschlossen hatte, blieb sie einen Moment lang stehen und lauschte dem anhaltenden Gelächter im Zimmer, wobei ein Lächeln über ihr Gesicht glitt. Fröhlich lief sie zur Haupttreppe und in den ersten Stock; als sie dort eine Tür halb offenstehen sah, verlangsamte sich ihr Schritt. Sie zögerte sekundenlang, ehe sie sie aufstieß.

War das ein hübscher Raum! Auf dem breiten Bett lag eine wunderschöne roséfarbene Decke, und das Fenster war von spitzenbesetzten Rüschenvorhängen eingerahmt. Auf dem Frisiertisch standen eine Menge bunter Schächtelchen und glänzender Fläschchen. Und es roch so gut.

Die Hand auf dem weißen Porzellanknauf, blickte Hanna sich verblüfft um. Es war zwar ein Schlafzimmer, aber es befanden sich auch Stühle darin und ein Sofa, und an den Wänden hingen ein paar ausnehmend hübsche Bilder. Am meisten beeindruckte sie jedoch das breite Bett aus goldfarbenem, glänzendem Messing!

Auf Zehenspitzen trat Hanna ein, zog die Tür ein wenig hinter sich zu, ging bis in die Mitte des Zimmers und drehte sich langsam um ihre eigene Achse. Wenn ihre Mutter ein solches Zimmer gehabt hätte, dann hätte sie wohl niemals diesen bösen Husten bekommen. Sie lief zum Frisiertisch hin und beugte sich über den wie eine Wiege geformten gepolsterten Hocker. Neugierig streckte sie die Hand nach einem blauemaillierten Kästchen aus, hob den Deckel ab und betrachtete die auf Samt gebetteten Broschen. Merkwürdig, daß ein Mensch so viele Broschen besitzen konnte! Eins, zwei, drei ... es waren acht.

Der nächste Gegenstand, der ihr Interesse erregte, war eine Schatulle, die drei Ringe enthielt: einen mit weißen und zwei mit roten Steinen. Ihr gefielen die roten am besten, es ging ein richtig warmes Leuchten von ihnen aus. Außerdem gab es noch eine Schatulle voller Ketten von Perlen.

Wie gern hätte Hanna eine dieser Ketten besessen – die mit den blauen Perlen zum Beispiel! Sie hatte mehrmals gesehen, wie ihre Mutter geschickt etwas von den Ladentischen verschwinden ließ. Spitzentüchlein und ähnliches. Ihre Ma hatte immer gesagt, die im Laden hätten so viel davon, daß sie die Sachen niemals vermissen würden. Einmal waren sie allerdings Hals über Kopf davongelaufen, als der Verkäufer ihre Mutter bei einem solchen

Versuch ertappt hatte. Du meine Güte, waren sie damals losgerannt!
Es gab derartig viel Schmuck hier, daß Hanna ganz sicher war, kein Mensch würde ein, zwei Stücke vermissen. Sie fing nochmals von vorn an und öffnete das Kästchen mit den Broschen. Nachdem sie sich eine ausgesucht hatte, ließ sie sie in die Tasche ihres Arbeitskittels gleiten. Dann kamen die Ringe dran. Sie probierte einen mit roten Steinen. Er war ihr zwar viel zu groß, aber ihre Hände würden schon noch wachsen. Auch ihn schob sie in die Tasche. Und die Perlen... Sie wollte nur eine einzige Perlenkette nehmen.
Nanu, was war denn das? Das hatte sie vorhin gar nicht bemerkt. Unter den Ketten kam plötzlich ein Goldkettchen mit einem herzförmigen Medaillon zum Vorschein. Lieber Himmel, war das niedlich. Das war ja das Hübscheste von allem! In der Mitte des Medaillons befand sich ein in allen Regenbogenfarben schimmernder wunderschöner Stein. Da konnte sie einfach nicht widerstehen! Natürlich würde es klüger sein, den Schmuck nicht zu tragen, jedenfalls vorläufig nicht. Sie wollte ihn verstecken, genauso wie ihre Ma es stets getan hatte: Die hatte die Matratze aufgeschlitzt und alles hineingestopft, was sie von ihren Streifzügen heimgebracht hatte.
Hanna hob das Kettchen mit dem Medaillon in die Höhe und versuchte, es sich über den Kopf zu streifen. Aber das ging nicht, ihr Kopf war zu groß... Dann mußte sie über sich selbst lachen. Natürlich, da war ja eine Schließe dran. Die brauchte sie nur aufzumachen.
Es dauerte ziemlich lange, bis es ihr gelang, den Verschluß zu öffnen. Endlich war es soweit. Sie legte sich das Schmuckstück um den Hals und wollte die Schließe wieder zumachen. Ganz in diese Tätigkeit versunken, schielte sie angestrengt darauf, als sie plötzlich lautes Keuchen hinter sich hörte. Zu Tode erschrocken fuhr Hanna herum – und sah die Missis in der Tür stehen!

Anne Thornton hatte einen anstrengenden Vormittag hinter sich. Der Weg nach Allendale war heiß und staubig gewesen; Betty hatte sich äußerst widerspenstig aufgeführt, und Dr. Arnison hatte sie noch dazu unendlich lange warten lassen. Sogar Miß Cisson hatte er vor ihr hereingerufen, obwohl sie gleichzeitig das Wartezimmer betreten hatten. Auch war in letzter Minute noch ein dringender Fall dazwischengekommen: ein Landarbeiter, der sich ungeschickterweise eine Heugabel ins Bein gerannt hatte. Aber diese erniedrigende Behandlung war direkt bedeutungslos im Vergleich damit, welche Blicke ihr die Bewohner der Stadt zugeworfen hatten. Selbst Mr. Hunting, der Kolonialwarenhändler, der ihr gegenüber stets höchst ehrerbietig gewesen war, hatte hämisch gegrinst, während er sie bediente. Einen entsetzlichen Augenblick lang hatte sie beinahe befürchtet, er würde seinen Gehilfen beauftragen, sich ihrer anzunehmen.
Hinzu kam noch der Spott der Dörfler. Nie würde sie vergessen, wie sie am Tag von Mr. Beaumonts Feier gelitten hatte. Selbst jene, die sie früher respektvoll gegrüßt hatten, blickten ihr nun unverschämt ins Gesicht oder gingen erhobenen Hauptes an ihr vorbei. Genauso war es auch an diesem Vormittag gewesen. Und all das hatte sie der widerlichen Sinnlichkeit ihres Mannes zu verdanken.
Sie haßte Matthew aus tiefstem Herzen. Nie würde sie ihm die Schande, die er über sie gebracht hatte, verzeihen. Was alles nur noch mehr verschlimmerte, war der Umstand, daß er selbst unter seinem Seitensprung weder litt noch deshalb verachtet wurde. Im Gegenteil, man begegnete ihm offensichtlich mit bedeutend größerem Respekt als je zuvor. Das bildete sie sich nicht etwa bloß ein. »Wie geht's, Mr. Thornton?« riefen ihm die Leute über die Straße zu. »Schöner Tag heute, Mr. Thornton, wie?« – »Hoffe, es geht Ihnen gut, Mr. Thornton.« Während des Festes war sie plötzlich an einem Punkt angelangt, wo der Zorn sie derart übermannte, daß sie schon befürchtete, im nächsten Moment mit geballten Fäusten

blindlings nach allen Seiten um sich zu schlagen. Diese Vorstellung hatte ihr wahrlich den Angstschweiß aus den Poren getrieben.
Und jetzt stand die Ursache all ihrer Qualen vor ihr, mitten in ihrem Schlafzimmer, und wagte es, ihren Schmuck anzufassen!
»Steh sofort auf, Mädchen!«
Hanna glitt vom Sitz und beobachtete zitternd die auf sie zukommende Frau. Als diese ihr das Kettchen mit dem Medaillon entreißen wollte, preßte sie die Hand fest zusammen. Anne schlug ihr daraufhin derart heftig ins Gesicht, daß sie hinstürzte; dabei fielen Ring und Brosche aus der Tasche ihres Kittels.
»Du Diebin! Du gräßliche, dreckige, verkommene Diebin!« Anne bückte sich, hob die beiden Schmuckstücke auf und starrte das Kind wutentbrannt an.
Hanna weinte nicht. Ihre Mutter hatte sie so oft geschlagen, daß sie sich wegen einer Ohrfeige – auch wenn dieselbe noch so heftig ausgefallen sein mochte – gar nicht erst lange grämte. Mrs. Thorntons haßverzerrter Gesichtsausdruck ängstigte sie jedoch über alle Maßen; deshalb trat sie unauffällig einen Schritt zurück, in der Absicht, sich unterm Bett zu verstecken. Da wurde sie aber schon gepackt und festgehalten.
»John! Margaret!« Anne Thornton schüttelte Hanna drohend, zog sie zur offenen Tür und rief abermals: »John! Margaret!«
Einen Moment später tauchten die Kinder am Treppenabsatz auf und schauten ihre Mutter, die in der Schlafzimmertür stand und Hanna bei den Schultern festhielt, verwundert an.
»Bring mir die Peitsche vom Ständer, John!«
»Mama!«
»Du hast gehört, was ich gesagt habe. Bring mir sofort die Peitsche!«
Der Junge blickte in das vor Entsetzen versteinerte Gesicht der Kleinen, schüttelte heftig den Kopf und stammelte: »Das darfst du nicht tun, Mama. Bitte nicht!«

»Tu, was ich sage, John!«
»Nein, Mama, so etwas darfst du nicht tun.«
»Margaret!«
Margarets Reaktion bestand darin, daß sie sich schweigend in die äußerste Ecke verdrückte und ihre Hände krampfhaft zusammenpreßte.
Anne sah ein, daß es zwecklos war: Wenn John und Margaret ihrem Befehl nicht nachkamen, dann würde Robert es erst recht nicht tun...
»Betsy! Geh in die Halle, steig auf einen Stuhl und hol die Peitsche herunter.«
Betsy bedachte ihre beiden Brüder mit einem raschen Seitenblick, drehte sich aufschnupfend um und lief eilends die Treppe hinunter.
Inzwischen begann Anne Thornton, erregt atmend, ihren Kindern den Grund ihrer Handlungsweise zu erklären: »Sie hat gestohlen. Einen Ring, eine Brosche und das Kettchen mit dem Medaillon, das mir meine Mutter geschenkt hat und das eine Locke meines Vaters enthält. Sie ist durch und durch schlecht und muß bestraft werden. Ich dulde keine Diebin in meinem Haus!«
»Papa würde das nicht tun.«
Anne Thornton funkelte Robert wild an. »Nein? Hat er etwa bei dir und John noch nie die Peitsche gebraucht?«
»Nur einmal.« Roberts Lippen zitterten. »Und zwar, weil wir etwas wirklich Schlechtes getan hatten – als wir nämlich die Hunde auf die Schafe losließen. Danach mußte er sie erschießen... Das war mehr als arg. Er wollte, daß wir es nie vergessen.«
Im selben Moment kam Betsy mit der Peitsche die Treppe herauf.
»Mach das nicht«, protestierte John abermals. »Bitte, Mama, mach das nicht!«
Plötzlich begann auch Hanna zu flehen: »Nein, nein, peitschen Sie mich nicht aus, Missis. Ich werde ... ich werde es nie wieder tun. Schlagen Sie mich bitte nicht!«
Es war, als würde die Stimme des Kindes Anne Thorntons Wut noch mehr steigern. Sie entriß Betsy die Peit-

sche, zerrte Hanna zurück ins Schlafzimmer, warf die Tür hinter sich zu, hielt die Kleine auf Armeslänge von sich ab und prügelte auf deren Beine ein. Da Hanna aber überaus behende war, sprang sie in die Höhe, so daß die Peitsche nur ihren langen Rock und ihre Knöchel berührte. Der stechende Schmerz, den ihr dies verursachte, brachte sie jedoch derart in Wut, daß sie nun selbst nach Anne zu stoßen und zu schlagen begann. Sie wehrte sich mit Händen und Füßen, aber ohne Erfolg.

Mit einemmal spürte sie, wie sie hochgehoben und aufs Bett geworfen wurde; dann erstickte sie beinahe unter den Röcken, die ihr hinterrücks auf den Kopf gezogen wurden, während Anne ihr Gesicht mit eisernem Griff in die Kissen drückte. Da sie unterm Kleid weder Strümpfe noch gar lange, rüschenbesetzte Hosen wie Betsy, sondern bloß zwei lange Unterröcke trug, traf die Peitsche nun ihren nackten Körper. Hanna schrie gellend, als hätte man sie auf einen glühenden Rost gelegt.

Jeder Peitschenhieb, den Anne Thornton auf der Kleinen landete, galt einem anderen Dorfbewohner: Ralph Buckmans beiden Söhnen, die es gewagt hatten, ihr offen ins Gesicht zu lachen, als sie an der Schmiede vorbeigegangen war ... Daisy Loam, der Mutter des Metzgers, die vergangene Woche die Frechheit besessen hatte, sich zu erkundigen, ob sie ab jetzt mehr Ware heraufschicken solle, da sie doch nun ein weiteres Kind durchzufüttern hätten... Miß Cisson, die sie am Vormittag in der Ordination damit fuchsteufelswild gemacht hatte, als sie ihr Stoffreste aus ihrer Schneiderei für die ›neue kleine Hausgefährtin‹ offerierte... sämtlichen Bergleuten und deren Frauen, die neuerdings die Unverschämtheit besaßen, sie unaufgefordert anzusprechen... Susanne Crewe, die sie stets als ihre Freundin betrachtet hatte und die sich nun päpstlicher als der Papst aufführte, indem sie zu den unpassendsten Gelegenheiten Bibelsprüche über Sünde und Vergebung zitierte... Und vor allem ihm – Matthew, ihrem Mann!

Sie hätte Hanna womöglich zu Tode geprügelt, wenn

John und Robert nicht ins Zimmer gestürzt und ihr in den Arm gefallen wären.
Die Gesichter der beiden Jungen waren kreideweiß, als sie das wimmernde kleine Bündel auf dem Bett betrachteten, dessen Rücken und Beine von blutigen Striemen bedeckt waren. Ein dumpfes Ächzen veranlaßte sie, ihre Aufmerksamkeit wieder ihrer Mutter zuzuwenden, die sich auf den Stuhl vor dem Frisiertisch hatte fallen lassen und das Gesicht in beiden Händen barg.
John ging auf die offenstehende Tür zu und sagte halblaut zu der noch immer an der Wand lehnenden Margaret: »Hol Bella herauf, sie soll sich um Mama kümmern.«
In diesem Moment rappelte Anne sich hoch, massierte mit beiden Händen ihre Kehle, als müsse sie die Worte mit Gewalt herauspressen, und sagte: »Nein, ich brauche niemanden. Bleibt, wo ihr seid.«
Bella und Tessie standen jedoch bereits abwartend auf dem Treppenabsatz und hatten alles mitangehört. Deshalb kamen sie auch nicht näher – nicht einmal, als John mit Hanna auf den Armen aus dem Schlafzimmer trat, während Robert seinem Bruder beim Tragen half. Sie sahen schweigend zu, wie die beiden Knaben mit Hanna in ihr Zimmer stolperten. Margaret und Betsy hetzten ihnen nach, während die Tür des Schlafzimmers geschlossen wurde.
Bella und Tessie gingen langsam die Treppe hinunter. Erst als sie in der Küche angelangt waren, sagte Bella: »Kinder müssen ab und zu mal Hiebe kriegen, zugegeben. Aber zwischen Hieben und Auspeitschen besteht ein Unterschied! Was hat sie denn schließlich getan, um so behandelt zu werden? Wart nur, bis der Master heimkommt, ich wette, dann setzt's was! Wie ich ihn kenne, wird er es nicht dulden, daß man die Kleine derart mißhandelt – um nichts in der Welt!«

4

Anne Thornton wußte schon, welchen Weg sie einschlagen würde. Sie mußte unbedingt die erste sein, die Matthew von dem Vorfall berichtete. Deswegen hatte sie sich inzwischen frisch gemacht, ein anderes Kleid angezogen und sich sorgfältig frisiert; auch in der Küche war sie gewesen, um nachzusehen, ob alles zum Abendessen bereit war. Nur eines hatte sie bisher unterlassen: ihren Kindern gegenüberzutreten. Robert hatte sie vorhin im Garten hinter dem Haus entdeckt, wo er etwas zu suchen schien; er mußte die Hintertreppe benützt haben, zuvor hatte sie die Schritte der Kinder im oberen Stockwerk gehört.
Entschlossen trat Anne aus dem Haus und lief den zur Hauptstraße führenden Gartenweg hinunter. Hier wandte sie dem Dorf den Rücken und ging an der Weißdornhecke entlang, die ihr Grundstück einfaßte. Als sie deren Ende erreicht hatte, blieb sie stehen und wartete auf ihren Mann.
Es dauerte keine fünf Minuten, bis Matthew auf der Straße auftauchte. Bei ihrem Anblick machte er ein erstauntes Gesicht und rief ihr entgegen: »Was ist los? Ist etwas geschehen?« Er gab seinem Pferd die Sporen, galoppierte heran, schwang sich aus dem Sattel und fragte abermals: »Was gibt's denn?«
»Ich ... ich muß dir etwas sagen.«
»Nun red nicht lange um den heißen Brei herum, Anne. Ist den Kindern am Ende was zugestoßen?«
»Nein, nichts ist ... meinen Kindern zugestoßen.«
Matthews Gesichtsausdruck verhärtete sich. »Was hast

du der Kleinen getan?« fragte er mit drohendem Unterton.
»Das ist es ja gerade, was ich dir sagen wollte. Ich war bei Dr. Arnison, und als ich zurückkam, fand ich sie in meinem Zimmer. Sie hatte einige von meinen Schmuckstücken eingesteckt, deshalb habe ich sie verdroschen.«
»Du hast sie verdroschen?« Erleichtert atmete er auf; einen Augenblick lang hatte er schon befürchtet, Anne würde ihm sagen, daß sie Hanna umgebracht habe. Matthew wußte nur zu genau, wie tief seine Frau die Kleine haßte. In gewisser Weise war das natürlich verständlich. Allerdings hoffte er, daß Hannas angeborener Charme und die Zeit Annes Gefühle wandeln würden.
»Ist das alles?«
Sie schluckte heftig. »Ja, das ist alles«, sagte sie.
Das Pferd am Zaum führend, ging er langsam weiter und meinte: »Nun, dort, wo sie aufgewachsen ist, herrschten sicherlich rauhe Sitten. Ich nehme kaum an, daß sie Stehlen als Verbrechen betrachtet.« Er drehte sich um und sah seine Frau an. »Vielleicht hat sie nur mit den Sachen gespielt?«
»Sie hatte sie bereits in die Tasche gestopft. Und das Kettchen mit dem Medaillon, das mir meine Mutter geschenkt hat, hielt sie gerade in der Hand.«
Du lieber Himmel, das Medaillon ihrer Mutter! Auf das Anne so großen Wert legte, als handle es sich um Kronjuwelen. Weshalb hatte Hanna sich auch ausgerechnet dieses Stück aussuchen müssen? Es war schon ein Jammer!
Matthew versuchte einzulenken: »Nun, ich glaube nicht, daß sie zum erstenmal verdroschen worden ist, und es wird auch sicher nicht das letztemal sein. Den Unterschied zwischen Recht und Unrecht, zwischen Gut und Böse muß sie eben lernen.« Er war beruhigt und wechselte das Thema. »Weshalb warst du denn bei Dr. Arnison?« Er lächelte, als er diese Frage stellte, und es hatte den Anschein, als kehrten sie wieder zu der einstigen Art, miteinander zu reden und umzugehen, zurück.

»Betsy hatte in letzter Zeit ziemlich oft Zahnschmerzen. Ich fand, daß man danach sehen mußte.«

»Ja, ja, natürlich, sie hat in der Nacht geweint. Hat er ihn gezogen?«

»Nein, er sagte, er sei gar nicht schlecht, es sei alles in Ordnung. Aber ich glaube nicht, daß er von Zähnen viel versteht.«

»Nein? Nun, meiner Meinung nach hat er mehr vergessen als andere Ärzte wissen.«

Sie gingen gemeinsam bis zur Auffahrt, dann trat Anne ins Haus, während Matthew sein Pferd dem wartenden Dandy Smollett übergab. Nicht die Spur eines Lächelns lag jedoch diesmal auf dem Gesicht des Burschen, schweigend erfüllte er seine Pflicht. Matthew blickte ihm erstaunt nach, ehe er die Küche betrat.

Wie gewöhnlich waren Bella und Tessie dabei, das Abendessen vorzubereiten. Bella zerstampfte mit einem Holzstößel die Kartoffeln in der Pfanne. Auch ihr Gruß kam Matthew anders als sonst vor, merkwürdig steif.

»Guten Abend, Bella. Alles in Ordnung?«

»Das hängt davon ab, was man darunter versteht, Sir. Was manchen Leuten als in Ordnung vorkommt, scheint anderen alles andere als in Ordnung zu sein.«

Matthew warf Bella einen fragenden Blick zu, setzte sich, zog die Stiefel aus, legte die Jacke ab und verließ die Küche, wobei er sich insgeheim darüber wunderte, daß Tessie überhaupt nicht den Mund aufgemacht hatte. Nachdem er sich die Hände gewaschen und sich frisch gemacht hatte, ging er ins Eßzimmer. Beim Eintreten hörte er Anne, die eben die Gemüseschüsseln bereitstellte, zu Tessie sagen: »Hast du getan, was ich dir aufgetragen habe, und es den Kindern gesagt?«

»Ja, Madam, ich hab es ihnen sogar zweimal gesagt.«

»Was ist denn los?« Matthew blickte der hinausgehenden Tessie nach und schaute dann Anne an. Sie schluckte erst einige Male, ehe sie erwiderte: »Die Kinder waren nicht damit einverstanden, daß ich das Mädchen bestraft habe.«

Er sah sie ziemlich verblüfft an, dann drehte er sich unvermittelt um und ging aus dem Zimmer. Zwei Stufen auf einmal nehmend, lief er ins obere Stockwerk und rief: »John! – Robert!« Mit wenigen Schritten war er am Kinderzimmer und riß die Tür auf. Und da standen sie eng beisammen: John, Margaret und Robert. Betsy kam ihm weinend entgegen und jammerte: »Papa! Papa! Sie wollten mich nicht reinlassen!«
»Was gibt es denn?« Er machte sich von Betsy los, die sich an ihn anklammern wollte, trat auf die andern zu und fragte abermals: »Kommt, sagt mir, was los ist.«
Robert antwortete schließlich: »Sie – ich meine Mama – hat Hanna ausgepeitscht.« Die Tränen liefen ihm über die Wangen, als er atemlos hervorstieß: »Sie hat sich von Betsy die Peitsche holen lassen und ... und fürchterlich zugeschlagen, und Hanna war voller Blut und hat ununterbrochen geschrien...« Schluchzend brach er ab und ließ den Kopf sinken.
Auch Margaret weinte inzwischen. Also wandte sich Matthew an John und fragte: »Wo ist sie?«
»Ich ... wir wissen es nicht, Papa.«
»Was heißt das – ihr wißt es nicht?« schrie Matthew. »Ich will eine klare Auskunft haben!«
»Nun, nachdem wir sie aus Mamas Schlafzimmer zu uns hinaufgetragen hatten, wuschen wir ihr vorsichtig den blutverschmierten Rücken ab. Und dann taten wir Salbe drauf und ließen sie in Ruhe. Wir ... wir dachten, daß sie eingeschlafen sei. Wir sind nach nebenan gegangen und haben über alles gesprochen, weil es ... weil es so schrecklich war, Papa. Und als wir wieder bei ihr zur Tür hineinsahen, war sie weg.«
»Weg?«
»Ja, Papa. Wir haben im Garten und überall nachgeschaut, aber wir konnten sie nicht finden.«
Matthew fuhr sich mit der Hand an den Kopf. Anne hatte auf der Straße auf ihn gewartet und ihm gesagt, daß sie das Kind verdroschen habe. Und er hatte gemeint, daß es sich dabei nur um einen Klaps oder ein paar Hiebe gehan-

delt hätte. Er hatte sich vorgestellt, daß die Kleine nur mal übers Knie gelegt worden sei. Natürlich hätte er wissen müssen, daß Anne es – genau wie bisher – streng vermieden hatte, sie mit bloßer Hand zu berühren. Niemals, seit dem Tag, an dem das Kind ins Haus gekommen war, hatte sie ihr auch nur das kleinste bißchen Sympathie entgegengebracht. Deshalb hatte sie, als sie ›verdroschen‹ gesagt hatte, dies wortwörtlich gemeint. Mit einer Reitpeitsche hatte sie derart auf Hanna eingeschlagen, daß sogar ihre eigenen Kinder verstört darüber waren. Hatte Anne völlig den Verstand verloren? Dabei hatte sie auf der Straße ganz ruhig und beherrscht gewirkt, als sie ihm den Vorfall berichtete. Aber wo mochte die Kleine sein?

Er sah die Kinder an und sagte schließlich: »Bring Betsy ins Wohnzimmer hinunter, Margaret. Und ihr, John und Robert, kommt mit mir.« Matthew drehte sich um, ging zur Tür, blieb nochmals stehen und fragte: »Wie spät war es, als ihr sie zuletzt gesehen habt?«

»Es war ungefähr ... ungefähr vor drei Stunden, Papa.«

Drei Stunden! Da konnte sie längst auf den Hügeln oder beim Moor sein, und wenn sie bei den derzeit herrschenden Nachtfrösten im Freien blieb, war sie am nächsten Morgen tot! Sogar mitten im Sommer wurde es dort oben bitterkalt, wenn einmal die Dämmerung einsetzte.

Als er mit den beiden Jungen die Halle durchquerte, war von Anne weit und breit nichts zu sehen. An der Haustür angelangt, sagte er: »Du, John, suchst alles rund um den Gemüsegarten und ums Gewächshaus ab. Und du, Robert, gehst hinunter zum Fluß. Ich werde den Wald gleich hinterm Haus übernehmen. Wenn ihr sie findet, pfeift. Wenn nicht, kommt gleich zurück.«

Als er nach einer Viertelstunde wieder an der Auffahrt anlangte, warteten die beiden Knaben schon auf ihn. Er verschwendete keine Zeit damit, sie erst auszufragen, als er ihre bekümmerten Mienen sah, sondern sagte: »Ich werde doch auf die Hügel hinaufgehen. Wahrscheinlich ist sie über die Hintertreppe geschlichen und durch den

Seitenausgang aus dem Haus geschlüpft. Am besten wird sein, ihr beide sucht jetzt ein Stück in Richtung Stadt. Bleibt aber immer in Rufweite. Ich werde inzwischen auf dem Friedhof nachsehen. Ja«, er nickte, »vielleicht hält sie sich dort auf. Aber wie auch immer – ehe es dunkel wird, seid ihr auf alle Fälle wieder daheim, verstanden?«

»Ja, Papa.«

»Also, dann los.«

Die Jungen drehten sich um und liefen auf der Straße zur Stadt davon, während Matthew selbst mit langen Schritten die Auffahrt hinuntereilte und den Friedhof aufsuchte. Als er sich jedoch dem Erdhügel näherte, der noch keinen Grabstein trug, sah er sofort, daß auch dieser Weg vergeblich gewesen war. Er sprang über die Mauer und marschierte auf die Hügel zu.

Sowie er außer Hörweite des Dorfes war, fing er an, ihren Namen zu rufen, erst leise, denn es war ja möglich, daß sie sich hinter einem der Felsblöcke oder in einer der Schluchten versteckt hielt.

Als er schließlich den ersten Hügel erklommen hatte, sah er Ned Ridley mit einigen Pferden auf Pele-Haus zugehen und hinter den Stallungen verschwinden. Plötzlich schoß Matthews ein Gedanke durch den Kopf: Das Gebäude dort drüben war Hanna wohlbekannt, Ned und sein Großvater die einzigen Menschen, die ihr – außer seiner Familie – vertraut waren. Aber war sie tatsächlich bis hierher gelangt? Er begann auf das Haus zuzulaufen, und als er es erreichte, sah er Ned im Hof stehen, als erwarte er ihn.

Matthew hielt inne, war aber zu sehr außer Atem, um ein Wort hervorzubringen.

»Suchen Sie jemanden?« fragte Ned schließlich.

»Ja, Ned.«

»Hab mir's gedacht.«

Matthew schaute in das versteinerte Gesicht des Burschen, der nun fortfuhr: »Wissen Sie, Mr. Thornton, es gibt zweierlei Arten von Menschen, die ich nicht ausstehen kann: Männer, die Fallen stellen, und Frauen, die mit

der Peitsche auf wehrlose Kinder eindreschen. Vielleicht wollen Sie reinkommen und sich ansehen, was Ihre Frau angerichtet hat.«
Zu jedem andern Zeitpunkt hätte Matthew den andern angeherrscht; wie er sich erdreisten könne, in diesem Ton mit ihm zu reden. Aber nun sah er Ned nur stumm an und folgte ihm in den Stall.
Es war dunkel drinnen. Eine Laterne war bereits angezündet; sie hing von einem in die Steinmauer eingelassenen Haken herab. Ihr Licht fiel auf Hanna und den Großvater, der neben ihr saß.
Als der alte Ridley Matthew erblickte, rappelte er sich hoch, ging auf ihn zu, als wollte er sich auf einen Kampf mit ihm einlassen, und rief mit wütender Stimme: »Ihr verdammtes Weib sollte man auf der Stelle aufhängen, Mister. Wenn ich sie da hätte, würde ich ihr bei Gott zeigen, was es heißt, zu Tode geprügelt zu werden. Und mit keiner kleinen Peitsche, das kann ich Ihnen verraten.« Damit deutete er auf die an der Stallwand lehnende lange Pferdepeitsche. »Sie muß verrückt sein, richtig wahnsinnig. Kommen Sie her, und sehen Sie sich das einmal an!«
Langsam setzte Matthew einen Fuß vor den andern, bis er bei dem Holzpodest in der Ecke angelangt war, wo Hanna auf einem Heulager ruhte. Ohne sich zu rühren, starrte sie ihn mit weit aufgerissenen Augen an. Als er sich vor ihr niederkauerte und die Hand nach ihr ausstreckte, zuckte sie vor ihm zurück. Diese Bewegung mußte ihr jedoch Schmerzen bereitet haben, denn sie verzog das Gesicht.
»Ist schon gut, Kindchen, keine Angst«, sagte der Alte, während er die über sie gebreitete Pferdedecke vorsichtig zurückschlug. »Ich hab ihr die Kleider ausgezogen, soweit es möglich war. Sie waren schon teilweise festgeklebt. Dreh dich herum, Herzchen, vorsichtig!«
Er half ihr behutsam, dann wickelte er sie aus dem Laken, in das er sie eingehüllt hatte. Und nun sah Matthew Hannas Rücken und Beine. Angefangen von einer Stelle,

die über ihrer schmächtigen Taille lag, bis hinunter zu den Fersen war sie voll blutverkrusteter Striemen; auch das Tuch war blutdurchtränkt. Matthew wurde von Übelkeit gepackt: Nicht nur wegen dieses armen, geschundenen Körpers, sondern weil seine Frau es war, die einem Kind diese Wunden zugefügt hatte, einem kleinen, hilflosen Kind.

»Was halten Sie davon?«

Er hob den Blick und sah Ned an, sagte jedoch nichts. Was hätte er auch sagen können? Was seine Pein nur noch mehr vergrößerte, war der Umstand, daß Hanna sich nun auch vor ihm fürchtete.

»Hanna!« Er neigte sich zu ihr. »Hör mir zu, Liebling, hör gut zu. Es tut mir so leid, verstehst du? So leid, daß dir das geschehen ist. Ich verspreche dir, daß es nie wieder passieren wird.« Er achtete nicht auf den verächtlichen Ausruf, der hinter ihm erscholl, sondern fuhr fort: »Ich werde dafür sorgen, daß so etwas nie mehr vorkommt. Kein Mensch soll je wieder die Hand gegen dich erheben. Verstehst du, Kind?«

Hanna schluckte, schob ein paar Grashalme beiseite und flüsterte: »Sie hat's mit einer Peitsche getan.«

Einen Moment lang schloß Matthew die Augen und biß sich auf die Lippen, ehe er den Vorschlag machte: »Ich bringe dich jetzt heim.«

»Nein, nein!« Sie zuckte vor ihm zurück. »Ich möchte hierbleiben. Hier gefällt es mir – bitte, laß mich hier!«

»Du kannst nicht hierbleiben, Hanna. Aber ich verspreche dir« – Matthew legte ihr die Hand auf die Stirn und strich ihr das Haar zurück –, »ich verspreche dir, mein Herz, daß dein Leben von nun an anders sein wird. Niemand wird dir mehr ein Leid zufügen, solange ich lebe, verstehst du?«

»Ich würde die Kleine an Ihrer Stelle nicht wegbringen.« Ned war herangetreten. »Fühlen Sie nur ihre Stirn. Wenn mich nicht alles täuscht, hat sie Fieber.«

Als Matthew abermals die Hand auf Hannas Stirn legte, spürte er, daß sie tatsächlich sehr heiß war; sie hatte wirklich Fieber. Es würde ja nichts ausmachen, sie für eine Nacht hierzulassen. Er nickte und sagte: »Also gut, dann komme ich dich morgen früh holen, Hanna, wenn es dir bessergeht. Aber denk daran: Kein Mensch wird dich je wieder schlagen. Alles wird sich von jetzt an ändern. Das ist ein Versprechen!«

Sanft streichelte er ihre Wange; dann stand er auf und überließ sie der Obhut des alten Mannes, der sie wieder zudeckte. Nachdem er an der Stalltür angelangt war, blickte er in die rasch hereinbrechende Nacht hinaus, und das Herz tat ihm weh.

»Glauben Sie nicht, daß wir Ihnen die Schuld geben.«

Matthew drehte sich um, sah Ned an und erwiderte mit rauher Stimme: »Das solltet ihr aber. Schließlich habe ich sie in die Welt gesetzt.«

»Ach, da spricht jetzt der Kirchenrat aus Ihnen, Mr. Thornton. Wenn man jeden Mann, der unehelich Kinder in die Welt setzt, schuldig sprechen müßte, gäbe es hier herum nur wenige, die hocherhobenen Hauptes durch die Gegend gehen dürften. Solche Dinge passieren nun mal, das ist der Lauf der Welt. Was will man schon dagegen machen, daß die Natur ihr Recht fordert? Ich breche über niemanden den Stab, ich bestimmt nicht!«

Matthew betrachtete den jungen Mann eingehender. Es waren eine Menge Geschichten über dessen ›Heldentaten‹ im Umlauf, aber er hatte sie nie für bare Münze genommen. Er wußte nur allzugenau, wie sehr die Menschen dazu neigten, aus einer Mücke einen Elefanten zu machen, wenn er auch nicht bezweifelte, daß schon ein Körnchen Wahrheit in den Geschichten stecken mochte, die Ned betrafen. Dennoch erschien es Matthew als Ironie des Schicksals, daß ein Draufgänger wie Ned trotz seiner zahlreichen Abenteuer ungeschoren davonkam, während er selbst, der nur ein einziges Mal gefehlt hatte, so bitter dafür bezahlen mußte. Und das Allerschlimmste war, daß die Frucht seines Leichtsinns so entsetzlich zugerichtet dort drüben im Heu lag.

Jetzt wußte er wenigstens, was er zu tun hatte – was er

um der Gerechtigkeit willen tun mußte. Er war niemals ein gewalttätiger Mann gewesen, nun jedoch fühlte er heiligen Zorn in sich aufsteigen. Bisher hatte er von Vergeltung nicht allzuviel gehalten, aber nun war ihm klar, daß er auf biblische Weise strafen müsse: Auge um Auge, Zahn um Zahn... Es gab keinen Zweifel mehr für ihn, was er heute nacht und morgen tun mußte. Vor allem aber mußte er Ned dazu bringen, zu schweigen.

»Ich möchte dich um etwas bitten, Ned«, sagte er.

»Um was denn, Mr. Thornton?«

»Meinst du, daß du über das, was der Kleinen zugestoßen ist, den Mund halten kannst?«

»Ob ich den Mund halten kann? Nun, ich habe es niemals besonders schwer gefunden, den Mund zu halten, wenn es sein muß. Aber weshalb sollte ich ausgerechnet darüber schweigen?«

»Weil du mir damit einen großen Gefallen erweisen würdest.«

»Und was ist mit Bella und Tessie, von Dandy gar nicht zu reden? Die wissen doch ebenfalls, was passiert ist. Die Kleine muß ja fürchterlich geschrien haben.«

»Mit denen werde ich genauso fertig wie mit derjenigen, die das Kind so zugerichtet hat.«

Sie sahen einander fest an, dann sagte Ned: »Gut. Wenn das so ist, dann geb ich Ihnen mein Wort drauf, daß ich nichts sagen werde.«

»Und dein Großvater?« Matthew deutete mit einer Kopfbewegung zum Stall.

»Der wird schweigen wie ein Grab, wenn ich ihm klarmache, daß es wichtig ist. Aber er wird es um so lieber tun, wenn er davon überzeugt sein kann, daß Sie Ihrer Frau eine gehörige Strafe verpassen.«

»Danke, Ned. Ich komme morgen, um die Kleine zu holen.«

»Gut, ich werde dasein. Ich muß erst mittags nach Allenheads.«

Ohne ein weiteres Wort wandte Matthew sich um, überquerte den Hof und ging hügelabwärts.

Es war beinahe dunkel, als er sein Haus erreichte, aber seine beiden Söhne warteten noch immer an der Haustür auf ihn. Er kam ihren Fragen zuvor, indem er berichtete: »Ich habe sie gefunden. Sie ist oben bei den Ridleys und wird bis morgen dort bleiben.«

»Ist sie in Ordnung, Papa?«

»Sie wird bald wieder auf den Beinen sein.« Matthew wandte sich an John und fragte: »Habt ihr schon zu Abend gegessen?«

»Nein, Papa.«

»Dann möchte ich, daß ihr jetzt hineingeht und etwas eßt. Macht aber nicht lange damit. Anschließend geht ihr sofort auf euer Zimmer. Und noch eines!« Er sah von einem zum andern. »Egal, was ihr auch hören mögt, ihr dürft euer Zimmer nicht verlassen, verstanden?«

Als sie nichts darauf antworteten, sagte er nochmals eindringlich: »Verstanden? Tessie und Bella sagt ihr dasselbe, abgemacht?«

»Abgemacht, Papa.« Sie nickten ihm zu.

»Also, dann geht jetzt.« Die beiden verschwanden im Haus.

Matthew blieb noch eine ganze Weile stehen, ehe auch er sich anschickte, hineinzugehen – und zwar nicht durch den Haupteingang, sondern hintenherum durch die Küche.

Bella und Tessie saßen mit Dandy Smollett vor dem Feuer und erhoben sich rasch, als er eintrat.

»Haben Sie sie gefunden, Sir?« erkundigte Bella sich scheu.

»Ja, ja, ich habe sie gefunden. Setzt euch.« Er unterstrich diese Aufforderung durch eine entsprechende Handbewegung und fragte dann: »War eine von euch nachmittags im Dorf?«

Sie schüttelten die Köpfe, und abermals ergriff Bella das Wort: »Nein, Sir. Niemand von uns hat das Haus verlassen.«

»Ist jemand hiergewesen?«

»Nein, nein, nur der Kohlenhändler, aber das war schon

am Vormittag. Die Lebensmittel kommen nicht vor morgen.«
»Also habt ihr vorläufig keinem erzählt, was sich heute nach Tisch hier ereignet hat?«
Bella zögerte kurz und sagte dann: »Nein, Sir, niemandem.«
»Dann möchte ich, daß ihr mir versprecht, niemandem gegenüber etwas zu erwähnen, was heute in meinem Haus geschehen ist oder noch geschehen wird. Sollte mir zu Ohren kommen, daß ihr euren Mund nicht gehalten habt, dann werde ich dich entlassen müssen, Bella. Das gilt auch für dich, Tessie. Und du, Dandy, müßtest in diesem Fall wieder ins Armenhaus zurück.«
»Nur das nicht, Sir. Von mir erfährt keine Menschenseele ein Wort, ganz bestimmt nicht, Sir. Ich würde niemals was tun, das mich wieder ins Armenhaus zurückbringen könnte, Sir.«
»Dann ist es ja gut. Und was euch betrifft, Bella und Tessie, so denke ich, daß ich auch mit euch offen reden kann, nicht?«
»O ja, Sir, natürlich«, sagte Bella, und Tessie pflichtete eifrig nickend bei: »Sicher, Sir, ich werde kein Sterbenswörtchen verlauten lassen.«
»Gut. Was ich nun von euch will, ist, daß ihr allesamt zu Bett geht und bis zur üblichen Zeit morgen früh darin liegen bleibt. Egal, was ihr auch hören mögt – rührt euch nicht daraus hervor, verstanden?«
Sie starrten ihn mit geöffnetem Mund und großen Augen an, scheu, furchtsam, bis Bella beinahe flüsternd sagte: »Ja, Sir, wir bleiben in den Betten, wenn Sie es so haben wollen.«
»Genau das. Sobald ihr mit eurer Arbeit fertig seid, geht nach oben. Gute Nacht allerseits!«
»Gute Nacht, Sir«, murmelten sie im Chor.
Matthew begab sich ins Eßzimmer, wo die Jungen eine kalte Fleischpastete verzehrten, und sagte rasch: »Nehmt den Rest mit in euer Zimmer, wenn ihr wollt.«
»Ja, Papa.« Sie standen auf, packten die letzten Pasteten-

stücke, Brot und Käse auf einen Teller und eilten mit gesenkten Köpfen hinaus, als hätten sie das Essen gestohlen.

Matthew wartete ab, bis er ihre Schritte im Obergeschoß hörte. Dann ging er zur Tür des Wohnzimmers, riß sie auf, warf einen Blick hinein und sah, daß es leer war. Die Kissen lagen wohlgeordnet auf dem Sofa, der Wandschirm war vor den Kamin geschoben: alles deutete darauf hin, daß Anne sich bereits zurückgezogen hatte. Das war ihm nur recht. In gewisser Hinsicht würde das alles vereinfachen.

Wie spät war es? Halb zehn. Er wollte noch eine Zeitlang warten.

Matthew betrat das Wohnzimmer und machte Anstalten, sich auf dem Sofa niederzulassen, als er innehielt: Das Arrangement der Kissen störte ihn, eben weil er wußte, wie wenig sie es mochte, wenn nicht überall tadellose Ordnung herrschte, bevor sie zu Bett ging. Zum Teufel mit dem Wohnzimmer und mit ihr! Er wischte die Kissen mit einer einzigen Handbewegung zu Boden und ließ sich dann aufs Sofa fallen. In diesem Augenblick kam es ihm vor, als wäre sein ganzes Leben in festgelegten Bahnen verlaufen, wie unter militärischer Zucht. Während der ersten Monate ihrer Ehe hatte ihm ihr Hang zu adretter Häuslichkeit ja noch gefallen, er hatte das gerade als besonders löblich empfunden. Aber noch ehe das erste Kind geboren war, fing ihn der ganze Drill bereits zu ärgern an. Mit der Zeit fügte er sich jedoch wieder hinein, weil er genau wußte, was Kinder alles anrichten konnten. Auch hatte er sich damals eingestehen müssen, daß er einen reibungslos funktionierenden Haushalt, pünktliche Mahlzeiten und Ruhe nach dem Abendessen zu schätzen wußte. Vor allem letzteres, weil es ihm ermöglichte, heimgebrachte Arbeiten so zu erledigen, daß er begründete Aussichten hatte, eines Tages Leiter des Bergwerks zu werden.

Aber jetzt, dreizehn Jahre später, war er noch immer genausoweit von dieser Position entfernt wie damals, als er sich mit großem Eifer an die Lektüre der einschlägigen Fachbücher gemacht hatte. Es war ihm klargeworden, daß nicht einmal große Wahrscheinlichkeit bestand, jemals Mr. Sopwiths Position oder auch nur die seiner Kollegen William und John Curry in Allenheads zu erlangen. Doch fragte Matthew sich nun, ob es tatsächlich darauf ankam. Das einzige, was jetzt zählte, war das, was er in der nächsten halben Stunde zu tun beabsichtigte. Danach würde seine Wut am Ende abflauen, obwohl er dies im Grunde genommen bezweifelte. Er wußte, daß es lange dauern würde, bis er wieder imstande wäre, sie anzublicken, ohne die mit Striemen bedeckte Rückseite der Kleinen vor sich zu sehen.

Matthew blieb sitzen und starrte in die schwächer werdende Glut des Kamins, bis die Uhr in der Halle zehn schlug. Dann stand er auf, ging entschlossen in die Halle, nahm die Reitpeitsche vom Ständer, die Lampe vom Seitentischchen und stieg die Treppe hinauf. Oben angekommen, stellte er die Lampe auf die am Treppenabsatz befindliche Konsole und schraubte den Docht herunter. Dann öffnete er die Schlafzimmertür und trat ein.

Auch Anne hatte die Lampe bereits auf klein gedreht und lag im Bett. Er sah jedoch sofort, daß sie nicht schlief, denn sie drehte sich rasch um, als er sich näherte. Offensichtlich hatte sie im Buch der Psalmen gelesen, das aufgeschlagen auf dem Nachtkästchen lag. Er griff danach und überflog die angezeichnete Stelle. Es war der achtzehnte Psalm, und markiert war der fünfundzwanzigste Vers: »Darum vergibt mir der Herr nach meiner Gerechtigkeit, nach der Reinheit meiner Hände vor seinen Augen.«

Matthew blickte auf Anne hinunter, die auf die Ellbogen gestützt dalag. Ihre Augen starrten wie hypnotisiert auf die Peitsche in seiner Rechten. Die Worte, die er sprach, veranlaßten sie, sich kerzengerade aufzusetzen.

»Hast du dir etwa daraus Rat und Beistand geholt, ehe du das Kind halbtot gepeitscht hast?«

Während sie sich fest an die Messingstangen des Bettes

anlehnte, erwiderte sie mit zitternder Stimme: »Sie hat gestohlen. Ich habe dir gesagt, daß ich sie bestraft habe.«
»Bestraft! Als du mir sagtest, daß du sie verdroschen hast, dachte ich, daß du ihr einen Klaps aufs Hinterteil gegeben hättest. Aber nein – du hast das hier benützt!« Er holte aus, und die Peitsche verfehlte nur um Fingerbreite ihr Gesicht.
Aufkeuchend warf sie sich zur Seite.
»Da fährst du zurück, was? Nicht einmal berührt habe ich dich damit, und schon steht dir die Angst im Gesicht. Was glaubst du wohl, wie der Kleinen zumute war, als du sie beinahe zu Tode geprügelt hast? Wenn sie nicht zu den Ridleys hinaufgelaufen und von dem alten Mann dort droben gepflegt worden wäre, hätte sie in Kälte und Finsternis umkommen müssen. Und was glaubst du, was dann passiert wäre? Aufgehängt hätte man dich, und ich hätte dabei zugesehen, ohne auch nur mit der Wimper zu zucken, hörst du?«
Sein Gesicht war dem ihren nun ganz nahe. Er sah sie mit verzerrten Lippen an, als würde er etwas Abstoßendes betrachten. Seine Stimme war voller Ekel, als er sagte: »Weißt du, was du bist? Ein grausames, rachsüchtiges Biest, das sich weiß Gott was auf seine Herkunft einbildet! Seit Jahren lachen die Leute im Dorf wie in der Stadt über dich, ohne daß dir das je zu Bewußtsein gekommen wäre, weil du dir immer eingeredet hast, du seist jemand ganz Besonderes, anders als gewöhnliche Sterbliche. Aber es gibt genügend Frauen im Dorf unten, die vor dir ausspeien würden, wenn sie wüßten, was du dem Kind angetan hast. Mit Steinen würden sie nach dir werfen, den Kopf würden sie dir in den Dunghaufen stecken, laß dir das gesagt sein.«
»Wie ... wie kannst du es wagen, so mit mir zu sprechen?«
»Halt den Mund! Und komm mir nur ja nie mehr mit so großen Worten, verstanden? Wie ich es wagen kann! Ich werde mit dir reden, wie es mir paßt. Das habe ich vor, jetzt weißt du's. In deiner eigenen Sprache werde ich mit

dir sprechen, aber ehe ich damit anfange, will ich dir noch etwas sagen. Denn wenn ich mit dir fertig sein werde, wirst du nicht mehr imstande sein, klar zu denken. Also hör mit gut zu: Morgen früh werde ich dir die Bedingungen nennen, nach denen du und ich in diesem Haus von nun an leben. Und du wirst dich daran halten oder verschwinden – ganz, wie du willst.«

Mit einer raschen Handbewegung entriß er ihr die Dekke, und noch ehe sie aufspringen konnte, schlug er mit der Reitpeitsche auf ihre nackten Beine ein. Als sie sich ans Bett klammerte, gab ihr kurzes Nachthemd auch ihre Schenkel frei. In panischem Entsetzen schrie sie auf, als die geflochtene Lederschnur auf sie niedersauste. Er packte sie an der Schulter, drehte sie um, als handle es sich um einen Sack Kohlen, riß ihr das Nachthemd vollends vom Leib und hieb gut zehnmal auf ihr Gesäß ein. Jedesmal, wenn die Peitsche ihre nackte Haut traf, stieß sie einen gellenden Schrei aus.

Als er schließlich von ihr abließ und zurücktrat, lag sie stöhnend und wimmernd da, die Hände in die Kissen gekrallt. Matthews Schultern sanken nach vorn, er atmete heftig und mußte sich zwingen, sich vom Bett abzuwenden. Schleppenden Schrittes ging er hinaus und die Treppe hinunter.

In der Halle hängte er die Peitsche an ihren Platz. Dann lenkte er seine Schritte in das ans Eßzimmer anschließende Arbeitszimmer. Dort entnahm er dem in die Bücherwand eingelassenen Schrank ein Tablett, auf dem eine Karaffe und ein Glas standen, stellte es auf den Schreibtisch und goß sich ein Glas mit Whisky voll. Nachdem er es geleert hatte, ließ er sich vor dem Schreibtisch nieder, stützte die Arme darauf und schlug die Hände vor das Gesicht.

Am nächsten Morgen schickte Matthew Dandy Smollett zu Pferd ins Bergwerk, um Mr. Byers davon zu unterrichten, daß er etwas später kommen würde. Als der Junge schon im Sattel saß, legte Matthew ihm kurz die Hand

aufs Knie und sagte: »Du erinnerst dich, was ich dir gestern abend gesagt habe, nicht wahr?«
Dandy nickte. »Natürlich, Master.«
»Gut. Dann fort mit dir.« Matthew wandte sich um und ging in die Küche, wo Bella und Tessie ihn zwar wortlos, aber mit wissenden Gesichtern empfingen. »Richte mir das Bett im Gästezimmer, Tessie«, sagte er. »Und das Eckzimmer daneben bekommt Hanna. Ich werde heute in der Stadt ein passendes Bett kaufen.«
Beide nickten und sagten: »Ja, Sir.«
»Noch etwas«, wandte er sich an Bella. »In der Küche braucht sie euch von nun an nicht mehr an die Hand zu gehen.«
Nach kurzer Pause meinte Bella kühn: »So hätte es von allem Anfang an sein sollen, Sir.«
»Dann sind wir beide der gleichen Meinung, Bella. Ich werde sie so bald wie möglich aus dem Gehöft oben herunterbringen. Vielleicht wird sie Pflege brauchen. Ich wäre euch dankbar, wenn ihr euch um sie kümmern würdet.«
»Ich werde alles für sie tun, was in meiner Macht steht, Sir. Und Tessie genauso. Wir haben das Kind sehr gern«, erwiderte Bella.
»Ich danke euch.« Matthew nickte den beiden zu und ging zur Tür.
»Wollen Sie denn nicht frühstücken, Sir?« rief ihm Bella nach.
»Erst wenn ich zurückkomme«, antwortete er.

Es herrschte dichter Nebel, als er hügelaufwärts ging. Er wurde immer dichter, je höher man gelangte; mit seiner Kälte drang er bis auf die Haut und ließ Matthew erschauern. Abermals dachte er daran, was Hanna zugestoßen wäre, wenn sie die Nacht im Freien hätte verbringen müssen – noch dazu in dieser Verfassung.
Ned und der Alte drehten sich beinahe gleichzeitig um, als er die Stalltür aufstieß. Einen Moment befürchtete Matthew, das Kind wäre gestorben.

»Sie hat Fieber«, sagte Ned und stand auf. »Es war eine schlimme Nacht für sie.«
Matthew beugte sich über die Kleine. Hanna war wach, und er fragte leise: »Wie fühlst du dich, Liebling?«
»Schlecht. Ich habe solche Schmerzen.«
»Morgen wird es dir sicher bessergehen.«
»Mir ist so heiß.«
Er legte ihr die Hand auf die Stirn. Sie war naß vom Schweiß, und er blickte Ned angsterfüllt an.
Der Alte trat neben ihn und sagte: »Sie hat hohes Fieber. In diesem Zustand können Sie sie nicht mitnehmen.«
Matthew biß sich auf die Unterlippe, überlegte kurz und fragte: »Soll ich den Arzt holen?«
»Was sagt er?« wandte sich der Alte an seinen Enkel.
»Er fragt, ob er den Arzt holen soll«, wiederholte Ned mit lauter Stimme.
Der alte Ridley wandte heftig den Kopf, sah Matthew an und schnaubte verächtlich: »Arzt! Was kann der schon tun, das ich nicht ohnehin längst getan habe? Ich habe in meinem Leben mehr Krankheiten kuriert, als er vom Hörensagen kennt. Ich hab der Kleinen eine anständige Dosis Brechwurz eingegeben, das wird ihr das Fieber runtertreiben. Dann hat sie ein paar Tropfen Laudanum bekommen, eine selbstfabrizierte Salbe auf ihre Wunden und so weiter.«
»Laudanum?« Matthew zog die Brauen in die Höhe.
»Jawohl, Laudanum. Nach dem Schreck hat sie dringend ein Beruhigungsmittel gebraucht. Eins steht jedenfalls fest: Sie können sie heute nicht mit hinunternehmen – außer Sie wollen sie umbringen.«
Matthew drehte sich nun zu Ned um und sagte mit einem Seufzer der Erleichterung: »Es ist mehr als anständig, daß ihr euch wegen Hanna soviel Mühe macht.«
»Was heißt Mühe!« Ned zuckte die Achseln. »So gehen wir immer mit Hunden, Pferden und Heimatlosen um. Und zu letzteren gehört sie meiner Meinung nach.«
»Sie ist nicht heimatlos, Ned.«
»Nein? Nun dann wird's gut sein, wenn Sie mich aufklä-

ren, Mr. Thornton. Denn ich sage nur das, was ich so gehört habe. Sie hat um ihr tägliches Brot tüchtig rackern müssen, heißt es. Ich sage natürlich nur, was ich gehört habe. Aber wenn nur die Hälfte davon wahr sein sollte, dann hat sie's bisher alles andere als leicht gehabt.«
Ned hatte Matthew fest angesehen, und dieser war seinem Blick nicht ausgewichen. Unter anderen Umständen hätte er dem Burschen ein derart keckes Gerede wohl kaum durchgehen lassen; zumindest hätte er ihm eine gebührende Antwort gegeben. Er wußte, daß Ned trotz seiner rauhen Schale und seines aggressiven Gebarens sehr verletzlich war, daß Worte eine bedeutend größere Wirkung auf ihn auszuüben vermochten als noch so harte Schläge. Hier und jetzt hatte er allerdings nicht die mindeste Absicht, ihm eine Lektion zu erteilen, also erwiderte er nur: »Sie ist meine Tochter, und in Zukunft werde ich dafür sorgen, daß sie von allen anerkannt wird.«
»Das freut mich zu hören, Mr. Thornton. Ja, wirklich. Aber im Grunde genommen können Sie ja doch nur für sich sprechen. Oder glauben Sie tatsächlich, daß Sie andere dazu kriegen werden, Hanna auf die ihr zustehende Art zu behandeln?«
Es dauerte einige Zeit, bis Matthew antwortete: »Sie werden sie von nun an so behandeln, wie es sich gehört. Oder sie bekommen es mit mir zu tun.«
Daraufhin schwieg Ned. Matthew wandte sich um und sah auf Hanna, der der Alte gerade mit einem feuchten Tuch den Schweiß von der Stirn wischte. Er beugte sich zu ihr hinunter, nahm sie sanft am Kinn und sagte ruhig und fest: »Ich komme bald wieder, um dich heimzuholen, entweder heute abend oder morgen, je nachdem, wie du dich fühlst. Ich habe ein Zimmer für dich herrichten lassen, direkt neben meinem eigenen. Du wirst von jetzt an in meiner Nähe schlafen.«
Sie machte eine kaum wahrnehmbare Kopfbewegung und blickte ihm matt in die Augen.
»Alles wird von nun an anders werden, Liebling. Du

wirst glücklich sein, das verspreche ich dir.« Matthew streichelte ihr die Wange. »Ja, du wirst glücklich sein.« Damit richtete er sich auf, drehte sich um und ging mit Ned zur Tür. Schweigend blieben sie nebeneinander stehen und schauten in den Morgen hinaus.

Der Nebel war noch immer dicht und hüllte alles ein. Wie eine Decke dämpfte er sämtliche Geräusche im Freien, nur hinter sich hörte Matthew das Stampfen und Schnauben der Pferde. Vorhin hatte er gar nicht bemerkt, daß die Boxen voll waren. Es mußten gut acht bis zehn Ponys drinnen sein. Soweit er sich zurückerinnern konnte, hatte es keinen Zeitpunkt gegeben, an dem im Pele-Haus keine Pferde eingestellt waren.

Er blickte nun den neben ihm stehenden Jungen mit den markanten Zügen, dem dunklen, stets zerzausten Haar und den breiten Schultern an. Ned war das Ebenbild seines Vaters, und auch der Großvater hatte den gleichen kantigen Kopf. Der Name Ridley reichte über viele Generationen zurück, aber erst in den letzten Jahren hatten sie sich als ziemlich redliche Pferdehändler seßhaft gemacht. Früher hatten sie größtenteils von Pferdediebstählen gelebt; einer von ihnen war im vergangenen Jahrhundert deshalb sogar gehenkt worden, zwei Ridleys hatte man deportiert, und selbst Neds Großvater war einmal nur mit Mühe dem Strick entgangen und eine Zeitlang eingesperrt gewesen. Er verdankte sein Leben nur dem Umstand, daß er Lord Buckly hier und da ein besonders schönes Pferd verschafft hatte.

Sämtliche Ridleys waren Originale gewesen; freiheitsliebende Menschen, die kein Blatt vor den Mund nahmen, handfeste Trinker, Raufbolde, die an jedem Markt- und Festtag ihr Mütchen kühlten... Und doch: Wer anders als sie hätte sich um das Kind dort hinten gekümmert, ohne bei nächster Gelegenheit jedermann im Dorf zu erzählen, was sich Ungeheuerliches zugetragen hatte? Unter den gegebenen Umständen war es doppelt lobenswert, daß Ned über die ganze Angelegenheit den Mund hielt, denn Matthew wußte nur allzu gut, daß er Anne

weder mochte noch auch nur im mindesten respektierte, weil sie ihn stets wie Abschaum behandelte. Und wenn sie einander begegneten, bemühten sie sich auch nicht im geringsten, ihre gegenseitige Verachtung zu verbergen.
»Ich muß heute zwei Ponys nach Hexham bringen«, sagte Ned und und deutete mit einer Kopfbewegung nach hinten. »Vielleicht bin ich erst abends zurück, aber bei meinem Großvater ist Hanna in den besten Händen, keine Angst. Er hat mich mehr als einmal kuriert, wenn ich krank war. Er versteht was von Kräutern und solchen Sachen.«
»Ich komme mittags auf einen Sprung vorbei.«
»Gut, das können Sie ja tun, wenn es Sie beruhigt. Aber wie ich schon sagte: Bei meinem Großvater ist sie gut aufgehoben. Er hat Kinder gern.«
Matthew trat in den Nebel hinaus, drehte sich um und sagte kurz: »Danke.«
»Gern geschehen«, antwortete Ned und schaute ihm noch lange nach.

Als Matthew bei seinem Haus anlangte, hatte der Nebel sich gelichtet. Der Hof war in rötliches Licht getaucht. Ein Blick in den Stall zeigte ihm, daß Dandy noch nicht zurück war. In diesem Moment öffnete sich die Küchentür, und Tessie trat ins Freie. Bei seinem Anblick rief sie: »Oh, Sir, sind Sie aber naß!«
»Droben war es noch ganz neblig.«
»Das geht einem durch und durch«, sagte Bella, die inzwischen ebenfalls herausgekommen war. »Das Frühstück steht im Eßzimmer für Sie bereit, Sir.«
»Danke. Sind die Kinder schon auf, Bella?«
»Nein, ich habe sie bisher nicht gehört, Sir.«
Nach Anne fragte er nicht. Ohne Stiefel und Jacke abzulegen, durchquerte er die Küche, betrat die Halle und ging ins Eßzimmer; ein solches Verhalten war neu.
Tessie flüsterte Bella zu: »Hast du das gesehen? Er hat weder Schuhe noch Jacke ausgezogen.«

Im Eßzimmer wartete Matthew, bis Tessie den Porridge auftrug. Dann nahm er am Tisch Platz und tat vier Löffel davon auf seinen Teller. Da er sonst gut dreimal soviel zu nehmen pflegte, fragte Tessie, ob er später noch etwas wünsche?
»Nein, Tessie, ich habe heute keinen besonderen Appetit. Ist der Tee fertig?«
»Nein, Sir! Wir haben keinen Schlüssel zum Schrank.«
»Da.« Er löste einen von seinem eigenen Schlüsselbund und reichte ihn ihr. »Ich glaube, der paßt. Den kannst du von nun an behalten. Und sag Bella, daß sie den Tee doppelt so stark wie sonst machen soll.«
»Ja, Sir, ich werd's bestellen.« Sie trippelte mit verblüffter Miene aus dem Zimmer. Was es doch für Veränderungen in diesem Haus gab!
Als er seine dritte Tasse Tee ausgetrunken hatte, öffnete sich die Tür, und die Kinder traten ein: John als erster, dann Margaret, die Beatrice vor sich herschob, und schließlich Robert, der die Tür hinter sich schloß. Sie gingen schweigend auf den Tisch zu.
Matthew stellte seine Tasse ab, sah sie an und sagte ruhig: »Guten Morgen, Kinder.«
»Guten Morgen, Papa«, scholl es im Chor zurück.
»Du kehrst heute ins Internat zurück, John?«
»Ja, Papa.«
»Und auch du gehst heute wieder in die Schule, Robert?«
»Ja, Papa.«
»Ich habe mit euch zu reden. Ich bin froh, daß ich dazu Gelegenheit finde, ehe ihr wegfahrt. Ihr sollt wissen, daß sich hier im Haus verschiedenes ändern wird.« Er blickte ernst in die Runde. »Welche Änderungen ich meine, werde ich euch nachher sagen.« Er nahm die Serviette vom Tisch, wischte sich damit über den Mund und fuhr fort: »Eure Mutter habe ich schon unterrichtet. Aber eines sollt ihr euch jetzt schon einprägen: Hanna ist meine Tochter und folglich eure Halbschwester. Ab sofort werdet ihr sie als Familienmitglied behandeln.« Er stand auf.

»Wartet nach dem Frühstück hier auf mich, dann werde ich euch sagen, worum es geht.«
Keiner von ihnen sprach ein Wort. Matthew lächelte ihnen flüchtig zu, verließ das Zimmer und ging nach oben.
Er hatte erwartet, die Schlafzimmertür verriegelt zu finden. Aber sie war nicht versperrt, und er trat ein. Auch Annes Haltung überraschte ihn. Sie saß, durch Kissen gestützt, aufrecht und hatte offensichtlich bereits einmal das Bett verlassen, denn die Rollos waren hochgezogen. Der Anblick ihres geisterhaft starren Gesichts versetzte ihm einen Stich. Daß sie geweint hatte, sah man an ihren verschwollenen Lidern; ihre Miene verriet jedoch nichts von ihren Gefühlen, sondern war verschlossen wie immer; er hatte allerdings auch keine Einsicht von ihr erwartet.
Matthew näherte sich dem Bett nicht weiter, sondern blieb mitten im Zimmer stehen; es fiel ihm schwer, etwas zu sagen. Als er es dann dennoch tat, kam es ihm selbst so förmlich vor, als läse er seine Worte von einem Schriftstück ab.
»Ich bin gekommen, um dich davon in Kenntnis zu setzen, Anne, daß es gewisse Veränderungen im Haus geben wird. Von nun an wird Hanna von allen als meine Tochter anerkannt, also genauso behandelt werden wie meine anderen Kinder. Ich habe bereits dafür gesorgt, daß sie in diesem Stockwerk ein Zimmer bekommt – das Eckzimmer. Sie wird auch die Mahlzeiten mit uns einnehmen und keinerlei Handlangerdienste mehr in der Küche oder sonstwo verrichten.« Als er sah, wie sie versuchte, sich noch gerader aufzurichten, und gleichzeitig den Mund zum Sprechen öffnete, kam er ihr zuvor: »Warte, ich bin noch nicht fertig. Mit Rücksicht auf die Kinder habe ich beschlossen, Margaret und Betsy in die Privatschule nach Hexham zu schicken. Auch Hanna wird diese Schule besuchen. Unter der Woche sollen sie sich dort aufhalten, zum Wochenende werden sie heimkommen. Alle – oder keines von ihnen.« Als sie abermals versuch-

te, etwas zu sagen, ergänzte er rasch: »Was Robert anlangt, so wird er mit John ins...«

»Das kannst du nicht machen – das wirst du nicht tun!« Ihre Stimme hörte sich völlig fremd an. Der gewohnte arrogante Tonfall war daraus verschwunden, sie klang nun rauh und gewöhnlich.

»Ich dachte, du würdest mehr als einverstanden damit sein. Du hast doch stets betont, daß dich die vielen Unterrichtsstunden, die du den Kindern geben mußtest, so viel Zeit gekostet hätten, daß du deine eigenen Interessen nicht mehr pflegen konntest – dein Klavierspiel, deine Stickereien und all diese so ungeheuer wichtigen Dinge.« Er konnte seinen Spott nicht verhehlen, als er dies sagte.

»Das wirst du nicht tun, hörst du? Das wirst du nicht tun!« Unwillig stieß sie die Kissen beiseite und zuckte zusammen, als bereite ihr das Schmerzen. Sie schluckte und fuhr fort: »Ich werde verschiedene Schritte gegen dich unternehmen. Ich werde zu Beaumont gehen, ich werde persönlich mit Mr. Beaumont sprechen. Du ... du hast die Stelle im Bergwerk ausschließlich meiner Protektion zu verdanken. Ich werde dafür sorgen, daß man dich zurückstuft, verlaß dich drauf!«

»Wie du willst. Versuch es nur. Laß dich nur ja nicht von deiner Vorsprache bei Mr. Beaumont abbringen. Dann werde ich ihn nämlich auch aufsuchen. Und ich werde Hanna mitnehmen, um ihm ihren Rücken und ihre Beine zu zeigen. Die Striemen sind derart tief, daß die Narben bis an ihr Lebensende sichtbar bleiben dürften. Na los! Geh ruhig zu Mr. Beaumont, wenn du mit einem Schlag alles zunichte machen willst, was ich aus Rücksicht auf dich in die Wege geleitet habe. Ich habe dem Hauspersonal nämlich das Versprechen abgenommen, über die letzten Vorfälle in unserem Haus zu schweigen, ebenso Ned Ridley und dessen Großvater.«

Anne stützte sich auf den rechten Ellenbogen; für einen Moment glaubte sie, sich verhört zu haben.

»Ja, die Ridleys. Du erinnerst dich doch, daß ich dir ge-

stern abend sagte, daß du ohne deren Hilfe kaum mit bloßen Prügeln davongekommen wärst. Und das stimmt auch.« Matthew zog seine schwere Uhr aus der Westentasche, warf einen Blick darauf, steckte sie wieder ein und fügte hinzu: »Ich glaube, das ist alles, was ich dir im Moment zu sagen habe. Nur eines noch, vielleicht sogar das Wichtigste: Seit Jahren bist du deinen ehelichen Pflichten nur höchst widerwillig und mit immer länger währenden Zwischenpausen nachgekommen. Um des häuslichen Friedens willen habe ich es erduldet. Es ist die reine Wahrheit, wenn ich dir nun sage, daß ich außer mit Nancy Boyle niemals einen Seitensprung gemacht habe. Aber von nun an wird sich das ändern. Du hast mir oft genug erklärt, daß dir meine Nähe unerträglich ist. Ich werde dich in Zukunft nicht mehr berühren, aber ich werde jede sich bietende Gelegenheit ausnützen, mich anderswo schadlos zu halten. Ich halte es für ein Gebot der Fairneß, dich das wissen zu lassen. Du wirst natürlich auch weiterhin die Herrin des Hauses sein. Nach außen hin wird sich nichts ändern. Du kannst also vor dem Dorf und der Stadt dein Gesicht wahren.«
»Du Teufel, das wirst du nicht tun! Was bist du bloß für ein Scheusal!«
»Welche Alternative willst du mir anbieten? Wirst du mir heute nacht etwa großmütig erlauben, mit dir zu schlafen?« Er kam mit raschen Schritten auf das Bett zu, beugte sich vor und fragte eindringlich: »Willst du es mir gestatten? Schön, du kannst dich frei entscheiden. Dann werde ich heute und jeden Abend zu dir kommen, wenn mir der Sinn danach steht. Das erspart es mir, mich nach einer anderen umzusehen, um meine Bedürfnisse zu stillen. Was hältst du davon?«
Immer noch auf den Ellenbogen gestützt, blickte sie zu ihm auf. Ihr Atem ging stoßweise, und es sah ganz so aus, als sei es ihr nicht möglich, zu antworten. Aber dann tat sie es doch, indem sie hervorstieß: »Ich hoffe, daß Gott dich tot umfallen läßt. Und zwar bald!«
Kurze Zeit maßen sie einander mit Blicken, dann drehte

Matthew sich um und lief beinahe aus dem Zimmer. Er durchquerte den Gang, betrat den Raum, in dem er vergangene Nacht geschlafen hatte, schlug die Tür hinter sich zu, hob die Arme über den Kopf, schlang die Hände ineinander und drückte sie fest gegen das rauhe Holz. Als er so dastand, galten seine Gedanken nicht Hanna noch der Zukunft oder der Freiheit, die er sich ab nun herausnehmen würde. Nein, er dachte an den vergangenen Abend. Er sah sich die Peitsche über ihrem nackten Fleisch schwingen, als wäre er nur ein Zuschauer; er hörte sie unter jedem Hieb aufschreien, und er wußte, daß er mit Annes Züchtigung nur einem jahrelang unterdrückten Verlangen nachgegeben hatte. Der Umstand, daß ausgerechnet Hanna seine Emotionen freigelegt hatte, war nichts als Zufall. Eines Tages hätte er so oder so auf Anne losgeschlagen, hätte er auf sie einschlagen müssen, um seinem aufgestauten Widerwillen endlich Ausdruck zu verleihen! Denn das war es vor allem, was er Anne gegenüber empfand: nicht Liebe oder Haß, nur Widerwillen. Selbst als er sich noch eingebildet hatte, sie zu lieben, hatte er ihr gegenüber bereits Widerwillen empfunden.

ZWEITER TEIL

Heimliche Liebe

I

Die bloßen Bretter, auf die Matthew trat, fühlten sich kalt an. Er streckte die Hand nach seinen Kleidungsstükken aus, und während er sich anzog, blickte er die auf dem Bett liegende Frau an. Beim Aufstehen hatte er die Decke etwas zurückgeschlagen, so daß die auf der Seite Liegende bis zu den Oberschenkeln nackt war.

»Weshalb sollte ich dich in einer so wenig wichtigen Angelegenheit belügen?« meinte sie und räkelte sich. »Sie haben sich weder geküßt noch sonstwas. Es war nur die Art, wie sie sich angesehen haben und einander bei den Händen hielten.«

»Wann war das?«

»Oh, im Sommer.«

»Hast du die beiden auch schon früher auf den Hügeln gesehen?«

»Doch, ja. Jetzt, wo du es erwähnst, fällt es mir wieder ein.«

»Mit anderen oder allein?«

»Immer allein. Sie gingen spazieren, plauderten und lachten. Aber weshalb machst du dir Sorgen? Sie wissen genau, wie sie zueinander stehen. Da sie blutsverwandt sind, kann ohnehin nichts daraus werden. Obwohl« – sie drehte sich auf den Rücken, umfaßte mit beiden Händen die Messingstangen ihres Bettes –, »denk nur an Peg Docherty, die auf der andern Seite des Hügels wohnt. Heißt es nicht immer, daß eines ihrer Kinder von ihrem Vater und zwei von ihrem Bruder stammen?« Sie lachte leise. »Fest steht jedenfalls, daß sie nicht von ihrem Mann sind, dazu ist er viel zu häufig auf See. Die Leute warten

ja nur darauf, daß er zurückkommt und ihr die Hölle heiß macht.«
»Sei still, Sally, um Himmels willen! Am besten, man läßt kein Wort darüber verlauten.«
Sein Tonfall veranlaßte sie, rasch einzulenken: »Ich hab es dir nicht erzählt, um dich zu beunruhigen, Matthew. Ich wußte nur nicht, ob du davon weißt.«
Er antwortete nicht, sondern knöpfte sich rasch die Jacke zu. Da erhob sie sich wieselflink und streifte Rock und Miederleibchen über. Sie war kaum angezogen, als er, bereits im Mantel und mit dem Hut in der Hand, vor ihr stand. Wie immer sagte er: »Danke, Sally, danke.«
Und sie erwiderte, gleichfalls wie immer: »Du brauchst mir nicht zu danken, wirklich nicht.«
Seltsamerweise vollzog sich ihr Abschied stets nach denselben Regeln. Als er nach der Brieftasche greifen wollte, hielt sie seinen Arm fest und sagte: »Nein, diesmal nicht. Ich weiß ohnehin nicht, wo ich es verstecken soll; er sieht einfach alles. Außerdem: Was hat es für einen Sinn, wenn ich es nicht ausgeben kann? Die einzige, die davon profitiert, ist meine Schwester. Die genießt's auch und freut sich richtig über unsere Affäre.« Wieder lachte sie.
»Man kann nie wissen, Sally. Eines Tages kannst du es vielleicht brauchen. In einem Notfall oder so.«
»Nun, wenn ich jemals was brauchen sollte, dann hoffe ich, daß du für mich dasein wirst.«
»Ich werde dasein, Sally.«
Sie berührte zärtlich seine Wange, lehnte sich an ihn an und fragte:
»Mach ich dich glücklich, Matthew?«
»Glücklicher als ich je im Leben gewesen bin, Sally.«
»Dafür will ich dem Schicksal danken.« Sie spielte mit seinem Revers und sagte leise: »Es ist möglich, daß es diesmal vierzehn Tage dauert, bis er wieder fort ist. Aber du kannst es ja an den Steinen ablesen, ich sorg schon dafür.«
Er kniff sie liebevoll in die Wange, küßte sie sanft, nickte ihr zu, schlug seinen Mantelkragen hoch, durchquerte

Zimmer und Küche des Häuschens und trat in die dunkle Nacht hinaus.
Nachdem er das im Schutz einiger Büsche zurückgelassene Pferd losgebunden hatte, führte er es auf einem schmalen Seitenpfad bis zur breiten Forststraße, ohne dabei besonders behutsam vorzugehen, denn dieser Weg war ihm so vertraut, daß er jeden einzelnen Stein kannte. Dann zündete er die am Sattelknauf hängende Laterne an, stieg in den Sattel und ritt die Hauptstraße hinunter.
Die Nacht war schneidend kalt; es roch nach Schnee. Der Atem des Pferdes trieb wie ein Nebelschleier durch das flackernde Licht. Es wieherte laut, denn es fror und war hungrig. Matthew veranlaßte es zu einem gemächlichen Trab. Er mußte eine Menge überlegen, ehe er zu Hause eintraf. John und Hanna! So verrückt konnte der Junge doch nicht sein. Allerdings war er mitten in den stürmischsten Jahren seiner Jugend, und ein Mädchen wie Hanna war sehr wohl imstande, einem Burschen das Blut in Wallung zu bringen, schon gar, wenn er zum ersten Mal in seinem Leben Verlangen empfand. Er mußte mit ihm reden. Aber wie sollte er es am besten anfangen? Nun, vielleicht gelang es ihm, Johns Interesse auf Pansy Everton zu lenken. Zwar waren die beiden erst einige Male miteinander ausgeritten, und wenn es nach ihm ginge, würde er für seinen Sohn höchstwahrscheinlich eine andere Frau als gerade Pansy Everton wünschen – aber Anne würde sie als Schwiegertochter sicherlich willkommen sein. Sie stammte zwar aus einer bäuerlichen Familie, aber es waren wohlhabende Großgrundbesitzer; sie hatten ihre einzige Tochter auf dieselbe Schule geschickt, auf die auch Margaret und Hanna gingen. Außerdem würde sie eines Tages einmal den ganzen Besitz übernehmen, und er mußte zugeben, daß der im schönsten Teil von Riding Mill liegende Mulberry-Hof ein stattliches Erbe darstellte. In diesem Punkt hätte es John bedeutend schlechter treffen können. Wenn das, was Sally vorhin angedeutet hatte, stimmte, wäre es das be-

ste, so rasch wie möglich eine Verlobung der beiden anzustreben. Nur – wie sollte er die Sache am besten einfädeln?
Das Pferd wieherte erneut, und Matthew fröstelte, als die ersten Schneeflocken sein Gesicht berührten. Mitte November kam das natürlich nicht überraschend. Die Wettervorhersagen hatten einen harten Winter prophezeit; manche Leute behaupteten, daß er ähnlich streng wie der von 1853 werden würde. Damals hatte es verheerende Schneestürme in der Gegend gegeben. In jenem Jahr hatte ein junger Arbeiter aus dem Steinbruch am Kilhope Head sogar sein Leben verloren. Für Matthew hatte der harte Winter allerdings nur Gutes gebracht...
Als er eines Nachts aus dem Bergwerk heimgeritten war, hatte er Hilfeschreie vom Fluß herauf gehört. Die Tage zuvor hatte Tauwetter geherrscht, Eisschollen waren den Fluß hinabgetrieben. Aber an jenem Tag hatte wieder scharfer Frost eingesetzt. Sicher hatte jemand leichtsinnigerweise versucht, über die Steine ans andere Ufer zu gelangen, statt die Brücke weiter oben zu benützen, und war dabei in den Fluß gestürzt. Dieser Vorfall mußte sich eben erst ereignet haben, denn in dem eiskalten Wasser würde nach kurzer Zeit kein Mensch imstande sein, derart laut um Hilfe zu rufen. Also war höchste Eile geboten!
Matthew galoppierte zum Flußufer hinunter und sah in der Dämmerung, daß das Opfer eine junge Frau war, die halb im Wasser hing, während sie sich an der Böschung anzuklammern versuchte.
Vorsichtig tastete er sich zu ihr hin, ergriff ihre Hände und zog sie ans Ufer. Vor Kälte und Schrecken zitterte sie derart, daß sie kein Wort herausbrachte. »Wo sind Sie daheim?« fragte er sie.
Noch immer unfähig zu antworten, deutete sie in Richtung Sinderhope und stammelte schließlich: »Lode Cottage... Sinderhope Way.«
Bis Sinderhope waren es gute zwei Meilen. Matthew war schon oft dort gewesen, konnte sich jedoch nicht daran erinnern, sie jemals zuvor gesehen zu haben.

»Ist es weit vom Dorf entfernt?« hatte er sie gefragt, und sie hatte genickt und geantwortet: »Ja, eine ganz schöne Strecke.«

»Kommen Sie.« Er nahm sie an der Hand, lief mit ihr zu seinem ungeduldig stampfenden Pferd, hob sie in den Sattel und stieg selbst auf. Das Tier zu einem raschen Trab anspornend, rief er ihr zu: »Den Weg müssen Sie mir zeigen, es wird schon finster.«

Als sie endlich vor der ziemlich abgelegenen Hütte anlangten, war sie vor Kälte derart steif, daß sie nicht ohne Hilfe absteigen konnte. Matthew hob sie herunter und führte sie an die Haustür. Dort bückte sie sich zu dem großen Stein, der offensichtlich als Schuhabstreifer diente, und holte darunter einen Schlüssel hervor. Drinnen angelangt, sah er, daß das Häuschen ziemlich klein, aber sauber und bequem eingerichtet war. Nach den Umrissen zu schließen, umfaßte es sicher nicht mehr als zwei Räume im Erdgeschoß und ein Mansardenstübchen unterm Dach. Das Feuer war beinahe heruntergebrannt; Matthew brachte mit dem an der Wand lehnenden Blasebalg die Asche wieder zum Glühen und legte neues Holz auf. Anschließend drehte er sich um und bemerkte, daß sie einen heftigen Schüttelfrost hatte, denn sie konnte sich mit den bebenden Fingern nicht einmal den Mantel aufknöpfen.

Er schob ihre Hände beiseite und tat es an ihrer Statt.

»Wo ist Ihr Mann?« fragte er sie. »Arbeitet er im Bergwerk?«

Sie schüttelte den Kopf: »Er ist... Viehtreiber und... auf dem Markt... in Newcastle.«

»In Newcastle? Das ist ganz schön weit.« Als sie nur nickte, meinte er: »Ich glaube, es wird am besten sein, wenn Sie gleich zu Bett gehen.«

Nun unternahm sie nicht einmal mehr den Versuch zu antworten. Plötzlich verlor sie das Gleichgewicht und stürzte mit geschlossenen Augen zu Boden.

Matthew eilte in das angrenzende Zimmer, nahm eine Stepp- und eine Flanelldecke vom Bett, kehrte damit zurück und versuchte, ihr die nassen Sachen auszuziehen. Sie trug eine gestreifte Bluse, einen groben Sergerock und zwei wollene Unterröcke. Darunter hatte sie ein Baumwollhemd an, jedoch keine Beinkleider. Wie die Frauen es hierzulande taten, hatte sie die Enden ihrer schwarzen Strümpfe jeweils zu einem Knoten geschlungen, den sie in das heruntergerollte Oberteil gesteckt hatte.

Sie erwachte aus ihrer Ohnmacht, als er gerade dabei war, ihr das Hemd auszuziehen, wehrte seine Hände jedoch nicht ab. Sie lag nur da und beobachtete, wie er sie rasch und geschickt erst in die Stepp- und dann in die Flanelldecke einwickelte. Als er damit fertig war, sah er sie an und sagte: »Schon besser, wie?«

»Ja, o ja«, erwiderte sie. Ihre volle und tiefe Stimme war ihm ebenso angenehm wie der Anblick ihres Körpers, der seine Sinne erregte.

Er holte nun aus seinem achtlos über den nächstbesten Stuhl gelegten Mantel eine Whiskyflasche, die er in einer Gewohnheit, die er in den letzten paar Jahren angenommen hatte, stets mit sich trug. Vom überm Kamin befindlichen Regal nahm er ein Glas, schenkte tüchtig ein und füllte es dann bis zum Rand mit dem warmen Wasser aus dem am Kaminabsatz abgestellten Kessel. Dann beugte er sich über sie, stützte ihr mit einer Hand den Kopf und hielt ihr mit der andern das Glas an die Lippen.

Ohne Murren trank sie es aus.

Nachdem er sich selbst die gleiche Mischung zubereitet und getrunken hatte, kauerte er sich neben sie hin und fragte: »Wie heißen Sie?«

»Sally Warrington«, erwiderte sie.

»Ich habe Sie noch nie gesehen. Weder auf dem Markt noch sonstwo.«

»Ich gehe nur selten hinunter«, erklärte sie. »Bill bringt alles mit, was wir brauchen.«

»Wann wird er wieder nach Hause kommen?«

»Heute abend auf keinen Fall mehr«, sagte sie. »Vielleicht morgen gegen Abend.« Sie wechselten einen stummen Blick.

»Wie alt sind Sie?« fragte er dann, und sie erwiderte: »Bald achtundzwanzig.«
»Haben Sie keine Kinder?« Er blickte sich forschend um, und sie schüttelte nur den Kopf.
»Sind Sie schon lange verheiratet?«
»Seit meinem sechzehnten Lebensjahr.«
»So lange schon!« staunte er. Wie sie so dalag, sah sie kaum älter als sechzehn aus; ihr Körper wirkte immer noch straff und fest. In den letzten Jahren hatte er mit mehreren Frauen zu tun gehabt, käuflichen Frauen aus den Hintergassen von Hexham, das war alles.
Er war nun vierzig Jahre alt und immer öfter von großer Unruhe erfüllt. Mittlerweile hatte er begonnen, jene Männer zu verstehen, die eines Tages auf und davon gegangen waren. Sie entschlossen sich irgendwann dazu, Haus und Hof zu verlassen, und wurden nie mehr gesehen.
Er stand auf und sagte: »Ich werde mich jetzt lieber auf den Weg machen. Glauben Sie, wieder allein zurecht zu kommen?«
Sie antwortete nicht, sondern blickte ihn nur weiterhin unverwandt an.
»Fürchten Sie sich nicht, allein zu sein?«
»Nein«, sagte sie kopfschüttelnd. »Daran bin ich gewöhnt. Ich bin ja fast immer allein. Mein Mann zieht mit dem Vieh durch die ganze Grafschaft. Einmal bringt er es nach Schottland, dann kauft er wieder neues in Hexham oder Newcastle zusammen. Oft gehen sie auch gemeinsam, die Viehtreiber, meine ich. Sie haben es lieber, wenn sie in Gesellschaft sind.«
»Kommen Sie sich nicht einsam vor?«
»Doch, einsam fühle ich mich schon.«
Als er sah, daß sie abermals fröstelte, sagte er rasch: »Ich bringe Ihnen noch einen Schluck.« Nachdem er es getan und sie getrunken hatte, beugte er sich näher zu ihr und fragte leise: »Möchten Sie, daß ich noch ein bißchen bleibe?«
»Das würde mich freuen«, meinte sie schlicht.

So hatte es angefangen. Und seit nunmehr fünf Jahren machte sie ihn ebenso glücklich wie er sie. Und keine Menschenseele wußte von ihrem Verhältnis.
Als er an der breiten Steinmauer mit der zerbrochenen Gittertür vorbeikam, hielt er sekundenlang inne. Rechts davon befanden sich einige lockere Steine. Die Art und Weise, wie sie angeordnet waren, bedeutete für ihn stets das verläßliche Zeichen, ob er zu ihr kommen oder weiterreiten sollte.
Es war alles ganz leicht gewesen, denn Anne konnte ihm wegen seines Kommens und Gehens keine Fragen stellen; sie besaß keine Macht mehr über ihn. In gewisser Weise war sie wie eine unbezahlte Haushälterin, die ihre Pflicht erfüllte und dafür Unterkunft, Verpflegung und zwei Kleider sowie zwei neue Häubchen pro Jahr erhielt, abgesehen von den Freifahrten nach Hexham, wann immer sie dort Einkäufe zu machen wünschte. Daß sie im Beisein anderer sich höflicher Kommunikation mit ihm befleißigte, geschah, wie er wußte, nur deshalb, weil sie es nicht ertragen hätte, ihre wahre Lage vor dem Dorf oder der Stadt offen darzulegen. Er glaubte jedoch zu wissen, daß sie sich in dieser Hinsicht täuschte, denn die Tatsache, daß sie seit Jahren getrennte Schlafzimmer benützten, war sicher längst kein wohlgehütetes Geheimnis mehr. So loyal ihr Hauspersonal auch sein mochte, bestimmt hatte es gewisse Anspielungen gegeben, besonders dann, wenn die Kinder von der Schule daheim waren; denn da war es Hanna gestattet, ungehindert herumzustreifen, während die anderen der strengen Aufsicht ihrer Mutter unterstellt waren.
Inzwischen war John zwanzig und ein vielversprechender Ingenieur, während der achtzehnjährige Robert bereits seit vier Jahren im Bergwerksbüro in Allenheads ein Praktikum absolvierte. Die beiden konnte man nicht mehr wie Schuljungen behandeln.
Auch die nun neunzehnjährige Margaret ging inzwischen ihre eigenen Wege. Sie legte größten Wert auf Selbständigkeit, was sie dadurch unter Beweis stellte, daß sie

in aller Öffentlichkeit verkündete, einen jungen Bankangestellten aus Hexham heiraten zu wollen. Jedermann wußte, was so ein junger Bankangesteller verdiente: kaum genug, um Leib und Seele zusammenzuhalten. Dennoch hatte Matthew offen mit ihr gesprochen und ihr gesagt, wenn der junge Mann zu ihm kommen und sein Anliegen ehrlich erklären würde, wolle er sich die Sache überlegen.

Blieb noch Beatrice; wie Matthew befürchtet hatte, war sie das unbeliebteste seiner Kinder – zumindest in seinen Augen – denn sie geriet ganz und gar ihrer Mutter nach. Auch sie hatte im vergangenen Jahr die Schule verlassen, die nun bloß mehr Hanna besuchte. Unter normalen Umständen wäre sie zwar nach dem Ostersemester ausgetreten, aber bei Hanna gab es keine normalen Umstände. Die Vorstellung, was ihr bevorstünde, wenn sie und Anne den ganzen Tag beisammensein würden, hatte Matthew veranlaßt, dafür zu sorgen, daß Hanna noch ein weiteres Jahr auf dem Internat bleiben konnte. Er hatte gehört, daß sie sehr gut Klavier spiele und über eine ausnehmend schöne Singstimme verfüge, aber er hatte sich noch nicht selbst davon überzeugen können. Daheim sang sie niemals, und auch ihr Klavierspiel hatte er erst ein einziges Mal gehört.

Anne benahm sich Hanna gegenüber einfach skandalös. Auch wenn sie beide sich im selben Raum aufhielten, tat sie, als wäre Hanna überhaupt nicht da; sie schien Luft für sie zu sein. Noch nie hatte er gesehen oder gehört, daß Anne sich direkt an Hanna gewandt hätte. War sie tatsächlich gezwungen, mit ihr zu sprechen, geschah es stets in der dritten Person; dann redete sie von ›dem Mädchen‹. »Sag ›dem Mädchen‹«, forderte sie zum Beispiel Tessie auf, »daß es um die und die Zeit fertig zu sein hat.« »Sag ›dem Mädchen‹«, sagte sie zu Margaret, »daß es nicht unausgesetzt schwatzen soll, wenn es hinter mir geht.«

»Du gehst mir mit ›dem Mädchen‹ nicht auf die Hügel«, hatte sie schon unzählige Male Robert gemahnt. Dieser

merkwürdig entschlossene Junge hatte sie nur angesehen und erwidert: »Ist gut, Mama.« Dann war er aus dem Haus gelaufen, hatte sich mit Hanna getroffen, und die beiden waren über Moor und Hügel gestreift.
Nur einmal hatte Matthew gesehen, wie Anne die Nerven verloren hatte. Das war, als sie John zur Tür hinausgeschoben hatte mit den Worten: »›Das Mädchen‹ ist wieder mal ausgegangen. Sag ihr gefälligst, daß es ihr verboten ist, auch nur in die Nähe des Pele-Hauses zu gehen!«
Wie ein Mensch imstande war, einen derartigen Haß über Jahre hinweg aufrechtzuerhalten, blieb Matthew unverständlich. Vor allem, wenn es sich um ein so warmherziges Geschöpf wie Hanna handelte, die auf jede noch so geringe Freundlichkeit mit überströmender Dankbarkeit reagierte. Wie hatte Bella sich doch einmal ausgedrückt? »Sie gehört zu jenen Menschen, die einem selbst das letzte Hemd geben würden, wenn sie annehmen müßten, daß es einem hilft.« Ob Hanna auch jener Frau das letzte Hemd geben würde, die sie von dem Tag an, an dem sie sie ausgepeitscht hatte, völlig ignorierte. Was dachte Hanna wohl über Anne? Er wußte es nicht, aber so großzügig sie auch von Natur aus war, schien es ihm doch unmöglich, daß sie für die ›Missis‹, wie sie Anne stets nannte, etwas anderes als Widerwillen empfand. Merkwürdigerweise redete sie ihn auf dieselbe förmliche Weise an; nie sagte sie anders als ›Mister‹ zu ihm. Und doch konnte sie mehr Gefühl, mehr Liebe in dieses eine Wort legen als die andern Kinder in die Anrede ›Papa‹.
Was sollte er mit Hanna anfangen? Eines konnte er unter keinen Umständen zulassen, nämlich daß sich zwischen ihr und John etwas anderes als geschwisterliche Liebe entwickelte. Das wäre reiner Wahnsinn – von seiten Johns noch mehr, da er vier Jahre älter als sie war.
Es gab nun drei Pferde im Stall, und das Schnauben aus den Boxen sagte Matthew, daß sowohl John als auch Robert bereits heimgekehrt waren.

Ein paar Minuten später betrat er die Küche und ging, nachdem er dort wie üblich Jacke und Stiefel abgelegt hatte – er war wieder zu der alten Regel zurückgekehrt, da er es selbst liebte, sich frisch zu machen, ehe er seiner Familie gegenübertrat –, ins Eßzimmer. Dort war bereits alles versammelt.

»Hallo, ich bin ein bißchen spät dran«, begrüßte er die Runde.

»Ist dir sehr kalt, Papa?«

Er drehte sich zu seiner großen, nicht sonderlich hübschen Tochter um und beantwortete ihr reizloses Lächeln. »Innen und außen steifgefroren«, meinte er, rieb sich die Hände und hielt sie über die hell lodernden Flammen. Er hatte weder seiner Frau Beachtung geschenkt noch sie ihm.

Nach einer Weile sagte Matthew: »Also, gehen wir zu Tisch.« Dann nahm er seinen Platz am oberen, Anne den ihren am unteren Ende der Tafel ein; John und Robert setzten sich auf der einen, Margaret und Betsy auf der anderen Seite zwischen sie.

Betsy, die ebenso wie ihre Mutter während der Mahlzeiten ziemlich schweigsam war, sprach heute kein einziges Wort. Ihre Blicke flogen jedoch zwischen den gerade Redenden ständig hin und her, als wolle sie sich im nächsten Moment einmengen oder sogar das Gespräch an sich reißen; aber sie hielt sich zurück.

»Ich werde morgen ›Price‹ beschlagen lassen müssen, Papa.«

»Es ist doch noch gar nicht lange her, seit du's getan hast.«

»Ich weiß, aber er ist ein richtiger Springinsfeld. Er scheint es gern zu mögen, wenn unter seinen Hufen Funken stieben, deshalb jagt er immer wie der Teufel los.«

»Du solltest darauf bestehen, daß Mr. Buckman sich selbst damit befaßt. – Die Jungen haben anscheinend noch nicht genügend Erfahrung.«

»Ach Mama!« Robert setzte eine verächtliche Miene auf. »Die machen es, seit sie krabbeln können. Wenn sie jetzt

noch nicht imstande sind, ein Pferd zu beschlagen, werden sie es nie lernen.«
»Keiner kann seine Arbeit anständig leisten, wenn er betrunken ist. Die beiden trinken immer über den Durst.«
»Kann ich noch Kartoffeln haben, Mama?« fragte John statt jeder Antwort und reichte seiner Mutter den Teller. Dann wandte er sich wieder an seinen Vater und sagte: »Es würde mich nicht wundern, wenn wir morgen Schnee bekämen.«
»Es hat bereits angefangen zu schneien, als ich heimkam.«
»Ich hoffe, daß es weiße Weihnachten gibt, damit wir ordentlich Schlitten fahren können.« Margaret lächelte ihrem Bruder über den Tisch hinweg zu. »Erinnerst du dich, wie wir letztes Jahr über den Graben geschossen sind?«
Als die Burschen hell auflachten, sagte Anne in rügendem Tonfall: »Das mag alles sehr aufregend sein, aber denkt daran, daß man sich dabei sämtliche Knochen brechen und sein Leben lang ein Krüppel bleiben kann.«
»Ach Unsinn!« Robert winkte ungeduldig ab. »Du mußt auch immer den Teufel an die Wand malen, Mama.«
Matthew tat so, als wäre er vollauf mit seiner Mahlzeit beschäftigt. Hätten Anne und er so miteinander gelebt, wie Mann und Frau miteinander leben sollten, dann hätte er Robert jetzt zur Ordnung gerufen und ihm verboten, derart mit seiner Mutter zu reden. Aber die Erziehung der Kinder hatte er ganz und gar ihr überlassen, und wenn die Jungen ihrer Mutter gegenüber einen wenig ehrerbietigen Ton anschlugen, mußte diese Erziehung eben Mängel aufweisen. Robert war überdies von Kind auf rebellisch und kaum zu bändigen gewesen; es lag auf der Hand, daß es zwischen ihm und Anne folglich genügend Reibereien gab.
John war in diesem Punkt anders. Er war fügsam und tat alles, um den Frieden zu wahren. Margaret hingegen stellte in ihrem Charakter so etwas wie eine Mischung aus Robert und John dar. Sie war für Frieden, aber nicht

um jeden Preis. Margaret würde immer an ihren Überzeugungen festhalten, Betsy wiederum war einfach ein Ebenbild ihrer Mutter, sowohl innerlich wie äußerlich – obwohl Matthew fand, daß man das Wort ›einfach‹ auf jeden andern Menschen eher anwenden konnte als auf Anne. Sie war weder einfach noch rein, wenn ihre Unreinheit auch mehr geistig als körperlich war.
Nachdem das Mahl beendet war, stand Matthew auf und sagte: »Ich möchte mit dir reden, John.«
»Ja, Papa.«
Das war auch so etwas, was ihm mißfiel. Er wäre bedeutend lieber mit ›Vater‹ angesprochen worden. ›Papa‹ schien ihm aus dem Mund des großen, blonden jungen Mannes fehl am Platz zu sein. Aber höchstwahrscheinlich war er der einzige im Haus, der so dachte, denn sie waren alle derart an diese Anrede gewöhnt, daß er sich nicht vorstellen konnte, daß auch nur einer von ihnen daran einen Gedanken verschwendete.
In seinem Arbeitszimmer angelangt, nahm er hinter dem Schreibtisch Platz, während John sich auf den Stuhl davor setzte. Nachdem sie einander kurz abschätzend angesehen hatten, sagte Matthew: »Du bist jetzt zwanzig, John. Ich kann es gar nicht glauben. Es gibt mir das Gefühl, ein alter Mann zu sein.«
»Nun, das nimmt dir keiner ab, Papa. Du siehst für dein Alter sehr gut aus.«
Diese Antwort sollte wohl eine Art Beruhigung darstellen, dachte Matthew und grinste in sich hinein. John fügte rasch hinzu: »Was ich damit sagen wollte, ist...«
»Ich weiß schon, was du damit sagen wolltest, John«, unterbrach Matthew seinen Sohn. »Aber es hat keinen Sinn, sich vor Tatsachen zu verschließen. Ich werde in diesem Jahr fünfundvierzig, und wenn man einmal dieses Alter erreicht hat, ist es nur mehr ein Sprung bis zum fünfzigsten, ein Schritt zum sechzigsten und ein Stolperer zum siebzigsten.«
»Aber Papa!«
»Es ist wahr, Junge, das Leben saust nur so dahin, wenn

man erst einmal vierzig Jahre auf dem Buckel hat. Es ist, als wollte es einem zu verstehen geben: Nun, du hast deine Aufgabe erfüllt. Du hast geheiratet, Kinder in die Welt gesetzt, wozu brauchst du jetzt noch Zeit? Apropos Kinder.« Er befeuchtete sich die Lippen, legte die Unterarme auf die Schreibtischplatte, beugte sich leicht vor und fragte: »Wie steht's mit dir, John. Hast du schon ans Heiraten gedacht?«

»Ans Heiraten, Papa?«

Matthew sah, wie sein Sohn rot wurde, sogar bis zum Haaransatz. Oder spielte ihm das künstliche Licht einen Streich?

»Jawohl, ans Heiraten. Du hast doch schon mal davon gehört, wie?« Er schnitt ein Gesicht.

John räusperte sich und rieb die Knöchel der einen an der Innenfläche der andern Hand. Dann sagte er leise: »Ich... ich habe mir noch nicht den Kopf darüber zerbrochen, ehrlich gesagt.«

»Nein? Und was ist mit Pansy Everton? Ihr habt euch doch im vergangenen Jahr mehrmals getroffen, nicht?«

»Dann und wann.«

»Magst du sie?«

»Ja, schon. Sie ist ein sehr nettes Mädchen.«

»Aber?«

»Wie meinst du?«

»Ich meine, ans Heiraten hast du nicht gedacht, als du ihr den Hof machtest?«

»Den Hof gemacht? Aber Papa! Ich hab ihr nie...«

»John, du weißt ebensogut wie ich, daß es darauf hinausläuft, wenn ein junger Mann mehrmals mit demselben Mädchen ausgeht. Falls du meine Meinung hören willst: Du könntest es bedeutend schlechter treffen! Natürlich hängt letztlich alles von dir ab. Ich wollte es nur einmal erwähnen, um zu sehen, woher der Wind weht. Und um zu erfahren, ob wenigstens einer in der Familie die Absicht hat, Mutter zufriedenzustellen, was die Wahl des Partners betrifft. Denn wie ich mir vorstellen kann, wird dies bei Margaret nicht der Fall sein. Und daß Robert garantiert seine eigenen Wege gehen wird, wissen wir wohl alle – ob er sich nun eine Kellnerin oder eine Baronesse in den Kopf setzt. Bleiben also nur Betsy und Hanna übrig. Betsy dürfte aller Voraussicht nach das tun, was ihre Mutter wünscht, aber Hanna...« Er senkte langsam den Kopf. »Ich werde mich wohl selbst nach einem passenden Freier für Hanna umsehen müssen. Und ich habe auch schon jemanden im Auge. Er lebt in recht guten Verhältnissen, ist Rechtsanwalt, allerdings ein bißchen älter als sie, aber das erscheint mir nur günstig.«

Matthew wurde von Mitleid ergriffen, als er seinen Sohn ansah. Dessen sonst so gesunde Hautfarbe verwandelte sich urplötzlich in ein kreidiges Weiß. Seine hellgrauen Augen wirkten mit einemmal dunkel, und die wohlgeformten Lippen, die eher zu einer Frau als zu einem Mann gepaßt hätten, begannen unkontrolliert zu beben. Aber dieses Thema mußte nun durchdiskutiert werden.

»Du scheinst von den Heiratsaussichten deiner Schwester nicht gerade begeistert zu sein. Ich hätte gedacht, daß du über eine solche Partie froh sein würdest.«

»Ich nehme an, daß du Mr. Walters meinst, Papa. Den... den halte ich für keine gute Partie. Er ist ja doppelt so alt wie sie. Außerdem war er bereits verheiratet. Seine Frau ist doch erst vor kurzem gestorben.«

»Das ist mir alles bekannt, John, aber du wirst schon zugeben müssen, daß ich am besten weiß, was gut für Hanna ist. Ich brauche dir wohl nicht erst zu sagen, wie sich ihr Leben gestalten würde, wenn sie es in diesem Haus verbringen müßte, nicht? Die Situation bedarf also keiner näheren Erklärung. Es wird folglich zu ihrem eigenen Nutz und Frommen sein, wenn sie so rasch wie möglich aus dem Hause kommt. Und ich werde nicht eher Ruhe geben, bis ich sie gut verheiratet weiß. In der Hauptsache geht es mir bei unserem heutigen Gespräch jedoch darum, dir deutlich zu machen, daß ich Miß Everton als Schwiegertochter willkommen heißen würde. Ich hielte es für klug, wenn du dich ihr bald erklärtest – ehe noch ein anderer ihren Wert erkennt und dir zuvor-

kommt. Denn sie ist meiner Meinung nach ein überaus anziehendes Mädchen.«
John erwiderte nichts, sondern starrte seinen Vater nur eine Weile fassungslos an. Dann sprang er auf und eilte ohne jeglichen Kommentar aus dem Zimmer.
Matthew lockerte sich bekümmert aufseufzend den Kragen. Sally hatte also recht gehabt. Mein Gott, was für eine Geschichte! Nun, eines stand fest: Er mußte dafür sorgen, daß entweder er oder sie unter die Haube kam – je früher, desto besser. Die Sache mit John war aussichtsreicher, denn bei der Anspielung auf Arthur Walters handelte es sich um ein bloßes Wunschdenken: Hanna und der Anwalt waren einander bisher nur ein paarmal begegnet; zum letztenmal im Sommer auf dem Hauptplatz in Hexham. Er und John hatten im Wagen auf Hanna gewartet, die gerade mit Margaret im Kurzwarenladen verschwunden war, um Bänder, Spangen und all die Dinge einzukaufen, die Frauen nun einmal brauchen. In diesem Moment kam der Anwalt des Wegs und blieb auf einen Schwatz beim Wagen stehen. Als die Mädchen aus dem Laden traten, bemerkte Matthew, welch bewundernde Blicke Arthur Walters Hanna zuwarf.
Nun, die meisten Männer sahen Hanna bewundernd an. Weshalb hatte er sich dann insgeheim für Walters entschieden? Weil der Anwalt, so sagte er sich, ganz bestimmt eine gute Partie war. Abgesehen davon, daß er ihm sympathisch war, stammte er aus angesehenem Haus, besaß eine florierende Kanzlei, war vor kurzem Witwer geworden und hatte sich erst eine Woche zuvor – abermals in Anwesenheit von John – angelegentlich nach Hanna erkundigt.
Gleichviel, wenn es nicht Walters war, mußte es eben ein anderer sein, und zwar bald. Sonst würde es in seinem Haus unversehens zu Unannehmlichkeiten kommen, die alle bisherigen garantiert weit in den Schatten stellten. Im Grunde genommen mußte er für eines dankbar sein, sagte sich Matthew: Seit Margaret die Schule verlassen hatte, war Hanna nur mehr in den Ferien zu Hau-

se. Folglich konnte sich die Affäre – falls es eine solche zwischen ihr und John überhaupt gab – noch nicht sehr weit entwickelt haben.

Hannas Verbleiben an der Schule basierte auf einem Vorschlag Annes, den er ohne Zögern aufgegriffen hatte. Nicht, weil er seiner Frau auch nur den mindesten Gefallen erweisen wollte, sondern weil es ihm die allwöchentliche und im Winter strapaziöse Fahrt nach Hexham ersparte, um Hanna abzuholen.

2

»Wiedersehen, Miß Barrington.«
»Wiedersehen, Miß Rowntree.«
»Wiedersehen, Miß Emily.«
»Wiedersehen, meine Liebe.«
»Wiedersehen, Hanna.«
»Wiedersehen, Kind.«

Emily Barrington stopfte die Decke fest, blickte zu der in der Kutsche sitzenden Hanna auf und sagte: »Gib acht, daß du dich nicht erkältest, und grüße Margaret und deine Familie schön von mir.«

»Wird gemacht, Miß Emily, wird gemacht. Frohe Weihnachten!«

Ein Zuruf des Kutschers veranlaßte Emily Barrington, rasch zurückzutreten; der Hausknecht des Gasthofs schloß den Wagenschlag, und schon fuhren sie los. Hanna machte es sich bequem und lächelte den fünf Mitreisenden zu; diese lächelten zurück. Dann schloß sie die Augen.

War das nicht nett von den Schwestern Barrington und Miß Rowntree gewesen, sie bis an die Kutsche zu begleiten? Trotzdem hätte sie Weihnachten am liebsten mit ihren Lehrerinnen verbracht, denn sie war stets gerne zur Schule gegangen. Sie wußte natürlich, daß sich ihre Lehrerinnen über ihre auffallende Liebe zur Schule und ihren offenkundigen Lerneifer wunderten, obgleich es Fächer gab, die sie nicht begriff, wie höhere Arithmetik oder die Grundlagen der Biologie; auch in der französischen Sprache war sie absolut keine Leuchte gewesen, aber das machte sie durch ihre Geschicklichkeit in

Handarbeiten und in der Haushaltführung sowie durch ihre Begabung im Klavierspielen wett.
Aber ihre geliebten Lehrerinnen ahnten nicht, daß ihre Liebe zur Schule vor allem von der Erleichterung herrührte, nicht ständig im Haus ihres Vaters leben zu müssen. Nicht, daß sie ihren Vater nicht gemocht hätte. Sie hielt ihn sogar für einen großartigen Menschen. Auch wenn sie ihn weiterhin mit ›Mister‹ anredete – in Gedanken war er für sie der Vater ... Es war die ›Missis‹, seine Frau, mit der zu leben sie einfach unerträglich fand. Diese Frau hatte in all den Jahren kein einziges Mal das Wort an sie gerichtet und selbst den Salatbeeten mehr Aufmerksamkeit geschenkt als ihr.
Während der letzten beiden Jahre hatte Hanna aufgehört, sich vor ihr zu fürchten, aber nun ertappte sie sich immer öfter dabei, wie sie darum betete, die einstige Furcht möge sich nicht in Haß verwandeln. So hatte sie erst in den Sommerferien bei einer bestimmten Gelegenheit den schrecklichen Wunsch verspürt, auf diese Frau loszustürzen, sie bei den Armen zu packen und ihr ins Gesicht zu schreien: Ich hab nicht darum gebeten, in Ihr Haus zu kommen! Ich bin hergebracht worden. Schließlich und endlich ist er mein Vater, und ich bin seine Tochter und habe somit das Recht, wie ein Mensch behandelt zu werden! Eines war ihr jedoch klar: Selbst wenn sie tapfer genug gewesen wäre, Anne endlich gehörig die Meinung zu sagen, wäre die bloß aufgestanden, hätte sich das Kleid glattgestrichen und dabei durch sie hindurchgesehen und wäre wortlos aus dem Zimmer gegangen.
Wie konnte ein Mensch nur so grausam sein? Das Auspeitschen von damals hätte sie ihr noch vergeben können, aber nicht diese jahrelange Mißachtung. Was würde geschehen, wenn sie im Frühjahr die Schule auf immer verließ? Der Gedanke daran, daß sie dann ständig in der Nähe dieser Frau würde leben müssen, erweckte die schlimmsten Alpträume in ihr. Die einzige Möglichkeit, einem solchen Schicksal zu entkommen, wäre eine Hei-

rat gewesen. Aber sie würde niemals heiraten – nie und nimmer! Es gab ein fest verriegeltes Tor, das diese Flucht unmöglich machte.
Oh, John, John…!
Wann hatten sie zum ersten Mal ihre gegenseitige Liebe entdeckt? Im Frühling war es gewesen, auf einem gemeinsamen Spaziergang; als sie am Ufer ausgeglitten war und er sie aufgefangen hatte. Lachend hatte sie sich an ihn angelehnt, da hatte er sie plötzlich mit beiden Armen umschlungen und sie hatten einander tief in die Augen gesehen. Im Grunde wußte sie seit Jahren, daß ihr Herz ihm gehörte. Selbst als sie noch ein Kind gewesen war, war ihr erster Gedanke, wenn sie zu den Wochenenden heimkam: Ich werde John sehen.
Nicht, daß sie Robert nicht gemocht hätte. Sie mochte ihn sogar sehr. Er war immer gut zu ihr gewesen, hatte sie stets verteidigt, wenn es nötig war, häufiger als John. Dieser hatte sich nie offen für sie eingesetzt, seiner Mutter ihrethalben niemals Trotz geboten. Aber John hatte eben ein sanftes Naturell. Er haßte es, jemandem weh zu tun, selbst seiner Mutter, obwohl auch er ihre Rachsucht und ihr schikanöses Verhalten verurteilte.
Wie würde es zwischen ihr und John weitergehen? Sie wußte es nicht, sie spürte nur, daß sie sterben würde, wenn er sie nicht bald küßte. Sie träumte ständig davon, von ihm geküßt zu werden. An jenem Tag beim Heuschober hätte er es beinahe getan. Leider war in diesem Moment eine Frau auf dem Hügel aufgetaucht und hatte sie gestört. Aber wenn der Schnee liegenblieb – und alles deutete darauf hin – und sie Schlitten fahren konnten, dann würde es vielleicht endlich dazu kommen. Bestimmt würde er es tun.
Sie schlug die Augen auf und sah durchs bereifte Wagenfenster. Die Stadt lag inzwischen hinter ihnen, aber nach dem langsamen Fahrtempo zu schließen, hatten die Pferde Mühe, weiterzukommen. Dieser Gedanke schien auch die übrigen Reisenden zu beschäftigen, denn sie sprachen über ihre Chancen, wann und ob sie Hal-

twhistle wohl erreichten. Ein Pessimist meinte sogar, daß sie höchstens bis Haydon Bridge gelangen würden. Und der Mann sollte recht behalten. Die Kutsche hatte bereits über eine halbe Stunde Verspätung, als sie endlich in Haydon Bridge einfuhren. Von dem Wagen, der sie hier aufnehmen sollte, war weit und breit nichts zu sehen. Wahrscheinlich waren die Nebenstraßen hinter Langley und in Richtung Catton und Allendale verweht. Die Passagiere beschlossen deshalb, lieber im Gasthof abzuwarten, wie es weitergehen sollte.

Die Gaststube war sehr voll, und Hanna setzte sich auf eine in der Nähe des Fensters stehende Holzbank, das Gepäck zu ihren Füßen. Das Angebot eines Mitreisenden, einen heißen Grog für sie zu holen, lehnte sie höflich ab mit den Worten: »Ich habe vor der Abfahrt noch etwas Heißes getrunken, vielen Dank!«

Genau diese Eigenheit hatte Miß Barrington immer an ihr bemängelt; daß sie sich trotz allem, was sie gelernt hatte, immer noch wie ein schüchternes Mädchen vom Lande aufführte. »Du hast einmal gedankt«, pflegte sie in solchen Fällen zu sagen, »es besteht also überhaupt keine Notwendigkeit, es ein zweitesmal zu tun. Hör auf, so unterwürfig zu sein!«

Eine halbe Stunde später trat ein Kutscher ein und sagte, er wolle es riskieren und hoffe, bis Bardon Mill zu gelangen; sie sollten es ihm aber nicht ankreiden, wenn sie im Fluß landeten.

Innerlich und äußerlich durchgewärmt verabschiedeten sich die Reisenden und wünschten Hanna eine gute Heimfahrt und fröhliche Weihnachten.

Als nach einer weiteren Viertelstunde ihre Anschluß-Kutsche immer noch nicht aufgetaucht war, wünschte Hanna insgeheim, sie hätte das vorhin angebotene heiße Getränk angenommen. Mittlerweile begann die Kälte durch ihren braunen, mit einer Kapuze versehenen Mantel zu dringen. Nun, sie konnte schließlich auch selbst an die Theke gehen und sich etwas bestellen. Aber was? Vielleicht würde der Wirt ihr raten.

Sie stellte das Gepäck auf ihren Sitz und bahnte sich mühsam einen Weg durch das Gedränge. Nach wenigen vergeblichen Versuchen, die Aufmerksamkeit des Wirts auf sich zu lenken, gelang es ihr endlich, sich bis zu ihm durchzukämpfen und die scheue Frage zu stellen, ob sie wohl bitte ein heißes Getränk bekommen könnte.

»Ein heißes Getränk, Miß? Nun ja, natürlich, was hätten Sie denn gern?«

»Das... das überlasse ich ganz Ihnen.«

»Also dann« – er grinste breit –, »dann misch ich Ihnen was zusammen, daß Ihnen garantiert warm ums Herz wird.«

»Danke... Oh!« Sie schnappte nach Luft, als sie plötzlich herumgedreht wurde und eine ihr wohlbekannte Stimme hörte, die fragte: »Was, in aller Welt, treiben denn Sie hier?«

»Oh, hallo, Ned! Wie ich mich freue, Sie zu sehen.« Hanna lächelte. »Ich habe mir was zu trinken bestellt.«

»Was zu trinken, so! Und was tun Sie hier?« forschte er weiter und musterte sie mit ernstem Gesicht.

»Nun, ich hab's Ihnen ohnehin gesagt.« Sie lachte ihn nun direkt an. »Ich hab mir was Heißes zu trinken bestellt.«

Ned blickte von ihr zum Wirt, der ihm zunickte und auf das Glas zeigte, das er bereits mit heißem Wasser halb gefüllt hatte. »Mir scheint gar, Sie werden erwachsen, wie?« kommentierte er.

»Ja, Ned, das stimmt.«

»Und möchten Sie mir gefälligst verraten, was Sie hierher verschlagen hat?«

»Nun, ich bin mit der Kutsche vom Internat gekommen und warte jetzt auf den Anschluß.«

»Da werden Sie aber lange warten müssen.«

»Weshalb?« Ihre Miene wurde ernst.

»Weil der Wagen gestern abend einen Achsenbruch erlitten hat. Auch die Pferde haben leider was abgekriegt.«

»Du meine Güte! Wie soll ich da heimkommen?«

»Gar nicht. Die Passage fällt heute aus.«

»Aber ich muß heim, Ned! Sonst machen sie sich die größten Sorgen um mich.«
»Nun, wenn die Linienverbindung unterbrochen ist, werden sie schon wissen, weshalb Sie nicht eintreffen. Aber falls Sie auf einem Pferd sitzen können, kann ich Sie tadellos heimbringen.«
»Natürlich kann ich auf einem Pferd sitzen, Ned.«
»Auf einem halben auch?«
»Was meinen Sie damit?«
»Ich hab diesmal nur Racker mit. Sie könnten also bloß vor mir aufsitzen.«
»Oh.« Sie biß sich auf die Lippen, dann lachte sie und meinte: »Nun, wenn das Pferd es aushält, mir soll's recht sein.«
»So, Miß, trinken Sie das schön.« Hanna drehte sich um und bedankte sich beim Wirt. Kaum hatte sie jedoch von dem heißen Grog gekostet, schnitt sie ein Gesicht, schluckte heftig und hustete und keuchte nur so drauflos.
Der Wirt lachte, sah Ned an und sagte: »War nicht stark, Ned, ehrlich.«
»Gut, ich will's Ihnen glauben. Aber mir geben Sie dafür was um so Stärkeres. Einen doppelten Whisky.«
»Jawohl, Ned.«
Als der Wirt die Bestellung ausgeführt hatte, packte Ned sein Glas, ergriff Hannas Arm und wollte sie zum nächsten freien Platz führen. Sie deutete aber hinüber zum Fenster und sagte: »Dort drüben steht mein Gepäck.«
Ned schob sie durch die Menge auf die andere Seite und setzte sich neben sie auf die Bank. »Ein gefährlicher Leichtsinn, das Gepäck unbeaufsichtigt stehen zu lassen«, meinte er vorwurfsvoll und fragte dann spöttisch: »Schmeckt es Ihnen?«
»Es wärmt jedenfalls.«
»Muß es auch; Grog hält sogar die Matrosen auf hoher See in Schwung.«
»Tatsächlich?« Da fiel ihr etwas ein, und sie wollte aufspringen. »Oh, ich habe ja vergessen zu bezahlen.«

Ned drückte sie wieder auf die Bank. »Bleiben Sie sitzen, das erledige anschließend ich... Sind Sie hungrig?«
»Wenn Sie mich so fragen – ja, ein bißchen schon.«
»Möchten Sie eine Pastete?«
Sie nickte begeistert.
»Heiß oder kalt?«
»Eine heiße, bitte.« Hanna sah ihm nach, wie er sich zum Schanktisch vorarbeitete, und bemerkte, daß einige Männer ihm sogar bereitwillig Platz machten. Er schien hier allgemein bekannt zu sein. Welch ein Glück, daß sie ihm begegnet war!
Eigentlich merkwürdig, überlegte sie, daß Ned immer dann auftauchte, wenn sie ihn am meisten brauchte. An dem Morgen, als sie aus dem Nebel aufgetaucht war und ihm plötzlich gegenübergestanden hatte, war das Wetter genauso gewesen wie heute. Durch den dichten Dunstschleier hatte sie kaum sein Gesicht wahrnehmen können. Lag das wirklich schon achteinhalb Jahre zurück? Und dann wiederum, als sie nach jener schrecklichen Züchtigung Zuflucht im Pele-Haus gesucht hatte. Ach, es hatte zahlreiche Gelegenheiten gegeben, wo sie in Schwierigkeiten geraten war und er ihr geholfen hatte. Zum Beispiel an dem Tag, als sie ins Moor gefallen war und Margaret nicht genug Kraft gehabt hatte, sie allein herauszuziehen, Wenn Ned nicht zufällig vorbeigekommen wäre – wer weiß, ob sie heute überhaupt hier säße... Sein Schritt war zwar leicht schwankend gewesen, er hatte offensichtlich getrunken gehabt; dennoch war er ihr sofort zu Hilfe geeilt und wäre bei dem Rettungsunternehmen beinahe selbst noch ins Moor gestürzt. Dann hatte er sie und Margaret mit zu sich nach Hause genommen, wo er ihr die Kleider ausgezogen, sie abgetrocknet und fest in eine Decke eingewickelt hatte. Margaret hatte er heimgeschickt, damit sie sich von Bella heimlich trockene Sachen für sie geben ließe.
Hanna hatte auch Neds Großvater gern gemocht und sehr um ihn getrauert, als er im vergangenen Jahr gestorben war. In den Ferien war sie zu Ned hinaufgegangen,

um ihm ihr Beileid auszusprechen, aber er war äußerst kurz angebunden gewesen und hatte nur gebrummt, daß er nicht über diese Sache reden wolle. Da war ihr bewußt geworden, wie schmerzlich er den Alten vermißte, denn nun mußte er ganz allein dort droben leben. Seine einzige Gesellschaft waren die beiden Hunde und die Pferde, die jedoch häufig wechselten.

Vor Jahren hatte die Missis John, Margaret und Robert verboten, auch nur in die Nähe des Pele-Hauses zu gehen, geschweige denn mit Ned Ridley zu sprechen. Betsy brauchte sie das nicht erst zu sagen, die rümpfte ohnehin die Nase über den Stallgeruch. Dieses Verbot hatte Hanna jedoch nicht mit eingeschlossen, und deshalb hatte sie im Lauf der Zeit ziemlich oft mit Ned Ridley geredet. Sie mochte ihn wirklich gern, obwohl er nach Betsys Aussage ein schlechter Mensch war. Nicht nur, daß er wie der Teufel boxte, die blutigsten Hahnenkämpfe veranstaltete und zeitweilig schwer trank – er tat auch noch andere unaussprechliche Dinge, über die man als guterzogener Mensch besser nicht sprach. Nun, was auch immer an diesen Geschichten wahr sein mochte, sie hatte ihn gern. Es freute sie, in diesem Augenblick mit ihm beisammenzusitzen. Seine ausdrucksvollen braunen Augen funkelten fröhlich, er sah ausgesprochen zufrieden aus. Während der acht Jahre, die sie ihn nun kannte, war er breiter geworden, so daß er nun, mit sechsundzwanzig, etwas von seiner einstigen Geschmeidigkeit eingebüßt hatte. Obwohl er noch immer eine schmale Taille und keinen Bauch hatte und über harte Fäuste verfügte, wurde er nicht mehr als der raufl ustige Bursche von ehedem betrachtet. Sie hatte Robert sagen hören, daß Ned jetzt sogar besser boxte als früher, weil er es auf überlegtere Weise tat und sich nicht mehr blindlings überall einmischte. Robert liebte Boxkämpfe, John nicht.

Im vergangenen Jahr war darüber geredet worden, daß Ned ein Mädchen aus Sinderhope heiraten werde; die Hochzeit kam jedoch aus irgendeinem Grund nicht zu-

stande. Offensichtlich war es Neds Schuld gewesen, denn die beiden Brüder des Mädchens hatten ihm eines Nachts aufgelauert. Er hatte sie zwar zusammengeschlagen und blutüberströmt liegengelassen, selbst aber auch einige Blessuren davongetragen, und es dauerte einige Monate, ehe er sich von den Folgen dieses Scharmützels erholt hatte.
Sie konnte sich gut vorstellen, daß er auf Frauen anziehend wirkte, denn abgesehen von seinem Draufgängertum ging etwas von ihm aus, was sie nicht näher hätte beschreiben können. Dabei war er sicher nicht das, was man allgemein als hübsch bezeichnete, obwohl er auf seine Weise gut aussah. Es mußte an seinem Blick liegen, nahm sie an, an der Art, wie er einen ansah, manchmal jungenhaft fröhlich, manchmal spöttisch, manchmal nachdenklich, gar finster, dann wieder freundlich. Sie war froh, ihm heute begegnet zu sein.
Nachdem sie die heißen Pasteten verzehrt hatten und Ned seinem zweiten doppelten Whisky ein Glas Ale hatte folgen lassen, sagte er mit verschmitztem Grinsen: »Also, wie wär's, meine Dame? Wenn wir das hochherrschaftliche Schloß vor Einbruch völliger Dunkelheit erreichen wollen, müssen wir jetzt aufsitzen, hm?«
Hanna mußte so lachen, daß sie sich an ihrem letzten Bissen verschluckte und fürchterlich hustete.
»Immer mit der Ruhe, ersticken Sie mir um Gottes willen nicht!« meinte er belustigt und klopfte ihr auf den Rücken, was sie nur noch mehr zum Lachen brachte.
Als sie zur Tür gingen, rief ihnen der Wirt nach: »Leb wohl, Ned! Und vergiß auch bei deinem Pferd nicht deinen Wahlspruch: Immer mit der Ruhe.«
»Mach ich, Sandy. Ich laß es seine eigene Gangart einschlagen, keine Angst.«
Draußen im Hof schnallte Ned Hannas Gepäck auf den Sattel. Dann legte er die Hände unter ihre Achseln und hob sie mit kräftigem Schwung aufs Pferd, im nächsten Moment saß er bereits hinter ihr. Die Arme um sie geschlungen, ergriff er die Zügel. Das Tier machte eine

Wendung und trabte zum Hof hinaus auf die schneebedeckte Straße.
»Gut, daß Racker einen so breiten Rücken hat. Ist alles in Ordnung, Hanna?«
»Ja, danke, Ned.«
»Sitzen Sie gut so?«
»Ja, ja, keine Bange.«
»Also, dann los, Racker.« Damit trieb er das Pferd zu einer rascheren Gangart an. Eine Weile trabten sie so dahin, ohne etwas zu sagen, dann meinte Ned unvermittelt: »Sie treten nächstes Jahr aus der Schule aus, nicht?«
»Ja, im Frühling.«
»Was werden Sie dann machen?«
»Ich... ich weiß es nicht, Ned.«
Abermals entstand eine Gesprächspause, ehe er sagte: »Sie werden wahrscheinlich heiraten.«
»Oh«, sie lachte leicht auf, »ich glaube nicht.«
»Sie glauben nicht? Das ist doch Unsinn. Natürlich werden Sie heiraten – ein Mädchen wie Sie.«
Als sie hierauf nichts erwiderte, fragte er etwas barsch: »Was ist los, haben Sie denn noch nie ans Heiraten gedacht? Das ist doch nur natürlich, besonders wenn eine so hübsch ist. Sie wissen doch, daß Sie hübsch sind, nicht?«
»Es ist nett von Ihnen, mir so etwas zu sagen«, antwortete Hanna leise.
»Ach, kommen Sie, nur keine falsche Bescheidenheit! Das sieht Ihnen gar nicht ähnlich. Sie sind nicht nur hübsch, sondern schön – das schönste Mädchen weit und breit. Das wissen Sie recht gut.«
»Nein, das weiß ich nicht, Ned.« Sie sträubte sich leicht gegen seine Umklammerung.
»Nun, dann sollten Sie es aber langsam wissen, verdammt noch mal! Habt ihr denn keinen Spiegel daheim oder in der Schule? Außerdem, ob Sie nun gut oder nicht gut aussehen – auf alle Fälle ist Heiraten das Beste, was Sie tun können. Was soll sonst aus Ihnen werden, wenn

die anderen aus dem Haus gehen? Wollen Sie etwa mit diesem Drachen allein bleiben?«

»Nein, Ned, nein, das will ich um alles in der Welt nicht.«

»Gegen solche Weiber sollte man gesetzlich vorgehen, Teufel noch mal! Sie totschlagen oder ertränken, solange sie noch klein sind, wie Kätzchen im Eimer. Wenn ich sie bloß sehe, kommt mir die Galle hoch. Wissen Sie, was?«

»Was, Ned?«

»Ich will's Ihnen verraten, denn sie wird's ganz bestimmt nicht tun.« Er lachte jetzt. »Ich spucke immer aus, wenn ich an ihr vorbeigehe, mit voller Absicht. Ich sammle den ganzen Speichel, den ich in der Kehle habe, räuspere mich und spucke einfach in die Gosse.«

»Oh, Ned, das sollten Sie nicht tun.«

»Weshalb nicht? Sie ist ein widerwärtiges Frauenzimmer, Hanna, durch und durch böse. Und gefährlich dazu. Wissen Sie, daß ein komischer Geruch von ihr ausströmt? Ich kenn mich bei Gerüchen von Frauen aus. Meiner Meinung nach muß der Teufel so riechen, wie sie riecht.«

Hanna schüttelte vorwurfsvoll den Kopf.

Er fuhr nun fort, als spräche er mit sich selbst: »Es macht mich verrückt, wenn ich mir vorstelle, daß Leute ihres Schlages auf unsereinen herabsehen, jawohl. Schon als ich ein kleiner Junge war, hat sie überall gehetzt und gestichelt, welch schlechter, verdorbener Kerl ich sei. Wenn die Leute sie nicht sowenig gemocht hätten, hätten sie es ihr am Ende geglaubt. Oder halten Sie mich etwa für einen schlechten Menschen, Hanna?« Er versuchte nun, ihr über die Schulter ins Gesicht zu spähen, und sie roch seine Alkoholfahne.

Nachsichtig lachend sagte sie: »Sie und ein schlechter Mensch? Natürlich nicht, Ned. Für mich sind Sie ein großartiger Kerl. Sind es immer gewesen, wenn Sie's genau wissen wollen.«

»Natürlich bin ich ein großartiger Kerl!« schrie er lauthals, als wende er sich an eine große Zuhörerschaft. Dann warf er plötzlich den Kopf in den Nacken und schmetterte voll Übermut einen bekannten Gassenhauer, wobei er immer wieder innehielt, weil ihn unbändiges Lachen überkam.

Hanna lachte, bis ihr die Tränen über die Wangen kollerten. »Mein Gott, Ned, sind Sie komisch!« rief sie atemlos, als er seinen Gesang beendet hatte.

»Sieh mal an, jetzt bin ich auf einmal komisch.«

»Das sind Sie, der komischste Mann, den ich kenne. Und« – sie wandte ihm halb ihr Gesicht zu – »der netteste.«

Sie blickten einander in die Augen: die ihren waren offen und voll ehrlicher Dankbarkeit, während sich in den seinen eine Mischung aus Härte, Trauer und verzweifelter Enttäuschung zeigte.

»Sitzen Sie gerade«, herrschte er sie nun an. »Sonst werden Sie gleich herunterplumpsen.«

»Tut mir leid, Ned.«

Während sie weiterritten, fragte sich Hanna, ob sie irgend etwas gesagt haben mochte, was ihn verletzt hatte? Seine Fröhlichkeit von vorhin schien mit einem Schlag verschwunden zu sein. So oft sie auch versuchte, das Gespräch wiederaufzunehmen, bekam sie nur einsilbige, mürrische Antworten.

Nachdem sie endlich am Gartentor von Haus Eldom angelangt waren und er sie und das Gepäck heruntergehoben hatte, blickte sie zu ihm auf und sagte freundlich: »Danke, Ned. Immer wieder gerate ich in Situationen, wo ich mich bei Ihnen bedanken muß.«

Er erwiderte jedoch nichts darauf, stand nur da und starrte sie an.

»Habe ich etwas gesagt, was Sie verletzt hat?« fragte Hanna unsicher.

»Verletzt – mich? Was könnten Sie denn sagen, das mich verletzen könnte! Vielleicht haben Sie es nicht bemerkt, aber ich bin ganz schön betrunken.«

Sie mußte lachen. »Oh, wenn es das ist, kann ich Sie be-

ruhigen. Ich habe in der Tat nichts bemerkt – wahrscheinlich, weil es mir genauso geht. Der Grog war recht stark.«
»Sicher. Aber er wäre noch bedeutend stärker gewesen, wenn ich Sie nicht rechtzeitig unter meine Fittiche genommen hätte.«
»Meinen Sie?«
»Garantiert.« Er grinste sie an.
»Nun, das ist ja nur ein neuer Beweis für meine Behauptung von vorhin, Ned. Sie tauchen in meinem Leben immer zur rechten Zeit auf.«
»So, so.« Er wandte sich von ihr ab, ergriff die Zügel und sagte: »Ich hoffe, Sie haben bemerkt, daß ich Sie am Hintereingang abgesetzt habe. Es wäre ein gefundenes Fressen für die Klatschweiber der ganzen Gegend, wenn sie uns beide auf einem Pferd hätten daherkommen sehen, noch dazu, wo ich einen Zacken weg habe, nicht? Übrigens rate ich Ihnen, gegenüber der Gnädigen nichts von unserem Ritt zu erwähnen, sonst müssen Sie schnurstracks ein Vollbad nehmen, als hätten Sie's mit einem Aussätzigen zu tun gehabt.« Er verstummte, sah sie eine Weile sinnierend an und fügte dann hinzu: »Ich hoffe, Sie verbringen die Weihnachtsfeiertage so gut wie möglich.«
»Das wünsche ich Ihnen auch, Ned. Aber vielleicht statte ich Ihnen sogar mal einen Besuch ab. Wenn der Schnee liegenbleibt und wir dann Schlitten fahren können.«
»Ja, kommen Sie nur. Würde mich freuen.« Damit bestieg er sein Pferd, tippte grüßend an die Mütze und trabte davon.
Hanna sah ihm eine Zeitlang nach, wie er sein Pferd den verschneiten Hügel hinauf zur Straße lenkte, und sie hätte ihm am liebsten hinterhergerufen: Ich komme Sie am Weihnachtstag besuchen, Ned! Denn am Weihnachtstag würde er bestimmt einsam sein. Sie unterdrückte jedoch diesen Wunsch, öffnete das Tor und ging rasch die Auffahrt hinauf.

Bei jedem ihrer im Schnee knirschenden Schritte klopfte ihr Herz schneller. In wenigen Minuten würde sie John gegenüberstehen, er würde ihre Hand ergreifen, und der Druck seiner Finger würde ihr sagen, was sein Herz empfand.

3

»Was stimmt denn nicht, Margaret?«
Hanna und Margaret blickten vor sich hin auf die vereiste Straße, als sie auf den Dorfplatz zugingen. Margaret beantwortete Hannas Frage nur halb.
»Es handelt sich um Mama«, meinte sie zögernd. »Sie hat mir verboten, Mr. Hathaway auch nur zu erwähnen. Aber ich habe ihr gesagt, daß ich entweder ihn oder überhaupt nicht heirate. Gestern ist er den ganzen weiten Weg herübergekommen, und Mama hat ihn nicht einmal empfangen. Zum Bergwerk konnte er nicht auch noch gehen, er mußte zurück, weil er bloß einen Tag frei hatte und die Verbindungen jetzt so unsicher sind.«
»Bist du deshalb gestern nach Allendale gegangen? Ich habe mich geärgert, weil ich dich nicht begleiten durfte. Oh, Margaret!« Hanna hängte sich bei ihr ein. »Weshalb hast du es mir nicht gesagt?«
»Wozu wäre das gut gewesen? Außerdem hat mir Mama verboten, darüber zu sprechen, und mit Papa konnte ich gestern abend nicht mehr reden, weil er so spät heimgekommen ist.«
»Alles scheint drunter und drüber zu gehen.«
»Ja, das kommt mir auch so vor.«
Sie tauschten einen verständnisvollen Blick.
»Margaret?«
»Ja, Hanna?«
»Was ist mit...John? Fühlt er sich nicht wohl?«
»Gesundheitlich schon, aber vielleicht weißt du es noch nicht...« Margarets Stimme wurde beinahe zu einem Flüstern, und sie schien ihre ungeteilte Aufmerksamkeit

nun ganz dem vereisten Weg zuzuwenden, als sie fortfuhr: »Wie es heißt, soll er Pansy Everton heiraten. Du erinnerst dich doch an sie? Du mußt dich einfach an sie erinnern, sie ist mit uns zur Schule gegangen, nur in eine höhere Klasse. Sie ist jetzt, glaube ich, einundzwanzig. Du hast sie doch sicher auch im Sommer beim Hügelwettlauf gesehen, nicht?«

Hanna erwiderte nichts. Auch sie achtete peinlich genau darauf, wohin sie ihre Füße setzte. »Pansy ist ein sehr nettes Mädchen, wenn auch ein bißchen eingebildet«, sprach Margaret hastig weiter. »Jedenfalls sind Mama und Papa sehr von ihr angetan, habe ich gehört, besonders Papa, wie mir Robert sagte ... Paß auf, Hanna!« Sie packte Hannas Pelerine. »Es ist so entsetzlich glatt hier. Hast du was?«

Hanna schien mit ihren Gedanken weit weg zu sein. Erst nach einer Weile erwiderte sie: »Es... es ist das Eis.«

»Du magst John sehr gern, nicht wahr, Hanna?«

Abermals ließ Hannas Antwort geraume Zeit auf sich warten. »Ja, Margaret, ich mag John sehr gern!« gab sie endlich zu.

»Nun, das ist genauso, wie es sein soll. Er ist schließlich dein Bruder – zumindest dein Halbbruder. Ihr stammt ja vom gleichen Vater ab.«

Die beiden vermieden es jetzt, einander anzusehen, als schämten sie sich. Es fiel kein Wort mehr zwischen ihnen, bis sie ihr Ziel, nämlich Fred Loams Metzgerladen, erreicht hatten.

Sie kratzten das Eis von den Schuhen, bevor sie die beiden Stufen betraten und die Tür öffneten, die in den mit Sägemehl ausgestreuten Verkaufsraum mit dem Ladentisch und dem Hackblock führte.

Fred Loam, der den Laden vor zwei Jahren, nach dem Tod seines Vaters, übernommen hatte, stand hinter dem Hackblock. Er war mittelgroß, sah aber wegen seiner kräftigen Statur größer aus. Seine Schultern waren derart breit, daß sein Rücken wie ein Schrank wirkte, und seine Hände waren die reinsten Schaufeln. Sein Gesicht war

stets rosig und freundlich; im großen und ganzen war er ein sympathischer junger Mann.
Zur Zeit befand sich außer den beiden Mädchen nur eine einzige Kundin im Laden. Nachdem Fred sie abgefertigt hatte, wandte er sich Margaret und Hanna zu und begrüßte sie fröhlich. »Freut mich, Sie beide wieder mal zu sehen. Also, man sollte es nicht für möglich halten! Sie müssen wieder ein ganzes Stück gewachsen sein, Hanna, seit ich Sie das letztemal gesehen habe.«
»Nun, höchstens einige Zentimeter, Fred.«
»Egal wieviel, jedenfalls werden Sie immer hübscher.«
Als Hanna den Blick senkte und nichts darauf erwiderte, setzte Fred eine Geschäftsmiene auf und wandte sich an Margaret: »Womit kann ich Ihnen heute dienen, Miß Margaret?«
Daß Margaret mit ›Miß‹ angesprochen wurde, Hanna hingegen nicht, fiel niemandem mehr auf; es war immer so gewesen. Anne Thornton hatte, wenn sie über ihre Kinder sprach, stets ›Master John‹, ›Master Robert‹, ›Miß Margaret‹ und ›Miß Betsy‹ gesagt. Da es allgemein bekannt war, daß sie Matthew Thorntons ›Fehltritt‹ in keiner Weise anerkannte, machten sich die Dorfbewohner gar nicht erst die Mühe, die Kleine genauso zu behandeln wie deren Halbgeschwister. Als sie noch ein Kind gewesen war, hatten sie sie mit ›Klein Hanna‹ angeredet, und jetzt beließen sie es einfach beim Vornamen.
Margaret sagte zu dem jungen Metzger: »Mutter möchte ein Rindslendenstück und einen Schweineschlegel, bitte.«
»Ist das alles? Keinen Truthahn?«
»Wir haben einen geschickt bekommen.«
»Ach so.«
Fred Loam zeigte sich über diese Tatsache nicht sonderlich erfreut, deshalb fügte Margaret rasch hinzu: »Es war ein Geschenk von der Kusine meiner Mutter.«
»Oh, ein Geschenk? Nun, dann kann ich nur hoffen, daß er schön zart ist. Aber wie heißt es doch? Einem geschenkten Gaul sieht man nicht ins Maul.« Er lachte

Margaret nun wieder offen an, dann wandte er sich an Hanna und fragte: »Sie werden jetzt wohl nicht mehr in die Schule zurückkehren, nehme ich an, wie?«
»Doch, ich besuche sie noch bis Ostern.«
»Hm, hoffentlich sind Sie eines Tages nicht derart gelehrt, daß Sie auf unsereinen bloß noch herabschauen, hm?«
»Oh, ich glaube kaum, daß das jemals passieren wird, Fred«, meinte Hanna fröhlich auflachend. »Wie Sie wahrscheinlich sagen würden, gibt's in einem Schafskopf mehr Hirn als in dem meinen.«
»Das würde ich nicht sagen, niemals.« Es klang direkt beleidigt. »Nicht, wenn von Ihnen die Rede ist. So was! – Nun, die nächste Neuigkeit wird sicherlich lauten, daß Sie heiraten, nicht?« Er beugte sich zu ihr hinüber. »Haben Sie schon jemanden ins Auge gefaßt?«
Der Umstand, daß im selben Moment die Ladentür aufging, ersparte Hanna die Antwort darauf. Margaret sprang ihr rasch bei, indem sie sagte: »Danke, Fred. Wir müssen uns auf den Heimweg machen.«
»Fröhliche Weihnachten, Ihnen beiden.«
»Fröhliche Weihnachten, Fred«, antworteten sie fast gleichzeitig, und als sie an der Tür angelangt waren, rief Fred ihnen nach: »In der Stadt wird ein großmächtiger Neujahrsball abgehalten. Kriegt man Sie da zu sehen?«
»Ich...ich glaube nicht, Fred«, antwortete Margaret.
»Es wird bestimmt riesig nett werden, mit Volkstanzgruppen und den verschiedensten Darbietungen. Nicht so fade wie die üblichen Klubfestivitäten, sondern was Zünftiges.«
»Davon bin ich überzeugt. Wiedersehen.« Margaret wollte eben die Tür von außen schließen, da ertönte Freds Stentorstimme zum zweitenmal: »Und was ist mit Ihnen, Hanna? Ich gehe jede Wette ein, daß Sie eine prächtige Tänzerin abgeben würden!«
Margaret ließ Hanna keine Zeit zum Antworten, sondern schloß die Tür so heftig, daß die Ladenglocke noch schepperte, als sie beide längst auf der Straße waren.

»Er nimmt sich zuviel heraus, dieser Fred Loam!«
Hanna warf Margaret einen erstaunten Blick zu. Diese Feststellung hatte genauso geklungen, als hätte ihre Mutter sie getroffen. »Er meint es nicht böse.«
»Ich weiß nicht. Er benimmt sich dir gegenüber viel zu frei. Schade, daß seine Mutter ihn nicht ebenso in der Hand hat wie früher seinen Vater!«
Hanna erwiderte nichts darauf. Sie empfand es eher als positiv, daß Fred imstande war, sich gegen seine Mutter zu behaupten. Mrs. Loam hatte nämlich den Teufel im Leib. Es war allgemein bekannt, daß sie ihren um einige Köpfe größeren Gatten immer mit einem Stock durch die oberen Räume des Hauses geprügelt hatte, wenn er betrunken heimgekommen war. Ihre sogenannten Strafaktionen hatten seinerzeit im Dorf für ausgiebige Heiterkeit gesorgt. Sie hatte offensichtlich ihre eigenen Methoden gehabt, mit ihrem trinkfreudigen Mann fertig zu werden. Eine davon war gewesen, ihn zu entkleiden und zu Bett zu bringen, seine Kleidungsstücke jedoch bis zum nächsten Morgen zu verstecken – so lange, bis sie ihn tüchtig verprügelt hatte. Obwohl sämtliche Dorfbewohner von diesen Eskapaden wußten und sich darüber vor Lachen ausschütteten, hätte es keiner gewagt, ihr dies offen zu zeigen. Die Erfahrung hatte sie gelehrt, daß Mrs. Loam ihre Zunge ebenso zu benützen wußte wie ihre Hände. Auf gewisse Weise tat Fred Hanna leid, genauso wie ihr sein Vater leid getan hatte. Dieser hatte stets ein freundliches Wort für sie übriggehabt und ihr, selbst als sie noch ein Kind gewesen war, immer gesagt, was für ein hübsches Ding sie sei.
»Ich werde froh sein, wenn ich das Dorf verlassen kann.«
»Was meinst du, Margaret?«
»Du bist aber heute zerstreut, Hanna! Ich sagte, daß ich froh sein werde, wenn ich das Dorf verlassen kann.«
»Und ich dachte immer, du liebst das Land und die Hügel.«
»Das tu ich auch. Aber das hat nichts mit dem Dorf oder

besser mit seinen engstirnigen Bewohnern zu tun. Sie denken und handeln ganz anders als die Menschen in größeren Gemeinden oder in Städten. Sie klammern sich geradezu an ihre alten Bräuche. Denk doch nur an den Zahltag in Allendale mit all den fliegenden Händlern und den Flittchen, die mit herausfordernder Miene bummeln gehen und nur darauf warten, von den jungen Burschen angesprochen zu werden. Oder an das Treiben in den Gasthäusern, wo die ganze Nacht über zum Tanz aufgespielt wird. Ganz zu schweigen von vielen sonstigen Ausschweifungen.«

»Ich dachte, du tanzt gern, Margaret«, sagte Hanna, die diese Einstellung ihrer Halbschwester verwunderte. Bisher hatte sie sie immer für ausgesprochen großzügig gehalten.

»Tu ich ja, aber tanzen und tanzen ist zweierlei, und die Art, wie die Menschen sich hier aufführen, ist so furchtbar provinziell. Das mußt du doch selbst auch bemerkt haben. Hexham ist eine andere Welt, findest du nicht?«

»Vielleicht. Aber ich meine, es gibt überall gute und böse, freundliche und unausstehliche Menschen. Denk nur an Miß Ormaston, diese schreckliche Person. Zu manchen der Mädchen war sie richtig grausam, die haben sich zum Schluß überhaupt nicht mehr getraut, den Mund aufzumachen. Oder dieser Gärtner Brown – erinnerst du dich an ihn? Der seine Frau derart verprügelt hat, daß er vor Gericht kam und Strafe zahlen mußte. Ich glaube wirklich, daß die Menschen überall gleich sind, Margaret. Ein paar sind gut, ein paar böse, aber die meisten sind mittelmäßig. Und was die alten Bräuche betrifft – ich habe sie gern.«

»Du liebe Güte!« Margaret seufzte auf, meinte dann jedoch versöhnlich: »Heute führen wir wieder einmal altkluge Reden, hm? Wahrscheinlich hast du ja recht. Es liegt sicher daran, daß...«, nun sank ihre Stimme zu einem Gemurmel herab, »... daß mein Herz in der Stadt ist! Er ist eben so ganz anders als alle Leute, die ich bisher kennengelernt habe. Deshalb möchte ich, glaube ich, in

der Stadt sein, deshalb sehne ich mich dahin, und deshalb sehe ich dort einfach alles in einem andern Licht.«
»Es tut mir leid, Margaret.« Hanna hängte sich nun bei ihrer Halbschwester ein und sagte nachdenklich: »Erinnerst du dich, was Miß Barrington uns immer gepredigt hat? Daß wir nie in Klischees denken sollen. – Aber ich finde, manche Klischees stimmen eben und lassen sich gut auf das Leben anwenden. Wie zum Beispiel: Die Wege der wahren Liebe sind niemals eben…«
»Ja, da hast du ganz recht.« Margaret nickte ihr lächelnd zu. »Eines muß ich auf alle Fälle zugeben, Hanna. Wenn ich in die Stadt gehe, dann wirst du mir sehr, sehr fehlen.«
»Und du mir, Margaret.« Hanna senkte den Blick, als sie hinzufügte: »Mehr als alle andern warst du mir immer ein Trost, seit ich zu euch ins Haus gekommen bin.«
Es war das erstemal, daß Hanna auf sich und ihre Stellung in der Familie anspielte; die Worte ›zu euch ins Haus‹ umfaßten ihre Gefühle hinsichtlich der Jahre, die sie in Haus Elmholm zugebracht hatte – denn ihr Heim war es nie gewesen.
In stillem Einvernehmen preßte Margaret Hannas Hand, die auf ihrem Arm lag, und gemeinsam gingen sie die Auffahrt zum Haus hinan.

Die Weihnachtstage kamen und vergingen ohne nennenswerte Fröhlichkeit; mit Neujahr war es beinahe ebenso. Während der Feiertage hatten sie an einigen Abenden Karten gespielt. Obwohl Anne sich während solcher Gelegenheiten meistens nicht im Zimmer befand, war die Stimmung gespannt. Hanna hatte keine Möglichkeit, mit John allein zu sein. Der Tag ihrer Rückkehr in die Schule kam immer näher, und sie mußte sich eingestehen, daß John ihr ganz offensichtlich auswich.
Es war der vierte Tag des neuen Jahres. Die Männer hatten ihre Arbeit inzwischen wiederaufgenommen. Margaret saß am Schreibtisch im Wohnzimmer und schrieb ei-

nen Brief, während Betsy und ihre Mutter auf dem Sofa vor dem Kamin mit Handarbeiten beschäftigt waren.
Wenn Anne und Betsy sich im Wohnzimmer aufhielten, vermied es Hanna nach Möglichkeit, diesen Raum zu betreten. Heute war sie in der Küche gewesen und hatte sich lange mit Bella und Tessie unterhalten. Sie redete gerne mit den beiden, ja sie fühlte sich überhaupt in der Küche am wohlsten. Da sie aber nicht ewig dort bleiben konnte, saß sie nun zusammengekauert und in eine Decke eingewickelt auf ihrem Bett, und zu dem Gefühl, durchgefroren zu sein, gesellten sich alsbald Kummer und Schmerz.
Es war noch hell, manchmal schien sogar die Sonne. Sie hatte keine Lust zu lesen und beschloß, sich warm anzuziehen und spazierenzugehen. Vielleicht konnte sie zum Pele-Haus gehen und Ned einen Besuch abstatten. Sie hatte ihm ja versprochen, während der Feiertage auf einen Sprung vorbeizukommen, es aber immer wieder aufgeschoben, weil sie keinen Moment von John weg wollte.
Es war nicht nötig, jemanden über ihren Spaziergang zu informieren. Seit Jahren kam und ging sie, wie es ihr paßte. Nachdem sie eine Wolljacke und ein Cape angezogen, ein enganliegendes Häubchen aufgesetzt und den neuen Pelzmuff hervorgeholt hatte, den ihr Matthew zu Weihnachten geschenkt hatte, verließ Hanna leise über die Hintertreppe das Haus.
»Fein, daß die Sonne sich blicken läßt, was, Miß Hanna?« rief Dandy Smollett ihr zu, als sie an den Stallungen vorbeilief.
»Ja, Dandy, wirklich!« antwortete sie lächelnd, passierte dann das Tor, überquerte die Straße, kletterte hinter der Friedhofsmauer über den Zauntritt und sprang in den Schnee, in dem sie beinahe bis zu den Knien versank. Offensichtlich war hier seit Tagen kein Mensch mehr gegangen, denn der unberührte Schnee reichte bis zur Böschung.
Hanna watete hindurch und schalt sich töricht, ausge-

rechnet diesen Weg einzuschlagen. Sie hätte auf der Hauptstraße gehen sollen, dort hatte der Wind den Schnee beiseite geweht.
Als sie höhergeklettert war, klopfte sie sich den Schnee von Rock und Cape ab und blieb einen Moment stehen, um sich umzublicken. Die Hügel ringsum waren in ein blasses rötliches Licht getaucht, das da und dort ins Mauvefarbene und schließlich in Violett überging, während die weiter entfernt gelegenen Erhebungen in ein sanftes Grau gehüllt waren.
Die Welt war schön, wunderschön! Warum konnte sie nicht glücklich genug sein, um dies zu genießen. Was sollte aus ihr werden? Sie fing an, sich immer größere Sorgen um ihre Zukunft zu machen. Oh, wenn sie doch nur Margarets Klugheit besessen hätte, um eines Tages den Beruf einer Lehrerin ergreifen zu können. Allerdings wünschte sie sich das gar nicht so sehr, viel lieber würde sie Kinder betreuen. Das würde wahrscheinlich gehen. Allerdings hatte sie mit kleinen Kindern bisher keinerlei Erfahrung gesammelt, da sie in der Familie selbst die Jüngste gewesen war.
Sie ging weiter; manchmal glitt sie aus, einmal so heftig, daß sie hinplumpste. Nachdem sie eine Weile lachend im Schnee gesessen hatte, erhob sie sich wieder und setzte ihren Weg fort. Schließlich tauchte Neds Haus, das den Abschluß der schneebedeckten Hügelkette bildete, vor ihren Blicken auf. Hanna mochte das Gehöft gern, vor allem die Räume in der oberen Etage. Sie waren voller merkwürdiger Dinge, die alle von Neds Vater, Großvater, ja sogar Urgroßvater hergestellt worden waren: Stühle, Tische, Schränke, Tellerborde, Pfeifenständer, eine geschnitzte hölzerne Bettstatt. Sie war besonders schön: statt Knäufen thronten auf jedem Bettpfosten kunstvoll geschnitzte Vögel. Und alles war so ordentlich dort droben. Sie war immer erstaunt gewesen über die Sauberkeit der oberen Räume im Vergleich zu dem Durcheinander in Küche und Stall.
Kurze Zeit darauf überquerte Hanna den Hof und klopfte

an die große Eichentür. Da entdeckte sie, daß niemand zu Hause war; das Vorhängeschloß baumelte am Riegel. Ein heftiges Gefühl der Enttäuschung überkam sie, als wäre sie plötzlich von allen Menschen verlassen. Sie ging den kleinen Anger hinauf, der zum Waldstreifen führte, aus dem sie einst hierhergefunden hatte. Sie sah sich wieder als kleines frierendes Ding durch den Nebel laufen, auf das Gehöft zu, in dem plötzlich ein junger Bursche mit einigen Pferden auftauchte...

Als sie das Waldstück hinter sich hatte, zögerte sie, den Fuß auf die spiegelblanke, glänzende Eisfläche zu setzen. Kurz entschlossen kehrte sie um und ging an der linken Seite des Waldes zur Straße hinunter.

Ungefähr eine halbe Stunde später – sie hielt gerade Ausschau nach einer Abkürzung –, sah sie in der Ferne die Gestalt eines Reiters. Vor Aufregung begann ihr Herz laut zu pochen.

Auch John hatte sie sofort erkannt und kam herangaloppiert. Als sie auf gleicher Höhe waren – Hanna stand direkt über ihm auf der Böschung –, hielt er das Pferd an, sah zu ihr hoch und fragte erstaunt: »Was treibst du denn hier oben?«

»Ich bin spazierengegangen und habe mich gerade nach einer Möglichkeit umgesehen, auf die Straße zu gelangen.«

Er erwiderte nichts, sondern stieg ab, ließ sein Pferd stehen und hielt nach links und nach rechts Ausschau. Schließlich deutete er auf eine Stelle in einiger Entfernung und sagte: »Ich glaube, da geht es.« So liefen sie nebeneinander her, er auf dem Reitweg, sie auf der Böschung, bis er ihr, an der bewußten Stelle angelangt, beide Hände entgegenstreckte.

Hanna beugte sich vor und ergriff sie. Auf seinen Zuruf hin sprang sie herunter. John fing sie geschickt auf und hielt sie fest, wie er es bereits einmal getan hatte. Nur nicht so lange wie damals. Dann standen sie einander gegenüber und sahen sich an.

»Du bist mir ausgewichen, John.«

»Nein, bin ich nicht.« Er schüttelte verlegen den Kopf.
»Doch, gib dir keine Mühe, es zu leugnen.«
Nun ließ er den Kopf sinken, und sie sah, wie es in seinem Gesicht zu arbeiten begann. »Es muß sein, Hanna«, druckste er schließlich hervor.
»Ja, ja, ich weiß schon. Trotzdem hättest du mir nicht auszuweichen brauchen.«
»Ich hielt es für das beste.«
»Wirst du... wirst du heiraten?«
Langsam hob er den Kopf und sah sie mit Augen voller Trauer an. »Wahrscheinlich.«
»Miß Everton?«
Er zuckte hilflos mit den Achseln.
»Ich hoffe..., ich hoffe, daß du glücklich wirst, John.«
»Oh, Hanna!« Nun glänzten seine Augen verräterisch. »Wenn die Dinge doch anders liegen würden. Wir hätten zusammenkommen können, ganz bestimmt! Ich wäre mit dir auf und davon gelaufen, hätte dich fortgebracht aus unserem Haus und von Mutter, wäre mit dir bis ans Ende der Welt gegangen...«
Obwohl es nicht besonders ernsthaft klang, tat es ihrem wunden Herzen kolossal wohl. Sie streckte ihm die Hand entgegen, und er ergriff sie. »Ich... ich bin froh, daß du es mir gesagt hast, John«, flüsterte sie. »Auch ich wäre mit dir bis ans Ende der Welt gegangen. Aber es kann eben nicht sein.«
»Nein.« Er schüttelte den Kopf. »Es kann nicht sein, Hanna. Dennoch, ein Trost bleibt uns! Wir werden beide etwas haben, woran wir bis an unser Lebensende denken werden. Ich werde dich nie vergessen, Hanna.«
»Ich dich auch nicht, John.«
Er ließ ihre Hand los, holte tief Atem, trat einen Schritt zurück und sagte rauh: »Ich muß jetzt weiter.«
»Wohin?« fragte sie mit tränenerfüllter Stimme.
»Ins Bergwerk zurück. Ich war in Allenheads drüben mit einer Nachricht für Mr. Sopwith, weißt du? Also leb wohl, leb wohl, meine liebe Hanna!«
«Leb wohl, John.« Sie sahen sich tief in die Augen, dann

drehte er sich um und eilte zu seinem Pferd zurück, das bereits ungeduldig stampfte und scharrte.
Hanna stand wie angewurzelt da und blickte ihm nach, bis er hinter der nächsten Biegung verschwunden war. Dann schlich sie mit gesenktem Kopf heimwärts. Während ihr die Tränen über die Wangen liefen, wiederholte sie bei jedem Schritt in Gedanken seine Worte; sie kostete jedes einzelne aus, weil sie das Gefühl hatte, sich alles fest einprägen zu müssen, um es ein Leben lang für sich zu behalten.

Am selben Abend richtete Matthew es so ein, daß er mit seiner Frau allein war. Das tat er manchmal, wenn er etwas von ihr verlangte, was keinen Widerspruch duldete, aber unter vier Augen besprochen werden sollte, um sie vor den Kindern nicht noch mehr herabzusetzen. Er hatte Tessie mit der Aufforderung zu Anne geschickt, sie möge zu ihm ins Eßzimmer kommen.
Bei ihrem Eintritt stand Matthew aufrecht da. Er verzichtete darauf, sie erst aufzufordern, Platz zu nehmen, sondern kam gleich zur Sache.
»Ich möchte dich davon in Kenntnis setzen«, sagte er, »daß ich die Absicht habe, Margaret und Hanna auf den Freitag in einer Woche stattfindenden Ball nach Hexham mitzunehmen. John und Miß Everton werden wahrscheinlich auch dabei sein. Ich hoffe, daß Margarets Freier gleichfalls unter den Gästen sein wird, damit ich ihn mir einmal ansehen kann. Auch soll mir die Ballveranstaltung Gelegenheit verschaffen, herauszubekommen, ob Mr. Arthur Walters Gefühle für Hanna ernsthafter Natur sind oder nicht. Wie du weißt, ist er Rechtsanwalt, lebt in geordneten Verhältnissen, ist Anfang Dreißig und hat vergangenes Jahr seine Frau verloren. Ich habe das Gefühl, daß er die Absicht und den Wunsch hat, baldmöglichst wieder zu heiraten.«
Anne Thornton starrte fassungslos auf den Mann, den sie mit einer Intensität haßte, die nur von ihren gleichgearteten Gefühlen für ›das Mädchen‹ übertroffen wurde. Er

besaß doch tatsächlich die Stirn, ihr mitzuteilen, daß er beabsichtigte, eine Ehe zwischen seinem Bastard und einem hochangesehenen Rechtsanwalt zu arrangieren, während ihrer beider Tochter sich mit einem armseligen Bankangestellten zufriedengeben mußte, der ein armer Schlucker war und wohl auch ewig bleiben würde.
Eine solch schreiende Ungerechtigkeit überstieg ihrer Meinung nach weit das menschliche Begriffsvermögen. Es gab Zeiten, wo sie glaubte, es nicht ertragen zu können, auch nur eine Minute länger mit diesem Mann unter einem Dach zu leben. In solchen Momenten flüchtete sie sich immer in die felsenfeste Überzeugung, daß ihr Tag schon noch kommen werde. Wenn Gott gerecht war, konnte er solchem Frevel doch nicht tatenlos zusehen, er konnte es einfach nicht zulassen, daß die Gottlosen siegten!
Seit acht Jahren lebte sie nun unter dem Druck der Verbitterung, den ständige Kränkung und persönliche Schmach auf Menschen auszuüben vermögen. Ihr Gatte, der Mann, der sie mehr als jeder andere vor Spott, Hohn und Lächerlichkeit hätte bewahren sollen, setzte sie alldem geradezu aus. Ohne Zweifel wußten die Leute über jede seiner neuen Liebschaften Bescheid, denn sie war überzeugt, daß er seine Drohung, sich anderweitig schadlos zu halten, wahr gemacht hatte. Aber niemand hatte es bisher gewagt, ihr gegenüber auch nur anzudeuten, wer die ›Glücklichen‹ waren.
Nichtsdestotrotz hielt sie den Kopf genauso hoch wie früher und erteilte ihre Befehle in der altgewohnten Art. Aber es gab Zeiten, wo sie sich derart einsam und verlassen fühlte, daß sie völliger Verzweiflung nahe war. Sie besaß nur eine einzige Freundin, nämlich Susan Crewe, die Frau des Pastors. Nicht einmal ihre Kinder waren ihr gegenüber aufrichtig – bis auf Betsy, die sie wirklich liebte. Und John? Nun ja, er achtete sie, das war wenigstens etwas. Aber was Robert und Margaret anlangte, so hatte sie sich nie etwas vorgemacht. Sie gerieten beide viel zu sehr ihrem Vater nach, als daß sie sie hätten achten kön-

nen. Deshalb hätte sie sich um Margaret und deren Partnerwahl im Prinzip keine Sorgen zu machen brauchen. Und sie hätte es auch gewiß nicht getan, wenn ihr Mann nicht ausgerechnet ›das Mädchen‹ seinen ehelichen Kindern vorgezogen hätte.

»Die Mädchen sollen etwas Neues zum Anziehen bekommen. Es bleibt zwar nicht mehr viel Zeit bis dahin, aber ich nehme an, daß für sie in Hexham etwas Fertiges aufzutreiben ist.«

»Und das Geld? Woher soll ich das Geld dazu nehmen?« fragte sie kalt. »Du hast mir letzten Monat deutlich genug gesagt, daß die Haushaltskosten unbedingt gesenkt werden müssen.«

»Stimmt. Ich hatte auch allen Grund dazu, als ich deinen Auftrag für französische Konserven im Warenhaus in Hexham entdeckte.«

»Wie du weißt, hat es sich um ein Weihnachtsgeschenk für Miß Everton gehandelt.«

»Nun, meiner Meinung nach hätte das ruhig etwas anderes sein können als eine Schachtel ausländischer kandierter Früchte für sechzehn Shilling. Du hast doch, wie ich hörte, ohnehin eine Stickerei für sie angefertigt.«

Annes volle Lippen begannen zu zittern, ihr Gesicht lief rot an. Dann sagte sie, den Kopf leicht abwendend, ohne ihn jedoch aus den Augen zu lassen: »Ich ertrage diese Behandlung einfach nicht länger – ich warne dich.«

»Du warnst mich! Wovor?«

»Du wirst eines Tages für dein grausames Verhalten mir gegenüber bezahlen müssen, das schwöre ich dir.«

»Mein grausames Verhalten? Diese Unterstellung klingt etwas merkwürdig aus dem Mund einer Frau, die sich selbst jeder Art von Grausamkeit schuldig gemacht hat.«

»Du selbst bist für alles, was ich getan habe, verantwortlich.«

»Keineswegs, Anne. Damit kannst du mein Gewissen nicht belasten. Du warst vom ersten Jahr unserer Ehe an grausam. Und zwar mir gegenüber. ›Sadistisch‹ ist mei-

ner Meinung nach der richtige Ausdruck dafür. Erinnerst du dich an die Stopfnadel, die du mir – angeblich zufällig – in die Hand gestoßen hast? Wozu brauchtest du eine Stopfnadel auf deinem Nachtschränkchen? Ich weiß, sie war dir aus dem Nähkörbchen gefallen. Aber selbst wenn das stimmt, weshalb mußtest du sie als Waffe gegen mich gebrauchen? Ich habe in jener Nacht eine Menge Blut verloren. Du hast die Schlagader getroffen. Sieh nur« – er streckte die Hand aus –, »diese kleine Narbe hier wird mich immer an deine sadistische Tat erinnern. Wenn ich jemals Gewissensbisse in bezug auf das, was ich dir angetan habe, bekommen sollte, brauche ich mir nur die Narbe hier zu betrachten. Wir sind quitt.«
Sie zischte ihn an: »Was für eine Chance hat denn eine Frau wie ich, einen Rest von Würde zu behalten, wenn sie sich mit einem Mann wie dir einläßt! Ein Tier hätte sich mehr beherrscht. Du widerst mich an, damit du es nur weißt!«
»O mein Gott!« Er senkte den Kopf, schüttelte ihn dann, lächelte gequält und sagte aufseufzend: »Es hat keinen Sinn, wahrhaftig nicht! Ich wünschte, du hättest irgendeinen von diesen Heuchlern und Spießern hier aus der Gegend geheiratet. Weshalb mußte gerade ich derjenige sein? Wenn ich es mir recht überlege, hast du mich ja auch regelrecht geködert. Um, wie du dich einmal so schön ausgedrückt hast, etwas aus mir zu machen. Und das hast du getan – Ehre, wem Ehre gebührt! Du hast mich dazu überredet, dieses viel zu aufwendige Haus zu kaufen; du hast mich dazu gekriegt, von Montag bis Samstag vom Morgengrauen bis zum Einbruch der Nacht zu schuften. Ja, du hast was aus mir gemacht. Einen Mann, der dir ein bequemes, sorgloses Leben bietet. Genieße also die Resultate deiner Anstrengungen, solange du Gelegenheit dazu hast. Im übrigen sehe ich keine Veranlassung dafür, noch länger mit dir zu diskutieren. Ich habe dich von meinen Plänen unterrichtet, das genügt. Versuche nicht, sie zu durchkreuzen – es wäre zwecklos!«

Er drehte sich abrupt um, verließ den Raum und warf die Tür hinter sich zu. Anne stand einen Moment lang mit geschlossenen Augen da und umklammerte mit beiden Händen ihren Hals, bis sie das Gefühl hatte, ersticken zu müssen. Zum x-ten Male betete sie voll Inbrunst: »O Gott, handle gerecht. Zahl es ihm heim!«

4

Keiner von Matthews Plänen verwirklichte sich auf die Weise, wie er es sich erhofft hatte. John und Miß Everton nahmen am Ball nicht teil, weil Miß Everton schon lange davor eine andere Einladung für diesen Abend angenommen hatte. Robert hatte sich nur mit Gewalt dazu überreden lassen, mitzukommen. Das waren aber nur die weniger ins Gewicht fallenden Ärgernisse; bedeutend ausschlaggebender war, daß erstens Margarets Verehrer nicht auftauchte, und zweitens, daß Matthews Plan, Hannas Zukunft mit Hilfe des Anwalts zu sichern, deshalb fehlschlug, weil Mr. Arthur Walters in Begleitung einer jungen Dame auf dem Ball erschien, die er stolz als seine Verlobte präsentierte.
Wenn es nur irgendwie möglich gewesen wäre, hätte Matthew seine ganze Familie gleich wieder in die Mietkutsche verfrachtet, die sie nach dem Ball ins Hotel bringen sollte. Aber da er diese erst für halb zwölf bestellt hatte, blieb ihm nichts anderes übrig, als den größten Teil des Abends herumzustehen oder herumzusitzen. Er selbst war kein Tänzer, jedenfalls kein guter, so daß er sich auf einen einzigen Tanz mit Margaret beschränkte, weil es auf ihrer Ballkarte keinerlei Eintragungen gab. So mußte eben Robert einspringen, und der tanzte ebenso ungern wie er. Aber Margaret war es egal; was änderte es schon an ihrem großen Kummer?
Hanna hatte gleich zu Anfang fünf Namen auf ihrer Ballkarte stehen, was großartig war, wenn man bedachte, daß die meisten Männer bereits mit Partnerinnen herzukommen pflegten.

Als Matthew so zusah, wie Hanna über das Parkett gewirbelt wurde, mußte er sich sagen, daß sie das bei weitem bestaussehende Mädchen im ganzen Ballsaal war. Was ihm merkwürdig vorkam: obwohl noch keine siebzehn, sah sie wie mindestens neunzehn aus und wirkte ganz wie eine junge Frau. Schuldbewußt erkannte er, daß er auf sie stolzer war als auf Margaret. Das sollte nicht sein, das war ihm klar.

Matthew hegte keinerlei Zweifel, daß seine Frau sich über das Fehlschlagen seiner Pläne freuen würde. Selbst wenn weder er noch – dessen war er sicher – Margaret etwas über den Ball verlauten ließ: Anne besaß eine ausgeprägte Begabung dafür, alles zu erraten. So wußte sie bestimmt, daß nichts an diesem Abend nach seinen Wünschen verlaufen war.

Als die Wochen so dahingingen, machte sich Matthew wegen vieler Dinge Sorgen. Wegen John, wegen Margaret und ganz besonders wegen Hanna.

Hinzu kamen noch die immer größer werdenden Geldsorgen. Drei Pferde standen nun im Stall, und da sowohl John als auch Robert für Futtergeld und Kosten fürs Beschlagen aufkamen, handelte es sich bei diesen Auslagen nicht gerade um erhebliche Summen. Aber die Lebenshaltungskosten stiegen ebenso rapide an wie die Schulgebühren und die Beträge, die für ihre Bekleidung nötig waren. Wie die Dinge im Moment standen, würde er höchstwahrscheinlich bald eine Hypothek auf das Haus aufnehmen müssen. Natürlich war das keine Schande, aber es war immer sein ganzer Stolz gewesen, schuldenfrei dazustehen.

Alles in allem bedurfte er dringend des Trostes. Er hoffte inständig, die Anordnung der Steine würde ihm an diesem Morgen anzeigen, daß er abends Sally besuchen konnte. Es war erst eine Woche her, seit er sie das letztemal gesehen hatte, aber er brauchte sie mehr als einmal in der Woche, und wenn es nur deshalb gewesen wäre, um neben ihr zu liegen und von ihr auf liebevolle Art beschwichtigt zu werden.

Als er an diesem Märztag ausritt, dämmerte gerade erst der Morgen herauf. Soweit das Auge reichte, schien die ganze Landschaft in Silber getaucht. Während der Nacht hatte es ein leichtes Schneegestöber gegeben. Nun war der Boden gefroren, und das schimmernde Weiß blendete ihn mit zunehmendem Licht. Die Welt ringsum sah so rein und unbefleckt aus, als wäre sie eben erst erschaffen worden.

Er überholte Gruppen von Bergleuten auf dem Weg zur Arbeit. Viele der Männer grüßten ihn freundlich.

»Morgen, Joe«, erwiderte Matthew Robsons Gruß. Joe war ein guter Arbeiter, ein gottesfürchtiger Mann, wenn auch nicht direkt in kirchlichem Sinn, sondern in seiner praktischen Nächstenliebe und Loyalität. Und doch saß sein Ältester bereits seit sechs Monaten im Gefängnis, weil er in Hexham auf einen Polizisten geschossen hatte.

Als er an der nächsten Gruppe vorbeikam, die sich mühsam den Weg bahnte, wobei der Atem der Männer in der klirrenden Kälte wie eine Wolke vor ihnen hertrieb, rief ihm einer der Leute zu: »Morgen, Mr. Thornton. Eisiger Wind heute, wie?«

»Jawohl, Bill, ganz schön eisig. Aber das hält frisch.«

»Ach, die Frische kann mir gestohlen bleiben, Mr. Thornton«, rief Jack Heslop dazwischen. »Mir wär's lieber, ich könnte zu Hause am warmen Herd sitzen.«

Matthew mußte lachen, als Bill Nicholson kommentierte: »Dem geht's weniger um den warmen Herd als um Frau und Bett, Mr. Thornton, verlassen Sie sich drauf!«

Allgemeines Gelächter ertönte und folgte Matthew noch ein Stück des Weges.

Als nach der Straßenbiegung die bewußten Steine sichtbar wurden, sah Matthew zwei seiner Arbeiter an der Mauer vorbei hügelaufwärts gehen. Einer davon war Frank Pearman; den andern erkannte er erst, als dieser sich umwandte: es war Tom Shields. Er schüttelte verwundert den Kopf. Was trieben die beiden Possenreißer hier? Erst am Vortag hatte er sie zurechtweisen müssen,

nachdem sie völlig außer Rand und Band geraten waren, als ihre Schürfstelle sich als fündig erwies.
Vor ein paar Wochen hatten sich oben bei der neuen Schürfstelle, wie das so üblich war, die Männer in einigen Gruppen zusammengetan. Sie arbeiteten zu viert, einige zu sechst, einige zu acht – nur diese beiden versuchten es zu zweit.
Sie waren alle froh gewesen, auf einen Hang gestoßen zu sein, der zehn Prozent Blei enthielt. Das war in der Tat gut: bei den alten Adern hatten sie nur fünf Prozent herausbekommen. Tom Shields und Frank Pearman hatten jedoch plötzlich zu stänkern begonnen, wer wohl den Löwenanteil bekäme. Die beiden galten zwar als Spaßvögel, deshalb hatte man ihre Provokationen nicht weiter ernst genommen, aber Matthew war hellhörig geworden. Hatte man etwa das Streikjahr 1849 und seine schlimmen Folgen bereits vergessen?
Nun ja, es würde wohl immer Leute wie Shields und Pearman geben, die zur einen Hälfte Clowns, zur anderen Hälfte Spitzbuben waren... Weshalb schlugen sie nur diese Straße ein? Natürlich bedeutete dies an einem normalen Tag eine Abkürzung, aber nicht bei solcher Glätte wie heute. Ob die zwei wieder irgendeinen Coup ausheckten? Überrascht hätte ihn das bei den beiden Halunken keineswegs.
Als er sah, daß die Steine so geordnet waren, wie er es erhofft hatte, lächelte er. Liebe, gute Sally – sie mußte an diesem Morgen zeitig hiergewesen sein oder gar noch am Abend zuvor.

Der Tag war lang und ermüdend. John, der sich als Assistent des Chefingenieurs einzuarbeiten begann, fing Matthew mitten im Getriebe ab. »Da es unmöglich scheint, daheim mit dir zu reden, Papa, möchte ich dir lieber hier und jetzt mitteilen, daß Pansy eingewilligt hat, meine Frau zu werden. Wir wollen unser Aufgebot zu Ostern bestellen.«
»So was!« Matthew packte seinen Sohn am Arm. »Da

bin ich aber froh für dich, Junge. Sie wird dir sicherlich eine gute Frau sein. Was sagen denn ihre Eltern?«
»Sie waren anscheinend erfreut.«
»Haben auch allen Grund dazu.« Matthew lächelte breit. »Sie bekommen einen ansehnlichen Schwiegersohn, noch dazu einen, der es zu etwas bringen wird, wenn mich nicht alles täuscht.«
John lächelte ihm zu. Es mißfiel ihm absolut nicht, daß sein Vater ihm schmeichelte. Leider hatte er wenig Zeit und mußte gleich weiter. Als er sich abwandte, fragte ihn Matthew: »Weiß deine Mutter schon Bescheid?«
»Ich habe vor, es ihr heute abend zu sagen.«
»Sie wird sich bestimmt darüber freuen.«
»Ja, das glaube ich auch.«
Sinnend sah Matthew seinem Ältesten nach. John würde also bald aus dem Haus sein. Auch Margaret konnte jeden Tag ausziehen, wenn schon nicht aus Liebe, so bestimmt aus Mitleid mit ihrem Verehrer. Offensichtlich war dieser Hathaway nur deshalb nicht auf dem Ball erschienen, weil er sich keinen passenden Anzug für eine derartige feierliche Gelegenheit leisten konnte. Kurz nach dem mißglückten Abend hatte Margaret nämlich einen Brief von ihm bekommen, der sie noch vor ihrer Abfahrt nach Hexham hätte erreichen sollen, aber zu spät eingetroffen war. In diesem Schreiben hatte er ihr den eigentlichen Grund seines Fernbleibens erklärt. Obschon ein armer Schlucker, schien er wenigstens offen und ehrlich zu sein.
Tja, und Hanna würde wohl als nächste an der Reihe sein. Sie fand bestimmt bald einen Mann fürs Leben. Die einzige Frage, die ihn quälte, war nur: Wer?
Jedenfalls deutete alles darauf hin, daß er Haus Elmholm in Kürze mit Anne und Betsy allein bewohnen würde. Aber was wäre, wenn eines Tages auch Betsy sich dazu entschloß, ihr Elternhaus zu verlassen? Auf Robert konnte er bestimmt nicht zählen. Es würde ihn nicht im mindesten überraschen, eines Morgens die Nachricht auf dem Frühstückstisch vorzufinden, daß Robert auf ei-

nem Schiff angeheuert, sich einer Expedition angeschlossen oder sonst etwas Verrücktes angefangen hätte.

Am Abend verließ Matthew die Mine und ritt hinein in die einbrechende Dämmerung, die eine schöne Nacht zu werden versprach. Wie wunderbar, wie unkompliziert und angenehm sein Leben doch wäre, dachte er bei sich, wenn er jetzt tatsächlich zu Sally heimkehren könnte. Selbst wenn es nur diese kleine Hütte wäre, wo das Feuer einladend im Kamin flackerte, der Küchentisch frisch gescheuert und der Fußboden so blitzblank war, daß einem vor Behagen das Herz im Leibe lachte.

Ehe er die Steinmauer passierte, war er in einen Seitenpfad eingebogen. Matthew hatte es sich angewöhnt, stets zu überprüfen, ob ihm jemand entgegenkam oder folgte, bevor er die Hauptstraße verließ.

Jedesmal, wenn er sich der Hütte näherte, überkam ihn eine gewisse Aufregung. Heute abend verspürte er dieses Gefühl noch stärker als sonst, vielleicht weil die Lampe da drinnen so hell brannte.

Er band das Pferd an der üblichen Stelle fest, legte ihm vorsorglich die Decke über, klopfte ihm zweimal auf die Kruppe und ging erwartungsfreudig auf die Tür zu.

Voller Erwartung drückte er die Klinke nieder und rief leise: »Sally!«

Und dann erblickte er sie. Sie stand in der Nähe der offenen Schlafzimmertür, schlug sich mit der Hand auf den Mund, starrte ihn an und murmelte nur: »O mein Gott!«

Im selben Moment wurde sie beiseite gestoßen. Ein Mann trat ins Zimmer. Er war von mittlerer Größe, aber breit und kräftig gebaut. Sein Haar war kurz geschnitten und borstig, ebenso wie sein Schnurrbart. Nachdem er zuerst Matthew und dann seine Frau angestarrt hatte, fragte er mit drohendem Unterton: »Womit kann ich Ihnen dienen, Mister?«

»Ich...ich bin gerade vorbeigekommen. Meine Frau hat mich gebeten, ich solle mich erkundigen, ob...ob Mrs.

Warrington...«, Matthew deutete mit einer Kopfbewegung auf Sally, schluckte und fuhr dann fort: »...tja, ob sie vielleicht kommen und ihr helfen könnte.« Trotz seiner Bestürzung war er verwundert über die Leichtigkeit, mit der er diese Ausrede vorgebracht hatte.
»Was? Ihre Frau schickt Sie, um meine Frau zu fragen, ob sie ihr helfen könnte?« Der Mann sah Matthew unter zusammengekniffenen Brauen an und fuhr angriffslustig fort: »Sie kommen einfach ohne anzuklopfen in mein Haus gestolpert, nennen meine Frau beim Vornamen, als würden Sie sie weiß Gott wie gut kennen, und wollen mit dann einen solchen Bären aufbinden? Meine Frau hat noch niemand und nirgends geholfen, sie ist keine Magd, kapiert? Ich habe Sally geheiratet, damit sie für mich da ist, wenn ich heimkomme, merken Sie sich das!« Seine Stimme schwoll nun an. »Wen, zum Teufel, glauben Sie eigentlich hinters Licht führen zu können? Was wird hier gespielt?«
Er warf Sally, die beide Hände in den Stoff ihrer Bluse geklammert hatte, einen durchdringenden Blick zu, und bekam gleich darauf einen Wutausbruch.
»Jetzt versteh ich, jawohl, jetzt versteh ich erst!« brüllte er. »Du verdammte Schlampe, du! Deshalb ist der Ofen aus, wenn ich heimkomme...Ich bring dich um, bei Gott, das schwör ich dir!«
Bevor Matthew etwas sagen konnte, fauchte Sally nun ihrerseits ihren Mann an: »Wovon redest du überhaupt, Bill? Du mit deiner dreckigen Phantasie! Die Wahrheit ist, daß Mr. Thornton mich einmal vor dem Ertrinken gerettet hat. Ich habe es dir nicht erzählt, weil es dich ohnehin nicht interessiert hätte. Er hat im ganzen zweimal hier hereingeschaut, das ist alles. Was fällt dir ein, so mit mir zu reden?«
Der Mann sah sie zweifelnd an; offensichtlich wußte er nicht, ob er ihr glauben sollte.
»Du solltest dich wahrhaftig schämen!« schrie Sally weiter. »Wir haben so selten Besuch, weiß Gott, und wenn einmal jemand kommt, beleidigst du ihn. Noch dazu ei-

nen Gentleman wie Mr. Thornton!« Sie wandte sich an Matthew und sagte: »Es tut mir leid, Mr. Thornton. Gehen Sie lieber, und kommen Sie nie mehr wieder, nicht nach einem solchen Empfang.«

Matthew verstand ihren traurigen, verschreckten Augenausdruck nur zu gut. »Natürlich gehe ich«, erwiderte er. »Es tut mir leid, gestört zu haben. Leben Sie wohl, Sally.«

In ihrer Verstörtheit vergaß sie für einen Moment ihre Rolle und verplapperte sich, als sie nun sagte: »Leb wohl, Matthew!«

Kaum hatte sich die Tür hinter Matthew geschlossen, drehte sich Bill Warrington zu seiner Frau um. Die Stirnadern schwollen ihm dick an, während er tobte: »Matthew! Leb wohl, Matthew! Du verdammte Lügnerin! Er wollte dich bitten, seiner Frau auszuhelfen, was? Nun, ich weiß jetzt, worum er dich bitten wollte. Ich hatte völlig recht.«

Ehe sie noch ein Wort sagen oder sich irgendwie verteidigen konnte, schlug er ihr die geballte Faust mit aller Kraft mitten ins Gesicht.

Sally fiel wie vom Blitz gefällt zu Boden. Ohne sich weiter um die Daliegende zu kümmern, nahm Bill den Schürhaken vom Ständer, riß die Tür auf und rannte in die Nacht hinaus, zu der Stelle, wo er das Schnauben des Pferdes hörte.

Als Matthew das erstemal wieder zu sich kam, glaubte er, tot und in die Hölle gestürzt zu sein; nur daß die Hölle seiner Meinung nach ein heißer Ort hätte sein müssen. Statt dessen fror ihn entsetzlich, er empfand schmerzhaft die beißende Kälte. Seine Glieder waren völlig erstarrt, er spürte sie überhaupt nicht mehr. Ihm war, als hätte man seinen Kopf vom Rumpf getrennt. Er hatte keine Ahnung, wo er sich befand, hörte nur das Geräusch von sich entfernenden Pferdehufen, das ihm wie ein Teil eines Alptraums vorkam. Dann schwanden ihm erneut die Sinne...

Als er das zweitemal zu sich kam und die Augen aufschlug, sah er die Sterne am schwarzen Himmel funkeln. Nun streckte er die Hände aus, tastete um sich und versuchte, sich aufzurichten. Dabei wurde der Schmerz in seinem Kopf jedoch derart intensiv, daß er wieder zurücksank und reglos liegenblieb.
Er mußte große Anstrengungen unternehmen, bis es ihm gelang, sich langsam umzudrehen und schließlich schwankend aufzustehen. Allmählich begann er zu begreifen, daß er im Graben gelegen hatte. Eine Zeitlang stand er so da und starrte mit ausdrucksloser Miene die schwarze, gefrorene Erde an, bis er endlich genügend Kraft aufbrachte, um sich auf die Straße hinaufzuziehen. Oben angelangt, spürte er jedoch, daß er ohne Hilfe nicht imstande war, sich auf den Beinen zu halten.
Auf Händen und Knien kauernd, spähte Matthew um sich. Er nahm an, daß er sich auf dem Fahrweg befand, hatte aber keine Ahnung, wo das war. Auch wußte er nicht, wie weit er von daheim entfernt sein mochte, noch welche Richtung er einschlagen mußte, um dorthin zu gelangen.
Während er so dakniete, drang abermals das Geräusch von Pferdehufen an sein Ohr. Er wollte sich aufrappeln und um Hilfe rufen, doch aus seiner Kehle kam nur ein armseliges Krächzen. Panische Angst überfiel ihn plötzlich. Es war ihm, als befände er sich auf gleicher Höhe mit dem herbeitrabenden Tier, und er hob die Hand, gleichsam als wolle er sich schützen. Abermals versuchte er zu schreien, aber die Anstrengung war zu groß für ihn; er kippte zur Seite.
Dann spürte er, wie er hoch- und auf die Beine gezogen wurde und erkannte die Stimmen von Robert und Fred Loam über sich. »Papa – Papa! Gott sei Dank!« hörte er Robert deutlich sagen, und Fred setzte in seiner derben Art hinzu: »Was für ein Schlamassel! Man muß ihn überfallen haben. Halten Sie die Lampe hoch, Mr. Robert. Das ist in letzter Zeit schon das zweitemal. Vergangene Woche unten in der Nähe von Catton, aber dort haben sie das

Pferd mitgehen lassen. Auf das waren sie... Nein, er kann nicht sitzen. Wir müssen ihn über den Sattel legen.«

Als Matthew das nächstemal zu sich kam, war ihm warm, heiß sogar; er schwitzte richtig. Er öffnete nicht sofort die Augen, sondern wartete ab. Ihm war hundeelend. Er wußte, daß er im Bett lag. Sein Kopf schmerzte derart, daß er meinte, es nicht ertragen zu können, und sich inständig danach sehnte, wieder die Besinnung zu verlieren.

»Papa, bist du wach?«

Mit größter Mühe schlug er die Augen auf und sah Margaret vor sich.

»Wie fühlst du dich, Papa?«

Er antwortete nicht, bewegte aber die trockenen Lippen, bis er die Schnabeltasse spürte und zu saugen begann. Danach fragte er schwach: »Wie spät ist es?«

»Elf Uhr vormittag. Mein Gott, Papa!«

Sie beugte sich über ihn, während ihr die Tränen über die Wangen liefen. »Ich bin so froh... daß... daß du daheim bist. Lieg schön still, beweg dich nicht.« Sie legte die Hand auf seine Schulter. »Dr. Arnison wird bald wieder hier sein.« Sie setzte sich neben sein Bett und hielt seine Hand. »Wir waren so besorgt, als Bob allein heimgaloppiert kam. Alle haben sich gesorgt, das ganze Dorf. Die Leute sind dich suchen gegangen, die Bauern, die Bergleute, alle. Sie halten so viel von dir, Papa.« Tränen erstickten ihre Stimme.

Matthew streichelte ihre Finger und fragte nach einer Weile: »Wo... wo hat man mich gefunden?«

»Auf der Hauptstraße, in der Nähe des Flusses. Du mußt im Graben gelegen haben, denn John und Mr. Wheatley waren in dieser Nacht schon zweimal an der Stelle vorbeigekommen.«

»In der Nacht?«

»Ja«, sie nickte ihm zu, »es war gegen zwei Uhr früh, als sie dich endlich entdeckten.«

Zwei Uhr. Matthews Verstand arbeitete langsam. Wie lange hatte er im Graben gelegen? Sie sagte, es sei in der

Nähe des Flusses gewesen, aber weshalb hatte er im Graben in der Nähe des Flusses gelegen?
Schemenhaft tauchte ein Bild vor ihm auf. Er sah Sally in der Tür stehen, während ihr Mann hinter ihr auftauchte. Die Hütte hatte er doch noch unversehrt verlassen. Das Bild wurde deutlicher. Er hatte den Fuß bereits in den Steigbügel gesetzt, als er jemand hinter sich fühlte; es blieb ihm keine Zeit, sich umzudrehen. Das einzige, an was er sich erinnerte, waren das Geräusch von Pferdehufen und die plötzliche Angst, niedergetrampelt zu werden.
Aber weshalb war Bill Warrington daheim gewesen? Sally war in all den Jahren ihres Beisammenseins noch niemals ein Irrtum unterlaufen! Sie wußte genau Bescheid über das Kommen und Gehen ihres Mannes, und er hatte sich stets nach den ausgelegten Steinen richten können. Am vergangenen Morgen war das Signal völlig eindeutig gewesen. Wieder sah er die Mauer und die von Sally arrangierten Steine vor sich. Dann fielen ihm die zwei Bergleute wieder ein, die in einiger Entfernung rasch hügelaufwärts marschiert waren. Wer waren die beiden? Sein Verstand mühte sich um Aufklärung. Er kannte sie, er hatte ja noch über sie nachgedacht, als sie seinem Blick entschwunden waren. Ja, natürlich! Shields und Pearman, die beiden Tunichtgute, die allgemein als rachsüchtig verschrien waren. Hatten sie die Folgen bedacht, als sie ihm diesen Streich spielten und die Steine verschoben? Hatten sie sich ausgemalt, wie Bill Warrington ihn behandeln würde, wenn er plötzlich in sein Haus kam? Weshalb handelten Menschen nur so – weshalb? Dumme Frage! Sie wollten sich an ihm rächen, weil er sie wegen ihres aufwieglerischen Benehmens zur Rede gestellt hatte. Und noch etwas: Sie mußten über ihn und Sally Bescheid gewußt haben. Dabei hatte er sich all die Jahre über in Sicherheit gewiegt.
Matthews Kopf dröhnte, und in seinem Körper brannte es wie Feuer. Sein nächster klarer Gedanke war: Wartet nur, bis ich wieder ins Bergwerk komme! Er würde diese

beiden Kerle hinauswerfen, auf der Stelle! Und wenn es das letzte war, was er tat. Ich hätte sterben können – ich hätte sterben können... Ja, ich hätte sterben können. Weshalb kreisten diese Worte unausgesetzt in seinem Gehirn? Es wurde ihm immer heißer, er war schrecklich durstig, und die Kopfschmerzen waren kaum noch erträglich.

Die Lampe brannte, es war Nacht. Wohin war der Tag enteilt?

»Muß ich sterben, John?«

»Nein, Papa, nein, natürlich nicht. Du hast dir eine arge Erkältung zugezogen.«

Tag und Nacht schienen ineinanderzufließen. Kaum war Tagesanbruch gewesen, zündeten sie auch schon wieder die Lampe an. Aber nun schmerzte sein Kopf nicht mehr; es war ihm nur sehr heiß, seine Kehle war rauh, und das Atmen bereitete ihm Qualen. Aber er war schon froh, daß diese fürchterlichen Kopfschmerzen aufgehört hatten.

»Glaubst du, daß ich es schaffe, Robert?«

»Ja, natürlich, Papa, natürlich. Du mußt es schaffen, Papa, du mußt einfach!«

»Hallo, Hanna.«

»Hallo, Mister.«

»Nicht, Hanna, nicht... weine nicht.«

»Gut, ich werde nicht weinen, wenn Sie versprechen, nicht zu reden.«

»Ist im Grunde egal, Hanna, ob ich spreche oder nicht. Das... macht keinen... Unterschied mehr... Wie spät ist es?«

»Drei Uhr.«

»Morgens?«

»Ja, morgens.»

»Wo sind die andern?«

»John und Margaret sind gerade nach unten gegangen, um was zu trinken zu machen. Robert war die ganze Zeit

bei Ihnen, jetzt ist er müde und ruht sich in meinem Zimmer aus.« Sie deutete auf die Verbindungstür.
»Und meine... Frau?«
»Die Missis hat sich hingelegt. Sie ist sehr müde.«
»Sehr müde. Sehr müde... Hanna?«
»Ja, Mister?«
»Sag doch ›Vater‹, Hanna.«
»Vater...«
»Nun weine nicht, Liebling. Weißt du, was? Ich fühle mich viel besser. Kräftiger.«
Sie schluckte krampfhaft und erwiderte dann mühsam: »Oh, das ist... wunderbar.«
»Willst du... etwas für mich tun, Hanna?«
»Ja ... Vater. Alles, alles!«
Er versuchte, sich zur Seite zu drehen, aber die Anstrengung schien zu groß zu sein, so daß er sekundenlang keuchend dalag, ehe er seine Sprache wiederfand: »Möchtest du einer Frau – einer Freundin von mir – eine Nachricht überbringen? Sie heißt Sally, Sally Warrington, und wohnt in Lode Cottage. Man kommt auf dem Weg zwischen den Flußauen... und dem Bergwerk... dorthin. In meinem Kleiderschrank« – er hob schwach die Hand und deutete auf den die gesamte Breitseite des Zimmers einnehmenden Schrank – »findest du hinten, unterm letzten Brett, einen Beutel. Zwanzig... zwanzig Sovereign sind drin. Ich möchte, daß du ihn ihr bringst. Vielleicht verhilft es ihr dazu, wegzukommen und...«
Ein Hustenanfall schnitt ihm das Wort ab. Als er mit einer neuerlichen Geste auf den Schrank zeigte, eilte Hanna darauf zu, öffnete die Tür, schob die Kleidungsstücke beiseite, bückte sich und tastete die Bretter dahinter ab. Erst schien es so, als wären sie alle festgenagelt, aber dann glitt ihr Zeigefinger über eine leicht vorstehende Kante. Sie schob das Brett beiseite und berührte einen Lederbeutel.
Sie ging zum Bett zurück und hielt ihm den Beutel hin. Er nickte nur und sagte mühsam: »Versteck ihn, bis... du eine Gelegenheit hast, zu ihr zu gehen, und paß gut auf,

daß niemand etwas bemerkt. Sag ihr, daß ich an sie... gedacht habe. Wirst du das für mich tun, Hanna?«
»Ja, natürlich, ich tue alles, alles.«
»Sie war eine gute Freundin von mir... du verstehst schon, was ich meine, nicht wahr?«
Neben seinem Bett sitzend, blickte Hanna einen Moment lang in sein Gesicht, ehe sie langsam nickte. Ja, sie verstand, was er meinte. Die Fremde war auf dieselbe Art seine Freundin gewesen, wie ihre Mutter es einst gewesen war. Sie nahm es ihm nicht übel, überhaupt nicht. Wenn man eine Frau hatte wie die Missis, mußte man sich anderswo trösten.
Da hörte sie Schritte auf der Treppe und ließ rasch den Beutel in ihr Miederleibchen gleiten.
Als John und Margaret eintraten, machte Hanna einen Schritt zurück. John warf einen Blick auf seinen Vater, drehte sich rasch zu Margaret um und flüsterte ihr zu: »Geh und hol Mama.«
Kaum war Margaret aus dem Zimmer geeilt, trat Hanna an die andere Seite des Bettes, beugte sich über Matthew, nahm seine schlaffe Hand in die ihre und rieb sie sanft an ihrer Wange. Vor ihren Augen wogte ein Schleier von Tränen. Matthew hatte die Augen geschlossen, er atmete kaum noch merklich.
Als Anne Thornton, gefolgt von Margaret und Robert, das Zimmer betrat, hatte sich Hanna an den Frisiertisch zurückgezogen. Da sie beim Abschied zwischen Mann und Frau nicht anwesend sein wollte, ging sie unauffällig hinaus.
Der Mister starb also. Ihr Vater lag im Sterben – der Mann, der seine Ehe, ja sein ganzes Familienleben dadurch zerstört hatte, daß er sie aufgenommen hatte. Sie schuldete ihm etwas, was sie nie mehr zurückzahlen konnte. Seit Jahren hatte sie sich insgeheim gewünscht, es ihm durch Liebe vergelten zu können, aber sie war gezwungen gewesen, sich zurückzuhalten: nicht nur wegen seiner Frau, auch wegen seiner jüngsten Tochter. Die anderen hätten sie verstanden, dessen war sie sicher. Sie

hätten die Gefühle, die sie so gern gezeigt hätte, akzeptiert.
Hanna zündete die Kerze auf ihrem kleinen Tisch an und setzte sich auf die Kante ihres Bettes. Eigentlich hätte sie jetzt beten sollen, aber sie vermochte es einfach nicht. Sie konnte keine Worte finden, um Gott, der über Leben und Tod herrscht, ihren Kummer und Schmerz mitzuteilen.
Lange saß sie reglos da – wie lange, wußte sie nicht. Plötzlich fühlte sie mit aller Deutlichkeit, daß er gestorben war. Da warf sie sich auf das Bett und versuchte, ihr Weinen in den Kissen zu ersticken.
Es dauerte eine ganze Weile, bis sie sich wieder aufsetzte, vor sich hinstarrte und flüsterte: »Oh, Mister, Mister! Was soll nun aus mir werden – jetzt, wo Sie nicht mehr da sind?«

DRITTER TEIL

Späte Erkenntnis

1

»Mama.«

»Ja, Liebling?«

»Ich hab sie wieder mit Fred Loam reden sehen; sie standen mitten auf dem Platz beisammen. Das muß diese Woche das drittemal gewesen sein.«

Anne Thornton ließ den kleinen Stickrahmen auf ihr Trauerkleid sinken, steckte die Nadel in das Leinen, kreuzte die Arme über der Brust und sah ihre Tochter schweigend an. Auch Betsy trug ein schwarzes Kleid, das gleiche wie ihre Mutter.

»Hast du mit Margaret über das gesprochen, was sich damals auf dem Ball ereignet hat?«

»Ja, hab ich, Mama. Aber du kennst ja Margaret. Sie hat mich gerügt, daß ich von Bällen rede, wo Papa doch erst vor kurzem verstorben ist.«

Anne Thornton wandte langsam den Kopf und blickte zum Fenster, wo die Rollos noch immer halb heruntergezogen waren, während sie rhythmisch mit einer Hand auf die andere klopfte. Sie wußte, daß die Ballnacht anders verlaufen war, als Matthew es gewünscht und geplant hatte. Ob seine Enttäuschung dem Umstand gegolten hatte, daß Margarets Verehrer nicht aufgetaucht war – das war nämlich alles, was sie an Informationen aus Robert herausbekommen hatte –, oder der Tatsache, daß Mr. Walters Interesse für ›das Mädchen‹ aus irgendeinem Grund erlahmt war, wußte sie nicht. Noch immer war sie besorgt, der Anwalt könnte, wenn er vom Tod ihres Gatten hörte, an der Haustür auftauchen und um die Hand dieses Geschöpfes anhalten. Vielleicht hatten die

beiden sich im letzten Jahr getroffen – wie sollte sie das wissen? Daß dieser Bastard, der ihr Leben vergiftet hatte, womöglich eines Tages als Rechtsanwaltsgattin in Hexham lebte, während ihre eigene Tochter – falls es ihr nicht gelang, der Sache einen Riegel vorzuschieben – mit diesem Hungerleider von Bankangestellten vorliebnehmen sollte, kam überhaupt nicht in Frage!
Sie stand unvermittelt auf, wobei der Stickrahmen zu Boden fiel. Betsy bückte sich rasch, hob ihn auf und reichte ihn ihrer Mutter.
»Ich möchte, daß du in den Laden gehst, Betsy, und Mr. Loam ausrichtest, ich möchte ihn sprechen. Sollte er fragen, weshalb, sag ihm, es handle sich um eine Privatangelegenheit.«
»Ja, Mama.« Betsys Gesicht strahlte.
»Geh sofort, dann erwischst du ihn aller Voraussicht nach, ehe er wie jeden Montag nach Allendale zum Schlachten fährt.«
»Ja, Mama.«
Anne Thornton blickte ihrer Tochter, die pflichteifrigst aus dem Zimmer stürzte, nach. Sie wußte, daß Betsy ebenso glücklich darüber sein würde, wenn ›das Mädchen‹ endlich aus dem Haus käme, wie sie selbst. Aber es ging nicht nur darum, den verhaßten Bastard nicht mehr sehen zu müssen. Sie hatte diesem Geschöpf noch eine besondere Demütigung zugedacht.
Fred Loam war, wie sie nun überlegte, ein ungebildeter, verfressener junger Tölpel, der völlig unter dem Pantoffel seiner Mutter stand; und die war in der ganzen Gegend als böse und zänkisch bekannt. Sie würde einer Schwiegertochter die Hölle auf Erden bereiten! Anne Thornton konnte sich jetzt schon lebhaft vorstellen – und das bereitete ihr ausgesprochenes Vergnügen –, was ›das Mädchen‹ unter der Herrschaft dieser ewig keifenden Megäre mitmachen würde, ganz abgesehen von dem schauderhaften Dasein an der Seite eines solch ungeschlachten Ehemannes.
Das würde ihre späte Rache dafür sein, daß ihr Leben rui-

niert war, daß sie all die Jahre in verzehrendem Haß auf ihren Mann verbringen mußte. Und gehaßt hatte sie ihn bis zum letzten Atemzug, als er sie mit weit offenen Augen angesehen hatte. Sie hoffte und betete immer noch, daß Gott ihn für sein schändliches Verhalten aufs schwerste bestrafen möge. Du lieber Himmel, wie sie gelitten hatte, wenn sie mutterseelenallein und verlassen in diesem Zimmer gelegen hatte, der Gesellschaft, Anteilnahme und Liebe beraubt, die eine Frau von ihrem Mann mit Fug und Recht erwarten konnte und die nichts mit körperlichem Verlangen zu tun hatte...

Sie redete sich felsenfest ein, daß zwischen ihnen beiden eine feste seelische Bindung bestanden hatte, bevor ›das Mädchen‹ aufgetaucht war. Nun gut, über gewisse Dinge mochten sie auch manchmal verschiedener Meinung gewesen sein – das hatte sich aber in Grenzen gehalten. Sonst war in den dreizehn Jahren ihrer Ehe alles durchaus harmonisch verlaufen.

Aber nun war er tot. Und wenn sie ihn schon zu Lebzeiten gehaßt hatte, so haßte sie ihn jetzt noch mehr. Er hatte sie völlig unversorgt zurückgelassen. Ein Testament hatte er nicht gemacht, zumindest konnte keines aufgefunden werden. Seine einzige Hinterlassenschaft war das Haus, und das sollte von Rechts wegen John bekommen. Der hatte jedoch in seiner Großzügigkeit gleich vorgeschlagen, es auf sie überschreiben zu lassen; er würde nach seiner Hochzeit ja doch zu seiner Frau ziehen. Der Hof war groß genug, und seine Braut hatte ihm bereits gesagt, sie lege Wert darauf, weiterhin bei ihrer Familie zu wohnen.

Das Haus gehörte also ihr; aber wie sollte sie es unterhalten? In der Vorwoche hatte sie von Mr. Beaumont gehört, daß er ihr eine Pension von wöchentlich einer Guinee auszahlen würde. Was für eine schäbige Geste! Wovon sollte sie ihren Lebensunterhalt bestreiten, wenn John und Robert von daheim fortzogen? Sie hätte es bedeutend lieber gesehen, wenn Robert der Bräutigam gewesen wäre. Sie war sicher, daß John sie dann nach Kräften un-

terstützt hätte. Von Robert durfte sie hingegen nichts erwarten – sie beide hatten einander nie ausstehen können, ja sie hegte ihm gegenüber ein Gefühl tiefer Abneigung.
Aber das allerwichtigste war natürlich, ›das Mädchen‹ aus dem Haus zu bringen. Hätte sie nicht die empörten Reaktionen ihrer Söhne und Margarets gefürchtet, dann hätte sie den Bastard bereits am Tag des Begräbnisses auf die Straße gesetzt. Wo mochte dieses Geschöpf momentan bloß wieder stecken?
Von ihren Gefühlen überwältigt, sprang Anne auf und eilte in die Küche. Wenn ›das Mädchen‹ von seinen Streifzügen zurückkehrte, benützte es mit Vorliebe den Kücheneingang.
Bis auf Bella war die Küche leer; so ging sie ohne ein Wort – was keineswegs üblich war – in den Hof und weiter bis zum Stall. Hier blieb sie stehen und schaute sich um, als hielte sie nach Dandy Ausschau.
In diesem Moment kam Betsy die Auffahrt herauf. Sie erblickte ihre Mutter, eilte auf sie zu und berichtete: »Ich hab ihn gerade noch rechtzeitig erwischt. Er kommt, Mama – er muß jeden Augenblick hier sein.«
Anne Thornton räusperte sich und schaute sich vorsichtig um, bevor sie leise sagte: »Warte hier auf ihn und bring ihn dann direkt ins Wohnzimmer.«
»Ja, Mama.«
Sie hatte sich kaum, mit dem Rücken zum Licht, in einem bequemen Stuhl zurechtgesetzt, ihre Röcke richtig arrangiert und ihren Stickrahmen aufgenommen, als sich bereits die Wohnzimmertür öffnete. Betsy trat ein und verkündete in dramatischem Flüsterton: »Mr. Loam möchte dich sprechen, Mama.«
»Ja, bring ihn bitte herein.«
»Guten Tag, Madam.«
»Guten Tag, Fred.«
Er stand mit der Mütze in der Hand verlegen in der Mitte des Zimmers. Anne forderte ihn nicht zum Sitzen auf, sondern machte noch einige Stiche, ließ dann den Blick

auf der Stickerei ruhen und sagte schließlich: »Kann ich Sie etwas Persönliches fragen, Fred?«

»Was Persönliches, Madam? Fragen Sie, was Sie wollen, ich werde Ihnen antworten.«

»Haben Sie jemals daran gedacht, zu heiraten?«

Sein Schweigen ließ sie den Kopf heben. Sie sah, wie er den Mund aufriß; offensichtlich hatte er ihre Frage mißverstanden. Anne Thornton fühlte Ärger in sich aufsteigen: Nahm der Kerl etwa am Ende an, ausgerechnet sie wolle ihm einen verlockenden Vorschlag machen? Er mußte den Verstand verloren haben! Sie beherrschte sich jedoch und sagte rasch und in förmlichem Ton: »Ich habe mich gefragt, ob Sie in diesem Zusammenhang vielleicht schon einmal an...« Wie sollte sie ›das Mädchen‹ benennen? Einem Einfall folgend fuhr sie fort: »... an mein Mündel gedacht haben.«

»Sie ... Sie meinen Hanna, Missis?«

Sie sah, wie er die Schultern sinken ließ.

»Ja.«

»Sie meinen, ob ich daran gedacht habe, sie zu heiraten?«

»Ja.«

»Tja, bei Gott, das hab ich. Aber –« Fred Loam drehte nervös die Mütze zwischen seinen Händen, während er ungläubig grinsend mit dem Kopf zu wackeln begann. Plötzlich begann er übers ganze Gesicht zu strahlen und fragte: »Würden Sie es gestatten?«

»Ja, ich würde es gestatten.«

»Na so was! Nun, wenn Sie schon Ihre Einwilligung dazu geben, will ich Ihnen eingestehen, daß ich tatsächlich ein-, zweimal daran gedacht habe, Missis. Ich hätte mir nur nie träumen lassen, daß... Ich meine, ich dachte, daß Sie vielleicht andere Pläne mit ihr haben. Selbst wie die Dinge jetzt liegen und obwohl ich weiß, daß Sie sich nichts aus ihr...« Er brach unvermittelt ab, ließ den Kopf sinken, hob ihn jedoch gleich wieder, als sie sagte: »Sie haben meine Einwilligung, sie zu heiraten, wann Sie dazu bereit sind. Sie brauchen sich keine Gedanken darüber zu machen, daß dies als Respektlosigkeit ihrem Vater gegenüber aufgefaßt werden könnte. Es wird sich verschiedenes in diesem Haus ändern. Das ist nur der Anfang.«

»Haben Sie mit ihr gesprochen? Ich meine, weiß sie es?«

Anne Thornton sah ihm fest in die Augen, als sie erwiderte: »Sie wird tun, was man ihr sagt, und dankbar dafür sein.«

Fred setzte eine feierliche Miene auf. »Nun, alles, was ich sagen kann, ist: Danke, Missis. Hoffentlich ist es auch in Hannas Sinn!«

»Also, dann guten Tag, Fred. Alles übrige überlasse ich Ihnen.«

»Danke, Madam.« Er stand noch einen Moment lang da, ehe er sich umdrehte und mit stolzgeschwellter Brust aus dem Zimmer marschierte.

2

Es war ein wunderschöner Tag, so richtig zum Spazierengehen. Die Sonne schien hell, aber nicht warm; auf den Hügelspitzen lag ein Rest violetten Lichts. Wenn man in den Himmel aufblickte, schien alles in eine nie endende Helligkeit überzugehen, als könnte man direkt zu den Sternen sehen.
Zweimal innerhalb der letzten drei Wochen war Hanna in der Absicht aus dem Haus gegangen, der Frau in der Hütte Matthews letzte Grüße zu bringen. Das erstemal hatte sie die falsche Straße eingeschlagen und war vier Stunden lang im Kreis gelaufen, ehe es ihr mit Mühe gelang, gerade noch vor Einbruch der Dunkelheit heimzukommen; das zweitemal war sie von einem Gewitter überrascht worden. Aber heute herrschte gutes Wetter, und sie befand sich auf dem richtigen Weg.
Am Vortag hatte sie Ned gefragt, wo Lode Cottage läge, und er hatte, nachdem er ihr genau beschrieben hatte, wo sie von der Hauptstraße abzweigen mußte, gefragt: »Weshalb wollen Sie denn zu Sally Warrington?« – »Oh, aus keinem besonderen Grund«, hatte sie ausweichend gemurmelt, auf seinen forschenden Blick hin aber hinzugefügt: »Ich ... ich hab eine Botschaft für sie. Sie werden nichts davon sagen, nicht wahr, Ned?« Und er hatte in seiner gewohnten Art erwidert: »Etwas sagen? Weshalb sollte ich?«
Nun konnte Hanna die Hütte bereits sehen; Sally Warrington stand mit einem Eimer in der Hand davor. Auch sie hatte Hanna kommen sehen und wartete offensichtlich auf sie.

»Sind Sie Mrs. Warrington?«
»Ja, die bin ich.«
»Kann ich mit Ihnen reden?«
Hanna sah, wie die Frau überlegte, ob sie ihr antworten sollte oder nicht. Dann meinte sie unvermittelt: »Kommen Sie herein.«
Hanna folgte ihr in die Hütte, und nachdem Sally ihr Platz angeboten und sich selbst gesetzt hatte, versuchte Hanna, ihr nicht in das blauschwarz verfärbte Gesicht zu sehen, das sie ebenso erschreckte wie die tiefe Narbe auf der Oberlippe und die deutlich verschwollene Wange.
»Was wollten Sie mir sagen?«
»Ich habe eine Botschaft für Sie von ... von meinem Vater.«
Es war das erstemal, daß sie dieses Wort laut aussprach und es fröstelte sie unwillkürlich.
Die Frau hatte den Kopf gesenkt und schwieg. Dann fragte sie kaum hörbar: »Was hat er gesagt?«
»Er ... er sagte, daß ich Ihnen dies hier geben soll.« Hanna holte aus der Tasche ihres Umhangs den kleinen Lederbeutel hervor und händigte ihn der Frau aus.
Sally sah ihn lange an, ehe sie ihn nahm. »Was ist darin?« erkundigte sie sich.
»Es ist ... es ist Geld. Er dachte, daß Sie es brauchen würden, daß es Ihnen dazu verhelfen könnte, fortzugehen.«
»O mein Gott!« Sally ließ den Beutel in ihren Schoß fallen, bedeckte ihr verunstaltetes Antlitz mit beiden Händen und begann herzzerbrechend zu weinen. »Es war mein Fehler – es war mein Fehler!« stammelte sie; nur mühsam vermochten ihre mißhandelten Lippen die Worte zu formen. »Man sollte ihn dafür aufhängen, jawohl, das sollte man. Es war reiner Mord. Aber wer kann das beweisen? Am Morgen darauf war er längst in Hexham, und wie ich ihn kenne, kann er sicherlich mit Kollegen aufwarten, die das beschwören werden. Ehe er fortging, ist er noch zweimal über mich hergefallen.« Sie betastete ihr striemenbedecktes Gesicht vorsichtig mit den Fingern.

Hanna stand auf, ging auf sie zu, legte den Arm um sie und sagte begütigend: »Nicht, bitte weinen Sie nicht.« Dabei mußte sie selbst weinen, so hemmungslos, wie sie es seit dem Tod ihres Vaters nicht mehr getan hatte. Um die Frau zu trösten, sagte sie dann: »Er ... er hat Sie gern gehabt; er war sehr besorgt um Sie. Es sind zwanzig Sovereign in dem Beutel. Ich ... ich glaube, es war alles, was er an Bargeld besaß. Er hat nichts hinterlassen.«
Sally schluckte. »Er hat kein Geld hinterlassen?« murmelte sie.
»Nein. Nur das, was an Lohn fällig war. Aber er wollte unbedingt, daß Sie das hier bekommen. Er schien ängstlich darauf bedacht zu sein, daß Sie von hier weggehen.«
»O Gott, wie recht er hatte! Ach, Kind, der Gedanke, von hier fortzugehen, hat mich keine Minute lang verlassen, das können Sie mir glauben. Aber ich hatte ja keinen Penny. Nicht daß Ihr Vater nicht großzügig gewesen wäre, aber ich selbst war es immer, die nichts nehmen wollte, weil ich fürchtete, daß mein Mann es finden könnte. Deshalb bin ich jedesmal, wenn ich zum Markt, zur Viehausstellung oder zum Ratenzahlen nach Newcastle gefahren bin, zu meiner Schwester Lizzie gegangen und hab ihr gegeben, was ich von ihm bekommen habe, denn sie hat eine große Familie und ist immer knapp dran. Sie hätte mich natürlich jederzeit bei sich aufgenommen, aber mit leeren Händen wollte ich nicht kommen. Jetzt ist das allerdings etwas anderes, jetzt werde ich von hier fortgehen.« Sie drückte den Beutel an sich und meinte gerührt: »Er war ein guter Mann, ein wundervoller Mann. Ich sage es, ohne mich zu schämen: Ich habe ihn geliebt.« Sie stand auf und wischte sich die Tränen ab. »Kann ich Ihnen irgendwas anbieten: Tee, Suppe, ein Glas Milch?«
»Nein, danke. Ich muß wieder nach Hause. Sie werden also zu Ihrer Schwester gehen?«
»Ja, Kind, das tu ich.« Sallys Stimme klang bitter, als sie fortfuhr: »Ich werde keine Zeit mehr verlieren. Noch heute werde ich gehen. Er ist zur Zeit an der schottischen

Grenze und kann vor zwei Tagen nicht zurück sein. Wenn ich erst einmal in der Stadt bin, kann ich mich verstecken. Meine Schwester Lizzie wird mich schon irgendwo unterbringen. Jetzt besitze ich genug Geld, um mich so lange durchzubringen, bis ich Arbeit gefunden habe. Ich werde fort sein, noch ehe es dunkel wird. Zu tragen habe ich nicht viel, denn ich besitze außer dem Kleid, das ich am Leibe habe, nur noch eines zum Wechseln, einen Mantel und ein bißchen Wäsche. Vielen, vielen Dank, daß Sie gekommen sind und mir dies hier und die Botschaft von ihm gebracht haben!« Sie schüttelte nun traurig den Kopf und sagte: »Mir tut nur eines leid: Daß ich nicht bei ihm sein konnte, als es mit ihm zu Ende ging, denn sie war ihm sicherlich kein Trost, nach allem, was ich gehört habe. Aber ehe Sie gehen« – sie streckte Hanna die Hand hin –, »sagen Sie mir noch, was Sie selbst jetzt anfangen werden.«
»Ich wünschte, ich wüßte es. Ich würde gern eine Stelle annehmen, aber ich bin für nichts richtig ausgebildet. Ich meine, nicht wie Margaret, meine Halbschwester. Sie ist so gescheit und tüchtig und vielseitig. Ich kenne mich fast nur mit dem Haushalt aus.« Hanna lächelte schwach.
»Nun, Kind, so was hilft unsereinem sicher besser weiter als weiß Gott was für spezielle Fertigkeiten. Aber Sie brauchen keine Angst zu haben. So hübsch, wie Sie sind, werden Sie sicher heiraten, noch ehe Sie sich versehen. Ich hoffe nur, daß Sie einen guten, braven Mann bekommen – so einen, wie Ihr Vater einer war. Leben Sie wohl, Kind.« Sie streckte ihr die Hand hin, und Hanna ergriff sie und drückte sie herzlich. Dann wandte sie sich rasch ab und eilte hinaus.
Langsam ging sie zur Hauptstraße hinunter. Sie konnte verstehen, daß ihr Vater diese Frau geliebt hatte; sie war nett, freundlich und mußte, ehe ihr Gesicht von Hieben entstellt worden war, sehr hübsch gewesen sein. Es war so, wie sie gesagt hatte: In der Stadt konnte man untertauchen. War sie nicht selbst sozusagen untergetaucht,

wenn sie am Flußufer dahingewandert war? Gern wäre sie wieder nach Newcastle zurückgegangen, wenn sie nur jemanden dort gekannt hätte – so wie diese Frau jemanden kannte –, jemanden, zu dem sie hätte gehen, der sie hätte unterbringen können.
Hanna fühlte, wie die Angst immer mehr von ihr Besitz ergriff. Was sollte nun aus ihr werden? Die Frau hatte gesagt, daß sie bestimmt bald heiraten, einen Mann bekommen würde. Aber sie wollte alles andere als heiraten. Da es nur einen einzigen Mann gab, der ihrem Ideal entsprach und sie diesen Mann nicht haben konnte, wollte sie überhaupt nicht heiraten, nie, sagte sie sich in mädchenhaftem Ungestüm.
Jedenfalls blieb die Frage offen, was sie nun anfangen sollte. Hanna bezweifelte, daß man ihr erlauben würde, weiterhin in diesem Haus wohnen zu bleiben, selbst wenn sie es gewünscht hätte. Etwas braute sich über ihrem Haupt zusammen, sie spürte es mit allen Fasern ihres Herzens.
Während sie abwärts ging, erblickte sie plötzlich Ned, und ihr Herz machte einen Sprung. Sie faßte ihren Rocksaum und lief auf die Straße, wo er sein Leitpony eben angehalten hatte.
»Nun, haben Sie wieder mal einen Ihrer Streifzüge unternommen?« erkundigte er sich.
»Ja, Ned.«
Er sah über ihren Kopf hinweg zum Hügel hinauf und sagte ganz beiläufig: »Waren Sie schon in Lode Cottage?«
»Ja, ich war dort.«
Dabei schaute sie ihn an und ergänzte ruhig: »Ich habe eine Botschaft überbringen müssen.«
»Ach so.« Er nickte ihr zu. »Nun, das ist nur recht und billig.«
»Was meinen Sie damit?«
»Es heißt, daß Ihr Vater keineswegs von Wegelagerern oder Pferdedieben überfallen worden sei. Aber es handelt sich, wie gesagt, nur um ein Gerücht.«

Sie kniff die Augen zusammen, dann fragte sie: »Wo gehen Sie diesmal hin?«
»Ach, das ist ein langer Marsch hinunter nach Westmoreland. Es handelt sich um ein Gut zwischen Hilton und Coupland, so eine Art Privatgeschäft. Das lohnt sich für gewöhnlich am allermeisten. Außerdem bekommt man da abends immer eine Menge zu essen und zu trinken vorgesetzt.«
»Werden Sie lange fortbleiben?«
»Das hängt ganz davon ab, was ich auf dem Rückweg an Pferden auftreibe.« Er deutete mit einer Kopfbewegung auf die vier hinter ihm stehenden Ponys. »Man kann bei meinem Geschäft nie im voraus wissen, wo es was zu holen gibt. Jedenfalls kriegt man nichts, wenn man auf seinen vier Buchstaben sitzenbleibt.« Er klatschte sich mit der flachen Hand aufs Hinterteil.
Sie ging auf seinen Scherz nicht ein. Statt dessen hätte sie ihn am liebsten gebeten, sich zu sputen und so rasch wie möglich zurückzukommen – aber das wäre albern gewesen! Die Vorstellung, ihn oben im Pele-Haus zu wissen, half ihr jedoch dabei, sich nicht völlig verlassen zu fühlen. Es war dann, als hätte sie einen großen Bruder, der sie in ihrer Not beschützte.
»Wie geht's daheim?« fragte er.
»Ach«, sie schluckte, »wie ... wie immer.«
»Was werden Sie nun tun?«
Sie sah kopfschüttelnd auf ihre Füße nieder, ehe sie erwiderte: »Ich weiß es nicht, Ned. Ich wollte, ich wüßte es. Ich bin ziemlich ratlos. Mir ist, als wäre ich in einen Strudel geraten.«
»Können Sie schwimmen?«
»Wie? – Nein, ich kann nicht schwimmen«, sagte sie und lächelte schwach.
»Sollten Sie aber, Hanna. Ein Nichtschwimmer ist, wenn er in einen Strudel gerät, nur allzu leicht verloren. Hab ich nicht recht?« Er grinste ihr aufmunternd zu. »Ich finde meine Lage absolut nicht komisch, Ned«, meinte sie mit leichtem Vorwurf in der Stimme und schrak

gleich darauf zurück, als er sich ganz plötzlich zu ihr herunterbeugte, bis er beinahe aus dem Sattel glitt.
»Dann sollten Sie was dagegen tun«, brummte er. »Nichtschwimmer klammern sich mit Vorliebe blindlings an den nächstbesten Strohhalm an, statt die Augen aufzumachen und die Arme tüchtig auszustrecken. Dann würden sie nämlich bemerken, daß es ganze Planken in Reichweite gibt. Sie sind kein Kind mehr, sondern eine junge Frau. Und soll ich Ihnen was sagen? Sie sind genauso gefährlich wie feuchtes Dynamit in einer Mine, jawohl. Und wenn Sie nicht bald die Augen aufmachen und sehen, was sich direkt vor Ihrer Nasenspitze abspielt, dann werden Sie untergehen, und Ned wird nicht dasein, um Sie aus dem Wasser zu ziehen... Los, weiter, verdammtes Biest!« Damit ließ er seine Peitsche durch die Luft sausen.
Hanna stand mit offenem Mund da und sah zu, wie die zusammengebundenen Ponys die Straße hinuntertrotteten; sie hörte Ned brüllen und die Tiere anspornen.
Was hatte sie getan? Weshalb war er nur so auf sie losgegangen? Zu sagen, daß sie genauso gefährlich sei wie Dynamit in einer Mine... Sie blickte sich um, als könnten ihr die Hügel Antwort geben. Ned und sie waren stets gute Freunde gewesen, er hatte sich ihr gegenüber immer wie ein Bruder verhalten. Was hatte ihn bloß so verärgert? All das Gerede über Nichtschwimmer und sich an den nächstbesten Strohhalm anklammern und untergehen... Sie verstand nun, weshalb manche Leute ihn nicht mochten, wenn er sie derart anfuhr. Schließlich hatte sie ihm keinen Anlaß dazu gegeben, derart aufgebracht zu sein. Sie erinnerte sich daran, daß er sie schon mehrmals unwirsch behandelt, ja sie einmal praktisch aus dem Pele-Haus hinausgeworfen hatte. Es war ungefähr zu der Zeit gewesen, als er hätte heiraten sollen und es dann nicht getan hatte. Vielleicht hatte er auf diesem Gebiet wieder einmal Unannehmlichkeiten. Aber das war noch lange kein Grund, seine Wut an ihr auszulassen! Allerdings benötigten Männer gar keinen Grund, um un-

wirsch zu sein. Auch Robert war es hier und da, sehr sogar. John hingegen niemals.
Ach, John, John –! Seit Tagen sprach er kein Wort mit ihr, und wenn er es tat, geschah es auf beinahe verschämte Art.
Sie drehte sich auf dem Absatz um und schritt heftig aus, jenem Ort zu, den sie immer noch für ihr Heim hielt.

Es war am darauffolgenden Morgen. Betsy überbrachte Hanna den Auftrag, daß sie zum Metzger gehen solle, und zwar allein und auf der Stelle.
Hanna nahm den Bestellzettel aus Betsys Hand entgegen und blickte ihre Halbschwester nur an, sagte jedoch nichts. Sie mochte Betsy ebensowenig wie Betsy sie. Dann ging sie in die Halle, holte sich Cape und Häubchen aus dem Garderobenschrank und schickte sich an, den ihr erteilten Auftrag auszuführen.
Als sie den Laden betrat, waren keine Kunden anwesend. Fred stand mit dem Hackmesser in der Hand vorm Hackblock. Er drehte sich um und begrüßte Hanna mit breitem Grinsen.
»Hallo, Fred. Ich hab eine Bestellung mitgebracht – hier.«
Er nickte und nahm ihr den Zettel aus der Hand. Dann ging er zur Seitentür, riß sie auf und rief nach oben: »Ma! – Ma! Würdest du auf eine Minute herunterkommen?«
Während Fred darauf wartete, daß seine Mutter auf der Treppe erschien, wandte er keinen Blick von Hanna. Als Mrs. Loam schließlich den Laden betrat, sagte er, mit einer Kopfbewegung auf Hanna deutend: »Sie ist da. Würdest du dich einen Moment ums Geschäft kümmern?«
Die schmallippige kleine Frau, die ein Hauskleid mit engem Miederleibchen trug, sah ihren Sohn daraufhin fest an. Dann trat sie hinter den Ladentisch und sagte: »Also geht nach oben.«
Hanna drehte sich erstaunt um, weil sie meinte, Mrs. Loam spräche zu jemand anderem. »Meinen Sie mich, Mrs. Loam?« erkundigte sie sich verblüfft.

»Anzunehmen. Selbstgespräche führe ich keine.«
»Kommen Sie auf eine Minute mit hinauf, Hanna, ja?« sagte Fred leise und in überredendem Ton. Hanna konnte sich keinen Reim auf das Ganze machen und fragte mit wachsendem Erstaunen: »Weshalb denn?«
»Hat sie Ihnen denn nichts gesagt?« Fred trat auf sie zu. »Ich meine, die Missis.«
»Was gesagt?«
»Du lieber Himmel!« meinte er kopfschüttelnd.
Seine Mutter mengte sich in strengem Ton ein. »Entweder sagst du es ihr hier oder oben, aber bring's endlich hinter dich.«
»Also, kommen Sie mit mir, Hanna.« Damit streckte er ihr seine Pranke entgegen. Hanna ignorierte zwar diese Geste, folgte ihm jedoch und stieg zum erstenmal die Treppe zu den über dem Laden liegenden Privaträumen empor. Sie hatte keine Ahnung, was er von ihr wollte, und wurde langsam neugierig.
In der Wohnküche angelangt, blickte sie sich erst einmal in dem peinlich aufgeräumten, ungemütlichen Raum um. Erschrocken fuhr sie zusammen, als Freds große, fleischige Hände die ihren ergriffen. Er schaute ihr tief in die Augen und fragte beschwörend: »Wissen Sie es wirklich nicht? Hat sie es Ihnen denn nicht gesagt?«
»Ich verstehe kein Wort.« Hanna versuchte abermals, sich loszumachen, was ihr aber nicht gelang.
»Nun« – er richtete sich auf, trat einen kleinen Schritt zurück und holte tief Luft –, »sie hat mir gestattet, um Sie anzuhalten.«
»Was hat sie getan?« Sie riß sich beinahe von ihm los. »Sie wollen um mich anhalten?«
»Tja, genau das.« Seine Miene wurde nun ernst. »Und eine gar so große Überraschung sollte es im Grunde gar nicht für Sie sein. Ich habe in letzter Zeit häufig genug mit Ihnen geredet und gescherzt, ohne daß Sie mich auch nur ein einziges Mal zurechtgewiesen hätten. Im Gegenteil, es schien Ihnen direkt Spaß zu machen, mit mir zu schwatzen – habe ich recht?«

»Aber doch nur ... weil Sie mitgeholfen haben, meinen Vater zu finden. Ich war dankbar, weiter nichts.«
»Nun, so hab ich's absolut nicht aufgefaßt. Jedenfalls hat die Missis gesagt, es ginge in Ordnung, Sie wären mit niemandem verlobt, und meine Ma ist auch einverstanden. Also steht einer baldigen Hochzeit nichts im Wege.«
»Aber wie kommen Sie denn darauf? Das ist ja entsetzlich!« Sie wich nun bis an die Tür zurück. »Das Ganze ist ein Irrtum. Ich ... ich kann Sie nicht heiraten, Fred.«
»Und warum nicht?« Sein fleischiger Oberkörper erstarrte geradezu. Dann fragte er abermals, diesmal in deutlich aggressivem Ton: »Warum denn nicht? Meinen Sie etwa, ich wäre nicht gut genug? Lassen Sie sich gesagt sein, daß ich mehr zu bieten habe als die meisten im Dorf. Ich bin ein ziemlich vermögender Mann. Meiner Frau wird es also an nichts fehlen.«
Hanna holte tief Atem und schloß sekundenlang die Augen, ehe sie sagte: »Fred, es tut mir leid. Ich bin völlig überzeugt davon, daß Sie ein ehrenwerter Mann sind, und ich ... ich danke Ihnen für das Kompliment, das Sie mir mit diesem Antrag gemacht haben.« Und nun lächelte sie schwach. »Es ist der erste Heiratsantrag, den ich in meinem Leben erhalten habe ... und ich bin Ihnen wirklich dankbar dafür. Aber so leid es mir tut, Fred – es geht nicht.«
»Werden Sie ihr das sagen?«
»Ja, natürlich«, erwiderte sie in festem Ton.
»Nun, da möchte ich nicht dabeisein, Hanna, wenn Sie damit herausrücken. Haben Sie denn noch nicht verstanden: Sie will Sie um jeden Preis loswerden. Und wenn es nicht ich bin, wird es jemand anderer sein. Eines dürfen Sie mir jedoch getrost glauben – meiner Meinung nach könnten Sie es schlechter treffen. Jawohl, bedeutend schlechter sogar.«
»Das weiß ich, Fred. Natürlich weiß ich das.«
»Sie haben doch nichts gegen mich, oder?«
»O nein, Fred, ich hab nicht das mindeste gegen Sie.«

»Nun, warum versuchen wir's dann nicht miteinander? Wissen Sie, was?« Er kam auf sie zu. »Überlegen Sie es sich. Gehen Sie heim und überlegen Sie es sich in aller Ruhe. Ich will bis morgen warten und Ihr Ja oder auch Nein dann als endgültig betrachten. Aber … bevor Sie gehen, möchte ich Ihnen folgendes sagen, Hanna: Ich mag Sie, und ich würde Ihnen ein guter Mann sein, wenn Sie mir eine gute Frau sein wollen. Natürlich ist mir klar, daß meine Ma nicht gerade einfach zu verkraften ist, sie kann einem schon ganz schön zu schaffen machen. Aber ich weiß, wie man mit ihr fertig wird, und ich werde dafür sorgen, daß sie sich nicht einmengt. Was meinen Sie? Lassen wir die Entscheidung bis morgen offen.«
Sie schüttelte den Kopf; dann sagte sie jedoch, von dem einzigen Wunsch beseelt, zu fliehen: »Also gut, Fred. Lassen wir's offen bis morgen.«
»So ist's recht, brav, brav.« Als er noch näher kommen wollte, drehte sie sich rasch um, öffnete die Tür und eilte so rasch nach unten, daß sie beinahe über die letzten drei Stufen gefallen wäre.
Noch immer waren keine Kunden im Laden. Mrs. Loam hielt im Schrubben des Hackblocks inne, ließ beide Hände auf der Scheuerbürste liegen, wandte den Kopf und fragte: »Nun?«
Hanna erwiderte nichts, warf nur einen kurzen Seitenblick auf die kleine Frau und rannte aus dem Laden.

Ein paar Minuten später schrie sie im Wohnzimmer von Haus Elmholm der sich vom Sofa steif aufrichtenden Gestalt, die ihr den Rücken wandte, erbost zu: »Das können Sie nicht machen! Sie können mich nicht dazu zwingen, Fred zu heiraten. Sie haben keine Macht über mich. Sie können mich zu gar nichts zwingen, hören Sie?«
Anne Thornton drehte sich um und ging langsam auf die Tür zu. Hanna trat beiseite, in der Erwartung, daß sie zumindest in diesem Moment offen mit ihr reden würde. Als Anne jedoch bloß wortlos das Zimmer verließ, starrte sie ihr entgeistert nach.

Anschließend krümmte sie sich, die Hände unter die Achseln gelegt, nach vorn, als hätte sie Schmerzen. »Sie ist ausgesprochen schlecht – schlecht und gemein!« stöhnte sie. »Das kann sie nicht machen. Ich werde das Haus verlassen, ich werde fortgehen...«
Aber wohin? Zu Ned ... natürlich, sie würde zu Ned gehen und ihm alles erzählen. Er würde ihr raten, was sie tun sollte, ihr sagen, welche Rechte sie hatte. Denn mochte ihr Vater auch tot sein – schließlich war das sein Haus. Und sie war immer noch seine Tochter!
Sie wollte sich schon auf den Weg machen, als ihr einfiel, daß Ned ja unterwegs war, weit fort. Nun gut, dann würde sie sich an Margaret wenden. Ihre Halbschwester war ein vernünftiger Mensch, bedeutend reifer, als es ihren Jahren entsprach. Sie würde ihr bestimmt raten können. Margaret war heute in Allendale; sie würde ihr ein Stück entgegengehen.
Als sie sich bereits in der Halle befand, kam Betsy aus dem Arbeitszimmer gelaufen, blieb vor ihr stehen und sagte hämisch: »Mama hat mich beauftragt, dir auszurichten, daß du, wenn du Mr. Loams Antrag ablehnst, das Haus auf der Stelle verlassen mußt. Sie kann es sich nicht mehr leisten, dich noch länger mit zu erhalten.«
Hanna zischte: »Du gräßliches, boshaftes, gemeines Ding, du! Ich weiß nicht, was aus mir werden wird, aber das eine weiß ich: Eines Tages wirst du genauso leben wie sie.« Sie streckte die Hand aus und deutete auf das Arbeitszimmer. »Du wirst genauso einsam und gemieden dastehen wie deine Mutter.« Damit drehte sie sich um und eilte aus dem Haus hinunter ins Dorf.
Manch einer wandte den Kopf nach ihr, nicht weil sie mit beiden Händen die Rockschöße hochhielt, sondern weil sie weder Hut noch Häubchen aufhatte. Das war für die älteren Dorfbewohner dasselbe, als wäre sie nackt dahergekommen.
Sie lief und lief in Richtung Allendale. Erst als sie die Stadt beinahe erreicht hatte, begegnete ihr Margaret; keuchend und weinend fiel sie ihr in die Arme.

»Was ist denn los? Was gibt's denn, Liebe? Komm und setz dich.« Margaret führte Hanna zu einem Steinmäuerchen am Rand der Straße, nötigte sie zum Sitzen, nahm neben ihr Platz, ergriff ihre Hände und fragte abermals: »Was ist denn geschehen?«

»Sie ... sie will, daß ich Fred heirate. Fred Loam! Oh, Margaret, kannst du dir das vorstellen?«

»Aber das ist doch unmöglich!«

»Nicht wahr, Margaret? Ist das nicht grausam?«

Als Margaret nichts darauf sagte, wiederholte sie: »Das ist es doch – grausam. Hab ich recht?«

»Ja, es ist grausam. Und ich kenne Mama, sie tut es mit voller Absicht. Aber Hanna, mein Liebling, letzten Endes könnte es sich als deine Rettung erweisen.«

»Rettung? Was meinst du damit, Margaret? Einen Mann wie Fred Loam zu heiraten?«

»Ich weiß, daß er dir in keiner Weise ebenbürtig ist. Er besitzt wenig Verstand und keinerlei Bildung, aber...«

»Ach, das hat nichts mit Bildung oder Verstand zu tun. Es geht um Fred selbst: Wie er aussieht, wie er redet, wie er sich benimmt.«

»Nun, das meine ich ja, Hanna. Dies alles zusammen bedeutet Bildung.«

Hanna schüttelte den Kopf. »Bildung ... Mein Gott, Ned Ridley hat auch keine Bildung, und doch verfügt er über mehr Hirn als die meisten Leute im Dorf zusammengenommen.«

»Ned stellt eine Ausnahme dar. Er ist sehr intelligent und hätte ganz bestimmt etwas aus sich machen können, wenn ihm daran gelegen wäre. Aber im Grunde genommen geht es bei Fred um genau dasselbe Problem, Hanna.« Sie ergriff ihren Arm. »Nur daß in diesem Fall du es wärst, die etwas aus Fred machen könnte.«

»Nein, nein! Ich will nichts mehr davon hören. Weißt du, Margaret, in meiner Verzweiflung hab ich mir unterwegs etwas ausgedacht: Wie wäre es, wenn ich wieder zurück an die Schule ginge und Miß Barrington aushelfen würde, was meinst du?«

Margaret blickte zu Boden und biß sich auf die Lippen.
»Und ich war so sicher, daß das ein Ausweg sein könnte...«, murmelte Hanna.
»Ich muß dir etwas gestehen, Hanna«, sagte Margaret zögernd. »Ich werde morgen von daheim fortgehen. Ich ... ich hatte vor, dir ein paar Zeilen zu hinterlassen. Ich gehe wieder an die Schule zurück.« Sie blickte nun auf und sah Hanna in die Augen. »Sie wollen mir dafür, daß ich auf die kleineren Kinder aufpasse und überall mit anfasse, wo es gerade nötig ist, Kost und Quartier geben. Aber ... aber was ich von den Barringtons nicht wußte – was praktisch keiner weiß –, ist, daß sie bitter arm sind und selbst gerade mit Mühe durchkommen. Miß Emily hat mir anvertraut, daß es während der Ferien keinerlei Einkünfte gibt und sie sich äußerst einschränken müssen. Sie verbringen die Zeit damit, Bettwäsche zu flicken und den Haushalt in Ordnung zu bringen. Sie entlassen sogar jedesmal den Gärtner und machen alles selbst. Du siehst also, daß ich sie unmöglich darum bitten könnte, dich ebenfalls aufzunehmen. Das würde eine zu große Bürde für sie bedeuten. Es ... es geht einfach nicht, Hanna.«
Hanna stand auf, lehnte sich gegen die Mauer und schwieg geraume Zeit. »Wirst du denn nicht heiraten?« fragte sie schließlich:
»Doch, sobald Mr. Hathaway eine Wohnung findet, die er sich bei seinem bescheidenen Einkommen leisten kann.«
»Weiß jemand Bescheid darüber, daß du wieder an die Schule zurückkehrst? John oder Robert zum Beispiel?«
»Nein, nein! Nur Miß Pearce, der das Schokoladengeschäft in der Stadt gehört. Sie hat Verständnis für mich und mag mich. Außerdem ist sie, wie ich erst kürzlich erfahren habe, eine entfernte Verwandte von Miß Rowntree. Während der letzten paar Wochen – seit Vaters Tod, meine ich – habe ich jedesmal etwas von meinen Habseligkeiten mitgenommen, Kleider, Wäsche und so weiter. Morgen früh werde ich aus dem Haus gehen, noch ehe

Mama herunterkommt; ich fahre mit dem ersten Wagen nach Hexham.«
»Was wirst du tun, wenn … deine Mutter dir nachkommt?«
»Oh, das wird nicht passieren. Mama macht sich nur aus einem ihrer Kinder etwas, und das ist Betsy. Vielleicht empfindet sie auch noch ein bißchen was für John, aber dabei handelt es sich höchstens um Stolz, nicht um Liebe.«
Mit traurigem Lächeln lehnte Margaret sich an die Mauer. Sie streckte den Arm weit aus, beschrieb einen großen Bogen und rief: »Ich werde froh sein, dies alles nicht mehr sehen zu müssen. Hügel, soweit das Auge reicht, nichts als Hügel. Wir sind ja geradezu eingeschlossen davon. Einer türmt sich neben dem andern, ob es sich nun um natürliche Erhebungen oder um Abraumhalden des Bergwerks handelt. Da ich hier zur Welt gekommen bin, sollte ich diese Landschaft wohl lieben, und ich will auch gar nicht leugnen, daß die Gegend durchaus reizvoll ist, wenn man was für Schroffheit und Größe übrig hat. Ich für meinen Teil finde sie jedoch wenig anziehend – die Gegend und die Menschen. Mir sind die Leute aus der Stadt lieber, und mögen sie auch aus noch so beengten Verhältnissen stammen, das hab ich dir schon einmal gesagt. Du hingegen« – sie drehte sich um und sah Hanna an –, »du liebst die Hügel, stimmt's?«
»Was? Ja, ich glaube schon.« Hanna nickte matt. »Es gibt hier einige Plätze, wo ich mich gern aufgehalten und sogar richtig frei gefühlt habe.« Sie blickte Margaret ernst an, als sie schloß: »Hast du eigentlich eine Ahnung, wie mein Leben bei euch zu Hause gewesen ist, Margaret?«
»Nun ja, Hanna, zumindest bis zu einem gewissen Grad. Aber man kann in den andern nicht hineinsehen, und so habe ich sicher nie ganz begriffen, was du mitgemacht hast.«
»Ich hasse deine Mutter. Weißt du das?«
»Ja, das weiß ich.«
»Früher einmal hab ich mich bloß vor ihr gefürchtet, und

der Gedanke daran, sie zu hassen, wäre mir geradezu verrucht vorgekommen, wie eine Todsünde. Bis vor einem Jahr noch habe ich mir dieses Gefühl nicht einmal selber eingestanden, aber jetzt möchte ich es ihr ins Gesicht schreien. Es hat in letzter Zeit Momente gegeben, wo ich sie am liebsten geschlagen hätte – als hätte ich damit erzwingen können, endlich einmal offen mit ihr zu reden, überhaupt mit ihr zu reden! Für sie bin ich das allerletzte: ›das Mädchen‹ eben. Nie hat sie mich anders genannt als ›das Mädchen‹ – als ob ich gar nicht anwesend wäre, als ob sie von jemandem spräche, der tot sei. Oh, ich hasse sie, Margaret, ich hasse sie über alles!«

»Ein Grund mehr, daß du von ihr weggehen solltest. Es wird auch noch andere Männer geben, die dir einen Heiratsantrag machen, Hanna, aber im Augenblick hat es nur Fred getan. Wenn du ihn abweist, verwirklicht sie vielleicht tatsächlich ihre Drohung und wirft dich hinaus. Und keiner von uns kann sie daran hindern. Möglicherweise würde es Robert versuchen, aber – so leid es mir tut, es dir sagen zu müssen, da du ja soviel von ihm hältst – John würde bestimmt keinen Finger rühren. Was du an John noch nicht entdeckt hast, ist seine Schwäche.«

Die beiden Mädchen schritten schweigend geraume Zeit die Straße entlang, bis Margaret schließlich sagte: »Deshalb fühlt er sich nämlich zu Miß Everton hingezogen – weil sie einen eisernen Willen hat. Und er fühlt sich zu ihr hingezogen, Hanna, glaub mir.« Sie wandte den Kopf und nickte Hanna zu. »Besser, du siehst die Dinge, wie sie wirklich sind, und trauerst nicht um den Verlust von etwas, was du dir nur eingebildet hast.«

Wieder gingen sie schweigend dahin, als handle es sich um einen Spaziergang im Aprilsonnenschein.

»Es ist sonderbar, daß Frauen in wichtigen Entscheidungen immer stärker sind als Männer«, ergriff Margaret abermals das Wort. »Und dennoch müssen sie sich ihnen unterordnen. Wir können keines der Rechte der Männer für uns in Anspruch nehmen, wir sind die reinsten Leibeigenen, aber in vielen Fällen scheint es so, als seien wir glücklich über diesen Zustand. Das macht wahrscheinlich die Liebe. Ich weiß zum Beispiel ganz genau, daß ich über bedeutend mehr Willensstärke verfüge als Mr. Hathaway, und dennoch werde ich mich ihm unterordnen. Neulich erst habe ich mich gefragt, ob ich es vorziehen würde, so zu sein wie Miß Barrington, Miß Emily und Miß Rowntree. Aber ich glaube nicht...«

»Ich schon!« stellte Hanna mit erschreckender Heftigkeit fest. »Schüttle nicht so den Kopf, Margaret. In diesem Moment würde ich mit jeder von ihnen tauschen. Ich möchte nicht heiraten – niemanden! Ich meine es ehrlich. Mir ist durchaus klar, was Ehe bedeutet. Miß Emily hat mir das bei unserem Abschiedsgespräch deutlich gemacht. Dir wird sie vermutlich dasselbe gesagt haben. Man bekommt es da mit Dingen zu tun, die höchst widerwärtig sein können, deshalb sollte man sich vor einer Heirat fragen, ob man sich ihnen aussetzen möchte. Nun, ich habe nicht das Gefühl, daß ich es kann – weder bei Fred Loam noch bei sonst jemandem übrigens.«

»Was willst du also tun?« Margaret war stehengeblieben, und sie sahen einander an. »Du könntest niemals allein in der Stadt leben, Hanna. Ein Mädchen, das aussieht wie du, würde – ob es ihr paßt oder nicht – zur Beute der Männer werden und genauso enden, wie deine Mutter geendet ist. So, jetzt habe ich es einmal ausgesprochen. Es tut mir leid, aber es ist die Wahrheit. Sei bitte nicht gekränkt, ja?« Sie ergriff Hannas Arm. »Und laß dir folgendes gesagt sein: Miß Emily ist eine alte Jungfer, und alte Jungfern wissen nicht Bescheid über das eheliche Zusammenleben. Wie könnten sie auch? Sieh dich doch nur um: Kommen dir die Männer und Frauen, die glücklich miteinander vereint sind und Kinder haben, nicht zufrieden vor? Ich bin sicher, daß es nichts gibt, wovor man sich da fürchten müßte. Miß Emily kann das nicht wissen, weil sie es niemals am eigenen Leib erfahren hat, daß alldies völlig normal ist, weil es eben zur menschlichen Natur gehört... Nimm Freds Antrag an, Hanna. Wenn du ihn heiratest, bist du wenigstens in Sicherheit und ordentlich untergebracht, und es würde jemand für dich sorgen. Ich wage mir gar nicht auszumalen, was mit dir geschehen würde, wenn du meinen Rat nicht befolgst. Denn eins laß dir gesagt sein: Der Haß meiner Mutter dir gegenüber ist so abgrundtief, daß sie es mit dem ganzen Dorf aufnähme, sollte jemand versuchen, deine Partei zu ergreifen. Sie würde in diesem Fall sicherlich vor nichts zurückscheuen, um ihre Handlungsweise gerechtfertigt erscheinen zu lassen, und behaupten, du hättest versucht, deinen Halbbruder zu verführen. Ich bin felsenfest überzeugt davon, daß sie über deine Gefühle für John Bescheid weiß, zumindest bis zu einem gewissen Grad... Heirate Fred, Hanna, und wenn es nur deshalb geschieht, um deinen Namen, unseren Namen, in Ehren zu halten. Ja, heirate ihn.«

3

Im Dorf wurde behauptet, daß es noch nie eine Hochzeit so bald nach einem Verlöbnis gegeben habe, außer in Fällen, wo die Braut versuchte, alle Welt wegen ihrer Schwangerschaft hinters Licht zu führen. Einige meinten, daß dies hier nicht der Fall sein könne, andere prophezeiten, daß es ja ans Licht kommen werde.
Nun ja, sagten die Einsichtsvollen, man wisse über die Stimmung in Haus Elmholm hinreichend Bescheid, seit Hanna als kleines Mädchen hier abgegeben worden sei. Und nun, da der Hausherr das Zeitliche gesegnet habe, zwinge dieses Teufelsweib eben allem und jedem seinen Willen auf. Es liege auf der Hand, daß sie das junge Ding so rasch wie möglich loswerden wolle.
Aber weshalb war Hanna ausgerechnet Fred Loam ausgeliefert worden? Denn alle waren sich darüber einig, daß Fred nicht zu einem Mädchen von Hannas Aussehen und Erziehung paßte. Und dann war da ja noch Freds Mutter, dieser Drachen!
Mrs. Loam stand nun neben ihrer Schwester und zwei entfernten Verwandten in der ersten Kirchenbank, während in den vier Reihen dahinter Nachbarn und Geschäftsleute aus dem Dorf Platz gefunden hatten.
Auf der anderen Seite befanden sich in der ersten Reihe Mrs. Anne Thornton und ihre Tochter Beatrice, dahinter Bella, Tessie und Dandy Smollett; die weiteren Reihen hingegen waren leer. Obwohl Hochsommer herrschte, war die Kirche kalt und roch feucht. So war es zu allen Jahreszeiten, aber der Regen der vergangenen vier Tage schien selbst die dicken Steinmauern durchdrungen zu

haben, denn sogar die Kirchenbänke fühlten sich naß an.
Reverend Stanley Crewes Gemurmel war kaum zu verstehen. Dennoch kam Hanna jedes seiner Worte unendlich gewichtig vor; gleichzeitig empfand sie die ganze Situation als unwirklich.
»... hiermit erkläre ich euch zu Mann und Frau«, schloß der Geistliche nun.
Hanna, die sich bereits halb umgedreht hatte, stand reglos da, als Fred, der über das ganze Gesicht grinste, sich über sie beugte und ihr einen feuchten Kuß auf die Lippen drückte. Sie zuckte zusammen, als wäre sie von einem Insekt gestochen worden, fing dann jedoch einen warnenden Blick von Robert auf, der die wenig beneidenswerte Aufgabe hatte, den Brautführer zu spielen. Also holte sie tief Luft und versuchte, die Fassung zu bewahren.
Erst am vergangenen Abend hatte Robert zu ihr gesagt, daß er die ganze Angelegenheit für eine schreiende Ungerechtigkeit halte. Nur schade, daß sie blutsverwandt seien, sonst hätte er selbst sie gern geheiratet.
Sie hatte über Roberts Anteilnahme geweint. John hingegen hatte ihr in der Halle, dem letzten vertrauten Platz daheim, Glück gewünscht und gesagt, sie verstünde hoffentlich, daß er der Trauungszeremonie nicht beiwohnen könne, weil er seit dem Ableben seines Vaters im Bergwerk drüben soviel zu tun habe. Daraufhin hatte sie nicht geweint, sondern ihm fest in die Augen gesehen und nur geantwortet, daß sie dies vollkommen verstehe. Und merkwürdigerweise tat sie es auch. Margaret hatte recht behalten: John war trotz seines männlichen Aussehens ein Schwächling. Aber ob er nun ein Schwächling war oder nicht, sie hätte gern ihr Leben hingegeben, wenn sie dafür einen einzigen Tag lang von ihm geliebt worden wäre – richtig geliebt!
Als sie in der Sakristei stand, um ihren Namen ins Kirchenbuch einzutragen, und schon ›Hanna Thornton‹ schreiben wollte, hörte sie Reverend Crewe freundlich

hinter ihr sagen: »Schreib deinen eigenen Namen, Hanna.«
Sie sah ihn einen Moment lang an, dann unterschrieb sie mit ›Boyle‹.
Rund um sie herum wurde gescherzt und gelacht; jemand rief mit dröhnender Stimme: »Du wirst noch ertrinken in deiner Hochzeitsnacht, Fred, wenn's so weiterregnet. Ich seh dich schon zum Bett schwimmen.«
Das Gelächter schwoll an.
Hanna war schwindlig, sie fühlte sich einer Ohnmacht nahe. Sekundenlang blickte sie in die Augen ihrer Schwiegermutter, die keine Spur von Lächeln zeigten. In ihrer eiskalten Bläue wirkten sie starr wie Glaskugeln. Dann warf sie einen Blick auf die weiter entfernt stehende Frau, jene Frau, die Mutterstelle an ihr hätte vertreten sollen und deren Augen nun vor Triumph funkelten.
Im selben Moment hörte sie Reverend Crewe sagen: »Ich möchte mit dir und Fred einen Moment unter vier Augen sprechen. Kommt hier herein.«
Sofort legte Fred besitzergreifend den Arm um ihre Taille, und Hanna fügte sich, weil sie nur zu genau wußte, daß sie nichts dagegen tun konnte. Sie folgten dem Priester in einen kleinen, der Sakristei vorgelagerten Raum. Auch dort roch es feucht; an den Wänden links und rechts befanden sich bis zur Decke reichende Regale, die alte, dicke Bücher und Schachteln enthielten.
Hanna dachte: Jetzt bin ich also verheiratet. Ich bin nicht mehr Hanna Boyle oder Hanna Thornton, sondern Mrs. Loam. Sie wünschte, sie wäre tot, würde nichts mehr fühlen, auch keine Angst. Denn Angst hatte sie große, wie sie sich schweren Herzens eingestand, vor allem vor Freds wuchtigen roten Händen.
Sie sah, wie der Geistliche einen Schlüssel aus der Tasche zog, einen Wandschrank aufschloß und aus einem der Fächer ein Kuvert herausnahm. Lächelnd kam er damit auf sie zu und sagte: »Das hier ist für dich, Hanna. Deine Mutter hat es mir an ihrem Todestag anvertraut.

Es war ihr ausdrücklicher Wunsch, daß es dir bei deiner Hochzeit ausgehändigt werde. Ich habe absichtlich bis nach der Trauung gewartet, weil ich das Gefühl hatte, daß der Inhalt an diesem Tag Trost und Freude für euch beide bedeuten würde.«
Hanna blickte einen Moment erstaunt drein, ehe sie die Hand nach dem Kuvert ausstreckte. Sie schaute darauf und las halblaut: »Betrifft Hanna Boyle. Dieser Brief ist einem Priester oder einem gesetzeskundigen Mann anzuvertrauen und Obengenannter an deren Hochzeitstag zu übergeben.«
Sie warf Fred einen raschen Blick zu. Er betrachtete sie mit unverhohlenem Besitzerstolz.
»Willst du es nicht aufmachen, meine Liebe?« Der Geistliche reichte Hanna einen Brieföffner. Zögernd schlitzte sie das Kuvert auf und entnahm ihm einen dreifach gefalteten Bogen Papier, an den ein gelbes Formular geheftet war. Gespannt begann sie zu lesen.

»Ich, Harold Penhurst Wright, Notar, habe beiliegende Zeilen nach Nancy Boyles Diktat wortwörtlich niedergeschrieben:
›Ich weiß, daß mir nicht mehr viel Zeit zum Leben vergönnt ist. Deshalb will ich das tun, was ich für meine Tochter für das Beste halte. Wenn sie allein auf Erden zurückbleiben muß, besteht die Gefahr, daß sie bitter arm oder verdorben wird, also entweder ins Armenhaus oder vielleicht im zarten Jugendalter in ein Bordell gesteckt wird. Das eine wäre so schlimm wie das andere. Als ich Mr. Matthew Thornton eines Tages in der Stadt wiedersah, war ich mit meiner Weisheit am Ende. Ich hatte ihn von jenem Zeitpunkt an nicht mehr zu Gesicht bekommen, als ich ihm gesagt hatte, daß ich schwanger sei. Kurz danach war er aus der Stadt verschwunden.
Nach diesem unverhofften Wiedersehen schwor ich mir, unter allen Umständen herauszubekommen, wer er ist – denn er hatte mir einen falschen Namen genannt – und wo er wohnt. Das ist mir gelungen.

Meine Absicht ist nunmehr, ihn aufzusuchen und meine Tochter seiner Obhut anzuvertrauen. Ich finde nichts dabei, ihn glauben zu machen, daß er der Kindesvater sei, weil ich mich in einer großen Notlage befinde. Gleichzeitig möchte ich aber, daß meine Tochter weiß, daß sie kein Bastard ist, sondern von dem Mann abstammt, den ich geheiratet habe. Er ist zur See gefahren und nicht mehr zurückgekommen.
Es ist mein Wille, daß meine Tochter an ihrem Hochzeitstag diesen Brief gleichzeitig mit ihrer Geburtsurkunde erhält, damit ihr ihr Mann niemals den Vorwurf machen kann, sie sei unehelich geboren. Ich hoffe, daß sie einen braven Mann heiraten und glücklich sein wird.‹

XXX
(statt einer Unterschrift)
7. Februar 1850«

»Nein, o nein!« Hanna fuchtelte aufgeregt mit dem Blatt in der Luft herum. »Sie hätten mir das hier heute früh geben müssen!« rief sie außer sich. »Ich hätte es vor der Hochzeit bekommen sollen. Dann hätte ich nicht geheiratet. Hier steht klar und deutlich, daß Mr. Thornton nicht mein Vater war. Er war es nicht, verstehen Sie? Er war es nicht!«
Sie gebärdete sich wie wild, bis Fred mit heftigem Griff ihren Arm packte und rief: »Hör auf zu schreien! Was ist bloß los mit dir?«
Sie riß sich von ihm los, holte tief Luft und sagte nun ruhiger: »Aber verstehst du denn nicht? Ich bin nicht Mr. Thorntons Tochter, ich hatte einen richtigen Vater. Wenn ich das hier früher bekommen hätte« – sie reichte ihm die Geburtsurkunde hin –, »dann hätte ich dich nie geheiratet. Nie und nimmer!«
»Hanna, sei still! Du bist nun mal verheiratet, also versündige dich nicht mit solchen Reden.«
Beinahe wäre der kleine Geistliche unter dem abwehrenden Stoß Hannas hintenübergefallen, wenn Fred ihn

nicht in letzter Minute aufgefangen hätte. Und selbst Fred stolperte zum Wandschrank, als Hanna an ihm vorbei zur Tür stürzte, sie aufriß und zwischen den Grabsteinen hindurch zum Tor des Friedhofs eilte, vorbei an der lachenden Menge, die sich unter dem Vordach der Kirche versammelt hatte.

Noch ehe sie an der Friedhofsmauer anlangte, war ihr Kleid klatschnaß. Auf dem Weg zur Kirche hatte sie einen Mantel getragen, aber den hatte sie im Vorraum abgelegt, ehe sie an Roberts Arm das Kirchenschiff betreten hatte.

Als sie über die Mauer kletterte, verlor sie im aufgeweichten Erdreich ihre Schuhe und wäre beinahe aufs Gesicht gefallen. Kaum hatten ihre nun nackten Füße wieder festen Boden berührt, stürmte sie auch schon mit Windeseile auf die Hügel zu, um den Weg zum Bergwerk abzukürzen.

Hanna hatte nur einen Gedanken, sie war geradezu besessen davon: Sie mußte so rasch wie möglich mit John sprechen, sie mußte es ihm sagen. Es änderte zwar nichts mehr, aber er sollte sofort davon erfahren. Sie hatte es ja immer schon gespürt, es war absolut nicht unrecht, nicht schlecht gewesen, ihn zu lieben. Und sie beide hätten heiraten können...

Der Wind trieb die Regenböen über die Hügel. Erst jetzt hörte Hanna Stimmen und Schritte hinter sich: sie kamen also hinter ihr hergelaufen. Nun, sie wußten ja nicht, wohin sie wollte; niemand käme auf den Gedanken, daß sie den Weg zum Bergwerk einschlagen würde. Wahrscheinlich nahmen sie an, daß sie zu Ned flüchtete. Aber das wollte sie nie mehr tun. Zweimal war er in letzter Zeit an ihr vorbeigegangen, ohne sie auch nur eines Blickes zu würdigen. Das erstemal hatte sie ihn ansprechen wollen, aber er hatte den Kopf abgewandt und auf die Straße gespuckt, genauso, wie er es immer bei der Missis getan hatte. Oh, diese Furie von einem Weib! Ob sie wohl darüber Bescheid gewußt hatte? Nein, das war unmöglich. Wenn sie auch nur die leiseste Ahnung ge-

habt hätte, daß ihr Mann hinters Licht geführt worden war, daß all ihre Leiden auf einer einzigen großen Lüge beruhten, hätte diese Frau sie unverzüglich aus dem Haus geworfen.
Ihr Herz pochte zum Zerspringen; sie mußte anhalten. Wo war sie? Sie stand zusammengekrümmt da und keuchte; ihr zuvor sorgfältig hochgestecktes Haar hatte sich gelöst und hing ihr in Strähnen übers Gesicht. Hanna schob sie sich aus der Stirn und spähte nach allen Seiten durch den Regen. Sie befand sich am Ende der alten Seitenstraße, die sich um die Hügelkette wand. Seit die neue Straße gebaut worden war, benützte sie keiner mehr. Sie war bei trockenem Wetter bereits schwierig genug; bei Regen war sie jedoch ausgesprochen gefährlich; es gab mit Wasser gefüllte Schlaglöcher, in denen man bis zu den Hüften versinken konnte. Aber was spielte das schon für eine Rolle? Die Abkürzung zum Bergwerk machte gut und gern eine Meile aus. In spätestens einer halben Stunde würde sie dort sein.
Vor kurzem hatte sie noch bitterlich gefroren; nun war ihr warm, obwohl sie bis auf die Haut durchnäßt war. Sie mußte einen jämmerlichen Anblick bieten, aber das kümmerte sie nicht weiter. John würde es verstehen. Aber wenn er nicht dort war?
Nein, er mußte im Bergwerk sein. Er hatte gesagt, daß er dort eine Menge zu tun habe und deshalb nicht zur Hochzeit kommen könne.
Auf dem Scheitel des Hügels blieb sie abermals stehen und schöpfte Atem. Es konnte nun nicht mehr weit bis zum Bergwerk sein. Als sie noch ein Stück weiterhastete, tauchte es auf der anderen Seite plötzlich auf. Sie erkannte es heute kaum wieder. Vielleicht trug der Regen dazu bei, daß es den Anschein hatte, als wären die vielen kleinen Baracken von einer Riesenhand über die Hügel verstreut worden. Eine große Fläche war von schlammig schmutzigem Wasser bedeckt. Das wirkte noch irgendwie lebendig. Aber alles andere war eine einzige dürre Grasebene und sah trostlos öde aus, als wäre die Gegend

dort unten von der Pest heimgesucht worden und die Menschen wären alle gestorben.
Ob dieser Anblick Margaret an der Hügellandschaft so störte?
Was war nur los mit ihr? Was machte es schon aus, wenn der Bergbau die Landschaft ringsum zerstörte? Jetzt zählte nur noch eines: Wie würde John diese Neuigkeit aufnehmen?
Hanna erblickte ein paar Männer, die aus einem der Stollen am jenseitigen Hang kleine Loren vor sich herschoben. Sie glichen plötzlich aus dem Erdreich auftauchenden Kobolden mit ihren übergestülpten Jutesäcken, die große Ähnlichkeit mit Narrenkappen hatten. Junge Burschen waren damit beschäftigt, den Schmutz wegzuschaufeln, und Männer siebten das Geröll. Als Hanna näher kam, hielten alle in ihrer Arbeit inne und starrten sie mit offenen Mündern an. Einer von ihnen leckte sich die Regentropfen von den Lippen, ehe er ihr zurief: »Was suchen Sie denn, Miß? Haben Sie was verloren?«
»Mr. Thornton«, stammelte sie. »Ich ... ich möchte Mr. John Thornton sprechen!«
»Ja, ja.« Der Mann wischte sich über die Augen und lief einige Schritte auf sie zu. »Oh, jetzt erkenne ich Sie erst. Du meine Güte, Kind, Sie sind ja in einem fürchterlichen Zustand! Noch dazu naß bis auf die Haut. Wo ist denn Ihr Mantel?«
»Ich möchte Mr. Thornton sprechen.«
»Schon gut, Kind, schon gut. Da drüben, sehen Sie.« Er zeigte auf ein langes, niedriges Gebäude mit einer Tür in der Mitte und je zwei Fenstern auf beiden Seiten.
Hanna drehte sich um und rannte wortlos davon. Mühsam bahnte sie sich zwischen Holz, Baumaterial, Loren und Erdwällen einen Weg, ohne die Männer zu bemerken, die sich bei ihrem Anblick aufrichteten, sich den Regen aus den Augen wischten und kopfschüttelnd hinter ihr herblickten.
Ohne anzuklopfen, riß sie die Tür des Schuppens weit auf. Bei ihrem Anblick fuhren die drei Männer auf, die

um einen Tisch standen. Sie hatten sich offenbar mit irgendwelchen Plänen beschäftigt und starrten sie nun mit offenen Mündern an, als wäre sie ein Gespenst. Ihr zuvor blütenweißes Kleid war jetzt über und über mit Schlamm bespritzt und so durchnäßt, daß es sich wie eine zweite Haut an ihren Körper anlegte. Die aufgelösten, triefenden Haare gaben ihr das Aussehen einer Wilden.

»Hanna! Was ist denn los mit dir, um Gottes willen?«

»Oh, John, John!« Sie wollte auf ihn zulaufen, aber der Tisch stand trennend dazwischen. Die beiden andern Männer traten nun einen Schritt zurück und sahen John erstaunt an.

In Johns Gesicht spiegelte sich tödliche Verlegenheit. »Es ... es tut mir schrecklich leid, Sir. Dies ist meine Schwester...«

»Nein, nein, das bin ich nicht!« unterbrach Hanna ihn.

»Was? ... Was hast du denn? Ich dachte...«

»Wir gehen nach nebenan, John. Erledigen Sie Ihre familiären Angelegenheiten nur in aller Ruhe. Ist schon in Ordnung«, sagte der mit ›Sir‹ Angesprochene. Als John zu einer Erklärung ansetzen wollte, hob er abwehrend die Hand, betrachtete Hanna einen Moment, nahm dann Hut und Mantel vom Haken und ging, gefolgt von seinem Mitarbeiter, hinaus.

John war hell empört. »Hast du den Verstand verloren, Hanna? Was hat denn das zu bedeuten, daß du einfach hier hereinstürmst? Ich ... ich dachte, du würdest heute heiraten...«

»Ich weiß, ich hätte nicht herkommen sollen. Aber ich mußte es dir sagen, John.« Langsam ging sie um den Tisch herum, hielt sich an der Kante an, um sich zu stützen, und stand endlich vor ihm. »Wir ... wir sind nicht miteinander verwandt«, stieß sie heftig atmend hervor. »Reverend Crewe hat mir vorhin einen Brief von meiner Mutter ausgehändigt, der für den heutigen Tag, für den Tag meiner Hochzeit, bestimmt war. Darin heißt es, daß nicht dein Vater es war, der mich in die Welt gesetzt hat.

Hier, lies selbst, ich bin nicht verrückt...« Sie zog das durchnäßte Kuvert aus der Tasche und hielt es ihm hin. John nahm es aber nicht, ja er zuckte geradezu zurück davor. »Es hat keinen Sinn, Hanna, ich bin verlobt«, stammelte er. »Sei bitte vernünftig, es ist nun mal so. Du hättest Fred heiraten sollen, das wäre das beste gewesen... Es tut mir leid, es tut mir wirklich leid.«
Sie starrte ihn fassungslos an, dann schloß sie die Augen. Es war, als erwachte sie aus einem tiefen Schlaf. Er war tatsächlich ein Schwächling! Sie jedoch hatte das nicht wahrhaben wollen, im Gegenteil – sie wäre bereit gewesen, ihr Leben dafür hinzugeben, wenn er sie nur einen einzigen Tag geliebt hätte. Nun aber mußte sie erkennen, daß er sie diesen einen einzigen Tag auch dann nicht geliebt hätte, wenn sie schon vor einem Monat mit dieser Nachricht zu ihm gekommen wäre.
»Ich bin verheiratet. Ich habe geheiratet, ehe ich diesen Brief gelesen habe.«
Mit einem Schlag änderte sich seine Miene. Die tiefe Falte zwischen seinen Augenbrauen glättete sich ebenso wie seine eben noch sorgenvoll gerunzelte Stirne. Es wurde nur allzu deutlich, welch große Erleichterung er in diesem Moment empfand.
Hannas Blick erlosch; langsam drehte sie sich um und ging auf die Tür zu. Als er sie leise beim Namen rief, schaute sie nur kurz über die Schulter und sagte tonlos: »Ich dachte eben, ich müßte einfach herkommen und es dir sagen.«

Dann war sie wieder im Freien. Es goß in Strömen. Abermals ging sie an den aufgetürmten Hindernissen und an den Loren vor sich herschiebenden Männern vorbei. Derjenige, der ihr vorhin den Weg gewiesen hatte, blieb stehen und rief: »Haben Sie ihn inzwischen gefunden, Miß?«
»Ja, danke«, antwortete sie und merkte, daß sie den Mann dabei anlächelte. Ich verliere noch den Verstand! dachte sie. Man lächelt doch nicht unter solchen Um-

ständen. Ich werde verrückt, bestimmt... Abermals lief sie los, nun jedoch in entgegengesetzter Richtung.

Als das Bergwerksgelände hinter ihr lag, verlangsamte Hanna ihren Schritt. Sie hatte keine Ahnung, wohin der Weg führte, aber es machte ihr nichts aus. Vage wurde ihr bewußt: Wenn sie sich nur lange genug in der Nässe aufhalten, ja vielleicht die ganze Nacht im Freien verbringen würde, könnte sie krank werden und sterben – genau wie der Mister. Sonderbar, in gewisser Hinsicht tat es ihr leid, daß er nicht ihr Vater gewesen war. Was wäre geschehen, wenn er es noch zu Lebzeiten erfahren hätte? Er hätte ihr gewiß keine Vorwürfe gemacht. Nein, er nicht! Weshalb war John nur so gar nicht seinem Vater nachgeraten? Diese Erleichterung in seiner Miene, als sie gesagt hatte, daß sie bereits verheiratet sei. Nie würde sie diesen Schmerz verwinden.

Verheiratet... Sie war verheiratet! Das würde einen schönen Tumult im Dorf geben. Bestimmt suchten inzwischen alle nach ihr. Verheiratet? Man fühlte sich absolut nicht anders, wenn man verheiratet war, zumindest sie noch nicht. Das, was im Bett geschah, änderte vermutlich alles. Miß Emily hatte ihr zu verstehen gegeben, daß eine Frau nach dieser Erfahrung nie mehr dieselbe wie früher sein könne. Bis zu diesem Gespräch mit Miß Emily hatte sie tatsächlich geglaubt, daß Babys durch Küsse entstünden. Es hatte etwas mit der Zunge zu tun, deshalb war es unrecht, einem Mann zu erlauben, einen anders als auf die Wange zu küssen, ehe man mit ihm verheiratet war. Sie war schockiert, ja besorgt gewesen, als sie eines Tages gesehen hatte, wie Dandy Tessie auf den Mund geküßt hatte. Das war ungefähr vor zwei Jahren gewesen. Sie hatte darauf gewartet, zu erfahren, daß ein Baby unterwegs sei, und sich in ihrer Naivität gefragt, ob die Missis Tessie dabei helfen würde oder eine Hebamme aus Allendale herbeigeholt werden müsse.

Gestern noch war sie ein Mädchen gewesen, heute fühlte sie sich bereits als Frau, und dennoch war sie bloß dem Buchstaben nach verheiratet. Dabei würde es allerdings

auch bleiben, denn sie würde niemals in Fred Loams Haus zurückkehren, niemals!
Wie spät es wohl sein mochte? Sie hatten um zwei Uhr geheiratet. Bis hin zum Bergwerk hatte sie gewiß eine Stunde gebraucht, und wie lange war sie seither unterwegs? Eine Stunde? Zwei Stunden? Würde sie vor Einbruch der Dunkelheit irgendeine menschliche Behausung erreichen? Hanna wußte nicht, wo sie war; der Regen fiel nun noch heftiger als vorher. Sie konnte nicht einmal mehr die Umrisse der Hügel sehen. Aber was machte das schon aus? Ihr war kalt, sie fröstelte. Jetzt sich irgendwo hinlegen und ausruhen können. Aber wo? Wenn sie sich hier hinsetzte, würde sie am Ende nicht mehr hochkommen. Sie konnte sterben. War es nicht das, was sie sich wünschte? Nein, nein! Sie wollte nur wegkommen vom Dorf und seinen Bewohnern, vor allem weg von Fred.
Als einige Zeit darauf ein kleiner Wald vor ihr auftauchte, war ihr, als wären neun Jahre mit einemmal ausgelöscht, als führte sie ihre todkranke Mutter an der Hand. Hanna blieb stehen und lehnte sich an einen Baumstamm. Sie mußte stundenlang im Kreis gegangen sein, denn jetzt, das merkte sie, befand sie sich in unmittelbarer Nähe vom Pele-Haus. Sie wollte zu Ned gehen... Aber er würde nicht mit ihr reden. Nun, sie brauchte ja nicht unbedingt ins Haus zu gehen, sie mußte ihn ja nicht sprechen. Es gab doch den Stall am Ende des Hofes. Er war voller Werkzeug, Geräte und Pferdegeschirre. Wenn sie unbemerkt dorthin gelangen könnte, hätte sie einen sicheren Platz, um sich zu verstecken und bis zum nächsten Morgen auszuruhen.
Müde durchquerte sie den Waldstreifen. Sie überzeugte sich mit einem Blick davon, daß niemand im Hof war, ehe sie ihn betrat. Dicht an der Hauswand entlang schlich sie zum Stall, stieß die Tür auf und trat nach kurzem Zögern ein.
»He, wen haben wir denn da?« klang es ihr mißtrauisch entgegen.

Hanna starrte Ned an, der eine Laterne über den Kopf hielt, während er sich mit einem Arm auf einen Packen alten Sattelzeugs stützte.
»Was, um alles in der Welt, wollen Sie hier?«
Stolpernd und wankend kam er näher und blieb schließlich auf Armeslänge von ihr entfernt stehen. Im Licht der Laterne sah sie, daß er betrunken war. Trotzdem mußte er bemerken, in welch schrecklicher Verfassung sie sich befand, denn er musterte sie mit unsicherem Blick von oben bis unten. Er setzte einige Male zum Sprechen an, schloß aber jedesmal wieder den Mund, bis er endlich brummte: »Sie suchen Sie. Sie sind schon zweimal dagewesen, wußten Sie das?«
Hanna sagte nichts, sondern starrte ihn nur an.
»Du lieber Gott, wie Sie aussehen!« Er trat einen Schritt zurück, und einen Moment lang glaubte sie, daß er gleich mit der Laterne in der Hand hintenüberfallen würde. Aber sie fuhr weder zusammen, noch streckte sie die Hand aus, um ihn zu stützen. Sie mußte sich selbst an die Holztür anlehnen, um zu verhindern, daß ihre Knie nachgaben und sie zu Boden glitt.
»Warum, zum Teufel, kommen Sie ausgerechnet zu mir? Sie bringen mich damit jedesmal in Schwierigkeiten, ist Ihnen das klar? Seit ich Sie zum erstenmal gesehen habe, haben Sie mich immer nur in Schwierigkeiten gebracht. Und soll ich Ihnen noch was sagen?« Er trat dicht vor sie hin. »Sie sind ein verdammt undankbares Luder.«
Noch immer sagte sie kein Wort, stand nur stocksteif da. Auch er schwieg sekundenlang. Dann wurde er plötzlich grob. »Hinaus mit Ihnen. Verschwinden Sie aus meinem Haus!« Er packte sie an den Schultern und wollte sie zur Tür hinausstoßen.
War es die Wärme, die vertraute Atmosphäre des Stalls, der Geruch und das Stampfen der Ponys – jedenfalls wurde es auf einmal zuviel für Hanna. Sie fiel auf das Podest, auf dem sie schon einmal gelegen und wo der alte Mann sie einst gepflegt hatte, krümmte sich zusammen und schluchzte laut auf.

»Ihr Weinen und Jammern wird Ihnen jetzt auch nichts helfen!« schrie er zornig. »Sie sind nun mal verheiratet, haben sie gesagt, und sind getürmt, einfach getürmt. Wenn ich Fred wäre, würde ich Sie umbringen, wenn Sie mir so was angetan hätten... Er ist eine Null, weiter nichts, das wissen wir alle. Aber kein Mann verdient es, daß ihn die Frau, die er zum Altar führt, derart im Stich läßt... Hören Sie mit der verdammten Heulerei auf und sagen Sie mir« – er ergriff ihre Arme und zog sie hoch –, »sagen Sie mir, weshalb Sie hierher gekommen sind? Los, sagen Sie mir, weshalb Sie zu mir kommen. Na, wird's bald? Immer haben Sie bloß auf mich herabgesehen, ich war Ihnen wohl nicht gut genug. So groß konnte die Klemme gar nicht sein, daß Sie sich herabgelassen hätten, Ned Ridley zu nehmen, stimmt's?«

Sie rang nach Luft; ihr Mund stand offen, sie starrte ihn mit weit aufgerissenen Augen an.

»Sie haben mich gequält, seit Sie ein Kind gewesen sind, wissen Sie das? Von dem Augenblick an, wo Sie in den Hof gekommen sind« – er deutete mit ausgestrecktem Arm zur Tür, was ihn derart aus dem Gleichgewicht brachte, daß er beinahe hingefallen wäre –, »von dem Augenblick angefangen und all die vergangenen Jahre über haben Sie mich in Ihrer Gewalt gehabt. Wissen Sie, was ich alles angestellt habe? Ein Gedicht habe ich darüber geschrieben, wie Sie damals am frühen Morgen hier aufgetaucht sind. Das ist etwas, was Sie bis heute nicht gewußt haben, wie: daß ich Gedichte mache? Es gibt oben ganze Berge davon. Ich schreibe sie und vergesse sie wieder. Aber das damals nicht. Dabei hab ich mir jedesmal gesagt, wenn ich Sie gesehen habe: Sei kein solcher Narr!« Er hielt inne, und sie starrten einander an.

»Ach, zum Teufel, was hat es für einen Sinn!« Er wandte sich von ihr ab. »Sie brauchen jetzt erst einmal was Warmes zu trinken und ein paar trockene Klamotten, oder ich kann Sie gleich neben dem Alten im Hof hinten einbuddeln.«

Hanna schaute ihm nach, als er in die Küche ging; sie

hörte das Klappern des Kessels und der Kanne, und während sie lauschte, regte sich eine Stimme in ihrem Innern. Ihr war, als müßte sie gleich in Lachen ausbrechen, in ein ungläubiges Lachen. Sie hätte Ned heiraten können... Ned wollte sie haben. Die ganze Zeit über hatte Ned sie haben wollen. Deshalb hatte er sie auch geschnitten, als er damals nach seiner Rückkehr gehört hatte, sie werde Fred Loam heiraten. Weshalb hatte er es ihr nicht gesagt? Aber hätte es etwas geändert, wenn er es ihr gesagt hätte? Sie hatte doch John geliebt... Irgendwo tief in ihrem Innern stellte sie fest, daß sie gerade in der Vergangenheitsform gedachte hatte.

»Trinken Sie das.« Ned schob ihr die Tasse zwischen die klammen Finger. Dann ging er auf einen Heuballen zu, ließ sich darauffallen und stützte den Kopf in die Hände, sah wieder hoch und sagte langsam: »Wenn ich an die vielen Möglichkeiten denke, wo ich Sie hätte nehmen können und es nicht getan habe... An die vielen Male, wo Sie hier waren und mich hundertmal verlockt und auf die Probe gestellt hatten... Sie ist erst sechzehn, sagte ich mir. Noch vor ein paar Monaten habe ich mir gedacht: Jetzt ist sie siebzehn, also wie wär's? Nein, nein, habe ich mir gesagt, halt dich zurück, nimm dich zusammen, Mann! Dann wird der Tag schon kommen, wo sie sich dir zuwenden wird. Diese Hexe da unten wird ihr irgendwas antun, und dann wird sie zu dir gelaufen kommen. Und als der Alte starb, sagte ich mir: Nun überwinde dich und mach es auf die anständige Tour. Geh hinunter zu dieser Hexe und sag ihr: ›Überlassen Sie sie mir. Ich habe Geld genug, um ihr ein anständiges Leben zu bieten – mehr noch, ich könnte hier alles miteinander aufkaufen.‹ Und das stimmt auch.« Er nickte Hanna nachdrücklich zu. »Hier oben gibt es so viel Geld, daß Sie die Augen sperrangelweit aufreißen würden. Man hat meinen Ururgroßvater nicht umsonst gehenkt. Er hat das, was er zusammengestohlen hat, hinter einem Ziegelstein in der Wand versteckt.« Wieder streckte er den Arm in einer dramatischen Geste von sich. »Dann starb mein Urgroßvater und hinterließ gleichfalls seine ganze Habe. Und mein Großvater garantiert auch. Mein Vater allerdings, der hat nichts hinterlassen, Bergleute sterben arm. Jedenfalls hätte ich zu der da unten sagen können: ›Missis, so wie Sie mich hier sehen, könnte ich Sie mit allem Drum und Dran glatt aufkaufen oder, wenn ich Lust hätte, droben einen richtigen kleinen Herrensitz bauen.‹ Aber leider blieb mir nicht die geringste Chance. Sie haben sich ja derart rasch für Fred, diese Niete, entschieden, daß ich meinen Ohren nicht traute, als man mir davon erzählte. Du lieber Gott, mit der Schwiegermutter werden Sie was mitmachen! Und wissen Sie, was ich dann dazu sagen werde? Geschieht ihr verdammt recht, wenn sie kein Gramm gesunden Menschenverstand hat.«

Er erhob sich langsam und fuhr mit klangloser Stimme fort: »Nun ja, der Fall ist erledigt. Ich hab meine Lektion erhalten. Es war die einzige wirkliche Dummheit, die ich in meinem Leben gemacht habe, zu lange zu warten. Aber das soll mir nie wieder passieren. Wenn ich mir überlege, daß ich Ihretwegen nicht geheiratet habe. Ha!« Er warf den Kopf zurück und lachte derart laut, daß die Tiere aufschreckten. »Nun, sie werden bald wieder hier auftauchen, um Sie zu holen. Das heißt, wenn Sie nicht noch vorher tot umfallen... Hören Sie auf zu zittern!« Er blickte sich suchend um. »Sie brauchen was zum Überziehen. Einen Sack. Nein, besser einen Schal. Ich hol Ihnen einen Schal – aber den will ich wiederhaben, er hat meiner Mutter gehört.«

Hanna sah ihm nach, als er über die Leiter in den darüberliegenden Raum kletterte. Sobald sich die Falltür hinter ihm geschlossen hatte, stellte sie die Tasse ab und raffte sich auf. Dann ging sie rasch auf die Tür zu und lief wieder in den Regen hinaus.

Sollten sie nur kommen – sie würden sie nicht finden! Sie wollte sich nicht so weit demütigen lassen, von ihrem Mann, der nun sicher außer sich vor Zorn war, ins Dorf hinuntergeschleppt zu werden.

Hanna befand sich bereits mitten im Waldstreifen, als sie

Ned ihren Namen rufen hörte: »Hanna! Hanna! Seien Sie keine solche Närrin, und kommen Sie zurück!« Durch die tropfenden Bäume klang seine Stimme so, als käme sie aus einem langen Tunnel.
Erst als sie wieder auf eine Lichtung kam, merkte sie, daß der Regen aufgehört hatte. Diesmal versuchte sie nicht, einen Seitenpfad einzuschlagen, da sie wußte, daß sie dabei ausgleiten und von Ned nur allzu bald eingeholt würde.
Zu ihrer Linken reichte das Buschwerk bis zu den Feldern hinunter. Dahinter befand sich das Gut der Bucklys, das um keinen Preis betreten werden durfte.
Als sie den Talboden erreicht hatte, mußte sie heftig schnaufend innehalten. Sie drehte sich um und sah Ned hügelabwärts rennen. Erneut lief sie weiter, nun aber langsamer.
Das Grasland ging in ordentlich gepflügte Felder über. Die Erde klebte an ihren Sohlen. Ned befand sich noch immer dicht hinter ihr, dabei ständig ihren Namen rufend.
Dort drüben lag das riesige Grundstück Lord Bucklys. Es war ihr natürlich bekannt, daß er es durch Flurwächter bewachen ließ, die keinen Spaß verstanden. Aber einer Frau würden sie schon nichts tun, sagte sie sich; sie wollte ja nicht den jungen Fasanen nachstellen.
Die Steinmauer war kaum vier Fuß hoch. Beim Hinüberklettern registrierte Hanna überrascht, daß die Mauerkrone weder mit Stacheldraht noch mit Glasscherben bewehrt war. Abermals hörte sie Neds Stimme, aber nun klang sie geradezu flehend. Er war bereits bis auf wenige Schritte herangekommen.
»Um Gottes willen, Hanna, bleiben Sie stehen!« rief er entsetzt. »Bleiben Sie stehen! Nicht dort hinüber! Rühren Sie sich nicht von der Stelle, Sie verdammte Närrin, hier gibt's ringsherum Fangeisen. Hören Sie um Gottes willen auf mich!«
Hanna befand sich ungefähr zehn Schritte auf Bucklys Grund, als Neds Warnung sie erreichte. Sie tat keinen

Schritt weiter, sondern blieb schwankend stehen und wandte den Kopf zu Ned, der keuchend über der Mauer lehnte. Sie sah, wie er beschwörend die Hand hob, als er sagte: »Bewegen Sie sich nicht, bewegen Sie sich bloß nicht! Die können überall ausgelegt sein, der Platz hier ist übersät damit. Halten Sie still.«

Während sie zu ihm hinüberstarrte, überlegte sie, ob das eine Falle sei und er das nur behauptete, um sie erreichen zu können. Aber sein Gesichtsausdruck und der Umstand, daß er offensichtlich völlig nüchtern geworden war, machten ihr deutlich, daß es sich um keinen Trick handeln konnte. Sie sah zu, wie er über die Mauer kletterte und dann, den Boden scharf beobachtend, auf sie zukam. Das Gras war hier hoch und dicht. Vorsichtig einen Fuß vor den andern setzend und noch immer leicht schwankend näherte er sich ihr.

Als er nur noch auf Armeslänge von ihr entfernt war, blieb er stehen, deutete vor sich hin und sagte: »Sie wären nie in den Wald gelangt. Der liegt nämlich hinter Stacheldraht. Aber auf dem Weg dorthin fangen sie die Narren, die es versuchen, mit Fallen. Buckly ist ein Dreckskerl. Wenn es um seine Fasanen geht, ist es ihm völlig gleichgültig, ob jemand in seinen Fangeisen zum Krüppel wird. Geben Sie mir Ihre Hand!«

Hanna streckte sie ihm hin, und er murmelte heiser: »Sie können wirklich von Glück sagen, wenn Sie ungeschoren davonkommen.«

Während er sie vorsichtig zu sich heranlotste, stieß er einen greulichen Fluch aus, deutete auf den Boden und knurrte: »Sehen Sie sich das an. Das wird Ihnen am besten vor Augen führen, wie recht ich vorhin hatte.«

Sie folgte seinen Blicken, konnte aber außer einem Flekken dichten Grases nichts sehen.

Langsam führte er sie nun zur Mauer zurück und sagte: »Bleiben Sie da stehen und rühren Sie sich nicht. Ich werde dafür sorgen, daß sich in dieser Falle weder Fuchs noch Hase oder gar ein leichtsinniger Bursche fängt.«

Hanna stand da, hielt ihr völlig durchnäßtes Kleid mit

beiden Händen hochgerafft und beobachtete, wie Ned einen Ast aufklaubte und damit weit ausholte.
Alles schien die Folge des wuchtigen Schlags zu sein, mit dem Ned die Falle zuschnappen lassen wollte. Dabei stolperte er nämlich und fiel hin. Als er gleich darauf einen lauten Schrei ausstieß, schloß sie entsetzt die Augen und schlug die Hände vors Gesicht. Im nächsten Moment lief sie auf Ned zu, der mit gespreizter, blutüberströmter Hand, am ganzen Körper zuckend, am Boden lag.
»Oh, Ned, wie schrecklich!« Vergeblich zerrte sie an dem Fangeisen, das die Mitte seiner Hand mit eisernen Zähnen umklammert hielt.
Er lag nun auf den Knien, sein Gesicht war völlig verzerrt. Als sie sah, was er vorhatte, preßte sie beide Hände auf die eine Seite der Falle, während er die andere Hälfte niederdrückte. Endlich öffnete sie sich knirschend, seine verletzte Hand sank ins Gras, und Ned rollte zur Seite. Er hob sie mühsam so hoch, daß er sie unter die Achsel schieben konnte, während sich die Spitzen seiner Stiefel in die Erde bohrten.
Sie kniete neben ihm, hielt ihn fest, stöhnte und rief in einem fort: »Oh, Ned, Ned! Es tut mir so leid. Was hab ich getan! Kommen Sie, stehen Sie auf – Sie müssen heim.«
Ächzend stemmte er sich ab und kam auf die Füße. Die verletzte Hand noch immer fest unter die Achsel pressend, schleppte er sich mit ihrer Hilfe auf die Mauer zu und wälzte sich schließlich auf die andere Seite. Und dann machte er sich mit vor Schmerz gekrümmtem Oberkörper, das Kinn fest auf die Brust gepreßt, auf den Heimweg.
Wenn er schwankte und sie befürchtete, daß er hinfallen würde, schlang sie beide Arme um ihn und hielt ihn fest. Hatte er sich so weit erholt, um wieder ein Stück gehen zu können, legte sie die Hand stützend auf seinen rechten Arm. Er sprach kein Wort, knirschte nur mit den Zähnen vor Schmerzen. Zweimal blieb er unterwegs ste-

hen und ließ sich auf die Knie nieder, um zu Atem zu kommen, aber die Hand nahm er nicht unter der Achsel hervor.

Es war dunkel, als sie den Hof erreichten. Erst als sie im Stall angelangt waren, machte er wieder den Mund auf. Er deutete auf die Laterne, die noch immer brannte, und murmelte: »Nehmen Sie sie.« Dann ging er ihr voran in die Küche.

Hanna ergriff rasch die Lampe und folgte ihm. Sie sah, wie er auf einen Eimer mit Wasser zuging, der an der Wand stand, sich davor niederkniete, langsam die Hand unter der Achsel hervorzog und sie in den Eimer tauchte.

Als er sie wieder heraushob und Hanna feststellte, daß zwei seiner Finger herabhingen, als seien sie abgetrennt, spürte sie, daß sie einer Ohnmacht nahe war.

Er starrte seine Hand an, senkte sie dann erneut ins Wasser und sagte leise: »Ein Leintuch ... holen Sie ein Leintuch.«

Sie blickte sich um. »Wo? Wo gibt's denn welche?«

»Droben in der Kommode. Nehmen ... nehmen Sie die Laterne.«

Sie jagte die steile Treppe nach oben. Auf halbem Weg wäre sie beinahe über den Saum ihres Kleides gestolpert und gefallen, konnte sich aber im letzten Moment am Geländer festhalten.

Im Schlafzimmer angelangt, zog sie sämtliche Schubladen der Kommode heraus, bis sie endlich die Leinentücher fand. Sie nahm zwei davon und eilte wieder nach unten. Als sie die Küche betrat, sah sie ihn mit dem Rükken zur Mauer dasitzen, die Hand noch immer in den Eimer haltend.

»Reißen Sie es in Streifen.«

Da es sich um ein außerordentlich kräftiges Material handelte, wollte es ihr nicht gelingen, bis er sie anschrie: »Nehmen Sie die Schere vom Haken. Zerschneiden Sie's einfach.«

Trotz ihrer heftig zitternden Hände gelang es ihr schließ-

lich, zwei Streifen herunterzureißen. Nun sagte er, wieder in ruhigem Ton: »Falten Sie es zusammen, und machen Sie eine Art Kissen daraus.«
Nachdem sie dies getan hatte, bedeutete er ihr, das Kissen auf den Boden neben den Eimer zu legen. Dann hob er rasch die Hand hoch und legte sie darauf. Er rückte die zerquetschten Finger zurecht und faltete das Tuch darüber.
»Wickeln Sie das jetzt ein, so fest Sie nur können, bitte.«
Aber ehe sie noch Zeit fand, die Bandage anzulegen, war das Leinen bereits durch und durch blutig.
Als der Verband endlich fertig war, sagte er zu ihr: »Reißen Sie das übrige auseinander. Ich werde es wahrscheinlich im Laufe der Nacht brauchen.«
»Soll … soll ich Dr. Arnison holen?«
»Nein, das hat jetzt nicht viel Sinn. Ich werde morgen früh hinuntergehen.«
»Mein Gott, Ned, es tut mir so leid, ich bin…«
»Halten Sie den Mund!«
»Ich wollte bloß sagen…«
»Halten Sie endlich den Mund, hören Sie? Sonst bringe ich Sie noch um!«
Sie blickte auf ihn nieder. Sein Gesicht war kreideweiß, aber die Augen glühten.
Er zog sich vom Boden hoch, ging zum Wandschrank, nahm eine Whiskyflasche und einen Zinnbecher aus einem der Fächer und füllte ihn beinahe randvoll. Er hielt ihn in der Hand und sagte: »Ich lege mich jetzt unten aufs Stroh und lasse Sie hier zurück. Schützen Sie sich, so gut Sie können.« Damit ging er an ihr vorbei in den Stall hinunter. Hanna beobachtete ihn, wie er sich auf dem Heuballen niederließ, einen kräftigen Schluck aus dem Becher nahm, ihn neben sich abstellte und sich hinlegte.
Ungefähr fünf Minuten blieb sie so stehen, dann drehte sie sich um, nahm am Holztisch Platz, ließ den Kopf auf die gekreuzten Arme sinken und stöhnte: »Lieber Gott, lieber Gott, was habe ich nur getan!«
Es war mitten in der Nacht, als sie ihn ächzen hörte. Sie

hatte vorsorglich noch zwei weitere Laternen angezündet und sich dann, in Pferdedecken eingewickelt, auf das Holzpodest gelegt, das von der Stelle, auf der die Heuballen aufgeschichtet waren, nicht allzu weit entfernt war. Es wurde ihr klar, daß sie eingeschlafen sein mußte und daß es sehr kalt geworden war, denn selbst im Innern des Stalls fröstelte sie, trotz der dicken Mauern und der Körperwärme der Pferde. Dennoch spürte sie Schweißtropfen zwischen ihren Brüsten und auf der Stirn.
Halb betäubt stand sie auf, stolperte zu ihm hinüber, kniete sich neben ihn und fragte leise: »Kann ich Ihnen etwas bringen, Ned? Was zu trinken?«
Er antwortete nicht, und sie bemerkte, daß er schlief. Also ging sie zu dem Holzpodest zurück und legte sich wieder hin. Aber es dauerte ziemlich lange, bis sie eindöste, weil ihr so bitter kalt war.
Plötzlich schreckte sie aus ihren Alpträumen: Jemand hatte sie an der Schulter gepackt und rief ihren Namen. Hanna setzte sich auf und sah im Morgenlicht Ned vor sich stehen.
»Na los, erheben Sie sich.«
»Oh, Ned!« Sie war bereits auf den Beinen, streckte die Hände aus, um ihn zu stützen, obwohl es ihr selbst schwerfiel zu stehen, und redete auf ihn ein: »Sie sind krank. Legen Sie sich hin. Legen Sie sich wieder hin.«
Sie drehte ihn behutsam um, und Ned ließ sich auf das Podest fallen. Dann keuchte sie entsetzt, als sie seinen Arm betrachtete: Er war dick angeschwollen und dunkelrot verfärbt.
Ned sah Hanna an, befeuchtete sich die Lippen und sagte langsam: »Ich ... ich kann nicht hinuntergehen. Können ... können Sie jemanden holen?«
»Ja, Ned. Ich werde in die Stadt gehen und Dr. Arnison holen.«
»Geben Sie mir ... zuerst einen Schluck zu trinken, ja? Tee, irgendwas.«
»Gern, Ned.« Hanna wollte hinauseilen, hatte jedoch das Gefühl, daß ihre Beine im nächsten Augenblick nachge-

ben würden. Sie bewegte sich wie ein Betrunkener. Was war los mit ihr?
Sie fachte mit Hilfe des Blasebalgs das niedergebrannte Feuer an und stellte den Kessel auf. Als das Wasser kochte, bereitete sie Tee; dann goß sie eine Tasse voll, gab drei Löffel Zucker hinein und brachte sie ihm. Der Tee war brühheiß, aber er trank ihn auf einen Zug aus. Dann sank er wieder hintenüber.
Sie ging in die Küche zurück, und während sie sich selbst eine Tasse einschenkte, sagte sie sich, daß sie krank sei; daß sie keine Ahnung hatte, wie sie in die Stadt gelangen sollte, die gut drei Meilen weit entfernt war. Aber sie mußte es einfach schaffen – und einen großen Bogen um das Dorf machen... Neds Hand, sein ganzer Arm war infiziert. Es war schrecklich, daß ihm so etwas passieren mußte. Und sie allein trug die Schuld daran.
Hanna stand auf, ging hinunter in den Stall, beugte sich über den Kranken und sagte: »Ich mache mich jetzt auf den Weg, Ned. Ich werde so rasch wieder hier sein, wie ich nur kann.« Am liebsten hätte sie hinzugefügt, wie unendlich leid ihr das alles tue, unterließ es dann aber doch.
Er nickte ihr nur zu und wandte den Kopf ab. Sie trat ins Freie, in den hellen klaren Sonnenschein hinaus. Zum erstenmal, seit sie erwacht war, blickte sie an sich hinunter: Sie war von oben bis unten schmutzig, das Haar hing ihr in filzigen Strähnen über die Schulter; sie mußte aussehen wie eine Wilde. Aber was machte das schon aus? Das einzige, worauf es jetzt ankam, war, für Ned schleunigst einen Arzt zu holen.

Sie hatte den Hügel, hinter dem Allendale lag, noch nicht erreicht, als ihr klar wurde, daß sie es nicht bis dorthin schaffen würde. Vor ihren Augen drehte sich alles, und sie fühlte sich matt und fiebrig. An einem Seitenpfad setzte sie sich ins Gras und ließ den Kopf in die Hände sinken. Vielleicht war sie, wenn sie sich eine Zeitlang ausruhte, doch imstande, weiterzugehen.

Plötzlich sagte eine Stimme über ihr: »Ach, hier bist du also! Meine Güte, sitzt du aber in der Klemme... Sie suchen dich. Das ganze Dorf sucht dich.«
Hanna hob den Kopf und sah den jungen Peter Wheatley hinter sich stehen.
»Peter! Peter!« Das Sprechen bereitete ihr Schmerzen. »Ich muß unbedingt... Dr. Arnison holen. Ned ist krank, Ned Ridley. Er ist in ein Fangeisen geraten. Möchtest... möchtest du in die Stadt gehen und ihn holen? Den Arzt, meine ich.«
»Er ist nicht in der Stadt, er ist gleich da drüben, am unteren Ende der Straße.« Der Junge deutete hin. »Mrs. Thompson hat ein Baby gekriegt.«
»Bei Mrs. Thompson? In der Hütte da?« Hanna raffte sich auf. »Danke, Peter. Danke.«
Sie war nur noch einige Schritte von der Hütte entfernt, als sie den Arzt aus der Tür treten und auf sein Pferd zugehen sah. »Doktor, Doktor – warten Sie bitte!« rief sie.
Dr. Arnison drehte sich erstaunt um und blickte auf die heranwankende verschmutzte Gestalt. Als sie vor ihm stand, murmelte er: »Mein Gott, Kind! Was ist dir nur zugestoßen?«
»Doktor, Sie müssen sofort mitkommen!« keuchte Hanna. »Es handelt sich um Ned Ridley. Er ist in ein Fangeisen geraten, und es hat ihm die halbe Hand abgerissen.«
»Was – Ned Ridley?«
»Ja, Doktor. Bitte, beeilen Sie sich!«
Der Doktor legte ihr die Hand auf die Stirn und sagte: »Du glühst ja richtig, Kind. Wo bist du die ganze Nacht über gewesen? Du weißt doch, daß es einen großen Wirbel deinetwegen gegeben hat, hm? Also, was Ned anlangt ... phantasierst du nicht am Ende?«
»Nein, nein, Doktor. Kommen Sie schnell!« Sie versuchte ihn mit sich zu ziehen. »Er... er hat mich gerettet. Ich wäre beinahe in die Falle geraten. Er hat mich in Sicherheit gebracht, ist ausgeglitten, und dabei hat es ihm zwei Finger abgerissen.«

»Um Himmels willen! Steig auf.« Er wollte ihr aufs Pferd helfen, aber sie schüttelte den Kopf und sagte: »Nicht durchs Dorf, Doktor, nein ... noch nicht. Ich werde über den Hügel zurückgehen.«
»Du wirst auf alle Fälle ins Dorf zurückmüssen, Hanna. Nach allem, was ich gehört habe, bist du jetzt eine verheiratete Frau.«
»Später, Doktor, später. Jetzt muß ich wieder hinauf zu Ned. Bitte, lassen Sie mich!«
»Also gut.« Dr. Arnison sah ihr nach, wie sie mühsam davonlief. Er wußte zwar nicht, was Ned Ridley eigentlich zugestoßen war und würde sich erst mit eigenen Augen davon überzeugen müssen. Aber er wußte, was mit ihr nicht in Ordnung war. Sie hatte hohes Fieber. Er hätte sie nicht allein gehen lassen dürfen, aber er konnte sich den Empfang vorstellen, den ihr die Loams bereiten würden. Und dabei bedurfte sie im Moment dringend der Pflege und Fürsorge. Nun, jedenfalls würde er vor ihr im Pele-Haus sein, das stand fest.
Er bestieg sein Pferd und galoppierte davon.
Auf dem Rückweg mußte Hanna viermal innehalten, ehe sie den Hof erreichte. Als sie das Pferd des Arztes schon dort stehen sah, lehnte sie sich gegen die Mauer und ließ den Kopf auf die Brust sinken. Nach einer kurzen Atempause richtete sie sich auf und betrat den Stall.
Dr. Arnison bemühte sich bereits um den Kranken; er wandte nur kurz den Kopf und sagte: »Gut, daß du da bist. Komm her und halt mir die Laterne.«
Widerstrebend ging Hanna auf ihn zu; es war, als müßte sie sich zu jedem Schritt zwingen. Sie nahm die Laterne entgegen, hielt sie in Brusthöhe und blickte auf Ned hinunter, der mit leiser, kaum verständlicher Stimme fragte: »Was meinen Sie wegen des Arms, Doktor? Werden Sie ihn abnehmen müssen?«
»Nicht, wenn es sich irgendwie vermeiden läßt. Natürlich brauchst du eine gehörige Portion Glück, Ned. Sollte sich die Entzündung allerdings noch weiter ausbreiten, dann...« Der Arzt hielt seufzend inne und fügte hinzu:

»Aber eins nach dem andern. Das hier gehört einmal weg und desinfiziert.« Er deutete auf die blutdurchtränkte Bandage. »Hast du irgendwas Alkoholisches im Haus?«
»Ja.«
»Nun, dann wird es gut sein, wenn du einen tüchtigen Schluck nimmst, Ned, denn ich muß dir leider den oberen Teil des Mittelfingers amputieren.«
Sekundenlang herrschte Schweigen im Stall, das nur von einem Pferdewiehern unterbrochen wurde. Dabei schien Ned etwas einzufallen, denn er murmelte, die Augen schließend, heiser: »Sie haben noch kein Futter bekommen.«
»Nun, sie werden schon nicht sterben, wenn ausnahmsweise mal eine Fütterung ausfällt. Mach dir ihretwegen keine Sorgen. Jetzt müssen wir erst einmal dich versorgen. Wo ist der Whisky?«
»Im Küchenschrank.«
Dr. Arnison blickte zu Hanna auf und fragte: »Glaubst du, daß du ihn holen kannst?«
Sie stellte wortlos die Laterne ab und ging in die Küche. Im Schrank fand sie zwei Flaschen Whisky. Eine davon nahm sie, zog den Korken heraus, schüttete ein Quantum in einen Zinnbecher, hob ihn dann an die Lippen und leerte ihn auf einen Zug, so wie sie es Ned hatte tun sehen. Im nächsten Augenblick beugte sie sich hustend über den Tisch und griff sich an die Brust. Der Anfall war jedoch schnell vorüber. Sie fühlte sich nun eindeutig besser; jedenfalls war ihr warm.
Als sie wieder neben dem Arzt angelangt war, blickte er sie kurz an, lächelte leicht und meinte verständnisvoll: »Du solltest so was nie auf einmal schlucken. Gib her.«
Er nahm ihr die Flasche ab, füllte Neds Tasse halb voll, reichte sie ihm und sagte: »Ich brauche dir wohl nicht erst zu versichern, daß es das beste ist, wenn wir's so rasch wie möglich hinter uns bringen, was?«
Ned erwiderte nichts, stützte sich auf den Ellbogen und stürzte den Whisky hinunter. Dann reichte er dem Arzt die Tasse.

»Füll sie noch mal, er wird es brauchen«, flüsterte Dr. Arnison Hanna zu.

Sie wollte seiner Aufforderung gerade nachkommen, als plötzlich die Stalltür aufgerissen wurde und Fred Loam hereingestürzt kam. In der Mitte des Raums blieb er stehen und starrte die drei Menschen bei dem Holzpodest an.

Dr. Arnison begriff als erster die Situation. Es klang fast beiläufig, als er sagte: »Freut mich, dich zu sehen, Fred! Ich kann Hilfe gebrauchen.«

»Was heißt, freut mich, dich zu sehen? Was soll das alles, verdammt noch mal? Du!« Er ging drohend auf Hanna zu.

Der Arzt streckte abwehrend die Hand aus und sagte streng: »Wie groß eure Differenzen auch sein mögen – das kann warten! Wenn wir uns jetzt nicht auf der Stelle um Ned kümmern, werde ich ihm noch den ganzen Arm abnehmen müssen. Also möchte ich jetzt vor allem, daß du mir hier hilfst.«

Fred blickte unsicher vom Doktor zu Hanna, die sich an die Mauer anlehnte und ihn von der anderen Seite des Podestes beobachtete. Er war genauso aufgelöst und zerzaust wie sie. Seine Augen flackerten wild.

Hanna bemühte sich krampfhaft, jetzt nicht in Selbstanklagen auszubrechen und zu beteuern, wie leid ihr alles täte! Dies war nicht der richtige Augenblick dafür, und mit Entschuldigungen ließ sich nicht rückgängig machen, was sie Fred und Ned angetan hatte. Im Grunde genommen war ihre Mutter schuld an allem. Hätte sie doch nie jenen Brief geschrieben. Lieber wäre sie weiterhin Mr. Thorntons illegitime Tochter gewesen, bedeutend lieber sogar…

Es mußte der Whisky sein, der ihr so zu schaffen machte und sie innerlich zu verbrennen schien. Selbst die filzigen Strähnen ihres Haars lagen heiß auf ihrem Gesicht; unwillig schob sie sie zurück.

Fred blickte auf Neds Hand hinunter und fragte: »Wie ist es denn dazu gekommen?«

»Er ist in ein Fangeisen geraten«, antwortete Dr. Arnison. »Hanna, bring mir eine Schüssel mit kochendem Wasser. Und du, Fred, gib mir meine Tasche herüber.«
Als die beiden den Anordnungen des Doktors nachkamen, mußten sie aneinander vorbei. Fred starrte Hanna wütend an, während sie rasch den Kopf abwandte, als wolle sie einen Schlag abwehren.
Der Arzt suchte in seiner Tasche, entnahm ihr dann ein Instrument mit einem Holzgriff, reichte es Fred und sagte halblaut: »Geh und steck es ins Feuer. Wenn es glüht, bring es rasch zurück. Die Scharniere sind schmutzig, ich muß sie reinigen.«
Fred blickte einen Moment lang auf das kleine Instrument in seiner Hand, drehte sich um und ging in die Küche. Abermals begegneten er und Hanna einander; bei dieser Gelegenheit packte er sie an der Schulter und knurrte: »Du hast mich vor allen Leuten lächerlich gemacht, ist dir das klar? Aber bei Gott, dafür wirst du bezahlen, das verspreche ich dir! Über mich soll sich keiner ungestraft lustig machen. Wo bist du überhaupt die ganze Nacht gewesen? Hast du sie etwa mit ihm hier zugebracht?«
»Laß mich los.« Sie stieß ihn mit aller Kraft von sich. Er ließ tatsächlich von ihr ab, blieb jedoch vor ihr stehen.
»›Laß mich los‹, sagst du? Du vergißt, wer du bist. Du vergißt, was gestern geschehen ist. Wir haben geheiratet, erinnerst du dich vielleicht daran? O Gott, ich könnte dich auf der Stelle umbringen. Am liebsten würde ich das nächstbeste Messer nehmen und dir den Leib aufschlitzen.« Er funkelte sie haßerfüllt an und sagte dann mit gebrochener, völlig veränderter Stimme: »Das hättest du mir nicht antun dürfen, Hanna, das hättest du nicht tun sollen!«
Fred ging zum Kamin und stieß das Instrument mit solcher Kraft in die Glut, daß er seine Finger dabei versengte und es rasch zurückziehen mußte, um zu verhüten, daß der Griff Feuer fing.
Schließlich war alles bereit zur Operation. Neds zer-

quetschte Finger und der obere Teil des Mittelfingers lagen auf den blutdurchtränkten Tüchern. Er hatte noch einmal eine halbe Tasse Whisky getrunken, und sein Gesicht sah aus wie fahles Pergament. Dr. Arnison nahm Fred das rotglühende Instrument ab und sagte energisch: »Halt ihn an den Schultern fest.«
Freds Riesenhände umfaßten Neds Schultern, und der Arzt machte sich ans Werk. Als der Geruch verbrannten Fleisches aufstieg, drehte sich Hanna der Magen um, aber erst Neds durchdringender Schrei ließ sie zusammenbrechen und in tiefe Finsternis versinken, die drei Tage andauern sollte...
»Geh ins Dorf«, sagte Dr. Arnison zu Fred, »und hol Mutter Fletcher. Man kann ihn die nächsten paar Tage unmöglich allein lassen. Es hängt ganz vom Ausgang der Operation ab, ob ich noch mehr wegschneiden muß oder nicht. Hoffen wir, daß das Ausbrennen genügt hat und sein Körper mitmacht.«
»Und was ist mit ihr?« Fred deutete auf die bewußtlos auf dem Stroh liegende Hanna.
»Nun, sobald du wieder zurück bist, wollen wir sie hinunterbringen. Auch sie wird während der nächsten Tage, ja vielleicht sogar Wochen Pflege brauchen.«
»Weshalb?« fragte Fred unwirsch.
»Weil deine Frau, wenn meine Diagnose sich als richtig herausstellen sollte, Fieber hat. Nur kann ich noch nicht sagen, von welcher Art dieses Fieber ist. Sie braucht dringend Bettruhe. Nach einer gründlichen Untersuchung werde ich mehr wissen.«
»Sie hat Fieber?« Angst spiegelte sich in Freds Zügen. Fieber konnte Cholera bedeuten; er hatte miterlebt, wie diese Seuche einmal am Tyne ausgebrochen war.
»Sorg dich jetzt nicht, Fred, es kann sich auch um eine ganz gewöhnliche Erkältung handeln. Schließlich war sie mehr als unterkühlt.«
»Das ist ihr eigener Fehler.«
»Ja, vielleicht. Aber das ist deine Angelegenheit, Fred, damit mußt du allein fertig werden. Ich hingegen...«

»Da können Sie Gift drauf nehmen, daß ich damit fertig werde, Doktor. Ich werde alles wieder ins rechte Lot rükken, so oder so.«
»Das bezweifle ich nicht, Fred. Aber jetzt geh erst mal ins Dorf und hol Mutter Fletcher herauf. Ich kann nicht den ganzen Tag hierbleiben, meine Besuchsliste ist ellenlang. Ach ja, und bring deinen Wagen mit, damit wir Hanna hinunterschaffen. Beeil dich.«
Eine Stunde danach hoben sie Hanna auf Freds Wagen. Sie war zwar zu sich gekommen, phantasierte jedoch unzusammenhängendes Zeug. Dr. Arnison sorgte sich im Moment mehr um sie als um Ned. Das war ein zäher Bursche. Er würde überleben, sogar für den Fall, daß man ihm später den Arm bis zum Ellbogen abnehmen mußte. Aber Hanna gehörte einem völlig anderen Menschenschlag an, und obgleich schon ihre körperliche Verfassung schlimm genug war, bereitete ihm ihre seelische noch viel mehr Kopfzerbrechen.
Er hatte nur vage gehört, was sich im Anschluß an die Trauung ereignet hatte. Natürlich war der Dorftratsch längst bis in die Stadt gedrungen, und noch ehe es Abend geworden war, wußte in der weitverzweigten Gemeinde jedermann bis ins kleinste Bescheid. Einige der Stadtbewohner hatten sich sogar an der Suche nach Hanna beteiligt; nicht so sehr aus Hilfsbereitschaft oder Mitleid, sondern eher aus Neugier und Schadenfreude. Es war schließlich ein Heidenspaß, wenn ein frischgebackener Bräutigam die ganze Gegend nach seiner Angetrauten absuchen mußte!
Allem Anschein nach war bereits die gesamte Einwohnerschaft des Dorfes über Hannas Rückkehr informiert, dachte der Arzt. Keine einzige Haustür war geschlossen, als sie anlangten – ausgenommen vielleicht jene von Haus Elmholm. Und die war den Blicken der meisten ohnehin durch die ausladenden Baumwipfel entzogen.
Nachdem Fred seinen Wagen vor dem Metzgerladen zum Stehen gebracht hatte, sprang er vom Sitz und wollte ins Haus eilen.

»Trag sie gefälligst hinein, Mann!« schrie Dr. Arnison ihm nach. »Sie ist nicht in der Verfassung, hier draußen herumzuliegen.«
Fred hielt inne, drehte sich um und schaute zornig nach links und rechts, ehe er an den Wagen herantrat und Hannas leblosen Körper heraushob. Er warf sie sich über die Schulter, als handle es sich um ein totes Tier, und stapfte in den Laden. Der Doktor folgte ihm auf dem Fuße.
»Ihr habt sie also gefunden?« Mrs. Loam gebärdete sich wie eine Furie. »Wenn es nach mir ginge, käme sie mir nicht mehr über die Schwelle.«
»Wenn es nach dir ginge, Daisy, käme überhaupt niemand aus dem Dorf mehr über deine Schwelle – sie lägen allesamt längst unterm Rasen. Aus dem Weg!« Damit stieß der Arzt sie zur Seite und folgte Fred über die Treppe nach oben.
In dem kleinen Schlafzimmer ließ Fred seine Last ohne viele Umstände auf das große Bett plumpsen. »Vorsicht – langsam, Mann!« protestierte Dr. Arnison. »Muß ich dich erst daran erinnern, daß du es mit einer Kranken zu tun hast?«
»Sie brauchen mich an gar nichts zu erinnern, Doktor, nicht einmal daran, daß ich zum öffentlichen Gespött geworden bin! Möchte wissen, wie Sie sich an meiner Stelle vorkämen?«
»Keine Ahnung, ich habe mich nie in einer derartigen Lage befunden, obwohl ich glaube, daß ich eine möglichst gute Miene zum bösen Spiel machen würde, um den Nachbarn nicht noch mehr Anlaß zum Gelächter zu geben. Und jetzt schick mir deine Mutter herein. Die wird im Moment von größerem Nutzen sein als du.«
Eine Minute später kam Daisy Loam ins Zimmer marschiert. Die Hände in die Hüften gestemmt, sah sie den Arzt mit grimmiger Miene und angriffslustig vorgerecktem Kinn an und sagte: »Wenn Sie glauben, daß ich die da pflegen werde, dann täuschen Sie sich aber gewaltig, Doktor.«

Dr. Arnison schüttelte vorwurfsvoll den Kopf. »Daisy, wir beide kennen uns seit langem und wissen um unsere Fehler. Mich beschuldigt man, filzig zu sein, weil ich mein Honorar stets sofort und in bar verlange, statt mich nach Monaten mit Eiern, Hühnern oder einem Stück Speck abspeisen zu lassen – obwohl ich auch Ausnahmen mache. Dein Fehler, Daisy, besteht darin, daß du den Mund viel zu voll nimmst.« Seine Stimme war bei den letzten Worten lauter und drohender geworden. »Das war so und wird wahrscheinlich immer so bleiben. Wenn du einmal stirbst, wird man dein verdammtes Mundwerk extra erschlagen müssen, darüber sind wir uns alle einig... So, und jetzt komm zu mir herüber und hilf mir, ihr die Kleider auszuziehen.«
Wie zwei Kampfhähne starrten sie einander an. Schließlich öffnete Mrs. Loam die schmalen, verkniffenen Lippen und keifte los: »Sie können mir keine Angst einjagen. Ich sag Ihnen, ich will sie nicht in meinem Haus haben. Sie ist nicht anständig.«
»Ob du sie hierbehältst oder nicht, ist deine Angelegenheit und die deines Sohnes. Entschließt du dich, sie dorthin zurückzuschicken, woher sie gekommen ist, schön und gut. Bist du dafür, daß sie ins Armenspital gebracht wird, gleichfalls schön und gut. Aber ehe du dich für eines von beiden entscheidest, muß ich Hanna die Kleider ausziehen, sie untersuchen und sie erst mal behandeln, daß sie überhaupt transportfähig ist, egal, wohin sie auch kommt.« Dr. Arnison formulierte nun seine Worte mit großem Nachdruck: »Und das könnte unter Umständen ihr Todesurteil sein, Daisy. Das würde dich wohl am meisten zufriedenstellen, wie – wenn du sie ein für allemal vom Hals hättest?«
Die kleine Frau wandte langsam den Kopf und blickte aufs Bett. Die Vorhaltungen des Arztes schienen tatsächlich ihre Wirkung nicht verfehlt zu haben, denn sie begann Hanna ohne weiteren Kommentar zu entkleiden. Zornig riß sie ihr die schmutz- und blutverkrusteten Kleider vom Leib.

Ungefähr zwanzig Minuten später trat Dr. Arnison in die Küche, sah vom Sohn zur Mutter und wandte sich schließlich an Fred: »Sie ist sehr krank und hat nur äußerst wenig Widerstandskraft. Die nächsten vierundzwanzig Stunden werden entscheidend sein. Möglich, daß sie stirbt, aber wenn sie durchkommt, wird sie einige Wochen lang Pflege benötigen. Also, Daisy« – er richtete seine Aufmerksamkeit nun voll auf Mrs. Loam –, »ich an deiner Stelle würde mich rasch um einen Platz im Armenspital kümmern.«
»Was soll das heißen: Armenspital?« mischte Fred sich ein.
»Nun, deine Mutter hat mir vorhin gesagt, daß sie sie nicht hier haben will. Auf die Straße könnt ihr sie nicht so ohne weiteres setzen in diesem Zustand, in Haus Elmholm wird man sie meiner Meinung nach kaum aufnehmen – also bleibt nur noch das Armenspital.«
»Das Armenspital?« Fred funkelte seine Mutter wütend an. »Ich glaube wahrhaftig, daß du dazu imstande wärst, sie dorthin zu bringen. Nun, dann merk dir gefälligst eins: Was sie auch getan haben mag – es geht nur mich etwas an. Und ich werde daher derjenige sein, der darüber entscheidet, ob sie geht oder bleibt.«
»Du riskierst aber auf einmal eine ziemlich große Lippe, mein Lieber!«
Der Arzt griff seufzend nach seiner Tasche und schickte sich an zu gehen. Von der Tür aus wandte er sich noch einmal an Mutter und Sohn: »Ich komme später wieder vorbei. Inzwischen gebt ihr soviel zu trinken, wie sie nur hinunterbringt: Wasser, Tee, alles.«
Als keiner der beiden ihm zur Treppe folgte, sagte er laut: »Ist schon gut, ich finde allein hinunter.«
Kaum war die Ladentür unten ins Schloß gefallen, schlug Daisy Loam mit der geballten Faust auf den Küchentisch und schrie Fred an: »Du verdammter Narr! Jawohl, das bist du, ein Narr, über den sich das ganze Dorf schieflacht. Du hast dich zum Gespött der gesamten Gegend gemacht! In Hexham werden die Ausrufer deine Ge-

schichte am Markttag vor dir herschreien, das schwör ich dir! Er hat völlig recht, wir könnten sie ins Armenspital stecken.«

»Halt den Mund!«

»Komm mir ja nicht mit solchen Frechheiten, ich warne dich!« Sie trat auf ihn zu. »Ich habe mir von deinem Vater nichts sagen lassen, also werde ich mir auch von dir keine Vorschriften machen lassen.«

»Hör mal, Ma.« Er beugte sich zu ihr hinunter. »Wie ich die Dinge heute sehe, war mein Vater ein armseliger, verschreckter Schlappschwanz. Kein Wunder, daß du mit ihm Schlitten gefahren bist. Aber das hier ist mein Haus, mein Laden, mein Geschäft. Alles, was er von mir verlangt hat, war, daß ich für dich sorge, und das werde ich auch tun. Ich will und werde jedoch mein eigenes Leben führen, ob es dir nun paßt oder nicht. Also sieh dich vor!«

Mrs. Loam hatte inzwischen das Nudelholz ergriffen und schwang es über dem Kopf. Seine drohende Stimme ließ ihre Hand jedoch erstarren.

»So wahr ich hier stehe, ich schlag dich zu Boden, wenn du damit auf mich losgehst.«

Sie wußte, er meinte es ernst, deshalb ließ sie den Arm sinken, trat zurück und sagte mit höhnischer Miene: »Gott, wenn ich mir vorstelle, daß ich so alt werden mußte, um diesen Tag zu erleben. Ich könnte dir glatt ins Gesicht spucken! Daß ein Wesen, das aus meinem Leib gekrochen ist, sich so weit erniedrigen kann, um sich für eine wie die da drinnen« – sie deutete mit einer verächtlichen Bewegung zum Schlafzimmer hinüber – »einzusetzen, noch dazu nach allem, was du über sie weißt, ja, was die ganze Gegend über sie weiß... Weshalb ist sie denn davongelaufen, nachdem sie den Wisch da gelesen hat, wie?« Sie zeigte auf das regendurchweichte, zerknüllte Blatt Papier, das auf dem Küchentisch lag. »Nur weil sie erfahren hat, daß sie mit denen da drüben nicht verwandt ist? Da hätte sie ja ebensogut Robert die Neuigkeit berichten können, der wäre in Reichweite gewesen.

Aber nein, sie mußte unbedingt über die Hügel zum Bergwerk laufen, zu dem großen blondschopfigen Tölpel. Die Männer, die gerade Schicht hatten, haben sich so ihre eigenen Gedanken darüber gemacht und sie auch keineswegs für sich behalten. Sie ist mitten im strömenden Regen in ihrem total verdreckten Brautkleid dahergekommen und hat ausgesehen wie eine richtige Hexe! Und dann rennt sie in die Baracke und schreit diesem Kerl zu, daß es alle hören können: ›Wir sind nicht miteinander verwandt!‹ Als ihn das offensichtlich nicht weiter zu beeindrucken schien und er sie schließlich davonjagte, was tut sie als nächstes? Läuft spornstreichs zu Ned Ridley! Fabelhaft, nicht wahr? Wenn es in unserer Gegend je einen Hurenbock gegeben hat, dann ist er es. Er hat's öfter getrieben als Barneys Zuchtstier. Würdest du mir vielleicht verraten, wo sie die Nacht verbracht hat? Im Pele-Haus, wenn man den Gerüchten, die so im Umlauf sind, Glauben schenken darf. Und glaubst du etwa, daß die beiden Heubündel zwischen sich gelegt haben?«
»Halt endlich den Mund, mir reicht's jetzt! Aber so viel kann ich dir verraten: Die Gerüchte, die im Umlauf sind, stimmen nicht, zumindest, was den letzten Punkt betrifft.«
»Ach, die stimmen nicht?«
»Nein! Ned Ridley ist gestern mit der Hand in ein Fangeisen geraten, und ich habe dem Doktor heute früh selbst bei der Operation geholfen. Er hat ihm zwei Finger amputiert.«
Einen Moment lang verhielt Mrs. Loam sich still; doch dann richtete sie sich wieder angriffslustig auf, kniff die Augen zusammen und fragte ungläubig: »In ein Fangeisen?«
»Genau. Das hat ihm die halbe Hand zerschmettert, und es ist durchaus möglich, daß ihm der Arm bis zum Ellbogen auch noch abgenommen werden muß.«
Als seine Mutter sich nun abwandte und zum Kamin ging, fuhr Fred fort: »Nach dem wenigen, was der Doktor mir gesagt hat und was er aus Hanna herausbekommen

konnte, soll Ned sie in letzter Minute davor bewahrt haben, selbst in die Falle zu geraten.«

»Meiner Meinung nach hätte er sich nicht so anzustrengen brauchen.« Mrs. Loam warf ihrem Sohn über die Schulter einen kalten Blick zu. »Wie schlecht er auch sein mag, er ist jedenfalls mehr wert als so eine. Ein Mann, der nur eine Hand gebrauchen kann, ist doch zu überhaupt nichts mehr nütze.«

»Du hast kein Recht dazu, derart gehässig zu sein! Und weil wir schon dabei sind, einmal offen miteinander zu reden: Ich denke nicht erst seit kurzem so! All die Jahre über hast du mich für einen Weichling gehalten, und um des lieben Friedens willen hab ich deine Schikanen hingenommen und mich nicht weiter gewehrt. Von nun an ist Schluß damit! Ab heute bestimme ich, was in diesem Haus geschieht, ist das klar?«

»Allmächtiger, das ist ja ganz was Neues!« Daisy Loam wackelte verblüfft mit dem Kopf.

»Schön, dann ist es eben was Neues«, erwiderte er. »Und jetzt werde ich mich um sie kümmern, während du dich in den Laden scherst! Haben wir uns verstanden?«

Sie wirbelte herum und schrie: »Weshalb sagst du nicht gleich, daß ich zusehen soll, wo ich bleibe, wenn mir das nicht paßt?«

Schweißperlen traten auf Freds Stirn; er schürzte die dikken Lippen und antwortete beherrscht: »Das hast du gesagt – also laß es lieber dabei! Hanna ist meine Frau und wird den Platz erhalten, der ihr zusteht. Leg dich also nicht mit mir an!« Damit stapfte er aus der Küche und schlug die Tür hinter sich zu.

Seine Mutter starrte ihm nach. Dann warf sie den Kopf in den Nacken, brach in lautes, durchdringendes Gelächter aus, schaute zur niedrigen Decke hinauf und sagte, als spräche sie mit Gott persönlich: »In seiner Aufgeblasenheit erinnert er mich an diese großen weißen Rüben. Tja, und wenn man sie aufschneidet, was ist drinnen? Nichts als Luft und Wasser. Das ist mein Sohn: Luft und Wasser.«

Fred stand an Hannas Bett und blickte auf die Fiebernde, die sich von einer Seite auf die andere warf. Als er die Worte seiner Mutter durchs Haus schallen hörte, stieß er einen tiefen Seufzer aus. Gut, er hatte sich ihr gegenüber behauptet. Aber würde er das auch in Zukunft schaffen? Sein Vater hatte es nicht fertiggebracht, und der war weiß Gott ein Klotz von einem Mann gewesen. Letzten Endes hatte er dennoch seine Stärke gegen Frieden eingetauscht… Und auch Fred liebte den Frieden.

VIERTER TEIL

Der Kampf der Rivalen

I

Es war Juli und wunderschönes Wetter. Die Hügel waren blau, grün, rot und schwarz, und der Himmel hing wie ein weißer Schleier darüber.

Seit einigen Tagen war Hanna nun imstande, aufzustehen. Sie saß auf einem niedrigen Stuhl an dem kleinen, quadratischen Schlafzimmerfenster. Die Fensterbank verbarg den trockenen Misthaufen und den Kanal, in den die Abwässer des Dorfes flossen, vor ihrem Blick.

Wie lange war sie in diesem Zimmer eingesperrt gewesen? Viereinhalb Wochen lang, wenn sie die Tage zählte, aber viereinhalb Lebensalter lang, wenn sie an die Veränderung dachte, die mit ihr vorgegangen war. Sie hatte nicht nur an körperlicher, sondern auch an seelischer Substanz verloren. Niemals wieder würde sie sich so richtig jung fühlen, niemals wieder würde sie wie ein junges Mädchen denken.

Manchmal hätte sie am liebsten aufbegehrt gegen die Veränderung, die sie durchgemacht hatte; dann jedoch sah sie deren Unvermeidlichkeit ein. An einem einzigen Tag hatte sie so viel Verheerendes angerichtet, daß sich daraus einfach Konsequenzen für sie ergeben mußten. Die Veränderungen ihrer Umgebung hätte sie ja noch akzeptieren, sich an sie gewöhnen, sich an sie anpassen können, wenn es nicht zwei Dinge gegeben hätte, die ihr dies unmöglich machten: Freds Mutter und Freds Hände.

Mrs. Loam war eine grausame, unmenschliche Frau. In dieser Meinung wußte Hanna sich einig mit den anderen Dorfbewohnern. Wie sehr ihre Schwiegermutter gefürchtet wurde, war anläßlich des Besuches von Mrs.

Wheatley, der Frau des Krämers, und Mrs. Buckman, der Frau des Dorfschmieds, erneut zum Ausdruck gekommen. Sie schätzte den Mut hoch ein, den es die beiden Frauen gekostet hatte, Mrs. Loam unerschrocken gegenüberzutreten, und empfand gleichzeitig ein Gefühl der Erleichterung bei dem Gedanken, daß nicht die gesamte Dorfgemeinschaft sie für ihr Verhalten am Hochzeitstag verurteilte. Dennoch fragte sie sich, ob die beiden Frauen ihr vielleicht nur deshalb einen Besuch abgestattet hatten, um Daisy Loam eins auszuwischen.
»Bleib fest, laß dich nicht unterkriegen, Kind!« hatte Mrs. Buckman sie ermuntert, und Mrs. Wheatley hatte hinzugefügt: »Du mußt ihr unbedingt die Stirn bieten, sonst benützt sie dich glatt als Fußabstreifer.«
Bleib fest... biete ihr die Stirn – das war leichter gesagt als getan. Wenn sie sich nur ein wenig stärker gefühlt hätte! Nach Dr. Arnisons Meinung würde es noch gut einen Monat dauern, bis sie wieder die alte war, und erst am Vortag hatte sie den Arzt gebeten, das auch Fred mitzuteilen. Er mußte es getan haben, denn Fred war bald darauf zu ihr gekommen, hatte sich ans Fenster gestellt, hinausgesehen und gesagt: »Sie wird nicht dulden, daß du noch so lange Schonzeit hast. Angeblich hat sie es im Rücken und braucht dringend deine Hilfe.« Dann hatte er sich umgedreht, sie bittend angeschaut und eine Weile herumgedruckst, ehe er den Vorschlag machte: »Wenn du dir vielleicht einen Ruck geben und ein bißchen Küchenarbeit leisten oder sonst mit anpacken könntest? Das würde sie für den Anfang schon besänftigen.«
Hanna hatte in diesem Moment fast ein wenig Mitleid mit ihm empfunden. Wären sie allein gewesen, hätte sogar etwas Gutes aus ihrer Verbindung entstehen können... Dieser Gedankengang wurde sofort dadurch unterbrochen, daß er sich einen Stuhl herbeizog, sich setzte und seine Hand unter die Decke gleiten ließ, um ihre Schenkel zu liebkosen.
So merkwürdig es sich anhörte: Sie vermochte entweder nur an ihn oder an seine Hände zu denken – gerade, als

würden diese ein Eigenleben führen. Seine Art zu reden, zu handeln, seine Arbeit zu erledigen, all dies war ihr längst nicht so zuwider wie diese besitzergreifenden Pranken...

Das war gestern gewesen; und nach dem, was er ihr bei dieser Liebkosung zugeflüstert hatte, hatte sie begonnen, sich vor dem heutigen Tag zu fürchten. Und nun war es soweit! Wieder kam er ins Zimmer, setzte sich an ihr Bett und ließ seine Hände unter die Decke gleiten.

»Schön ist es heute.«

»Ja, ein prächtiges Sommerwetter. Ich wünschte, ich könnte über die Hügel wandern.« Als Hanna diese Bemerkung machte, sah sie vor ihrem geistigen Auge plötzlich wieder das Pele-Haus und Neds zerquetschte Finger auf dem blutigen Leinenkissen. Während ihrer Genesung hatte niemand Ned Ridleys Namen auch nur erwähnt, nicht einmal der Arzt. Jeden Tag hatte sie Dr. Arnison danach fragen wollen, sich aber nie dazu aufraffen können.

»Jetzt wird es bestimmt nicht mehr lange dauern, bis du wieder auf den Beinen bist. Ich habe meiner Mutter gesagt, daß sie zum Wochenende auf dich rechnen kann.« Fred stand auf, schob den Stuhl flink beiseite und setzte sich neben sie aufs Bett.

Heute hatte sie darauf verzichtet, die Decke darüberzubreiten. Nicht weil ihr zu warm war – denn sie fror selbst dann, wenn die Sonne heiß vom Himmel brannte –, sondern weil sie insgeheim gehofft hatte, daß Fred seine Annäherungsversuche in diesem Fall unterlassen würde. Einen Moment lang hatte es auch tatsächlich den Anschein, als ginge ihre Hoffnung in Erfüllung – aber nur einen Moment lang.

Fred stützte die Ellbogen auf die Knie, beugte sich vor und sagte: »Ich bin schon völlig krumm von den Nächten auf dem unbequemen Sofa da draußen. Langsam finde ich es an der Zeit, wieder mal die Beine ausstrecken zu können, also werde ich mich heute hier zu dir ins Bett legen.« Er beobachtete, wie sie wohl auf sein Ansinnen reagieren würde.

Als sie heftig schluckte und nach Luft rang, drehte er sich ganz zu ihr um und flüsterte leidenschaftlich: »Ich bin weiß Gott geduldig gewesen, Hanna, das mußt du doch zugeben! Nicht jeder hätte so lange gewartet, wie ich es getan habe. Was hat sie mich deshalb ausgespottet, du meine Güte! Mein Leben ist in letzter Zeit alles andere als angenehm gewesen, wie du dir denken kannst, aber das hat mich am meisten getroffen. Du bist meine Frau, und alles hat seine Zeit!« Er stand unvermittelt auf. »Jedenfalls kann ich nicht mehr länger warten, jetzt ist Schluß. Heute nacht komme ich zu dir.« Er nickte ihr kurz zu und verließ das Zimmer.

Hanna lehnte den Kopf an das Querholz des Stuhls. Alles hatte seine Zeit... Sie blickte zum Fenster hinaus, dorthin, wo das Pele-Haus lag, und eine Stimme klagte in ihrem Innern: Ned, warum bist du nicht dagewesen, als ich dich gebraucht hätte? Gleich darauf mußte sie sich eine Frage stellen, nämlich: Hättest du gewußt, weshalb du ihn gebraucht hast? Sie schüttelte heftig den Kopf. Nein, vielleicht hätte sie es damals nicht gewußt. Aber jetzt wußte sie die Antwort: Sie würde Ned Ridley immer brauchen – genauso wie er sie gebraucht hatte. Denn nun war ihr Verstand endlich der Verstand einer Frau, und heute nacht würde sich ihr Körper in den Körper einer Frau verwandeln.

Weshalb waren die Menschen nur so geartet, daß die bloße Vorstellung, von einem bestimmten Wesen berührt zu werden, sie mit blankem Entsetzen zu erfüllen vermochte – auch wenn dieses Wesen absolut nicht schlecht, nicht böse war? Ach, das Leben war verwirrend und höchst kompliziert. Hanna verspürte manchmal einen heftigen, beinahe unwiderstehlichen Drang, sich davon zu befreien.

2

»Also, meine Dame«, Mrs. Loams Stimme troff förmlich vor Hohn und Verachtung, »du hast nun gut vier Wochen ein ausgesprochen feenhaftes Leben geführt, hast da mal eine Tasse gespült und dort mal eine Vase abgestaubt. Der Zeitpunkt ist gekommen, wo du dir die Bezeichnung ›Hausfrau‹ verdienen mußt. Denn ich bin nicht mehr länger in der Lage, oben und unten alles allein zu machen. Deshalb werde ich dir deine künftigen Pflichten genau erklären. Ich an deiner Stelle würde mich gar nicht erst hinsetzen, du wirst ja doch in der nächsten Minute wieder aufstehen müssen.«

»Ich werde mich hinsetzen, wann ich Lust dazu habe, Mrs. Loam.«

»Was du nicht sagst? Dann halte dir gefälligst eines vor Augen, mein Kind.« Aus dem spöttischen wurde ein drohender Ton, als die frettchengesichtige Alte fortfuhr: »Ich kann dir dein Leben erträglich machen – nicht mehr, kapiert? – oder dir die Hölle auf Erden bereiten, merk dir das! Mein Sohn wäre auch ohne dich fertig geworden, verstehst du? Angenommen, du wärst auf dem Hügel da droben erfroren oder was weiß ich, sein Leben hätte sich nicht im geringsten verändert. Auf mich hingegen könnte er nicht verzichten. Ohne mich wäre er aufgeschmissen, denn ich habe über das Metzgerhandwerk bedeutend mehr vergessen, als er jemals lernen wird. Er bleibt ewig ein Dummkopf, der nicht einmal imstande ist, einem Kunden auf ein Zwei-Shilling-Stück richtig herauszugeben. Dabei hatte er dieselben Chancen wie jeder andere Dorfbursche. Drei Jahre lang ist er nach

Allendale zur Schule gegangen. Aber meinst du, er hätte auch nur etwas begriffen? Weit gefehlt! Und deshalb führe ich den Laden...ich! Genauso, wie ich es zu Lebzeiten seines Vaters getan habe. Wer ist denn damals auf den Markt gefahren, um Vieh zu kaufen? Ich! Und das tu ich nach wie vor. Ihm würden die Händler glatt einen Sack Stroh als Färse andrehen. Das sollten sie mal bei mir versuchen! Montag ist der einzige Tag, an dem er sich als Metzger betätigt, da schlachtet er nämlich. Aber das bringt jeder Idiot zustande, wenn man das Vieh ankettet. Jetzt siehst du hoffentlich, wie deine Lage ist. Wenn er sich zwischen dir und mir entscheiden müßte, würde er sich für mich entscheiden, es bliebe ihm einfach nichts anderes übrig. Also wollen wir gleich damit anfangen, die Arbeit unter uns aufzuteilen.«

Die Tischkante umklammernd, zog Hanna sich hoch. Sie zitterte, der Magen drehte sich ihr um, aber sie beherrschte sich, daß ihre Hände sie nicht verrieten. Sie sah ihre Schwiegermutter von oben bis unten an und sagte mit fester Stimme: »Ich werde meinen Teil leisten, aber bilden Sie sich ja nicht ein, daß Sie mir bange machen können, Mrs. Loam! Denn wenn ich es mir in den Kopf setze, werde ich auch die Metzgerei erlernen. Und das richtige Einkaufen dazu. Ich habe keine Angst davor, auf den Markt zu fahren.« Ihre Stimme wurde lauter, als sie fortfuhr: »Ich bin sicher, daß die Leute mich willkommen heißen und mir helfen werden. Und Fred gleichfalls. Sie tun ja, als wäre er ein ausgemachter Idiot. Nun, lassen Sie sich gesagt sein, Mrs. Loam – selbst wenn es so wäre, selbst wenn er sinnloses Zeug vor sich hinbrabbeln und sich weiß Gott wie gebärden würde, wäre er immer noch ein bedeutend besserer Mensch als Sie.«

»Du unverschämtes Ding! Was glaubst du denn, mit wem du redest?« Mrs. Loam hob drohend die Faust.

»Mit Ihnen, Mrs. Loam, mit Ihnen! Und wagen Sie ja nicht, auf mich loszugehen oder mich noch einmal zu stoßen.« Hanna war zurückgestolpert, als die kleine Frau sie angerempelt hatte. »Das war das erste und das letzte

Mal. Denn sollten Sie noch einmal gegen mich tätlich werden, werfe ich Ihnen das nächstbeste Ding an den Kopf, das schwöre ich Ihnen.«

Lieber Gott, wie tief war sie nur gesunken, daß ausgerechnet sie so etwas sagte... daß sie eine alte Frau attakkieren wollte! Denn im Vergleich mit ihr war Freds Mutter mit ihren mindestens fünfzig Jahren tatsächlich alt. Vor Hanna stieg das Bild ihrer Lehrerinnen auf, wie sie ihr höfliches Benehmen beigebracht und immer wieder darauf hingewiesen hatten, wie wichtig das im Leben sei. Ungeduldig verscheuchte sie diese Erinnerung. Was hatten Erziehung und gutes Benehmen mit der Situation zu tun, in der sie sich jetzt befand? Reagierte sie nicht einfach so, wie ihr angeborenes Naturell es ihr eingab? Und wenn sie überleben und sich der Herrschaft dieser Frau entziehen wollte, würde sie diesem angeborenen Naturell freien Lauf lassen müssen – sich ihrer einfachen Herkunft gemäß benehmen müssen. Schließlich stammte sie aus dem Armenviertel von Newcastle.

Sie wandte sich vom Küchentisch ab und wollte ins Schlafzimmer gehen. Aber noch ehe sie an der Tür angelangt war, gellte ihr die Stimme Daisy Loams in den Ohren: »Schön, mein Kind. Jetzt bist also du die Herrin des Hauses. Nun paß mal auf, was die bisherige Herrin des Hauses all die Jahre über geleistet hat, von nun an aber nicht mehr zu leisten gewillt ist. Also: Montag wäschst du das Bettzeug, die Wäsche, den Schlachtanzug, die Schürzen und so weiter; Dienstag machst du unten sauber, und zwar nicht nur den Fußboden, der danach mit frischen Sägespänen bestreut wird, sondern jedes einzelne Stück im Laden; Mittwoch bäckst du Brot und Pasteten und bügelst; nebenbei mußt du natürlich mit deiner Kocherei fertig werden; Donnerstag bereitest du alles für die Wochenendsäuberung vor, du putzt die Kupfersachen, schrubbst die Töpfe der Reihe nach gründlich aus und reinigst die Kamingeräte. Danach kommen die Schlafzimmer dran. Hörst du mir auch zu?« schrie sie Hanna nun nach, die sich bereits auf dem Gang befand.

»Freitag bringst du die Küche auf Glanz, und dann gehst du in den Hof hinunter und schaffst die Abfälle und Innereien weg. Anschließend kommen der Schlachtraum, die Waschküche und der Abtritt dran, die Kübel und Eimer nicht zu vergessen, die gesäubert werden müssen. Kein angenehmes Geschäft, kann ich dir verraten. Samstag hilfst du, falls du dich noch auf den Beinen halten kannst, im Laden aus. Und das, meine Liebe, ist eine sozusagen bequeme Arbeitswoche.« Mrs. Loam lachte schrill auf.
Hanna stand am Fenster des Schlafzimmers, preßte beide Hände auf den Mund, schloß gequält die Augen und dachte bei sich: Das halte ich nicht aus, ganz unmöglich – ich werde zusammenbrechen! Einen Moment lang stellte sie sich lebhaft vor, wie sie durchs Dorf nach Haus Elmholm hinüberlief, sich Anne Thornton zu Füßen warf und sie anflehte, sie doch um Gottes willen wieder aufzunehmen.
Als sie die Augen öffnete und hinunterblickte, sah sie ihre beiden Nachbarinnen, die einander durch Gesten und Blicke auf die Vorgänge im Haus aufmerksam machten. Bald würde das ganze Dorf wissen, daß Mrs. Loam es ihr ›gegeben‹ hatte. Hanna wandte sich um, setzte sich auf die Bettkante und grübelte vor sich hin. Allmählich erwachte eine aus Trotz entstandene Stärke in ihr. Schließlich hatte Margaret es gelernt, mit ihren feinen, gepflegten Händen grobe Arbeit zu leisten; und die kleine Tessie verrichtete sie zeit ihres Lebens, genau wie Bella. Alle Frauen im Dorf erledigten ihre Hausarbeiten, sie wuschen und buken und hielten ihr Anwesen sauber. War sie denn um so vieles ungeschickter als sie, um das nicht auch lernen zu können? Sie spürte ja, wie sie mit jedem Tag kräftiger wurde. Alles, was sie jetzt brauchte, waren Willensstärke und die eiserne Entschlossenheit, dieser gehässigen Alten dort draußen zu beweisen, daß all jene Arbeiten, auf die sie so stolz war, auch von jemand anders ausgeführt werden konnten und es keiner besonderen geistigen Fähigkeiten dazu bedurfte. Es gab nur einen Haken an der Sache: Sie hatte bisher noch nie gewaschen

oder gebacken. Aber sie hatte Bella und Tessie unzählige Male bei ihren Tätigkeiten zugesehen, also brauchte sie sich nun nur ins Gedächtnis rufen, wie die beiden es zuwege gebracht hatten, die Wäsche sauberzubekommen und Brot zu backen. Wenn sie noch ein Jahr in Haus Elmholm geblieben wäre, hätte sie vermutlich ziemlich gut kochen gelernt; denn nachdem Margaret die Schule verlassen hatte, hatte Bella ihr einige spezielle Rezepte verraten.

Margaret... Hanna war über Margarets Gleichgültigkeit ihr gegenüber ehrlich gekränkt. Sie hatte gehofft, daß sie sie während ihrer langen Krankheit besuchen würde – nur ein einziges Mal! Aber alles, was Margaret getan hatte, war, ihr zwei kurze Briefe zu schicken. In dem ersten schrieb sie, daß es ihr so leid täte, von ihrer Krankheit zu hören, und daß sie selbst in der Schule sehr viel zu tun habe; im zweiten drückte sie ihre Freude darüber aus, daß Hanna sich endlich zu erholen scheine, und erwähnte wiederum, wie beschäftigt sie leider sei. Mr. Hathaway oder ihre bevorstehende Heirat wurde mit keinem Wort erwähnt.

Ebenso Robert. Er war nur einmal auf Besuch gekommen, aber selbst bei dieser Gelegenheit hatte er sich unbehaglich gefühlt und schien froh gewesen zu sein, wieder gehen zu können.

Und John würde bald heiraten... Schmerzte sie diese Tatsache? Merkwürdigerweise überhaupt nicht, was ihr am deutlichsten vor Augen führte, wie sehr sie sich verändert hatte. Jetzt wunderte sie sich direkt über ihre frühere Einstellung, als sie noch gemeint hatte, ohne Johns Liebe sterben zu müssen. Wie jung und kindisch sie doch gewesen war...

Mittlerweile hatte sie den Eindruck, als seien nicht nur die Missis und Betsy froh darüber, sie losgeworden zu sein, sondern die ganze Familie; dabei war sie mit den andern immer gut ausgekommen. Selbst Bella und Tessie wollten offensichtlich nichts mehr von ihr wissen. Wie sie wußte, hatten sie einen halben Tag im Monat

frei; aber keine von beiden war einmal vorbeigekommen um zu sehen, wie es ihr ging.
Alles wies darauf hin, daß sie von nun an auf eigenen Füßen stehen mußte. Wenn sie in diesem Haus überleben wollte, empfahl es sich, den Rat zu befolgen, den Miß Emily ihnen – ob es sich nun um alte oder neue Schülerinnen gehandelt hatte – zu Beginn jedes Schuljahrs gegeben hatte. »Schwierige Aufgaben löst man am besten auf der Stelle«, hatte sie stets gesagt. Also würde sie jetzt auf der Stelle nach unten gehen, den Kessel in der Waschküche anheizen und sich der unangenehmen Aufgabe unterziehen, waschen zu lernen.
Es bereitete Hanna ausgesprochenes Vergnügen, einen Moment später das ungläubige Staunen im Gesicht ihrer Schwiegermutter zu sehen, als sie in die Küche kam und sich die Zündholzschachtel vom Kaminsims, ein paar trockene Holzscheite aus dem Korb neben dem Kamin und eine alte Zeitung aus dem Ständer in der Ecke holte. Dann nahm sie eine grobe Juteschürze vom Nagel hinter der Tür, breitete sie über das Kamingitter und legte all die Dinge hinein. Sie rollte sich die Ärmel hoch, nahm ihr Bündel und ging, ohne die offensichtlich verblüffte Frau auch nur eines einzigen Blickes zu würdigen, hochaufgerichtet zur Treppe. Wie die Ergebnisse ihres ersten Arbeitstags auch sein mochten, sie wußte, daß der bloße Versuch genügt hatte, ihre Schwiegermutter zum Schweigen zu bringen – zumindest vorläufig.

Hannas Rücken, ihre Arme und Beine schmerzten; es gab keinen einzigen Körperteil, der ihr nicht weh getan hätte. Mehrmals hatte sie sich im Lauf des Tages gefragt, wie die schmächtige Tessie es nur zuwege gebracht hatte, Berge von Wäsche zu bewältigen und dabei auch noch zu singen.
Sie saß nun bei Tisch, brachte jedoch den Hammelbraten und die matschigen Kartoffeln, die ihr ihre Schwiegermutter unfreundlich auf den Teller geklatscht hatte, kaum hinunter. Tagsüber hatte sie festgestellt, daß die

kleine Frau beim Aufteilen der Arbeit nichts vom Kochen gesagt hatte; offensichtlich tat sie es am liebsten selbst, denn auf diese Weise konnte sie den Bedürfnissen ihres Magens am besten gerecht werden.

Fred saß Hanna gegenüber und schaufelte sein Essen in sich hinein, als hätte er eine Woche lang nichts mehr bekommen. Zwischendurch nickte er ihr zufrieden grinsend zu und sagte bereits zum drittenmal zu ihr: »Ich kann's noch gar nicht glauben, daß du den ganzen Tag lang gewaschen hast. Das heißt schon was für den Anfang!«

»Allmächtiger!« Mrs. Loam ließ den Löffel klirrend auf den Teller fallen. »Weshalb steckst du ihr nicht gleich eine Medaille an? Jede Frau im Dorf wäscht am Montag, ob es regnet oder schneit, und ich habe noch nie gehört, daß ihre Männer sie deshalb angehimmelt und ein solches Getue mit ihnen gemacht hätten wie du.«

»Aber Ma, was hast du denn? Ehre, wem Ehre gebührt! Und wenn Hanna schon...«

»O mein Gott!« Die kleine Frau sah zur Decke, sprang unvermittelt auf, obwohl sie noch gar nicht zu Ende gegessen hatte, und schrie: »Das ist zuviel für mich, ich gehe zu Bett.«

Als die Schlafzimmertür ins Schloß gefallen war, lehnte Fred sich feixend über den Tisch und flüsterte Hanna zu: »Sowie wir uns dünngemacht haben, wird sie wieder hier auftauchen und weiterfuttern. Ich kenne sie doch.«

Hanna machte keinerlei Bemerkung; sie war zu müde und erschöpft, um auch nur einen Bissen hinunterzubringen. Bevor sie zu Bett gehen konnte, mußte sie noch Geschirr spülen und einen großen Korb Wäsche aussortieren, alles zusammenfalten und fürs Bügeln am nächsten Tag vorbereiten... Aber selbst wenn sie sich auf der Stelle hätte schlafen legen können, wären ihre Pflichten noch nicht zu Ende, nein!

Sie schüttelte bei dem bloßen Gedanken daran den Kopf. Wenn Fred sie heute abend anrührte, würde sie schreien, kratzen, sich wehren... Sie sah ihn an. Nein, sie würde nichts dergleichen tun, sie hatte ja gar nicht genügend Kraft. Sie würde sich so verhalten wie bereits an anderen Abenden: teilnahmslos daliegen und es über sich ergehen lassen, als passiere dies alles einer anderen. Denn sie hatte entdeckt, daß diese Seite der Ehe nicht nur eine körperliche, sondern auch eine seelische Angelegenheit war. Wenn man zum Beispiel absolut nicht abschalten konnte, so konnte man sich im Dunkeln doch vorstellen, daß es mit jemand anderm geschähe...

Während sie das schmutzige Geschirr wusch, die Töpfe auskratzte, die Pfannenböden schrubbte und danach die Wäsche zusammenlegte, saß Fred am Feuer. Die Füße aufs Kamingitter gestützt, die Tonpfeife im Mund, redete er davon, das Pferd frisch beschlagen und eine neue Nabe am Wagenrad anbringen lassen zu müssen, und kramte in Erinnerungen an seinen Vater und die großartigen Feste, die sie miteinander gefeiert hatten. Damals hatte es noch Ährenlese- und Erntedankfeste gegeben, da hatten die Bauern ihren Grund und Boden noch bestellt und ihn nicht nur als Weideland genutzt.

»Bei solchen Feiern ist es hoch hergegangen, bis zum Morgengrauen. Was ich da gegessen und getrunken und gerauft habe.« Er lachte. »Wir waren eine richtige Bande, die Burschen aus der Nachbarschaft und ich. Haben so manchen Streich zusammen ausgeheckt, du lieber Himmel! Mein armer Pa ist nie mehr mitgekommen, nachdem sie's auf einmal mit der Religion gehabt hat.« Er deutete mit einer Kopfbewegung zur Schlafzimmertür hinüber und dämpfte seine Stimme etwas: »Es ist auch jetzt noch schlimm genug, aber damals hat sie's ihm zum Frühstück, zum Mittag- und zum Abendessen hingerieben, sieben Tage pro Woche war vor lauter Beterei kaum ein anderes Wort im Haus zu hören. Jetzt ist es besser mit ihr. Du wirst es nicht glauben, aber es stimmt. Es hat sich eine Menge geändert seitdem.«

Hanna hatte ihm die ganze Zeit schweigend zugehört, bis er von dem großen, kräftigen Stück Vieh zu reden begann, das er am Morgen geschlachtet hatte. »Das war eine Aufregung, sag ich dir! Drei Leute mußten das Biest halten, ehe ich losballern konnte, und...«

»Bitte, Fred, ich will davon nichts hören!« unterbrach sie ihn.

Er lachte nur und sagte: »Ja, gut, das kann ich mir schon denken, wenn man einen derart schwachen Magen hat wie du.« Er wechselte das Thema. »Ich habe heute in der Stadt was über die da drüben erfahren.«

Obwohl Hanna mit dem Rücken zu Fred stand und seine bedeutungsvolle Kopfbewegung nicht sehen konnte, wußte sie gleich, wovon die Rede war.

»Er wird im September heiraten. Soll eine große Sache werden«, berichtete er. »Der gute Master John versucht, Wentworth Beaumont nachzueifern. Nun, da wird er sich aber anstrengen müssen, denn das war ein Tag, an den sich jedermann erinnert...Damals bist du noch zur Schule gegangen.« Er schwieg einen Moment nachdenklich. »Komisch, erst zwei Jahre her, daß du noch in die Schule gegangen bist. Ich werde den Tag nie vergessen, schon wegen all der Sachen, die wir da verkauft haben. Was erst die in Hexham, Bywell und Weardale für einen Schnitt gemacht haben müssen! Denn damals sind in Allendale Riesenmengen Fleisch verzehrt worden, das kann ich dir sagen! Sportfeste wurden veranstaltet, sämtliche Musikkapellen haben aufgespielt, und abends hat es einen Ball gegeben, und was für einen! Die ganze Stadt war illuminiert und außer Rand und Band. Natürlich war die gute Stimmung dadurch gestört, daß es ausgerechnet an dem Tag John Sanderson und Isaac Short erwischt hat. Sie sind durch den Rauch im Bergwerk erstickt, der sich knapp vor dem Ausgang entwickelt hat. Und alles wegen ein paar übermütiger Kerle, die ihre Kerzenstummel auf einen Holzhaufen geschmissen haben, ehe sie ihren Arbeitsplatz verließen. Wie schon gesagt, damals kam keiner zu kurz, auch die Armen nicht, die sich den Bauch einmal richtig vollschlagen konnten. Deswegen finde ich es mehr als komisch, daß Mr. John Thornton ein derartiges Fest ausstechen will, wo er doch keinen Penny in der Tasche hat. Nun ja, für die Kosten kommt ja auf alle Fälle der Schwiegerpapa auf. Everton hat schon immer gern den großen Herrn gespielt, das ist bekannt. ›Musterbetrieb‹ nennt er seinen Hof. Darunter tut er's gar nicht. Und seine Frau, die treibt's noch ärger.«

Fred drehte sich nun samt seinem Stuhl um. »Ich gehe jede Wette ein, daß du nicht dazu eingeladen wirst. Und weißt du, weshalb nicht?« Als Hanna nicht antwortete, fuhr er fort: »Nun, ganz einfach. Da wir miteinander verheiratet sind, können sie dich schwerlich ohne mich einladen, nicht? Und das würden die doch nie im Leben tun – einen Metzger, ich bitte dich! Verdammte Angeber, alle miteinander!«

Eine Zeitlang herrschte Schweigen in der Küche; dann nahm Fred die Füße vom Kamingitter, klopfte seine Pfeife aus, stand auf und sah ins Feuer.

»Hat keinen Sinn, es auszumachen, sie wird gleich wieder herauskommen«, murmelte er, trat unvermittelt auf Hanna zu, die sich gerade über den Tisch beugte und ein Leintuch zusammenlegte, berührte ihren Arm und sagte: »Laß das und komm jetzt.«

Sie verharrte sekundenlang in der gebeugten Haltung, während sich ihr Magen zusammenkrampfte; dann legte sie das Leintuch auf den Wäschestoß und diesen wiederum in den Korb, ehe sie ihm resigniert ins Schlafzimmer folgte.

3

Es war der dritte Freitag im September und noch dazu Viehmarkt in der Nähe der Getreidemühle von Allenhead. Fred und seine Mutter waren auf den Markt gefahren; wie Mrs. Loam gesagt hatte, hatte sie noch nie einen Markttag ausgelassen, soweit sie zurückdenken konnte. Sie hatte also ihren Sohn aufgefordert, sie gefälligst hinzubringen, hatte jedoch zu ihrem Erstaunen erleben müssen, daß er sich nur widerwillig dazu bereitfand! Und alles nur, weil das Weibsstück da oben erklärt hatte, nicht mitkommen zu wollen. Offensichtlich sah dieses Seelchen nicht gern zu, wie das Vieh herumgestoßen wurde. Und so eine mußte ausgerechnet einen Metzger heiraten – einfach lächerlich!

Nun war Hanna zum erstenmal allein im Haus und kam sich merkwürdig vor. Keiner der beiden hatte sie gefragt, was sie während ihrer Abwesenheit anfangen würde. Es gab schließlich immer eine ganze Menge zu tun. Ob es ihr nun paßte oder nicht, die Küche mußte fertiggeputzt werden wie an jedem Freitag. Außerdem mußten frische Sägespäne im Laden ausgestreut werden, da sie Samstag bereits in aller Frühe aufmachten; und der Hinterhof mußte gefegt und die Senkgrube geleert werden.

Sie ging ins Schlafzimmer, trat ans Fenster und blickte über den Misthaufen und die Senkgrube hinüber zu den Hügeln, auf die sie seit dem Tag ihrer Hochzeit, als sie querfeldein zum Pele-Haus gestolpert war, keinen Fuß mehr gesetzt hatte.

Drei Monate lang war sie nun verheiratet, und beinahe zwei Monate davon war sie krank gewesen. Kaum genesen, hatte sie gelernt, was harte Arbeit war. Vor die Tür war sie nur gekommen, wenn sie in den Hinterhof auf den Abtritt mußte.

Vergangene Woche hatte Daisy Loam wissen wollen, ob sie zum sonntäglichen Gottesdienst in die Kirche oder in die Kapelle gehen würde, was gleichbedeutend mit der Frage war, ob sie's mit den Methodisten oder mit der Kirche von England halte. Hanna mußte lächeln, wenn sie daran dachte, wie sie gegen ihre Schwiegermutter aufbegehrt und sie angeschrien hatte: »Ich bekenne mich weder zu den Methodisten noch zur Kirche von England, noch zu den Quäkern.« Dabei wußte sie natürlich genau, daß es nun einmal wichtig war, einer bestimmten Kirche anzugehören, besonders als Frau. Männer konnten in diesem Punkt ruhig Gleichgültigkeit an den Tag legen. Die besuchten Gottesdienste nur dann, wenn es ihnen paßte, und niemand machte ihnen einen Vorwurf daraus. Nahmen aber ihre Frauen und Kinder nicht daran teil, waren die Familien im ganzen Umkreis als gottlos verschrien. Und Geschäftsleute mußten sich hüten, in einen solchen Ruf zu geraten...

Als Hanna so in die Ferne blickte, spürte sie, wie ihr Herz rascher zu schlagen begann. Kein Mensch hatte von ihr verlangt, daheim zu bleiben, aber selbst wenn – in diesem Moment wäre es ihr unmöglich gewesen... Denn die Hügel, ihre geliebten Hügel, begannen sie plötzlich derart eindringlich zu rufen, daß sie an nichts anderes mehr denken konnte als an Wald und Farn und Heidekraut.

Rasch trat sie zum Schrank, in dem ihre Kleider hingen, nahm ein braunes Kordkleid heraus und betrachtete es einen Augenblick lang, ehe sie ihre Kittelschürze, die sie beinahe ganz einhüllte, sowie ihre bedruckte Bluse und ihren Rock ablegte. Innerhalb weniger Minuten war sie zum Ausgehen bereit.

Die Ladentür war von innen verriegelt; dafür waren aber die Hintertür ebenso wie die kleine Pforte am unteren Ende des Hofes offen. Sie eilte am Misthaufen und der übelriechenden Senkgrube vorbei, überquerte das Stück

offenen Graslandes, ging an den dichtverwachsenen Brombeerbüschen, die eine regelrechte Hecke bildeten, entlang und befand sich nach einer Viertelstunde bereits am Fuß der ersten Erhebung.
Ohne ein einziges Mal innezuhalten, erklomm Hanna den Gipfel des Hügels. Dort atmete sie tief ein und betrachtete ausgiebig die ganze lang entbehrte Gegend: die Felder, Wiesen und Wäldchen, die sanften Hügel ringsum und den weiten Himmel.
Sie hatte sich nach frischer Luft gesehnt; der Anblick der grenzenlosen Weite tat ihrem Herzen nach der entsetzlichen Enge wohl. Mehr als alles andere wünschte sie sich jedoch, mit Ned zu reden, zu sehen, wie es ihm jetzt ginge. Hoffentlich hatte er ihr nicht übelgenommen, wie sie sich damals verhalten hatte.
Sie erblickte ihn, als sie aus dem Wald heraustrat und sich dem Pele-Haus näherte. Auch Ned mußte sie gesehen haben, denn er blieb wie angewurzelt mitten im Hof stehen und starrte zu ihr herüber. Dann drehte er sich jedoch um und verschwand hinter dem Haus.
Hanna verlangsamte ihren Schritt und blieb schließlich stehen. Er wollte sie ignorieren. Aber sie mußte mit ihm reden, unbedingt, nur ein einziges Mal!
Als sie am Stall vorbeikam, drang weder das Klirren von Zaumzeug noch das Stampfen der Ponys an ihr Ohr, was bedeutete, daß Ned vor kurzem verkauft, aber noch keine neuen Tiere eingekauft hatte. Wenn dies der Fall war, warum war er dann nicht zum Viehmarkt gefahren? Dort hätte er bestimmt Pferde bekommen.
Hanna ging nun ums Haus herum, aber Ned war nirgends zu sehen. Endlich entdeckte sie ihn auf der Hügelseite, wo er gebückt den Boden aufharkte.
Zögernd lief sie auf ihn zu und blieb ungefähr drei Schritte von ihm entfernt stehen.
»Hallo, Ned!«
»Was? Oh, Sie sind es!« Er tat so, als sei er überrascht, dann bückte er sich wieder und fuhr in seiner Tätigkeit fort.

»Wie geht es Ihnen?«
»Mir? Ist mir nie bessergegangen. Und Ihnen?«
Hanna gab keine Artwort, sondern kam zwei Schritte näher. In der Rechten hielt er die Hacke, während er mit seiner verstümmelten Linken Geröll beiseite schob. Er schien nicht gewillt, seine Arbeit zu unterbrechen. Das Schweigen zwischen ihnen war direkt beängstigend. Endlich gab sie sich einen Ruck und fragte: »Was suchen Sie denn?«
»Suchen?« Ned wandte den Kopf und warf ihr einen Blick zu. »Blei, was sonst? Ich habe die Absicht, hier ein Bergwerk aufzumachen.«
Sie riß Mund und Augen auf und sagte ungläubig: »Ein Bergwerk? Ein Bleibergwerk?«
»Ja, warum nicht?« Nun richtete er sich auf und sah sie herausfordernd an.
»Ich... ich dachte immer, für so etwas bräuchte man eine Menge Geld.«
»Wer sagt, daß ich kein Geld habe?«
Sie erinnerte sich daran, daß er ihr gegenüber einmal geprahlt hatte, seine Vorfahren hätten ihm allerhand Kapital hinterlassen.
»Und was man nicht auf Anhieb beisammenhat, das muß man sich eben von jemandem leihen. Hauptsache, man kann die richtigen Sicherheiten geben, und diese Voraussetzungen kann ich bieten. Es ist ein ansehnlicher Hügel, Wasser gibt es zur Genüge« – er deutete hinunter zum Fluß – »und ich wette, daß hier drunter genauso ergiebige Erzadern liegen wie überall ringsum. Man braucht nur mal einen Stollen zu schlagen, dann wird man ja sehen. Im Grunde ist ein solcher Test überflüssig, ich habe auf unserm Hügel schon haufenweise Erz gefunden, und zwar richtiges, nicht bloß angeschwemmtes. Sehen Sie nur.« Er hob einen Stein auf, der aussah, als wäre er gebleicht. »Das ist es, genau das. Bares Geld. Ich habe erbsengroße Stücke entdeckt und Brocken vom Umfang einer Schweinsblase.« Ned sprach nun rasch, sein Gesicht rötete sich vor Eifer. »Und da drinnen ist

nicht nur Blei« – er stieß mit dem Fuß auf den Boden –, »sondern auch Silber. Jawohl, Silber. Der alte Beaumont hat im Jahre 1851 bereits einen Erzbrocken zur Ausstellung nach London geschickt, der dreihundertsechzig Kilogramm wog. Wissen Sie, wieviel der Wert war? Dreitausend Pfund, ein einziges Stück. Weshalb soll ich nicht auch solches Glück haben? Man muß nur was riskieren, das ist alles. Und wenn ich hier oben ein Bergwerk aufmachen will, dann werden mich weder Beaumont noch seine Speichellecker davon abhalten.«

Damit warf er die Hacke in die Luft. Sie wirbelte um ihre eigene Achse, klatschte ein Stück weiter oben zu Boden und glitt wieder herunter. »Was wollen Sie eigentlich hier, zum Teufel? Wahrscheinlich glauben Sie, daß ich jetzt lange genug keine Unannehmlichkeiten mehr gehabt habe und es an der Zeit ist, mir wieder welche zu bereiten, wie?«

Hanna biß sich auf die Lippen und ließ den Kopf sinken, dann drehte sie sich gekränkt um und ging. »So ist's recht, gehen Sie nur!« rief er hinter ihr her. »Sie bereiten ohnehin nur allen Menschen Schwierigkeiten. Aber nehmen Sie jemals die Folgen auf sich? Keine Spur – Sie doch nicht!«

»Hallo!« Beide blickten in die Richtung, aus der dieser Ruf gekommen war.

Auf dem ums Wäldchen führenden Pfad stand eine Frau mit einem Henkelkorb am Arm. Selbst aus der Entfernung sah sie ziemlich groß aus, und mit jedem Schritt, den sie sich ihnen näherte, schien sie größer zu werden. Sie hatte einen Schal um den Kopf geschlungen und trug Holzpantinen.

»Hallo«, sagte sie abermals, als sie herangekommen war. »Schöner Tag heute, nicht wahr?« Sie betrachtete Hanna neugierig und wandte sich dann an Ned: »Geht's dir gut? Ich habe dir was zu essen gebracht. War gerade beim Pastetenbacken, da dachte ich mir: Bring ihm ein paar, er ißt sie ja so gern.«

»Da hast du ganz recht, Nell.« Hanna stand da und

schaute die beiden an. Sie sahen gleichaltrig aus; vielleicht war die Frau auch ein wenig älter als er, Anfang Dreißig etwa. Ihr Körper war muskulös, ihr Gesicht grob geschnitten, aber sympathisch. Die zwei unterhielten sich nun miteinander, als ob sie gar nicht anwesend wäre.

»Ich hatte schon befürchtet, daß du vielleicht auf dem Markt seist, Ned.«

»Nein, Nell, ich hab was Wichtigeres zu tun. Außerdem kann ich mir ohne weiteres auch daheim einen antrinken, weißt du?«

Sie lachten miteinander, dann schlug er ihr vor: »Komm doch auf einen Schluck Tee herein, Nell!«

»Gern, Ned.«

Die beiden gingen an Hanna vorbei, und Ned sagte, als erinnere er sich plötzlich ihrer: »Es reicht auch für drei Tassen. Wenn Sie Lust haben...«

Hanna schüttelte den Kopf. »Nein, danke.«

»Wie Sie wollen. Jeder soll tun, was er will, dann braucht man sich wenigstens nicht zu ärgern, nicht wahr, Nell?«

»Da hast du recht, Ned, wahrhaftig!«

»Weshalb bist denn du nicht auf den Markt gegangen, Nell?«

»Nun, weil mir deine Gesellschaft lieber ist, Ned.« Die Stimmen verklangen.

Hanna sah ihnen nach, bis sie um die Ecke des Hauses verschwanden.

Einen Moment lang verspürte sie den heftigen Wunsch, loszulaufen, wie sie es damals in Nacht und Regen getan hatte, aber dieser Wunsch verschwand ebenso rasch, wie er gekommen war. Sie durchquerte den Hof und bemerkte zu ihrem Befremden, daß die Tür geschlossen war. In diesem Moment wurde ihr klar, daß sie auf etwas verzichten mußte, was sie nie besessen hatte, was sie jedoch hätte haben können. Aber nun war es zu spät! Ab jetzt mußte sie sich damit abfinden, eine verheiratete Frau zu sein, die wusch, putzte und buk – ein gewöhnliches Dorfweib, das vergessen mußte, daß es einmal Klavier gespielt, Bücher gelesen, Gedichte geliebt, gemalt und gesungen hatte.

Mit gesenktem Kopf kehrte Hanna nach Hause zurück. Sie hatte soviel frische Luft gehabt, wie sie brauchte, und ihr war, als würde sie nie mehr wünschen, auf die Hügel zu gehen.

4

Sie war nun ein Jahr mit Fred verheiratet und in letzter Zeit in zunehmendem Maß den höhnischen Bemerkungen Daisy Loams ausgesetzt, die behauptete, ihre Schwiegertochter müsse unfruchtbar sein. An ihrem Sohn könne es nicht liegen, der wäre ein richtiger Mann und stark wie ein Bulle. Bei dem Geschöpf, das er sich zur Frau genommen hatte, könne er sich offensichtlich noch so anstrengen, es würde ihm doch nicht gelingen, mit ihr Kinder in die Welt zu setzen...

Hanna ließ die Alte sticheln. Während der vergangenen Monate war sie daraufgekommen, daß Schweigen ihre beste Waffe sei; es gab Zeiten, wo sie befürchtete, das Reden so gut wie verlernt zu haben. Bei Fred einsilbig zu werden, war allerdings keine Kunst. Der redete wie ein Wasserfall, und alles, was er wünschte und brauchte, waren Zuhörer. Seine Gesprächsthemen beschränkten sich auf den Zustand des Schlachtviehs, auf das Steigen und Fallen der Fleischpreise und auf den Tratsch, den er auf dem Markt gehört hatte.

Hanna blieb nicht einmal das bescheidene Vergnügen, ein paar Worte mit den Kunden zu wechseln, denn er wollte nicht, daß sie im Laden bediente. Nicht daß ihr daran etwas gelegen hätte; sie haßte es, die großen Stücke rohen Fleisches anzufassen, und der Anblick von Blut war ihr ebenso zuwider wie dessen Geruch oder die klebrigen Finger, die man davon bekam.

Wenn sie zurückdachte, konnte sie es selbst nicht fassen, daß sie sich erst zwölf Monate in diesem Haus befand. Bisweilen schien es ihr, als hätte sie hier ihr ganzes Leben zugebracht. Dann wieder gab es Tage, in denen sie glaubte, es keine Stunde länger in diesen dumpfen Räumen aushalten zu können und den übermächtigen Wunsch zur Flucht verspürte. Überkam sie ein derartiges Gefühl, hegte und pflegte sie es richtiggehend, weil es sie wieder lebendig machte, sie aus der Eintönigkeit des Alltags herauszureißen schien. Es löschte ihre Teilnahmslosigkeit aus. Wann immer ihr so zumute war, sagte sie sich, daß sie die von ihr selbst aufgestellte Regel brechen müßte, die einzige, an der sie bisher festgehalten hatte: niemals ihren Mann und ihre Schwiegermutter auf den Markt zu begleiten.

Und dann geschah etwas, was sie aus dem Schacht, in den sie gestürzt zu sein glaubte, herausholte. Es war ein Samstagmorgen. Hanna wollte gerade mit einem Eimer voll Schmutzwasser in den Hof gehen. Als sie am Laden vorbeikam, sah sie Tessie darin stehen.

Tessie erblickte sie im selben Moment, unterbrach ihre Unterhaltung mit Fred und rief aus: »Oh, hallo, Miß...ich meine Missis!« Impulsiv beugte sie sich über den Ladentisch und fragte: »Könnte ich kurz mit ihr reden, Fred, ja?«

»Klar. Ich werd's deiner Madam schon nicht verraten. Geh nur.« Er nickte ihr zu, und sie eilte nach hinten, wo Hanna bereits auf sie wartete.

»Es ist lange her, seit ich dich gesehen habe, Tessie.«

»Ja, das stimmt, Missis.« Tessie ging auf die Hoftür zu und zog Hanna verstohlen mit sich. »Ich versuch schon seit einer Ewigkeit, Sie zu erwischen!« flüsterte sie, während sie sich mit einem Blick über die Schulter vergewisserte, daß die Luft rein war. »Aber sie hat Bella und mir damit gedroht, uns auf die Straße zu setzen, wenn wir auch nur ein Wort mit Ihnen reden. Manchmal kommt es mir ganz so vor, als hätte sie völlig den Verstand verloren. Seit Miß Betsy sich vor einigen Wochen so erkältet hat, erledige ich die nötigen Besorgungen. Ich war zwar schon einige Male hier im Laden, hab Sie jedoch nicht zu sehen gekriegt.« Tessie reckte sich auf die Zehenspitzen und

legte ihre Lippen an Hannas Ohr. »Ich hab eine Nachricht für Sie.«
»Eine Nachricht?«
»Ja. Von Ned Ridley.«
Hannas Gesicht wurde flammend rot; sie glaubte, sich verhört zu haben. »Von Ned?«
»Ja. Ich bin ihm neulich an meinem freien Tag auf dem Markt begegnet. Da sind wir ins Gespräch gekommen, und er hat gesagt, wenn ich Sie irgendwann treffe, soll ich Ihnen ausrichten, Sie möchten einmal zu ihm hinaufkommen.«
Hanna fragte erstaunt: »Das hat er tatsächlich gesagt?«
Tessie nickte. »Ja, und daß ich jedermann gegenüber nur ja den Mund halten soll! Nun, das hab ich getan. Nicht einmal Bella habe ich es erzählt, denn der geht allzuleicht die Zunge durch. Ich dachte mir, in Ihrer Lage... Sie wissen schon, was ich meine.«
Hanna nickte stumm; dann blickten sie beide rasch auf, als Fred in der Tür erschien. Er grinste zwar wie üblich übers ganze Gesicht, aber seine Stimme hatte einen mißtrauischen Unterton, als er sich erkundigte: »Was ist? Erzählt ihr zwei euch Geheimnisse?«
»Nein, nein, Fred. Das heißt« – Tessie lachte verschmitzt und wiegte mit dem Kopf – »es wird ja nicht mehr lange ein Geheimnis sein, daß Mr. Robert ausgerissen ist.«
»Er ist ausgerissen?« Fred kam langsam näher und wischte sich die Hände an seiner langen Schürze ab. »So was! Wann ist denn das passiert?«
»Nun ja, eigentlich weiß ich nicht viel über diese Geschichte. Nur, daß er vor drei Tagen verschwunden ist. – Einfach so! Er hat ihr eine kurze Nachricht hinterlassen – der Missis –, daß er nach Amerika will, ich glaube, zum Cousin seines Vaters. Nach allem, was ich an Gesprächsfetzen aufschnappen konnte, hat Mr. Robert seiner Tante geschrieben, die drüben mit einem Farmer verheiratet ist. Ihm hinge die Arbeit im Bergwerk zum Hals raus; sie sollten sich keine Sorgen um ihn machen...«

»So etwas – geht der Master Robert einfach auf und davon! Da wird es in Haus Elmholm bald niemanden mehr geben, für den du zu sorgen hast, Tessie. Was willst du denn dann anfangen?«
»Ich habe immer noch zwei gesunde Hände, Fred.«
»Bravo, du läßt dich nicht unterkriegen, was? Übrigens, wenn ihr beide euch endlich ausgetratscht habt – dein Fleisch ist fertig, Tessie!«
»Ja, schon gut!« Tessie ging auf ihn zu. »Ich wollte der Missis bloß die Neuigkeit erzählen und daß Miß Margaret nun doch nicht heiraten wird. Du meine Güte, war die Madam darüber aus dem Häuschen!« Tessie drehte sich um und nickte Hanna zu. »Tagelang hat sie von morgens bis abends nur Bibelsprüche zitiert: ›Was du säst, das wirst du ernten.‹ Und was mit denen geschieht, die Vater und Mutter nicht ehren.« Sie lachte und Fred stimmte mit ein.
Hanna nahm ihren Eimer wieder auf und ging in den Hof zur Senkgrube. Margaret heiratete also nicht... Was mochte nur geschehen sein? Arme Margaret – sie war des Mannes so sicher gewesen, so bereit, alles für ihn aufzugeben. Und Robert, der mir nichts, dir nichts nach Amerika verschwand... Wahrscheinlich würde es drüben in Haus Elmholm tatsächlich bald keine Arbeit für Bella und Tessie mehr geben...
Die wichtigste Neuigkeit war jedoch, daß Ned sie sehen wollte. Warum wohl? Hanna hob den Kopf und blickte über die Felder und Wiesen zu den Hügeln hinüber. Eigentlich verspürte sie gar keine Lust, seiner Aufforderung nachzukommen. Vielleicht wollte er ihr nur mitteilen, daß er diese Nell heiraten werde. Diese große Frau, die sich offensichtlich um ihn kümmerte, für ihn buk und so bedeutungsvoll gesagt hatte, daß ihr Neds Gesellschaft lieber sei als der ganze Markt?
Sie drehte sich achtlos um; dabei geriet sie mit einer ihrer Holzpantinen in den Kot, verzog angeekelt das Gesicht und versuchte, es mit einem Grasbüschel wegzuwischen. Dann ging sie die Böschung hinunter bis zu der

Stelle, wo das Wasser sauber und klar aus der Kiesgrube in den Fluß rann. Dort zog sie die Pantine aus und wusch sie gründlich. Anschließend spülte sie auch noch den Eimer aus, ehe sie sich auf den Weg in die Waschküche machte: Montag war Waschtag, da mußte noch allerhand vorbereitet werden.

Als Hanna den Laden betrat, stand Fred müßig vor der Auslage und blickte hinaus. Er drehte sich zu ihr um und sagte: »Die scheinen ja ganz schön zu sparen in Haus Elmholm. Eineinhalb Shilling hat Tessie nur ausgegeben. Ich kann mich noch gut daran erinnern, daß sie früher, zu seinen Lebzeiten, ihre zehn Shilling pro Woche dagelassen haben. Im Grunde wirft der Laden fast nichts mehr ab – nur die Bergleute kommen regelmäßig. Aber die haben immer erst am Monatsende Geld und oft nicht einmal dann. Dabei schimpfen sie wie die Rohrspatzen, wenn sie viereinhalb Pence fürs Pfund Fleisch zahlen müssen. Soviel kostet es mich ja beinahe schon selbst.«

Er schüttelte trübsinnig den Kopf und stieß das Hackmesser in den Block. Verbittert fuhr er fort: »Die einzigen, die noch regelmäßig bei mir ihr Fleischquantum einkaufen, sind die Bynges und die Ricksons. Flory Bange, Mrs. Wheatley und alle andern fahren längst nach Allendale. Jedenfalls habe ich sie schon ein paarmal dort gesehen. Sie haben sich richtig geniert. Im Winter, wenn sie nicht einmal den Weg bis zum Gartentor freifegen können, da bin ich ihnen gut genug. Sobald es jedoch schön wird, machen sie sich auf die Socken und kaufen alles in der Stadt. Nun, ich werd's mir merken! Auch die da drüben« – er deutete zum Dorfende – »tun sich zusammen und besorgen sich ihren Weihnachts- oder Osterbraten auf dem Markt. Na, hoffentlich landen sie mal im Graben.«

Hanna schloß für einen Moment die Augen. Weihnachts- und Osterbraten weckten in ihr lebhafte Erinnerungen an die damit verbundenen Bräuche. Es stimmte, da taten sich immer ein paar Leute zusammen, um sich ein besonders schönes Stück Vieh einzuhandeln, das die Männer dann selbst schlachteten. Das geschah nicht nur aus Sparsamkeitsgründen, sondern weil sie, wenn sie betrunken waren – und das waren sie nach dem Markttag immer –, besonders gern töteten. Langsam und auf grausame Art. Zwei Leute hielten das Tier fest, während der dritte ihm den Schädel einschlug. Traf er nicht, was oft genug geschah, mußte er seine Strafe in Form von Whisky zahlen. War das gequälte Tier endlich zur Strecke gebracht, zerlegten sie es und hingen die Fleischstücke in den Rauchfang. Das Fell trug dann noch einmal was ein, der Talg wurde weiterverarbeitet. Und alles, was sie sich bei derart vorteilhaften Käufen auf Kosten Freds ersparten, wurde vertrunken. Sie waren Barbaren, alle miteinander: Nicht nur die Armen, auch die Reichen mit ihrer Fallenstellerei, ihren Treibjagden, ihren Hahnen- und Stierkämpfen. Wie konnten die Menschen sich nur an solch grausamen Ritualen erfreuen? Die Welt war wirklich ein Jammertal.

Am Samstagabend erinnerte Mrs. Loam ihren Sohn zum hundertstenmal daran, daß er sie am nächsten Tag unbedingt in die Kirche nach Allenheads bringen müsse, weil ein bekannter, sich auf der Durchreise befindlicher Priester dort predigen würde.
Fred erwiderte: »Du läßt es mich schon nicht vergessen. Täglich hast du mir diese Woche damit in den Ohren gelegen. Du machst davon genauso viel Aufhebens wie von deiner Weberei.« Er nickte ihr, die vor ihrem kleinen Webstuhl saß und an einem Vorleger arbeitete, seufzend zu.
»Du hast aber immer noch nicht den Wagen gewaschen«, sagte sie.
»Ich werde es morgen früh tun. Auch, wenn das nicht viel Sinn hat, denn in wenigen Stunden wird er wieder ebenso schmutzig sein wie vorher.«
In jener Nacht fragte er Hanna im Bett: »Warum kommst du morgen nicht mit uns?« – »Als ob du das nicht längst wüßtest«, antwortete sie unwillig. »Ich glaube, daß du

mir wenigstens in dem Punkt recht gibst, daß ich die Gesellschaft deiner Mutter schon unter der Woche mehr als genug ›genieße‹, oder?«
Es sprach für Freds im allgemeinen ziemlich friedfertigen Charakter und seine Toleranz, daß er nicht weiter in seine Frau drang oder ihr wegen ihrer Schroffheit Vorhaltungen machte. Statt dessen erkundigte er sich nur: »Aber was willst du den ganzen Sonntag hindurch anfangen?«
»Vielleicht mache ich einen Spaziergang.«
»Über die Hügel?«
»Ja, über die Hügel.«
»Nun, dann würde ich an deiner Stelle etwas vorsichtig sein«, sagte er; seine Stimme klang plötzlich ernst. »Meiner Meinung nach bedeuten die Hügel stets Unannehmlichkeiten für dich.«
Und dabei beließ er es. Er zog sie einfach an sich und machte seine Rechte als Ehemann geltend.

Der Himmel war bleigrau, die Luft heiß und stickig: ein Gewitter schien sich anzukünden. Hanna nahm das Häubchen ab, öffnete den Mantel und fächelte sich mit dem Taschentuch Kühlung zu. Trotz der drückenden Schwüle zitterte sie. Oder war es ein mehr innerliches Frösteln, das ihr das Gefühl vermittelte, krank zu sein? Angenommen, Ned war nicht da – dann wäre sie umsonst heraufgelaufen und würde überdies naß werden – es sah ganz danach aus. Aber was machte das schon groß aus?
Über den Hügeln flammte bereits der erste grelle Blitz auf und Donnergrollen erklang. Hanna fing zu laufen an. Als sie vor dem Hof angelangt war, mußte sie einen Moment stehenbleiben, um Atem zu holen.
Das Tor war geschlossen – nichts rührte sich. Da bemerkte sie, daß das große Schloß seitlich an der Kette herabhing. Ob sie einfach öffnen und eintreten sollte? Aber wenn nun diese Frau hier war? Sie entschied sich, lieber zu klopfen. Erst als nach wiederholten Versuchen

keine Antwort erfolgte, stieß sie das Tor auf und trat zögernd ein.
Im Verhältnis zu seiner Größe wirkte der Raum stets dunkel, weil die Fenster so klein waren. Sie mußte ein paar Minuten stehenbleiben, um sich orientieren zu können. Aus den Boxen drang das vertraute Stampfen der Ponys. Langsam ging sie weiter bis hin zu dem Holzpodest.
Und hier – auf dem Stroh ausgestreckt – lag Ned in tiefem Schlaf. Die Hände hatte er über dem Bauch gefaltet; der Daumen seiner rechten Hand ruhte zwischen den verbliebenen Fingern und dem Daumen der Linken, und der Stumpf des Mittelfingers stand nur ein klein wenig über die Fingergelenke der Rechten hinaus. Außerdem verunstaltete eine tiefe, bis zum Handgelenk reichende Narbe die wie von einer Folterung verkrüppelte Hand.
Während Hanna ihn noch so betrachtete, erhellte ein plötzlicher Blitzstrahl den Stall. Gleich darauf erfolgte ein dröhnender Donnerschlag. Die erschreckten Pferde wieherten und traten an die Wände ihrer Boxen.
Ned schlug die Augen auf und blickte verschlafen zu den spinnwebenbehangenen Balken empor. Aber bereits in der nächsten Sekunde hatte er sich kerzengerade aufgerichtet und starrte seine Besucherin offenen Mundes an.
»Es...es war der Donner, der Sie geweckt hat«, sagte Hanna gleichsam entschuldigend.
Er befeuchtete seine Lippen und rieb sich blinzelnd mit der Hand übers Kinn.
Hanna irritierte sein Schweigen. »Ich...ich habe gestern mit Tessie gesprochen. Sie hat mir die Nachricht überbracht.«
»Was?«
Sie wußte bereits, daß er immer ›Was?‹ sagte, auch wenn er ganz richtig gehört hatte. Trotzdem wiederholte sie geduldig: »Tessie hat mir ausgerichtet, daß Sie mich sprechen wollten.«
Er rieb sich abermals das Kinn, stand dann auf, lief einige Male hin und her und sagte: »Ja, richtig, stimmt schon,

ich habe sie darum gebeten. Aber das liegt schon ziemlich lange zurück.«
Ein neuerlicher Donnerschlag ließ Hanna zusammenzucken. Ned ging auf die Boxen zu und beruhigte die aufgeregten Pferde. »Sie mögen kein Gewitter, es ängstigt sie. Trinken Sie eine Tasse Tee mit mir?«
»Ja, gern.«
Sie folgte ihm in die Küche und stellte mit einem Blick fest, daß alles nett und sauber aussah. Anscheinend hatte hier eine Frau für Ordnung gesorgt.
»Setzen Sie sich.« Er deutete auf einen Stuhl. »Ich mache lieber Licht, sonst rennen wir uns noch die Köpfe an.« Er lachte verlegen.
Schweigend nahm sie am Tisch Platz. Ned zündete die Lampe an, schob den großen schwarzen Kessel in die Mitte des Herdes und holte die Teekanne vom Geschirrständer. Als Hanna sah, daß er vier Löffel Tee hineingab, verzog sie ängstlich das Gesicht: Hoffentlich würde sie das starke Gebräu vertragen!
Er hatte sich inzwischen einen Stuhl herangezogen und sich so hingesetzt, daß er sie anschauen konnte. »Nun, wie stehen die Dinge bei Ihnen?« fragte er.
Sie antwortete nicht darauf, sondern blickte ihm im Licht der Lampe direkt in die Augen. »Also, weshalb wollten Sie mich sprechen?«
Mit dem Zeigefinger und Daumen der linken Hand massierte er die eine Gesichtshälfte. »Nun, es war...« Er schüttelte heftig den Kopf. »Sie verstehen mich immer falsch! Letztes Mal sind Sie einfach davongelaufen und haben mich stehenlassen. Das gehört wohl zu Ihren Lieblingsgewohnheiten: davonzulaufen und die Leute zu brüskieren? Dabei wollte ich Ihnen doch sagen, daß alles in Ordnung sei und Sie sich nicht zu sorgen brauchen. Ich meine, wegen...« Er hob die verunstaltete Hand. »Es ist schon merkwürdig, aber dadurch hab ich erst so richtig gelernt, was man alles ohne das hier tun kann. Man muß sich auch so behelfen können, wissen Sie? Wenn es den Daumen erwischt hätte, wäre ich schlimmer drangewe-

sen. Wie ich mich dann gefühlt hätte, weiß ich natürlich nicht, denn das ist der wichtigste Teil der Hand.«
Sie starrte ihn mit weit aufgerissenen Augen an.
»Tja.« Ned legte die Hand aufs Knie und ließ sie dort ruhen. »Darum ging es mir eigentlich. Ich wollte Sie wissen lassen, daß Sie sich meinethalben keine Sorgen zu machen brauchen. Denn nach allem, was man so hört, haben Sie selbst gerade genug zu tragen. Herrje – daß Sie aber auch ausgerechnet unter die Fuchtel einer Daisy Loam geraten mußten.« Er lachte kurz auf. »Wenn ich mir vorstelle, daß dieser Weibsteufel meine Mutter hätte werden können! Vor Jahren ist sie nämlich hinter meinem Vater hergewesen. Unglaublich, nicht wahr? Und Fred... nicht, daß er ein schlechter Kerl wäre, wohlgemerkt, er hat durchaus seine guten Seiten. Verfressen ist er, das schon, aber ansonsten... Nun, das müssen Sie ja besser wissen.« Er warf ihr von der Seite her einen Blick zu.
Hanna hatte ihm die ganze Zeit über wie gebannt zugehört. Auch jetzt brachte sie kein Wort hervor. Es war ihr, als schwelle etwas in ihrem Innern an, als steige es in ihr hoch wie eine Flutwelle – immer höher, immer bedrohlicher! Gleich würde sie darin ertrinken...
Plötzlich spürte sie, daß sie dieses beklemmende Gefühl nicht länger ertragen konnte. Verzweifelt warf sie sich mit dem Oberkörper auf den Tisch und schlug mit ihren Fäusten auf die Holzplatte ein. Sie stöhnte und weinte noch immer, als seine Arme sie umschlangen und er sie an sich zog.
»Aber Hanna, ist ja schon gut! Um Himmels willen, so beruhig dich doch endlich, sonst krieg ich's noch mit der Angst zu tun.«
Ned preßte sie an sich und streichelte sie, bis ihr Klagen verstummte und in vereinzeltes Schluchzen überging. Willenlos sank sie an seine Brust.
»O Gott, Hanna, red dir nicht ein, daß du schuld bist. Du kannst nichts dafür, glaube mir!« flüsterte er in ihr Haar. »Ich hätte es dir sagen sollen – noch vor deiner Heirat –

und dir die Wahl überlassen sollen: er oder ich. Aber ich war so verdammt dickköpfig, so tief verletzt, weißt du? Ich habe es dir schwer angekreidet damals, daß du nicht von selbst daraufgekommen bist, daß du es nicht erraten hast. Aber wie hättest du es wissen sollen? So ein unerfahrenes Ding wie du, das diesen alten Jungfern im Internat ausgeliefert war. Richtige Nonnen sind das meiner Meinung nach. Was haben die dir schon beibringen können? Was hast du denn vom Leben gewußt? Keine Ahnung hast du gehabt!«

Er machte sich behutsam von ihr los, drückte sie auf den Stuhl, kniete vor ihr nieder, nahm ihre Hände in die seinen und sagte: »Du weißt, was ich dir damit zu verstehen geben will, nicht? Ich liebe dich, ich liebe dich über alles, Hanna! Das habe ich immer getan, und daran wird sich wohl bis an mein Lebensende nichts ändern. Bestimmt habe ich mich nicht gerade wie ein Heiliger aufgeführt. Es wäre zwecklos, das zu leugnen, alle wußten davon, und auch dir muß so einiges zu Ohren gekommen sein, stimmt's? Aber das hat nichts mit Liebe zu tun, absolut nichts. Liebe ist etwas ganz, ganz anderes. Sie verzehrt einen, läßt einen nicht schlafen, so daß man manchmal fürchtet, den Verstand dabei zu verlieren ... als ob es nichts anderes gäbe, das zählte. Und was empfindest du für mich, Hanna?«

»Oh, Ned, Ned!« Sie entzog ihm die Hand und streichelte seine Wange. »Ich ... ich hatte keine Ahnung von alledem. Ich wußte nur, daß ich dich immer gebraucht habe. Damals bildete ich mir ein, John zu lieben, und als er sagte, daß ich Fred heiraten müsse, bin ich einfach zu dir gelaufen. Leider warst du nicht da. Später versuchte ich dann, mit dir zu reden – aber das wolltest du mich nicht mal sehen.«

Er senkte schuldbewußt den Kopf. »Ich weiß, daß ich alles falsch gemacht habe. Und dafür habe ich bezahlen müssen, glaub mir! Ich hab schrecklich darunter gelitten.« Wieder suchte sein Blick den ihren. »Magst du mich? Magst du mich wirklich? Ich meine, nicht wie ein

Kind oder ein Schulmädchen, sondern... Nun, du weißt schon, was ich meine.«

»Ja, Ned, ich weiß, was du meinst.« Noch während er sprach, hatte sich ihr Gesicht langsam dem seinen genähert, und als ihre Lippen seinen Mund berührten, erstarrte er und schwieg. Dann riß er sie in seine Arme und küßte sie so, wie sie noch nie zuvor geküßt worden war, nicht einmal von Fred, wenn er auf dem Höhepunkt seiner Leidenschaft angelangt war. Das waren ganz andere Küsse – und sie erwiderte sie auf eine Art, wie sie es nie für möglich gehalten hätte. Ganz fest hielten sie einander umschlungen. Hanna fühlte, wie ihr schwindlig wurde, ihre Gedanken wirbelten durcheinander. Sie war verloren und war es gern.

Dann saß sie plötzlich wieder auf dem Stuhl, während Ned sich über sie beugte und lachte, wie sie ihn vor Jahren hatte lachen sehen. Aber jetzt war sein Lachen von unaussprechlicher, überschäumender Freude erfüllt. Endlich richtete er sich auf und fragte mit heiserer Stimme: »Bestehst du darauf, nun Tee zu trinken?«

Hanna sah ihn wortlos an, aber da war er schon aus der Küche geeilt. Als sie hörte, wie er unten den Riegel vorschob, drehte sie den Kopf zur Seite und biß sich auf die Lippen, um dem Zittern Einhalt zu gebieten, das ihren Körper erfaßt hatte.

Ned erschien wieder in der Küchentür und streckte ihr die Hand entgegen. Sie sprang auf und lief zu ihm hin. Dann führte er sie die Treppe hinauf in das über der Küche liegende Schlafzimmer. Sie noch immer an der Hand haltend, blieb er stehen, sah ihr im schwachen Licht tief in die Augen und fragte stockend: »Bist du dir sicher?«

»O ja, Ned. Vollkommen sicher!«

Langsam öffnete er den obersten Knopf ihres Kleides, dann den nächsten und wieder den nächsten. Hanna rührte sich nicht, sondern schaute ihn unentwegt an.

Schließlich hob er sie aufs Bett, und sie sah zu, wie er sich auszog. Seine Bewegungen waren noch immer langsam, fast gemächlich. Schließlich legte er sich neben sie,

nahm ihr Gesicht zwischen beide Hände und sagte mit bewegter Stimme: »Wie oft ich davon geträumt habe... eigentlich schon, ehe ich dir zum erstenmal begegnet bin! Ich träumte von einer Frau, die neben mir lag, wie du es jetzt tust. Es ist traurig, denken zu müssen, daß ich einen Großteil dieses wunderbaren Traums durch meine eigene Schuld eingebüßt habe. Ja, durch meine eigenen Fehler. Dir gebe ich keine Schuld, nein, nie im Leben!« Er schüttelte bitter den Kopf. »Ein Bursche wie Fred konnte dir doch nichts bedeuten, dich nicht erregen, dich nie wirklich geliebt haben... Oder hat er es getan?«
Sie schloß die Augen und flüsterte: »Nein, Ned, nein. Ich hab mir hundertmal gewünscht, zu sterben. Und dann habe ich gelernt, dabei an dich zu denken, und das hat mir geholfen.«
»Wirklich? Du hast an mich gedacht, wenn du mit ihm beisammen warst?«
»Ja, Ned.«
»Ach, Hanna – Liebste!«
Er stützte sich auf den Ellbogen und beugte sich über sie, aber nun schien es ihr, als küsse sie ein völlig anderer Mann, denn jetzt waren seine Liebkosungen sanft und zärtlich und ließen ihren Körper aufblühen. Sie seufzte glücklich, während alles um sie herum versank...
Keiner von beiden hatte bemerkt, daß das Gewitter längst vorbei war, bis Ned schließlich feststellte, wie licht es im Zimmer war. Er warf einen Blick zum Fenster und rief fröhlich: »Sieh doch! Die Sonne scheint!«
»Richtig!« Sie drehte sich auf den Rücken, sah gleichfalls hinaus, und kuschelte sich dann wieder an ihn.

»Bist du glücklich, Hanna?« fragte er leise.
»Glücklich?« Sie schüttelte fassungslos den Kopf. »Oh, Ned – ich weiß nur, daß ich mich noch nie im Leben so wundervoll gefühlt habe. Nie hätte ich so etwas für möglich gehalten. Mir ist gleich, was jetzt mit mir geschieht.«
»Was meinst du damit?«

»Genau das, was ich gesagt habe. Selbst wenn ich sterben müßte, es würde mir nichts ausmachen.«

»Red keinen Unsinn.« Er stand auf, zog sich an, schnallte den Gürtel zu, blickte zu ihr hinüber und sagte: »Wir beginnen ein neues Leben, Hanna. Ich weiß noch nicht, wie, aber das hier ist erst der Anfang, verstehst du?«

Sie schaute ihn zärtlich an, setzte sich dann auf und sagte ruhig: »Das ... das wird schwierig sein, Ned. Wenn die da drunten mich erst einmal heraufgehen sehen ...«

»Zur Hölle mit ihnen!« Trotzig warf er den Kopf zurück, beugte sich anschließend über sie und fragte lächelnd: »Sie geht doch sicher jeden Sonntag zur Kirche, stimmt's?«

»Ja.«

»Und er? Was tut er?«

»Er legt sich nach Tisch hin.«

»Du auch?« Nun lächelte er nicht mehr.

»Nein, nie.«

»Nun, dann könntest du doch einen Spaziergang machen.«

Hanna zwinkerte schelmisch. »Ja, natürlich könnte ich einen Spaziergang machen.«

»Das reicht für den Anfang, meinst du nicht? Komm, steh auf.« Er ergriff ihre Hand und half ihr auf die Beine. Als sie sich anziehen wollte, fiel er ihr in den Arm. »Warte! Ich hab dich ausgezogen, ich werde dich auch wieder anziehen. Von jetzt an zumindest.«

»Oh, Ned!« Wieder warf sie sich ihm an den Hals, und er küßte sie auf die Lider, die Nasenspitze und die Ohren. Hanna erkannte im selben Moment, daß seine Art, sie zu liebkosen, eine Menge Erfahrung verriet; aber das machte ihr nichts aus, weil sie spürte, daß sie für ihn etwas Besonderes war. Sie wußte es, sie glaubte fest daran – es war das einzige, woran sie jemals wieder glauben würde.

Als sie in den Nebenraum gingen, sagte er: »Bleib hier; ich bringe den Tee herauf.«

Sie setzte sich in den Schaukelstuhl vor dem Kamin.

Jetzt brannte kein Feuer, aber sie konnte sich vorstellen, wie es an einem Winterabend sein würde, wenn die Flammen lustig prasselten, ein Topf würziger Fleischbrühe auf dem Herd brodelte und ein blütenweißes Tischtuch ausgebreitet war und die Suppennäpfe auf dem Tisch standen.
Wie sie sah, gab es sechs davon drüben im Regal, drei große und drei kleine. Sie waren ebenso wie die Möbel handgefertigt. Hanna blickte sich im Zimmer um, das so verschieden von jenem war, das sie vor ein, zwei oder gar drei Stunden verlassen hatte. Wie spät mochte es sein? Gegen sechs wahrscheinlich. Sie mußte sich bald auf den Heimweg machen.
Bei ihrem Rundumblick hatte sie festgestellt, daß auch hier alles von auffallender Sauberkeit war, genauso wie unten in der Küche. Das versetzte ihr geradezu einen Stich. Kam diese Frau regelmäßig hierher, um sauberzumachen? Und vielleicht nicht nur deshalb?
Als er mit dem Tablett eintrat, stand Hanna neben dem Regal und ließ den Zeigefinger spielerisch über die Näpfe gleiten. Während Ned die Teekanne, den Milchkrug, die Zuckerdose und die Tassen auf den Tisch stellte, nahm sie einen der Näpfe in die Hand und sagte: »Alles sieht so adrett bei dir aus. Macht hier regelmäßig jemand sauber?«
Sie hörte, wie er das Tablett abstellte. Als er nicht antwortete, drehte sie sich rasch um und sah ihn an. Sein Gesicht war ernst, aber seine Augen lachten. »Ja, Nell Dickinson«, antwortete er unbekümmert. »Du hast sie ja letztes Mal gesehen, sie wohnt in ›The Bottoms‹ drüben und kommt zweimal in der Woche herüber.« Hanna stellte den Napf wieder an seinen Platz. »Tja, nettes Ding, diese Nell, wirklich…«
Ned schenkte den Tee ein und fragte: »Nun, möchtest du nicht herkommen?«
Er wartete ab, bis sie sich gesetzt hatte, nahm dann neben ihr Platz, zog sie an sich und streichelte liebevoll ihr Haar, während er berichtete: »Nell ist verheiratet. Ihr

Mann ist groß und stark wie ein Bulle, er hat mir alles beigebracht, was ich vom Boxen weiß. Er hat sie geheiratet, als sie fünfzehn war, und sie hat ihm elf Kinder geschenkt. Vier haben sie durch die Cholera verloren – auf einmal, stell dir vor! Sie hat mich zur Schule geführt, das heißt, wenn sie mich durch gutes Zureden überhaupt soweit kriegen konnte. Geschlafen habe ich allerdings nie mit ihr, zumindest noch nicht.« Er nickte bekräftigend und fügte hinzu: »Sie ist jedoch ein herzensguter, verständnisvoller Mensch, und wenn sie annähme, daß ich dringend eine Frau bräuchte, dann würde sie mir sicherlich auch diesen Gefallen erweisen.«
Hanna schlang die Arme um seinen Hals und schaute ihn prüfend an.
»Bist du am Ende eifersüchtig?« fragte er und zwinkerte ihr übermütig zu.
Sie schüttelte den Kopf. »Nein, nein, ich war bloß neugierig.«
»Erzähl mir keine Märchen.« Er versetzte ihr einen sanften Klaps. »Gib es ruhig zu und schäm dich: Du bist nichts als eifersüchtig. Was hättest du getan, wenn es so gewesen wäre, wie du gedacht hast?«
Ihr Gesicht wurde nun ernst, und ebenso ernst antwortete sie: »Es hätte mich sehr verletzt... aber ich hätte es dir nicht übelgenommen, wo ich doch weiß, wie du es brauchst. Allerdings hätte ich mir gewünscht, an ihrer Stelle zu sein, weil« – sie unterbrach sich und bekam feuchte Augen –, »weil ich dich liebe, Ned. Ich liebe dich über alles.«
»Weine nicht, Liebste, bitte.«
»Tu ich ja gar nicht.«
»Komm, trink deinen Tee. Komisch, daß ich ausgerechnet an einem solchen Tag, den man eigentlich feiern müßte, nicht einen Tropfen Whisky im Haus habe. Damit sollten wir anstoßen, nicht mit Tee. Weißt du, was?« Er hatte sich auf die Knie fallen lassen, legte beide Arme um ihre Taille und den Kopf zwischen ihre kleinen Brüste. »Das ist der glücklichste Tag meines Lebens.«

5

Während der folgenden Monate ereigneten sich einige Dinge, die für Gesprächsstoff sorgten.
Da gab es einmal den Wettbewerb der Musikkapellen, ein Ereignis, das allen noch lange in Erinnerung blieb. Die Teilnehmer kamen aus Allendale, Acomb, Catton, Carrshield und Langley. Allendale, Acomb und Catton errangen die ersten drei Preise; die anderen waren jedoch mit dieser Entscheidung nicht einverstanden und brachten ihr Mißfallen dadurch zum Ausdruck, daß sie Mr. Boosey, einem bekannten Komponisten aus London, der sich als Schiedsrichter zur Verfügung gestellt hatte, jede Befähigung für dieses Amt absprachen. Der Bedauernswerte sah sich Proteststürmen ausgesetzt, die solche Ausmaße annahmen, daß er entsetzt flüchtete und schleunigst die nächste Bahnstation aufsuchte. Dieses Fiasko erweckte allgemeines Gelächter und lebhafte Diskussionen.
Dann war es das Wetter, das den Bauern so zusetzte, daß sie sich um ihre Ernte große Sorgen machten. Es war ein ausnehmend trockener Sommer, der das Getreide auf dem Feld verdorren und die Raupen in Scharen über die Rüben herfallen ließ. Auf diesen heißen Sommer folgte ein besonders harter Winter, einer der ärgsten und längsten, an die sich die Bevölkerung hierzulande erinnern konnte. Das größte Unglück war, daß das Vieh in Scharen zugrunde ging, vor allem die Schafe. Es wären ganze Herden umgekommen, wenn man nicht große Mengen Heu aus Holland eingeführt hätte.
Der Winter kam allen lang vor, aber am längsten dünkte

er Hanna. So manches Wochenende bekam sie Ned nicht zu Gesicht. Selbst wenn der Schnee festgetreten war und ein Spaziergang möglich gewesen wäre, mußte sie zu ihrem Leidwesen darauf verzichten, wenn ihre Schwiegermutter zu Hause blieb.

Sie hatte mit Ned ausgemacht, daß er in solchen Fällen Sonntag mittags über den ersten der Hügel in Richtung Allendale herunterkommen würde, nur um sie wissen zu lassen, daß mit ihm alles in Ordnung sei. Natürlich konnten sie einander keinerlei Zeichen geben, aber sie sah ihn wenigstens von fern, und er wußte, daß sie am Fenster stand.

Während des Sommers und Herbstes war es Hanna manchmal sehr schwer gefallen, ihr heimliches Glück nicht zu verraten. Eines Tages, als sie sich allein wähnte – die Schwiegermutter war im Hof und Fred im Laden –, hatte sie leise vor sich hingeträllert. Plötzlich war Daisy Loam hinter ihr aufgetaucht und hatte gefragt: »Was gibt's denn da zu singen, wenn die Frage gestattet ist?«

Hanna, die damit beschäftigt war, den Boden aufzuwischen, drehte sich mit dem nassen Lappen in der Hand um und entgegnete empört: »Ihretwegen singe ich bestimmt nicht, darauf können Sie sich verlassen. Und wenn mir nach Singen zumute ist, werde ich mir von Ihnen nicht den Mund verbieten lassen, hören Sie! Es ist mir völlig egal, was Sie sagen oder tun. Und wenn Sie zerspringen: Denken Sie immer daran, daß Sie mich mit Ihren Zornausbrüchen nicht mehr einschüchtern können!«

»Du unverschämtes Ding, du!«

Da stand Hanna auf und zischte Mrs. Loam an: »Sie widerliches, gehässiges altes Weib!«

Als sie sah, wie die kleine Frau aus der Küche rannte und die Treppe hinuntereilte, lehnte sie sich an den Tisch, senkte den Kopf und lachte leise in sich hinein.

Bald darauf tauchte Fred in der Tür auf und sagte: »Was ist jetzt wieder los? Sie hat gesagt, daß du sie beleidigt hast.«

Hanna warf den Kopf zurück und rief lachend: »Das hat sie gesagt? Nun, wenn sie das behauptet, dann habe ich wenigstens etwas erreicht. Und du kannst ihr meinetwegen ausrichten, daß ich sie in Zukunft noch öfter beleidigen werde.«
»Was ist in letzter Zeit nur über dich gekommen?« fragte er. »Früher hast du nicht mal den Mund aufgemacht.«
»Ich bin eben erwachsen geworden.« Sie bückte sich und hob das Scheuertuch auf. »Ich lasse mir von ihr nicht mehr grob kommen. Du kannst ihr ruhig sagen, daß ich, wenn sie mich noch einmal im Laden vor allen Leuten anschreit, es ihr mit gleicher Münze heimzahlen werde. Sollen die Nachbarn nur sehen, daß hier nicht mehr alles nur nach ihrem Kopf geht. Das wird die Leute nur freuen, denn sie können den alten Drachen nicht ausstehen. Weißt du überhaupt, Fred, daß deine Mutter noch unbeliebter ist als Mrs. Thornton? Und das will was heißen.«
Fred stand da und starrte Hanna bestürzt an. Das war nicht mehr die kultivierte, wohlerzogene junge Dame, die er geheiratet hatte; sie benahm sich nun so wie jede andere junge Frau im Dorf. Es hatte eine Zeit gegeben, wo er sich gewünscht hätte, sie würde sich seiner Mutter gegenüber besser behaupten. Aber nun übertrieb sie: Die Art, wie sie sich in letzter Zeit aufführte, war alles andere als damenhaft. Er wandte sich von ihr ab und sagte: »Ich würde mich an deiner Stelle etwas zurückhalten. Allzuviel wird Ma sich nicht mehr bieten lassen.«
Lachend rief sie ihm nach: »Ich pfeif drauf!« Das war eine von Bellas vielen dummen Redensarten, und Hanna mußte sich zurückhalten, über Freds verdatterte Miene nicht laut herauszuplatzen.
Sie lief rasch ins Schlafzimmer hinüber, lehnte sich an die Tür und murmelte, heftig atmend: »Komisch, wirklich komisch, daß ich mich so benehme. Aber gottlob kann ich es. Endlich kann ich mich wehren. Wurde auch höchste Zeit!«
Sie trat ans Fenster, stützte die Arme aufs Sims und blickte über die Hügel zum Pele-Haus hinüber. Die Freu-

de, von der sie die letzten paar Sonntage dort erfüllt gewesen war, berauschte sie noch immer. In der Küche hatte sie sich vorhin wie trunken aufgeführt; und sie war trunken von der Liebe des Mannes dort drüben, ebenso wie er von der ihren. Sie wußte nun, wie es war, wenn man vergöttert wurde. Gewiß, der Gedanke war Sünde, aber es war ihr gleichgültig. Sie wurde von ihm vergöttert – allein das zählte.

Bei ihrem letzten Beisammensein hatte er gefragt: »Was werden wir tun? So kann es nicht weitergehen, daß wir einander oft wochenlang überhaupt nicht sehen.« Und sie hatte hierauf kurz entschlossen geantwortet: »Ich werde ihn verlassen und zu dir heraufkommen, wann immer du willst, Ned. Du brauchst es nur zu sagen.«

Er hatte mit dem Kopf geschüttelt und erwidert: »Nein, dein Leben wäre nicht mehr lebenswert. Wir müssen von hier fort, alles verkaufen und woanders neu anfangen.«

»Du wirst doch das Haus nicht verkaufen wollen, Ned?« hatte sie gefragt. »Schließlich liebst du es sehr.«

»Aber dich liebe ich noch mehr!« hatte er darauf geantwortet.

Der Winter mit Stürmen, Schneegestöber und krachendem Eis dehnte sich zu einer Ewigkeit aus. Tage, ja Wochen fand Hanna keine Gelegenheit, der Isolation zu entrinnen. Die Abende verbrachte sie mit dem vor dem Kamin schnarchenden Fred und ihrer Schwiegermutter, die mit grimmigem Eifer am Webstuhl arbeitete, während sie selbst flickte, stopfte und häkelte. Oft wurde stundenlang kaum ein Wort zwischen ihnen gewechselt, und Hanna mußte daran denken, wie Tessie und Bella drüben in Haus Elmholm es als Zeitvertreib betrachtet hatten, in der Küche beisammenzusitzen und Matten zu weben. Zeitvertreib! Sie bekam nur wunde Finger davon.

Aber heute war Freitag. Der Februar neigte sich seinem Ende zu, und es hatte zu tauen begonnen, obwohl es immer noch Schneegestöber gab. Wenn es aber weiter so warm war, dann würden die Straßen bis zum Sonntag

passierbar sein, selbst wenn es an manchen Stellen knöcheltiefen Schlamm geben sollte.
Hanna wußte, daß die Alte ebenso begierig darauf war, das Haus zu verlassen, wie sie selbst, und deshalb betete sie, daß ihre Schwiegermutter am Sonntag die Abendandacht aufsuchen könnte. Fred würde dann von seinem Gewohnheitsrecht Gebrauch machen und zum Umtrunk in den Ortsgasthof gehen; meist unternahm er von hier aus mit seinen Kumpanen eine ausgedehnte Zechtour durch die Gasthöfe der nächsten Umgebung. Vorsichtshalber pflegte er immer den Wagen mitzunehmen, schon deshalb, weil sein verständiges Pferd den Weg auswendig kannte und ihn, soviel er auch getrunken haben mochte, sicher heimbrachte.
Sonderbarerweise machte es Hanna nichts aus, wenn Fred sich betrank – im Gegenteil: Je betrunkener er war, desto besser für sie! Dann ließ er sie wenigstens in Ruhe. Wenn er in einem solchen Zustand nach Hause kam, plumpste er nur noch ins Bett und schnarchte sofort los.
Natürlich schob Daisy Loam Hanna die Schuld dafür in die Schuhe, daß ihr Sohn zu trinken angefangen hatte. Vor seiner Ehe, beteuerte sie immer wieder, wäre Fred ein nüchterner, gottesfürchtiger Mann gewesen. Das erzählte sie auch all ihren Kunden, die ihr zwar kopfschüttelnd zuhörten, sich hinterher jedoch darüber köstlich amüsierten.
Das Tauwetter hielt an, aber es war schon recht spät, als es Hanna endlich gelang, sich an diesem Sonntagnachmittag auf den Weg in die Hügel zu machen. Die Dämmerung hatte bereits eingesetzt, und sie wußte, daß sie im Dunkeln würde heimgehen müssen, weil sie keine Laterne mitgenommen hatte. Aber was machte das schon aus?
Ganz außer Atem langte sie endlich am Pele-Haus an, stieß das Tor auf und eilte in den Stall. Auf einmal blieb sie wie angewurzelt stehen. Aus der Küche drangen Stimmen an ihr Ohr. Während sie langsam den Raum durchquerte, erschien plötzlich Ned in der Tür. Bei ih-

rem Anblick sah er einen Moment lang verdattert drein, wandte dann den Kopf und rief: »Ich komme gleich, Peter!« Mit wenigen Schritten war er bei ihr, packte ihre Hand und flüsterte: »Ich dachte schon, du könntest nicht kommen.«
»Wer ist denn in der Küche?«
»Ein paar Bekannte.«
Sie verzog das Gesicht, und er fügte flüsternd hinzu: »Viehtreiber, weißt du.«
»Ach so, ja.«
»Sie sind aber schon im Aufbruch.«
»Soll ich...soll ich mich solange irgendwo verstekken?«
Er wollte gerade antworten, als zwei Männer in der Küchentür auftauchten. »Nun, Ned, wir machen uns jetzt wieder auf den Weg«, sagte der eine.
»Ist in Ordnung.« Ned drehte sich um und blickte den beiden entgegen. Diese musterten inzwischen mit unverhohlener Neugier die junge Frau mit dem dichten kastanienbraunen Haar, das nicht bedeckt war, weil Hanna die Kapuze beim Betreten des Hauses nach hinten geschoben hatte. Mit halbgesenktem Kopf erwiderte sie den Gruß der beiden durch ein kaum merkliches Nicken; offensichtlich hatten sie sie erkannt. Daß die Männer ausgerechnet jetzt auftauchen mußten!
»Also, dann auf bald, Ned!« meinte der Kleinere.
»Klar, Arty. Und ich werde mir das, was du mir gesagt hast, überlegen. Scheint sich zu lohnen, die Sache.«
»Und ob die Sache sich lohnt!« Arty klopfte ihm grinsend auf die Schulter. »Natürlich wirst du die Augen offenhalten müssen, wenn du den Kerl aus Wales schlagen willst, aber da habe ich keine Bange, Ned. Du bist ja nicht von gestern.«
»Das will ich meinen!« pflichtete der andere Mann bei.
Ned lachte. »Nun, eines steht fest: Außer daß man geboren wird und sterben muß, ist nichts sicher auf der Welt. Das ist so ziemlich alles, was ich vom Leben weiß.«
»Das und wie man Pferde zureitet. Davon verstehst du

jedenfalls am meisten, Ned, da kann dir keiner das Wasser reichen. Auf bald also!«
»Auf bald, Peter! Wiedersehen, Arty!« Damit schloß er die Tür hinter den beiden, wartete jedoch einen Moment ab, ehe er so leise wie möglich den Riegel vorschob.
»Verdammt! Seit Monaten habe ich die beiden nicht mehr zu Gesicht bekommen«, fluchte er vor sich hin. »Ausgerechnet heute mußten sie hier auftauchen. Aber nun läßt es sich nicht mehr ändern. Schön, daß du hier bist, Liebste!«
Hanna antwortete nichts, sondern fiel ihm überglücklich um den Hals. Ihre Lippen fanden sich zu einem langen, innigen Kuß.
Als sie dann in der Küche vor dem hellflackernden Feuer saßen und Ned wieder in seiner Lieblingsstellung zu ihren Knien hockte, fragte er lächelnd: »Hattest du auch so furchtbare Sehnsucht nach mir wie ich nach dir?« Sie nickte heftig: »Manchmal ist es einfach unerträglich. Und es ist mir so schrecklich lang vorgekommen. Oh, Ned!« Sie umschloß sein Gesicht mit beiden Händen. »Was sollen wir tun? Ich kann die Vorstellung, daß es ewig so weitergehen soll, nicht mehr ertragen.«
»Das brauchst du auch nicht. Es hängt ganz von dir ab.« Er schnippte mit den Fingern.
»Aber dies hier ist dein Heim. Mir wäre es gleich, was die Leute im Dorf sagen! Ich würde zu dir heraufkommen und...«
Er schloß ihr den Mund, indem er seine Finger sanft auf ihre Lippen drückte, und murmelte zärtlich: »Du weißt nicht, wovon du redest. Ein paar Wochen, vielleicht ein paar Monate könnte es gehen, aber dann würde es dich zugrunde richten, glaub mir! Ich hab so was schon mal miterleben müssen. Hier in diesem Haus hab ich's mitangesehen.«
Hanna befreite sich von seiner Hand und fragte: »Hier?«
»Nach dem Tod meiner Mutter hat mein Vater eine Frau kennengelernt, die aus dem nächsten Dorf stammte und ein fürchterliches Eheleben hinter sich hatte. Ihr Mann

arbeitete im Bergwerk und war niemals nüchtern. Er hat gebettelt, geborgt, gestohlen, nur um sein Schnapsquantum zu bekommen. Deshalb hat sie ihn verlassen und ist hierher gezogen. Aber sie hat damit auch ihren fünfzehnjährigen Sohn und ihre vierzehnjährige Tochter verlassen, und wenn sie sich am Markttag in Allendale blicken ließ, warf ihr eigener Sohn mit Steinen nach ihr. Einmal veranstalteten die Leute eine regelrechte Hetzjagd auf sie. Der Mob war nicht mehr zu bändigen.... Ich sehe es noch deutlich vor mir, obwohl ich damals erst ungefähr sechs Jahre alt war. Mein Vater versuchte verzweifelt, ihre Verfolger abzuwehren, und mußte eine Menge Schläge einstecken, bis es ihm schließlich gelang, die Ärmste herauszuholen. Danach war sie so eingeschüchtert, daß sie sich nicht mehr aus dem Haus wagte.«
Mit ernstem Gesicht drehte er sich um, ergriff den Schürhaken und fachte das Feuer an. Dann fuhr er fort: »Schließlich wurde sie eines Tages unten am Fluß gefunden. Es war Hochwasser, und die Leute sagten, sie hätte eben nicht über die Schrittsteine gehen sollen. Aber mein Vater wußte, was sich wirklich zugetragen hatte: zum erstenmal seit jenem Markttag hatte sie das Haus verlassen. Sie hatte das Eingesperrtsein einfach nicht mehr ertragen! Du siehst also, Hanna, ich weiß genau, wovon ich rede. Und obwohl dieses Ereignis inzwischen zweiundzwanzig Jahren zurückliegt, haben sich die Menschen bis zum heutigen Tag nicht geändert. In der Beziehung werden sie sich wahrscheinlich auch nie ändern – dazu ist ihr Horizont zu eng! Kannst du dir vorstellen, daß mindestens die Hälfte der Dorfbewohner noch nie über die Dorfgrenze hinausgekommen ist? Sie kennen nicht einmal Hexham, das nur zehn Meilen entfernt liegt... Nein, nein, Hanna« – er schüttelte den Kopf – »wenn du tatsächlich auf immer mit mir zusammenleben willst, dann nicht hier! Aber sorge dich nicht, es wird früher soweit sein, als du glaubst. Die beiden vorhin haben mir nämlich einen guten Tip gegeben. Du weißt, daß ich meine Ponys von da und dort zusammenkaufen muß,

aber sie sind immer schwerer zu bekommen. Die Bauern bilden sich ein, daß nur sie allein das Recht haben, die Bergwerke zu beliefern. Nun hat Peter Turnbull, der größere von den beiden, erzählt, daß er bei Gearstones eine große Herde Wildpferde entdeckt hat. Sie wären nur noch Haut und Knochen gewesen, die armen Teufel, aber er hat sie auf gutes Weideland getrieben, damit sie wieder zu Kräften kommen. Und da tatsächlich keiner soviel von Wildpferden versteht wie ich – darauf bin ich schon stolz, das gestehe ich gern ein –, werde ich hinreiten, eine Anzahl Tiere aussortieren und mir damit bestimmt ein schönes Stück Geld verdienen. Wenn der Sommer vorbei ist, werden wir über ausreichend Kapital verfügen, um uns eine gemeinsame Zukunft aufbauen zu können. Ein wenig besitze ich ja schon... Entsinnst du dich an den Abend, wo ich dir vorgeprahlt habe, die Ridleys hätten im Haus allerhand Geld versteckt? Nun, wie alle Großmäuler habe auch ich ein bißchen übertrieben. Wohlgemerkt, es hätte wirklich ein ordentliches Sümmchen sein müssen. Aber leider Gottes hat der Alte zuviel davon verbraucht, weiß der Himmel, wofür! Es war nämlich ein ungeschriebenes Gesetz unserer Familie, daß der Beutel im Mauerversteck jeweils dem Ältesten gehört, solange er lebt. Nur er hatte Zugang dazu. Deshalb hatte ich Narr einfach die fixe Vorstellung, daß der Alte nicht nur kaum was aus dem Beutel herausgenommen, sondern den Inhalt sogar vermehrt habe. Ich erinnere mich genau daran, wie mein Vater gesagt hat, es müßten mindestens hundert Pfund drinnen sein, und zu seinen Lebzeiten stimmte das auch. Kurz und gut, was meinst du, wieviel ich in dem Beutel fand, als ich ihn endlich aus seinem Versteck holte? Dreißig Pfund – das war alles!«
»Dreißig Pfund...« Hanna schüttelte ungläubig den Kopf. »Aber das scheint mir eine ganz schöne Summe zu sein, Ned.«
»Ach, Kind« – er tätschelte ihr das Knie –, »nicht, wenn du von vorn anfängst. Natürlich, wenn ich das Haus verkaufen könnte, würde das gut und gern abermals hundert

Pfund bringen, schon weil drei Morgen Land dazugehören.«
»Glaubst du nicht, daß es mehr wert ist, wo du doch hier ein Bergwerk eröffnen wolltest?«
Ned senkte beschämt den Blick, bevor er antwortete: »Ach, das Gerede von damals – damit habe ich mich bloß wichtig machen wollen. In Wahrheit suchte ich nur nach Feuersteinen, wie sie es hier nennen. Davon gibt's eine ganze Mange in der Gegend. Und wenn man welche findet, die eine halbwegs anständige Größe aufweisen, gibt es auch immer Interessenten dafür. Aber um ein Bergwerk aufzumachen, braucht man, wie du kluges Kind damals ganz richtig erkannt hast, viel Geld. Nur die Beaumonts könnten es sich leisten, ein solches Projekt in Angriff zu nehmen: es sind zu viele Risiken damit verbunden... Weißt du, Hanna«, sagte er nun völlig ernst, »wenn du mich tatsächlich haben willst, dann mußt du mit dem vorliebnehmen, was ich bin. Der Handel mit Pferden ist das einzige, worauf ich mich verstehe. Früher einmal hatte ich auch noch ein zweites Eisen im Feuer: das Boxen. Nein, nein«, beschwichtigte er, als sie tief aufseufzte, »auch wenn ich mir nicht die Hand verstümmelt hätte, wären meine Tage als Boxer gezählt gewesen. Das ist ein Sport für junge Leute. Harte Fäuste genügen nicht, man muß flink sein und zäh wie ein Akkergaul... Ach was, Liebste, laß uns mit diesen Flausen nicht noch mehr Zeit verschwenden. Komm!«
Er zog sie an sich und flüsterte: »Das Bett ist noch warm. Weißt du, wieso? Jeden Sonntag stecke ich nach dem Essen das Backblech unter die Decke, in der Hoffnung, daß du kommen wirst.«
Sie küßten sich und gingen eng umschlungen nach oben.

6

Im April kam Hanna die Vermutung, daß sie schwanger sei, aber sie war sich dessen nicht sicher; ihre Periode hatte sich immer unregelmäßig eingestellt. Zu ihrem Leidwesen gab es niemanden, mit dem sie über ihren Zustand hätte sprechen können.

Das Wetter blieb bis in den Mai unstet und kühl. Mrs. Loam war seit Wochen schwer erkältet und somit außerstande, das Haus zu verlassen. Als Hanna täglich beim Aufstehen übel wurde, wußte sie, daß sie ein Kind unterm Herzen trug. Weil sie stets als erste in der Früh auf die Toilette ging, bemerkte eine Zeitlang niemand etwas von ihrem Zustand, bis zu einem bestimmten Montagmorgen.

Sie war um sechs Uhr aufgestanden, hatte den Kessel in der Waschküche angeheizt, die Wäsche bereits ausgekocht und war nun beim Spülen angelangt, als ihr plötzlich fürchterlich übel wurde. Da diese Anfälle bereits seit einiger Zeit nachgelassen hatten, wurde sie davon völlig überrumpelt. Zitternd lehnte sie sich an die Wäschemangel, der kalte Schweiß trat ihr auf die Stirn.

»Jetzt ist's also endlich soweit, wie?« sagte auf einmal eine Stimme neben ihr. »Weshalb versuchst du denn, es geheimzuhalten? Schämst du dich etwa deswegen? Schließlich hast du dir lange genug damit Zeit gelassen!«

Hanna starrte die alte Frau an, während sich ihr der Magen umdrehte.

»Weshalb hast du Fred nichts davon gesagt? Er hat ein Recht darauf, es zu erfahren, oder?«

»Ich werde... ich werde es ihm sagen, wenn es mir passend erscheint.«
»Oh, tatsächlich? Wie gütig von dir!« Die kleine Frau schüttelte den Kopf. »Eines kann ich dir verraten: Nie im Leben bin ich jemandem wie dir begegnet. Du bist ja kein Mensch! Zwei Jahre wartet er nun schon darauf, daß es endlich soweit ist – und dann vertuschst du deinen Zustand einfach. Ich gehe jede Wette ein: Wenn ich dich nicht dabei erwischt hätte, wie dir übel wurde, du hättest kein Sterbenswörtchen davon gesagt, bis dein Bauch dich verraten hätte.«
Damit drehte Mrs. Loam sich um und verließ die Waschküche. Hanna klammerte sich an das Bügelbrett, schloß die Augen, ließ den Kopf sinken und schwor sich feierlich, daß sie – gleichgültig, was auch geschehen mochte – ihr Kind nicht in diesem Haus zur Welt bringen würde...
»Ist es wahr?«
Sie drehte sich um und blickte Fred an. Sein großes rotes Gesicht glühte vor Erregung. Er sah derart stolz aus, daß sie einen Moment lang Mitleid mit ihm empfand.
»Weshalb wolltest du es mir denn verheimlichen, hm? Bist du ein komisches Ding! Mein Gott, freue ich mich darüber – ich dachte schon, es würde nie dazu kommen! Ich fing bereits an, mir Sorgen zu machen, weil ich fürchtete, es läge an mir.« Er grinste, als wäre das eine völlig absurde Vorstellung. »Die in der Kneipe haben mich ständig damit aufgezogen. Aber wer zuletzt lacht, lacht am besten!« Er faßte sie an den Schultern, zog sie an sich und fragte: »Weshalb sagst du nichts? Freust du dich denn nicht?«
Sie brachte es fertig, ihm ruhig in die Augen zu sehen, als sie antwortete: »O ja, natürlich freue ich mich.«
»Na also.« Er nickte ihr vielsagend zu. »Dann können wir ja wieder dort beginnen, wo wir aufgehört haben, hm?«
Aber in jener Nacht mußte Fred zu seiner größten Verwunderung erfahren, daß er sich in dieser Hinsicht

gründlich getäuscht hatte. Denn als er sie umarmen wollte, sprang sie aus dem Bett und zischte ihn in der Dunkelheit an: »Ich will nicht, daß du mich anrührst, hörst du? Ich will es nicht mehr, bis... bis es zur Welt kommt.«

»Was meinst du mit nicht mehr anrühren?«

Sie wußte, daß er nun aufrecht im Bett saß.

»Genau, was ich sagte.«

»Aber« – es lag hörbare Verwirrung in seiner Stimme – »es ist besser für das Kind, das weiß doch jeder. Dadurch wird es gesund und widerstandsfähig. Außerdem, wenn du soweit bist, wie du sagst, habe ich dich vor gar nicht so langer Zeit ja doch ›angerührt‹, wie du es nennst.«

»Natürlich. Aber jetzt will ich es nicht mehr. Und falls du darauf bestehen solltest, werde ich in der Küche schlafen.«

»Allmächtiger! Das sind ja noch Monate. Also, hör mir zu, Hanna, ich will davon nichts wissen. Wofür hältst du mich? Für einen kompletten Esel, was? Du glaubst, machen zu können, was du willst?«

Als er nach ihr tastete, schrie sie auf. Erschrocken zuckte er zurück und stammelte: »Sei um Himmels willen still! Sonst haben wir sie in der nächsten Minute im Zimmer.«

»Dann laß mich in Ruhe. Es ist Nacht für Nacht geschehen, Nacht für Nacht – ich kann es nicht mehr ertragen! Jetzt solltest du doch endlich zufrieden sein. Ich... ich erwarte ein Kind.«

Es war nun still in der Dunkelheit. Er schien über ihre Bemerkung nachzudenken. Dann hörte sie, wie er sich wieder hinlegte. Hanna stand unbeweglich da und wartete, bis ihr Körper vor Verkrampfung schmerzte und die Kälte langsam unerträglich wurde.

»Also gut, wir werden es uns überlegen«, sagte er schließlich. »Komm zurück ins Bett!«

Sie zögerte noch einen Moment, ehe sie sich auf die Bettkante sinken ließ. Zitternd griff sie nach der Bettdecke und wickelte sich fest darin ein, ängstlich darauf bedacht, so viel Abstand von ihm zu halten, daß sie einander nicht berührten.

Am darauffolgenden Sonntag war Mrs. Loam zu Hannas Entsetzen wegen einer Magenverstimmung nicht imstande zur Kirche zu gehen. Die Woche bis zum nächsten Sonntag wurde für die junge Frau zur Tortur. Sie mußte sich eisern zusammennehmen, um sich nicht zu verraten, damit nur ja keiner der beiden etwas argwöhnte. Nachdem Mrs. Loam – die unentwegt düstere Prophezeiungen ausgestoßen hatte, was denjenigen bevorstünde, die keinen Gottesdienst besuchten – endlich aus dem Haus gegangen und Fred zu seiner Gaststättentour aufgebrochen war, kam für Hanna der langersehnte Augenblick der Freiheit. Sie brachte kaum noch die Geduld auf, ein paar Minuten abzuwarten, ehe sie zur Hintertür hinauslief. Trotzdem zwang sie sich so lange zu einer gemächlichen Gangart, bis sie vom Dorf aus nicht mehr zu sehen war.

Die Dämmerung hatte bereits zugenommen, als sie das Pele-Haus erreichte. Aber diesmal gab es dort keine ungebetenen Besucher. Ned erwartete sie vor dem Tor, umarmte sie stürmisch und zog sie mit sich, während er in ihr Haar murmelte: »Wo bist du all die Jahre über gewesen?« Einem plötzlichen Einfall folgend, fragte er: »Bist du unterwegs John und Annie Becket begegnet?«

Hanna schüttelte den Kopf. »Die von nebenan? Nein, nicht daß ich wüßte.«

»Dann müssen sie den Weg zum Friedhof eingeschlagen haben. Ich war sicher, daß ihr einander begegnen würdet.«

»Vielleicht hab ich sie bloß nicht bemerkt«, meinte Hanna lachend. »Ich hielt den Kopf gesenkt und lief, was die Füße hergaben.« Ihr Gesicht wurde ernst. »Aber weshalb fragst du?«

»Ach, nichts. Es ist nur diesen Monat schon das drittemal, daß sie hier vorbeigekommen sind. Beim erstenmal dachte ich noch, sie würden eben einen Sonntagsspazier-

gang machen. Aber jetzt bin ich mir dessen nicht mehr so sicher. Redet ihr viel miteinander?«
»Kaum. Höchstens mal ein paar Worte, wenn ich in den Hof gehe, um das Schmutzwasser auszuschütten.«
»Mein Gott, wenn ich das höre, sehe ich rot! Du mußt das Schmutzwasser ausleeren. Weshalb, zum Teufel, kann er das nicht tun? Was treibt er überhaupt die ganze Zeit? Er schlachtet selten mehr als ein Rind pro Woche, manchmal vielleicht ein paar Schafe und ein, zwei Schweine. Aber was ist das schon?«
»Komm, reg dich nicht auf!« Sie war es nun, die ihn an der Hand in die Küche führte. Als sie vor ihm stand und er den Kragen ihres Umhangs aufknöpfte, sagte sie: »Ich muß dir was sagen, Ned Ridley.« Sie schüttelte den Kopf. »Ich weiß wahrhaftig nicht, wie ich es geschafft habe, es so lange für mich zu behalten. Lieber Himmel, habe ich darunter gelitten, daß ich letzten Sonntag nicht aus dem Haus konnte!«
»Gut, daß du nicht gekommen bist. Ich war weg. Nun, Hanna Boyle?« Er hatte sie noch nie mit ihrem Mädchennamen angesprochen. »Mach's nicht so spannend! Was gibt's denn?«
»Errätst du es nicht?«
Ned blickte theatralisch hinauf zur Decke und sagte: »Mrs. Thornton ist zu dir gekommen und hat dich gebeten, wieder in den Schoß der Familie zurückzukehren.«
»Ha, den Tag werde ich nie erleben! Es ist merkwürdig, weißt du, aber seit ich aus Haus Elmholm weg bin, hab ich sie nur noch einmal gesehen – und das war damals in der Kirche. Aber jetzt sei einmal ernst. Schau mich an.«
Er gehorchte. »Nun?«
Hanna ließ einige Sekunden verstreichen, ehe sie langsam – jedes einzelne Wort betonend – sagte: »Ich werde bald... dein Kind bekommen.«
Für einen Moment verschlug es Ned die Sprache. Dann fragte er mit angespanntem Gesichtsausdruck: »Wirklich meines?«
»Ja, deines.«

Sein Gesicht begann zu strahlen. Glückselig schloß er die Augen, schlang die Arme um sie, und dann wiegten sie sich hin und her. Schließlich faßte er sie an den Schultern, sah ihr in die Augen und erkundigte sich: »Wie kannst du dir dessen so sicher sein?«
»Ich bin es, glaub mir! Damals im Februar, weißt du noch...? Und, du lieber Himmel, es spielen noch viele andere Dinge mit hinein, Ned, Dinge, die ich dir nicht erklären kann. Eine Frau weiß so etwas einfach. Es ist deines – unseres!«
»Im Februar? Mein Gott, das ist ja bereits einige Monate her! Weshalb hast du es mir nicht schon früher gesagt?«
»Weil ich... weil ich nicht sicher war. Um die Wahrheit zu gestehen, ich habe bisher... Oh, ich kann dir das alles so schlecht erklären!«
»Hanna, Liebes!« Er nahm ihr Gesicht in beide Hände und streichelte es immer wieder. Dann zog er sie zu einem Stuhl, kniete vor ihr nieder und sagte: »Nun, das gibt den Ausschlag. Jetzt muß die Sache geklärt werden. Und das werde ich auch tun. Es ist gut, daß ich einen ordentlichen Verdienst in Aussicht habe. Du erinnerst dich doch an das, was ich dir erzählt habe, nicht? Die Waliser Ponys, du weißt schon. Deshalb bin ich mit Peter Turnbull und Arty Heslop, den beiden Burschen, denen du hier begegnet bist, nach Gearstones mitgegangen, als sie ihre Schafe zurückgetrieben haben. Ich wollte mich später allein zurechtfinden können, und es ist gut, daß ich es getan habe, denn die Schleichwege waren mir völlig unbekannt. Jetzt kann ich die ersten Ponys herüberbringen, noch ehe Schlechtwetter einsetzt. Es wird nicht einfach sein, diese Teufelsbraten zuzureiten, aber wenn ich es geschafft habe, kann ich eine schöne Stange Geld mit ihnen verdienen. Und weißt du, was ich noch tun werde? Morgen gehe ich zu einem Grundstücksmakler nach Hexham. Er soll heraufkommen, sich dies alles hier ansehen und mir sagen, was ich für den Besitz bekommen kann.«
Hanna saß da und schaute ihn nur an. Tränen rollten ihr über die Wangen, sie brachte kein Wort heraus.

»Komm, Liebste, wein nicht«, sagte er sanft. »Das ist nicht der richtige Augenblick dafür. Wir wollen feiern. Dabei hab ich wieder keinen Tropfen Whisky im Haus.« Er stand auf. »Kannst du dir das vorstellen? Das passiert mir in letzter Zeit immer öfter. Nun, dann müssen wir uns statt dessen eben mit Tee begnügen.«
»Ich werde ihn machen.«
»Kommt gar nicht in Frage.« Ned drehte sich um und fegte dabei versehentlich einige lose Blätter vom Tisch. Er bückte sich danach, warf beim Aufheben einen Blick darauf und reichte sie dann Hanna. »Ich habe mir die Route nach Gearstones aufskizziert«, erklärte er. »Schau es dir mal an. Gar nicht so schlecht für jemanden, der die Schule nicht geschafft hat, wie?«
Sie nahm die drei Bogen Papier und betrachtete die darauf festgehaltenen Umrisse der Hügel sowie die verschlungenen Linien der Straßen und Seitenwege. Erstaunt fragte sie: »Das hast du ganz allein gezeichnet?«
»Klar. Hat mir niemand dabei geholfen!« Er sah direkt stolz aus. »Dabei ist es eine ziemliche Strecke bis dorthin – fünfundsiebzig Meilen oder noch mehr.«
»Fünfundsiebzig Meilen!« Ihre Stimme klang richtig erschrocken.
»Ja, paß auf.« Er beugte sich über sie und fuhr mit dem Zeigefinger die Linien nach. »Ich reite nach Allenheads, dann weiter nach Wearhead, das Zeichen hier bedeutet, daß ich da übernachte. Am nächsten Tag geht's nach Langdon Common, wo ich – wie Peter und Arty es mir gezeigt haben – dem Fluß Tees nach Newbiggin folge. Hier, an diesem Punkt, werde ich das zweitemal übernachten. Am darauffolgenden Tag – betrachte jetzt das zweite Blatt – reite ich nach Lunedale und Baldersdale hinüber, dann über die God's Bridge und kann, wenn ich Glück habe, bis zur Dunkelheit das Gasthaus in Tan Hill erreichen. Auf Skizze Nummer drei« – er hatte ihr nun das dritte Blatt Papier hingeschoben – »siehst du die Reiseroute zum Stonesdale-Moor und weiter nach Thwaite, über den Buttertubs-Paß nach Hawes. Hier ist abermals

ein Zeichen für eine Nachtunterkunft. Ich könnte natürlich über Widdale Beck direkt nach Gearstones abkürzen, aber das wären höchstens sieben oder acht Meilen. Also werde ich doch in Hawes Station machen. Nun, was hältst du von dieser Tour, hm?«

»Ich finde sie entsetzlich weit und anstrengend. Und du willst diese Ponys den ganzen langen Weg allein zurückbringen?«

»Tja, ein Spaziergang dürfte es nicht gerade werden, das stimmt schon. Zwar gibt es vom Höhenweg schöne Ausblicke ins Tal, aber etwas verlassen werde ich mir schon vorkommen. Dabei habe ich mir immer eingebildet, die Strecke zwischen Whitfield und Alston sei am anstrengendsten, aber diese hier dürfte wohl noch einsamer sein.«

»Könntest du nicht auch auf dem Pferdemarkt in Alston recht günstig einkaufen?«

»Nein. Dorthin kommen viel zu viele Bauern, die sich mit dem Pferdehandel ein Zubrot verdienen wollen. Gearstones hingegen liegt für die meisten von ihnen zu weit vom Schuß. Zwar könnten sie Viehtreiber damit beauftragen, ihnen die Pferde zuzuführen, aber das Risiko, dabei einige Tiere einzubüßen, ist ihnen wahrscheinlich zu groß. Ich würde einem Viehtreiber auch nicht gerade über den Weg trauen.«

Ned lachte verschmitzt, beugte sich über Hanna und küßte sie auf den Mund. »Ich werde zurück sein, ehe du dich versiehst«, beteuerte er. »Du brauchst dir keinerlei Sorgen um mich zu machen, glaub mir.«

Sie schlang die Arme um seinen Hals. »Wohin werden wir gehen, wenn wir von hier wegziehen?« fragte sie.

»Wohin du willst, Hanna. Am liebsten würde ich mich in der Nähe von London niederlassen, auf dem Land natürlich.«

Hanna wußte nur eines: Sie sehnte sich nach einem Fleck Erde, wo kein Mensch sie finden würde. Wo sie ein neues Leben anfangen konnten, sie Mrs. Ridley sein und auch ihr Kind den Namen Ridley tragen würde.

7

Hanna spürte die Bewegungen ihres Kindes schon deutlich, als Ned sich zum zweitenmal auf den Weg nach Gearstones machte. Er war jetzt bereits drei Wochen fort. Am zweiten Sonntag hatte Hanna sich noch nicht so viele Sorgen um ihn gemacht; als sie jedoch acht Tage später hinaufkam und feststellen mußte, daß Ned immer noch nicht zurück war, bekam sie es mit der Angst zu tun.

Während der vergangenen drei Wochen hatte es fast ununterbrochen geregnet. Im Gegensatz zum vergangenen Sommer – dem trockensten seit Menschengedenken – hielt dieser den Niederschlagsrekord. Getreide und Feldfrüchte faulten vor sich hin, die Straßen waren ein einziger Morast, und die Menschen froren in ihren feuchten Häusern.

Obwohl Hanna sich nun körperlich besser fühlte, war sie seelisch auf einem Tiefpunkt angelangt. Sie näherte sich dem achten Monat ihrer Schwangerschaft, aber ihre Haushaltspflichten waren um nichts leichter geworden. Tagtäglich hielt ihre Schwiegermutter ihr vor Augen, daß sie selbst seinerzeit bis zur letzten Minute hatte arbeiten müssen. Sie hatte geputzt, gewaschen, gekocht und gebacken, ohne daß ihr auch nur irgend jemand zu Hilfe gekommen wäre. Vor zwei Tagen war Hanna schließlich der Kragen geplatzt, und sie hatte die Alte angeschrien, daß eine solche Schinderei einfach über ihre Kräfte ginge. Noch nie im Leben sei sie derart grausam behandelt worden!

»Grausam? Du redest von grausam?« hatte Mrs. Loam

zurückgekeift. »Als ob das, was du meinem Jungen antust, etwa nicht grausam wäre. Er hat mir von deinen Kapriolen erzählt. Auspeitschen sollte man dich dafür. Weißt du, was ich machen werde? Den Geistlichen werde ich gegen dich aufhetzen. Er muß von der Kanzel herab öffentlich anprangern, daß du deine ehelichen Pflichten nicht erfüllst. Du solltest dich wahrhaftig schämen! Jetzt verstehe ich die da drüben in Haus Elmholm erst richtig. Ein Wunder, daß Mrs. Thornton dich nicht schon viel früher davongejagt hat!«

Hanna, die vor dem unablässigen Regen im Stall des Pele-Hauses Zuflucht gesucht hatte, fragte sich gequält, wie lange sie es wohl noch mit dieser alten Hexe aushalten würde.

Frauen, dachte sie, waren viel grausamer als Männer. Männer konnten einem körperlich zusetzen, brutal sein, aber Frauen schienen jeden Trick und Kniff zu kennen, wie man jemanden seelisch zugrunde richtete. Mrs. Thornton zum Beispiel hatte sie stets wie Luft behandelt; das war eine besonders raffinierte Tortur gewesen. Ihre Schwiegermutter hingegen praktizierte das andere Extrem, indem sie sie ständig kritisierte und schikanierte! Welche von beiden Methoden war nun grausamer? Vielleicht war Schweigen noch unerträglicher als Reden, denn da konnte man sich zur Wehr setzen.

Es fing an, dunkel zu werden. Hanna erschien es sinnlos, noch länger zu warten. Tief bedrückt verließ sie ihren Unterschlupf, überquerte den Hof und ging den Hügel hinab. Durch den strömenden Regen sah sie in der Ferne plötzlich eine verschwommene Gestalt. Für einen Moment flackerte ein Hoffnungsschimmer in ihr auf: Vielleicht war es Ned, der gerade zurückkehrte? Als die Gestalt sich jedoch in entgegengesetzter Richtung entfernte, setzte sie ihren Weg enttäuscht fort.

Leise schlüpfte sie durch die Hintertür, nahm die Pelerine ab, schüttelte sie aus, wischte sich die Holzpantinen mit einem feuchten Tuch sauber und wollte eben in ihr

Zimmer verschwinden, als sich die Küchentür öffnete und Mrs. Loam in den Flur trat.
Hanna blieb wie angewurzelt stehen.
»Hast wohl völlig den Verstand verloren, wie?« keifte die Alte.
»Ich ... ich bin spazierengegangen«, stammelte Hanna, der vor Aufregung keine bessere Ausrede einfiel.
»Im Regen?«
Trotzig drehte sie ihrer Schwiegermutter den Rücken zu und hängte ihren Umhang in den Schrank. In diesem Moment näherten sich schwere Schritte. Hannas Herz begann heftig zu schlagen, und ihr Körper erzitterte in nie gekannter Angst. Es war, als wüßte sie bereits, was geschehen würde. In gewisser Hinsicht hatte sie es erwartet; und plötzlich tat ihr Fred leid, denn es war nicht seine Schuld, daß alles sich so entwickelt hatte. Sie waren beide Opfer der Umstände geworden. Wenn sie fähig gewesen wäre, ihn zu lieben, hätte sie einen guten Gatten in ihm gehabt. Doch nun gab es kein Entrinnen mehr! Sie mußte dem, was ihr jetzt bevorstand, so tapfer wie möglich entgegensehen.
Zitternd drehte sie sich um und betrat die Küche. Er kam ihr nach und blieb in der Nähe des Tisches stehen. Sein sonst so rosiges Gesicht sah fahl aus, sein Blick flackerte. Er ließ sie keinen Moment aus den Augen, während er sich an seine Mutter wandte.
»Du hast recht gehabt, Ma! Wenn ich daran denke, daß ich Arty Heslop beinahe die Zähne eingeschlagen hätte... Das ist es also, worüber sie sich seit Wochen die Mäuler zerreißen: ›Trink doch was, Fred. Wie geht's deiner Frau, Fred? Wie wir hörten, wirst du bald Vater, Fred. Nun, besser spät als nie, was, Fred? Hast du das auch allein zustande gebracht, Fred?‹ ... Ich könnte dir die Eingeweide herausreißen, du dreckige kleine Hure, du!«
Außer sich vor Wut trat er auf Hanna zu und holte zum Schlag aus. Sie duckte sich und hörte ihre Schwiegermutter schreien: »Unsere Nachbarn haben es die ganze Zeit über gewußt. Sowie wir aus dem Haus waren, ist sie

hinübergelaufen, Sonntag um Sonntag... Du schamlose Herumtreiberin!«
Als Freds flache Hand mit voller Wucht Hannas Wange traf, verlor sie das Gleichgewicht. Einen Augenblick lang griffen ihre Hände in die Luft, ehe sie seitlich auf das stählerne Kamingitter aufprallte und leblos liegen blieb.
»O mein Gott, du hast sie umgebracht!« Daisy Loam stürzte hinzu und versuchte, die hingestreckte Gestalt aufzurichten. Mit angstverzerrtem Gesicht schaute sie zu ihrem Sohn hoch und wiederholte: »Du hast sie umgebracht – und das Kind!«
Fred schien immer noch nicht wieder Herr seiner Sinne zu sein; in seinem Gesicht zuckte es unkontrolliert, während er zwanghaft vor sich hin murmelte: »Sie... sie hat es herausgefordert. Man wird mir keine Schuld geben. Ein treuloses Weib muß bestraft werden! Ich werde es ihnen sagen...«
»Halt den Mund und bring mir eine Schüssel Wasser.« Mrs. Loam deutete mit ausgestrecktem Arm auf den Abstelltisch.
Geistesabwesend holte er die Schüssel und reichte sie seiner Mutter, wobei er ständig beteuerte: »Sie können mir nichts anhaben... Sie ist gefallen, das war es, sie ist einfach gestürzt.«
»Sei kein Idiot!« fauchte Mrs. Loam. »Morgen früh wird ihr Gesicht blauschwarz angelaufen sein. Dr. Arnison braucht nur einen Blick darauf zu werfen, dann bist du dran, kapiert? Unser Freund war er ja nie.«
Nachdem sie Hanna mehrere Hände kalten Wassers ins Gesicht gespritzt hatte, ohne daß diese ein Lebenszeichen von sich gab, schrie sie ihren Sohn an: »Los, bring sie rüber.«
Fred hob Hanna auf, trug sie ins Schlafzimmer und legte sie aufs Bett. Dann drehte er sich um und fragte seine Mutter, die ihm gefolgt war, ratlos wie ein Kind: »Kannst du nicht was tun, Ma?«
Sie stieß ihn beiseite, beugte sich vor und legte das Ohr

auf Hannas Brust. Nachdem sie eine Weile gelauscht hatte, richtete sie sich auf und verkündete erleichtert: »Sie atmet!«
Die beiden standen nebeneinander und sahen sich sekundenlang an. Plötzlich kam wieder Farbe in Freds Gesicht; er ballte die Fäuste und brüllte seine Mutter an: »Du bist schuld daran! Du hast sie soweit getrieben! Ständig hast du mich aufgehetzt, ich solle sie endlich mal tüchtig verprügeln!«
Daisy Loam streckte sich und versetzte ihrem Sohn einen Stoß, daß er verstummte. »Geh mir aus den Augen, du Schlappschwanz!« geiferte sie. »Es ist ein Jammer, daß du sie nicht ganz erledigt hast. Dann hättest du wenigstens deine Ehre gerettet und wie ein richtiger Mann am Galgen enden können.« Fred fiel förmlich zusammen und begann am ganzen Körper zu beben wie Espenlaub. Auf die Tür zugehend, murmelte er fassungslos: »Was für ein schlechter Mensch du bist, Ma – jawohl, abgrundtief schlecht! Wenn meinem Kind was zustoßen sollte...«
»Wessen Kind?«
»Was?« Er hielt jäh inne.
Die Alte wiederholte, was sie gesagt hatte; Wort für Wort spuckte sie es ihm ins Gesicht: »Wessen Kind, hab ich gefragt. Wessen Kind?«

8

Drei Tage mußte Hanna das Bett hüten. Die eine Gesichtshälfte war arg geschwollen und von der Stirn bis zum Kinn blaurot verfärbt, die Hüfte, mit der sie aufs Kamingitter geprallt war, schmerzte beträchtlich und ließ jede Bewegung zur Qual werden. Sie aß zwei Tage keinen Bissen, trank jedoch sehr viel Tee, den ihr ihre Schwiegermutter brachte und aufs Nachtkästchen stellte. Mrs. Loam hatte nur einmal zu ihr gesprochen, und zwar, als sie aus der Ohnmacht erwacht war. Da hatte sie gesagt: »Die Schuld liegt allein bei dir. Du hast es herausgefordert.«

Fred hatte sich in der ganzen Zeit kein einziges Mal blikken lassen; er mußte auf dem Sofa in der Küche geschlafen haben. Als Hanna sich das erstemal erhob, kam er jedoch ins Zimmer und trat neben ihr Bett. Und er wiederholte fast wortwörtlich den Vorwurf der Alten.

»Du allein bist schuld, du hast es herausgefordert! Das wirst du wohl schwerlich ableugnen können. Aber ich will dir folgenden Vorschlag machen: Ich bin bereit, Vergangenes vergangen sein zu lassen, wenn du mir versprichst, nie mehr dort hinauf zu gehen.«

Hanna sah ihn mit zusammengepreßten Lippen an, ohne mit der Wimper zu zucken.

»Nun?«

Sie schwieg beharrlich.

»Ich habe dir einen Vorschlag gemacht und erwarte eine höfliche Antwort darauf.«

Als sie statt zu antworten nur mit dem Kopf schüttelte, brauste er auf: »Nun, wenn du auf stur schaltest – mir soll es recht sein! Aber ich werde dafür sorgen, daß du keinen Schritt mehr allein aus dem Haus machst. Bei Gott, das werde ich, und wenn ich dich anketten müßte!«

In den darauffolgenden Tagen spürte Hanna, daß Fred seine Drohung wahr machte: Sie war tatsächlich keinen Moment mehr allein.

Dann kam der Markttag in Allendale, an dem sie gezwungen war, ihn in die Stadt zu begleiten. Mrs. Loam litt nämlich derart an Durchfall, daß sie im Bett bleiben mußte. Sie hatte deshalb ihrem Sohn gesagt: »Ich kann mich in meinem Zustand nicht um sie kümmern. Du wirst sie mitnehmen müssen.«

Während sie nebeneinander auf dem Kutschbock saßen, machte Fred immer wieder anzügliche Bemerkungen. Hanna litt zwar unter seinen Sticheleien, schwieg jedoch konsequent.

Obwohl der Marktplatz voller Menschen war, herrschte in Allendale längst kein solch buntes Treiben mehr wie in früheren Jahren. Die Folgen der neumodischen Eisenbahn begannen spürbar zu werden; die Geschäftsleute konnten ihre Waren nun leicht überallhin verschicken und waren nicht mehr auf örtliche Märkte angewiesen. Freilich wirkte sich das auch auf Allendales Einwohnerzahl aus: Hatten vor vierzig Jahren noch tausend Menschen hier gelebt, waren es heute bloß noch rund fünfhundert. Dennoch machten das Hotel, die beiden Restaurants und die sechs kleineren Gastwirtschaften an Markttagen nach wie vor glänzende Geschäfte mit den hungrigen Marktbesuchern.

Die Stadt war Fred jedenfalls zu voll. Es würde gar nicht so leicht sein, auf einen bestimmten Mann zu stoßen, den er zu treffen beabsichtigte. Gleichzeitig hoffte er allerdings inständig, daß ihm diese Begegnung erspart bleiben würde. Denn wenn Ned Ridley jetzt auch nur noch eine gesunde Hand hatte, wußte er doch besser als jeder andere damit umzugehen. Er war nicht umsonst Boxer gewesen. Nicht, daß Fred sich etwa davor gefürchtet hät-

te! Er war alles andere als feige und würde sich schon zu wehren wissen – bei Gott!
Nachdem er sich solchermaßen neuen Mut zugesprochen hatte, reckte Fred die Brust heraus und blickte angriffslustig um sich. Dann aber preßte er die Hand gegen den Leib.
Was war nur los mit ihm? Seine Mutter mußte ihn mit diesem verdammten Durchfall angesteckt haben! Er hatte doch erst vor der Abfahrt noch einmal den Abtritt aufgesucht. Am besten, er ging schnell hinüber in die Gaststätte...
»Hanna.«
Keine Antwort. Fred blickte sich um und bemerkte, daß sie sich mitten auf dem Fahrweg mit einer Frau unterhielt.
»Hallo, Margaret!« hörte er sie sagen. »Wie schön, dich wiederzusehen.«
»Und dich erst, Hanna.«
Sie schüttelten einander die Hand.
»Was tust du hier? Machst du einen Besuch?«
Hanna verneinte. Noch ehe sie antworten konnte, stand Fred neben ihnen.
»Hör mal«, sagte er rasch, »ich muß da hinüber.« Er deutete auf das Gasthaus. »Bin in ein paar Minuten wieder zurück. Du kannst ja dort drüben inzwischen auf mich warten.« Er wies auf das Hotel hinter sich. »Bestell dir einen Tee oder sonstwas...« Er wandte sich an Margaret, der er bereits zugenickt hatte, und fügte hinzu: »Sie bleiben doch bei ihr, nicht wahr, Miß Margaret?«
Margaret überlegte einen Moment, dann sagte sie: »Ja, natürlich, Fred.« Aber Fred befand sich bereits mit beiden Armen rudernd und jedermann beiseite drängend auf dem Weg zum Gasthaus.
»Sollen wir ins Hotel gehen, Hanna?« fragte Margaret.
»Ich...ich habe kein Geld, Margaret.«
»Ach, das macht nichts, ich habe schon welches.«
Sie bummelten hinüber, passierten das Portal und nahmen in einer Nische des Speisesaales Platz. Nachdem

Margaret für beide Kaffee bestellt hatte, betrachtete sie Hanna prüfend und fragte besorgt: »Bist du gestürzt, Liebling?«

»Ja, ich bin gestürzt, Margaret.«

»Oh, das tut mir leid für dich!« Margaret blickte verlegen auf ihre Tasse. »Hat es sehr weh getan?«

Hanna zuckte mit den Schultern. »Nun, vermutlich würden die meisten sagen, daß er im Recht war. Weil ich nämlich immer wieder Ned aufgesucht habe.«

»Du meinst Ned Ridley?«

»Ja.«

Margaret schüttelte leicht vorwurfsvoll den Kopf. »Willst du damit andeuten, ihr habt euch nicht nur aus alter Freundschaft getroffen?«

»Ja, genau das, Margaret. Weißt du, ich habe zu spät entdeckt, daß ich Ned liebe. Ihn hätte ich heiraten sollen, nicht Fred! Ich glaube, ich hätte es auch getan, wenn er im richtigen Augenblick dagewesen wäre.«

»Arme Hanna!« Margaret tätschelte mitfühlend die Hand der Freundin. »Was hat meine Mutter nur aus unser aller Leben gemacht. Am schwersten hat sie freilich dir mitgespielt. Denn ich war ja selber schuld, ich habe schließlich meine eigene Wahl getroffen.«

»Was ist denn geschehen?«

Margaret verschränkte die Hände ineinander; es fiel ihr offensichtlich nicht leicht, darüber zu sprechen. »Weißt du, ich dachte, er fühle sich zu mir hingezogen. In Wirklichkeit hatte er es wohl eher auf eine gute Partie abgesehen. Ich war für ihn die Tochter aus gutem Hause, die gute Schulen besucht hatte und eine beträchtliche Mitgift erwarten konnte. Als sich dann herausstellte, daß durch mich weder Vermögen noch Protektion zu erlangen war, schrieb er mir einen höflichen Abschiedsbrief und ließ sich nie mehr blicken. Zumindest ist das meine Erklärung für sein Verhalten.«

»Oh, Margaret, du Ärmste! Was mußt du durchgemacht haben!« Hanna blickte ihre Herzensfreundin mitleidig an. »Und was machst du jetzt?«

»Dasselbe wie vorher. Wieder an die Schule zurückgehen. Auch diesmal kann ich übrigens auf keine Entlohnung hoffen. Manchmal glaube ich, daß ich ebensogut in ein Kloster hätte eintreten können. Dort würde ich zumindest kostenlos eingekleidet und verpflegt werden.« Sie lächelte hilflos und fügte mit einer Spur von Bitterkeit hinzu: »Es ist ein Jammer, wie Menschen ihr Verhalten einem gegenüber ändern können, wenn sie wissen, daß man von ihnen abhängig ist.«
»Du meinst Miß Barrington?«
»Ja, und Miß Rowntree. Miß Emily versucht zwar, sie selbst zu bleiben, aber es fällt ihr schwer, weil sie den Haushalt führen muß. Nun ja, in gewisser Hinsicht verstehe ich es! Wenn ich auch nicht viel brauche, essen muß ich doch, und eine Unterkunft brauche ich ebenfalls. Deshalb müssen sie ein Zimmer für mich opfern, was einen Einnahmeverlust bedeutet. Wie du dich erinnern kannst, ist das Haus ja nicht gerade sonderlich geräumig.«
Hanna fühlte einen Kloß im Hals; sie brachte kein Wort hervor. Wie hart, ja unerträglich sie ihr eigenes Leben auch empfand, so bot ihr Neds Liebe doch Halt und Stütze. Die arme Margaret hingegen hatte offensichtlich niemanden!
»Ist schon gut.« Abermals tätschelte Margaret Hannas Hand. »Ich bin eben dabei, mich nach einer Stelle als Lehrerin umzusehen.« Sie lächelte sarkastisch. »Vor zwei Monaten habe ich zum erstenmal eine Agentur aufgesucht. Ich war fest davon überzeugt, dort mit offenen Armen empfangen zu werden. Du meine Güte!« Sie schüttelte den Kopf. »Nie im Leben hätte ich mir auch nur träumen lassen, wie viele emanzipierte junge Frauen es gibt, die Stellen suchen. Das Vormerkbuch des Agenten war gefüllt mit Adressen von Interessentinnen, die sich als Erzieherinnen, Lehrerinnen, Gesellschafterinnen, ja sogar als Haushälterinnen bewarben. Nun, jedenfalls muß bald etwas geschehen! Aber reden wir nicht ewig von mir. Laß dir von John erzählen. Ich habe mich

eben von ihm verabschiedet. Er und Pansy schiffen sich morgen nach Amerika ein. Sie wollen zu Robert.«

»Nein!«

»Ja.« Margaret nickte heftig. »Hättest du das gedacht?«

»Aber weshalb?«

»Aus verschiedenen Gründen. Aber hauptsächlich, glaube ich, weil Mrs. Everton ein direktes Ebenbild von Mama ist. Sie behandelt ihre Tochter nach wie vor weiterhin als Kind und nicht als verheiratete Frau. Dabei ist Pansy tüchtig und äußerst temperamentvoll. Kurz, es konnte nicht so weitergehen! Außerdem glaube ich, daß Mr. Everton John für ziemlich schwerfällig und begriffsstutzig hält. Seiner Meinung nach hätte er in seinem Beruf längst Karriere machen müssen, wenn er nur mehr Initiative gezeigt hätte. Anscheinend hat man von John zudem erwartet, daß er auf diesem ›Mustergut‹ mit anpacken würde – auf herrschaftliche Weise, versteht sich.« Sie verzog das Gesicht. »Aber in jeder freien Minute. Du kannst dir vorstellen, wie wenig das John gepaßt hat. Roberts begeisterte Briefe aus Amerika, in denen er immer wieder berichtete, daß dort jedermann sein Glück machen könne, wenn er nur tüchtig und umsichtig genug wäre, ließen John und Pansy schließlich den Entschluß fassen, ebenfalls in die Neue Welt aufzubrechen. John hatte mir geschrieben und vorgeschlagen, ich solle doch zum Abschied auf ein paar Tage zu ihnen kommen. Ich habe mich über diese Einladung riesig gefreut. Aber, um ehrlich zu sein, nach nur drei Tagen auf dem Mustergut war ich heilfroh, wieder weggehen zu können. Weißt du, irgendwie haben John und ich niemals die gleichen Interessen gehabt.« Sie blickte traurig vor sich hin. »Ich werde ihn bestimmt nicht so vermissen wie damals Robert. Er war der einzige, mit dem ich mich zu Hause wirklich verstanden habe. Und natürlich auch mit dir, Hanna. Dich habe ich immer gern gemocht, du fehlst mir sehr! Bitte, weine nicht, Liebling, weine nicht.« Margarets Stimme wurde unsicher, sie mußte ebenfalls gegen ihre Tränen ankämpfen. »Ich...ich

nehme an«, sagte sie dann, »du weißt, daß Mama Haus Elmholm verkauft hat, nicht?«
Hanna schüttelte erstaunt den Kopf.
»Nun, es ist so. Wie ich hörte, werden sie in Kürze umziehen. Sie haben ein Häuschen in Corbridge gekauft. Nach allem, was mir John berichtet hat, muß es wirklich winzig sein. Aber Mama wird damit wenigstens in der Nähe ihrer Cousine wohnen, als deren Gesellschafterin sie fungieren soll. Die Gute ist erst vor kurzem Witwe geworden.« Margaret konnte ein Lächeln nicht unterdrücken. »Ich beneide Mama wahrhaftig nicht um ihre Stellung. ›Tante Riverdale‹, wie wir sie nannten, war nicht einmal in ihrer besten Zeit leicht zu ertragen, und nun soll sie ein richtiger Drachen geworden sein. Ich bin nur dreimal mit ihr zusammengekommen, aber das hat mir gereicht. Uns hat sie ja nie besucht, weil ihr Haus Elmholm viel zu bescheiden war.«
»Was werden jetzt Tessie und Bella und Dandy machen?« erkundigte Hanna sich.
»Oh, Dandy ist schon lange weg. Hat eine Stelle als Gutsknecht gefunden. Tessie und Bella werden sich eben nach etwas umsehen müssen. Vielleicht finden sie auf einem Bauernhof oder so Arbeit. Ich hoffe nur, daß die beiden nicht getrennt werden! Bella betrachtet Tessie als Tochter und Tessie Bella als Mutter. Leider kommt Bella allmählich in die Jahre, deshalb wird sie nicht mehr jedermann haben wollen. Schon traurig, daß alles so kommen mußte!« Margaret nahm wieder einen Schluck Kaffee und sagte: »Du hast ja gar nichts getrunken.«
»Ach ja, richtig.« Hanna führte gehorsam ihre Tasse zum Mund. »Wirst du mir schreiben, Margaret?«
»Ja, natürlich.«
»Ich meine, nicht nur hier und da, sondern regelmäßig, jede Woche?«
»Ja. In Zukunft will ich dir jede Woche schreiben, das verspreche ich dir.«
»Ich möchte nämlich wissen, wie es mit dir weitergeht.«

»Gut, ich werde dich auf dem laufenden halten, Liebling, sorg dich nicht. Mach dir nur um mich keine Gedanken – du hast gerade genug mit dir selber zu tun! Manchmal komme ich mir richtig schuldig vor.«

Sie sahen einander verständnisinnig an, denn keine von ihnen hatte vergessen, wie eindringlich Margaret Hanna seinerzeit geraten hatte, Freds Antrag anzunehmen... Margaret bezahlte, sie erhoben sich und verließen das Hotel.

Fred wartete draußen bereits auf sie und sagte: »Wenn Sie mit dem Wagen nach Hexham wollen, Miß Margaret, müssen Sie sich beeilen. Der Kutscher wird gleich losfahren.«

»Oh!« Margaret schaute hinüber auf die andere Seite des Platzes. »Tatsächlich. Nun, dann auf Wiedersehen, Liebling!« Sie beugte sich vor und küßte Hanna auf die Wange – Hanna umarmte sie einen Moment lang fest. Dann blickte sie Margaret traurig hinterher, als diese über den Platz davoneilte. Ihre Freundin tat ihr leid: sie sah irgendwie verloren aus, überhaupt nicht mehr wie ein junges Mädchen, ja nicht einmal mehr wie eine junge Frau. So, als könne sie vom Leben nichts mehr erwarten.

»Also, fahren wir.«

Hanna drehte sich um und folgte Fred zum Wagen, sie ging nicht an seiner Seite, sondern aus freien Stücken einen Schritt hinter ihm. Alle Passanten, denen die beiden begegneten, mußten dadurch den Eindruck bekommen, daß Fred Loam wohl doch kein solcher Niemand sein konnte. Sonst wäre es ihm schließlich nicht gelungen, seiner Frau Respekt beizubringen und sie zu zwingen, nach Bäuerinnenart ihrem Hausherrn zu folgen.

Sie befanden sich ungefähr auf halbem Heimweg und kamen eben um die Wegbiegung, wo zur Linken der steilen Böschung der Fluß dahinrauschte. Hanna war ganz in Gedanken versunken, weil sie die Geschicke Margarets, Johns und Roberts so intensiv beschäftigten. Da trat plötzlich ein Mann aus dem Gebüsch und brachte den

Wagen dadurch zum Stehen, daß er das Pferd am Zaum packte.
Als Hanna sah, wer der Störenfried war, blieb ihr vor Schreck fast das Herz stehen, und sie schlug sich die Hand vor den Mund. Der lange Stock, dessen Ende wie ein Hirtenstab geschwungen war, angelte ihr mit einer geschickten Drehung die Haube vom Kopf. Entsetzt starrte sie Ned an und rief flehend aus: »Nein, nein, tu's nicht. Bitte, Ned, geh!«
»Was, zum Teufel, wollen Sie denn?« Fred richtete sich drohend auf.
Ned sah ihm direkt ins Gesicht und sagte ruhig: »Ich habe gehört, daß Sie sie verprügelt haben. Runter mit Ihnen!« Damit ging er um den Wagen herum und baute sich vor Fred auf.
»Gut, ich komm runter!« brüllte Fred. »Aber das wird Ihnen noch leid tun!«
»Nein, bitte nicht!« Hanna ergriff mit beiden Händen Freds Arm, aber er stieß sie mit solcher Kraft zurück, daß sie beinahe vom Wagen gefallen wäre. Mit einem Satz sprang er herab und nahm in der Haltung eines Boxers Ned gegenüber Aufstellung.
Ned stand völlig lässig da, ließ die Arme zu beiden Seiten herunterbaumeln, und seine Stimme klang ganz normal, als er sagte: »Ehe ich es Ihnen heimzahle, sollen Sie wissen, daß Hanna mir gehört, daß sie immer mir gehört hat und daß es auch in alle Zukunft so bleiben wird.«
Im nächsten Moment schlug er schon zu. Seine Rechte traf Fred voll in die Magengrube. Als dieser sich zusammenkrümmte, brachte ihn ein Kinnhaken von Neds Linker wieder hoch. Dann knickte er in den Knien ein.
Ned sah auf Fred nieder, dann wischte er seine Handflächen aneinander ab, als wollte er sich von Schmutz befreien, ging zum Wagen, hob den Arm und befahl Hanna: »Los, steig ab. Du kommst jetzt mit mir.«
Sie wollte ihm gerade die Hand reichen, als sie entsetzt aufschrie. Fred, so schwer er auch angeschlagen war, hatte sich blitzschnell wieder aufgerafft. Durch Hannas

Schrei gewarnt, wirbelte Ned herum – aber es war zu spät. Mit der Spitze seines Stiefels trat ihn Fred in die Rippen. Ned krümmte sich vor Schmerz zusammen und fiel zu Boden. Als hätte ihn der Anblick seines Gegners jetzt erst richtig in Raserei versetzt, trat Fred immer und immer wieder auf den am Boden Liegenden ein, und erst als Hanna sich schützend vor Ned niederwarf, hielt er inne, denn sein nächster Fußtritt hätte sonst unweigerlich sie getroffen.
Wie ein Berserker stand Fred nun über den beiden, mit hochrotem, schweißtriefendem Gesicht. Unverständliche Laute ausstoßend, beugte er sich dann herunter und riß Hanna mit einem Ruck hoch, um gleich darauf der schlaff daliegenden Gestalt abermals einen Fußtritt zu versetzen, diesmal jedoch einen derart kräftigen, daß sein Gegner über die Böschung zum Fluß hinunterstürzte.
Hanna versuchte sich loszumachen und schrie entsetzt: »Gütiger Himmel – er wird sterben! Du Teufel! Er wird sterben. Du kannst ihn da unten nicht liegenlassen. Dafür wird man dich hängen. Ich selbst werde... O mein Gott, laß ihn nicht da unten zurück!«
Tränenblind und durch ihre verzweifelten Kraftanstrengungen geschwächt, konnte sie sich nicht mehr wehren, als Fred sie auf den Sitz hinaufhob, wobei er drohend knurrte: »Halt den Mund! Und die Freude wirst du nicht erleben, mich hängen zu sehen, das schwöre ich dir. Nie und nimmer wird das geschehen, bei Gott!«
Mit der einen Hand die Zügel packend, mit der andern Hanna festhaltend, fuhr er, auf das Pferd einschreiend, im Galopp dahin.
Da Fred selbst keinen Stall besaß, hatte er bei Buckman, dem Dorfschmied, eine Box von dessen Stall für seinen Wagen samt Pferd gemietet. Außer wenn er Schlachtvieh geladen hatte, pflegte er jedesmal zuerst das Pferd dorthin zu bringen, es zu versorgen und seine Einkäufe ins Haus zu tragen oder sie später von seiner Mutter holen zu lassen. Aber heute lenkte er den Wagen in den eigenen

Hof, stieß Hanna fast vom Sitz, zerrte sie durch den an den Laden anschließenden Raum und schrie vom Fuß der Treppe nach oben: »Ma!«
Nachdem er dreimal gerufen, jedoch immer noch keine Antwort erhalten hatte, schob er Hanna vor sich her nach oben, direkt ins Schlafzimmer seiner Mutter.
Die Alte richtete sich mühsam im Bett auf und fragte mit schwacher Stimme: »Was ist denn los? Es geht mir schlecht – ich mußte fast pausenlos das Nachtgeschirr benutzen, seit du weggefahren bist.«
»Krank oder nicht krank, Ma – paß auf sie auf! Sie wird dir sagen, was passiert ist. Jedenfalls habe ich ihren Liebhaber für einige Zeit außer Gefecht gesetzt. Ich gehe jetzt runter, um das Pferd zu versorgen.«
Bevor er die Tür hinter sich zumachte, steckte er den Kopf nochmals ins Zimmer und sagte, seine Mutter grimmig ansehend: »Was du auch haben magst, du hast mich damit angesteckt.«
Als die Tür ins Schloß fiel, ließ Mrs. Loam sich wieder in die Kissen zurücksinken und keuchte: »Was hast du jetzt bloß wieder angestellt, Mädchen? Du richtest auf Schritt und Tritt nichts als Unheil an... O mein Gott!« Sie drehte sich auf die Seite und krümmte sich zusammen.
Hanna stand schwankend da und beobachtete sie apathisch. Ihr war selbst übel, sie fühlte sich regelrecht krank; in ihrem Kopf wirbelte alles durcheinander. Der einzige klare Gedanke, den sie fassen konnte, war: Sie mußte schleunigst Hilfe für Ned herbeischaffen! Wenn er am Fluß liegenblieb, konnte er bis morgen tot sein – falls er nicht inzwischen schon gestorben war...
»Ich will was zu trinken, Mädchen. Gib mir was zu trinken... Steh nicht herum, bring mir endlich was zu trinken, hörst du?«
Wie in einem Alptraum drehte sich Hanna langsam um, ging in die Küche und schöpfte mit einem Zinnkrug Wasser aus dem Eimer unterm Fenster. Dann trug sie den Krug ins Schlafzimmer und reichte ihn ihrer Schwiegermutter.

Mrs. Loam trank in gierigen Schlucken, legte sich zurück, wälzte sich von einer Seite zur andern und murmelte: »Er wird den Doktor holen müssen. Ich hätte ihn schon vorige Woche kommen lassen sollen, als es angefangen hat. Ich habe Fieber. Ich weiß, daß ich Fieber habe.«
Als Hanna sich zur Tür wandte, schrie Mrs. Loam: »Geh nicht, Mädchen. Bleib hier, ich brauche dich. Das Nachtgeschirr ist ganz voll, leer es aus.« Mit dem nächsten keuchenden Atemzug widersprach sie jedoch: »Nein, nicht. Warte, bis Fred zurück ist. Er ist ja völlig außer sich. So habe ich ihn noch nie gesehen. Oh, was du den Menschen um dich her alles antust, Mädchen!«
Hanna ließ sich auf den Stuhl neben dem Bett sinken. Auch hier wurde sie ›Mädchen‹ genannt. Obwohl man sie längst zur Frau gemacht, zur Frau geprügelt hatte, blieb sie anscheinend immer und ewig für jedermann ›das Mädchen‹. Manchmal vergaß sie beinahe, daß sie einen Vornamen hatte. Nur wenn sie mit Ned zusammen war, erinnerte sie sich daran.
Ned! Sie mußte zu Ned gehen oder jemanden zu ihm schicken. Den Doktor? Ja, Dr. Arnison. Ihr Verstand begann fieberhaft zu arbeiten. Mrs. Tyler von nebenan mußte bald ein Baby bekommen. Die alte Mrs. Fletcher war heute früh bereits bei ihr aufgetaucht; das bedeutete, daß es nicht mehr lange dauern würde. Der Doktor würde dann sicher auch vorbeikommen. Ob er bereits dagewesen war?
»Mrs. Tyler erwartet ihr Baby«, hörte sie sich plötzlich zu der verhaßten Kranken sagen. »Vielleicht macht der Doktor gerade Visite nebenan.«
Mrs. Loams Antwort ließ eine Weile auf sich warten. »Endlich hast du mal was Vernünftiges vorgeschlagen«, keuchte sie.
Danach herrschte Schweigen zwischen ihnen, bis Fred wieder ins Zimmer kam. Er hatte kaum den Fuß über die Schwelle gesetzt, als seine Mutter ihn anwies: »Geh hinüber zu den Tylers. Sie liegt im Kindbett. Vielleicht

ist der Doktor gerade bei ihr. Wenn nicht, sag ihnen, sie möchten ihn sofort herüberschicken, sobald er kommt. Es geht mir sehr, sehr schlecht!«
»Da bist du nicht die einzige.« Damit wandte er sich wieder zum Gehen. Seine Mutter rief ihm nach: »Sie kann nicht den ganzen Tag hier herinnen sitzen. Und ich verlange, daß mein Nachtgeschirr ausgeleert wird.«
»Du mußt warten, bis ich zurückkomme. Ich sperre ab. Und du« – er deutete mit dem Zeigefinger auf Hanna – »rühr dich ja nicht vom Fleck, wenn du nicht willst, daß ein Unglück geschieht!«
Schweigend sah sie ihn an, bis er den Blick senkte. Dann drehte er sich auf dem Absatz um, schwenkte den Kopf wie ein Bulle vor dem Angriff und eilte hinaus.
Kurz darauf hörte Hanna, wie die Ladentür unten ins Schloß fiel. Sie stand auf, durchquerte das Zimmer und die Küche und ging in ihr eigenes Schlafzimmer hinüber. Dort nahm sie die Pelerine ab und setzte sich auf die Bettkante. Verzweifelt legte sie die Hände auf ihren stark gewölbten Leib, wiegte sich hin und her und überlegte, was sie tun sollte, falls der Doktor heute abend nicht mehr auftauchte. Sie würde einfach das Schlafzimmerfenster ihrer Schwiegermutter öffnen, das auf den Hauptplatz hinausging, und jedermann, der vorbeikäme, zurufen, zur Straßenbiegung am Fluß hinunterzugehen, weil Ned Ridley dort liege und verwundet, vielleicht schon tot sei. Sicher würde jemand ihrer Aufforderung nachkommen, und wenn es nur aus Neugier geschah. Was diese Handlungsweise für sie selbst für Folgen haben mochte, war Hanna völlig egal. Sie hatte in letzter Zeit so viel durchlitten, daß sie jetzt nur noch eines wollte: ein Ende machen – so oder so. Sollte Ned sterben, dann würde sie ihm so bald wie möglich in den Tod folgen...

Dr. Arnison fand sich um sieben Uhr ein. Er untersuchte Mrs. Loam und stellte fest, daß ihr Bauch angeschwollen und hart war und blaßrote Flecken aufwies, genauso wie ihre Brust und ihr Rücken. Aber es war vor allem ihr

Stuhl, der seine Diagnose zweifelsfrei bestätigte: Mrs. Loam hatte Typhus, und das mindestens schon seit einer Woche, wenn nicht länger.

Der Arzt kam aus dem Schlafzimmer, stellte seine schwarze Tasche auf den Tisch, sah Fred, der mit der Rückseite zum Kamin dastand, ernst an und fragte unvermittelt: »Was ist mit Ihrem Darm? Haben Sie Verstopfung oder Durchfall?«

»Verstopfung? Du meine Güte, ich wollt, es wär so, Doktor! In den letzten paar Tagen mußte ich unentwegt auf den Abtritt, genauso wie meine Mutter.«

»Tut mir leid, das zu hören. Wie fühlen Sie sich sonst?«

»Mir ist manchmal ziemlich warm, ich habe oft Kopfweh und keinen Appetit. Aber schließlich gibt's genügend Dinge, die mir den Appetit verderben können, Doktor.« Er warf einen Blick auf Hanna, die am anderen Ende des Tisches stand.

»Nun, es tut mir, wie gesagt, leid, das zu hören, Fred, denn ich fürchte, Sie haben dieselbe Krankheit wie Ihre Mutter.«

»Und was ist das?«

Es entstand eine lange Pause, ehe der Arzt antwortete: »Typhus.«

Fred wurde kreidebleich und schien sich aus einer drohenden Gestalt in einen kleinen, erschrockenen Jungen zu verwandeln.

»Typhus? Mein Gott! Wie... wie ist das nur möglich? Wo können wir uns das bloß geholt haben? Ich war nirgends sonst als in der Stadt. Und dort habe ich nichts davon gehört, daß jemand daran erkrankt ist.«

»Nun, das würde man auch nicht gerade durch den Ausrufer bekanntmachen lassen, jedenfalls nicht anfangs. Mir sind in dieser Woche allerdings schon drei Fälle untergekommen. Und wenn Sie's genau wissen wollen – der Infektionsherd ist hier!« Er drehte sich um und deutete auf den Eimer unter dem Fenster.

»Sie meinen das Wasser?«

»Ja, das Wasser. Woher holen Sie es?«

»Sie holt es meistens.« Er deutete mit einer Kopfbewegung auf Hanna und herrschte sie an: »Woher holst du es?«
Hanna sah den Arzt an und antwortete ruhig: »Immer aus der Quelle, nie aus dem Fluß.«
»Nun, die Quelle ist gewöhnlich sauber, aber es kann nur das Wasser oder die Milch sein.«
»Die Milch?« Fred schnitt ein Gesicht.
»Ja, die Milch. In letzter Zeit ist man draufgekommen, daß man auf diese Weise Typhus bekommt. Von schmutzigem Wasser oder von der Milch. Das Wasser ist verunreinigt, dann trinken es die Kühe, und wir trinken die Milch. So passiert es. In Zukunft« – der Arzt sah nun Hanna an – »kochst du jeden Tropfen Wasser ab, den du ins Haus holst. Dasselbe gilt für die Milch.« Er strich sich den Bart, als er nachdenklich sagte: »Wirklich ein Jammer! Ich mag Milch gern.«
»O Gott, was soll aus uns werden?«
»Wenn ihr vorsichtig seid, braucht gar nicht viel zu passieren. Legen Sie sich hin, Fred, und bleiben Sie im Bett. Ich komme morgen wieder vorbei. In der Zwischenzeit werden Sie keinerlei Appetit verspüren. Trinken Sie nur abgekochtes Wasser oder abgekochte Milch. Halten Sie sich warm und ruhig, und Sie werden es bald überstanden haben.«
Fred starrte Dr. Arnison an, der an ihm vorbei zur Tür ging. Für den Moment schien es ihm die Sprache verschlagen zu haben, bis Hanna sagte: »Ich bringe Sie nach unten, Doktor.« Da erwachte er wieder zum Leben, überwand augenblicklich seinen Schock und widersprach: »Nein, das tust du nicht. Ich bringe den Doktor hinunter.«
»Doktor!« Der Klang von Hannas Stimme veranlaßte den Arzt, sich nochmals umzudrehen. Er fragte: »Ja? Was gibt's denn, Hanna? Hast du etwa auch Beschwerden?«
»Das nicht, aber große Angst.« Sie sah Fred furchtlos an, dann sprudelte sie hervor: »Angst um Ned Ridley. Er liegt an der Wegbiegung unten am Fluß. Jedenfalls lag er

um vier Uhr nachmittags dort. Vielleicht ist er noch immer dort, denn das Gras am Ufer ist hoch. Man kann vorbeifahren, ohne ihn zu sehen...«
Dr. Arnison schaute Fred streng an und erkundigte sich: »Habt ihr beide etwa einen Kampf miteinander ausgefochten?«
»So ist es, Doktor. Er hat einfach den Wagen angehalten und ist, als ich abstieg, auf mich losgegangen.«
»Er hat dir bloß einen Schlag versetzt.« Hanna konnte sich nur noch mühsam beherrschen. »Aber du hast ihn mit Fußtritten traktiert. Es genügte dir nicht, daß er bereits am Boden lag – du hast immer und immer wieder nach ihm getreten. Wie ein Wahnsinniger hast du dich aufgeführt! Und zum Schluß hast du ihn sogar über die Böschung gestoßen.« Ihre Stimme zitterte wie ihr ganzer Körper. Verzweifelt wandte sie sich an den Arzt: »Wenn er tot ist, Doktor, ist er umgebracht worden, daß Sie's nur wissen!«
Dr. Arnison fixierte Fred und sagte in schneidendem Ton: »Nun, ich hoffe um Ihretwillen, daß er nicht tot ist, Fred. Denn wenn das der Fall sein sollte, brauchen Sie sich keine Sorgen mehr darüber zu machen, ob Sie den Typhus überstehen oder nicht!« Damit drehte er sich um und sagte: »Ich finde den Weg schon allein.«
Hanna und Fred maßen einander mit feindseligen Blikken. Fred fuhr sich mit der Hand in den Kragen, lockerte ihn, öffnete den obersten Knopf seines gestreiften Hemdes und sagte schließlich: »Am liebsten wär's dir, wenn ich auf der Stelle tot umfallen würde, was? Nun, laß dir gesagt sein, daß ich in dem Fall nicht allein zur Hölle fahren werde, sondern zusammen mit dir, darauf kannst du Gift nehmen! Ich schwöre dir, er wird dich nicht bekommen – niemals! Du bist meine Frau und bleibst meine Frau.«
Er wollte die Küche durchqueren, um ins Schlafzimmer seiner Mutter zu gehen, als er plötzlich wiederum die Hand auf den Leib preßte, sich umdrehte und nach unten rannte...

Typhus. Menschen starben an Typhus. Nun, eine alte Frau wie seine Mutter mochte vielleicht dieser Seuche erliegen, aber Fred nicht; er war ein robuster Kerl. Er hatte immer damit geprahlt, eine Gesundheit wie ein Pferd zu haben. Die würde ihm darüber hinweghelfen. Aber wenn erst einmal beide bettlägerig wären, zu krank und schwach, um sich selbst helfen zu können, würde kein Mensch sie mehr davon abhalten können, davonzulaufen. Sie würde sich weder von Mitleid noch von Pflichtgefühl übermannen lassen, o nein! Wohin sie gehen würde, wußte sie nicht, das war auch egal. Nur weg von hier, weg aus diesem Haus...

Der Arzt kam tatsächlich am nächsten Tag wieder, und als er Fred stoisch im Laden werken sah, sagte er zu ihm: »Schön, wenn Sie's unbedingt darauf anlegen, sich den Tod zu holen, dann machen Sie nur so weiter. Mit dem Fleischverkaufen ist es jedenfalls aus, das kann ich nicht zulassen. Schon der Umstand, daß Sie es angerührt haben, genügt, um das ganze Dorf zu verseuchen.«
»Was soll ich denn damit anfangen?«
»Es schleunigst verbrennen. Und was Sie anlangt, bleibt's dabei, Fred: Gehen Sie hinauf und legen Sie sich hin...Mann, seien Sie nicht so dickköpfig!« Er schob Fred zur Treppe. »Sie können sich ja jetzt schon kaum mehr auf den Beinen halten. Und damit machen Sie alles nur noch schlimmer!«
»Wie lange werde ich denn im Bett bleiben müssen?«
»Das hängt von Ihnen ab, wie rasch Sie die Krankheit überwinden.«
Droben in der Küche deutete Fred auf Hanna, die eben dabei war, das Geschirr zu waschen, und sagte bitter: »Wenn ich mich hinlege, wird sie davonlaufen.«
»Nein, das wird sie nicht! Sie ist Ihre Frau und kein Unmensch, auch wenn Sie selbst einer sind. Also los, ins Bett mit Ihnen! Ziehen Sie sich aus, ich will Sie untersuchen.«
Fred wankte beinahe auf die Schlafzimmertür zu. Kaum

hatte er sie hinter sich geschlossen, trat Hanna rasch auf den Arzt zu und flüsterte: »Haben... haben Sie irgendwas von Ned gehört?«

»Nein.« Dr. Arnison schüttelte den Kopf. »Ich bin sofort zum Fluß hinuntergegangen. Es war weit und breit nichts von ihm zu sehen. Auch bei ihm zu Hause habe ich nachgeschaut, aber dort war alles abgeschlossen. Dann habe ich in der Stadt herumgefragt, da ich dachte, daß er vielleicht bis dorthin gelangt sein könnte. Nun, sorg dich nicht, Kind.« Er legte die Hand auf ihren Arm. »Jemand muß ihn aufgelesen haben. Ich werde mich auf meiner Runde überall nach ihm erkundigen.«

Als sie den Kopf sinken ließ, sagte er: »Hör mal, Hanna, du hast hier weiß Gott genug Grund, dir Sorgen machen zu müssen. Es handelt sich schließlich um zwei schwerkranke Menschen.«

Sie sah ihn an und sagte trotzig: »Es ist mir egal, wie krank sie sind, Doktor. Es macht mir nicht mal was aus, wenn sie sterben!«

»Hanna!«

»Ich meine, was ich sage, Doktor. Sie haben ja keine Ahnung, was ich in den beiden letzten Jahren mitgemacht habe. Das kann sich kein Mensch vorstellen! Diese Frau ist der leibhaftige Teufel.«

Dr. Arnison drehte sich um, öffnete seine Tasche, und es klang, als lache er leise in sich hinein. »Das weiß ich schon bedeutend länger als du, Hanna«, meinte er. »Aber im Moment bleibt dir gar nichts anderes übrig, als deine christliche Nächstenliebe unter Beweis zu stellen. Du mußt tun, was uns die Bibel vorschreibt, Kind.« Er warf ihr einen verständnisvollen Blick zu, seufzte auf und fügte hinzu: »Im Vertrauen: Ich find's selbst oft reichlich schwer. Aber das nützt uns alles nichts. Wir müssen uns bemühen, wir müssen es versuchen, besonders in solchen Zeiten. Also tu dein Bestes, Hanna. Wofür immer du dich auch entscheiden magst, wenn die beiden wieder auf eigenen Füßen stehen können, das ist deine Angelegenheit. Aber das erste, was du jetzt tun mußt, ist, einen

Zettel mit der Aufschrift ›Geschlossen‹ an die Ladentür zu hängen. Ich glaube ohnehin nicht, daß es in nächster Zeit hier viele Kunden geben wird. Typhus jagt den Menschen ebensolchen Schrecken ein wie Cholera.«
Als er zu Freds Schlafzimmer hinüberging, sagte er: »Denk nicht an morgen und übermorgen, sondern an das Naheliegende. Wenn du die Arbeit erledigst, die unbedingt nötig ist, hast du ohnehin mehr als genug zu tun. Sorge dafür, daß die Nachtgeschirre sooft wie möglich geleert werden, und wasch dir danach immer die Hände. Nur nicht mit dem Stuhl in Berührung kommen – auf diese Weise steckt man sich am ehesten an! Und alles abkochen, Wasser wie Milch. Vergiß es nicht ...«
Als ob sie es vergessen könnte. Den ganzen Tag lang ging sie leise zwischen den beiden Räumen hin und her, mit starrer Miene. Sie leerte die Nachtgeschirre, stellte Gläser mit abgekochtem Wasser in Reichweite auf die Nachtkästchen, ja wischte Mutter und Sohn sogar die schweißüberströmten Gesichter mit feuchten Tüchern ab, wobei sie jedesmal gegen heftige Übelkeit ankämpfen mußte.
Lange vor Einbruch der Dämmerung war Hanna völlig ausgepumpt. Der im Haus herrschende ekelerregende Gestank verfolgte sie überallhin; nicht einmal im Freien konnte sie ihn loswerden.
Kein Mensch hatte an die Laden- oder an die Haustür gepocht. Das Dorf schien wie ausgestorben, niemand von seinen Bewohnern ließ sich blicken.
Während der letzten vierundzwanzig Stunden schien das Kind in ihrem Leib an Umfang zugenommen zu haben, so schwer war ihr Körper geworden.
Beim Betreten des Ladens wurde ihr beim Anblick der großen Fleischstücke übel, und sie mußte in den Hof hinauslaufen, wo sie sich, an die Hausmauer gestützt, mehrmals übergab. Entkräftet und schweißüberströmt richtete sie sich nach kurzer Zeit wieder auf und wischte sich den Mund ab. Sie konnte so nicht weitermachen, es war zuviel verlangt, sie war einfach überfordert.

Als Hanna mit schleppenden Schritten die Treppe hinaufgehen wollte, riß ein heftiges Klopfen an der Ladentür sie aus ihrer Apathie. Sie lief hin, um zu öffnen, und fand sich Dr. Arnison gegenüber. »Haben... haben Sie ihn gefunden?« fragte sie sofort.
»Ja, ich habe ihn gefunden, sorg dich nicht. Er ist in guter Obhut. Komm und setz dich.« Er sah sich nach einem Stuhl um, aber es gab keinen im Laden. Also schob er sie ins Hinterzimmer und rückte eine an der Wand stehende Kiste für sie zurecht. Nachdem er eine zweite für sich herangezogen und ebenfalls Platz genommen hatte, sagte er besorgt: »Du siehst völlig erschöpft aus, Kind. Aber falls es dich tröstet, kann ich dir mitteilen, daß du nicht die einzige bist. Die Sache breitet sich aus.«
Hanna schaute ihn aus müden Augen an, dann sagte sie nur: »Wo ist Ned?«
»Er ist bei den Dickinsons. Sie wohnen ein bißchen weit ab, in ›The Bottoms‹.«
»Ich weiß. Ist... ist er halbwegs in Ordnung?«
Dr. Arnison zögerte einen Moment, ehe er antwortete: »Nun, ›in Ordnung‹ kann man nicht gerade sagen. Ich fürchte, er ist weit davon entfernt.«
Hanna wollte schon aufspringen. »Er wird doch nicht...?« Sie brachte das Wort nicht über die Lippen. Der Arzt legte ihr die Hände auf die Schultern und drückte sie wieder auf ihre Kiste. »Werd jetzt bloß nicht hysterisch! Ich weiß nicht, ob er sterben wird oder nicht, aber wenn er durchkommt, dann aus zwei Gründen. Nämlich weil er eine kräftige Konstitution hat und weil Nell Dickinson eine solch geschickte Pflegerin ist.« Er schüttelte nachdenklich den Kopf. »Es ist lange her, seit ich einen Mann gesehen habe, der derart zugerichtet war. Du hast recht gehabt: Wenn er die Nacht über im Freien hätte bleiben müssen, hätte man ihn sicherlich tot aufgefunden. Rein zufällig hat der junge Dickinson aus einem Gebüsch heraus die ganze Geschichte mit angesehen. Er hat mir nicht gesagt, weshalb er sich darin versteckt hielt, und ich habe ihn nicht danach gefragt. Jedermann

weiß, daß er der geschickteste Wilderer weit und breit ist und daß sein Vater Big Dick ihm sämtliche Kniffe beigebracht hat. Jedenfalls ist der Junge wie ein Verrückter losgerannt und hat seine Mutter und einen zweiten Jungen herbeigeholt. Er selbst ist auf Geheiß seiner Mutter in die Stadt gelaufen, um seinen Vater zu suchen. Da Freitag und Zahltag war, wußte er ungefähr, in welchem Gasthaus sich Big Dick einen antrinken würde. Um die Sache kurz zu machen: Alle miteinander haben Ned schließlich zu sich nach Hause geschafft, was sie eine Menge Schweiß gekostet haben muß, denn das sind gut und gern zwei Meilen und absolut kein Spazierweg. Abgesehen davon, daß Ned ja auch nicht gerade ein Leichtgewicht ist. Als nächstes haben sie mir sofort eine Nachricht geschickt, und die habe ich erhalten, als ich gestern nacht heimgekommen bin. Sie haben mir nur ausrichten lassen, daß ich bei ihnen vorbeikommen solle – weiter nichts. Also habe ich sie auf meine Besuchsliste gesetzt. Aber mit all den Visiten bin ich erst spätnachmittags zu ihnen gekommen. Ich sage dir, Hanna, ich war über Neds Anblick richtig erschrocken. Eines sollst du jedoch wissen: Egal, ob er es lebend übersteht oder nicht, über die Sache wird nicht so schnell Gras wachsen. Big Dick ist außer sich vor Wut darüber. Wenn nicht bereits allgemein bekannt wäre, daß die beiden da droben« – er deutete zur Decke – »an Typhus erkrankt sind, hätte er schnurstracks die Polizei verständigt. Nun, aufgeschoben ist nicht aufgehoben, darauf muß Fred sich gefaßt machen! Sollte Ned tatsächlich seinen Verletzungen erliegen, kann das Fred den Kopf kosten. Und selbst wenn Ned durchkommt, sieht es für Fred böse aus.«
Sie schwiegen beide eine Weile, dann legte der Arzt den Kopf schief und sagte: »Es ist wirklich sonderbar, Hanna, aber wohin du auch kommst, du scheinst jedermann Unglück zu bringen, wenn auch unbeabsichtigt. Faß das bitte nicht als Vorwurf auf, Kind, so ist es weiß Gott nicht gemeint! Ich versuche nur zu verstehen, weshalb Schönheit fast immer einen so hohen Preis für alles zu

zahlen hat. Das ist nicht deine Schuld, meine Liebe, es ist einfach dein Schicksal. Von Zeit zu Zeit kommen Frauen wie du auf die Welt, die die Macht besitzen, Männer um den Verstand zu bringen. Aber im Grunde genommen liegt es wohl nicht nur daran, wie du aussiehst.« Er zuckte die Achseln und betrachtete sie nachdenklich. »Ich kann es nicht näher erklären. Etwas Seltsames geht von dir aus, das ist es.«
Hanna schluckte heftig, preßte die Lippen zusammen und versuchte tapfer, die Tränen zurückzudrängen, ehe sie sagte: »Ich weiß es längst, Doktor. Deshalb wollen wir auch von hier fort, sobald es Ned wieder bessergeht. Und es muß ihm bessergehen! Wir haben schon alles geplant. Er wollte nur noch ein zweites Mal Wildpferde aus Yorkshire herüberbringen, dann hätten wir genug Geld beisammen gehabt, um woanders neu anzufangen.«
Dr. Arnison nickte ihr zu, stand auf und sagte nun wieder ruhig: »Ich verstehe dich ja so gut, Kind. Wer sollte es dir auch verübeln? Aber bis dahin« – er streckte die Hand aus und berührte ihre Schulter –, »bis dahin tu für die beiden da oben, was in deinen Kräften steht. Ich weiß, sie verdienen es nicht, sie haben sich manches zuschulden kommen lassen. Aber wenn wir alle nur nach Verdienst behandelt würden, lägen wohl die meisten von uns auf bloßem Stroh. Ich werde mir die beiden nun ansehen und mich dann gleich auf den Heimweg machen. Ich habe einen langen, arbeitsreichen Tag hinter mir.«
»Das tut mir leid, Doktor.«
»Na schön, dann sind wir uns wenigstens darin einig: Jeder von uns bemitleidet den andern, nicht wahr?« scherzte er trotz aller Müdigkeit. »Weißt du, was? Sowie ich fort bin, gehst du zu Bett. Übrigens: Die Bettwäsche, die du abziehst, steckst du doch hoffentlich jedesmal sofort in den Kessel und kochst sie aus, wie?«
Sie nickte. »Ja, Doktor, natürlich.«
Als er hinaufgegangen war, schlang Hanna die Hände ineinander und betete inbrünstig zu Gott, er möge Ned beschützen.

9

Hanna spürte, daß ihr Verstand immer mehr abstumpfte. Seit vierzehn Tagen arbeitete sie nun pausenlos und wie eine Maschine. Sie trug das Schmutzwasser in den Hof, holte sauberes ins Haus, kochte es ab, trug es in die Schlafzimmer, leerte die Nachtgeschirre aus, schleppte abermals Schmutzwasser hinunter und holte wieder sauberes herein. Dazwischen erneuerte sie die Bettwäsche. Das war für sie die verhaßteste aller Pflichten, denn dabei mußte sie die Leiber der beiden berühren. Sie nahm die Schmutzwäsche mit nach unten, warf sie in den kochenden Waschzuber, den sie Tag und Nacht in Gang hielt, spülte die Wäsche durch, mangelte das Bettzeug, die Nachthemden und die Handtücher, ließ nach Möglichkeit alles im Freien trocknen, und nur wenn es regnete, holte sie die Wäsche in die Küche, um sie dort aufzuhängen. An manchen Tagen mußte sie diese Arbeit doppelt machen.

Hätte Dr. Arnison ihr nicht zweimal täglich über Neds Zustand berichtet, hätte sie diese anstrengende Zeit schon körperlich kaum durchgestanden, das fühlte sie. Jede freie Minute legte sie sich auf die Strohmatratze, die sie aufs Roßhaarsofa getan hatte, und wenn nicht Ned gewesen wäre, hätte sie nur einen Wunsch gekannt: zu sterben. Aber Ned lebte, er erholte sich langsam; zumindest behauptete das der Arzt. Nach menschlichem Ermessen, hatte er ihr gesagt, sei er nun außer Gefahr, es würde jedoch noch einige Zeit dauern, bis er wieder aufstehen könnte.

Es war Mittwoch, der zwölfte Tag, als sie eine Veränderung an Fred bemerkte. Bisher war er sich sowohl ihrer Gegenwart wie auch aller ihrer Handreichungen bewußt gewesen; nun fing sein Geist plötzlich an, sich zu verwirren. Einmal hielt er sie für seine Mutter, dann wieder für seine Tante Connie. Hanna war dieser Tante Connie im ganzen nur dreimal begegnet. Sie lebte am anderen Ende von Allendale und führte ein Gasthaus an der Hauptstraße. Obwohl sie Mrs. Loams Schwester war, unterschied sie sich völlig von ihr, sowohl körperlich als auch gemütsmäßig. Sie war groß, rundlich und stets gut gelaunt.

Abgesehen davon, daß Fred häufig vor sich hinphantasierte, hatte er an diesem Tag bereits zweimal heftig aus der Nase geblutet und sich immer wieder stöhnend den Bauch gehalten, als hätte er große Schmerzen.

Einmal, als er gerade wieder nach ihr rief, hatte Mrs. Loam, in deren Zimmer Hanna sich zu diesem Zeitpunkt aufhielt, verdrossen gefragt: »Was ist los mit ihm?«

»Er scheint Schmerzen zu haben.«

»Die hab ich auch. Da ist er absolut nicht der einzige. Weshalb stöhnt er denn so?«

»Ich glaube, das Fieber ist gestiegen.«

»Nun, bei seiner Konstitution wird er auch damit fertig werden. Außerdem ist er jung. Da ist man widerstandsfähiger. Gib mir was zu trinken, Mädchen, ich bin ganz ausgetrocknet.«

Als Hanna, die am Fenster stand, nicht antwortete, krächzte Mrs. Loam: »Hörst du nicht, Mädchen? Starr keine Löcher in die Luft, sondern hol mir lieber was zu trinken.«

»Gleich!« herrschte Hanna sie an. Das brachte die Kranke für den Augenblick zum Schweigen. Verblüfft beobachtete sie, wie Hanna plötzlich das Fenster aufriß und hinausrief: »Bella – Tessie! Wartet einen Augenblick! Ich möchte mit euch reden!« Nachdem sie das Fenster geschlossen hatte, keifte Mrs. Loam ungeduldig: »Was hast du jetzt wieder vor? Hab ich dir nicht gesagt, daß du mir was zu trinken geben sollst?«

Hanna reichte ihr mit einer ruppigen Bewegung das Glas und sagte: »So, bitte.«
»Wohin gehst du? Wen hast du da gerufen? Waren es Bella Monkton und die kleine Tessie? Was willst du von ihnen?«
Aber Hanna rannte bereits, als wäre sie von neuem Leben erfüllt, die Treppe hinunter. Sie wußte, was sie von Bella und Tessie wollte. Hastig riß sie die Ladentür auf und sah sich den beiden gegenüber, die ihre Ausgehkleider trugen. In den Händen hielten sie je ein Bündel und eine Basttasche.
»Geht ihr auf den Markt?« erkundigte sie sich.
Bella nickte. »Ja, Miß Hanna, zur Stellenvermittlung. Es tut uns nicht leid, daß wir Haus Elmholm verlassen müssen. Die Missis war unheimlich knausrig. Dort kommen die beiden jetzt im Wagen die Straße herunter, sehen Sie. Uns hätten sie nicht angeboten, mitzufahren.«
Hanna schaute hin. Jawohl, da kamen sie die Straße herunter: Anne Thornton lenkte das Gefährt, und Betsy saß neben ihr.
Hanna wandte sich wieder Bella und Tessie zu und fragte: »Habt ihr Angst einzutreten?«
»Nein, ich nicht, Miß Hanna. Ich sag immer, man stirbt nur einmal, also wozu das ganze Theater?«
»Und du, Tessie?« Tessie lachte zuversichtlich und antwortete: »Wo Bella hingeht, da geh ich auch hin.«
»Also, dann kommt herein«, sagte Hanna eifrig und wollte die beiden schon ins Haus ziehen, hielt jedoch noch einmal inne und blickte zu dem eben vorbeifahrenden Wagen hinüber. Sie konnte nicht anders, als diese Frau, deren Verderben sie gewesen war und die wiederum ihr Verderben gewesen war, anzustarren. Anne Thornton und Betsy blickten ebenso starr herüber. Schließlich drehte Hanna sich um, lud Bella und Tessie mit einer Willkommensgeste ins Haus und schlug demonstrativ die Tür zu.
»Da hat sie wenigstens wieder was, worüber sie sich den Mund zerreißen kann.« Hanna lächelte schwach.

»Das will ich meinen.« Tessie lachte. »Muß uns ausgerechnet in Ihr Haus gehen sehen, so was!«
»Ihr wißt doch, daß die beiden da droben Typhus haben, nicht?« Hanna deutete nach oben.
»Ja, das wissen wir.« Bella nickte.
»Ich will euch nicht verschweigen, daß es sich um die gefährlichste Form handelt. Und mit der Alten wird es von Tag zu Tag schlimmer. Ich bin wirklich mit meiner Weisheit am Ende. Allein schaffe ich es sicher nicht mehr lange.« Sie legte die Hand auf ihren hochgewölbten Leib. »Ich bin körperlich und seelisch fix und fertig. Das ständige Waschen und das viele Treppauf und Treppab laugt einen völlig aus. Glaubt ihr, daß ihr vielleicht ein paar Tage hierbleiben könntet? Den Stellenmarkt in Allendale werdet ihr zwar verpassen, aber nächstes Wochenende findet in Hexham einer statt. Und ich sorge schon dafür, daß ihr anständig entlohnt werdet.«
Bella stand einen Moment lang reglos da, sah dann Tessie an und sagte: »Was mich anlangt, so würd ich es gern tun. Aber es handelt sich um Tessie.«
»Nun, ich würd's auch gern tun. Sorg dich nicht um mich, ich fürchte mich nicht vor dem Sterben, wo ich doch weiß, daß ich unsterblich bin, nicht wahr?«
»Ich danke euch, ich danke euch beiden!« Hanna streckte ihnen die Hände entgegen, und die beiden hielten sie fest.
Wieder lachte Tessie fröhlich auf und sagte: »Ist das nicht komisch, wie alles so kommt? Ich hätt mir nie im Traum einfallen lassen, daß ich jemals für Sie arbeiten würde, Miß. Aber ich bin richtig froh, daß ich's tun kann. Das wird wie Ferien sein.«
»Oh, Tessie«, stöhnte Hanna und schüttelte verzweifelt den Kopf. »Es wird gerade das Gegenteil davon sein, fürchte ich.«
»Nun«, Tessies Stimme klang fröhlich wie immer, »das hängt ganz davon ab, wie man die Dinge betrachtet. Man glaubt nur so lange, daß alles schiefgeht, bis man auf jemanden trifft, bei dem's noch schlimmer ist. Sagen Sie

uns, was wir tun sollen, dann werden wir schon sehen.«
»Es handelt sich vor allem ums Wäschewaschen und darum, das Nachtgeschirr zu leeren. Kümmert euch bitte auch um das Fleisch da draußen. Es ist schlecht geworden und muß eingegraben oder verbrannt werden. Und das ganze Haus« – Hanna rümpfte die Nase – »braucht dringend eine gründliche Reinigung, von oben bis unten. Es sind tausend Dinge zu erledigen.«
»Wohin sollen wir unsere Sachen tun?« erkundigte Bella sich in munterem Ton.
Hanna blickte sich um und meinte: »Ihr könntet das Hinterzimmer saubermachen und eure Sachen dortlassen. Und was das Übernachten anlangt – große Auswahl gibt's leider nicht. Ich schlafe auf dem Küchensofa. Wenn ihr wollt, schlagt euer Lager im Dachstübchen auf. Droben wird es wärmer sein. Aber das überlasse ich ganz euch.«
»Eins nach dem andern. Erst wollen wir mal saubermachen.« Als Bella geschäftig nach nebenan eilte, sagte Hanna mit einer nahezu fröhlichen Stimme, die sie selbst in Erstaunen versetzte: »Und ich werde euch eine große Kanne Tee kochen.« Damit ging sie schwerfällig die Treppe hinauf.
Kaum hatte sie die Küche betreten, hörte sie Mrs. Loam schon »Mädchen – Mädchen!« rufen.
In der Schlafzimmertür stehenbleibend, sagte Hanna matt: »Ja?«
»Was hast du vor? Willst du die beiden etwa gar ins Haus nehmen?«
»So ist es. Sie werden hierbleiben und mir helfen.«
»Was werden sie?«
»Sie haben ganz genau gehört, was ich gesagt habe.«
Ein Hustenanfall erstickte die alte Frau beinahe, und sie keuchte: »Du...du wagst es, einfach Gesinde in mein Haus zu bringen?«
»Entweder ich bekomme Hilfe, oder ich gehe – Sie können es sich aussuchen.«
»Warte nur, bis ich wieder auf den Beinen stehen kann.

Dann rechne ich schon noch mit dir ab, darauf kannst du dich verlassen!«
»Machen Sie, was Sie wollen«, sagte Hanna, drehte sich um und ging, den Tee zuzubereiten.

An diesem Nachmittag sah der Arzt während der Visite besorgter als sonst drein.
Als er mit Hanna anschließend die Küche betrat, sagte er:
»Es steht ziemlich schlimm, Kind. Fred ist ein schwerkranker Mann, ich mache mir große Sorgen um ihn!«
»Was ist geschehen?«
»Es sind mehrere Komplikationen hinzugekommen, Darmblutungen haben eingesetzt. Es muß eine Perforation sein. Der Umstand, daß er so starke Schmerzen hat und erbricht, deutet darauf hin. Ich hätte gedacht, daß er widerstandsfähig genug sein würde, um das zu überwinden. Aber ich fürchte sehr, daß es eine Bauchfellentzündung wird.«
»Ist das schlimm?« fragte sie müde.
»Sehr schlimm. Es kann tödlich sein.«
Hanna stand reglos da: Gott hatte ihre Gebete erhört...!
Aber als sollte sie für solch blasphemische Gedanken bestraft werden, spürte sie plötzlich quälende Leibschmerzen. Aufstöhnend krümmte sie sich zusammen.
Dr. Arnison griff erschrocken nach ihrem Arm. »Lieber Himmel, Hanna – fang jetzt nicht *damit* an!«
»O Doktor, Doktor...« Der Schweiß rann ihr übers Gesicht, sie rang keuchend nach Luft. »Es ist...doch noch...zu früh, nicht?«
»Wenn wir uns an den Kalender halten, ja. Aber das erste Kind kann sowohl zu früh als auch zu spät kommen. Sind das die ersten Wehen?«
»Ja, ja, das schon. Aber ich fühle mich bereits seit ein paar Tagen nicht gut. Natürlich habe ich die Arbeit dafür verantwortlich gemacht und...und die Sorgen um Ned. Wie...geht es ihm...überhaupt, Doktor?« Hanna brachte die Frage nur mühsam hervor.
»Oh, es geht langsam aufwärts mit ihm.« Er sah sie dabei

nicht an, sondern schien ganz mit seiner Arzttasche beschäftigt zu sein, als er hinzufügte: »Aber im Moment mache ich mir um jemand anderen mehr Sorgen.«

»Was ist denn wirklich nicht... in Ordnung... mit ihm, Doktor? Sagen Sie es mir, bitte!«

»Nun, wenn du mich so fragst, dann müßte ich dir wahrheitsgemäß eine ganze Liste aufzählen, Kind. Neben einer schlimmen Gehirnerschütterung hat er zahlreiche Prellungen und Quetschungen erlitten, und außerdem sind noch zwei Rippen gebrochen.«

»Gebrochen!« Sie formte das Wort erst zweimal mit den Lippen, ehe sie es herausbrachte.

»Ja, gebrochen. Ein paar Wunden habe ich auch nähen müssen. Aber keine Angst, er ist hart im Nehmen!« Dr. Arnison lächelte verschwörerisch und flüsterte: »Eigentlich sollte ich ja keineswegs den Nachrichtenübermittler spielen, denn du bist noch immer eine verheiratete Frau, Hanna. Trotzdem will ich es dir sagen, um dich zu beruhigen: Er war gestern zum erstenmal wieder so weit der alte Ned, daß er nach dir gefragt hat.«

Hanna seufzte erleichtert auf, dann sagte sie: »Danke, Doktor... Oh!« Abermals krümmte sie sich stöhnend zusammen und hielt sich den Leib.

»Du meine Güte, das ist aber arg. Es ist soweit, Kindchen, da hilft alles nichts. Bella – Bella!« Seine Stimme schallte durchs ganze Haus, während er Hanna festhielt. »Wenn das keine wunderbare Fügung des Himmels ist. Wären die beiden da unten nicht vorhin hier vorbeigekommen, würden wir jetzt schön in der Patsche sitzen, denn ich bezweifle, daß eine deiner Nachbarinnen dir behilflich sein würde. Dabei stecken sie ihre Nase doch sonst in alles und jedes. Die meisten von ihnen würden ohne zu zögern in den eiskalten Fluß springen, um die armseligste Promenadenmischung zu retten, aber wenn sie Worte wie Typhus oder Cholera auch nur hören, suchen sie sofort das Weite. Dabei ist es genauso, wie Bella vorhin gesagt hat: Man kann nur einmal sterben. Sie ist wahrhaftig eine treue Seele... Ach, da bist du ja, Bella!

Stell dir vor – da möchte jemand um jeden Preis auf die Welt kommen, während dort drüben...« Dr. Arnison brach ab und schüttelte den Kopf. »Ich fürchte, du und Tessie, ihr habt eine anstrengende Nacht vor euch.«

»Das passiert uns nicht zum erstenmal, Doktor. Kommen Sie, Herzchen.«

Während Bella Hanna zum Sofa geleitete, sagte der Arzt: »Ich muß jetzt gehen, die auf dem Burn-Hof warten schon auf mich. Aber auf dem Rückweg schaue ich wieder vorbei.«

»Danke, Doktor. Danke für... alles.«

»Schon gut, Hanna! Presse nur tüchtig weiter, dann kommt es am Ende noch vor meiner Rückkehr an.«

Nachdem er gegangen war, sagte Bella: »So, jetzt wollen wir mal Ihre Kleider ausziehen und es Ihnen bequem machen, zumindest so bequem, wie es auf dem Roßhaarsofa möglich ist.«

»Oh, Bella!« Hanna ergriff Bellas Hand. »Was hätte ich nur angefangen, wenn du...nicht vorbeigekommen wärst...!«

»Nun bin ich aber hier. Gott scheint ganz gut zu wissen, wo die Not am größten ist. Auf jeden Fall hat er uns so geschaffen, daß wir die Last, die uns auferlegt ist, tragen können. Keine Angst, Lämmchen!«

Hanna gebar um zwei Uhr früh einen gesunden Knaben. Bella übte ihr Amt als Hebamme mit solcher Selbstverständlichkeit aus, als hätte sie ihr Leben lang nichts anderes getan. Geschickt beförderte sie das Kind ans Licht, und es war absolut nicht nötig, den Kleinen mit dem Kopf nach unten hin- und herzuschwenken oder ihm einen Klaps zu geben, denn er bewies binnen weniger Sekunden durch anhaltendes Schreien, daß er eine kräftige Lunge hatte.

Auch Mrs. Loam hatte es vernommen. »Was ist denn? Was gibt's denn?« zeterte sie mehrmals ungeduldig durch die Schlafzimmertür.

»Laß die Hexe warten«, sagte Bella ungerührt zu Tessie,

»und nimm den Kleinen, bis ich Miß Hanna versorgt habe.«

»Oh, ist der hübsch, wirklich, Miß Hanna – hübsch, gesund und kräftig.« Tessie beugte sich über das Sofa, auf dem Hanna völlig erschöpft mit geschlossenen Augen lag.

»Laß sie in Ruhe, Tessie«, mahnte Bella. »Ich muß mich erst um sie kümmern. Wasch inzwischen den Kleinen und halte ihn schön warm. Ja, gibt dieses Satansweib dort drüben denn keine Ruhe? Da hört sich doch alles auf!« Sie wandte den Kopf zur Tür. »Leg ihn in den Wäschekorb vor den Kamin und geh auf einen Sprung hinüber. Sonst taucht sie womöglich noch hier auf... O mein Gott, hör dir das an! Der werd ich aber später was erzählen!«

Als Tessie Mrs. Loams Zimmer betrat, saß die alte Frau auf der Bettkante und krächzte: »Habt ihr mich nicht rufen hören, zum Teufel noch mal! Was ist es?« Tessie preßte die Lippen fest aufeinander, dann sagte sie grinsend: »Ein Kalb mit vier Köpfen.«

»So etwas! Na, warte nur, du, du...« Es klang genauso, als würde Mrs. Loam in der nächsten Minute ersticken.

»Also gut, es ist ein Junge.« Nach dieser Kurzinformation verließ Tessie das Zimmer, schloß die Tür unsanft hinter sich und murmelte: »Böse alte Hexe!«

Etwa eine Stunde später legte Bella Hanna das Baby in den Arm und sagte: »Ganz schön schwer, der Junge.« Hanna wandte langsam den Kopf und sah das Kind an. Sie interessierte sich weit weniger für seine Größe und sein Gewicht als für sein Aussehen. Glich er nun Fred oder Ned? Er ähnelte keinem der beiden. Weder hatte er Freds Quadratschädel noch Neds längliches Gesicht; das seine war oval und herzförmig wie das ihre. Wenn der Kleine sich nicht sehr verändern würde, wie Babys das ja häufig taten, dann würde er später einmal wie sie aussehen. Während ihrer Schwangerschaft war sie felsenfest überzeugt davon gewesen, Neds Kind unter dem Herzen

zu tragen; nun würde sie es vielleicht niemals erfahren, wer tatsächlich der Vater war. Jedenfalls nicht eher, bis seine Eigenschaften klar zutage traten.
Hanna erschrak genauso wie Bella, als plötzlich die Tür aufgerissen wurde und Mrs. Loam, die jetzt tatsächlich wie eine Hexe aussah, in die Küche gestolpert kam. Sie suchte an der nächstbesten Stuhllehne Halt, tastete sich dann bis zum Kopfteil des Sofas weiter, beugte sich über Hanna und das Kind und sagte: »Sieht ihm nicht ähnlich. Nichts hat er von ihm, überhaupt nichts!«
»Gehen Sie wieder ins Bett, Mrs. Loam.« Bella hatte ihren Arm ergriffen. Die alte Frau drehte sich zu ihr um und keifte: »Du hast doch Augen im Kopf. Es ähnelt ihm nicht im geringsten – das sieht man auf den ersten Blick.«
»Das Kind ähnelt seiner Mutter.«
»Pah, seiner Mutter!«
»Gehen Sie wieder zu Bett.«
Mrs. Loam legte nun die Hände auf den Leib, atmete zweimal heftig durch, drehte sich dann um und schwankte zurück in ihr Zimmer. Noch ehe sie es erreicht hatte, öffnete sich die Tür zu Freds Zimmer, und Tessie kam mit einem Eimer Schmutzwasser heraus.
»Wie geht es ihm?« Mrs. Loam stand da und hielt sich am Türrahmen fest.
»Schlecht, würde ich sagen, ziemlich schlecht. Und stinken tut er wie die Pest.«
Welche Antwort Mrs. Loam hierauf auch gern gegeben hätte, sie behielt sie für sich und rettete sich mit der ihr verbliebenen Kraft in ihr Zimmer. Ihre Schwäche hinderte sie jedoch nicht daran, die Tür kräftig zuzuwerfen.

Dr. Arnison war sowohl mit Hanna als auch mit Bella äußerst zufrieden. »Das hast du großartig gemacht, Bella«, lobte er. »Ich hätte selbst nicht mehr tun können. Die Nachgeburt und alles. Bin froh, daß du gescheit genug warst, sie mir aufzuheben. Bella ist eine gute Hebamme, stimmt's, Hanna?«

»Sie ist wunderbar. Alle beide sind wunderbar.« Hanna lächelte ihren hinter dem Arzt stehenden Helferinnen schwach zu. »Und müde müssen sie sein – zum Umfallen. Sie hatten kaum einen Moment Ruhe bisher.«
»Nun, sie werden sich abwechseln müssen, denn es wartet noch eine Menge Arbeit auf sie. Drüben liegt ein schwerkranker Mann.«
Als der Arzt mit einer Kopfbewegung hinüberdeutete, senkte Hanna den Blick. Sie war fürchterlich müde, sowohl körperlich als auch seelisch; sie fühlte sich merkwürdig abgesondert von allem, was rings um sie vorging. Am Morgen war ihr sogar einmal der Gedanke gekommen, daß sie nichts dagegen hätte, wenn sie sterben müßte; weder der Umstand, daß Ned sie brauchte noch daß ihr Kind sie brauchte, schien ihr genügend Kraft zu geben, sich ans Leben zu klammern. Und schon gar nicht, daß der schwerkranke Mann dort drüben, der ihr Gatte war, sie vielleicht mehr als alle anderen brauchte.
»Ich wünschte, wir könnten dich irgendwo hinlegen, wo es ein bißchen bequemer für dich ist, Hanna.«
»Oh, lassen Sie nur, schon in Ordnung, Doktor. Ich werde... ich werde in ein, zwei Tagen wieder auf den Beinen sein.«
»Nein, das wirst du nicht. Du wirst schön brav eine Woche liegenbleiben, wenn nötig, auch länger.«
Hanna widersprach ihm nicht. Sie wollte nicht sprechen. In diesem Moment hatte sie nicht einmal das Bedürfnis, nach Ned zu fragen.
Ein lautes Stöhnen aus Freds Schlafzimmer veranlaßte den Arzt, sich umzuwenden, nach seiner Medikamententasche zu greifen und – ohne sich direkt an jemanden zu wenden – zu sagen: »Ich komme auf dem Rückweg wieder vorbei.«

Wirklich kam Dr. Arnison am selben Abend nochmals. Und von da ab kam er an jedem der drei darauffolgenden Tage zweimal, denn Freds Befinden war, wie er sich ausdrückte, äußerst kritisch.

Am dritten Tag von Freds Delirium schleppte sich seine Mutter zu ihm hinüber, kam jedoch gleich darauf in die Küche gestürzt und schrie Hanna, die von einem Kissenpolster gestützt aufrecht im Bett saß, zu: »Er stirbt. Allmächtiger, er stirbt! Weißt du das, Mädchen? Fred stirbt.«
Hanna erwiderte nichts, sondern schaute ihre Schwiegermutter nur matt an. Dann hörte sie, wie diese sich an Tessie wandte und ihr zurief: »Gib mir Papier und Feder, Kleine – rasch! Auf dem Regal da drüben.«
Tessie holte das Gewünschte. Mrs. Loam packte beides, warf es auf den Tisch und kritzelte mit zitternder Hand etwas aufs Papier. Dann fragte sie Bella und Tessie: »Könnt ihr eure Namen schreiben?«
Beide sahen sie wortlos an, und so wiederholte sie ihre Frage ungeduldig: »Könnt ihr eure Namen schreiben, ja oder nein?«
»Wir machen ein Kreuz«, murmelte Bella.
»Nun, dann kommt mit hinüber und macht euer Kreuz.«
Sie drehte sich um und wollte aus der Küche gehen, als Bella und Tessie beinahe gleichzeitig »Nein!« sagten.
»Was?«
»Wir machen kein Kreuz da drunter.« Bella deutete auf das Blatt Papier in Mrs. Loams Hand. »Ich weiß, was das ist. Ich weiß genau, was Sie vorhaben.«
Wenn Blicke hätten töten können, wären die beiden leblos umgefallen. Zitternd vor Wut wandte die Alte sich an Hanna und zischte ihr zu: »Lieber brenne ich hier alles nieder, ehe du es bekommst! Außerdem werde ich den Kleinen aufziehen« – sie deutete auf das im Wäschekorb vor dem Kamin schlafende Kind –, »also muß ich auch für die nötigen Mittel sorgen.« Schwankend ging sie hinüber ins Schlafzimmer ihres Sohnes, beugte sich über ihn und schrie: »Ich bin es – ich bin es, Junge! Hör mir zu, Fred. Nimm die Feder in die Hand…«
Aber die Feder flog plötzlich in hohem Bogen durch die Luft, so heftig schlug der Arm des Kranken auf der Decke hin und her. Gleich darauf lag er wieder reglos da und

keuchte, indem er mühsam versuchte, die Lippen zu öffnen: »Ma...Ma!«
»Fred, so hör doch!«
»Mir geht's schlecht, Ma!«
»Ja, Junge, das weiß ich, weiß ich sehr gut. Aber tu es mir zuliebe, ja? Tu's für deine Ma. Schreib deinen Namen hier drunter. Komm, ich führ dir die Hand. Es geht um das Haus, weißt du, und...«
»Ist erledigt. Ist alles erledigt...muß Fleisch hakken...zerkleinern...« Wiederum wurden ihr Papier und Feder aus der Hand geschlagen.
Mrs. Loam bückte sich danach, schüttelte ängstlich den Kopf und starrte ratlos auf das Blatt Papier, worauf stand: »Ich vermache alles, was ich habe, meiner Mutter.« Mit einem letzten Blick auf ihren Sohn taumelte sie aus dem Zimmer und schleppte sich abermals in die Küche. In der Tür blieb sie stehen und rief, ihre magere Faust schüttelnd: »Was auch passieren mag, ich werde es überleben – und sei es nur darum, um mit dir abzurechnen! Ich werde mit dir abrechnen, Mädchen, bei Gott! Dich bringe ich noch an den Bettelstab, das verspreche ich dir!«
Fassungslos blickten die drei in der Küche der in ein langes Kattunnachthemd gekleideten Gestalt nach, als sie auf ihr Zimmer zuschlurfte. Nachdem sich die Tür hinter ihr geschlossen hatte, flüsterte Tessie: »Sie ist wirklich und wahrhaftig eine böse, alte Hexe!«
Bella fragte: »Kann sie Sie tatsächlich aus dem Haus werfen, falls er stirbt, Kindchen?«
Hanna antwortete nachdenklich: »Sie wird es versuchen, Bella. Ich kann mir nicht vorstellen, wie sie es bewerkstelligen will – aber versuchen wird sie es.« In diesem Moment regte sich nach langer Zeit wieder so etwas wie Lebenswille in ihr, und wenn es nur aus dem einen, einzigen Grund war, diese gräßliche Alte zu besiegen.

10

Am fünften Tag erhob sich Hanna vom Sofa; zwei Tage darauf – am Sonntagmorgen um vier Uhr – starb Fred. Gegen Ende zu war er bewußtlos gewesen, und nachdem er seinen letzten Atemzug getan hatte, verwandelte sich sein Gesicht langsam. Als Hanna ihn nun anschaute, sah sie einen Moment lang wieder jenen jungen Burschen vor sich, der immer nett zu ihr gewesen war, wenn sie auf dem Weg zur Schule seinen Laden aufgesucht hatte. Aber sie verspürte keine Reue, nur große Erleichterung, als ob sie selbst gestorben wäre und Körper und Geist erlöst einer anderen Welt zuschwebten.

Bella und Tessie bahrten den Toten auf. Bella wandte sich an Hanna und fragte: »Sollen wir es ihr sagen?«

»Nein, weckt sie nicht auf. Wir wollen warten, bis es hell ist. Aber legt euch ein wenig hin, ihr seht todmüde aus.«

Morgens um sieben Uhr betrat Hanna widerstrebend das Zimmer ihrer Schwiegermutter. Als sie sah, daß die Alte bereits wach lag, blieb sie in der Tür stehen und sagte ruhig: »Er ist hinüber.«

Die Antwort, die sie erhielt, verwunderte sie. Mrs. Loam sagte, sie fest ansehend: »Das hätte ich dir im voraus sagen können. Er ist schon die beiden letzten Tage hinüber. Also bist du, wenn die beiden ihn aufgebahrt haben, frei. Du kannst gehen. Die zwei übrigens auch.«

»Vielleicht werde ich es tun, vielleicht auch nicht.«

»Was meinst du damit?«

»Genau, was ich sagte. Ich war seine Frau, ich habe gewisse Rechte.«

»Was für Rechte denn?« Mrs. Loam richtete sich auf. »In

diesem Haus hast du keinerlei Rechte. Versuche ruhig, Ansprüche zu stellen, dann wirst du ja sehen, was mit dir geschieht.«

»Sie vergessen, daß ich einen Sohn habe.«

»Daß ich nicht lache! Wessen Sohn ist er denn? Wart nur, bis ich den Mund aufmache und die Wahrheit erzähle, dann erlebst du dein blaues Wunder, das schwöre ich dir!«

Hierauf gab Hanna keine Antwort, sondern drehte sich um und ging.

Dr. Arnison sagte, daß auf die normale Aufbahrungszeit in diesem Fall verzichtet werden könne; bei Seuchen müsse alles so rasch wie möglich erledigt werden. Deshalb wurde Fred am dritten Tag nach seinem Tod begraben.

Der Leichenzug war klein. Es gingen nur Ralph Buckman, der Dorfschmied, Will Rickson, der Tischler, Walter Binge, der Steinmetz, und Thomas Wheatley, der Getreidehändler, hinter dem Sarg her; dann folgten noch ein paar Männer aus dem Dorf, drei Geschäftsleute aus Allendale und der Arzt.

Entgegen der Tradition wurde diesmal darauf verzichtet, einen Leichenschmaus im Haus auszurichten. Dr. Arnison, der mit zurückgekommen war, blieb im Laden stehen, sah Hanna an und sagte: »Nun, jetzt ist alles vorbei, Hanna. Was wirst du tun?«

»Ich weiß es nicht, Doktor – ich brauche einen Rat. Ich möchte wissen, wer jetzt alles, was ihm gehört hat – das Haus, der Laden, die Ersparnisse – bekommen wird?«

»Weißt du«, sagte der Arzt seufzend, »ich bin kein Anwalt. Aber nach dem Gesetz hättest du meiner Meinung nach nur dann alles mit der Alten teilen müssen, wenn das Kind nicht vor Freds Tod zur Welt gekommen wäre. So wie die Dinge liegen, glaube ich jedoch nicht, daß ihr etwas zusteht, es sei denn, daß ein Testament vorliegt.«

»Ich glaube nicht, daß er eines gemacht hat. Sie ... sie hat vorige Woche versucht, ihn dazu zu zwingen, noch etwas

zu unterschreiben, was sie aufgesetzt hatte. Aber er war schon in viel zu schlechter Verfassung, um dieser Aufforderung noch folgen zu können. Sie glaubt aber felsenfest daran, auf alles und jedes Anspruch zu haben.«
»Nun, wenn sie das wirklich tut, dann ist sie eine starrsinnige alte Närrin. Das war sie ja schon immer. Daisy müßte doch wissen, daß der Mutter eines Mannes, der Frau und Kinder hat, bestenfalls ein geringer Teil seines Besitzes zusteht.«
»Glauben Sie, daß ich einen Anwalt aufsuchen sollte, Doktor?«
»Ja, das würde ich dir raten. Hast du Freds Papiere, die vom Geschäft und so weiter?«
»Nein. Die befinden sich in einer Schatulle in ihrem Zimmer.«
»Nun, dann würde ich an deiner Stelle einfach hineingehen und sie an mich nehmen. Am besten, du suchst Mr. Ransome in Allendale auf. Seine Kanzlei befindet sich gleich hinter dem Marktplatz. Er wird dich genau über deine Rechte informieren, an denen meiner Meinung nach nicht viel zu deuteln ist. Folglich wird sich jetzt das Blatt wenden, und sie wird von deiner Barmherzigkeit abhängen.« Er konnte sich ein Lächeln nicht verkneifen. »Das dürfte der Dame gar nicht gefallen, was meinst du?«
»Nein, Doktor, bestimmt nicht.« Hanna erwiderte das Lächeln des Arztes nicht, sondern sagte: »Danke vielmals – nicht nur für Ihren Rat, sondern für alles, was Sie für mich getan haben. Werden Sie Ned bald wieder aufsuchen?«
»Morgen will ich zum Pele-Haus hinauffahren – das heißt, wenn es nicht wieder zu schneien beginnt und die Straßen unpassierbar werden. Der Schnee, der jetzt droben liegt, ist ja festgefroren, das schadet nichts.«
»Weiß er von Freds Tod?«
»Ja.«
»Was ... was hat er gesagt?«
»Nun, da du schon danach fragst, will ich es dir sagen: Er

hat Gott gepriesen, was bei Ned mehr als überraschend ist, wo er doch nie in die Kirche geht. ›Gott bedient sich keiner Umwege, wenn Er ein Wunder tut‹, lautete sein Kommentar. Das mag ein wenig frei wiedergegeben sein, aber was er meinte, liegt auf der Hand.« Er lächelte trokken. »Tja, dir und Ned muß es wohl so vorkommen. Von meinem Standpunkt aus war es ein völlig unerwartetes Ereignis, denn bei einer Konstitution wie der von Fred hätte ich meinen letzten Shilling darauf verwettet, daß er durchkommen würde; gleichzeitig hätte ich hundert zu eins gewettet, daß seine Mutter die schwere Krankheit nicht überleben würde. Aber sie wird überleben... Wo sie das allerdings tut, das scheint jetzt von dir abzuhängen, Hanna, nicht wahr?«

»Eines kann ich Ihnen versichern, Doktor: An meiner Seite wird sie's nicht tun.«

»Nein? Nun, das ist etwas, was du mit dir allein ausmachen mußt.«

»Das werde ich auch, Doktor.«

»Also, dann leb wohl, Hanna!«

»Leben Sie wohl, Doktor! Doktor?«

»Ja, Hanna?« Er drehte sich an der Tür nochmals um.

»Meinen Sie, daß ich, wenn das Wetter halbwegs gut bleibt, Ned besuchen könnte?«

»Nein, nein, das darfst du auf keinen Fall tun, daran solltest du nicht einmal im Traum denken, Hanna. In seiner gegenwärtigen geschwächten Verfassung würde er sich nur allzuleicht anstecken.« Er zog die buschigen Brauen hoch. »Wer weiß denn, ob du nicht am Ende eine Bazillenträgerin bist, nicht? Bazillenträger können gegen die Krankheit selbst immun sein, aber sie verbreiten sie. Ich will nicht behaupten, daß das bei dir der Fall ist, aber schließlich bist du in der allerschlimmsten Zeit hier gewesen, warst selbst in schlechter gesundheitlicher Verfassung und hast es nicht bekommen. Nein, nein, setze ihn nicht dieser Gefahr aus. Hab noch ein wenig Geduld – ihr werdet euch ja wahrscheinlich in Zukunft noch mehr als genug sehen.« Damit ging er hinaus, wobei er etwas in seinen Bart murmelte, was so ähnlich wie ›...wenn sonst nichts passiert‹ klang.

Mrs. Loam erholte sich langsam. War Bella oder Tessie bei ihr im Zimmer, akzeptierte sie zwar ihre Handreichungen, hielt aber stets den Mund. Erst ein paar Tage nach dem Begräbnis unterbrach sie ihr Schweigen, indem sie sagte: »Wenn ihr beiden glaubt, daß ihr was bezahlt bekommt, dann werdet ihr eine Überraschung erleben.«
»Wirklich?« erwiderte Tessie schlagfertig. »Dann will ich Ihnen was verraten: Da werden wir nicht die einzigen sein.«
»Was meinst du damit?«
»Ich werd's Ihnen erklären: Miß Hanna ist zum Anwalt gegangen, und der wird entscheiden, wer von nun an hier zu bestimmen hat.«
»Meine Schatulle! Meine Schatulle!«
Mrs. Loam saß nun aufrecht im Bett und blickte in die Zimmerecke, in der auf einem kleinen Tischchen ihre perlmuttbesetzte hölzerne Schatulle gestanden hatte. Darin hatte ihr Mann sämtliche Dokumente aufbewahrt, ihre Heiratsurkunde, den Taufschein ihres Sohnes und sein Sparbuch. Und nun war diese Schatulle nicht mehr da!
Die durchdringenden Schreie, die Daisy Loam nach dieser Entdeckung ausstieß, hallten durchs ganze Haus: »Sie ist eine Diebin – eine Diebin!«
Tessie hielt sich entsetzt die Ohren zu, während Bella die Kranke bei den Schultern packte und sie nicht allzu sanft in die Kissen zurückdrückte. »Hören Sie mit Ihrem Geschrei auf«, befahl sie schroff. »Sie ist keine Diebin. Ihren Trauschein und den Taufschein Ihres Sohnes hat sie dagelassen, nur die übrigen Dokumente hat sie zum Anwalt mitgenommen. Wenn kein Testament vorliegt, sagt sie, dann gehört das Haus mit allem Drum und Dran ihr ... und dem Kind.«
»Genauso wie das Geld auf der Bank«, warf Tessie ein.

»An Ihrer Stelle würde ich also immer hübsch höflich bleiben... und zwar allen Anwesenden gegenüber, meine ich.«
Mrs. Loams Gesicht verfärbte sich. Sie würgte und keuchte und schien dem Ersticken nahe zu sein.
»Trinken Sie einen Schluck Wasser.« Tessie hielt ihr ein Glas hin, aber die Kranke beachtete es gar nicht. Achselzuckend stellte Tessie es wieder auf das Nachtkästchen und meinte: »Nun, ganz wie Sie wollen.«
Die beiden wollten eben das Zimmer verlassen, als das Geräusch von gegen die Fensterscheibe geworfenen Kieselsteinen sie überrascht innehalten ließ. Bella eilte zum Fenster und riß es auf. Unten stand eine große Frau mit einem rundlichen Gesicht.
»Wünschen Sie was?«
»Möchte bloß wissen, wie es ihr geht?« rief die Fremde herauf.
»Oh, es geht aufwärts mit ihr, würde ich sagen.«
»Sagen Sie ihr, daß ich nicht hineinkomme, das wäre nicht vernünftig.«
»Ich werde es ausrichten. Wer sind Sie denn?«
»Connie. Ich bin ihre Schwester.«
»Oh, ihre Schwester?«
»Connie – Connie!« Abermals setzte sich Mrs. Loam im Bett auf, wandte sich nach Bella um und rief mit überschnappender Stimme: »Sagen Sie ihr, daß sie heraufkommen soll. Es gibt eine Menge zu besprechen, was mit dem Laden und so weiter geschehen soll...«
»Ich werde es ihr sagen.« Nachdem sie es getan und der Antwort gelauscht hatte, schloß Bella das Fenster, blickte zum Bett hinüber und meinte maliziös: »Nun, Sie haben es ja gehört, nicht? Sie sollen, sobald Sie wieder gesund sind, zu ihr kommen, dann können Sie mit ihr besprechen, was Sie wollen.«
Mrs. Loam schluckte heftig und zeterte los: »Wartet nur, bis ich wieder auf den Beinen stehen kann! Dann gnade euch Gott!«
»Sie sind sich Ihrer Sache noch immer sehr sicher.« Tes-

sie schüttelte den Kopf. »Ich würde an Ihrer Stelle die Küken nicht zählen, bevor sie ausgebrütet sind.«
Abermals verfärbte sich Mrs. Loams Gesicht, sie stand kurz vor einem neuen Wutanfall. Deshalb packte Bella die vorlaute Tessie und schob sie aus dem Zimmer.
»Möge Gott euch tot umfallen lassen, alle miteinander!« geiferte die Alte hinter ihnen her.
In der Küche angelangt, flüsterte Bella Tessie zu: »Wenn Miß Hanna mit der da drinnen fertig wird, dann wird sie mit jedermann fertig, das sag ich dir.«
»In Wirklichkeit kommt es aber doch nur darauf an, was der Anwalt sagt, stimmt's?« meinte Tessie altklug.
»Ja«, erwiderte Bella, »da hast du recht. Alles hängt davon ab, was er sagt.«

Ungefähr zur gleichen Zeit behandelte Mr. Ransome Hanna mit größter Höflichkeit. Auf dem Schreibtisch vor ihm lagen die Dokumente, die sie mitgebracht hatte, und er schob sie während seiner Ausführungen mit dem Zeigefinger hin und her.
»Es hat ganz den Anschein, daß kein Testament gemacht wurde, Mrs. Loam. Wie ich Ihrem Bericht entnehmen konnte, wollte Ihre Schwiegermutter Ihren Gatten zwar noch in letzter Minute dazu veranlassen, seinen Namen unter das von ihr aufgesetzte Schriftstück zu setzen. Aber dieses Unterfangen ist gescheitert.« Er stützte die Ellbogen auf die Armlehnen seines Stuhls und legte die Fingerspitzen gegeneinander. »Merkwürdig, die meisten Menschen können sich einfach nicht dazu entschließen, ein Testament abzufassen. Offensichtlich haben sie die Vorstellung, ein unterschriebenes Testament komme einem Todesurteil gleich. Je kleiner ein Geschäft ist, um so größer ist meiner Erfahrung nach die Abneigung, es jemandem zu vermachen, also es praktisch weiterzugeben. Hat ein Mann Kinder, dann weiß er, daß im Falle seines Todes seine Frau ein Drittel seines Vermögens erben wird, während die Kinder den Rest bekommen; sollte seine Mutter noch am Leben sein, erwartet er, daß

seine nächsten Angehörigen für sie sorgen werden. Den Vorschlag, testamentarisch genauere Anweisungen zu geben, fassen die meisten Erblasser als Affront gegen ihre oder ihrer Kinder Rechtschaffenheit auf. Deshalb bestimmt das Gesetz in einem Fall wie dem Ihren, wo kein Testament vorhanden ist, daß Sie und Ihr Sohn die rechtmäßigen Erben sind, so daß er zwei und Sie ein Drittel bekommen werden. Es hängt völlig von Ihnen ab, ob und wie Sie Ihre Schwiegermutter abzufinden gedenken. Das ist eine reine Frage der Mildtätigkeit.« Er unterbrach sich einen Moment und fügte dann hinzu: »Bisher bin ich zwar weder mit den Angelegenheiten von Mr. Loam senior noch mit denen von Mr. Loam junior beauftragt gewesen, aber nach den vorliegenden Informationen hat Ihr Gatte alles von seinem Vater geerbt. Folglich müßten die Dinge, was Ihre Ansprüche betrifft, einfach liegen. Und die Ihres Sohnes erst recht. Ich werde Ihren Fall mit größtem Vergnügen übernehmen, falls Sie es wünschen, Mrs. Loam.«

»Ich wäre Ihnen sehr dankbar dafür, Mr. Ransome... Wie lange, glauben Sie, wird es dauern, bis alles geregelt ist?«

»Nun«, er strich sich übers Kinn, »die Gesetzesmühlen mahlen bekanntlich mehr als langsam, vor allem in Erbschaftssachen. Jedoch gibt es, soweit ich es überblicken kann, niemanden, der Ihre Rechte anfechten könnte.«

»Ich ... ich glaube, daß meine Schwiegermutter es versuchen wird.«

»Da dürfte sie kein Glück haben.« Mr. Ransome schüttelte energisch den Kopf. »Das ist pure Zeitverschwendung, wenn sie nichts Schriftliches vorweisen kann, aus dem hervorgeht, daß sie in irgendeiner Weise anspruchsberechtigt ist. Sie hingegen sind natürlich in zweifacher Weise erbberechtigt, sowohl als Frau des Verstorbenen wie auch als Mutter seines Kindes... Ein Punkt setzt mich allerdings in Erstaunen, nämlich das Sparbuch. Die zuletzt eingetragene Summe lautet auf vierhundertfünfunddreißig Pfund, stammt jedoch vom Juni 1856.

Wenn das Geschäft Ihres Mannes im Vergleich zu anderen Metzgerläden auch klein ist, so hat er doch jährlich bis zu sechzig Pfund auf sein Konto eingezahlt. Nach dem Juni 1856 erhöhte sich das Guthaben allerdings nicht mehr. Was mich auf den Gedanken bringt, daß die Ersparnisse vielleicht seitdem woanders deponiert wurden. Ist es möglich, daß sich irgendwo im Haus weitere Dokumente und Sparbücher befinden?«

»Nein – nur in der Schatulle, wie ich Ihnen bereits sagte. Die stand immer im Schlafzimmer meiner Schwiegermutter und war stets verschlossen. Als wir vor kurzem bei ihr saubermachten, hab ich zufällig herausgefunden, wo sie den Schlüssel aufbewahrt.«

Der Anwalt dachte kurz nach, trommelte mit den Fingerspitzen auf den Schreibtisch, lächelte dünn und sagte in deutlich belustigtem Ton: »Ich glaube, ich kann Ihnen einen guten Tip geben, wo das Geld ist – ich meine die Gewinne seit 1856. Schläft Ihre Schwiegermutter etwa in einem Kastenbett?«

»Ja, das tut sie.« Hanna riß die Augen weit auf. »Natürlich, jetzt verstehe ich! Deshalb will sie die Matratzen nicht einmal beim Großreinemachen abziehen lassen.«

»Das passiert erstaunlicherweise immer wieder, Mrs. Loam. Eines Tages befürchtet ein Mann plötzlich, daß die Banken oder Außenstehende zuviel über seine Einnahmen erfahren könnten. Er meint, wenn seine Freunde oder Nachbarn Reichtümer bei ihm vermuten, könnten sie am Ende auf den Gedanken kommen, sich etwas von ihm leihen zu wollen. Er kann einfach nicht glauben, daß Bankleute oder Anwälte, die ja derselben Schweigepflicht unterliegen wie Ärzte oder Priester, voll verläßliche Partner sind, und zieht es deshalb vor, seine Gewinne lieber irgendwo im Haus zu verstecken: im Kastenbett oder hinter Mauersteinen beispielsweise.«

Als er Hanna abermals zulächelte, mußte sie an Ned und das Gelddepot der Ridleys denken.

»Könnten Sie sich nicht Zugang zu diesem Bett verschaffen?« fragte Mr. Ransome.

»Im Moment wohl kaum. Sie hat Typhus gehabt und ist immer noch nicht ganz gesund.«

»Vielleicht gelingt es Ihnen, sie dazu zu überreden, in einen anderen Raum zu übersiedeln?«

»Das wäre eine Möglichkeit.« Nun erwiderte Hanna das Lächeln des Anwalts. »Ja, mit etwas Überredungskunst müßte sich das eigentlich bewerkstelligen lassen, denke ich.«

»Also, dann würde ich es an Ihrer Stelle versuchen. Ich bin ausgesprochen neugierig, was Sie dabei entdecken. In der Zwischenzeit werde ich mich mit der Bank in Verbindung setzen. Sie müßten in ein, zwei Tagen nochmals in die Stadt kommen, damit das Bankkonto auf Ihren Namen überschrieben werden kann. Von da ab können Sie sofort Geld abheben, denn sicherlich gilt es jetzt, Außenstände zu regeln, wie Begräbniskosten und so weiter. Außerdem müssen Sie ja schließlich auch von etwas leben. Wie ist es nun: Wollen Sie diese Dokumente wieder mit nach Hause nehmen oder sie bei mir lassen?«

»Ich würde sie lieber hier lassen, ebenso das Sparbuch, wenn es Ihnen recht ist.«

»Selbstverständlich, Mrs. Loam.«

Als sie sich erhob, stand auch er auf.

»Auf Wiedersehen, Mr. Ransome«, sagte sie. »Und vielen Dank.«

»Auf Wiedersehen, Mrs. Loam. War mir ein Vergnügen, Sie kennenzulernen.«

Er geleitete sie durch die seinem Büro vorgelagerten Kanzleiräume und öffnete ihr selbst die Tür. Hanna nickte ihm zum Abschied noch einmal zu, dann trat sie auf den Platz hinaus, wobei sie sich dessen bewußt war, daß der Anwalt ihr wahrscheinlich vom Fenster aus nachsah.

Sie hatte nicht ihre Pelerine umgelegt, sondern ihr warmes graues Kostüm mit der langen Jacke und dem Pelzkragen angezogen. Es war das letzte Kleidungsstück, das ihr Matthew Thornton gekauft hatte; seit sie verheiratet war, hatte sie es nicht mehr getragen.

Als sie diesen Platz das letztemal überquert hatte, hatte sie den Kopf tief gesenkt gehalten, um ihr mißhandeltes Gesicht vor den Blicken der Vorbeigehenden zu verbergen. Nun jedoch schritt sie hocherhobenen Hauptes munter dahin, obwohl ihr innerlich gar nicht so munter zumute war. Sie fühlte sich noch immer recht schwach; es würde wohl einige Zeit dauern, bis sie sich von den Strapazen der vergangenen Wochen halbwegs erholt hatte. Was wäre geschehen, fragte sie sich, wenn sie an jenem Tag damals nicht zum Fenster hinausgesehen und Bella und Tessie erblickt hätte? Womöglich wäre sie dann jetzt tot. Sie würde es den beiden treuen Seelen nie vergessen, was sie für sie getan hatten, und es ihnen tausendfach vergelten, ganz bestimmt; sie hatte auch bereits konkrete Pläne, was Bella und Tessie betraf. Und Margaret...

Ja, jetzt konnte sie den Brief an Margaret tatsächlich abschicken. Sie hatte gezögert, es zu tun, ehe sie nicht über den Stand der Dinge richtig informiert war. Spätestens morgen früh würde Margaret ihre Zeilen in Händen haben, wenn sie den Postwagen in Hexham noch rechtzeitig erreichte. Und dann würde sie vielleicht am darauffolgenden Tag bereits bei ihr sein. Wie wundervoll, wenn sie wieder alle beisammen waren: Margaret, Bella, Tessie... Sonderbar, wie sich alles entwickelt hatte!

Als Hanna auf den Wagen wartete, spürte sie deutlich die heimlichen Blicke der Vorübergehenden. Die Leute interessierten sich für sie, sie stand im Mittelpunkt des öffentlichen Interesses. War sie etwa nicht der Grund für den tragischen Zweikampf zwischen Ned Ridley und Fred Loam gewesen? Nun war der eine tot und der andere in einer derartigen Verfassung, daß er von Glück sagen konnte, wenn er jemals wieder richtig gesund würde. Und viele der Passanten erinnerten sich an Hannas Geschichte: Wie sie von einer todkranken Fremden aus Newcastle im noblen Haus der Thorntons mit der Begründung abgeliefert worden war, daß Matthew Thornton ihr Vater sei. Welches Unheil damit über die Familie gekommen und wie alles umsonst gewesen war, als sich an Hannas Hochzeitstag herausgestellt hatte, daß sie gar nicht Matthew Thorntons leibliche Tochter war. Und wie hatte sie darauf reagiert? Sie war Hals über Kopf ins Bergwerk hinübergelaufen zu ihrem angeblichen Halbbruder, obwohl sie eine Stunde davor Fred Loam geheiratet hatte; anschließend war sie zu Ned Ridley hinaufgeflüchtet und hatte damit weiteres Unheil heraufbeschworen. Bei dem Versuch, sie vor dem Fangeisen zu bewahren, hatte der kühne Bursche später die halbe Hand eingebüßt. Die war damit ebenso verloren wie sein Herz. Und das hieß schon etwas bei Ned Ridley, wo doch jedermann wußte, welch großes Herz er hatte. Hannas wegen hatte er damals Lena Wright einen Korb gegeben. Und die jungverheiratete Mrs. Loam hatte, wie es hieß, monatelang jede freie Minute genutzt, um heimlich zum Pele-Haus hinaufzulaufen. Das ganze Dorf war über dieses Verhältnis informiert gewesen – nur ihr Mann hatte als einziger keine Ahnung davon. Wer hätte es Fred also verübeln wollen, daß er seine Frau verprügelte, als er ihr eines Tages auf die Schliche kam, nachdem sie ihn so lange dem öffentlichen Gespött preisgegeben hatte? Anschließend hatte er sich noch seinen Rivalen vorgenommen und ihn übel zugerichtet am Fluß zurückgelassen, wo er von dem Dickinson-Jungen gefunden worden war. Wer weiß, was aus dieser Sache noch alles hätte entstehen können, wenn Fred Loam nicht an Typhus gestorben wäre.

Und nun stand seine Witwe stolzerhobenen Hauptes hier an der Haltestelle, wo sie doch erst vor kurzem ein Kind zur Welt gebracht hatte und selbst so krank gewesen war. Nun, wenn man sie genauer betrachtete, mußte man zugeben, daß sie nicht nur alle Strapazen und Schicksalsschläge gut hinter sich gebracht, sondern sich außerdem zu einer auffallend schönen Frau entwickelt hatte. Irgend etwas Besonderes ging von ihr aus – ein Zauber, der sich einfach nicht näher beschreiben ließ. Ob es an ihren Augen lag oder an ihrem prachtvollen Haar?

Jedenfalls konnte sie einen Mann glatt um den Verstand bringen!
Hanna wußte sehr gut, daß sie an diesem Abend das Hauptthema der Wirtshausgespräche in der Stadt abgeben würde. Aber es beunruhigte sie in keiner Weise. Sie verachtete die meisten Menschen ihrer Umgebung. Das drückte sich auch deutlich an ihrer selbstbewußten, fast herausfordernden Miene aus, als sie den Wagen bestieg, ohne dabei nach links oder rechts zu schauen.

Zu Hause angelangt, zwang Hanna sich, zu essen, was Bella liebevoll für sie zubereitet hatte, obwohl sie keinen Hunger verspürte. Bella wäre verärgert und gekränkt gewesen, wenn sie ihre Speisen verschmäht hätte. Während sie bei Tisch saß, hörte sie Mrs. Loams keifende Stimme aus dem Schlafzimmer, die eine Flut von Beschimpfungen ausstieß.
»Du bist also wieder da, was? – Wage ja nicht, hier bei mir aufzukreuzen, das sag ich dir! Wo ist meine Schatulle? – Ich werde dir die Polizei auf den Hals hetzen, du Diebin! – Sowie ich wieder auf den Beinen stehen kann, fliegst du mit Sack und Pack hinaus samt dem andern Gesindel da draußen ... !«
»Besser, ich bring's hinter mich!« meinte Hanna schließlich zu Bella und Tessie, erhob sich, ging hinüber zum Zimmer der Alten und riß die Tür auf.
»Sie wollten mich sprechen?« fragte sie kalt.
»Ob ich dich sprechen wollte, du Diebin? Ich sag dir, ich hetz dir die Polizei auf den Hals, ich bring dich vor Gericht, das schwör ich dir!«
»O nein, Sie werden nichts dergleichen tun. Aber wenn Sie nicht auf der Stelle mit Ihren gemeinen Beschimpfungen aufhören, zeige ich Sie an, merken Sie sich das!« Sie trat nun ans Bett heran und fuhr fort: »Ich war beim Anwalt und habe ihm den ganzen Fall geschildert. Er sagt, daß mein Sohn und ich dem Gesetz nach die Erben dieses Hauses mit allem, was es enthält, sowie des auf der Bank liegenden Geldes sind.« Sie verkniff es sich,

hinzuzufügen: Und des Geldes, auf dem Sie da liegen...
»Das ist nicht wahr!« Mrs. Loam saß nun kerzengerade im Bett und umkrampfte mit beiden Händen die Decke. »Niemals werde ich das zulassen!« tobte sie. »Es gehört alles mir – alles ohne Ausnahme... Ich habe mein Leben lang dafür gearbeitet.«
»Das hat Ihr Mann getan, Mrs. Loam – und Sie haben ihm dafür, wie jeder weiß, die Hölle auf Erden bereitet. Ihr Mann hat Ihnen nichts hinterlassen, sondern alles seinem Sohn vermacht. Ich habe Ihren Sohn geheiratet. Und nun ist er tot. Was ihm gehört hat, gehört jetzt mir und seinem Sohn. Der Anwalt hat mir erklärt, daß es ganz von mir abhängt, wie es Ihnen in Zukunft ergehen wird.« Hanna machte eine effektvolle Pause, bevor sie ihre nächsten Trümpfe ausspielte. »Wenn Sie sich halbwegs gesittet aufführen, werde ich mich vielleicht dazu bereit erklären, für Sie zu sorgen. Aber eines muß Ihnen klar sein, Mrs. Loam: In diesem Haus ist künftig kein Platz mehr für uns beide! Ihre Schwester scheint eine sehr nette Frau zu sein und hat so etwas wie Teilnahme für Sie gezeigt; wahrscheinlich hat sie nie unter Ihren Gehässigkeiten gelitten. Nun, wie auch immer – ich schlage vor, daß Sie zu ihr ziehen. Welche Summe ich Ihnen aussetzen werde, muß ich mir erst überlegen, ich werde es jedenfalls mit meinem Anwalt besprechen. Also, sowie Sie reisefertig sind, werde ich Sie dorthin bringen lassen, wohin Sie gehen wollen...«
Hanna hielt unvermittelt inne, als sie sah, daß ihre Schwiegermutter einem Anfall nahe zu sein schien. Daisy Loam war in die Kissen zurückgesunken. In ihrem Gesicht zuckte es heftig, während ihre Hände wirre Bewegungen vollführten. Krampfartig öffnete und schloß sie den Mund, ohne jedoch ein Wort hervorzubringen. Nachdem sie Hanna so eine Zeitlang fassungslos angestarrt hatte, sagte sie schließlich mühsam und mit krächzender Stimme: »Das kannst du mir nicht antun!«
»Ich kann es, Mrs. Loam, und ich werde es. Von dem Tag

an, wo ich dieses Haus betreten habe, haben Sie mich in einem fort schikaniert, haben mir kein einziges freundliches Wort gegönnt, sondern jede Gelegenheit genutzt, um mich bis aufs Blut zu quälen. Wenn ich Sie jetzt auf die Straße setzen würde, würde mir das kein Mensch übelnehmen. Aber das werde ich nicht tun. Ich bin wie gesagt sogar bereit, Ihnen eine gewisse Summe zur Verfügung zu stellen, damit Sie Ihren Lebensunterhalt bestreiten können – unter der Bedingung, daß Sie dies Haus ruhig und friedlich verlassen. Sollten Sie nicht damit einverstanden sein, bekommen Sie keinen Heller von mir, und es ist mir ganz egal, was mit Ihnen geschieht. Sie haben die Wahl! Ich lasse Sie jetzt allein, damit Sie sich meinen Vorschlag in Ruhe überlegen können.«
Hanna zitterte und fühlte sich selbst ganz elend, als sie das Zimmer verlassen hatte. In der Küche mußte sie sich schleunigst hinsetzen.
Bella beugte sich besorgt über sie und sagte: »Sie sind ja völlig außer sich, das ist nur allzu verständlich. Aber gegeben haben Sie es ihr endlich, und damit hatten Sie völlig recht. Diese Frau würde eine Heilige um den Verstand bringen. Weiß der Himmel, wie Sie es die ganze Zeit über mit ihr ausgehalten haben! Die Missis in Haus Elmholm war schon schlimm genug, aber die da drüben ist der reinste Teufel. Machen Sie sich ihretwegen keine Sorgen oder gar Gewissensbisse; je eher Sie sie loswerden, um so besser!«

Vier Tage darauf traf Margaret ein. Sie strahlte übers ganze Gesicht, als sie in den Laden kam, umarmte Hanna und rief: »Oh, Liebling, ich kann das alles noch gar nicht glauben... Dein Brief hat mir wieder Gottvertrauen gegeben. Wochen-, ja monatelang habe ich gebetet, mein Leben möge sich zum Guten wenden, und nun hat Er mich erhört! Deine ... deine Idee ist großartig, wirklich!« Sie blickte sich im Laden um, nickte und sagte: »Ja, ich sehe alles bereits vor mir.«
In diesem Moment kam Tessie hereingestürmt; Bella

folgte ihr auf dem Fuß. Die beiden hatten Freudentränen in den Augen und begrüßten Margaret überschwenglich.

Auch Margaret ließ ihren Gefühlen freien Lauf. »Ach, Bella, Tessie – bin ich glücklich, euch zu sehen! Gerade habe ich zu Hanna gesagt, daß Gott meine Gebete erhört hat. Wenn Er einem bisweilen zuvor auch eine Menge Prüfungen auflegt...« Sie drehte sich zu Hanna um und fragte: »Wie geht es dem Kleinen?«

»Oh, gut! Gleich wirst du ihn zu sehen bekommen.«

»Er ist ganz ihr Ebenbild, Miß Margaret«, sagte Tessie, während sie ihr aus dem Mantel half.

Als Hanna bemerkte, daß Margaret erneut die Tränen in die Augen schossen, umarmte sie sie und meinte tröstend: »Es ist alles überstanden, jetzt brauchen wir nur noch an die Zukunft zu denken. Komm, gib mir deine Sachen.«

Sie ergriff Margarets Bastkorb – mehr Gepäck hatte diese nicht bei sich – und übergab ihn Bella, die sich sofort beflissen erkundigte: »Wohin soll ich die Sachen bringen, Miß Hanna?«

»Tja«, Hanna sah Margaret an, »die Unterbringung ist zur Zeit noch ein Problem. Aber wir werden schon eine Lösung finden. Kannst du dich übrigens noch erinnern, wie der Laden früher ausgesehen hat, Margaret? Hier hat beispielsweise immer das Fleisch gehangen. Bella und Tessie haben mittlerweile von der Decke bis zum Fußboden alles renoviert. Dabei haben sie den alten Kamin freigelegt. Ursprünglich muß hier die Küche gewesen sein, nehme ich an. Ich bin sicher, daß sich hinter dieser Wand ein guter Ofen befindet. Nun, alles zu seiner Zeit.« Sie wandte sich an Tessie und sagte: »Mach Kaffee, Tessie, und bring den Kuchen herunter, den Bella heute früh gebacken hat.«

Zehn Minuten später saßen die vier um den einstmaligen Hackstock herum, tranken Kaffee, aßen Kuchen und lauschten Hannas Bericht.

»Was mich auf die Idee gebracht hat«, sagte Hanna gerade, und ihre Stimme vibrierte dabei richtig vor Aufregung, »waren die Leute, die im Sommer zur Ausflugszeit hier vorbeiflanierten. Die Frauen trugen kurze Röcke und schwangen Spazierstöcke, wenn sie sich auf den Weg zu den Hügeln machten. Eines Tages zählte ich insgesamt acht Paare. Sie blieben drüben vor der Gasthaustür stehen. Die Herren gingen hinein, aber die Damen mußten draußen bleiben. Und da dachte ich mir zum erstenmal: Was die jetzt am liebsten hätten, wäre eine Tasse Tee oder Kaffee, kein Bier. Einmal sah ich eine Dame vor Mrs. Robsons Haus stehen und ein Glas Wasser trinken. Genau dieses Bild hatte ich wieder vor Augen, als ich die ersten konkreten Pläne zu schmieden begann.« Hanna blickte in die strahlenden Gesichter ihrer Zuhörerinnen und fuhr fort: »Weshalb soll ein bisheriger Metzgerladen nicht künftig ein Kuchenladen sein? Bella ist eine hervorragende Köchin und versteht sich zudem meisterhaft aufs Kuchenbacken.« Bella errötete, als Hanna ihr bekräftigend zunickte. »Und im Bedienen ist keine besser als Tessie. Deshalb habe ich mir vorgestellt, daß wir zu dem Kuchenladen ein kleines Café mit drei oder vier Tischchen und der entsprechenden Anzahl Stühle einrichten könnten. Vielleicht würde nicht gleich von Anfang an großer Ansturm herrschen, weil die Dorfbewohner sich bisher aus feinem Gebäck oder Kuchen nicht viel gemacht haben. Aber mit der Zeit werden sie bestimmt auf den Geschmack kommen, davon bin ich felsenfest überzeugt. Erinnerst du dich vielleicht noch an den kleinen Laden in der Nähe des Marktplatzes in Hexham, Margaret?«

»Aber gewiß! An manchen Tagen kam man nicht mal zur Tür hinein! Die Marktbesucher schleppten sogar Kuchenpakete mit nach Hause.«

»Nun, auf bescheidenere Art könnten wir hier ebenfalls erfolgreich sein. Es kommt nicht so sehr darauf an, Riesenumsätze zu machen, Hauptsache, das Geschäft ernährt euch drei. Das liegt mir wesentlich mehr am Herzen, glaubt mir!«

»Wieso bloß uns drei?« Margaret schaute Hanna fragend an. »Und was ist mit dir?«
»Ich ziehe zu Ned ins Pele-Haus, sobald er mich bei sich haben will.«
»Und du willst uns wirklich hier wohnen und arbeiten lassen?«
»Mehr als das, Margaret, mehr als das. Aber meine weiteren Pläne muß ich zuvor erst noch mit dem Anwalt besprechen. Im Moment kann ich jedenfalls soviel sagen: Vierhundertfünfunddreißig Pfund liegen auf der Bank, und ein Drittel davon gehört mir. Wenn alle Rechnungen bezahlt sind, müßten gut über hundert Pfund übrigbleiben, so genau läßt sich die Summe noch nicht abschätzen. Falls die Bank bereit ist, mir das Geld vorzustrecken, bis die Erbschaftsangelegenheit geregelt ist, könnte ich euch fürs erste wöchentlich fünfundzwanzig Shilling geben. Fünfzehn Shilling sind für die nötigen Lebensmittel und fünf Shilling für eure persönlichen Bedürfnisse gedacht. Du, Bella, bekommst drei Shilling Lohn, Tessie bekommt zwei. Wärt ihr damit zufrieden?« Sie sah Bella und Tessie an.
»Oh, Miß, zufrieden?« stammelte Bella. »Du meine Güte, ich würde auch mit Freuden für bloße Unterkunft und Verpflegung arbeiten. Bei Ihnen jederzeit, Miß!«
Margaret nickte ebenfalls zustimmend, und Hanna fuhr in ihren Ausführungen fort: »Sowie ich eine verbindliche Auskunft vom Anwalt habe, werde ich mich sowohl mit Mr. Rickson als auch mit Mr. Bynge in Verbindung setzen. Ich werde Mr. Bynge den Auftrag geben, diese Wand herauszubrechen« – sie deutete auf den Kamin – »und, falls es dahinter keinen Ofen gibt, einen aufzustellen. Mr. Rickson soll uns einen zweiten Gang schaffen, der vom Laden in den Hinterhof führt. Zwar wird es hier ein bißchen enger dadurch werden, aber es wird eine separate Tür geben, durch die man später den Gang betreten kann. Ihr, Bella und Tessie, sollt dann oben mein Zimmer bekommen, während du, Margaret, das Vorderzimmer bewohnen wirst. Wir werden ein paar neue Möbel besorgen

und auch die Küche in eine hübsche, gemütliche Wohnküche umwandeln, in der man sich endlich richtig wohl fühlen kann.« Hanna hob lächelnd die Hand, weil Bella und Tessie vor Begeisterung kaum mehr stillsitzen konnten. »Ich weiß natürlich nicht genau, was das alles kosten wird, aber ich stelle mir vor, daß die Änderungen sich auf etwa dreißig Pfund belaufen werden. Oh, fast hätte ich es vergessen – natürlich müssen wir einen neuen Ladentisch sowie Tische und Regale besorgen, damit wir auch die Auslage entsprechend herrichten können. Das dürfte noch einmal dreißig Pfund verschlingen. Aber solange ihr soviel einnehmt, daß eure Verpflegung und das bißchen Lohn gesichert sind, wird alles bestens sein. Selbst wenn das Geschäft nur schleppend anlaufen sollte, reicht das Geldpolster zumindest für einige Zeit. Aber ich bin sicher, daß wir Erfolg haben werden... Oh, Margaret, weine nicht, bitte!«
Sie standen alle um Margaret herum, die bitterlich weinend den Kopf auf die Arme gelegt hatte, und trösteten sie. Hanna gab Bella und Tessie einen Wink, zu verschwinden. Allein geblieben mit Margaret, fragte sie etwas betroffen: »Du ... du wirst dich doch nicht etwa dessen schämen, ordentlich im Geschäft mit anzupacken?«
Margaret richtete sich mit einem Ruck auf und schüttelte heftig den Kopf. »Mein Gott, Hanna – schämen? Nach der Plackerei und Demütigung in der Schule kommt mir das alles wie eine Auszeichnung vor. Das war etwas, worüber ich nie gesprochen habe. Wann immer ich ehemalige Freunde und Bekannte in der Stadt getroffen habe, ließen sie mich mehr als deutlich ihre Geringschätzung spüren. Das hat mir immer sehr weh getan... O nein, Hanna, ich schäme mich keineswegs, mit anzupacken, zu verkaufen und so weiter. Du weißt wirklich nicht, was du für mich getan hast. Nie und nimmer werde ich imstande sein, es dir zu vergelten. Was immer ich auch für dich tun könnte, es wäre nicht im entferntesten mit der Güte vergleichbar, die du mir gegenüber ge-

zeigt hast. Hanna, du glaubst gar nicht, wie schwer dein bisheriges Geschick meine Seele belastet hat. Gebe ich mir doch die Schuld an dem, was du mitmachen mußtest, denn ich habe dich damals ja schließlich dazu überredet, Fred zu heiraten. Das einzige, was ich zu meiner Entschuldigung vorbringen kann, ist, daß ich mir wirklich einbildete, er würde gut zu dir sein und du würdest ein sicheres, behütetes Leben führen können, ohne Sorgen und Probleme.«

»Aber, aber!« Hanna ergriff Margarets Hand. »Du mußt die Sache so betrachten: Wenn du mich nicht zu alledem überredet hättest, wären wir jetzt nicht hier beisammen. Und was Freds Verhalten mir gegenüber anlangt, muß ich um der Gerechtigkeit willen sagen, daß er ganz bestimmt gern gut zu mir gewesen wäre, wenn ich ihn nur ein bißchen hätte liebhaben können. Nur meine offene Abneigung hat ihn zu solch bösen Reaktionen getrieben. Ich sehe jetzt ein, daß er eine Menge guter Eigenschaften gehabt hat, die er unter für ihn günstigeren Umständen sicher ausgelebt hätte. Allerdings, was seine Mutter betrifft« – sie schüttelte den Kopf –, »die ist ein derartiger Satan, daß sie auch den gütigsten und geduldigsten Menschen zur Verzweiflung bringen könnte. Nun, du wirst es ja bald selbst merken. Bisher kennst du nur die eine Seite von Mrs. Loam. Während der nächsten paar Tage wirst du zweifellos deine blauen Wunder erleben, Margaret!«

Diese neu hinzugekommene Hausgenossin schien Mrs. Loams Resignation gefördert zu haben. Margaret empfand sie jetzt bedeutend friedlicher und ruhiger als damals hinterm Ladentisch; das heißt, bis zu jenem Tag, an dem Hanna verlangte, die Genesende solle wenigstens eine Stunde pro Tag aus dem Bett aufstehen. Sie forderte sie auf, solange in die Küche zu kommen, damit Bella und Tessie ihr Zimmer währenddessen gründlich säubern könnten.

Mrs. Loam protestierte nicht gegen dieses Ansinnen, wollte aber unbedingt in ihrem Zimmer bleiben. »Die beiden können ja um mich herum aufräumen«, sagte sie.

»Nein, das können sie nicht«, widersprach Hanna energisch. »Ich bestehe darauf, daß meine Anordnungen ausgeführt werden. Wenn Sie sich weigern, werden Bella und Tessie Sie eben in die Küche hinübertragen.«

Nach längerem Schweigen, in dessen Verlauf die alte Frau Hanna wütend anstarrte, gehorchte sie schließlich mürrisch. Sowie sie es sich vor dem Kamin bequem gemacht hatte, deutete Hanna Bella und Tessie mit einer Kopfbewegung an, daß sie nun ihren Auftrag durchführen könnten.

Inzwischen hatte Margaret Tee gemacht, stellte die Kanne und einen Teller mit frischem Teegebäck auf ein Abstelltischchen, das sich in Mrs. Loams Reichweite befand, und zog einen Sessel herbei. Sie schenkte Mrs. Loam und sich ein und forderte sie auf, zuzugreifen. Zur größten Verwunderung der Alten fing sie an, sich mit ihr zu unterhalten. Mit warmen Worten lobte sie das prächtige Gedeihen des Kleinen und wie ähnlich er Hanna sähe, und welch ein Glück es doch für Mrs. Loam sei, daß ihre Schwiegertochter sich seit Ausbruch der schrecklichen Krankheit so aufopfernd um sie gekümmert habe. Sie lullte die Alte mit ihrer Herzlichkeit derart ein, daß diese nicht bemerkte, wie Hanna die Küche verließ.

Hanna begab sich rasch ins Schlafzimmer ihrer Schwiegermutter, wo sie Bella und Tessie vorfand, die das Bett bereits um- und umgedreht hatten.

»Da ist nichts versteckt, Miß«, flüsterte ihr Tessie zu.

»Warte!« Hanna hob mit Hilfe der beiden die Matratze hoch, tastete die Unterseite des Betteinsatzes genau ab und entdeckte darunter insgesamt sechs kleine Beutel. Fünf davon waren zugebunden und offensichtlich bis obenhin voll, der sechste war noch offen und schlaff. Mit einer hastigen Bewegung hob Hanna den Rock hoch und stopfte die Beutel in die Taschen ihres Unterrocks. Zum Schluß tastete sie die Bettränder nochmals nach allen Richtungen ab, fand jedoch nichts mehr.

Sie nickte Bella und Tessie, die übers ganze Gesicht strahlten, zu und bedeutete ihnen, die Matratze wieder so herzurichten, wie sie sie vorgefunden hatten. Dann drehte Hanna sich um und verließ leise das Zimmer. Als sie die Küche betrat, empfing sie ein forschender Blick von Mrs. Loam.

Margaret fragte sofort: »Möchtest du eine Tasse Tee, Hanna?«

»Nein danke, Margaret. Mir ist ohnehin nicht besonders gut. Ich glaube, daß Bellas üppige Kost daran schuld ist.« Sie schwieg einen Moment bedeutungsvoll und sagte dann mit Nachdruck: »Ich möchte nicht, daß Matthew am Ende noch Blähungen bekommt.«

Mrs. Loam fuhr auf. »Matthew! Wer sagt, daß er Matthew heißen wird?«

»Ich«, erwiderte Hanna kurz angebunden und verließ die Küche, ehe die alte Frau noch irgendwelche Einwände bringen konnte.

Nachdem sie in der Waschküche angelangt war, kniete sie neben dem Waschzuber nieder, hob einen lockeren Ziegel aus dem unteren Mauerteil, holte die sechs Beutel aus ihrem Unterrock und tat sie in das so entstandene Versteck, welches sie danach wieder mit dem Ziegel verschloß.

Viele Ziegel der Waschküchenmauer saßen locker; Hanna hatte sie am Vortag der Reihe nach kontrolliert, als sie überlegt hatte, was sie mit dem eventuell entdeckten Geld tun sollte, bis sie Zeit fand, es dem Anwalt nach Allendale zu bringen.

Sie stand wieder auf, wischte sich die Hände ab und nickte zufrieden. »Das wär's, Mrs. Loam«, murmelte sie. »Mögen Sie den Schock, den Ihnen die bevorstehende Entdeckung sicher bereiten wird, gut überstehen.« Gleich darauf schlug ihre euphorische Stimmung unvermittelt in Schwermut um; sie sank auf den umgestülpten Waschbottich nieder und flüsterte: »Oh, Ned – Ned!«

Seit einigen Tagen hatte sie in bezug auf ihn ein ganz merkwürdiges Gefühl. Bisher hatte sie es ihrer Schwäche zugeschrieben. Inzwischen befürchtete sie jedoch zunehmend, daß noch etwas anderes als seine Krankheit zwischen ihnen stand. Es war keine sechs Wochen her, seit Fred ihn zusammengeschlagen und die Böschung hinuntergestoßen hatte, aber es kam ihr wie sechs Jahre vor. Der Wunsch, ihn zu sehen, wurde in ihr immer mächtiger. Dr. Arnison schien nur höchst widerwillig dazu bereit zu sein, mit ihr über Ned zu sprechen. »Alles zu seiner Zeit«, lautete die stereotype Antwort, wenn Hanna ihn fragte, wie lange es noch dauere, bis sie Ned endlich aufsuchen dürfe. Sie war überzeugt davon, daß der Arzt etwas vor ihr geheimhielt. Sein ganzes Verhalten deutete darauf hin.

Es war, als hätten ihre Gedanken den Doktor herbeibeschworen: als Hanna aus der Waschküche zurückkehrte, ließ Tessie ihn gerade zur Ladentür ein.

»Oh, da bist du, Hanna«, sagte er. »Wie fühlst du dich?«

»Ganz gut, Doktor, danke.«

»Fein. Und wie geht es unserer Patientin da droben?«

»Ich glaube, das überlasse ich besser Ihrem Urteil.«

Der Arzt lachte und stieg vor ihr die Treppe hinauf. Sowie er die Küche betreten und Mrs. Loam erblickt hatte, rief er aus: »Bravo! Bin froh, Sie wieder auf den Beinen zu sehen.«

Mrs. Loam erhob sich hierauf und ging in ihr Zimmer hinüber.

Ehe Dr. Arnison ihr folgte, nickte er Margaret freundlich zu und meinte: »Schön, Sie hier untergebracht zu sehen, Margaret. Freut mich aufrichtig.«

Und sie erwiderte lächelnd: »Danke, Doktor! Ich bin auch gern hier.«

Als der Arzt Mrs. Loams Zimmer betrat, stellte er seine Tasche ab und sagte: »Nun, jetzt werden Sie ja bald zu Ihrer Schwester übersiedeln, nicht wahr?«

»Wer sagt das?« erwiderte sie schroff.

»Ich habe gehört, daß Sie mit diesem Vorschlag einverstanden waren, meine Liebe.«

Mrs. Loam saß feindselig da und biß sich auf die Unter-

lippe. Dann stieß sie hervor: »Man hat mich beschwindelt – beraubt!«
»Wenn Sie das wirklich glauben, müssen Sie sich einen Anwalt nehmen. Das dürfte Sie allerdings ganz schön was kosten – egal, wie der Fall ausgeht. Um zu gewinnen, müssen Sie natürlich Beweise haben, was in Ihrem Fall heißt, daß Sie ein zu Ihren Gunsten abgefaßtes Testament vorlegen müßten. Sollten Sie jedoch verlieren, wird das meiner Meinung nach beachtliche Konsequenzen für Ihre künftige Unterbringung haben! Ich fürchte nämlich, daß nicht einmal Ihre Schwester Sie mit leeren Händen willkommen heißen wird. So sind die Menschen nun mal!« Er stieß einen tiefen Seufzer aus und fuhr fort: »Wenn ich Ihnen einen Rat geben darf: Akzeptieren Sie den Vorschlag Ihrer Schwiegertochter.«
»Welchen Vorschlag?«
»Nun, soweit mir bekannt ist, hat sie Ihnen doch ein recht großzügiges Angebot gemacht.« Er warf ihr einen kurzen Seitenblick zu. »Wissen Sie, wie viele Menschen in Hannas Lage Ihnen kurzerhand den Stuhl vor die Tür setzen würden? Sie aber will Ihnen, wie ich gehört habe, nach Erledigung der Erbschaftsangelegenheiten hundert Pfund überlassen. Und da sie bis zur Volljährigkeit ihres Sohnes die Treuhänderin des Familienvermögens ist, kann sie das auch tun.«
»Hundert Pfund!« Mrs. Loam schnaubte empört. »Soll ich damit vielleicht bis an mein Lebensende auskommen?«
»Weshalb nicht? Sie werden sehr bald imstande sein, wieder auf den Füßen zu stehen und Ihre Hände gebrauchen zu können. Kaufen Sie sich ein kleines Häuschen, bauen Sie Obst und Gemüse an, halten Sie sich meinetwegen ein paar Hühner, dann haben Sie Ihr Auskommen. Mit hundert Pfund kann man eine Menge anfangen. Und Sie sind noch sehr rüstig.«
»Aber das hier ist mein Haus!«
Dr. Arnison schwieg und ging zur Tür. Dort drehte er sich noch einmal um und erwiderte: »Nicht mehr, Dai-

sy. Das müssen Sie sich ein für allemal vor Augen halten. Nicht mehr!« Damit verließ er das Zimmer.
Hanna wartete am Fuß der Treppe auf ihn. Er klopfte ihr auf die Schulter, lächelte und sagte: »Ich glaube kaum, daß du nennenswerte Schwierigkeiten mit ihr haben wirst, Kind. Ich kenne Daisy – sie ist bereit zu gehen. Dein Hundert-Pfund-Angebot hat sie anbeißen lassen, das war eine großzügige Geste von dir. Und du hast völlig richtig gehandelt, schließlich willst du sie ja nicht auf dem Gewissen haben.«
»Ich danke Ihnen für Rat und Tat, Doktor.«
Als er auf die Ladentür zuging, blickte er sich um und nickte mit anerkennendem Lächeln. »Deinen Plan halte ich übrigens für eine glänzende Idee. Ich kann mir gut vorstellen, daß daraus was wird. Genau so etwas braucht das Dorf... Außerdem habe ich mich gefreut, Margaret wieder hier zu sehen. Merkwürdig, wie die Dinge sich für die ganze Familie entwickelt haben, wirklich sehr merkwürdig! Nun, hoffen wir, daß von nun an alles in Ruhe verläuft. Auf Wiedersehen also!«
»Auf Wiedersehen, Doktor, und nochmals vielen Dank!«

Margaret und Hanna lagen nebeneinander im Bett; der Waschkorb mit dem Kleinen stand in Reichweite daneben. Bella hatte es sich auf dem Sofa bequem gemacht, während Tessie auf einem Strohsack vor dem Kamin lag, aber so, daß die Funken des leise knisternden Feuers sie nicht erreichen konnten. Sie waren schon fast eingeschlafen, als ein gellender Schrei sie in die Höhe fahren ließ.
Margaret erreichte als erste die Küche. Hanna beeilte sich nicht, denn sie wußte, was geschehen war und was sich nun abspielen würde. Deshalb überraschte es sie keineswegs, Mrs. Loam in der sperrangelweit geöffneten Tür ihres Schlafzimmers vorzufinden; außer sich vor Wut hatte die Alte beide Hände in das Vorderteil ihres Nachthemdes gekrallt, als wollte sie es sich vom Leib

reißen. Wie wild schüttelte sie den Kopf mit dem zerwühlten Haar und schrie heftig keuchend: »Du Diebin – du hergelaufene Diebin! Du hast mein Geld genommen, gestohlen hast du es!«
»Ihr Geld?« Hanna schob Margaret, Bella und Tessie, die gleichfalls herbeigeeilt waren, behutsam zur Seite, baute sich vor der wütenden Alten auf und sagte: »Ich wußte gar nicht, daß Sie über irgendwelche Geldmittel verfügen, Mrs. Loam. Erst vor ein paar Tagen haben Sie mich beschuldigt, Sie ohne einen einzigen Groschen auf die Straße setzen zu wollen.«
»Das Geld da drinnen« – Mrs. Loam deutete mit theatralischer Geste auf ihr Bett –, »das waren ... meine Ersparnisse ... jahrelang hart zusammengespartes Geld!«
»O nein, Mrs. Loam! Nach Meinung des Anwalts waren die fünf Beutel mit je vierzig Pfund Inhalt der Profit, den der Laden in den letzten fünf Jahren abgeworfen hat. Seit dem Tod Ihres Mannes wurde nichts mehr auf das Bankkonto eingezahlt, und nur ein Narr würde annehmen, daß Sie keinerlei Gewinn erwirtschaftet hätten.«
Mrs. Loam klammerte sich mit beiden Händen an den Türpfosten. Sie war völlig entnervt.
»Ich würde Ihnen raten, wieder ins Bett zu gehen, Mrs. Loam«, sagte Hanna. »Morgen früh werden wir alles besprechen – bevor Sie zu Ihrer Schwester übersiedeln.«
Mrs. Loam warf ihr einen bitterbösen Blick zu und geiferte: »Es wird noch ein böses Ende mit dir nehmen! Jede Nacht werde ich den Allmächtigen darum anflehen, daß du deine gerechte Strafe bekommst und ein jämmerliches Ende findest!«
Hanna bemerkte, wie die drei hinter ihr zusammenzuckten, und auch sie überlief ein Schauer, obwohl sie wußte, daß diese Worte nur der Ausdruck größter Verbitterung einer übertölpelten Tyrannin waren. Dennoch blickte sie tapfer in die haßerfüllten Augen der Alten und blieb hochaufgerichtet reglos stehen, bis Mrs. Loam sich umwandte, in ihr Zimmer ging und die Tür mit lautem Knall zuschlug.

Erst jetzt drehte Hanna sich um und blickte die anderen an. Margaret ergriff ihren Arm und sagte leise: »Komm, wir wollen uns wieder hinlegen. Morgen um die Zeit ist alles vorbei.«

Später, im Bett, konnte Hanna lange nicht einschlafen. Margaret bemerkte das, umarmte sie liebevoll und meinte tröstend: »Du darfst nicht andauernd dran denken! Sie ist eine böse alte Frau. Du hast das Richtige getan.«

Hanna erwiderte nichts darauf und rührte sich auch nicht mehr, bis Margaret glaubte, sie sei tatsächlich eingeschlafen, und sich zur Seite drehte.

Es sollte jedoch noch bis zur Morgendämmerung dauern, bis Hanna endlich die Augen schließen konnte. Der Fluch ihrer Schwiegermutter belastete sie schwer und erfüllte sie mit Schrecken. Ständig mußte sie sich an die Worte des Arztes erinnern, der gesagt hatte, daß sie – wenn auch unbeabsichtigt – jedermann Unheil brächte… War sie tatsächlich vom Schicksal dazu verdammt, unweigerlich Tragödien heraufzubeschwören? Würde sie letzten Endes sogar die Ursache dafür sein, daß Neds Leben in einer Katastrophe endete? Durch ihre Schuld hatte er seine halbe Hand eingebüßt, ihretwegen war er beinahe umgebracht worden. Wie es jetzt wirklich um ihn bestellt war, würde sie erst dann wissen, wenn sie mit eigenen Augen die Narben jener Verletzungen sah, die Fred ihm beigebracht hatte. War sie schlecht? Hatte sie am Ende die Wesenszüge ihrer Mutter geerbt, die mehr und mehr zum Ausdruck kamen…?

Nein!

Entschieden protestierte sie im stillen gegen diese Selbstbeschuldigung. Nie hatte sie einem Menschen etwas Böses gewünscht, nicht einmal der Missis – und Gott allein wußte, wie übel diese Frau ihr mitgespielt hatte! Dennoch hatte sie keine Rachegedanken gegen sie gehegt, ebensowenig wie gegen ihren Mann, obwohl sie zum Schluß begonnen hatte, ihn zu hassen… Einzig und allein Mrs. Loam hatte sie in den Stunden der größten Qual den Tod gewünscht! Nun hoffte sie nur, daß die Alte so bald wie möglich das Haus verlassen würde.

Als Hanna schließlich aufwachte, schien die Sonne fahl durch die Vorhänge. Aus der Küche war Gemurmel zu hören. Einen Moment lag sie da und rief sich den Vorfall der vergangenen Nacht ins Gedächtnis zurück, dann sagte sie sich, daß sie aufstehen mußte. Es galt, den letzten Tag mit ihrer Peinigerin gemeinsam unter einem Dach zu überstehen.

Aber als sie sich erheben wollte, verschwamm alles vor ihrem Blick, und sie sank kraftlos in die Kissen zurück. Sie fühlte sich richtig elend. Was war los mit ihr? Um Himmels willen – sie würde doch nicht jetzt noch Typhus bekommen! ... Nein, nein, sie war nur übernächtigt, weil sie so lange schlaflos dagelegen und sich den Kopf zermartert hatte. Sie rief mit schwacher Stimme nach Margaret.

Im nächsten Moment kam Margaret ins Zimmer gelaufen und fragte: »Was gibt's denn, Liebling?«

»Mir ist so sonderbar, Margaret. Ich habe starke Kopfschmerzen und fühle mich regelrecht krank.«

»Kein Wunder nach all den Sorgen und Unannehmlichkeiten. Du bleibst jetzt schön im Bett und ruhst dich einmal gehörig aus. Ich werde mich schon um alles kümmern und Tessie zu Mr. Buckman schicken. Vielleicht erlaubt er, daß Bill oder Stan Mrs. Loam zu ihrer Schwester hinüberbringt.«

»Ja, Margaret, das ist eine gute Idee.« Hanna nickte matt und streckte ihr die Hand entgegen. »Sag ihr ... wenn sie eine passende Unterkunft gefunden hat« – sie hielt inne und holte tief Atem –, »dann kann sie ihr Bett und das Bettzeug und den Schaukelstuhl und den kleinen Tisch aus der Küche und Geschirr und Bestecke und ein, zwei Matten holen lassen. Ihren Schmuck natürlich auch. Sag ihr das bitte, ja?«

Margaret drückte ihr beruhigend die Hand und lächelte.

»Selbstverständlich, Liebling. Ich werde es ihr ausrichten.«
»Und Margaret, sag ihr auch, daß sie zu Mr. Ransome, dem Anwalt in Allendale, gehen soll. Er wird ihr die versprochene Geldsumme so bald wie möglich geben. Den Empfang muß sie mir natürlich bestätigen. Sonst habe ich keinen Beweis in Händen, und es heißt am Ende noch, ich hätte sie ohne einen Penny fortgeschickt.«
»Ja, es wird alles nach deinem Willen geschehen. Sorge dich nicht, bleib einfach liegen. Möchtest du etwas frühstücken?«
»Nein danke, Margaret. Oder doch – eine Tasse Tee vielleicht...«
Hanna lag den ganzen Vormittag da und horchte auf das geschäftige Treiben, das in der Küche herrschte und immer wieder von der unheilverkündenden Stimme ihrer Schwiegermutter unterbrochen wurde. Merkwürdig, dachte sie, daß eine so kleine Frau eine derart intensive Stimme hatte.
Gegen Mittag schien der Tumult in der Küche sich zu verstärken. Plötzlich klopfte es dreimal laut an ihre Schlafzimmertür, und Hanna wäre fast aus dem Bett gesprungen, als Mrs. Loam draußen schrie: »Dieser Tag wird dir noch leid tun, meine Liebe! Ich werde die ganze Gegend gegen dich aufhetzen – du wirst dich bald nicht mehr aus dem Haus wagen können, hörst du? Bis zum letzten Atemzug werde ich dich verfluchen...«
»Mrs. Loam! Mrs. Loam, bitte, kommen Sie jetzt. Der Wagen wartet.«
Die Stimmen und Geräusche entfernten sich. Hanna lag angespannt im Bett und lauschte den Schritten auf der Treppe. Als sie hörte, wie die Ladentür zwar aufgerissen, aber lange nicht geschlossen wurde, hielt sie den Atem an. Erst als sie sie einschnappen hörte, sank sie schweißüberströmt und mit einem Seufzer der Erleichterung zurück. Endlich war der Spuk vorüber! Sie konnte es beinahe nicht glauben: Diese Frau hatte das Haus verlassen, dieses schreckliche Wesen war gegangen.

Langsam drehte sie den Kopf zur Seite, und Tränen der Erleichterung liefen ihr über die Wangen.

Hanna mußte eine Woche lang das Bett hüten. Dr. Arnison hatte sie untersucht und gesagt, das sei eine ganz normale Reaktion auf all die durchstandenen Aufregungen und Ängste. Sie brauche jetzt vor allem Ruhe und Pflege.
Pflege erhielt sie im Überfluß. Margaret schien es ausgesprochene Freude zu machen, sie zu verwöhnen. Eben hatte sie sie wieder frisch gebettet und die Decke fürsorglich zurechtgeschüttelt. Nun träufelte sie ein paar Tropfen Eau de Cologne auf ein Batisttaschentuch und schob es in den Ärmelaufschlag von Hannas Nachthemd.
»Heute haben schon drei Leute nach dir gefragt«, berichtete sie. »Und Mrs. Ramsey hat ein Glas mit Eingemachtem für dich gebracht...«
»Mrs. Ramsey?« fragte Hanna verwundert. »Die vom anderen Straßenende?«
»Ja, genau die. Und dann ist einer der Nicholson-Jungen dagewesen und hat einen riesigen Kohlkopf abgegeben.« Margaret mußte noch in der Erinnerung lachen. »Er war richtig drollig. Hat erzählt, daß seine Mutter seinem Vater gesagt habe, er solle nur ja den allergrößten aus dem Gemüsegarten holen. Und sie wünschen dir alles Gute zur baldigen Genesung. Gleich darauf ist Mrs. Buckman mit einer frischgebackenen Pastete herübergekommen. Sie wollte unbedingt zu dir herauf, aber ich sagte ihr, daß du dich momentan noch zu schwach fühltest, um Besuch zu empfangen, in ein paar Tagen aber bestimmt erfreut darüber sein würdest.«
»Heraufkommen wollte sie?« Hanna kam aus dem Staunen nicht heraus.
»Wenn ich's dir sage! Bella war allerdings über die Pastetengabe nicht sonderlich begeistert. Sie hält Mrs. Buckman für eine miserable Köchin.«
Dabei hatte ihre Schwiegermutter ihr doch prophezeit, sie würde die ganze Gegend gegen sie aufhetzen...! Daß

diese Prophezeiung sich nicht zu erfüllen schien, war wenigstens ein Trost, wenn auch ein bescheidener.
Gegen zwei Uhr nachmittags hörte Hanna es abermals unten an die Haustür klopfen. Stimmengemurmel ertönte, dann kamen schwere Schritte die Treppe herauf. Der Arzt konnte es nicht sein – der war heute schon dagewesen.
Gleich darauf öffnete sich die Tür einen Spalt, Margaret streckte ihren Kopf herein und sagte lächelnd: »Es ist Besuch für dich da, Hanna.«
Hanna schaute erwartungsvoll auf, aber der Besucher brauchte ziemlich lange, um in Erscheinung zu treten. Schließlich kam ein auf einen Stock gestützter Mann ins Zimmer, den sie kaum wiedererkannte.
»Ned!« flüsterte sie fassungslos, während sie sich hastig aufsetzte. Er hielt vor ihrem Bett an und beugte sich über sie. Ja – es war Ned, wenn er auch ganz anders aussah, als sie ihn in Erinnerung hatte. Für einen Moment befürchtete Hanna, daß ihr ihre Augen einen Streich spielten. Sie wußte, daß er neunundzwanzig war – aber das Gesicht, das ihr nun entgegensah, erschien ihr wie das eines doppelt so alten Mannes. Es war hohlwangig und bleich; dabei war Neds Haut immer braungebrannt und wettergegerbt wie Leder gewesen.
»Nun, hast du mir nichts zu sagen?«
Hanna schloß sekundenlang die Augen, schluckte und atmete dann erleichtert auf: Es war Neds Stimme, unverkennbar – sie hatte sich nicht verändert. Es war Ned...! Stürmisch schlang sie ihm die Arme um den Hals, so daß er fast ins Stolpern kam und sich an ihrem Bett abstützen mußte.
»Hoppla, nicht so hastig!« brummte er schmunzelnd. »Willst du mich unbedingt zu Fall bringen?«
Margaret schob ihm einen Stuhl hin, den er ganz dicht ans Bett zog, bevor er sich setzte.
»Möchten Sie eine Tasse Tee, Ned?« fragte Margaret, schon auf dem Weg zur Tür.
»O ja, das wäre sehr liebenswürdig, danke!«

Nachdem die beiden allein waren, herrschte eine Zeitlang Schweigen im Zimmer. Die Hände fest ineinander verschlungen, konnten sie nicht aufhören, einander anzusehen, bis Ned endlich sagte: »Ich ... ich wußte bis heute früh nicht, daß es dir schlechtging. Dr. Arnison hat immer behauptet, mit dir sei alles in Ordnung, ich bräuchte mir keine Sorgen zu machen. Du würdest mich ohnehin bald besuchen kommen – jetzt, wo es mit dem Typhus hier vorbei sei. Ich ... ich hab mich schon gewundert, was dich so lange aufgehalten hat... Wo ist er?«
»Dort.« Hanna wies lächelnd zur andern Seite des Bettes hinüber.
Ned erhob sich steif, ging um das Fußende des Bettes herum, beugte sich über den Wäschekorb und betrachtete das Kind eine geraume Weile, ehe er Hanna einen Blick zuwarf und meinte: »Ich kann absolut keine Ähnlichkeit mit mir entdecken.«
»Dann ist's mir recht.«
Abermals schaute er gedankenvoll in den Korb, bevor er sich umdrehte und wieder neben Hanna Platz nahm.
»Oh, Ned, Liebster!« Sie schob sich bis an die Bettkante heran, um ihm näher zu sein, und streckte ihm abermals die Arme entgegen. Er drückte sie fest an sich und hielt sie so umfangen.
Nach kurzer Zeit machte er sich behutsam los, richtete sich auf und sagte heiser: »Ich wurde über alles, was du so getrieben hast, bestens informiert.«
»Dr. Arnison?«
»Ja. Aber er hat mir nur soviel erzählt, wie er für richtig hielt. Die eigentlichen Neuigkeiten erfuhr ich durch Big Dick. Wie es heißt, sollst du dich der Alten mit Bravour entledigt haben, die Leute im Dorf können es noch gar nicht fassen. Komisch, daß du ausgerechnet mit den zwei bösartigsten Frauen der ganzen Gegend fertig werden mußtest, nicht? Weißt du, was?« Er beugte sich über sie. »Daisy Loam war im weiten Umkreis die meistgehaßte Person, niemand wagte es, sich mit ihr anzulegen. Viele

fürchteten ihr Mundwerk und manche behaupteten gar, die Alte hätte den bösen Blick. In einer Hinsicht war man sich jedoch einig: Daß sie durch nichts und niemanden jemals kleinzukriegen wäre. Aber das war Gott sei Dank ein Irrtum...« Ned schüttelte den Kopf, und ein Grinsen überzog sein erschreckend mageres Gesicht. »Die haben eben nicht mit Hanna Boyle gerechnet!«
Hanna erwiderte aufseufzend: »Ich allein hätte niemals mit ihr fertig werden können, Ned. Eigentlich verdanke ich mein Hiersein nur der Tatsache, daß Fred kein Testament hinterlassen hat und daß der Kleine vor seinem Tod zur Welt gekommen ist.«
»Was heißt verdanken? Dann wärst du eben woanders gewesen, nicht?« Er lächelte erneut, dann wurde sein Gesichtsausdruck plötzlich ernst. Nach einem Moment des Schweigens sagte er: »Wir müssen miteinander reden, Hanna. Deshalb bin ich eigentlich hergekommen. Alles hat sich völlig verändert. Jetzt bist du eine vermögende Hausbesitzerin mit einem Laden, mit dem du, soviel ich gehört habe, eine Menge Pläne hast. Ich hingegen...« Er spreizte die Finger seiner gesunden Hand und betrachtete sie nachdenklich. »Nun, um es kurz zu machen, Hanna: Ich bin nicht mehr der, der ich war. Die Fußtritte deines Mannes haben mich nicht nur körperlich außer Gefecht gesetzt, sondern mich auch seelisch getroffen. Inwieweit, läßt sich schlecht mit Worten ausdrücken. Es ist einfach so, als hätte er meine Lebensflamme ausgelöscht.«
»Ned, so darfst du nicht denken!« Sie ergriff seine Hände und zog sie an ihre Brust.
»Nein, hör mir zu, Hanna. Laß mich ausreden.« Er befreite sich sanft aus ihrem Griff. »Es wird eine Zeitlang dauern, bis ich wieder auf einem Pferd zu sitzen vermag. Und der Umgang mit Pferden ist mein Beruf. Also kann ich meiner Meinung nach gerade mich selbst erhalten. Daß ich in absehbarer Zeit auch für eine Frau und ein Kind werde sorgen können, ist unwahrscheinlich. Und deshalb...« Hanna wollte etwas sagen, aber er hieß sie

mit einer Handbewegung schweigen. »Laß mich ausreden, sagte ich. Es gibt etwas, was ich unter keinen Umständen tun will: von Fred Loams Vermögen leben. Du, du hast ein Anrecht darauf – du hast all die Zeit über gelitten und für zwei geschuftet! In meinem Fall ist das etwas anderes. Ich will nur dann Frau und Kinder haben, wenn ich sie selbst erhalten kann.«
»Ned, bitte, hör mir zu!« Sie ergriff von neuem seine Hand. »Ich will weder das Geld noch das Haus, noch den Laden. Alles, was ich will, bist du. Ich kenne nur einen Wunsch: bei dir zu sein, mit dir zu leben. Ja, oben im Pele-Haus. Das ist mein Heim. Dort habe ich mich bisher stets zu Hause gefühlt, nirgends sonst! Und noch etwas, Ned: Du wirst bald wieder ganz gesund sein, davon bin ich fest überzeugt, bei deiner Konstitution. Trotzdem will ich dir etwas eingestehen: Selbst wenn du als Krüppel hier vor mir stündest, würdest du in meinen Augen ein weitaus besserer, tüchtigerer, großartigerer Mann sein als alle andern Männer der Welt zusammengenommen.«
Er hielt das Haupt gesenkt. Hanna sah, daß auch sein schwarzgelocktes Haar allen Glanz verloren hatte. Zärtlich zog sie seinen Kopf zu sich herunter, sie umarmten einander, und endlich, nach so langer Zeit, fanden sich ihre Lippen zu einem langen Kuß. Als sie ihn freigab, wandte Ned sich von ihr ab und senkte abermals den Kopf.
Niemals hätte sie es für möglich gehalten, Ned weinen zu sehen. Sie kannte ihn, wenn er bewegt, wenn er traurig oder wenn er zornig war; aber Tränen hatte sie sich bei Ned einfach nicht vorstellen können. Gerührt streckte sie die Arme aus, zog ihn sanft an sich und sagte in beruhigendem Ton: »Nicht, mein Liebling, nicht weinen! Nimm es dir doch nicht so sehr zu Herzen, Liebster...«
Es war das erstemal, daß sie ihn trösten und beruhigen durfte.
Ned überließ sich ganz ihren Liebkosungen, bis ihn Gelächter aus der Küche auffahren ließ. Er atmete tief

durch, zog sein Taschentuch hervor, putzte sich die Nase und sagte heiser: »Siehst du nun, wohin es mit dem Prahlhans Ned Ridley gekommen ist? Er hockt da und heult wie ein Schuljunge.«
Hanna flüsterte: »In ein, zwei Tagen werde ich bei dir sein.«
»Nein, nein.« Störrisch schüttelte er den Kopf. »Wir ... wir müssen noch eine Menge besprechen.« Er deutete auf das Kind. »Du mußt dich doch um ihn kümmern.«
»Ich werde mich um euch beide kümmern.«
»Nun, wir werden schon sehen.«
»Sprich nicht so, Ned. Wenn du so weiterredest, zwingst du mich direkt dazu, an den Fluch der Alten zu glauben. Habe ich dir nicht erzählt, daß sie mich verflucht und mir alles nur erdenkliche Böse an den Hals gewünscht hat?«
»Aber Hanna, darüber kann man doch nur lachen.«
»Hoffentlich kann ich das eines Tages, Ned, hoffentlich. Das hängt entscheidend mit von dir ab. Letzten Endes wird alles von dir abhängen.«
Er zog seine Uhr hervor und sagte: »Ich muß gehen, ich wollte nur eine halbe Stunde hierbleiben. Dick wartet bestimmt schon. Er hat mich am Dorfende abgesetzt, weil er eine Fuhre Holz bei den Patersons abliefern mußte.«
»Willst du denn nicht wenigstens noch einen Bissen essen?« Hanna konnte ihre Enttäuschung nicht verbergen, ihre Stimme zitterte, als sie bat: »Bleib doch noch einen Moment, ja?«
»Ein andermal, Hanna, ein andermal.« Ned erhob sich mühsam und trat vom Bett zurück.
Sie streckte die Hand nach ihm aus und flehte: »Geh nicht so, Ned, bitte! Du läßt mich in einem fürchterlichen Zustand zurück. Komm her.«
Er beugte sich über sie, nahm ihr Gesicht sanft zwischen die Hände und küßte sie auf den Mund; dann griff er nach seinem Stock und drehte sich um.
»Ned, warte!« Hanna richtete sich verzweifelt auf. »Bist

du noch immer bei den Dickinsons? Ich muß es wissen!«
Er drehte sich halb zu ihr um, sah sie jedoch nicht an, als er ruhig erwiderte: »Nein, ich bin wieder daheim und komme gut zurecht. Nell hat für alles gesorgt.« Und damit ging er langsam aus dem Zimmer.
Als die Tür hinter ihm ins Schloß fiel, sank Hanna zurück, bedeckte ihr Gesicht mit beiden Händen und seufzte: »Oh, Ned, Ned! Ich habe dich verloren. Nun habe ich dich verloren. Was ist nur los mit mir? Es liegt wahrhaftig ein Fluch auf meinem Leben...!«
Im nächsten Moment saß sie kerzengerade im Bett. Nein, das würde sie nicht zulassen, nicht um alles in der Welt! Für sie hing davon alles ab. Denn ohne Ned würde sie keinen Tag weiterleben wollen. Lieber würde sie sich und das Kind umbringen. Dann wäre Mrs. Loams Triumph vollkommen.
»Margaret! Margaret!« schrie sie verzweifelt.
»Ja, Liebling, was gibt's?« Schon stand Margaret vor ihr.
»Schließ bitte die Tür.«
Margaret tat es und kam eilends ans Bett.
»Setz dich.«
Margaret setzte sich und lauschte mit großen Augen, als Hanna hervorsprudelte: »Er will mich nicht mehr, weil ich das Haus und den Laden und Freds Geld besitze. Er möchte auf gar keinen Fall von Freds Geld leben und glaubt, daß er nie wieder in der Lage sein wird, genug zu verdienen, um mich und den Kleinen erhalten zu können... Mein Gott, Margaret, ich – mach mir nicht so viel aus dem verdammten Geld und all dem andern! – Alles, was ich mir wünsche, ist, bei Ned zu sein, verstehst du? Verstehst du das?«
»Ja, Liebling, natürlich verstehe ich dich. Aber reg dich bitte nicht so auf.«
»Nicht aufregen? Worüber sollte ich mich sonst aufregen? Es gibt für mich nichts Wichtigeres im Leben als ihn. Weiß du, was? Ich gehe ihm nach, heute noch, jetzt auf der Stelle...«

»Oh, Liebling, nein! Bitte, tu das nicht. Das wäre der helle Wahnsinn!«

»Wahnsinn oder nicht – mein Entschluß steht fest. Schick Tessie nochmals zu Mr. Buckman und laß ihn fragen, ob er oder einer seiner Söhne mir den Gefallen erweisen könnte, mich und das Kind ins Pele-Haus hinaufzubringen.«

»Hanna... du darfst nicht so überstürzt handeln. Hast du es dir auch gut überlegt?«

»Ich habe es mir überlegt: jetzt oder nie! Für mich hängt alles davon ab. Wenn ich Ned nicht haben kann, gibt es für mich nichts mehr, was mich noch auf dieser Welt halten könnte! Ich habe viel zuviel mitgemacht, als daß ich meine langersehnte einzige Chance aus dummem Stolz ein für allemal verlieren möchte... Willst du Tessie nun hinüberschicken, oder soll ich sie rufen?«

Margaret nickte ergeben, ging hinaus und erteilte Tessie den Auftrag; dann kam sie wieder ins Zimmer und nahm auf dem Rand des Bettes Platz. Hanna ergriff ihre Hand und sagte: »Ich werde folgendes tun, Margaret. Hör mir jetzt genau zu, und unterbrich mich bitte nicht. Ich fahre von hier direkt ins Pele-Haus hinauf und bleibe dort. Sowie ich fort bin, läufst du hinüber zu Reverend Crewe und bestellst das Aufgebot für uns, verstanden? Schau mich nicht so entsetzt an, Margaret! Ich weiß schon, daß Fred erst einige Wochen tot ist, aber das macht mir nichts aus. Meinetwegen sollen die Leute darüber reden, soviel sie wollen, was kümmert es mich! Für mich zählt jetzt nur noch eins: rechtmäßig mit Ned verheiratet zu sein. Und noch etwas! Ich werde so bald wie möglich nach Allendale zum Anwalt fahren und alles Geld, das ich bekomme, dir übereignen... Still, ich will keinen Widerspruch hören! Es bleibt dabei: Alles Geld, das ich bekommen werde, gehört dir. Übermäßig viel wird es gar nicht sein, weil ja noch die hundert Pfund, die ich diesem Teufelsweib versprochen habe, davon abgezogen werden. Eine einzige Bedingung ist damit verknüpft: Bitte hinterlege ein Testament bei ihm, daß dieses Geld und jeglicher aus dem Laden gezogene Gewinn im Fall deines Todes – und ich brauche dir wohl nicht erst zu sagen, welch langes gesegnetes Leben ich dir wünsche! – mir, meinem Mann oder den Kindern zufällt. Merkwürdig.« Hanna schüttelte nun den Kopf. »Mein neues Konzept ist mir so völlig klar, als hätte ich mir dies seit Wochen ausgedacht. Jedenfalls bin ich als gebranntes Kind dafür, daß alles Punkt für Punkt schriftlich festgelegt wird. Auch für Bella und Tessie soll im Alter gesorgt sein. Ich werde sämtliche Einzelheiten mit Mrs. Ransome noch genau durchsprechen und einen Vertrag aufsetzen lassen. Mir ging es im Moment nur darum, daß du von meinen Plänen Kenntnis bekommst. Mach die Augen auf, Margaret, und sieh mich an!«

Margaret öffnete die Augen und sagte ruhig: »Ich kann dein großzügiges Angebot nicht annehmen, Hanna. Es ist mir einfach unmöglich, wirklich!«

»Wenn du mich liebst und dir mein Glück am Herzen liegt, wirst du tun, worum ich dich bitte.«

»Ich muß deshalb ablehnen, weil es zuviel ist, Hanna. Vielleicht wird dir deine Großzügigkeit eines Tages leid tun. Jetzt willst du Ned zuliebe dieses Opfer auf dich nehmen, aber er kann und wird womöglich seine Meinung ändern.«

»Nein, Margaret – nicht Ned. Dazu ist er viel zu stolz. Männer können alles eher ertragen, als daß man ihren Stolz verletzt. Und nicht der Ernährer der Familie zu sein, keine uneingeschränkte Autorität zu besitzen, verletzt eben ihren Stolz. Glaub mir, ich kenne Ned.«

»Was soll ich zu alledem sagen?«

»Nichts, nur tun, worum ich dich bitte. Du bist doch meine geliebte Freundin, meine Schwester – jawohl, meine Schwester. Wen sonst sollte ich um einen solchen Gefallen bitten?«

»Aber irgendeine Vorsorge muß auch für dich getroffen werden. Eine Sicherheit mußt du doch haben – einen Geschäftsanteil oder so was.«

»Nun, das besprechen wir noch, meine Liebe. Jetzt will

ich ins Pele-Haus hinauf und Ned über die veränderte Situation berichten.«
»Er wird dich für komplett verrückt erklären.«
»Da irrst du dich, Margaret! Weißt du, was er tun wird? Mich fest ansehen, mich in die Arme nehmen und auf seine spezielle Art ›Hanna Boyle‹ zu mir sagen. Das habe ich am allerliebsten... So, und jetzt hilf mir bitte beim Anziehen und beim Packen. Hauptsache sind die Kindersachen. Für mich brauche ich nur ein, zwei Kleider und ein bißchen Wäsche. Um alles andere werden wir uns dann später kümmern.«
»Ist das Haus oben denn zur Zeit überhaupt bewohnbar?«
»Ja. Mrs. Dickinson hat für alles gesorgt, wie Ned sagte. Er lebt seit kurzem wieder daheim. Allein...«

Genau eine halbe Stunde später kehrte Hanna in ihr Schlafzimmer zurück und machte die Tür hinter sich zu. Zum letztenmal wollte sie sich in diesem Raum umsehen, der Zeuge ihrer Wandlung vom Mädchen zur Frau, ihres langsamen, schmerzlichen Erwachens aus romantischen Träumen und ihres leidgeprüften Erkennens der wahren Realitäten des Lebens gewesen war.
Sie schaute hin zum Nachtkästchen, auf dem die Bibel ihrer Schwiegermutter lag. Mrs. Loam hatte Fred während seiner Krankheit daraus vorgelesen und später vergessen, sie mitzunehmen. Daß eine so durch und durch böse Frau glauben konnte, Gott stünde auf ihrer Seite, würde ihr immer ein Rätsel bleiben.
Hanna ging auf das Nachtkästchen zu und nahm die Bibel in die Hand. Dabei öffnete sich diese wie von selbst dort, wo ein Stück zusammengefaltetes Zeitungspapier eingelegt war. Als Hanna das Lesezeichen entfernte, bemerkte sie, daß auf dessen Rand mit beinahe unleserlicher Schrift etwas hingekritzelt war. Mit zusammengekniffenen Augen bemühte sie sich, das Geschriebene zu entziffern. Schließlich gelang es ihr auch. Murmelnd las sie: »Ich fühle mich sehr schlecht. Sollte ich sterben, so

möchte ich, daß meine Mutter alles bekommt. Es soll bei ihr liegen, was sie für die andern tut. Fred Loam.«
Hanna ließ die Bibel betroffen sinken und starrte mit leerem Blick zum Fenster hinaus. Erst als sie heftig nach Luft zu ringen begann, merkte sie, daß sie vor Schreck zu atmen vergessen hatte. Betroffen setzte sie sich auf die Bettkante und versuchte, ihre Gedanken zu ordnen: Dies hier war ein Testament – ein regelrechtes Testament! Aber es gab keine Zeugen. Würde es vor Gericht Gültigkeit haben? Möglich. Damit begann sich ein neuer Weg für sie abzuzeichnen. Sie würde zu Ned gehen können, ohne irgendwelche Vorkehrungen treffen zu müssen. Ohne einen Penny würde sie dastehen – denn Mrs. Loam würde keineswegs Milde walten und ihr hundert Pfund auszahlen lassen. Auch der Kleine würde in diesem Fall leer ausgehen, außer sie überließe ihn der Obhut der Alten...
Aber was sollte dann aus Margaret, Bella und Tessie werden? Diese Hexe würde sie ohne zu zögern auf die Straße setzen und noch den Namen des Herrn dabei preisen. Bella und Tessie würden sich abermals verdingen und für einen Hungerlohn Sklavenarbeit verrichten müssen. Und Margaret, die sensible, gebildete Margaret, würde es am schlimmsten von allen treffen...
Aus der Küche drang Geplauder herüber. Die drei waren so glücklich miteinander, sie bildeten geradezu eine Familie.
Die Tür ging auf, und Margaret fragte: »Nun, Liebling?«
Hanna saß bewegungslos da und schwieg. Margaret kam auf sie zu und erkundigte sich: »Was gibt's denn? Stimmt irgendwas nicht?«
Hanna schüttelte verwirrt den Kopf und blinzelte. »Nichts, nichts, alles in Ordnung«, antwortete sie schließlich. »Ich... ich habe mir bloß die Bibel hier angesehen, die Mrs. Loam vergessen hat mitzunehmen. Sie wird sie wahrscheinlich wiederhaben wollen, wenn sie ihre Sachen holen kommt.«
»Ganz bestimmt, Hanna. Hoffentlich kann sie einigen

Nutzen daraus ziehen. Was ist das?« Sie zeigte auf das Stück Zeitungspapier, das Hanna in der Hand hielt und eben fest zusammendrückte.
»Oh, nichts! Nur ein Lesezeichen, das ich zwischen den Seiten gefunden habe.« Hanna erhob sich und ging aus dem Zimmer. Vor dem Kamin in der Küche angelangt, zögerte sie einen Moment, ehe sie die Hand ausstreckte und das Papierknäuel in die Flammen fallen ließ. Dann drehte sie sich um, breitete die Arme aus und umschlang die drei Frauen, die herbeigeeilt waren.
Sie stieß ein nervös klingendes Lachen aus. »Man könnte meinen, daß ich meilenweit fortgehe. Dabei werden wir uns jeden Tag sehen. Vergiß das nicht, Bella! Ich komme täglich frischen Kuchen holen, und ich möchte viele Korinthen drinnen haben.«
»Der Wagen ist da«, sagte Margaret.
Bella und Tessie ergriffen Hannas Kleiderbündel und liefen damit hinunter; Margaret nahm den Korb mit dem Kleinen und blieb abwartend stehen.
Hanna versuchte zu scherzen: »Sorge dich nicht, wenn ich jetzt mal ein, zwei Tage nicht herunterkomme, Margaret. Solltest du mich allerdings drei, vier Tage lang nicht zu Gesicht bekommen, dann bring mir was Gutes zu essen hinauf… Aber, Margaret, du wirst doch nicht weinen.« Tröstend streichelte sie ihr über die Wange, dann ging sie die Treppe hinunter, durch den Laden und auf die Straße.
Dort stand Stan Buckman neben seinem Wagen, tippte mit dem Finger an seinen Mützenrand und rief: »Schön, Sie endlich mal zu sehen, Missis.«
Sie blieb einen Augenblick stehen und lächelte ihm zu. Er hatte sie weder mit ›Mrs. Loam‹ noch mit ›Hanna‹ angesprochen, sondern sie ›Missis‹ tituliert. »Danke, Stan«, antwortete sie. »Es ist wahrhaftig schön, wieder in der frischen Luft zu sein.«
Er half ihr auf den Vordersitz des Wagens hinauf, breitete eine alte Decke über ihre Knie, nahm Margaret den Korb ab, stellte ihn sorgfältig zu Hannas Füßen ab und ver-

staute auch ihr Bündel. Dann nahm sie auf dem Kutschbock Platz und rief: »Los, vorwärts!«
Als das Pferd lostrabte, drehte sich Hanna um und winkte den Dreien zu, die vor der Haustür standen. Und sie winkte noch häufig, während sie die Dorfstraße hinunterfuhren. Es war, als hätte sich die Nachricht ihres Fortgehens bereits im ganzen Dorf verbreitet. Die Leute wußten selbstverständlich genau, wohin sie fuhr. War denn Ned Ridley nicht erst vor kurzem auf Besuch zu ihr gekommen? Ja, ja, manche machten sich eben ihre eigenen Gesetze. Unschicklich war es schon, daran gab's nichts zu rütteln, wo sie doch kaum aus dem Kindbett aufgestanden war und erst vor kurzem ihren Mann beerdigt hatte.
Jene, die so dachten, standen nur steif da und starrten ihr nach. Und denen zeigte Hanna nur ein stolzes Gesicht.

Zwanzig Minuten später fuhr der Wagen vor der Stalltür droben vor. Nachdem Stan Hanna beim Absteigen geholfen, den Korb abgestellt und auch die Bündel abgeladen hatte, gab sie ihm einen halben Sovereign.
»Ich möchte gern, daß Sie mit Bill und Ihrem Vater ein Glas auf mein Wohl trinken«, meinte sie lächelnd und reichte ihm das Goldstück. »Nochmals vielen Dank für Ihre Hilfe.«
Mit breitem Grinsen erwiderte er: »Wird gemacht, Missis. Wir werden auf Ihre Zukunft trinken. Daß sie zur Abwechslung einmal glücklich wird.«
»Das wird sie sicher, Stan. Danke schön!«
»Auf Wiedersehen, Missis. Sie lassen sich doch hoffentlich bald wieder bei uns drunten blicken, wie?«
»Ganz bestimmt, Stan. Wiedersehen!«
Sie sah zu, wie er den Wagen wendete und zum Hof hinausfuhr. Dann nahm sie den Korb und durchschritt das Tor.
Sie wußte ganz genau, daß Ned den Wagen gehört haben mußte. Aber er kam nicht heraus, sondern er erwartete sie drinnen im Stall – so, als wäre nichts geschehen.

Hanna näherte sich dem unbeweglich Dastehenden bis auf zwei Schritte und stellte den Korb auf den nächsten Strohballen.

»Hier bin ich nun«, sagte sie ruhig. »Geld habe ich keines. Meine Habe steht draußen vor dem Tor. Alles, was mir Fred hinterlassen hat, hab ich Margaret vermacht. Sie ist einverstanden damit, es braucht nur noch beim Anwalt geregelt zu werden. Was sagst du dazu?«

Hanna bemerkte, wie es in seinem Gesicht arbeitete und er die Lippen zusammenpreßte; dann gab er sich einen Ruck und trat endlich auf sie zu. Während seine Arme sie umfingen, murmelte er mit rauher Stimme: »Oh, Hanna! Hanna Boyle!«

Dann küßte er sie – er küßte sie so, wie er sie an jenem Tag geküßt hatte, an dem sie zum ersten Mal ganz beisammen gewesen waren; er küßte sie, als schöpfe er Stärke aus ihrem Körper, als wolle er seine Lippen nie mehr von den ihren lösen. Und obwohl sie vor Schwäche schwankte, drängte sie sich an ihn und erwiderte seine Küsse mit aller Leidenschaft. Das war wieder der alte Ned Ridley: stürmisch, zärtlich und trotz der schweren Zeit, die hinter ihm lag, vital wie eh und je. Ihr war, als brenne seine Liebe all die bösen Wünsche und Flüche ihrer Schwiegermutter aus ihrer Seele – als befreie Ned sie von sämtlichem Unrat und Schmutz, mit dem ihr bisheriges Leben behaftet gewesen war.

Ihr Glück wurde dadurch besiegelt, daß er – nachdem er ihr das Häubchen mit der altvertrauten, liebevollen Geste nach hinten geschoben hatte – die Lippen in ihr Haar drückte und murmelte: »Du bist meine Frau. Auf der ganzen weiten Welt gibt es keine wie dich!«

Seine ›Frau‹ hatte er sie genannt! Nun gehörte das ›Mädchen‹ für immer der Vergangenheit an, damit war ein für allemal Schluß... Was die Zukunft ihr auch bringen mochte – sie würde ihr als Frau die Stirn bieten. Als Ned Ridleys Frau.

QUELLENVERZEICHNIS

Catherine Cookson: DER HIMMEL SO HOCH
Titel der Originalausgabe: A Ruthless Need
Aus dem Amerikanischen von Lydia Nahas

Catherine Cookson: ES IST NIE ZU SPÄT
Titel der Originalausgabe: The Girl
Aus dem Amerikanischen von Erni Friedmann